CW01643396

LES PLEINS POUVOIRS

La première édition de cet ouvrage est parue chez Flammarion en 1995 sous le titre Le pouvoir d'exécuter.

David G. Baldacci

LES PLEINS POUVOIRS

Absolute Power

Flammarion

Collection état de choc
dirigée par Henriette Joël

*La première édition de cet ouvrage
est parue chez Flammarion en 1995
sous le titre:* Le pouvoir d'exécuter

Titre original:
Absolute Power

Editeur original:
Warner Books, Inc.
© David G. Baldacci, 1996

Pour la traduction française:
© Flammarion, 1995
ISBN: 2 08 067484-6

« Le pouvoir exécutif sera exercé par le Président des Etats-Unis d'Amérique. »

Article II, section I de la Constitution des Etats-Unis d'Amérique.

I

Il garda la main sur le volant pendant que la voiture, tous feux éteints, s'immobilisait lentement. Les derniers gravillons tombèrent des sculptures des pneus. Puis le silence l'enveloppa. Il attendit quelques instants pour s'habituer à l'obscurité avant de tirer de son étui une paire de jumelles usagées mais toujours en bon état de marche. Petit à petit, les détails de la maison se précisèrent. Il bougea un peu sur son siège : il se sentait plein d'assurance. Son corps ferme et musclé répondait parfaitement. Un sac de marin était posé près de lui à la place du passager. L'intérieur de la voiture était fané mais propre.

La voiture avait été volée. Et dans des conditions auxquelles personne ne penserait jamais.

Deux palmiers miniatures étaient accrochés au rétroviseur. Il sourit en les regardant. Bientôt peut-être il pourrait partir pour le pays des palmiers. Des eaux calmes, bleues et transparentes, des couchers de soleil aux reflets saumon, de longues matinées. Il fallait qu'il parte. Le moment était venu. Il s'était dit cela souvent, mais cette fois-ci, il était sûr de le faire.

À soixante-six ans, Luther Whitney était en droit de toucher sa retraite de la Sécurité sociale. À son âge, la plupart des hommes s'étaient reconvertis dans une carrière de grand-père : ils élevaient à mi-temps les enfants de leurs enfants. Ils reposaient leurs articulations fatiguées dans des chaises longues, et leurs artères finissaient de s'obstruer.

Luther n'avait eu qu'un seul métier dans sa vie : il consistait à pénétrer par effraction chez des particuliers ou dans des bureaux, en général la nuit, comme maintenant, et de repartir avec tout ce qu'il pouvait emporter.

Whitney était manifestement du mauvais côté de la loi : pourtant il n'avait jamais tiré un coup de feu, sauf lors d'un conflit extrêmement confus à la frontière des deux Corées. Les seuls coups de poing qu'il avait donnés, c'était dans des bars ; et encore seulement en état de légitime défense, quand la bière rend les hommes plus braves que de raison.

Il ne prenait qu'à ceux qui pouvaient se le permettre. Il ne se sentait pas différent de tous ces gens qui jour après jour faisaient la cour aux riches pour les persuader d'acheter des choses dont ils n'avaient en fait nul besoin.

Il avait passé une bonne partie de ses soixante et quelques années dans divers établissements pénitentiaires de moyenne puis de haute sécurité le long de la côte Est.

Il avait écopé de trois condamnations déjà, dans trois États différents, qui étaient comme des boulets autour de son cou. C'étaient des années volées à sa vie, des années importantes. Mais il ne pouvait rien y changer.

Il s'était perfectionné au point qu'il pouvait raisonnablement espérer ne jamais subir une quatrième condamnation. Rien de mystérieux à cela : un nouvel échec signifiait qu'il en prendrait pour vingt ans. À son âge, vingt ans de prison, c'était la peine de mort. Autant passer à la chaise : c'était ainsi que l'État de Virginie traitait ses criminels particulièrement endurcis. Les citoyens de cette communauté au passé chargé d'Histoire craignaient Dieu : leur religion, fondée sur la notion de juste vengeance, exigeait logiquement le châtiment suprême. Mais pas pour un simple cambriolage : même les bons Virginiens connaissaient leurs limites.

Pourtant, malgré les risques que comportait l'entreprise, il ne pouvait détourner les yeux de la maison, ou du manoir, il ne savait comment l'appeler. Cela faisait plusieurs mois maintenant qu'elle occupait ses pensées. Ce soir, cette fascination allait prendre fin.

« Les Hêtres ». Middleton, Virginie. Quarante-cinq minutes de voiture à l'ouest de Washington. Une région de vastes domaines, de Jaguar jetées là pour le décor et de chevaux de course dont le prix de vente était si élevé qu'on aurait pu nourrir avec les locataires de tout un immeuble pendant un an.

Jamais encore il n'avait ressenti aussi fortement cette décharge d'adrénaline qui accompagnait chaque « coup ». Ce devait être ce que ressentait le batteur en arpentant nonchalamment sa base après que la balle de cuir, récemment meurtrie, eut atterri quelque part dans la rue. Les spectateurs étaient debout, cinquante mille yeux tournés vers un seul être, tout l'air du monde concentré en un espace réduit et soudain déplacé par la trajectoire majestueuse de la batte d'un seul homme.

De son regard aigu, il balaya le secteur. Une luciole de temps en temps lui lançait un clin d'œil. À part cela, il était seul. Il écouta un moment le chant des grillons qui se fondit bientôt dans la rumeur de la nuit.

Il avança un peu plus la voiture sur la route goudronnée et recula dans un court chemin de terre qui se terminait devant un bouquet d'arbres dru. Un bonnet de ski noir recouvrait ses cheveux gris fer. Des yeux verts et sereins se détachaient dans son visage boucané et noirci par une crème de camouflage : il était redevenu l'homme des commandos qu'il avait été jadis.

Dissimulé derrière un arbre, Luther surveillait sa cible. « Les Hêtres », comme la plupart des propriétés campagnardes qui n'étaient pas des exploitations agricoles, possédaient un large portail en fer forgé ouvragé encadré par deux colonnes de briques. La propriété n'était pourtant pas clôturée. Le terrain était accessible directement par la route ou les bois environnants. Luther choisit les bois.

Il lui fallut deux minutes pour atteindre la lisière d'un champ de maïs qui jouxtait la maison. Le possesseur de celle-ci n'avait manifestement aucun besoin de cultiver un potager, mais semblait cependant avoir pris au sérieux son rôle de propriétaire terrien. Luther ne s'en plaignit pas puisque cela lui offrait un passage camouflé jusqu'à la porte d'entrée.

Il attendit quelques instants puis disparut dans l'épaisseur complice des tiges de maïs.

Le terrain était heureusement exempt de tout débris et ses chaussures de tennis ne faisaient aucun bruit : c'était important car le moindre craquement portait loin. Il regardait droit devant lui. Ses pieds, grâce à un long entraînement, se frayaient un chemin au milieu des rangées étroites, compensant instinctivement les infimes dénivellations. L'air de la nuit était frais après la chaleur épuisante d'un été tardif, mais pas assez cependant pour que sa respiration ne le trahisse par des petits nuages de buée qu'un regard inquiet ou insomniaque aurait pu apercevoir de loin.

Au cours du dernier mois, il avait à plusieurs reprises chronométré cette opération. Toujours il s'était arrêté au bord du champ sans s'engager sur le terrain devant la maison. Chaque détail, chaque mouvement, chaque pause avaient été passés et repassés au crible d'un scénario infaillible.

Il s'accroupit au bord du parterre et inspecta encore longuement les alentours : inutile de se presser. Il n'avait pas à s'inquiéter de la présence de chiens : c'était une bonne chose. Il était impossible à un être humain, si jeune et leste fût-il, de battre un chien à la course. Mais c'était leurs aboiements qui pétrifiaient les gens comme

Luther. Pas non plus de périmètre de sécurité, sans doute à cause des nombreux animaux qui pullulaient dans le secteur. Il allait pourtant bientôt se trouver confronté à un système d'alarme extrêmement sophistiqué. Il aurait trente-trois secondes pour le neutraliser en comptant les dix secondes nécessaires pour ôter le tableau de commande.

La patrouille de sécurité était passée vingt minutes plus tôt. Les flics étaient censés varier leur routine, et modifier leurs trajets toutes les heures. Mais après les avoir observés pendant un mois, Luther connaissait leur rythme. Il disposait d'au moins trois heures avant leur prochain passage. C'était plus de temps qu'il ne lui en fallait.

Les parterres étaient plongés dans une obscurité totale, et d'épais massifs, providence des cambrioleurs, s'accrochaient à l'entrée de briques comme des nids de chenilles aux branches d'un pin. Il vérifia chaque fenêtre de la maison : tout était sombre et silencieux. Il avait vu défiler sous ses yeux deux jours plus tôt les voitures qui emportaient les occupants de la maison vers le Sud. Et soigneusement vérifié que tous, propriétaires et personnel étaient partis. De plus, la propriété la plus proche était à près de deux kilomètres.

Il prit une profonde inspiration. Il avait tout préparé, mais pouvait-on vraiment tout prévoir ?

Il desserra son étreinte des courroies de son sac à dos et traversa la pelouse à longues et souples enjambées : une seconde plus tard il était devant la lourde porte en bois renforcée d'acier et dotée d'un système de fermeture sophistiqué. Rien de tout cela ne l'impressionnait. De la poche de sa veste il tira une copie de la clé de la porte d'entrée.

Quelques secondes encore, il prêta l'oreille. Il se débarrassa de son sac et changea de chaussures pour ne pas laisser de traces de boue. Il prépara son tournevis à piles qui découvrirait le circuit électrique dix fois plus vite qu'il n'aurait pu le faire à la main.

L'instrument qu'il tira ensuite de son sac pesait exactement cent quatre-vingts grammes, était un peu plus gros qu'une calculatrice de poche et, en dehors de sa fille, était le meilleur investissement qu'il eût jamais fait. Surnommé « Petit Malin » par son propriétaire, l'appareil avait sans accroc assisté Luther dans ses trois derniers coups.

Luther connaissait déjà les cinq chiffres du code de sécurité de cette maison et les avait programmés dans son ordinateur. L'ordre dans lequel ils se succédaient était encore un mystère pour lui : mais son minuscule compagnon et sa puce électronique allaient bientôt en avoir raison : il le fallait si Luther voulait éviter le hurlement perçant qu'émettraient instantanément les quatre canons à son plantés à chaque coin de la forteresse de mille mètres carrés qu'il allait envahir. Sans parler de l'appel à la police composé automatiquement par l'ordinateur anonyme auquel il se trouverait confronté sous peu. La maison était également dotée de fenêtres et de planchers sensibles à la moindre pression, ainsi que de portes équipées de fermetures magnétiques inviolables. Mais tout ceci n'était rien si Luther réussissait.

Il introduisit la clé dans la serrure et, d'un mouvement dû à une longue habitude, accrocha le Petit Malin à sa ceinture pour qu'il soit facilement accessible. Luther se prépara à arrêter le son qu'il allait entendre : le bip du système d'alarme qui menaçait tout intrus d'une catastrophe imminente si on ne lui fournissait pas la réponse correcte dans le temps prévu, au millième de seconde près.

Il enfila les gants de plastique renforcés au bout des doigts et à la paume. Il n'avait pas l'habitude de laisser d'empreintes derrière lui.

Le tournevis se mit en marche sans bruit : les six pièces métalliques tombèrent dans les mains de Luther qui les déposa dans une boîte accrochée à sa ceinture. Les fils connectés à Petit Malin brillèrent sous le rayon de lune filtrant par la fenêtre près de la porte : Luther, comme un chirurgien sondant la cavité thoracique d'un patient, trouva le point exact. Il effectua le branchement et mit en marche le moteur de son compagnon.

De l'autre côté de l'entrée, un œil pourpre le contemplait. Le détecteur thermique avait déjà réagi à la présence de Luther. Pendant que les secondes s'égrenaient, il attendait que le « cerveau » du système de sécurité lui indique si l'intrus était ami ou ennemi.

Les cristaux liquides de Petit Malin faisaient défiler les chiffres plus vite que l'œil ne pouvait les suivre ; le compte à rebours s'inscrivait dans une petite fenêtre en haut à droite.

Cinq secondes s'écoulèrent, puis les chiffres 5, 13, 9, 3 et 11 s'affichèrent sur l'écran et se bloquèrent.

Le sifflement s'arrêta comme prévu. Le voyant passa du rouge à un vert plus sympathique : Luther se mit au travail. Il ôta les fils, revissa le cache et rempaqueta son équipement. Puis il referma soigneusement à clé la porte d'entrée.

La chambre de maître était au deuxième étage. On pouvait y accéder par un ascenseur au fond du vestibule, à droite, mais Luther préféra l'escalier. Moins il compterait sur quelque chose qu'il ne contrôlait pas totalement, mieux cela vaudrait. Se trouver coincé plusieurs semaines dans un ascenseur ne faisait pas partie de son plan.

Il regarda le détecteur volumétrique installé dans le coin du plafond : son orifice rectangulaire lui lançait un sourire figé : son faisceau de surveillance était endormi. Il grimpa l'escalier.

La porte de la chambre n'était pas fermée à clé. En quelques secondes, avec sa lampe de travail à basse tension, il inspecta les lieux. Seule la lueur verte d'un second tableau de commande installé près de la porte de la chambre trouait l'obscurité.

La maison avait moins de cinq ans : Luther avait vérifié les registres du cadastre. Il avait même réussi à consulter les plans des lieux au service de la Construction. Aucune surprise : c'était un grand édifice solide, qui valait bien les quelques millions de dollars payés comptant par son propriétaire.

Luther avait déjà visité cette demeure, de jour, avec plein de gens. Il était venu dans cette pièce et il avait vu ce qu'il avait besoin de voir : c'était pour ça qu'il était ici ce soir.

Il s'agenouilla à côté de l'immense lit à baldaquin. Sur la table de chevet, un petit réveil en argent voisinait avec le dernier roman à succès et un coupe-papier ancien en métal argenté avec un gros manche en cuir.

Tout était vaste et coûteux. La pièce était pourvue de trois immenses penderies, chacune de la taille du salon de Luther. Deux étaient remplies de toilettes féminines, de chaussures, de sacs et de tous les accessoires qu'on pouvait raisonnablement, ou déraisonnablement, acheter. Luther jeta un coup d'œil aux photos dans leurs cadres posés sur une commode et observa avec ironie la « jeune épouse » d'une vingtaine d'années au bras d'un mari septuagénaire.

Il y avait pas mal de loteries dans le monde et pas toutes sous contrôle de l'État.

Certaines des photos montraient plus qu'amplement les attributs de la maîtresse de maison. Un rapide examen de la penderie révélait que ses goûts vestimentaires penchaient résolument vers le vulgaire.

Il leva les yeux vers le miroir mural, inspecta le cadre orné de sculptures, puis les côtés. C'était de la belle ouvrage. Le miroir était encastré dans le mur. Du moins en avait-on l'impression, mais Luther savait que des gonds étaient dissimulés dans le léger renfoncement d'une quinzaine de centimètres qui courait du haut en bas.

Son regard revint au miroir. Luther avait déjà vu à peu près le même modèle deux ans plus tôt, même si à l'époque il n'avait pas eu l'intention de le forcer. Mais on ne laissait pas passer une fortune simplement parce qu'on avait déjà cinquante briques dans son panier. Il estimait à dix fois cela le montant du butin de l'autre côté du miroir.

En utilisant la force et en s'aidant d'une pince à levier, il pourrait avoir raison du système de fermeture aménagé dans les sculptures du cadre, mais l'opération lui prendrait un temps précieux. Surtout, elle laisserait des signes évidents qu'on avait forcé la serrure. Certes la maison était censée être inoccupée pendant les semaines à venir, mais allez donc savoir. Quand il partirait, il n'y aurait aucune preuve évidente de son passage. Et même à leur retour, les propriétaires pouvaient fort bien ne pas vérifier le coffre immédiatement. En tout cas, pas la peine de recourir à des méthodes brutales.

Il se dirigea vers le téléviseur à grand écran installé contre un mur de la vaste pièce qui servait aussi de salon, avec des fauteuils recouverts de chintz et une grande table basse. Luther examina les trois télécommandes. Une pour le téléviseur, une pour le magnétoscope et une troisième qui allait abréger de quatre-vingt-dix pour cent son travail de la nuit. Elles portaient chacune un logo. Elles se ressemblaient. Mais une brève tentative montra que deux d'entre elles mettaient en marche un des deux appareils ; pas la troisième. Il recula de quelques pas, braqua l'engin sur le miroir et poussa l'unique bouton rouge. Pour quiconque, ce geste démarrait un enregistrement sur le magnétoscope. Ce soir-là, dans cette pièce, cela signifiait que la banque ouvrait ses guichets pour un unique et heureux client.

Luther regarda la porte pivoter silencieusement sur ses gonds cachés. Poussé par une longue habitude, il reposa la télécommande exactement là où il l'avait trouvée. Il tira de son sac à dos un sac de toile pliant et pénétra dans la chambre forte.

Le faisceau de sa lampe balaya l'obscurité : il fut très surpris de voir un fauteuil capitonné planté au milieu de la pièce qui mesurait environ deux mètres sur deux. Sur l'accoudoir était posée une télécommande identique : de toute évidence pour éviter de se laisser enfermer accidentellement. Puis ses yeux aperçurent des rayonnages de chaque côté.

Des billets, soigneusement rangés en liasses, vinrent les premiers. Suivit le contenu de petits coffrets qui n'abritaient certainement pas des bijoux fantaisie. Luther compta environ deux cent mille dollars en obligations et autres titres négociables. Deux petites boîtes de pièces anciennes. Une autre pleine de timbres, dont l'un à l'image inversée : Luther en avala sa salive. Il laissa de côté les chéquiers et les cartons plein de documents sans valeur pour lui. Un rapide calcul lui montra qu'il arrivait à un total de près de deux millions de dollars, peut-être davantage.

Il jeta un coup d'œil circulaire pour s'assurer qu'il n'avait négligé aucun recoin. Les murs étaient épais : sans doute à l'épreuve du feu. L'endroit n'était pas hermétiquement clos : on y respirait un air frais, qui ne sentait pas le renfermé. Quelqu'un pouvait s'y terrer pendant des jours.

*
* *

La longue limousine et le fourgon qui suivait roulaient vite : les conducteurs étaient assez expérimentés pour accomplir cet exploit tous feux éteints.

Sur la vaste banquette arrière de la limousine se trouvaient un homme et deux femmes : l'une d'elles était plus qu'éméchée et essayait de déshabiller l'homme et de se déshabiller elle-même, malgré l'opposition rigolarde de sa victime.

La seconde femme était assise à l'autre extrémité du siège, les lèvres pincées : de toute évidence, elle s'efforçait d'ignorer ce spectacle ridicule ponctué de gloussements de gamine. En réalité, elle ne manquait pas un détail des ébats du couple. Son regard revenait sans cesse vers le gros cahier ouvert sur ses genoux et où rendez-vous et notes se disputaient l'espace. L'homme profita de l'instant où sa compagne ôtait ses escarpins pour se verser encore un verre. Il « tenait » l'alcool d'une manière stupéfiante. Il pouvait boire le double de ce qu'il avait déjà consommé ce soir-là sans que le moindre signe d'ébriété vînt le trahir : rien dans son discours ni dans ses gestes, ce qui aurait été redoutable pour quelqu'un occupant sa position.

Force lui était de l'admirer : en dépit de ses obsessions, du côté mal dégrossi de son caractère, il offrait au monde une image qui respirait la droiture et l'énergie, la normalité et en même temps la grandeur. Toutes les Américaines étaient amoureuses de lui : les jeunes, celles d'un certain âge et celles d'un âge certain. Amoureuses de sa beauté classique, de son immense assurance et aussi de ce qu'il représentait. Il répondait à cette admiration universelle avec un enthousiasme qui, si déplacé qu'il fût parfois, l'avait toujours laissée stupéfaite.

Cet enthousiasme ne s'était malheureusement jamais tourné vers elle, malgré des messages subtils : une façon de le toucher en insistant un peu trop, l'habileté avec laquelle elle s'arrangeait pour le voir dès le matin quand elle était à son avantage, et les allusions sexuelles qu'elle semait pendant leurs séances de travail, comme s'ils étaient entre garçons. Mais elle avait le temps. Son jour viendrait, elle en était certaine. Il suffisait d'attendre.

*

* *

Luther entendit les voitures s'engager dans l'allée. Puis ses yeux confirmèrent le message transmis par ses oreilles. Il ne lui fallut qu'une seconde pour comprendre à la fois que sa retraite était coupée et qu'il devait réviser son plan.

Il se posta à une autre fenêtre pour assister à l'arrivée du cortège. Il vit quatre personnes sortir de la limousine, une du fourgon. Son cerveau envisagea en un éclair plusieurs possibilités. Il y avait trop peu de monde pour qu'il s'agisse des propriétaires. Mais c'était vraiment trop s'il s'agissait d'un simple contrôle de surveillance. Il ne parvenait pas à se décider. Pendant un instant, Luther se demanda avec humour si la maison allait être cambriolée deux fois la même nuit. Mais c'était une probabilité invraisemblable. Dans ce boulot, comme dans les autres, il fallait tenir compte des statistiques. Et puis, en général, les voleurs ne débarquaient pas sur leur objectif en groupe ni en vêtements de soirée.

Il réfléchit à toute allure alors que des bruits montaient jusqu'à lui, venant de l'arrière de la maison.

Se décidant, il agrippa son sac, réactiva le système d'alarme, en se félicitant de sa mémoire des chiffres. Il se glissa dans la chambre forte, en tirant soigneusement la porte derrière lui jusqu'à ce qu'elle s'enclenche. Puis il s'enfonça aussi loin qu'il le put dans la petite pièce. Il n'avait plus qu'à attendre.

Il maudit sa malchance : ça marchait trop bien ! Puis il secoua la tête pour s'éclaircir les idées, se força à respirer régulièrement. C'était comme l'avion : plus on le prenait, plus vos risques d'accident augmentaient. Il n'avait plus qu'à espérer que les arrivants n'auraient rien à ranger dans le coffre-fort qui lui servait de cachette.

Des rires et des éclats de voix montèrent jusqu'à lui en même temps qu'une sonnerie stridente se déclenchait au-dessus de sa tête, lui vrillant les tympans. Apparemment, ça cafouillait du côté de l'alarme. La sueur perla sur le front de Luther : il imagina la sirène se mettant à hurler, la police investissant chaque recoin de la maison, à commencer par son refuge.

Il se demanda comment il réagirait quand s'ouvrirait la porte au miroir, et que le faisceau des lampes le débusquerait sans qu'il puisse l'éviter. Il imagina les visages inconnus, les armes braquées sur lui, le policier qui lui lirait ses droits. Il faillit se mettre à rire. Fait comme un rat. Coincé. Il n'avait pas fumé depuis trente ans mais il éprouvait soudain le violent besoin d'allumer une cigarette. Il posa son sac sans bruit, allongea ses jambes devant lui pour leur éviter de s'engourdir et attendit.

Des pas lourds sur les marches de chêne de l'escalier. Quels qu'ils soient, ces gens se moquaient bien qu'on les entende. C'était à la fois rassurant et très inquiétant. Il compta quatre personnes, cinq peut-être. Ils tournèrent à gauche, dans sa direction.

La porte de la chambre s'ouvrit avec un léger grincement. Luther se creusait la tête : il n'avait touché que la télécommande et il l'avait reposée soigneusement sur la trace laissée dans la poussière. Luther n'entendait plus maintenant que trois voix : celles d'un homme et de deux femmes. L'une d'elles paraissait ivre. L'autre parlait sérieusement. Puis Madame Sérieuse disparut. La porte se referma, mais pas à clé : Madame Pompette et l'homme restaient seuls. Où étaient les autres ? Où était passée Madame Sérieuse ? Les petits rires continuaient. Des pas s'approchèrent du miroir. Luther se recroquevilla dans son coin, en espérant que le fauteuil le protégerait des regards, tout en sachant que ce n'était pas possible.

Soudain la lumière l'éblouit et il sursauta : son petit univers passa brutalement du noir total à la grande clarté. Il cligna rapidement des yeux pour s'adapter à cette luminosité nouvelle. À part la lumière ; rien ne se passa. Pas de cri, pas de visage, pas d'arme.

Finalement, après une bonne minute, Luther jeta un coup d'œil par-dessus le fauteuil : il eut un nouveau choc. La porte du coffre avait disparu et il voyait la totalité de cette foutue chambre. Il en tomba presque sur les fesses puis se ressaisit. Il comprenait maintenant à quoi servait le fauteuil.

Les deux personnes qui se trouvaient dans la chambre ne lui étaient pas inconnues. La femme, il l'avait déjà vue ce soir, sur les photos : la bonne petite épouse qui s'habillait comme une pute.

L'homme, il le connaissait pour une raison différente et ce n'était pas le maître de maison. Sonné, Luther secoua lentement la tête et reprit son souffle. Ses mains tremblaient et, l'estomac serré, il lutta contre la nausée et regarda dans la pièce.

La porte de la chambre forte était un miroir sans tain. Lorsque le réduit était dans le noir et la chambre éclairée, on avait l'impression de regarder un écran de télévision grand modèle.

Il aperçut alors — et il en eut le souffle coupé — le collier que la jeune femme portait au cou. Son regard exercé l'estima à deux cents bâtons, peut-être plus. Exactement le genre de babiole qu'on range d'habitude dans un coffre-fort avant d'aller se coucher. Puis il se détendit en la regardant dégrafer le bijou et le laisser tomber par terre avec désinvolture.

Sa peur s'atténua suffisamment pour qu'il se lève, s'installe dans le fauteuil. C'était donc là que le vieux s'asseyait pour regarder sa charmante moitié se faire sauter par des jeunes types payés au Smic ou dont la liberté ne tenait qu'à l'épaisseur d'une carte de séjour.

Il regarda autour de lui, se détendit un peu, attentif cependant au moindre bruit. Il était coincé de toute façon. En trente ans de cambriole, il n'avait jamais rien vu de semblable. Il décida donc de faire la seule chose possible : protégé de la catastrophe absolue par deux tout petits centimètres d'épaisseur de verre, il se carra dans les profondeurs du fauteuil et attendit que le spectacle commence.

II

À Washington, à trois blocs de la masse blanche du Capitole, Jack Graham ouvrit la porte de son studio, jeta son manteau par terre et se dirigea droit vers le frigo. Une bière à la main, il s'affala sur le canapé usé jusqu'à la corde. Il but une gorgée, tout en parcourant d'un rapide coup d'œil la pièce minuscule. Ça le changeait de l'endroit d'où il revenait. Il garda un peu sa gorgée de bière en bouche puis l'avala. Ses maxillaires se crispèrent puis se détendirent. Les lancinants petits picotements du doute se dissipaient lentement, mais ils réapparaîtraient : ils revenaient toujours.

Encore un dîner important avec sa future femme, la famille de celle-ci et tout un groupe de relations à la fois d'affaires et mondaines. Les gens de ce milieu n'avaient visiblement que des amis utiles. Chacun avait sa fonction propre, l'ensemble étant plus grand que la somme des parties. Du moins était-ce le but poursuivi, même si Jack avait sa propre opinion là-dessus.

L'industrie et la finance étaient bien représentées : des noms que Jack lisait dans le *Wall Street Journal* avant de passer à la page des sports pour voir comment se débrouillaient les Skins ou les Bullets. Les politiciens aussi étaient présents, à pêcher des voix pour l'avenir et des dollars pour le présent. Pour compléter le groupe, les inévitables avocats (dont Jack faisait partie), un médecin pour la tradition et deux ou trois hauts fonctionnaires pour montrer que le pouvoir en place s'intéressait au reste de l'humanité.

Il termina sa bière et alluma la télé. Il ôta ses chaussures et lança négligemment sur l'abat-jour les chaussettes à carreaux à quarante dollars la paire que sa fiancée lui avait offertes. Si on la laissait faire, elle lui ferait porter des bretelles à deux cents dollars assorties aux cravates peintes à la main. Merde ! Il se frictionna les orteils en rêvant d'une seconde bière. Il essaya sans succès de s'intéresser à la télévision. Il repoussa de son front ses épaisses mèches brunes. Pour la millième fois, il songea à la tournure que prenait son existence, à une vitesse supersonique.

La voiture de fonction de Jennifer Baldwin les avait conduits jusqu'à l'hôtel particulier qu'elle possédait au nord-ouest de Washington et où Jack allait probablement s'installer après leur mariage : elle détestait l'appartement qu'il occupait. Ce soir, il avait réussi à ne pas rester, il était vraiment incapable de passer une minute de plus avec elle. Le mariage était prévu dans six mois — pratiquement demain pour une future mariée — et il était en train de se poser un tas de questions cruciales.

Jennifer Ryce Baldwin avait cette beauté qui fait se retourner même les femmes, elle était intelligente, ambitieuse : une jeune femme accomplie. Issue d'une famille à la fortune solide. Et décidée à épouser Jack. Son père était à la tête d'une des plus grandes entreprises de travaux publics du pays. Il touchait à tous les grands projets et y réussissait magnifiquement. Son arrière-grand-père paternel avait été un des premiers grands manufacturiers du Middle West, et la famille de sa mère avait jadis possédé une bonne part du centre de Boston. Les dieux s'étaient penchés très tôt et souvent sur le berceau de Jennifer Baldwin. Et Jack ne connaissait pas un homme qui ne fût jaloux de lui à crever.

Il se tortilla dans son fauteuil en essayant de dissiper la crampe qui lui mordait l'épaule. Cela faisait une semaine qu'il n'avait pas fait de sport. À trente-deux ans, sa grande carcasse d'un mètre quatre-vingt-trois était aussi solide que quand il était au lycée : là-bas, dans presque toutes les disciplines sportives, il était un homme parmi de jeunes garçons. Au collège, la concurrence avait été plus rude : il était quand même parvenu à faire partie de l'équipe seconde nationale comme lutteur dans la catégorie poids lourds et de l'équipe première interuniversitaire. Cela l'avait amené à la faculté de droit de l'université de Virginie. Il était sorti dans les meilleurs de sa promotion et s'était tout de suite installé comme avocat de l'assistance judiciaire du district de Columbia.

Ses camarades, au sortir de la faculté de droit, avaient tous opté pour les grosses boîtes. Ils s'étaient sentis obligés de l'appeler régulièrement pour l'encourager à voir un psychiatre susceptible de l'aider à sortir de cette folie. Il sourit à ce souvenir. Cinq ans comme avocat commis d'office. Il attrapa la dernière bière. Maintenant le frigo était vide.

La première année avait été pénible, cependant. Il avait appris les ficelles, mais perdu plus qu'il n'avait gagné. Au fur et à mesure, il plaida pour des affaires plus importantes. Et puis, parce qu'il jetait pour chaque cas toute son énergie, tout son talent et son bon sens dans la bataille, le vent se mit à tourner.

Il put alors commencer à botter quelques postérieurs importants.

Il découvrit à cette occasion qu'il était doué et qu'il était aussi à l'aise dans le contre-interrogatoire qu'il l'avait été pour jeter au tapis des adversaires plus costauds que lui. Les juges le remarquèrent. Il devint un avocat respecté et apprécié.

C'est à ce moment-là qu'il rencontra Jennifer, à une réception du barreau. Elle était vice-présidente des établissements Baldwin, chargée du développement et du marketing. Et il était facile de voir qu'elle se débrouillait très bien. Elle était dynamique et savait donner à ses interlocuteurs le sentiment qu'ils étaient importants. Elle écoutait leurs opinions même si elle n'en tenait pas compte. Elle était belle mais n'avait pas besoin de se servir de cet atout.

Quand vous regardiez sous la surface, il y avait beaucoup plus. Ou, du moins, ça en donnait l'impression. Jack n'aurait pas été humain si elle ne l'avait pas attiré. Et elle lui avait indiqué clairement, très vite, que l'attirance était mutuelle. Tout en lui montrant combien elle était impressionnée par sa vocation à défendre les droits des criminels de Washington, Jennifer avait peu à peu convaincu Jack qu'il avait fait son devoir envers les pauvres et les malchanceux et qu'il était temps pour lui de penser à son avenir, un avenir dont elle souhaitait faire partie. Quand il finit par démissionner de son poste, ses collègues de bureau lui avaient fait des adieux somptueux et souhaité bonne chance. Il aurait dû comprendre alors qu'il y avait encore beaucoup de pauvres et de malchanceux à défendre. Il ne pensait pas retrouver jamais l'excitation qu'il avait eu à être avocat commis d'office. Il se disait que des moments comme ceux-là n'arrivent qu'une fois dans la vie et qu'il les avait eus. Il était temps de bouger ; même les petits garçons comme Jack Graham devaient grandir un jour. C'était peut-être l'heure.

Il éteignit la télé, saisit au passage un paquet de biscuits et passa dans sa chambre, en enjambant une pile de linge sale. Il ne pouvait pas en vouloir à Jennifer de ne pas aimer son appartement : il y régnait un désordre effrayant. Mais ce qui le tracassait, c'était la certitude absolue que, même si l'endroit avait été bien rangé, Jennifer n'aurait jamais consenti à l'habiter. Pour commencer, c'était dans un mauvais quartier : Capitol Hill, d'accord, mais pas la partie chic de Capitol Hill : en fait, on en était loin.

Ensuite, il y avait la surface. L'hôtel particulier de Jennifer devait faire dans les cinq cents mètres carrés, sans compter les chambres des domestiques et le garage qui abritait sa Jag et sa Range Rover : comme si un habitant de Washington, où les rues étaient paralysées par les encombrements, avait besoin d'un véhicule capable d'escalader les montagnes.

Lui, en comptant la salle de bains, il avait quatre pièces. Jack finit par atteindre sa chambre, ôta ses vêtements et se laissa tomber sur son lit. Sur le mur, une petite plaque qu'il avait rapportée de son bureau proclamait qu'il faisait partie de Patton, Shaw & Lord. PS & L était le premier cabinet d'avocats d'affaires de Washington, conseil juridique de centaines de grosses sociétés, y compris celles de son futur beau-père qui représentaient à elles seules un compte de plusieurs millions de dollars. On lui attribuait le mérite de l'avoir apporté au cabinet et cela lui assurerait en retour une place d'associé au prochain conseil d'administration. Une place d'associé chez Patton, Shaw & Lord, ça représentait au moins dix millions de dollars par an. De l'argent de poche pour les Baldwin : mais il n'était pas un Baldwin. Du moins pas encore.

Il tira la couverture sur ses épaules. L'isolation de l'immeuble laissait quelque peu à désirer. Il avala deux comprimés d'aspirine qu'il fit passer avec un fond de Coca posé sur sa table de nuit.

Il parcourut des yeux la chambre exiguë et en désordre. Ça lui rappelait sa chambre de gamin. Et c'était un souvenir chaleureux. Les maisons devaient être habitées. Elles devaient aussi être remplies de cris d'enfants courant dans les couloirs à la recherche de bêtises à faire.

C'était aussi un des problèmes qu'il avait avec Jennifer : elle lui avait clairement laissé entendre que le trottinement de petits pieds dans la maison n'était pas dans ses priorités. Sa carrière dans la société de son père passait avant tout, dans son esprit comme dans son cœur ; et probablement avant lui, estimait Jack. Pour sa part, il n'avait pas envie d'attendre d'être dans un fauteuil roulant pour suivre les exploits de son fils au base-ball.

Il roula sur le côté et essaya de fermer les yeux. Le vent battait la vitre de la fenêtre, et il tourna la tête dans cette direction. Il faillit détourner le regard, mais, d'eux-mêmes, ses yeux résignés se posèrent sur une boîte qui renfermait une partie de sa collection de vieux trophées datant du lycée et du collège. Mais ce n'était pas ça qu'il regardait dans la pénombre, il tendit le bras pour attraper le cadre, se ravisa, puis céda. Il prit la photo. Ce n'était pas la première fois. C'était presque devenu un rituel, surtout depuis qu'il était fiancé à Jennifer Baldwin. Certes, sa fiancée ne tomberait jamais sur ce souvenir car elle refusait catégoriquement de mettre les pieds dans sa chambre plus d'une minute. Chaque fois qu'ils couchaient ensemble, c'était chez elle : Jack s'allongeait alors sur le lit, les yeux fixés au plafond, à trois mètres soixante du sol, où il contemplait une fresque où des cavaliers antiques et de jeunes vierges se bousculaient. Pendant ce temps, Jennifer se donnait du plaisir jusqu'à épuisement puis roulait sur le dos pour qu'il finisse sur elle. C'était aussi chez ses parents à elle, à la campagne. Là, les plafonds étaient encore plus hauts, et les peintures provenaient d'une église italienne du XIIIe siècle : tout cela donnait à Jack l'impression que Dieu le regardait, alors que la superbe nudité de Jennifer Ryce Baldwin le chevauchait et qu'il risquait la damnation éternelle pour quelques instants de plaisir physique.

La femme sur la photo avait des cheveux bruns et soyeux légèrement bouclés. Elle regardait Jack en souriant et il se souvenait du jour où il avait pris ce cliché.

Une promenade à vélo dans la campagne profonde du comté d'Albemarle. Il venait de commencer son droit : elle était en seconde année à l'université Thomas-Jefferson. Ce n'était que leur troisième rendez-vous mais c'était comme s'ils avaient toujours vécu ensemble.

Kate Whitney.

Il prononça le nom lentement. Sa main suivit les courbes de ses lèvres, la fossette juste au-dessus de sa joue gauche qui donnait à son visage un air un peu asymétrique et ses grands yeux toujours pétillants de malice.

Jack se mit sur le dos, posa la photo sur sa poitrine de telle sorte qu'elle le regardait droit dans les yeux. Jamais il ne pouvait penser à Kate sans évoquer l'image de son père, à l'esprit vif et au sourire narquois que sa fille avait hérités de lui.

Jack allait souvent le voir dans son petit pavillon des environs d'Arlington qui avait connu des jours meilleurs. Ils passaient des heures à boire de la bière et à se raconter des histoires : en fait, c'était surtout Luther qui racontait et Jack qui écoutait.

Kate n'allait jamais voir son père et jamais celui-ci n'essayait de la joindre. Jack avait découvert son existence presque par accident. Malgré les objections énergiques de Kate, il avait tenu à faire la connaissance de Luther. Il était rare de voir chez celle-ci un visage autre que souriant, mais c'était un sujet qui ne la faisait jamais sourire.

Quand il était sorti de l'université, il s'était installé à Washington et elle s'était inscrite à la faculté de droit de Georgetown. Elle avait assisté à ses premiers procès quand il luttait contre le trac, la gorge serrée, et qu'il essayait de se rappeler à quelle table il devait s'asseoir. Elle l'aidait à préparer ses dossiers : elle remontait des pistes, découvrait des témoins qu'elle persuadait de venir à la barre. Mais, plus les crimes dont on accusait les clients de Jack s'aggravaient, plus elle sentait diminuer son désir de l'aider.

Ils s'étaient séparés la première année où il avait commencé à se faire une clientèle.

Les raisons étaient simples : elle ne comprenait pas pourquoi il avait choisi de représenter des gens qui violaient la loi, et elle ne supportait pas l'idée qu'il aimait bien son père.

Il se souvenait du dernier instant de leur vie commune : ici même, dans cette chambre, il lui demandait, il la suppliait de ne pas le quitter. Mais elle était partie : il y avait quatre ans de cela et depuis il ne l'avait ni vue ni entendue.

Il savait qu'elle avait trouvé un poste au bureau du District Attorney d'Alexandria, en Virginie : elle s'occupait sans doute à jeter derrière les barreaux d'anciens clients à lui pour avoir violé les lois de son État d'adoption. À cela près, Kate Whitney était devenue une autre.

Mais il était allongé, là, et elle le dévisageait avec un sourire qui lui disait mille choses qu'il n'avait jamais découvertes chez la femme qu'il était censé épouser dans six mois. Jack se demandait si elle lui resterait étrangère et si sa vie allait devenir beaucoup plus compliquée qu'il ne le souhaitait. Il décrocha le téléphone et composa un numéro.

Quatre sonneries, puis il entendit sa voix. Elle avait un ton tranchant dont il ne se souvenait pas, peut-être était-ce nouveau ? Le bip arriva et Jack commença à laisser un message : quelque chose de drôle, de léger, mais tout d'un coup il devint nerveux. Il s'empressa de raccrocher, mains tremblantes, souffle coupé. Il secoua la tête. Seigneur ! Il avait plaidé cinq affaires d'assassinat et il paniquait comme un gosse de seize ans devant sa première petite amie.

Jack reposa la photo et essaya d'imaginer ce que Kate pouvait bien faire à cet instant précis. Sans doute était-elle à son bureau à se demander de combien d'années elle allait amputer la liberté d'un pauvre type.

Il se demanda, quant à lui, ce que devenait Luther. Venait-il à cet instant même de pénétrer chez quelqu'un par effraction ? Ou bien repartait-il avec un nouveau paquet de billets sur l'épaule ?

Quelle famille, Luther et Kate Whitney ! Si différents et si semblables. Tous les deux aussi précis et méticuleux, mais sur des galaxies bien opposées. Le soir où Kate était sortie de son existence, il était passé chez Luther lui dire adieu et boire une dernière bière.

Ils s'étaient assis dans le jardin bien entretenu, à regarder la clématite et le lierre qui s'accrochaient au mur. Le parfum des lilas et des roses flottait autour d'eux.

Le vieil homme avait pris la chose avec calme : il avait posé quelques questions et souhaité bonne chance à Jack. Dans la vie, certaines choses ne marchaient pas : Luther comprenait cela comme tout le monde. Mais quand Jack était parti, il avait vu briller une larme dans les yeux du vieil homme. Puis la porte s'était refermée sur cette partie de sa vie.

Il finit par éteindre la lumière et fermer les yeux en sachant qu'un nouveau jour l'attendait. Un jour qui le rapprochait de sa mine d'or, de la plus grosse affaire de sa vie. Ça ne facilitait pas le sommeil.

III

D'où il était, Luther ne pouvait s'empêcher de constater à quel point ces deux-là étaient assortis. C'était une réflexion bizarre eu égard aux circonstances, mais qui n'en demeurait pas moins vraie. L'homme, à la quarantaine distinguée, était grand et beau. La femme ne devait pas avoir beaucoup plus de vingt ans ; les cheveux dorés, le visage ovale et ravissant agrémenté d'immenses yeux bleu foncé qui pour le moment regardaient avec amour le personnage en face d'elle. Il caressa sa joue, et elle baisa avec ferveur le creux de sa paume.

L'homme avait monté une bouteille d'alcool dans la chambre et il en remplit leurs deux gobelets. Il en tendit un à la jeune femme. Après avoir trinqué, les yeux dans les yeux, il avala son verre d'un trait pendant qu'elle se contentait d'une gorgée. Ils reposèrent les verres et s'étreignirent au milieu de la pièce. Il laissa glisser ses mains le long du dos de sa compagne, puis les remonta en une lente caresse vers les épaules nues qu'elle avait joliment bronzées. Il la serra fort contre lui en l'embrassant dans le cou.

Luther détourna le regard, gêné d'être témoin de cette scène intime. Une étrange émotion pour qui était comme lui en danger d'être pris. Mais il n'était pas encore si vieux qu'il ne puisse comprendre la tendresse, la passion qu'il percevait dans ce spectacle.

Il releva les yeux et sourit. Le couple s'était mis à danser. L'homme était manifestement doué pour ça. Sa partenaire un peu moins, mais il la dirigea adroitement jusqu'à ce qu'ils atterrissent près du lit.

L'homme remplit à nouveau son verre et le but. La bouteille était vide maintenant. Il prit la jeune femme dans ses bras et elle s'appuya contre lui, lui ôta sa veste, commença à défaire sa cravate. Les mains de l'homme tâtonnèrent sur la fermeture à glissière de sa robe et la firent descendre. Le vêtement tomba par terre, révélant qu'elle ne portait dessous qu'un slip noir et des bas sans jarretelles.

Son corps parfait était de ceux qui exaspèrent les autres femmes. Chaque courbe était à sa place. Luther aurait pu enserrer sa taille de ses deux mains. Ses seins étaient gros, ronds et fermes. Elle avait les jambes minces et musclées grâce au tennis et à la gymnastique.

L'homme se déshabilla et resta assis en caleçon sur le lit en regardant sa compagne se dépouiller lentement de ses sous-vêtements. Elle avait de jolies fesses hautes et fermes, d'un blanc crémeux qui contrastait avec son bronzage hawaïen à vingt mille dollars. Lorsque le dernier voile tomba, il eut un sourire. Il avait de fortes dents très blanches. Et en dépit de l'alcool qu'il avait ingurgité, son regard semblait clair et net.

Elle lui sourit en retour et avança lentement. Il l'attrapa et la serra contre lui tandis qu'elle se frottait contre sa poitrine.

Luther détourna les yeux à nouveau, souhaitant de tout son cœur que ce moment se termine et que ces gens s'en aillent. Il lui faudrait quelques toutes petites minutes pour récupérer sa voiture et pour que cette nuit de cauchemar reste dans ses souvenirs comme une expérience heureusement unique.

L'homme empoigna durement les fesses de la jeune femme puis les frappa, les frappa encore. Luther tressaillait à chaque coup. La peau blanche se marbrait maintenant de rouge. Mais, soit elle était trop ivre pour sentir la douleur, soit elle aimait ce genre de traitement : elle continuait à sourire. Luther sentit son estomac se serrer à nouveau en voyant les doigts de l'homme se crisper sur la chair tendre.

L'homme laissa sa langue courir sur la poitrine de sa partenaire. Elle passa ses doigts dans ses cheveux en s'installant entre ses jambes. Elle ferma les yeux, un sourire heureux sur le visage. Elle jeta la tête en arrière et commença à le dévorer de baisers.

Il cessa de martyriser son postérieur pour lui caresser doucement le dos. Puis il se fit plus brutal et elle grimaça en s'écartant de lui. Elle eut un demi-sourire et il arrêta son geste. Il tourna son attention vers ses seins et se mit à les sucer. Elle ferma les yeux à nouveau, et sa respiration se transforma en un gémissement sourd. Il fit glisser ses mains vers son cou. Il gardait les yeux grands ouverts, fixant Luther sans être conscient de sa présence.

Luther contemplait ces yeux, et n'aimait pas ce qu'il voyait. Des lacs sombres cerclés de rouge, des soleils noirs vus à travers un télescope. Il eut le sentiment soudain que la femme nue était aux prises avec quelque chose qui n'était pas aussi gentil ni aimant qu'elle l'imaginait.

La femme finit par s'impatienter et le repoussa sur le lit. Elle s'installa sur lui à califourchon, offrant à Luther une vue par-derrière dont n'auraient dû bénéficier que son gynécologue et son mari. Elle se glissa sur lui mais il la repoussa sans douceur et la mit sur le dos, lui empoigna les jambes et les souleva jusqu'à les mettre à angle droit.

Luther se redressa sur sa chaise lorsque l'homme saisit la femme par le cou et lui tira la tête entre ses jambes. La brutalité du geste la fit suffoquer. Il rit et la laissa retomber en arrière. Elle resta sonnée quelques instants puis esquissa un timide sourire et se redressa sur les coudes. Il saisit son sexe en érection d'une main, lui écartant les cuisses de l'autre. Il la regardait sauvagement pendant qu'elle s'allongeait pour l'accueillir.

Mais au lieu de plonger entre les jambes de la femme, il lui saisit les seins et les serra ; sans doute trop fort car Luther perçut un petit cri de douleur et, brusquement, elle le gifla. Il riposta méchamment : un filet de sang apparut au coin de la bouche de la femme et coula sur les lèvres charnues et maquillées.

« Espèce de salaud. » Elle roula à bas du lit et s'assit sur la moquette. Elle se frottait la bouche, sentant le goût du sang, l'esprit embrumé par l'alcool retrouvant un instant de lucidité. Les premiers mots que Luther entendait distinctement prononcer de toute la nuit vinrent frapper son cerveau comme un coup de massue.

L'homme eut un sourire, un sourire que Luther n'aima pas : on aurait dit le rictus d'un animal sauvage prêt à tuer.

« Espèce de salaud », répéta-t-elle, plus calmement, d'une voix pâteuse. Comme elle se redressait, il lui saisit le bras, le tordit et elle tomba sans douceur sur le sol. Puis il s'assit sur le lit l'air triomphant. Le souffle rauque, Luther se tenait contre la vitre, les poings serrés. Il se demandait où étaient passés les autres visiteurs en espérant qu'ils allaient revenir. Il contempla la télécommande sur la chaise puis tourna à nouveau les yeux vers la chambre.

La femme se souleva à moitié, retrouvant lentement son souffle. Les sentiments romantiques qu'elle avait éprouvés s'étaient évanouis. Luther le voyait à ses mouvements, précis et déterminés. Son compagnon ne s'en était pas aperçu, pas plus qu'il n'avait vu l'éclair de colère dans les yeux bleus. Sinon il n'aurait pas tendu la main pour l'aider à se relever.

Il perdit son sourire lorsque le genou de la jeune femme entra brutalement en contact avec son entrejambe, le pliant en deux et stoppant net son excitation. Pendant qu'il se tordait sur le sol, aucun son ne s'échappant de ses lèvres en dehors de sa respiration laborieuse, elle ramassa son slip et commença à l'enfiler. Il lui prit la cheville et la fit tomber, la culotte à demi remontée.

« Petite conne », lança-t-il d'une voix rauque en essayant de reprendre son souffle sans lâcher la cheville. Elle lui donna un coup de pied dans les côtes, mais il se cramponnait toujours. « Sale petite putain », dit-il. Luther se surprit à se lever une fois de plus devant le ton menaçant qu'il percevait derrière ces mots.

L'homme se remit péniblement debout : l'expression de son visage donna la chair de poule à Luther. Ses mains saisirent la femme à la gorge. Celle-ci, malgré les brumes de l'alcool, réagit aussitôt. Son regard, maintenant terrifié, se portait à droite et à gauche tandis que la pression augmentait sur son cou et qu'elle commençait à avoir du mal à respirer. Elle lui labourait les bras de ses ongles mais il ne relâchait pas sa prise malgré le sang qui perlait. Elle se débattait et lui donnait des coups de pied mais il faisait deux fois son poids et c'était peine perdue.

Luther jeta un nouveau coup d'œil vers la télécommande. Il pouvait ouvrir la porte. Il pouvait arrêter ça. Mais ses jambes ne répondaient pas.

Il regardait, impuissant, la sueur lui ruisselant sur tout le corps. Chaque inspiration lui brûlait la poitrine. Mais il resta là, les mains posées sur le verre.

Luther la vit soudain tâtonner sur la table de nuit et, dans un geste désespéré, saisir le coupe-papier. Puis, du même mouvement, lacérer le bras qui l'étouffait.

L'homme poussa un grognement de souffrance, la lâcha et agrippa son bras ensanglanté. Pendant un instant interminable, il contempla sa blessure, incrédule. Cette femme l'avait poignardé.

Quand il releva la tête, Luther ressentit plus qu'il n'entendit le grondement meurtrier qui s'échappait des lèvres du blessé.

Et le coup partit, un coup de poing d'une violence inouïe. Lorsqu'il écrasa la chair tendre, le sang jaillit du nez et de la bouche de la jeune femme, accompagné de quelques dents.

Était-ce l'alcool qu'elle avait consommé, Luther n'en savait rien : mais ces coups, qui d'ordinaire auraient démoli une personne de son gabarit, ne firent qu'accroître sa colère. Avec l'énergie du désespoir, elle parvint à se remettre debout et lui décocha un nouveau coup de pied dans l'aine. Cela l'envoya au tapis pour le compte. Il se roula en boule en gémissant, ses mains protégeant son sexe.

Le visage ruisselant de sang, le regard non plus terrorisé mais rempli d'une fureur homicide, elle se laissa tomber à genoux à côté de lui et brandit le coupe-papier au-dessus de sa tête. Luther saisit la télécommande et fit un pas vers la porte.

L'homme comprit que sa vie arrivait à son terme en voyant la lame plonger vers sa poitrine. Rassemblant ses dernières forces, il poussa un cri strident qui ne pouvait pas rester sans réponse. Luther tourna les yeux vers la porte de la chambre qui s'ouvrit aussitôt à la volée.

Deux hommes, les cheveux taillés en brosse, leur costume de ville ne dissimulant pas des physiques impressionnants, déboulèrent dans la chambre, pistolet au poing. Luther n'eut pas le temps de faire un geste de plus : ils avaient évalué la situation et pris la situation en main.

Les deux armes tirèrent presque simultanément.

*
* *

Assise dans son bureau, Kate Whitney examinait une nouvelle fois le dossier.

Le type avait des antécédents judiciaires : quatre condamnations déjà... En six autres occasions il avait été arrêté mais relâché parce que les témoins n'avaient pas osé parler ou bien avaient terminé prématurément leur existence dans des décharges publiques. Cette ordure était une bombe à retardement ambulante, prête à péter au nez d'une autre victime : toutes avaient été des femmes.

Il était cette fois-ci accusé de meurtre et de viol au cours d'un cambriolage : selon les lois de Virginie, c'était un meurtre qualifié. Elle décida de requérir la peine de mort. Elle ne l'avait jamais encore demandée : mais si quelqu'un la méritait, c'était bien ce type, et l'État ne répugnait pas à l'accorder.

Pourquoi lui laisser la vie alors qu'il avait sauvagement mis un terme à celle d'une étudiante de dix-neuf ans qui avait eu l'idée funeste de se rendre en plein jour dans un centre commercial pour acheter des collants et des chaussures neuves ?

Elle se frotta les yeux et, prenant un élastique sur son bureau, elle fit de ses cheveux une vague queue-de-cheval. Elle examina son petit bureau ; des dossiers s'entassaient tout autour : pour la millième fois, elle se demanda si cela cesserait un jour. Bien sûr que non. Cela risquait plutôt d'empirer : elle ne pouvait que faire de son mieux pour endiguer le flot de sang. Elle allait commencer par l'exécution de Roger Simmons, vingt-deux ans : le criminel le plus endurci qu'elle eût affronté jusque-là et, pourtant, dans sa brève carrière, elle en avait déjà rencontré beaucoup. Elle se souvenait du regard qu'il lui avait lancé ce jour-là au tribunal. Un regard totalement dénué de remords ou d'une quelconque émotion. C'était aussi un visage vide d'espérance, ce qui n'avait rien de surprenant lorsqu'on connaissait le récit de son enfance. Mais elle ne pouvait en tenir compte. Elle était même la seule à ne pouvoir le faire.

Elle secoua la tête et regarda sa montre : minuit passé. Elle avait besoin d'une autre tasse de café. Son esprit commençait à vagabonder. Cela faisait cinq heures que le dernier de ses collègues était parti. Trois heures que l'équipe de nettoyage avait terminé. Elle alla vers la cuisine sans remettre ses chaussures. Si Charlie Manson avait été en liberté, il aurait été un de ses dossiers les plus anodins : un amateur comparé aux monstres qui couraient les rues aujourd'hui.

Elle regagna son bureau et s'arrêta un instant pour contempler son reflet dans la vitre. Pourtant, dans son travail, l'aspect physique avait peu d'importance : bon sang, cela faisait plus d'un an qu'elle n'était pas sortie avec un garçon. Mais elle n'arrivait pas à détourner le regard : elle était grande et mince, sans doute trop maigre à certains endroits. Elle continuait cependant à faire chaque jour des kilomètres de course à pied alors que son régime alimentaire n'avait cessé de s'appauvrir. Elle vivait de biscuits et de mauvais café, se limitait à deux cigarettes par jour, et elle espérait avec un peu de chance cesser de fumer complètement.

Elle se sentait coupable de malmener ainsi son organisme, de lui infliger des horaires insensés et cette tension nerveuse d'une affaire horrible à une autre encore pire. Mais que fallait-il qu'elle fasse ? Démissionner parce qu'elle ne ressemblait pas aux femmes dans *Cosmopolitan* ?

Elle se consolait en se disant que ces filles-là devaient s'échiner vingt-quatre heures par jour pour rester belles. Son boulot à elle consistait à faire en sorte que les gens qui enfreignaient la loi et faisaient du mal à leur prochain fussent punis. Quel que soit le critère de réflexion, elle devait convenir que sa vie était utile.

Elle secoua sa tignasse : elle avait besoin d'aller chez le coiffeur, mais où prendre le temps pour ça ? Son visage restait encore peu marqué malgré la charge qu'elle trouvait de plus en plus lourde à porter. À vingt-neuf ans, après quatre ans à travailler dix-neuf heures par jour et d'innombrables procès, elle ne s'en tirait pas trop mal.

Elle soupira en réalisant que ça ne durerait certainement pas. À l'université, elle avait été le point de mire de presque toute la population mâle. Elle avait fait tourner les têtes, battre les cœurs et donné des sueurs froides à beaucoup. Maintenant qu'elle approchait de ses trente ans, elle réalisait que ce qu'elle avait pris pour argent comptant pendant si longtemps, ce qu'elle avait tourné en dérision en de nombreuses occasions, n'était pas acquis pour autant. Et parmi toutes ces petites choses auxquelles on n'attache soi-disant pas d'importance, le silence qui se faisait lorsqu'elle entrait dans une pièce lui manquerait.

Qu'elle soit restée aussi belle ces dernières années était remarquable étant donné le peu qu'elle avait fait dans ce sens. De bons gènes, probablement. Elle avait de la chance. Là-dessus, elle se mit à penser à son père et songea qu'elle n'était pas si chanceuse que ça sur le plan génétique. Un homme qui volait les autres et espérait ensuite mener une vie normale. Un être qui trompait tout le monde y compris sa femme et sa fille. Un individu sur qui on ne pouvait pas compter...

Elle s'assit à son bureau. But une gorgée de café brûlant, ajouta du sucre. Puis elle regarda le dossier Simmons tout en remuant le breuvage amer qui la faisait fonctionner la nuit.

Elle décrocha le téléphone et composa son numéro personnel pour écouter son répondeur. Il y avait cinq messages, deux de confrères, un d'un policier qu'elle voulait faire témoigner contre Simmons et un autre d'un inspecteur du bureau qui aimait bien l'appeler à des heures incongrues avec, la plupart du temps, des renseignements sans intérêt. Il lui faudrait changer de numéro de téléphone. La personne qui avait appelé en dernier avait raccroché. Mais elle perçut un souffle rauque et distingua un mot ou deux. Elle crut reconnaître une sonorité familière, mais elle n'arriva pas à situer la voix. Il y avait vraiment des gens qui n'avaient rien à faire...

Le café faisait son effet : le dossier reprenait forme devant ses yeux. Elle jeta un coup d'œil à sa petite étagère. Il y avait là une vieille photo de sa mère et d'elle à onze ans. Luther Whitney n'était pas sur la photo : on avait découpé sa silhouette qui laissait un grand trou près de la mère et de la fille. Un grand vide.

*

* *

« Nom de Dieu de nom de Dieu ! » Le président des États-Unis s'assit, une main protégeant ses parties sexuelles encore endolories par le coup de pied, l'autre tenant le coupe-papier qui, un instant plus tôt, avait failli être l'instrument de sa mort. Il n'y avait pas que son sang à lui dessus maintenant. « Putain, Bill, vous l'avez tuée ! »

L'homme qu'il interpellait ainsi se pencha pour l'aider à se relever tandis que son compagnon examinait la femme : un examen pour la forme étant donné que deux balles de gros calibre lui avait traversé le cerveau.

« Pardonnez-moi, monsieur le Président, le temps pressait. Je suis désolé, monsieur le Président. »

Cela faisait dix ans que Bill Burton était agent du Secret Service. Auparavant, il avait été huit ans dans la police montée de l'État du Maryland. Il avait un diplôme d'histoire et un doctorat de droit pénal : et voilà qu'une de ses balles venait de faire sauter la tête d'une ravissante jeune femme. Malgré tout l'entraînement qu'il avait suivi, il tremblait comme un gamin qu'un cauchemar vient de réveiller.

Il avait déjà tué en service commandé : un type qui avait forcé un barrage de police. Mais la victime était un récidiviste, quatre fois condamné, qui menait une vendetta contre tous les policiers en uniforme : il brandissait un pistolet Glock semi-automatique, bien décidé à faire sauter la tête de Burton de ses épaules.

Il baissa les yeux vers le corps nu : il crut qu'il allait être malade. Son équipier, Tim Collin, le regarda et prit son arme. Burton avala sa salive et hocha la tête. Il tiendrait le coup.

Ils relevèrent Alan J. Richmond, quarante-quatrième président des États-Unis, héros politique, idole des jeunes, des moins jeunes et du troisième âge. Pour l'instant, il était simplement nu et ivre. Le Président leva les yeux vers eux : le sentiment d'horreur s'estompait sous l'effet de l'alcool. « Elle est morte ? » Il avait la voix pâteuse, ses yeux semblaient rouler dans leurs orbites comme des billes affolées.

« Oui, monsieur », répondit Collin d'un ton nerveux. Ivre ou pas, on ne laissait pas sans réponse une question du Président.

Burton se sentait mieux. Il jeta un nouveau coup d'œil à la femme puis son regard revint au Président. C'était leur boulot, son boulot : protéger ce foutu Président. Quel qu'en soit le prix, sa vie ne devait pas se terminer comme ça. Pas embroché comme un porc par une petite garce qui avait trop bu.

La bouche du Président se crispa dans ce qui ressemblait à un sourire : mais ni Collin ni Burton ne devaient s'en souvenir de cette façon plus tard. Le Président commença à se relever.

« Où sont mes affaires ? interrogea-t-il.

— Ici, monsieur le Président. » Burton se mit au garde-à-vous puis se pencha pour ramasser les vêtements. Ils étaient couverts de sang. Comme, semblait-il, à peu près tout dans la pièce.

« Eh bien, aidez-moi à me lever et à me préparer, bon Dieu. Je dois faire un discours quelque part, non ? » Il eut un rire hystérique. Burton et Collin se regardèrent. C'est alors que le Président s'évanouit sur le lit.

*
*   *

Au moment des coups de feu, Gloria Russell, chef de cabinet de la Maison Blanche, était enfermée dans les toilettes du rez-de-chaussée, aussi loin que possible de cette chambre.

Elle avait accompagné le Président à plusieurs de ses rendez-vous galants mais, au lieu de s'y habituer, elle était chaque fois plus écœurée. Imaginer son patron, l'homme le plus puissant de la terre, baisant toutes ces putains avides de célébrité, ces fans des hommes politiques, cela dépassait son entendement. Et pourtant elle avait presque fini par s'y faire. Presque.

Elle remonta son collant, ouvrit la porte à la volée. Elle se précipita dans le couloir et, malgré ses talons hauts, grimpa les marches deux par deux. Quand elle arriva devant la porte de la chambre, Burton l'empêcha d'avancer :

« Madame, n'entrez pas : ça n'est pas beau à voir. »

Elle l'écarta puis s'arrêta, clouée sur place. Son premier réflexe fut de partir en courant, dévaler les escaliers, remonter dans la limousine, fuir loin de cet État, de ce pays minable. Elle ne plaignait pas Christine Sullivan : la garce méritait de finir comme ça. Elle voulait se faire sauter par le Président : c'était ce qu'elle espérait depuis deux ans. Il arrive parfois qu'on n'ait pas ce qu'on veut : on a beaucoup plus.

Russell se domina et se tourna vers Collin.

« Bon sang, que s'est-il passé ? »

Tim Collin était jeune, costaud, dévoué à l'homme qu'il avait mission de protéger. Il avait été entraîné à mourir pour défendre le Président et il savait qu'il le ferait si l'occasion devait se présenter. Quatre ans plus tôt, il avait mis hors de nuire un malfaiteur sur un parking où le candidat à la présidence Alan Richmond faisait un discours. Collin avait plaqué l'homme au sol avant même que l'autre ait réussi à sortir son arme de sa poche, avant que quiconque ait réagi. Pour Collin, le seul but de sa vie était de protéger le Président.

Il ne lui fallut qu'une minute pour faire son rapport à Russell en quelques phrases succinctes et précises que Burton confirma solennellement.

« C'était ou bien lui ou bien elle, Mrs. Russell. Il n'y avait pas d'autre solution. » Instinctivement, Burton jeta un coup d'œil au Président, toujours allongé sur le lit, inconscient. Ils avaient recouvert avec un drap les parties les plus stratégiques de son corps.

« Vous voulez me raconter que vous n'avez rien entendu ? Aucun signe de violence avant... avant ça ? » De la main elle désigna la chambre maculée de sang.

Les agents échangèrent un regard. Ils avaient entendu bien des bruits en provenance de chambres où se trouvait leur patron. On pouvait en considérer certains comme violents, d'autres, peut-être pas. Mais jusqu'à présent tout le monde s'en était toujours sorti sans dommage. Les femmes descendaient l'escalier en rajustant leur corsage, en tirant sur leur jupe et en souriant comme si elles venaient de baiser la main du pape. Le Président sortait d'un pas nonchalant, bombant le torse : le coq et la poule.

« Rien d'extraordinaire, répondit Burton. Et puis nous avons entendu le Président crier et nous sommes entrés. Cette lame était peut-être à sept ou huit centimètres de sa poitrine. Le seul moyen assez rapide d'intervenir, c'était de tirer. »

Il se redressa, se tenant aussi droit qu'il le pouvait et la regarda dans les yeux. Collin et lui avaient fait leur travail et ce n'était pas elle qui allait leur dire le contraire. Ils n'accepteraient aucun reproche.

« Quoi, il y avait un couteau dans la chambre ? dit-elle en regardant Burton d'un air incrédule.

— Si ça ne dépendait que de moi, on ne se lancerait pas dans ces petites excursions. La moitié du temps, le Président ne veut rien nous laisser vérifier au préalable. Nous n'avons pas pu inspecter la chambre. » Il la regarda. « C'est le Président, madame », ajouta-t-il pour faire bonne mesure : comme si ça justifiait tout. Pour Russell, c'était en général le cas et Burton le savait pertinemment.

Russell inspecta la pièce, enregistrant tout. Elle avait une chaire de professeur de science économique à Stanford et une réputation nationale quand elle avait répondu à l'appel d'Alan Richmond trois ans auparavant. L'homme avait une telle puissance de conviction : jeune, brillant, dynamique. Tout le monde voulait prendre le train en marche avec lui : il était venu la chercher, elle avait tout abandonné pour le suivre. Comment faire autrement ?

Chef de cabinet depuis trois ans, avec de sérieuses chances de devenir secrétaire d'État si Richmond était réélu : ce que tout le monde attendait. Et, qui sait ? peut-être un tandem Richmond-Russell en perspective. Ils avaient formé une brillante équipe : elle était le stratège. Il était le candidat parfait. Leur avenir s'annonçait chaque jour plus radieux. Et maintenant ? Maintenant elle se trouvait avec un cadavre et un Président ivre dans une maison censée être inoccupée.

Elle réagit. Ce n'était pas ce déchet d'humanité qui allait l'arrêter. Jamais de la vie !

Burton se dandinait d'un pied sur l'autre. « Vous voulez que j'appelle la police maintenant, madame ? »

Russell le regarda comme s'il avait perdu la tête.

« Burton, laissez-moi vous rappeler que notre tâche consiste à protéger en toutes circonstances les intérêts du Président : c'est la priorité absolue. Est-ce clair ?

— Mais la petite dame est morte. Je pense que nous...

— C'est exact. Vous et Collin avez abattu cette femme et elle est morte. »

Les mots restèrent en suspens. Collin se frotta les doigts. Instinctivement, sa main se dirigea vers l'étui qui contenait son arme. Il dévisagea feu Mrs. Sullivan, comme si, d'un effort de volonté, il pouvait la ramener à la vie.

Burton fit jouer les muscles de ses épaules et s'approcha de Russell de quelques centimètres : la différence de taille était ainsi plus frappante.

« Si nous n'avions pas tiré, le Président serait mort. C'est *notre* métier de garder le Président sain et sauf.

— Exact aussi, Burton. Maintenant que vous l'avez empêché d'être tué, comment comptez-vous expliquer à la police, à l'épouse du Président, à vos supérieurs, aux avocats, aux médias et au Congrès, aux marchés financiers, au pays et à tout le reste de ce putain de monde pourquoi le Président était ici ? Ce qu'il y faisait ? Et les circonstances qui vous ont amenés, vous et l'agent Collin, à ouvrir le feu sur la femme d'un des hommes les plus riches et les plus influents des États-Unis ? Parce que, si vous appelez la police, si vous alertez qui que ce soit, c'est exactement ce que vous serez obligés de faire. Si vous êtes prêts à accepter la pleine responsabilité de ce geste, alors décrochez ce téléphone là-bas et passez ce coup de fil. »

Le visage de Burton changea de couleur. Il recula d'un pas : sa carrure ne lui était d'aucune utilité maintenant. Pétrifié, Collin regardait s'affronter Russell et Burton. Il n'avait jamais vu personne parler sur ce ton à Bill Burton. Le gaillard aurait pu briser le cou de Russell d'une pichenette. Mais ce talent ne lui servait absolument à rien pour le moment.

Burton regarda à nouveau le cadavre. Comment pouvait-on expliquer ça sans pépin pour quiconque ? La réponse était simple : on ne pouvait pas.

Russell l'observait attentivement. Il évitait son regard. Elle avait gagné. Elle eut un sourire bienveillant et hocha la tête. C'était à elle de prendre la direction des opérations.

« Allez faire du café, beaucoup et tout de suite », ordonna-t-elle à Burton. Elle savourait cette nouvelle répartition des rôles. « Et puis restez près de la porte d'entrée au cas où nous aurions des visiteurs nocturnes.

« Collin, allez jusqu'au fourgon parler à Johnson et à Varney. Ne leur racontez rien de tout cela. Contentez-vous de leur dire pour l'instant qu'il y a eu un accident mais que le Président va bien. C'est tout ; qu'ils ne bougent pas. Compris ? Je vous appellerai quand j'aurai besoin de vous. Il faut que je réfléchisse. »

Burton et Collin acquiescèrent et sortirent. Ni l'un ni l'autre n'avaient été formés à passer outre des ordres donnés avec une telle autorité. En l'occurrence, Burton n'avait aucune envie de prendre les choses en main : on ne pourrait pas le payer assez pour faire ça.

Luther n'avait pas bougé depuis que les balles avaient fait sauter la cervelle de la femme. Il n'osait pas. Le premier choc avait fini par passer mais son regard était sans cesse attiré vers le plancher et ce qui avait été une créature humaine vivant et respirant. Dans toute sa carrière criminelle, il n'avait vu qu'une seule autre fois un cadavre. Un pédophile, trois fois condamné, dont la moelle épinière avait été détruite par une lame de huit centimètres maniée par un codétenu qui ne l'avait pas à la bonne. Les émotions qui déferlaient sur lui maintenant étaient radicalement différentes : il avait l'impression d'être le seul passager à bord d'un navire qui aurait accosté dans un port étranger. Rien ne lui paraissait familier. Ça n'arrangerait pas ses affaires de faire du bruit maintenant : il se rassit donc lentement avant que ses jambes ne se dérobent sous lui.

Il regarda Russell évoluer dans la chambre : elle se pencha sur la morte, sans la toucher. Elle ramassa ensuite le coupe-papier en le tenant par l'extrémité de la lame avec un mouchoir. Elle fixa longuement l'objet qui avait bien failli abréger la vie de son patron. Elle le posa soigneusement sur la table de nuit et remit le mouchoir dans sa poche. Elle jeta un bref coup d'œil à celle qui récemment encore s'appelait Christine Sullivan.

Elle ne pouvait s'empêcher d'éprouver de l'admiration pour la façon dont Richmond gérait ces activités hors agenda. Toutes ses

« compagnes » étaient des femmes riches et qui faisaient partie de la bonne société. Toutes étaient mariées. Cela lui donnait l'assurance qu'aucune révélation concernant sa conduite adultère ne serait publiée dans aucun journal à scandale. Les femmes qu'il mettait dans son lit avaient autant, sinon plus, à perdre que lui, et elles le savaient pertinemment.

La presse ! Russell sourit. À notre époque, le Président ne pouvait pas pisser, allumer un cigare ou roter sans que le grand public en soit informé dans le moindre détail. C'est du moins ce qu'on lui laissait croire. Cette crédulité prenait racine dans la haute estime où l'on tenait la presse et ses capacités d'investigation. Ce qui était plus difficile à comprendre, c'était que, bien que la puissance personnelle du Président se soit atténuée au fil des années, en raison de la complexité de plus en plus grande des affaires internationales, il était toujours entouré de collaborateurs d'une efficacité redoutable et d'une loyauté absolue. Des collaborateurs dont les capacités en matière de coups tordus dépassaient de loin l'imagination de journalistes qui trouvaient matière à articles percutants en interrogeant des membres du congrès trop heureux d'être cités dans la dernière édition. Il était évident que le président Alan Richmond pouvait se comporter comme il l'entendait sans craindre que quiconque soit au courant. Il aurait même pu disparaître un temps de la scène publique, si cela n'avait pas été antinomique avec ses ambitions politiques.

Et toutes ces facilités tenaient en un seul nom : le Secret Service. C'était ce qu'on faisait de mieux. Ils l'avaient prouvé tant et plus au cours des années, et mis en pratique pas plus tard que cet après-midi.

Christine Sullivan avait quitté l'institut de beauté un peu après l'heure du déjeuner. Elle était allée à pied jusqu'à l'entrée d'un immeuble dont elle était ressortie presque aussitôt enveloppée dans un manteau à capuchon tiré de son sac. Elle avait ensuite marché jusqu'au métro et avait pris une ligne directe jusqu'à Metro Center. De là elle avait encore marché et avait rejoint un passage entre deux immeubles promis à la démolition. Deux minutes après, une voiture aux vitres teintées avait quitté les lieux. Collin était au volant et Christine Sullivan installée sur la banquette arrière. Elle était restée dans un endroit sûr avec Bill Burton jusqu'à ce que le Président se soit libéré de ses obligations, tard dans la soirée.

La propriété des Sullivan avait été choisie parce que c'était bien le dernier endroit où quelqu'un serait venu la chercher. Et puis

Russell savait que la maison serait vide, et que le système de sécurité n'était pas un obstacle pour eux.

Russell s'assit lourdement et ferma les yeux. Oh oui, elle avait sous la main deux membres du Secret Service parmi les plus capables. Et, pour la première fois, elle ressentait une sorte de trouble à cette idée. Les quatre agents qui les accompagnaient dans leurs petites sauteries avaient été soigneusement choisis par le Président lui-même parmi la centaine que comportait la suite présidentielle. Ils étaient tous loyaux et hautement compétents. Ils prenaient soin du Président et tenaient leur langue, quoi qu'on leur demande. Jusqu'à présent, la fascination qu'exerçaient les femmes mariées sur le président Richmond n'avait rien produit de bouleversant. Mais les événements de ce soir compensaient largement. Russell secoua la tête.

De sa cachette, Luther examinait ce visage : intelligent, séduisant, mais d'une très grande dureté. On pouvait presque voir tourner les rouages de son cerveau au rythme de ses froncements de sourcils. Le temps passait et elle restait là immobile. Puis elle se secoua et parcourut la chambre des yeux, dans le moindre détail.

Luther se recroquevilla machinalement lorsque ce regard le balaya. Puis les yeux de la jeune femme se posèrent sur le lit et s'attardèrent. Une longue minute, elle contempla l'homme endormi : elle eut alors sur le visage une expression que Luther ne réussit pas à déchiffrer : quelque chose à mi-chemin entre le sourire et la grimace.

Elle se leva, s'approcha du lit et dévisagea l'homme étendu. Cet homme qui ne pensait qu'au Peuple : c'était en tout cas ce que croyait le Peuple. Un grand homme, fait pour passer à la postérité. Pour le moment, il n'avait pas l'air grandiose : le corps en travers du lit, les jambes écartées, les pieds touchant presque le sol, une position curieuse à tout le moins, surtout quand on était nu.

Elle parcourut du regard le corps du Président, insistant sur certains points : Luther trouva ça étonnant compte tenu de ce qui gisait sur le sol. Il s'était attendu à entendre des sirènes et à voir la maison envahie de policiers et de médecins légistes. Sans parler des correspondants de presse arrivant par fourgons entiers. Mais apparemment, cette femme avait un autre plan.

Luther avait déjà aperçu Gloria Russell sur CNN et les principales chaînes de télé. Il l'avait souvent vue en photo dans les journaux et croisée une fois en chair et en os aux cérémonies du 4 Juillet. Elle avait des traits remarquables, un long nez aquilin et des pommettes saillantes, héritage d'un ancêtre cherokee. Ses cheveux, raides et d'un noir de jais, pendaient jusqu'aux épaules. Elle avait de grands yeux bleu nuit : deux lacs dangereux pour les imprudents et les gens sans méfiance.

Luther se déplaça avec précaution dans son fauteuil. Voir cette femme devant une cheminée monumentale, assise dans un fauteuil à oreillettes de la Maison Blanche et pontifiant sur les derniers développements politiques était une chose. La regarder évoluer dans une pièce contenant un cadavre et examiner un ivrogne nu qui se trouvait être le chef du monde libre en était une autre.

Luther ne voulait pas en voir plus mais il n'arrivait pourtant pas à détourner ses yeux.

Russell jeta un coup d'œil à la porte, traversa rapidement la pièce, prit son mouchoir et tourna la clé dans la serrure. Elle revint contempler le Président. Sa main se leva et Luther se crispa sur son fauteuil, craignant le pire : mais elle se contenta de caresser le visage de Richmond. Luther se détendit. Il se raidit de nouveau en la voyant poser la main sur la poitrine de l'homme endormi, s'attarder un instant sur son torse velu avant de descendre jusqu'au ventre plat qui s'élevait et s'abaissait régulièrement au rythme de sa respiration.

Sa main descendit encore plus bas. Lentement elle écarta le drap et le laissa tomber sur le sol. La main alla jusqu'à l'entrejambe et y resta. Elle jeta un nouveau coup d'œil à la porte et s'agenouilla devant le Président. Luther ferma les yeux. Il ne partageait pas les goûts de voyeur du maître de maison.

Plusieurs longues minutes s'écoulèrent. Luther regarda à nouveau. Le Président n'était pas vraiment conscient, ses yeux étaient toujours clos, mais une partie remarquable de son anatomie était bien réveillée. Gloria Russell enleva son collant et le posa avec soin sur le dossier d'une chaise. Puis elle grimpa avec précaution sur le Président.

Luther une fois de plus ferma les yeux. Il se demandait si on pouvait entendre d'en bas grincer le lit. Sans doute que non : c'était une très grande maison. Et même s'ils entendaient, que pouvaient-ils faire ?

La nuit avançait. Luther finit par percevoir un petit halètement de l'homme inconscient et un gémissement étouffé de la femme. Mais Luther gardait les yeux fermés. Il ne savait pas très bien pourquoi. Probablement un mélange de terreur et de dégoût devant ce manque de respect pour la morte.

Quand il finit par rouvrir les yeux, Russell avait le regard fixé sur lui. Son cœur s'arrêta de battre puis son cerveau lui dit que ça n'avait aucune importance... Le chef de cabinet remit prestement son collant. Puis, en quelques gestes précis, elle se remaquilla.

Elle avait un grand sourire et les joues roses. Elle semblait rajeunie. Luther jeta un coup d'œil au Président. Il était retombé dans un profond sommeil : la dernière demi-heure lui apparaîtrait sans doute comme un rêve particulièrement agréable et réaliste. Le regard de Luther revint à Russell.

C'était agaçant de voir cette femme qui lui souriait, dans cette pièce qui sentait la mort, sans savoir qu'il était là. On lisait le goût du pouvoir sur ce visage. Et une expression que Luther avait déjà vue une fois dans cette chambre : cette femme était dangereuse, elle aussi.

*
* *

« Je veux qu'on me stérilise toute cette maison, à l'exception de ça », Russell désigna la défunte Mrs. Sullivan. « Attendez une minute. Il a dû se vautrer sur elle. Burton, je veux que vous examiniez chaque centimètre carré de son corps. Tout ce qui a même vaguement l'air de ne pas être à sa place, je veux que vous le fassiez disparaître. Ensuite rhabillez-la. » Les mains gantées, Burton s'avança pour exécuter ces ordres.

Collin essayait de faire avaler du café à Richmond. La caféine l'aiderait à sortir du brouillard dans lequel il se trouvait mais il faudrait du temps pour qu'il retrouve son état normal. Russell s'assit près de lui. Elle lui prit la main. Il était habillé maintenant, juste un peu décoiffé. On avait bandé son bras du mieux possible. Il était en excellente santé : la plaie cicatriserait rapidement.

« Monsieur le Président ? Alan ? Alan ? » Russell lui prit le visage à deux mains et le tourna vers elle.

Savait-il ce qu'elle lui avait fait ? Elle en doutait. Il avait si désespérément envie de tirer un coup ce soir. Envie de posséder une femme. Elle lui avait offert son corps, sans se poser de questions. Techniquement, elle avait commis un viol. Techniquement. En réalité, elle avait réalisé le rêve de plus d'un mâle. Peu importait qu'il ne gardât aucun souvenir de l'événement ni du geste qu'elle avait accompli. Mais, par contre, il se souviendrait de ce qu'elle allait faire pour lui maintenant.

Le regard du Président recommençait à vaciller. Collin lui frictionna la nuque et il reprit ses esprits. Russell consulta sa montre. Deux heures du matin. Il fallait rentrer. Elle le gifla, pas trop fort, mais suffisamment pour attirer son attention. Elle sentit Collin se crisper. Bon Dieu, ces types ne voyaient pas plus loin que le bout de leur nez.

« Alan, avez-vous fait l'amour avec elle ?

— Quoi... ?

— Avez-vous fait l'amour avec elle ?

— Quoi... je ne crois pas. Je ne me sou...

— Donnez-lui encore du café : versez-le-lui directement dans la gorge s'il le faut, mais dessoûlez-le. »

Collin acquiesça de la tête et se mit à l'ouvrage. Russell s'approcha de Burton dont les mains gantées inspectaient avec dextérité chaque centimètre carré du corps de la défunte Mrs. Sullivan.

Burton avait participé à de nombreuses enquêtes. Il savait exactement ce que les inspecteurs recherchaient et où ils le recherchaient. À aucun moment il n'avait imaginé qu'il utiliserait ces connaissances très pointues pour entraver le déroulement d'une enquête : il est vrai qu'il n'avait jamais rien imaginé qui ressemblât à ce qui s'était passé ici.

Il parcourut la chambre des yeux, évaluant ce qu'il fallait vérifier, y compris les pièces où ils étaient allés. Il n'y avait rien qu'ils pouvaient faire concernant les marques sur le cou de la jeune femme, ou sur des éléments microscopiques incrustés dans la peau. Le légiste les trouverait de toute façon. Mais, à moins que la police ne suspecte le Président, ce qui était tout de même hautement improbable, rien ne permettrait de remonter jusqu'à lui.

Quant à la bizarrerie que représentaient les marques de strangulation sur une femme manifestement tuée par balles, ils la laissaient à l'imagination de leurs collègues.

Son attention revint à la défunte : il se mit à remonter soigneusement ses dessous le long de ses jambes. Il sentit qu'on lui tapait sur l'épaule. « Vérifiez. » Burton releva la tête. Il ouvrit la bouche pour dire quelque chose.

« Vérifiez ! »

Russell fronçait les sourcils. Burton l'avait vue faire ça cent fois avec le personnel de la Maison Blanche. Tout le monde avait peur d'elle. Pas lui, mais il était assez malin pour ne pas faire le mariole quand elle était dans les parages. Il fit donc ce qu'on lui demandait. Puis il remit exactement le corps dans la position où il s'était écroulé. D'un geste de la tête, il signala le résultat négatif de ses investigations.

« Vous êtes certain ? » Russell n'avait pas l'air convaincue : elle savait pourtant, après son interlude avec le Président, que selon toute probabilité il n'y avait pas eu pénétration ou que, si ç'avait été le cas, il n'était pas allé jusqu'au bout. Mais il y avait peut-être des traces. C'était affolant, tout ce qu'on pouvait découvrir de nos jours à partir des éléments les plus infimes.

« Je ne suis pas gynéco. Je n'ai rien vu et je pense que je me serais aperçu s'il y avait eu quelque chose. Mais je ne me balade pas avec un microscope dans ma poche. »

Russell allait devoir faire avec. Il y avait encore beaucoup à vérifier et guère de temps.

« Est-ce que Johnson et Varney ont dit quelque chose ? »

Collin se détourna du Président qui ingurgitait sa quatrième tasse de café. « Ils se demandent ce qui peut bien se passer, si c'est ce que vous voulez savoir.

— Vous n'avez pas d...

— Je leur ai dit ce que vous m'aviez demandé de leur dire et c'est tout, madame. » Il la regarda. « Ce sont de braves gars, Mrs. Russell. Ils sont avec le Président depuis la campagne. Ils ne feront rien qui puisse créer des embrouilles, d'accord ? »

Russell récompensa Collin d'un sourire. Un beau gosse et, ce qui était plus important, un membre loyal de l'état-major personnel du Président : il lui serait très utile. Burton, lui, poserait peut-être un problème. Il était plus âgé, plus sagace et Russell le considérait comme une grande gueule. Mais elle disposait d'un atout maître. C'étaient Collin et lui qui avaient pressé la détente : peut-être en faisant leur devoir, mais qui savait vraiment ? Ils étaient tous là-dedans jusqu'au cou.

*

* *

Luther observait ce débordement d'activité avec une admiration qu'il se reprochait étant donné les circonstances. Ces hommes connaissaient leur boulot : méthodiques, soigneux, ils réfléchissaient à tout, rien ne leur échappait. Représentants de l'ordre et criminels professionnels n'étaient pas si différents. Les talents, les techniques se ressemblaient : il n'y avait que le but qui changeait ; mais c'était le but qui faisait toute la différence, pas vrai ?

La femme était maintenant entièrement vêtue, allongée à l'endroit même où elle était tombée. Collin en terminait avec ses ongles : à l'aide d'une solution liquide et d'une petite pompe on avait fait disparaître de sous chacun d'eux tout élément accusateur.

Le lit avait été défait et refait. Les draps — autant de pièces à conviction — étaient entassés dans un grand sac qui finirait avec son contenu dans une chaudière. Collin avait inspecté le rez-de-chaussée.

Tout ce qui avait été touché, à l'exception d'un objet, avait été soigneusement essuyé. Burton passait maintenant l'aspirateur sur le tapis. Il serait le dernier à partir, à reculons, en effaçant minutieusement toute trace de leur passage.

Luther les regardait parfaire leur mise en scène. Leur évidente intention le fit sourire malgré lui. Un cambriolage. On déposa le collier dans un sac avec toutes les bagues. Ils allaient s'arranger pour que la femme ait l'air d'avoir surpris un cambrioleur qui l'avait tuée : ils ne se doutaient pas qu'à moins de deux mètres de là un authentique cambrioleur regardait et écoutait tout.

Un témoin oculaire !

Jamais Luther n'avait été témoin oculaire d'un cambriolage en dehors de ceux qu'il avait commis. Les criminels ont horreur des témoins oculaires. Ces gens détesteraient Luther s'ils savaient qu'il était là. Ils le tueraient : ça ne faisait aucun doute. Le Président avait trop à perdre. Un criminel sur le retour, trois fois condamné, ne pesait pas grand-chose face à cette cause-là : celle de l'Homme qui veillait sur le Peuple.

Encore embrumé, le Président se leva et, avec l'aide de Burton, descendit lentement l'escalier. Russell les regarda s'éloigner. Collin prit soigneusement le coupe-papier et s'apprêta à l'essuyer. Luther sursauta en voyant Russell saisir la main de Collin.

« Ne faites pas ça. » Collin n'était pas aussi futé que Burton et il ne faisait pas le poids devant Russell. Il resta interloqué.

« C'est couvert des empreintes du Président, madame. Et celles de la femme aussi, plus autre chose, si vous voyez ce que je veux dire : c'est du cuir, c'en est imprégné.

— Agent Collin, j'ai été engagée par le Président pour être son conseiller sur le plan stratégique et tactique. Ce qui vous paraît une solution évidente me semble exiger beaucoup plus de réflexion. En attendant qu'on soit parvenu au terme de cette analyse, vous n'essuierez pas cet objet. Vous allez le mettre dans un récipient approprié et ensuite vous me le donnerez. »

Collin allait protester : le regard menaçant de Russell l'en empêcha. Il fourra consciencieusement le coupe-papier dans un sac en plastique et le lui tendit.

« Faites attention à ça, Mrs. Russell.

— Tim, je fais toujours attention. »

Elle le récompensa d'un nouveau sourire. Il le lui rendit. Jamais, auparavant, elle ne l'avait appelé par son prénom : il ne savait même pas qu'elle le connaissait. Il se rendit compte aussi pour la première fois que le chef de cabinet était une très belle femme.

« Oui, madame. » Il commença à ranger le matériel.

« Tim ? »

Il la regarda. Elle venait vers lui, les yeux baissés, puis elle le fixa du regard. Elle parlait à voix basse ; Collin lui trouva presque l'air embarrassé.

« Tim, nous nous trouvons dans une situation tout à fait particulière. J'ai besoin de m'y retrouver. Vous comprenez ? »

Collin acquiesça. « Pour être particulière, elle l'est. J'ai cru mourir de peur quand j'ai vu cette lame si près de la poitrine du Président. »

Elle posa la main sur son bras. Ses ongles étaient très longs et joliment manucurés. Elle tenait le coupe-papier. « Il faut garder ça entre nous, Tim. D'accord ? Ne rien dire au Président ni à Burton.

— Je ne sais pas... »

Elle lui serra la main. « Tim, j'ai vraiment besoin que vous m'aidiez. Le Président ne se souvient pas de ce qui s'est passé. Je ne crois pas que Burton réalise vraiment pour le moment. J'ai besoin de me reposer sur quelqu'un. J'ai besoin de vous, Tim. C'est trop important. Vous le savez, n'est-ce pas ? Je ne vous le demanderais pas si je ne vous en croyais pas capable. »

Il sourit sous le compliment, puis la regarda droit dans les yeux. « D'accord, Mrs. Russell. Ce sera comme vous voulez. »

Russell examina les quinze centimètres de métal ensanglanté qui avaient bien failli mettre un terme à ses ambitions politiques. Si le Président avait été tué, il n'aurait pas été possible d'étouffer l'affaire. Étouffer l'affaire : une bien vilaine expression, mais souvent nécessaire dans le monde de la haute politique. Elle frémit en songeant aux gros titres : « Le Président retrouvé mort dans une chambre à coucher au domicile d'un ami proche. L'épouse de ce dernier est en garde à vue et soupçonnée de meurtre. Les dirigeants du parti tiennent pour responsable le chef de cabinet de la Maison Blanche, Gloria Russell. » Mais ça n'était pas arrivé. Ça n'arriverait pas.

L'objet qu'elle tenait dans sa main valait plus qu'une montagne de bombes atomiques, plus que toute la production pétrolière de l'Arabie Saoudite.

Avec ça entre ses mains, qui sait ? Peut-être un tandem Russell-Richmond ? Des possibilités absolument sans limites. Elle sourit et mit la pochette en plastique dans son sac qu'elle posa sur la table de nuit.

En entendant le cri, Luther tourna brutalement la tête. Une douleur aiguë lui traversa le cou et il faillit pousser un hurlement. Le Président se précipita en courant dans la chambre. Ses yeux étaient grands ouverts mais il était encore à moitié ivre. Le souvenir de ces dernières heures venait de lui tomber sur la tête comme une montagne.

Burton arriva hors d'haleine derrière lui. Le Président se précipita vers le cadavre : Russell et Collin l'interceptèrent à mi-chemin.

« Nom de Dieu ! Elle est morte. C'est moi qui l'ai tuée. Oh, Seigneur, aidez-moi. Je l'ai tuée ! » Il se mit à hurler, puis à pleurer, puis de nouveau à hurler. Il essaya de les bousculer, mais il était encore trop faible. Burton le tira en arrière.

Alors, avec une force inattendue, Richmond se dégagea et se jeta à travers la pièce pour aller heurter violemment le mur et trébucher sur la table de nuit. Pour finir, le Président des États-Unis s'affala sur le sol et se roula en boule en pleurnichant, près du corps de la femme qu'il avait eu l'intention de sauter.

Luther observait la scène, écœuré. Il se massa le cou et secoua lentement la tête. Les événements de cette nuit étaient si invraisemblables que c'était difficile à supporter.

Le Président se rassit lentement : une épave. Burton n'avait pas l'air de se sentir mieux que Luther, mais il ne dit rien. Collin se tourna vers Russell, attendant des instructions. Russell surprit son regard et accepta d'un air satisfait cette précieuse soumission.

« Gloria ?

— Oui, Alan ? » Alan ? C'en était déjà fini des formalités. Luther avait vu la façon dont Russell avait regardé le coupe-papier. Il savait aussi ce que personne d'autre dans la pièce ne savait.

« Ça va s'arranger ? Faites que ça s'arrange, Gloria. Je vous en prie. Oh, mon Dieu, Gloria ! »

Elle posa la main sur l'épaule du Président et prit son air le plus rassurant. Comme elle l'avait fait pendant des centaines de milliers de kilomètres dans la poussière lors de la campagne présidentielle. « Je contrôle tout, Alan. Absolument tout. » Le Président était bien trop ivre pour saisir le sens de la phrase, mais elle s'en moquait bien. Elle se moquerait éperdument désormais de ce qu'il penserait.

Burton écoutait l'oreillette de sa radio. Il se tourna vers Russell.

« On ferait mieux de foutre le camp d'ici. Barney vient de repérer une voiture de patrouille sur la route.

— L'alarme... ? » Russell eut l'air étonnée.

Burton secoua la tête. « C'est sans doute simplement un gardien qui fait sa ronde, mais s'il s'aperçoit de quelque chose... » Il n'avait pas besoin d'en dire davantage.

Par une ironie du sort, rouler en voiture de maître dans ce pays de riches était sans doute la meilleure couverture possible. Elle remercia le ciel de l'habitude qu'elle avait prise de louer des limousines sans chauffeur pour ces petites expéditions. Même si on les repérait, les noms figurant sur les formulaires étaient faux, le montant de la location et du dépôt de garantie était réglé en espèces. On venait prendre et rapporter la voiture en dehors des heures de bureau. Aucun visage n'était associé à ces transactions. On stériliserait la voiture. Ce serait une impasse pour la police si jamais elle levait ce lièvre, ce qui était improbable.

« Filons ! » Russell était maintenant un peu affolée. On aida à se mettre debout un Président toujours pleurnichant. Russell sortit avec lui. Collin empoigna les bagages. Puis s'arrêta net.

Luther avala sa salive.

Collin revint sur ses pas. Il saisit le sac de Russell sur la table de chevet et sortit.

Burton remit en marche le petit aspirateur. Il termina le nettoyage de la pièce et s'en fut, en refermant la porte et en éteignant les lumières derrière lui.

* * *

Luther replongea dans un noir d'encre. Il se retrouva seul dans la chambre avec la morte. Les autres avaient, semble-t-il, fini par s'habituer à la forme ensanglantée gisant sur le sol, ils l'enjambaient ou la contournaient sans y prêter attention. Mais Luther, lui, ne s'habituait pas à cette morte à moins de trois mètres de lui.

Il ne pouvait plus voir les vêtements tachés de sang et le corps qu'ils recouvraient, mais il savait qu'ils étaient là. « Sale petite putain » serait probablement son épitaphe. D'accord, elle avait trompé son mari, encore qu'il n'ait pas semblé s'en formaliser beaucoup. Mais elle ne méritait pas de mourir de cette façon. Ce type l'aurait tuée, ça ne faisait aucun doute. Si elle n'avait pas réagi aussi vite, le Président serait devenu un assassin.

Quant aux hommes du Secret Service, il ne pouvait pas les blâmer. C'était leur boulot, ils l'avaient fait. Elle avait mal choisi son amant pour tenter de le tuer dans l'ardeur de sa colère. C'était peut-être mieux ainsi. Si elle avait eu la main un peu plus rapide, si la réaction des agents avait été un peu moins vive, elle se serait retrouvée en prison pour le restant de ses jours. Quoique, en y réfléchissant, elle aurait probablement été condamnée à mort.

Luther se carra dans son fauteuil. Il avait mal aux jambes. Il se força à se détendre. Il n'allait pas tarder à foutre le camp d'ici. Il fallait qu'il soit prêt à courir.

Ce n'étaient pas les sujets de réflexion qui lui manquaient : sans le vouloir, ils avaient fait de Luther Whitney le suspect numéro un de ce qui était, à n'en pas douter, un crime odieux. La fortune de la victime obligerait au déploiement de toutes les forces de police pour retrouver le criminel. Mais on ne risquait pas de chercher du côté du 1600 Pennsylvania Avenue. On chercherait ailleurs, et malgré les préparatifs minutieux de Luther, on pourrait fort bien le retrouver. Il était malin, très malin : mais jamais il ne s'était trouvé confronté aux forces qu'on allait déchaîner pour l'occasion.

Rapidement, il repassa dans sa tête le plan qui avait abouti à l'expédition de ce soir. Il ne voyait aucune faille évidente : mais c'était en général celles qui ne l'étaient pas qui vous faisaient tomber. Il avala sa salive. Il plia et déplia ses doigts. Il étira à nouveau ses jambes pour se calmer. Chaque chose en son temps : il n'était pas encore sorti de l'auberge. Tout pouvait mal tourner.

Il allait attendre encore deux minutes. Il compta les secondes dans sa tête : il imaginait les autres chargeant la limousine, attendant de voir ou d'entendre la voiture de patrouille avant de prendre le départ.

Il ouvrit prudemment son sac : à l'intérieur se trouvait la plus grande partie de ce que contenait la chambre forte. Il avait presque oublié qu'il était venu ici pour cambrioler... Sa voiture était à cinq cents mètres d'ici. Il remercia le ciel d'avoir cessé de fumer voilà tant d'années. Il aurait besoin de tout son souffle. Combien y avait-il d'agents du Secret Service ? Au moins quatre. Merde !

La porte en glace s'ouvrit lentement et Luther pénétra dans la chambre. Il actionna la télécommande puis la rejeta sur le fauteuil tandis que la porte se refermait.

Il examina la fenêtre. Il l'avait déjà envisagée comme issue de secours. Trente mètres de corde à nœuds en nylon extrêmement solide se trouvaient dans son sac.

Il fit un grand détour pour éviter le corps et ne pas marcher sur une des taches rouges dont il avait mémorisé l'emplacement. Il ne lui fallut que quelques secondes pour arriver jusqu'à la table de nuit et fouiller derrière.

Ses doigts se refermèrent sur le sac en plastique, à l'endroit précis où il était tombé quand le Président avait chargé. Il s'approcha rapidement de la fenêtre et regarda dehors avec précaution. La limousine et le fourgon étaient encore là. C'était bien ennuyeux...

Il traversa la pièce. Il tira la corde de son sac, la noua au pied d'une très lourde commode et la déroula jusqu'à la fenêtre : de là il descendrait sur l'autre façade de la maison, sans que, là non plus, on risquât de le voir depuis la route. Il ouvrit prudemment la fenêtre, priant le ciel que les montants fussent bien graissés : Dieu merci, elle s'ouvrit sans bruit.

Il déroula la corde et la regarda descendre le long des parois de brique de la maison.

*

* *

Gloria Russell contemplait la façade massive de l'imposante demeure. Il y avait vraiment du fric là-dedans. Du fric et une position sociale que Christine Sullivan ne méritait pas. Elle avait gagné tout ça en agitant ses seins et ses fesses jusqu'à réveiller chez le vieillissant Walter Sullivan des émotions profondément enfouies. Dans six mois, il l'aurait oubliée. Son monde de richesse et de puissance continuerait à tourner.

Tout d'un coup elle se rappela. Elle était à moitié sortie de la limousine quand Collin la rattrapa par le bras. Il brandit le sac en cuir qu'elle avait acheté cent dollars à Georgetown et qui maintenant valait bien plus pour elle. Elle se rassit sur la banquette ; elle respirait de nouveau. Elle sourit, regarda Collin en rougissant presque. Le Président, à demi comateux, n'avait rien remarqué.

Russell jeta un coup d'œil à l'intérieur de son sac, juste pour se rassurer. Sa bouche s'ouvrit. Elle se mit à fouiller frénétiquement le contenu du sac. Il lui fallut tout son contrôle pour ne pas pousser un hurlement. Le coupe-papier n'était plus là.

Collin se précipita dans l'escalier de la maison. Burton, complètement désorienté, était sur ses talons.

Luther était à peu près au milieu de la paroi quand il les entendit arriver. Encore trois mètres.

Ils ouvrirent violemment la porte.

Deux mètres.

Stupéfaits, les deux agents du Secret Service aperçurent la corde : Burton plongea.

Plus que cinquante centimètres : Luther lâcha prise, toucha le sol et partit en courant.

Burton fonça jusqu'à la fenêtre.

Collin écarta la table de chevet : rien. Il rejoignit Burton. Luther avait déjà disparu au coin de la maison. Burton s'apprêtait à descendre par la corde, mais Collin l'arrêta. Ce serait plus rapide par l'escalier. Ils sortirent en trombe.

Luther se jeta dans le champ de maïs sans plus se soucier de laisser une trace : tout ce qui l'intéressait, c'était de survivre au-delà de cette nuit. Le sac le ralentissait un peu, mais il avait travaillé trop dur ces derniers mois pour repartir les mains vides.

Il jaillit de l'abri des épis pour aborder la phase la plus dangereuse de sa fuite : cent mètres en terrain découvert. Heureusement la lune avait disparu derrière de gros nuages et, on le sait, à la campagne il n'y a pas de lampadaires. Dans sa tenue noire, il serait presque impossible à repérer.

*

* *

Les deux agents du Secret Service s'arrêtèrent un instant auprès du fourgon. Ils repartirent avec l'agent Varney et se précipitèrent dans le champ.

Russell ouvrit la vitre et les suivit du regard, horrifiée. Même le Président commençait à sortir de sa torpeur : elle eut tôt fait de le calmer et il retomba dans son demi-sommeil.

Collin et Burton glissèrent sur leur visage leurs lunettes de nuit : leur champ de vision se mit aussitôt à ressembler à un écran de jeu vidéo. Les images thermiques se détachaient en rouge sur un fond vert sombre.

L'agent Travis Varney, grand et mince, les précédait : il n'avait qu'une vague idée de ce qui se passait. Il avançait de cette souple foulée du coureur de quinze cents mètres qu'il avait été au collège.

Varney appartenait depuis trois ans au Service : ce célibataire ne vivait que pour son métier et avait trouvé en Burton une figure de père pour remplacer le sien, mort au Viêt-nam. Ils recherchaient quelqu'un qui avait fait quelque chose dans cette maison. Quelque chose qui concernait le Président et qui le concernait donc, lui.

Varney admirait et respectait Alan Richmond : il ne connaissait pas l'homme qu'il poursuivait, mais tant pis pour lui s'il le rattrapait.

*

* *

Luther entendait le bruit que faisaient les agents lancés à ses trousses. Ils avaient réagi plus vite qu'il n'aurait cru. Son avance avait fondu, mais elle devrait quand même suffire. Ils avaient commis une grossière erreur en ne sautant pas dans la camionnette pour l'écraser. Ils s'étaient sans doute imaginé qu'il avait un moyen de transport. Mais il remerciait le ciel qu'ils ne soient pas aussi malins qu'ils auraient, sans doute, dû l'être. En ce cas, il ne serait pas en vie pour voir le soleil se lever.

Il prit un raccourci à travers bois : il l'avait repéré lors de sa dernière reconnaissance : ça lui faisait gagner presque une minute. Il respirait par brèves saccades. Ses vêtements lui semblaient en plomb. Comme dans un rêve, ses jambes semblaient remuer au ralenti. Il aperçut sa voiture en débouchant du couvert des arbres et se félicita une fois de plus d'avoir pris le temps de la garer en marche arrière.

Une silhouette qui n'était pas celle de Varney apparut dans le champ de vision de Burton et de Collin. Un homme courait, cent mètres devant eux et courait vite. Ils portèrent instinctivement la main à leurs holsters. Leurs armes n'étaient pas efficaces à si longue portée mais ce n'était pas le moment de s'en préoccuper.

Ils entendirent un moteur rugir. Burton et Collin se précipitèrent comme s'ils avaient le diable aux fesses.

Sur la gauche, Varney avait un peu d'avance sur eux. Il était mieux placé pour tirer, mais le ferait-il ? Probablement pas : on ne l'avait pas entraîné à ouvrir le feu sur un fugitif s'il ne mettait pas en danger celui qu'il avait fait serment de protéger. Varney ne savait pas que ce qui était en jeu à ce moment valait plus qu'un simple cœur en train de battre : une institution tout entière ne serait jamais plus pareille. Sans compter deux agents du Secret Service qui n'avaient fait que leur devoir mais étaient assez intelligents pour savoir qu'ils seraient tenus pour responsables.

Burton n'avait pas l'étoffe d'un coureur, mais il trouva son rythme tandis que son cerveau bouillonnait. Collin, bien qu'il soit plus jeune, avait du mal à le suivre. Burton savait que c'était trop tard de toute façon. Il ralentit lorsque la voiture démarra en trombe et fila. En quelques instants, elle était déjà à plus de deux cents mètres.

Burton s'arrêta, mit un genou en terre et braqua son arme : tout ce qu'il pouvait voir, c'était le nuage de poussière que soulevait l'automobile qui fonçait. Puis les feux arrière disparurent et il perdit sa cible de vue.

Il se retourna ; près de lui, Collin le regardait : la douloureuse réalité commençait à se faire jour. Burton se releva lentement et rengaina son pistolet. Il ôta ses lunettes de vision nocturne. Collin en fit autant.

Burton respira à fond. Ses jambes tremblaient, maintenant que la décharge d'adrénaline avait cessé. Son corps réagissait. Tout était fini, n'est-ce pas ?

Varney déboula en courant. Malgré son épuisement, Burton remarqua avec un pincement d'envie et une certaine fierté que son cadet n'était même pas essoufflé. Il veillerait à ce que Varney et Johnson ne pâtissent pas de cette histoire : ils ne méritaient pas ça.

Collin et lui allaient tomber, mais ce serait tout. Il était navré pour Collin, mais il n'y pouvait rien. Toutefois, quand Varney ouvrit la bouche, sa vision pessimiste de l'avenir s'éclaira d'une intime lueur d'espoir.

« Chef, j'ai relevé le numéro de la voiture. »

*
* *

« Où diable était-il caché ? » Russell promenait sur la chambre un regard incrédule. « Il était sous le lit ? »

Elle toisa Burton. Le type n'aurait pu se cacher sous le lit ni dans un des placards. Burton avait tout examiné en stérilisant la chambre. Il le lui fit savoir sans ménagement.

Burton contempla la fenêtre et la corde qui pendait. « Bon sang, c'est à croire que ce type nous a surveillés tout le temps. Et qu'il a attendu qu'on s'en aille. » En terminant sa phrase, il jeta un coup d'œil circulaire comme si d'autres fantômes avaient pu se matérialiser. Ses yeux glissèrent sur le miroir, reprirent leur inspection, s'arrêtèrent et revinrent.

Il examina la moquette devant la glace. Le tapis, épais et moelleux, était tel qu'il l'avait laissé après avoir passé l'aspirateur. Depuis, personne n'y avait posé le pied.

Pourtant, en inspectant de plus près, il distinguait de vagues empreintes. Il ne les avait pas remarquées avant parce que toute cette partie était aplatie, comme si quelque chose était passé dessus... Il enfila ses gants, se précipita vers le miroir et se mit à tirer et à pousser sur les bords. Il cria à Collin de lui apporter des outils. Russell le regardait agir d'un air effaré.

Burton glissa le ciseau à mi-hauteur sur le côté du miroir : Collin et lui pesèrent de tout leur poids dessus. La serrure n'était pas vraiment solide : le camouflage avait paru suffisamment efficace.

Il y eut un grincement, un claquement métallique, et la porte s'ouvrit toute grande.

Burton se précipita à l'intérieur, Collin sur ses talons. Ils pressèrent l'interrupteur mural. La pièce s'illumina.

Russell passa la tête, aperçut le fauteuil. Elle se retourna et son visage se figea en découvrant l'envers de la porte. Elle contemplait le lit. Ce lit où quelques instants plus tôt... Elle se massa les tempes en sentant la migraine monter. Une glace sans tain...

« Il devait être là tout le temps. Absolument tout le temps. Putain, je n'arrive pas à y croire. Il a dû embarquer un chargement : sans doute de l'argent et des bijoux impossibles à repérer. » Burton avait l'air stupéfait. La réflexion qu'il avait faite tout à l'heure était prophétique.

« On s'en fout ! explosa Russell. Ce type a tout vu, tout entendu et vous l'avez laissé filer.

— On a son numéro de voiture. »

Collin espérait un nouveau sourire reconnaissant. Qui ne vint pas.

« Et alors ? Vous croyez qu'il va attendre sagement qu'on l'ait identifié et qu'on vienne le chercher ? »

Russell s'assit sur le lit. La tête lui tournait. Si ce type était là, il avait tout vu.

Elle secoua la tête. Une situation déplaisante mais gérable s'était transformée soudain en un désastre incompréhensible qui échappait totalement à son contrôle. En plus, le salaud avait le coupe-papier. Des empreintes, du sang, tout pour remonter droit à la Maison Blanche.

Elle regarda à travers le miroir l'endroit où un peu plus tôt elle s'était accroupie sur le Président. Instinctivement, elle resserra les pans de sa veste. Elle eut soudain envie de vomir et s'appuya contre le montant du lit.

Burton émergea de la chambre forte. « Eh, il a commis un crime en se trouvant ici. Il peut s'attirer de gros pépins s'il va trouver les flics. » Cette pensée lui était venue brusquement. Il aurait mieux fait de se taire. Russell maîtrisa sa nausée.

« Il n'a pas vraiment besoin de se rendre pour récupérer du fric, Burton. Vous n'avez jamais entendu parler du téléphone, bon Dieu ? Il est sans doute en train d'appeler le *Washington Post* en ce moment. Bon Dieu de bon Dieu ! Ensuite, ce seront les hebdos à scandale et, à la fin de la semaine, on le verra à la télé, le visage masqué, en direct de l'île où il se sera planqué. On n'aura plus qu'à attendre le livre et juste après le film. Merde ! »

Russell imaginait un paquet arrivant au bureau de Donald Graham au *Washington Post,* à l'immeuble du FBI, dans le bureau du procureur général des États-Unis ou dans celui du chef de l'opposition au Sénat : tous des destinataires possibles et qui promettaient un maximum de dégâts sur le plan politique, sans parler des répercussions judiciaires.

La note d'accompagnement préciserait qu'il serait bon de comparer les empreintes et le sang sur le coupe-papier avec ceux du président des États-Unis. On penserait à une blague, mais ce serait fait quand même. Évidemment. Les empreintes de Richmond étaient déjà archivées. Son ADN correspondrait parfaitement. On découvrirait le corps de la femme : on prélèverait un peu de sang et ils se retrouveraient avec plus de questions que de réponses.

Ils étaient grillés, ils étaient tous grillés. Dire que ce salaud s'était contenté de rester assis à attendre son heure. Sans savoir que cette nuit-là il allait réussir le plus gros coup de sa vie. Un butin incalculable : il pouvait faire tomber un Président, l'abattre sans lui laisser une chance de s'en tirer. Quelle était la probabilité ? Bernstein et Woodward étaient devenus des héros intouchables. Mais ça, c'était la pointure au-dessus par rapport au Watergate. C'était vraiment le pompon.

Russell arriva tout juste jusqu'à la salle de bains. Burton regardait le cadavre, puis regardait Collin. Ils ne parlaient pas : leur cœur battait à se décrocher au fur et à mesure que l'énormité de la situation leur apparaissait dans toute son horreur. Pour s'occuper l'esprit, Burton et Collin ressortirent leur matériel de nettoyage tandis que Russell vidait le contenu de son estomac. Au bout d'une heure, tout était bouclé, ils étaient repartis.

*

* *

La porte se referma sans bruit derrière lui. Il se dit qu'il disposait tout au plus de deux jours. Il se hasarda à allumer, et son regard parcourut rapidement la pièce.

De normale ou presque qu'elle était, sa vie tournait au cauchemar. Luther ôta son sac à dos, éteignit la lumière et se glissa jusqu'à la fenêtre.

Rien : tout était calme. S'enfuir de cette maison avait été l'expérience la plus éprouvante de sa vie : pire que d'être assailli par des Nord-Coréens hurlants. Il en avait encore les mains qui tremblaient. Pendant tout le trajet du retour, chaque voiture qu'il croisait lui semblait hostile. Par deux fois, des voitures de police l'avaient dépassé : il avait senti la sueur perler sur son front, son cœur accélérer son rythme.

La voiture était retournée à la fourrière où Luther l'avait « empruntée ».

La plaque ne les mènerait nulle part : mais peut-être autre chose pouvait leur donner une piste.

Il ne pensait pas qu'ils l'avaient vu. Même dans ce cas, ils n'avaient qu'une vague idée de sa taille et de sa silhouette. Son âge, sa race et les traits de son visage resteraient un mystère et, en dehors de cela, ils n'avaient rien. En le voyant courir, ils l'avaient probablement pris pour un homme plus jeune. Il restait un problème à régler auquel il avait réfléchi pendant le trajet du retour. Pour le moment, il tassa dans deux sacs tout ce qu'il put prendre de ce qui avait été ses trente dernières années : il ne reviendrait plus.

Demain matin, il allait vider ses comptes en banque : cela lui donnerait les moyens de filer loin d'ici. Au cours de sa longue existence, il avait affronté plus que sa part de danger. Mais entre s'en prendre au président des États-Unis ou disparaître, son choix était fait.

Le butin de la nuit était caché. Trois mois de travail pour un butin qui pouvait le tuer. Il ferma la porte à clé et s'évanouit dans la nuit.

IV

À sept heures du matin, les portes dorées de l'ascenseur s'ouvrirent et Jack pénétra dans le somptueux hall de réception du cabinet d'avocats Patton, Shaw & Lord.

Lucinda n'était pas arrivée : le grand bureau d'accueil en teck, qui devait peser dans les cinq cents kilos et valoir au bas mot vingt mille dollars, était encore inoccupé.

Il suivit les couloirs jusqu'à la porte en chêne massif de son bureau. Les téléphones commençaient à sonner : la ville s'éveillait aux affaires.

Les bureaux de Patton, Shaw & Lord occupaient huit mille mètres carrés sur six étages à une des plus prestigieuses adresses de Washington. L'immeuble abritait deux cents avocats grassement rémunérés et comportait une bibliothèque sur deux étages, un gymnase, un sauna, des douches et des vestiaires, dix salles de conférences ; plusieurs centaines d'employés travaillaient là pour des clients dont la liste faisait pâlir d'envie tous les autres grands cabinets.

Le groupe avait végété pendant de nombreuses années et ne s'était développé qu'avec la fin de la récession. Il était maintenant florissant alors que de nombreux concurrents avaient été obligés de réduire leurs effectifs. Les meilleurs avocats du pays déployaient leurs talents sur des dossiers dont le dénominateur commun était les sommes pharamineuses qu'ils rapportaient. La plupart avaient été débauchés d'autres cabinets, attirés par des primes juteuses et la certitude qu'on ne reculerait devant aucun sacrifice pour s'attacher de nouveaux clients.

Trois des plus anciens associés avaient été recrutés par le gouvernement en place pour des postes de premier plan. Ils avaient reçu chacun une indemnité de départ avoisinant les deux millions de dollars. Il était tacitement entendu qu'une fois terminé leur passage aux affaires ils reprendraient le collier et feraient profiter le groupe des dizaines de millions de dollars d'honoraires que généreraient leurs nouvelles relations.

Une loi non écrite mais pointilleusement appliquée stipulait qu'on n'acceptait aucune affaire à moins de cent mille dollars. En dessous de ce chiffre, on perdait son temps. Le cabinet n'avait aucun mal à s'en tenir à cette règle : il prospérait. Ici, les gens voulaient ce qu'il y avait de mieux et trouvaient normal d'en payer le prix. La seule exception faite à cette règle, et il trouvait ça assez drôle, avait été pour l'unique client que Jack avait amené, en dehors de Baldwin. Il se dit qu'il essayerait de transgresser la règle plus souvent. Il comptait bien persévérer, et autant que possible à ses propres conditions. Il ne remporterait pas de grosses victoires tout de suite, mais il saurait être patient.

Il s'assit à son bureau et, tout en jetant un coup d'œil au *Post,* avala son café. Patton, Shaw & Lord disposaient de cinq cuisines et de trois gouvernantes à plein temps. La société débitait cinq cents cafés par jour, mais Jack allait prendre le sien au bar du coin. Il ne supportait pas le mélange maison, spécialement importé et hors de prix, dont le goût rappelait à la fois la poussière et le varech.

Il se renversa dans son fauteuil et parcourut son bureau du regard : vingt mètres carrés avec une vue agréable sur Connecticut Avenue.

À l'Assistance judiciaire, il partageait avec un confrère un bureau sans fenêtre, égayé seulement par l'immense photo d'une plage hawaïenne accrochée là un matin particulièrement glacial. Mais le café était meilleur.

Quand il deviendrait associé, on lui octroierait un nouveau bureau, deux fois plus grand. Peut-être pas tout de suite un bureau d'angle, mais ça viendrait. Grâce au compte Baldwin, il était le quatrième plus gros pourvoyeur du cabinet : les trois autres avaient tous au moins la cinquantaine et se sentaient mieux sur les terrains de golf qu'au bureau. Il jeta un coup d'œil à sa montre : l'heure de mettre le compteur en marche.

Il arrivait généralement dans les premiers, mais l'immeuble allait bientôt bourdonner comme une ruche. Patton, Shaw & Lord alignaient leurs salaires sur ceux des cabinets new-yorkais et attendaient des résultats en rapport. Les clients étaient colossaux et leurs exigences à l'avenant. À ce niveau, commettre une erreur signifiait la perte éventuelle d'un contrat d'armement de quatre milliards de dollars ou la faillite d'une municipalité.

Tous les associés et collaborateurs subalternes que Jack connaissait avaient des ulcères à l'estomac. Et un bon quart d'entre eux étaient en thérapie. Jack les voyait passer chaque jour dans les couloirs de PS & L, visages pâles et corps ramollis, courbés sous le poids de tâches juridiques herculéennes. C'était le prix à payer pour se maintenir au plus haut niveau sur le plan national.

Il était le seul à ne pas se préoccuper de devenir associé. Dans son métier, la taille du client servait de marchepied. Il travaillait chez Patton, Shaw depuis un an, était un avocat d'affaires débutant, et les membres les plus anciens et les plus expérimentés du groupe lui montraient du respect.

Il aurait dû se sentir coupable, indigne de cette réussite, et ç'aurait probablement été le cas si sa vie privée n'avait pas été aussi misérable.

Il croqua un dernier beignet, se pencha sur sa table de travail et ouvrit un dossier. La tâche d'un avocat d'affaires était souvent monotone. Son niveau de connaissance le cantonnait dans des domaines assez peu excitants. Réviser des baux, préparer des demandes d'enregistrement, constituer des sociétés à responsabilité limitée, rédiger des conventions ou des contrats d'achat, il faisait ça tout le temps, et les journées s'étiraient. Mais il apprenait vite. Il le fallait s'il voulait survivre : ses talents d'orateur ne lui servaient pas à grand-chose ici.

Par tradition, le cabinet ne s'occupait pas d'affaires pénales. Il s'était spécialisé en droit des sociétés et en droit fiscal. Lorsqu'il fallait plaider malgré tout, on sous-traitait à des confrères triés sur le volet, qui, de leur côté, envoyaient à Patton, Shaw toutes les affaires ne relevant pas de leurs compétences. C'était un arrangement qui avait toujours parfaitement fonctionné.

À l'heure du déjeuner, il avait fait passer deux piles d'affaires courantes de sa corbeille « arrivée » à sa corbeille « départ », dicté trois conclusions et quelques lettres. Il avait aussi reçu quatre appels de Jennifer lui rappelant qu'ils dînaient le soir à la Maison Blanche.

Le père de Jennifer était nommé « Homme d'Affaires de l'Année » par il ne savait plus quelle organisation. Qu'un tel événement méritât une réception à la Maison Blanche en disait long sur les rapports étroits que le Président entretenait avec le monde des affaires. Jack aurait ainsi l'occasion de voir le bonhomme de près. Lui être présenté relevait sans doute de l'utopie. Mais sait-on jamais ?

« Vous avez une minute ? »

Barry Alvis passa une tête aux cheveux rares dans l'entrebâillement de la porte. C'était un des plus anciens collaborateurs du groupe. Dans les faits, cela signifiait qu'on lui avait déjà préféré plusieurs fois quelqu'un d'autre pour le poste d'associé et qu'il n'avait probablement aucune chance d'être coopté un jour. Gros travailleur, brillant, c'était un avocat qui aurait fait honneur à pas mal de cabinets. Mais il ne savait pas embobiner les gens et n'apportait de ce fait aucun client. Il gagnait cent quarante mille dollars par an et réussissait en travaillant comme un forcené à en toucher quinze mille de plus sous forme de prime. Sa femme ne travaillait pas, ses enfants fréquentaient des écoles privées, sa voiture était toujours de l'année, et personne n'attendait de lui qu'il apporte des dossiers. Il n'avait pas à se plaindre.

Après dix ans d'expérience dans les transactions de haut niveau, il avait de bonnes raisons d'en vouloir à Jack. Et il lui en voulait...

Jack lui fit signe d'entrer. Il savait qu'Alvis ne l'aimait guère. Il comprenait pourquoi et n'en faisait pas un plat. Mais s'il acceptait de se faire houspiller comme tout le monde, c'était seulement jusqu'à un certain point.

« Jack, il faut vous remuer pour la fusion Bishop. »

Jack resta impassible. Cette affaire-là, un vrai casse-tête, était tombée à l'eau ; du moins le pensait-il. Il prit un bloc, les doigts crispés sur son stylo.

« Je croyais que Raymond Bishop ne voulait plus se marier avec TCC. »

Alvis s'assit, déposa sur le bureau de Jack l'épais dossier qu'il portait et se renversa dans son fauteuil.

« Les affaires tombent à l'eau, et puis elles reviennent à la surface. Il nous faut vos observations sur les documents du financement annexe pour demain après-midi. »

Jack faillit en laisser tomber son stylo.

« Il y a quatorze conventions et plus de cinq cents feuillets, Barry. Depuis quand êtes-vous au courant ? »

Alvis se leva et Jack aperçut sur son visage l'amorce d'un sourire.

« Quinze conventions, et le nombre de pages précis est six cent treize feuillets, à simple interligne, sans compter les annexes. Merci, Jack. Patton, Shaw apprécient vraiment. » Il se retourna avant de sortir. « Oh, amusez-vous bien avec le Président ce soir, et mes hommages à Mrs. Baldwin. »

Jack regarda le tas de paperasses posé devant lui et se massa les tempes. Il se demandait quand cet enfant de salaud avait appris que l'affaire Bishop redémarrait. Quelque chose lui disait que ce n'était pas ce matin.

Il consulta sa montre. Il sonna sa secrétaire. Il parvint à annuler tous ses rendez-vous pour le restant de la journée. Il prit les trois kilos et demi du dossier et se dirigea vers la salle de conférences numéro neuf, la plus petite et la plus tranquille, où il pourrait se terrer pour travailler. Il pouvait passer six heures d'affilée à potasser le dossier, aller à la réception, revenir et travailler le reste de la nuit. Il pourrait se doucher et se raser ici. Il terminerait les commentaires et les déposerait sur le bureau d'Alvis vers trois heures, quatre heures. Cet Alvis, quelle ordure !

Quatre conventions plus tard, Jack avala la dernière de ses chips, termina son Coca, passa sa veste et dévala les dix étages jusqu'au hall d'entrée.

Le taxi le déposa chez lui. Il resta figé sur place.

La Jaguar était garée devant son immeuble. La plaque minéralogique « SUCCÈS » indiquait que la future femme de sa vie l'attendait là-haut. Elle devait être furieuse. Elle ne daignait venir chez lui que lorsqu'elle avait quelque chose sur le cœur et qu'elle tenait à le lui faire savoir.

Il regarda sa montre. Un peu en retard, mais ça allait encore. Il ouvrit sa porte en se frottant la mâchoire : peut-être pourrait-il s'en tirer sans se raser.

Elle était assise sur le divan : elle avait au préalable étalé un drap propre dessus. Il devait en convenir : elle était superbe. Une véritable aristocrate, dans la mesure où cela voulait encore dire quelque chose. Elle se leva et le regarda sans sourire.

« Tu es en retard.

— C'est vrai. Je ne suis pas mon patron, tu sais.

— Ça n'est pas une excuse. Je travaille aussi.

— Oui, mais la différence c'est que ton patron porte le même nom que toi et que sa jolie petite fille le mène par le bout du nez.

— Mère et père sont partis en avant. La limousine sera ici dans vingt minutes.

— J'ai largement le temps. » Jack se déshabilla et sauta sous la douche. Il écarta le rideau. « Jenn, tu peux me sortir mon costume bleu croisé ? »

Elle entra dans la salle de bains, promenant autour d'elle un regard plein d'un dégoût non dissimulé.

« L'invitation spécifiait " tenue de soirée ".

— " Tenue de soirée souhaitée ", reprit-il en essuyant le savon qu'il avait dans les yeux.

— Jack, ne fais pas ça. C'est la Maison Blanche, bon sang, c'est le Président.

— On te laisse le choix : tenue de soirée ou non. Je choisis de renoncer à la tenue de soirée. D'ailleurs, je n'ai pas de smoking. »

Il lui fit un grand sourire et referma le rideau.

« Tu devais en acheter un.

— J'ai oublié. Jenn, je t'en prie. Personne ne va me regarder, tout le monde se fiche de ce que j'aurai sur le dos.

— C'est vraiment gentil, Jack Graham. Pour une fois que je te demande quelque chose.

— Tu sais combien ça coûte, ces machins ? »

Il avait du savon dans les yeux. Il repensa à Barry Alvis : il fallait qu'il travaille toute la nuit, il fallait aussi l'expliquer à Jennifer, et puis à son père. Il haussa le ton :

« J'aurai combien d'occasions de le mettre ce foutu smoking ? Une ou deux fois par an ?

— Quand nous serons mariés, nous aurons un tas d'obligations où la tenue de soirée n'est pas souhaitée mais obligatoire. C'est un investissement.

— Je préférerais placer l'argent de mon fonds de retraite en billets de base-ball. »

Il ressortit la tête de la douche pour lui montrer qu'il plaisantait, mais elle n'était plus là.

Il se frotta les cheveux avec la serviette, l'enroula autour de sa taille et passa dans la chambre minuscule pour y découvrir un smoking flambant neuf accroché à la porte. Jennifer apparut, rayonnante.

« Avec les compliments des Entreprises Baldwin. C'est un Armani. Tu vas être superbe.

— Comment connais-tu ma taille ?

— Tu as la taille mannequin. Le mannequin personnel de Jennifer Baldwin. » Elle noua ses bras parfumés autour des épaules de Jack et se serra contre lui. Il sentit les seins de la jeune femme et regretta que Jennifer et lui-même soient si pressés par le temps.

Peut-être que dans son lit à lui, sans ces fresques à la noix, sans chérubins ni chariots ce serait différent.

Il lança un regard nostalgique au lit défait. Et dire qu'il devait travailler toute la nuit. Salaud de Barry Alvis et abruti de Raymond Bishop !

Comme chaque fois qu'il était en présence de Jennifer, il se prit à espérer que les choses entre eux se passent autrement. Autrement dans le sens du mieux. Qu'elle change, ou qu'il change, ou qu'ils se retrouvent à mi-chemin. Elle était très belle, elle avait tout pour elle. Bon sang, qu'est-ce qui clochait chez lui ?

La limousine se faufilait dans les derniers encombrements de la soirée. Passé sept heures du soir en semaine, le centre de Washington était quasi désert.

Jack observait sa fiancée. Son manteau chic et léger s'ouvrait sur un décolleté plongeant. Des traits harmonieux, une peau sans défaut, illuminés par l'éclat du sourire. Ses magnifiques cheveux auburn, qu'elle laissait d'habitude flotter sur ses épaules, étaient relevés en chignon. Elle n'avait rien à envier aux top models qu'on s'arrachait.

Il se rapprocha d'elle. Elle sourit, vérifia son maquillage et lui donna une tape sur la main.

Il lui caressa la jambe, sa main remonta sous sa jupe : elle le repoussa.

« Tout à l'heure, peut-être », chuchota-t-elle pour que le chauffeur n'entende pas. Jack sourit et murmura que tout à l'heure il aurait peut-être la migraine. Elle se mit à rire. Il se souvint alors que ce soir il n'y aurait pas de « tout à l'heure ».

Il se laissa retomber sur la banquette et regarda par la vitre. Il n'était jamais allé à la Maison Blanche. Jennifer y avait déjà été invitée deux fois. Elle ne paraissait pas nerveuse ; lui l'était. Au moment où ils s'engagèrent dans la grande allée, il rectifia son nœud papillon et se lissa les cheveux.

En général, Jennifer attirait tous les regards quand elle arrivait quelque part. Elle se pencha pour rajuster sa sandale et ses seins faillirent bondir hors de sa robe à cinq mille dollars, pour le plus grand bonheur de quelques membres du personnel de la Maison Blanche. Jack eut droit aux clins d'œil et hochements de tête habituels et à quelques regards envieux. Puis ils pénétrèrent dans le bâtiment et présentèrent leurs invitations au sergent des Marines qui les escorta par le couloir du rez-de-chaussée et l'escalier jusqu'au salon Est.

* * *

« Nom de Dieu ! » Le Président s'était penché pour ramasser un feuillet de son discours pour la cérémonie, et il avait senti un élancement dans l'épaule. « Je crois que ça m'a amoché un tendon, Gloria. »

Gloria Russell était assise dans un des fauteuils de velours dont la femme du Président avait décoré le bureau ovale.

Cette épouse avait bon goût, même si elle n'avait pas grand-chose d'autre. Elle était agréable à regarder mais ne faisait pas le poids côté intellect. Elle ne gênait pas le pouvoir du Président : elle lui apportait des voix. C'était tout.

Sa famille était fort respectable : vieille fortune, vieilles traditions.

Les liens du Président avec une fortune bien établie dans les milieux influents du pays n'avaient pas le moins du monde nui à sa réputation auprès des libéraux : c'était dû à son charisme et à son talent de rassembleur, enfin au fait qu'il était fort bel homme, ce qui avait beaucoup plus d'importance qu'on ne voulait l'admettre.

« Je crois que je devrais voir un médecin. » Le Président n'était pas de bonne humeur, Russell non plus.

« Certainement, Alan, et comment expliquerez-vous une blessure de ce genre aux journalistes accrédités à la Maison Blanche ?

— Et le secret professionnel ? »

Russell leva les yeux au ciel.

« Alan, tout ce qui vous touche est de notoriété publique.

— Enfin, pas tout, fit-il avec un petit sourire.

— Ça reste à voir. Cette histoire est loin d'être terminée, Alan. »

Depuis la nuit dernière, Russell avait fumé trois paquets de cigarettes et bu d'innombrables cafés. Leur univers, sa carrière pouvaient s'effondrer d'un instant à l'autre. La police pouvait venir frapper à sa porte. Elle se retenait pour ne pas hurler et sortir du bureau en courant. La nausée la tenaillait vague après vague. Elle serra les dents, les mains agrippées aux bras du fauteuil.

Le Président parcourut son texte. Il en apprit par cœur quelques phrases. Pour le reste, il improviserait : il avait une mémoire phénoménale, ce qui lui avait bien servi jusqu'à maintenant.

« C'est pour cela que vous êtes là, Gloria, n'est-ce pas ? Pour arranger les choses ? »

Il la regarda.

Elle se demanda un moment s'il savait ? S'il savait ce qu'elle avait fait avec lui ? Elle sentit son corps se crisper, puis elle se détendit. Il ne pouvait pas savoir : c'était impossible. Elle se souvenait de ses supplications d'ivrogne : étonnant comme une bouteille de bourbon pouvait changer quelqu'un !

« Bien entendu, Alan. Mais il y a des décisions à prendre. Des éventualités à prévoir.

— Je peux difficilement bouleverser mon programme. D'ailleurs, je ne pense pas que ce type puisse tenter quoi que ce soit.

— Nous ne pouvons pas en être sûrs.

— Bien sûr que si, Gloria ! Réfléchissez. Pour établir qu'il se trouvait là, il devra avouer avoir commis un cambriolage. Vous l'imaginez au journal télévisé avec cette histoire à dormir debout ? En moins de temps qu'il n'en faut pour le dire, il se retrouverait dans une cellule capitonnée. »

Le Président éclata de rire. « Je ne risque rien. Ce type ne peut pas m'atteindre, Gloria. Impossible. »

Pendant le voyage de retour dans la limousine, ils avaient mis au point une stratégie de base. Leur position était simple : un démenti catégorique. Si l'affaire venait au jour, personne ne voudrait y croire. C'était une histoire absurde, en dépit du fait qu'elle était vraie.

Il y avait évidemment une autre possibilité, mais Russell avait préféré ne pas en parler encore au Président. En fait, elle estimait que c'était le scénario le plus probable.

« On a vu des choses plus étranges se dérouler.

— On a passé toute la maison au peigne fin. Il ne reste rien là-bas, sauf elle ?

— Exact. »

Russell s'humecta les lèvres. Le Président ignorait que le coupe-papier, ses empreintes et un peu de son sang sur la lame se trouvaient maintenant en possession d'un témoin oculaire.

Il n'en saurait jamais rien.

Elle se leva et se mit à arpenter la pièce.

« Naturellement, je ne peux rien dire de certaines traces de contact sexuel. Mais, de toute façon, on ne ferait pas le rapprochement avec vous.

— Seigneur, je ne me rappelle même pas si nous avons fait l'amour. J'en ai l'impression, c'est tout. »

Elle ne put s'empêcher de sourire à cette remarque. Le Président se tourna vers elle.

« Et pour Burton et Collin ?

— Oui ?

— Vous leur avez parlé ? »

Le message était assez clair.

« Ils ont autant à perdre que vous, Alan.

— Que nous, Gloria, que nous. » Il vérifia son nœud de cravate devant la glace. « Rien de nouveau concernant le voyeur ?

— On vérifie la plaque minéralogique.

— À votre avis, quand vont-ils s'apercevoir qu'elle a disparu ?

— Avec la chaleur qu'il fait, bientôt j'espère.

— Très drôle, Gloria.

— On va constater sa disparition, faire des recherches. Prévenir le mari. Inspecter la maison. D'ici un jour ou deux, trois peut-être.

— Alors la police ouvrira une enquête.

— Nous n'y pouvons rien.

— Mais vous gardez le contrôle sur tout ça ? »

Une ombre d'inquiétude froissa le front du Président : il essayait d'appréhender ce qui allait se passer. Avait-il sauté Christy Sullivan ? Il espérait que oui. Au moins, la nuit n'aurait pas été totalement fichue...

« Pour autant que ce soit possible sans éveiller trop de soupçons.

— Ça n'est pas difficile. Vous pouvez expliquer que Walter Sullivan est un ami proche et un allié politique. Ce serait tout à fait naturel que je porte un intérêt personnel à l'affaire. Réfléchissez, Gloria : c'est pour ça que je vous paie. »

Et vous couchiez avec sa femme, songea Russell. La belle amitié !

« Cette idée m'était déjà venue, Alan. »

Elle alluma une cigarette, exhala lentement la fumée. Ça faisait du bien. Sur ce coup-là, il fallait qu'elle ait toujours de l'avance, un petit pas d'avance et ce serait parfait. Ce ne serait pas facile : il était malin. Mais il était aussi arrogant. Les gens arrogants ont tendance à se surestimer et à sous-estimer les autres, tous les autres.

Président Gloria Russell : ça sonnait bien. Peut-être juste Président Russell, mais Président quand même.

« Et personne ne savait qu'elle avait rendez-vous avec vous ?

— Je crois que nous pouvons supposer qu'elle était discrète, Gloria. Christy n'avait pas beaucoup de cervelle : ses talents se situaient ailleurs. Mais elle avait le sens de ses intérêts. » Le Président lança un coup d'œil salace à son chef de cabinet. « Elle avait quasiment huit cents millions de dollars à perdre si son mari découvrait qu'elle le trompait, même si c'était avec le Président. »

Russell connaissait maintenant les étranges habitudes de voyeur de Walter Sullivan. Mais une fois encore, pour un tel rendez-vous, qui sait ce qu'aurait pu être sa réaction ? Heureusement que ce n'était pas lui qui avait été assis là dans le noir ! Ce n'était pas Walter Sullivan, à quatre-vingts ans sonnés, qui était descendu le long d'un mur et avait semé à la course trois agents du Secret Service.

« Je vous avais prévenu, Alan, qu'un jour ou l'autre vos petites fantaisies nous mettraient dans le pétrin. »

Richmond la dévisagea d'un air déçu. « Vous croyez que je suis le premier dans ma position à m'offrir des extra ? Ne soyez pas si naïve, Gloria. Au moins, je sais être plus discret que certains de mes prédécesseurs. J'ai pris le boulot... avec les avantages. Compris ? »

Russell se frotta nerveusement le cou.

« Tout à fait, monsieur le Président.

— Alors, ça nous laisse ce type qui ne peut rien contre nous.

— Il suffit d'une personne, Alan, pour faire s'écrouler le château de cartes.

— Ah oui ? Eh bien il y a un tas de gens qui vivent dans ce château-là, Gloria. Tâchez de vous en souvenir.

— Je m'en souviens, patron, tous les jours. »

On frappa. L'adjoint de Russell passa la tête. « Cinq minutes, monsieur le Président. »

Le Président acquiesça et le congédia d'un geste.

« On peut dire que ça tombe bien, cette remise de récompense.

— Ransome Baldwin a généreusement contribué à votre campagne.

— Pas besoin de m'expliquer les renvois d'ascenseur, mon cœur. »

Russell se leva et vint vers lui. Elle s'accrocha à son bras valide, le couvant des yeux. Il avait sur la joue gauche une petite cicatrice, souvenir d'un éclat d'obus récolté pendant son bref passage dans l'armée à la fin de la guerre du Viêt-nam. Les femmes trouvaient en général cette légère imperfection extrêmement séduisante, Russell comme les autres.

« Alan, je ferai tout ce qui est en mon pouvoir pour protéger vos intérêts. Vous vous en sortirez, mais il faut que nous travaillions ensemble. Nous formons une équipe, Alan, une sacrément bonne équipe. Ils ne peuvent pas nous faire tomber — si nous agissons de concert. »

Le Président la contempla un instant puis la gratifia de ce sourire qui faisait si souvent la une des journaux. Il posa un petit baiser sur sa joue et la serra dans ses bras. Elle se cramponna à lui.

« Je vous adore, Gloria. Vous êtes un brave petit soldat. » Il ramassa le texte de son discours. « Il faut y aller. »

Il tourna les talons. Russell suivit des yeux son dos puissant qui s'éloignait. Elle se frotta doucement la joue.

*

* *

Jack contemplait l'élégance un peu factice de l'immense salon Est, où étaient réunis quelques-uns des personnages les plus puissants du pays.

Tout autour de lui, ce n'étaient qu'intrigues et manœuvres, et la seule chose qu'il trouvait à faire, c'était rester là, bouche bée. Il aperçut à l'autre bout de la pièce sa fiancée qui avait entrepris un parlementaire de la côte Ouest : elle essayait probablement de l'intéresser au sort des Entreprises Baldwin.

Jennifer passait le plus clair de son temps à rechercher le contact avec des gens de pouvoir. Des députés de base au président du Sénat, elle flattait les ego, graissait les pattes et s'assurait que les choses se passent du mieux possible quand les Entreprises Baldwin convoitaient un nouveau marché. Que la société de son père ait doublé ses acquis ces cinq dernières années était la preuve évidente de ses talents en la matière. Quel homme pouvait lui résister ?

Ransome Baldwin, un mètre quatre-vingt-douze, épaisse crinière blanche et voix de baryton, faisait son tour d'honneur : il échangeait d'énergiques poignées de mains avec des politiciens déjà sous influence et faisait la conversation avec ceux, rares, qu'il n'avait pas encore dans sa poche.

Les discours avaient été brefs, Dieu merci. Jack jeta un coup d'œil à sa montre. Il fallait qu'il retourne à son bureau. En venant, Jennifer avait parlé d'une petite réception au Willard Hotel à onze heures. C'était bien sa veine...

Il se dit qu'il allait finir son verre et expliquer à Jennifer qu'il devait s'en aller. C'est le moment que choisit le Président pour la rejoindre. Baldwin le suivit. Et tous trois convergèrent vers lui.

Jack posa son verre et se racla la gorge pour ne pas s'empêtrer dans ses mots quand il ouvrirait la bouche. Jennifer et son père bavardaient avec le Président comme de vieux amis. Ils riaient, aussi à l'aise que s'il s'était agi d'un cousin de province. Mais bon sang, ce n'était pas un cousin de province, c'était le président des États-Unis !

« Alors, c'est vous le veinard ? »

Le Président arborait un grand sourire sympathique. Ils se serrèrent la main. Il était aussi grand que Jack et celui-ci fut impressionné par sa forme physique.

« Jack Graham, monsieur le Président. C'est un honneur pour moi de vous être présenté.

— J'ai l'impression de vous connaître déjà, Jack : Jennifer m'a souvent parlé de vous. Et presque toujours en bien, conclut-il sur un sourire.

— Jack est un des associés chez Patton, Shaw & Lord. » Jennifer était toujours pendue au bras du Président. Elle regardait Jack en minaudant.

« Je ne suis pas encore associé.

— Ça n'est qu'une question de temps, lança Ransome Baldwin d'une voix sonore. Avec les Entreprises Baldwin comme client, vous pourriez imposer vos conditions à n'importe quel cabinet de ce pays. N'oubliez pas ça. Ne laissez pas Sandy Lord vous embobiner.

— Écoutez-le, Jack. C'est la voix de l'expérience. »

Le Président leva son verre puis le baissa brusquement. Jennifer trébucha et lui lâcha le bras.

« Excusez-moi, Jennifer. Trop de tennis. Ce fichu bras me cause de nouveau des problèmes. Eh bien, Ransome, vous m'avez l'air d'avoir déniché un protégé de tout premier plan.

— Ah, c'est qu'il devra se battre contre ma fille pour le contrôle de l'Empire. Peut-être que Jack sera la reine et Jenn le roi. Ce ne serait pas si mal pour l'égalité des droits. »

Ransome éclata d'un grand rire contagieux.

Jack se sentit rougir.

« Je ne suis qu'un avocat, Ransome. Je ne cherche pas un trône à occuper. Il y a d'autres choses dans la vie. »

Jack reprit son verre. Rien ne se passait comme il l'aurait espéré. Il était sur la défensive. Il croqua un glaçon. Qui pouvait savoir ce que Ransome Baldwin pensait vraiment de son futur gendre ? Surtout à cet instant ? Pour dire la vérité, Jack s'en fichait éperdument.

Ransome cessa de rire et le dévisagea longuement. Jennifer le regarda de l'air navré qu'elle prenait quand elle n'était pas d'accord avec lui, c'est-à-dire la plupart du temps. Le Président leur lança un rapide coup d'œil, eut un bref sourire et s'éclipsa. Il se dirigea vers une femme qui l'attendait dans un coin du salon.

Jack le suivit des yeux. Comme tout Washington, il savait que Gloria Russell était le porte-parole du Président. Pour le moment, elle n'avait pas l'air très épanouie, mais la conjoncture internationale n'était pas franchement hilarante, non plus.

L'essentiel pour Jack, c'est qu'il avait été présenté au Président, qu'il lui avait serré la main. Il espérait que son bras irait mieux. Il entraîna Jennifer à l'écart et lui expliqua qu'il devait partir. Ce qui la mit de mauvaise humeur.

« Mais c'est impossible, Jack. Tu sais combien c'est important pour Papa !

— Hélas ! Je ne suis qu'un tâcheron. Tu sais, ceux qui pointent !

— C'est ridicule, et tu le sais très bien. Tu gères pour plus de quatre millions de dollars de contrats. Personne n'a le droit de te demander ça, et surtout pas ce moins que rien.

— Jenn, ça n'est pas si grave. J'ai passé une soirée formidable. Ton père a reçu son diplôme. Il est temps de me remettre au travail. Alvis n'est pas un mauvais bougre. Il m'asticote de temps en temps, mais il travaille aussi dur, sinon plus que moi. Tout le monde doit y mettre du sien.

— Ça n'est pas juste, Jack. Je ne suis pas d'accord.

— Jenn, c'est mon travail. Je t'ai dit de ne pas t'en faire. Je te verrai demain. Je vais prendre un taxi pour rentrer.

— Papa va être très déçu.

— Papa ne remarquera même pas mon absence avec tous les capitaines d'industrie qui seront là à chanter ses louanges. Bois un verre à ma santé. Souviens-toi de ce que tu m'as dit à propos de plus tard ? Je te passerai un coup de fil : peut-être pourrions-nous nous voir chez moi pour changer ? »

Elle le laissa l'embrasser. Dès qu'il eut le dos tourné, elle se précipita comme une furie vers son père.

V

Kate Whitney se gara devant son immeuble. Elle grimpa les quatre étages en courant, son sac à provisions et sa serviette pleine à craquer lui battant les jambes. Dans la gamme de loyers qu'elle pouvait se permettre, les immeubles avaient des ascenseurs qui fonctionnaient de manière sporadique.

Elle passa rapidement un survêtement, écouta son répondeur et ressortit. Devant la statue d'Ulysses S. Grant, elle fit quelques mouvements d'élongation et se mit à courir.

Prenant à gauche, elle passa devant le musée de l'Aviation et de l'Espace, puis devant le Smithsonian, qui, avec ses tours, ses créneaux et son architecture italienne du XIIe siècle, avait tout de la maison d'un savant fêlé. À foulées souples, bien rythmées, elle traversa le Mall et fit deux fois le tour du monument de Washington.

Elle respirait un peu plus vite maintenant. La sueur commença à filtrer à travers son T-shirt, sur lequel elle portait le chandail de l'école de droit de Georgetown. Le long du grand bassin, la foule était plus dense. Ce début d'automne amenait des quatre coins du pays des nuées de gens soucieux d'éviter le gros des touristes et l'effroyable chaleur estivale de Washington.

Elle fit un écart pour éviter un enfant et heurta un coureur qui venait en sens inverse. Ils s'effondrèrent dans un enchevêtrement de bras et de jambes.

« Merde ! » L'homme se redressa d'un bond. Elle tenta de se relever et le regarda, prête à s'excuser. Elle retomba brusquement assise. Un long moment s'écoula.

« Bonjour, Kate. » Jack tendit la main et l'entraîna au pied d'un des cerisiers du Japon qui entouraient la pièce d'eau. Le Jefferson Memorial se dressait, immense et imposant au milieu de l'eau calme : on distinguait clairement à l'intérieur de la rotonde la haute silhouette du troisième président des États-Unis. Kate sentait que sa cheville commençait à enfler. Elle ôta sa chaussure et sa chaussette et se mit à se masser.

« Je ne pensais pas que tu avais encore le temps de courir, Jack. »

Elle l'examina : il n'avait pas changé. Pas encore de calvitie, pas de ventre, pas de rides. Pour Jack Graham, le temps s'était arrêté. Elle devait en convenir : il était superbe. Elle, en revanche, était un désastre absolu.

Elle se maudit de ne pas être allée chez le coiffeur et se remaudit pour avoir eu cette pensée. Une goutte de sueur coula le long de son nez : elle l'essuya d'un geste irrité de la main.

« Je me posais la même question à ton sujet. Je ne pensais pas qu'on laissait les procureurs rentrer chez eux avant minuit. On se relâche ?

— Tout juste. » Sa cheville lui faisait vraiment mal. Voyant qu'elle souffrait, il se pencha et lui palpa le pied. Elle tressaillit. Il la regarda.

« Souviens-toi : je faisais ça pour vivre et tu étais ma meilleure et seule cliente. Je n'ai jamais vu une femme avec des chevilles aussi fragiles. Tu as l'air d'être en pleine forme. » Elle se détendit tandis qu'il lui massait la cheville. Elle constata qu'il n'avait rien perdu de sa dextérité. Que signifiait cette allusion au fait qu'elle avait l'air en forme ? Elle fronça les sourcils. Après tout, c'était elle qui l'avait laissé tomber. Et elle avait eu parfaitement raison.

« J'ai appris que tu étais entré chez Patton, Shaw. Félicitations.

— Tu parles ! N'importe quel avocat avec des affaires portant sur des millions aurait pu en faire autant. »

Il sourit.

« J'ai vu aussi dans le journal que tu étais fiancé. Je suis contente pour toi. »

Cette remarque-là ne le fit pas sourire. Elle se demanda pourquoi. Sans un mot, il lui remit sa chaussette et sa chaussure. Puis il la regarda.

« Tu ne vas pas pouvoir courir pendant un ou deux jours : c'est enflé. Ma voiture est là. Je vais te déposer chez toi.

— Je vais prendre un taxi.

— Tu te fierais plus à un chauffeur de Washington qu'à moi ? » Il prit un air offensé. « D'ailleurs, tu ne m'as pas l'air d'avoir de porte-monnaie. Tu vas essayer de négocier une course à l'œil ? Bonne chance ! »

Elle regarda son short. Elle avait sa clé dans sa chaussette. Il avait repéré la petite bosse. Il sourit devant son hésitation. Elle fit la moue puis se passa la langue sur la lèvre inférieure. Il se souvenait de cette habitude qu'elle avait. Il ne l'avait pas vue depuis des années, mais il lui sembla que le temps s'était effacé.

Il étira ses jambes. « Je te consentirais bien un prêt, mais je suis fauché. »

Elle se releva, prit appui sur son épaule et fléchit prudemment la cheville.

« Je croyais qu'on gagnait bien sa vie dans le privé.

— Ça paie bien. C'est juste que je n'ai jamais été très doué pour les questions d'argent. Tu le sais. »

C'était vrai : c'était toujours elle qui faisait les comptes. Encore qu'il n'y ait pas eu grand-chose à compter à l'époque ! Il la soutint et elle boitilla jusqu'à sa voiture, un break vieux de dix ans. Elle le contempla avec stupéfaction.

« Tu ne t'es jamais débarrassé de cette guimbarde ?

— Oh, elle roule encore très bien. Et puis, c'est un monument historique. Tu vois cette tache là-haut ? C'est ta glace au caramel, en 1986 ; la veille de mon examen de droit fiscal. Tu n'arrivais pas à dormir. J'en avais assez de potasser mes livres. Tu te souviens ? Tu as pris le virage trop vite.

— Tu as une mémoire sélective étonnante. Si je me rappelle bien, tu m'as renversé ton milk-shake dans le dos parce que je me plaignais de la chaleur.

— C'est vrai ! »

Ils montèrent dans la voiture en riant.

Elle examina plus attentivement la tache, inspecta l'intérieur. Un flot de souvenirs l'assaillit. Elle jeta un coup d'œil à la banquette arrière. Haussa les sourcils. Ah, si ce siège pouvait parler... Elle se retourna et surprit le regard de Jack ; elle rougit.

Kate se sentait nerveuse, mais pas vraiment mal à l'aise : ç'aurait pu être quatre ans plus tôt : ils venaient de sauter dans la voiture pour aller boire un café, acheter le journal ou prendre un petit déjeuner dans l'un des bistrots de Capitol Hill. Mais c'était loin tout ça : elle ne devait pas l'oublier. Le présent était bien différent. Elle baissa légèrement la vitre.

Jack conduisait en la surveillant du coin de l'œil. Leur rencontre n'était pas fortuite. Elle suivait toujours le même circuit depuis qu'ils étaient venus habiter à Washington un petit appartement près d'Eastern Market.

Le matin même, Jack s'était réveillé rempli d'un désespoir qu'il n'avait plus ressenti depuis que Kate l'avait quitté, quatre ans plus tôt, et qu'il lui avait bien fallu admettre, au bout d'une semaine, qu'elle ne reviendrait pas. Aujourd'hui, avec ce mariage qui se profilait à l'horizon, il avait décidé qu'il fallait qu'il la voie. Il ne voulait pas, il ne pouvait pas renoncer, pas encore. Il était plus que probable qu'il était le seul à éprouver encore un quelconque sentiment. Il n'avait pas eu le courage de laisser un message sur son répondeur. Il faudrait donc qu'il lui coure après sur ce Mall encombré de touristes.

Il avait couru pendant une heure, scrutant la foule, cherchant ce visage qui lui était si cher. Il l'avait vue cinq minutes avant d'entrer en collision avec elle. Si son cœur n'avait pas déjà battu la chamade à cause de l'exercice physique, il se serait emballé en l'apercevant. Il n'avait pas prévu qu'elle se foulerait la cheville, mais c'était quand même grâce à ça qu'elle était là, assise près de lui ; c'était grâce à ça qu'il la ramenait chez elle.

Kate tira ses cheveux en queue-de-cheval. « Alors, comment marche le boulot ?

— Ça va. » Il n'avait aucune envie de parler travail. « Comment va ton père ?

— Tu devrais le savoir mieux que moi. »

Elle, c'était de son père qu'elle n'avait pas envie de parler.

« Je ne l'ai pas vu depuis...

— Tu en as, de la chance. »

Elle retomba dans le silence. Jack s'en voulut : quelle idée stupide d'avoir abordé le sujet de Luther. Il avait espéré que, les années passant, le père et la fille s'étaient réconciliés. Manifestement, ce n'était pas le cas.

« J'entends dire du bien de toi au bureau du District Attorney.

— Ah oui.

— Je parle sérieusement.

— Depuis quand ?

— Kate, tout le monde grandit.

— Pas toi, Jack R. Graham. Surtout pas. »

Il tourna à droite sur Constitution Avenue en direction d'Union Station. Puis il se reprit soudain. Il connaissait le chemin mais il n'avait pas envie qu'elle le sache. « Je suis perdu, Kate. C'est par où ?

— Oh, pardon. Tu contournes le Capitole, tu prends Maryland et à gauche sur la Troisième Rue.

— Tu aimes ce quartier ?

— Avec ce que je gagne, je le trouve très bien. Laisse-moi deviner. Tu habites sans doute à Georgetown maintenant, une de ces grandes maisons avec chambre de service, c'est ça ? »

Il haussa les épaules.

« Je n'ai pas bougé. Je suis toujours dans le même appart. »

Elle le dévisagea.

« Jack, que fais-tu de tout ton argent ?

— J'achète ce qui me fait envie. Le problème, c'est qu'il n'y a pas grand-chose dont j'aie envie. » Il la regarda. « Qu'est-ce que tu dirais d'une glace au caramel ?

— Il n'y a pas de bons glaciers dans cette ville, j'ai essayé. »

Il fit demi-tour, souriant au milieu des coups de Klaxon et fonça.

« Apparemment, cher maître, vous n'avez pas bien cherché. »

Une demi-heure plus tard, il s'arrêtait devant chez Kate. Il fit le tour de la voiture pour l'aider à descendre. La cheville était raide et gonflée maintenant. Elle avait presque terminé sa glace au caramel.

« Je t'aide à monter.

— Ce n'est pas la peine.

— C'est moi qui t'ai démoli la cheville. Donne-moi l'occasion de me racheter.

— Ça va aller, Jack. »

Même après quatre ans, ce ton de voix lui restait familier. Il eut un sourire las et recula. Elle était au milieu des marches, progressant avec lenteur. Il allait vers sa voiture quand elle se retourna.

« Jack ? »

Il leva la tête.

« Merci pour la glace. »

Elle disparut. En s'éloignant, Jack ne fit pas attention à l'homme planté près du bouquet d'arbres à l'entrée du parking.

Luther émergea de l'ombre et leva les yeux vers l'immeuble.

En deux jours, son aspect physique s'était totalement modifié. Il avait la chance d'avoir une barbe qui poussait vite. Il s'était fait couper les cheveux et un chapeau dissimulait ce qu'il en restait. Ses lunettes noires masquaient ses yeux perçants et un ample manteau dissimulait sa minceur.

Il voulait voir sa fille une dernière fois avant de partir. Il avait été surpris de reconnaître Jack mais, au fond, depuis quand avait-il eu pour la dernière fois des nouvelles de Kate ? En tout cas, il aimait bien Jack.

Il se recroquevilla dans son manteau. Un vent frais se levait. Il leva les yeux vers la fenêtre de sa fille.

Appartement quatorze. C'était un endroit qu'il connaissait bien : il y avait même pénétré un certain nombre de fois, à l'insu de Kate, bien sûr. Pour lui, ouvrir la serrure de la porte d'entrée était un jeu d'enfant. Ça aurait pris plus longtemps avec une clé. Il s'asseyait dans le fauteuil du salon et laissait son regard errer sur les meubles et les objets, chacun portant son poids de souvenirs, certains agréables, mais le plus souvent pénibles.

Il lui arrivait parfois de fermer les yeux et de s'attarder sur les odeurs qui flottaient dans l'air. Il connaissait son parfum : il était assez banal, et elle en mettait très peu. Les meubles étaient massifs et patinés par les ans. Son frigo était vide en général. Il frémissait en inspectant le maigre contenu de ses placards. Elle rangeait ses affaires, mais sans excès : l'appartement avait l'air normalement habité.

Elle recevait un nombre impressionnant de coups de fil. Il lui arrivait d'écouter les messages et certains lui faisaient regretter qu'elle eût choisi ce métier. Étant lui-même criminel, il savait bien qu'il y avait parmi les gens de cette espèce nombre de vrais dingues. Mais c'était trop tard maintenant pour recommander à sa fille unique de changer de carrière.

Il se rendait compte qu'il entretenait avec son unique rejeton d'étranges relations. Mais il se disait que c'était bien fait pour lui. L'image de sa femme lui traversa l'esprit. Une femme qui l'avait aimé et accompagné pendant toutes ces années, et pour quel résultat ? Seulement le chagrin et la souffrance. Puis elle était morte, peu de temps après avoir enfin réagi et demandé le divorce. Il se demanda, pour la centième fois, pourquoi il s'était obstiné dans ses entreprises criminelles. Ce n'était sûrement pas pour l'argent. Il avait toujours vécu simplement et avait donné, au fil des années, la plupart du produit de ses cambriolages. Ses choix dans l'existence avaient rendu sa femme folle d'inquiétude et conduit sa fille à ne plus le voir. Une fois encore, son interrogation resta sans réponse. Il ne savait pas pourquoi il continuait à voler les riches. Peut-être était-ce seulement pour se prouver qu'il en était capable.

Il leva une dernière fois la tête vers l'appartement de Kate. Elle n'avait jamais pu compter sur lui, pourquoi espérait-il qu'il pouvait compter sur elle ? Mais il n'arrivait pas à couper le cordon définitivement, même si elle y avait réussi. Il aurait voulu l'aider, mais elle ne le voudrait jamais.

Luther hâta le pas et attrapa au vol un bus qui le conduisit à Union Station. Luther avait toujours été très indépendant : il avait su se suffire à lui-même. C'était un loup solitaire et il avait aimé cela. Aujourd'hui pourtant, il se sentit très seul et ce sentiment n'avait rien de réconfortant.

La pluie se mit à tomber. Il regarda par la vitre arrière du bus qui roulait dans le flot de la circulation jusqu'à la grande gare de chemin de fer sauvée, provisoirement sans doute, d'un ambitieux projet de rénovation urbaine. L'eau ruisselait sur la surface lisse et la buée l'empêchait de voir l'endroit d'où il venait. Il ne pouvait plus y retourner maintenant.

Il enfonça davantage son chapeau sur sa tête. Il se moucha et ramassa un journal abandonné. Il jeta un coup d'œil aux grands titres de la veille. Il se demandait quand on allait la découvrir. Il le saurait immédiatement. Tous dans cette ville sauraient que Christine Sullivan était morte. Quand les riches se faisaient descendre, ça faisait la première page des journaux. Les pauvres et les inconnus étaient relégués dans la rubrique faits divers. Christine Sullivan aurait droit à la une.

Il laissa tomber le journal sur le plancher et se ratatina sur son siège. Il lui restait à voir un avocat et ensuite il pourrait disparaître. Il finit par fermer les yeux. Il était retourné dans la maison de Kate et, cette fois-ci, elle était avec lui.

VI

Luther s'assit en face du bureau. Tout était vieux et sale dans cette pièce. Aussi bien le mobilier que la moquette. En dehors de son dossier, la table était vierge de documents. Seul un porte-cartes trônait sur le meuble. Il prit une des cartes et l'examina : « Cabinet de Services Juridiques. » Ce n'était certes pas un des meilleurs cabinets de la profession. Il s'en fallait beaucoup. Diplômés d'écoles de droit de troisième ordre, ces gens-là gagnaient péniblement leur vie en attendant de toucher le jackpot, un jour, peut-être. Mais au fur et à mesure que les années passaient, cet espoir s'amenuisait. De toute façon, Luther avait juste besoin de quelqu'un d'assermenté.

« Tout est en ordre, Mr. Whitney. » Son interlocuteur avait vingt-cinq ans, il était encore plein d'espoir et d'énergie, et il n'avait pas l'intention de moisir ici. Le visage mou, aux traits tirés, fatigués, de l'homme plus âgé planté derrière lui n'exprimait pas la même espérance. « Je vous présente Jerry Burns, le principal de l'étude : il sera votre deuxième témoin. » Une femme d'une quarantaine d'années, à l'air sévère, apporta avec le sceau de l'étude. « Phyllis est notre premier clerc, Mr. Whitney. » Tout le monde s'assit. « Voulez-vous que je relise les termes de votre testament ? »

Jerry Burns s'ennuyait mortellement. Il regardait dans le vide, en rêvassant. Jerry Burns, principal de l'étude. Il ressemblait plus à un garçon de ferme qu'à un notaire. Il jeta à son jeune collègue un regard dédaigneux.

« Je l'ai lu, répondit Luther.

— Parfait, dit Jerry Burns. Si nous commencions ? »

Un quart d'heure plus tard, Luther ressortait du Cabinet de Services Juridiques avec deux originaux de son testament dans la poche de son veston.

Foutus hommes de loi : on ne pouvait pas pisser, chier ou mourir sans eux. Parce qu'ils faisaient les lois, ils prenaient les gens à la gorge. Puis il pensa à Jack et sourit. Jack n'était pas comme ça. Jack était différent. Ses pensées se tournèrent vers sa fille et son sourire s'effaça. Kate n'était pas comme ça non plus. Mais elle le détestait.

Il s'arrêta dans un magasin de photo et acheta un Polaroïd. Personne ne développerait les clichés qu'il avait l'intention de prendre. Il rentra à son hôtel. Une heure plus tard, il avait pris vingt-quatre photos. Il les enveloppa dans du papier et les rangea dans un dossier au fond de son sac à dos.

Il s'assit alors et regarda par la fenêtre. Il resta presque une heure sans bouger puis se décida à rejoindre son lit.

Le pire était que le président des États-Unis fût impliqué dans cette horreur. Luther avait voté pour ce type, il l'avait admiré. L'homme qui détenait le pouvoir suprême dans ce pays avait quasiment assassiné une jeune femme à mains nues. Luther n'aurait pas été plus bouleversé s'il avait vu un de ses proches tuer de sang-froid. Comme criminel endurci il se posait là ! Pas assez indifférent pour ne pas s'émouvoir devant la mort, pour ne pas être horrifié par la façon dont on avait abrégé la vie de la jeune femme.

*

* *

« C'est magnifique, Jenn. »

Jack contemplait la façade de pierre et de brique qui s'étendait sur plus d'une soixantaine de mètres, qui abritait plus de pièces qu'un château. Il se demanda ce qu'ils faisaient là. L'allée conduisait à un garage pour quatre voitures derrière le vaste édifice. Les pelouses étaient si parfaitement entretenues que Jack avait la sensation de se trouver devant un immense billard. Derrière la maison, le parc s'étageait sur trois niveaux, et chaque terrasse avait sa pièce d'eau. C'était parfait pour des gens très riches : courts de tennis, écuries, six hectares de terrain ; un véritable empire selon les normes de la Virginie du Nord.

L'agent immobilier attendait près de la porte d'entrée, son coupé Mercedes garé près d'une grande fontaine de pierre ornée de roses de granit grosses comme le poing. Elle calculait et recalculait le montant de sa commission. N'étaient-ils pas un jeune couple merveilleux ? Elle l'avait répété tant et plus et Jack en avait la nausée.

Jennifer Baldwin lui prit le bras. Il leur fallut deux heures pour faire le tour complet. Jack s'avança au bord de la pelouse et admira les bois touffus où ormes, sapins de Norvège, érables, pins et chênes se disputaient la place. Les feuilles commençaient à roussir, et Jack observa la palette éclatante qui environnait la propriété.

« Alors, combien ? »

Il pensait qu'il fallait poser la question. Ce n'était certainement pas dans leurs moyens. Pas dans les siens, en tout cas. Il fallait avouer que c'était bien situé. À trente minutes de son bureau aux heures de pointe. Mais c'était probablement inabordable. Il tourna vers sa fiancée un regard interrogateur.

Elle jouait avec une mèche de cheveux, l'air embarrassé.

« Trois millions huit. »

Jack pâlit.

« Trois millions huit cent mille ? Dollars ?

— Jack, ça vaut trois fois ça.

— Alors, pourquoi la vendent-ils trois millions huit ? Nous ne pouvons pas nous le permettre, Jenn. Laissons tomber. »

Elle leva les yeux au ciel. Elle eut un geste rassurant vers la fille de l'agence qui, assise dans sa voiture, commençait à rédiger le compromis de vente.

« Jenn, je gagne cent vingt mille dollars par an. Toi, à peu près autant, peut-être un peu plus.

— Quand tu seras associé...

— D'accord. Mes revenus augmenteront, mais pas assez, on ne pourra même pas rembourser les mensualités de l'emprunt. Et puis je croyais qu'on allait vivre chez toi ?

— Ça ne va pas pour un couple.

— Ça ne va pas ? Mais c'est un palais ! »

Il se dirigea vers un banc et s'assit. Elle se planta devant lui, bras croisés, l'air décidé. Son hâle de l'été commençait à s'estomper. Elle portait un feutre beige sous lequel ses longs cheveux tombaient jusqu'à ses épaules. Ses vêtements soulignaient son élégante minceur. Elle était chaussée de bottes en cuir qui mettaient en valeur la cambrure de ses pieds. « Nous n'avons pas besoin d'emprunter, Jack. »

Il leva les yeux vers elle.

« Ah bon ? Ils nous font cadeau de la propriété parce qu'ils nous trouvent sympathiques ? »

Elle hésita, puis lâcha :

« Papa va l'acheter pour nous et c'est à lui que nous rembourserons. »

Celle-là, il l'attendait.

« Rembourser ? Mais, bon Dieu, comment ?

— Il a suggéré un plan de remboursement qui tient compte de nos perspectives d'avenir. Bonté divine, Jack, je pourrais payer cette maison rien qu'avec les intérêts d'un de mes fonds de placement, mais je sais que tu ne voudras jamais. » Elle vint s'asseoir à côté de lui. « J'ai pensé que si nous procédions de cette façon, tu te sentirais plus à l'aise. Je connais ton attitude vis-à-vis de la fortune des Baldwin. Il *faudra* rembourser papa. Ce n'est pas un cadeau. C'est un prêt *avec intérêts.* Je vais vendre mon appartement. J'en tirerai dans les huit cent mille dollars. Il faudra aussi que tu apportes un peu d'argent. » Elle appuya son doigt contre la poitrine de Jack pour bien souligner ce qu'elle disait. Puis elle se retourna vers la maison. « Elle est belle, tu ne trouves pas ? Nous serons heureux ici. »

Jack regardait la maison sans vraiment la voir. À chacune des innombrables fenêtres de ce monument, il voyait le visage de Kate Whitney.

Jennifer lui prit le bras, se serra contre lui. La migraine de Jack atteignait des sommets. Son esprit refusait de fonctionner. Il avait la gorge sèche et les jambes flageolantes. Il se dégagea des bras de sa fiancée, se leva et rejoignit la voiture presque en courant.

Jennifer resta assise quelques instants, envahie d'une totale incrédulité. Puis, avec colère, elle se décida à le suivre.

L'agent immobilier, qui avait suivi avec intérêt leur conversation, cessa de rédiger le contrat. Elle eut une moue de mécontentement.

Au petit matin, Luther sortit du modeste hôtel caché dans le quartier résidentiel de Northwest Washington.

Il se fit conduire en taxi jusqu'à la station de Metro Center. Et demanda au chauffeur de prendre un itinéraire compliqué sous prétexte de photographier les monuments de Washington.

Serait-il encore vivant dans six mois ? Difficile à dire. Malgré toutes ses précautions, on pouvait fort bien le retrouver. Mais il avait l'intention de profiter au maximum du temps qui lui restait.

Le métro le conduisit à l'aéroport domestique de Washington où il prit une navette jusqu'au terminal principal. Il avait déjà enregistré ses bagages sur le vol d'American Airlines qui l'emmènerait à Dallas. Là, il changerait de compagnie et continuerait jusqu'à Miami. Il y passerait la nuit. Ensuite un autre avion l'amènerait à Porto Rico et un dernier vol le déposerait à la Barbade. Il avait tout réglé en liquide. Son passeport était au nom d'Artur Lanis, soixante-cinq ans, originaire du Michigan, États-Unis. Il possédait une demi-douzaine de papiers d'identité du même genre, tous d'aspect très officiel et tous complètement faux. Le passeport était valable huit ans et montrait qu'il avait beaucoup voyagé.

Il s'installa dans la salle d'attente et se dissimula derrière un journal. L'endroit était rempli de monde bruyant : un jour de semaine ordinaire. De temps en temps, Luther jetait un coup d'œil pardessus son quotidien cherchant si quelqu'un lui manifestait trop d'attention, mais il ne remarqua rien. Il savait qu'en cas de danger son instinct prendrait le dessus. On appela son vol. Il remit sa carte d'embarquement. Gravit la rampe jusqu'à l'appareil qui dans trois heures le déposerait au cœur du Texas.

Le vol jusqu'à Dallas était en général complet sur American Airlines : mais, chose étonnante, il y avait une place libre auprès de lui. Il ôta son manteau et l'étala sur le siège, mettant au défi qui que ce soit de venir s'installer là.

Ils commencèrent à rouler vers la piste de décollage. Dans la brume de cet humide matin de septembre, il distingua le monument de Washington. À quelques centaines de mètres de là, Kate se lèverait bientôt pour aller travailler tandis que son père plongerait dans le ciel vers une vie nouvelle, plus tôt que prévu et pas sous les meilleurs auspices.

L'avion prit de la hauteur. Luther contempla les pistes tout en bas, les méandres du Potomac, puis tout disparut à sa vue. Il songea fugitivement à sa femme, morte depuis longtemps, puis ses pensées revinrent vers sa fille bien vivante, elle.

Lorsque l'hôtesse se pencha vers lui, il commanda du café. En essuyant ses lunettes, il se rendit compte qu'il pleurait. Il jeta un coup d'œil furtif autour de lui : la plupart des passagers terminaient leur petit déjeuner ou inclinaient leur siège pour une sieste.

Il repoussa son plateau, déboucla sa ceinture et se dirigea vers les toilettes. Il examina dans la glace ses yeux rouges et gonflés. Il avait beaucoup vieilli au cours des dernières trente-six heures.

Il s'aspergea le visage, laissant l'eau ruisseler jusqu'à sa bouche. Il s'essuya encore les yeux. Ils lui faisaient mal. Adossé au lavabo, il s'efforça de maîtriser le tremblement de ses muscles.

Il avait beau faire, son esprit revenait sans cesse à la chambre où Christine Sullivan avait été sauvagement frappée. Le président des États-Unis était un ivrogne, un adultère et il battait les femmes. Il souriait aux journalistes, faisait des risettes aux bébés et flirtait avec de vieilles dames minaudantes. Il tenait des réunions et représentait son pays dans le monde entier.

Il n'en était pas moins un putain de trou-du-cul qui baisait des femmes mariées, les rossait et les laissait sur le carreau.

Belle engeance !

Luther aurait préféré ne pas en savoir autant. C'était très lourd pour un homme seul. Et il se sentait très seul. Et fou de rage. Le pire dans cette histoire, c'était que ce salopard allait s'en tirer.

Luther se disait qu'avec trente ans de moins il aurait foncé dans le tas. Mais il n'était plus si jeune. Même s'il était encore solide, les années commençaient à émousser ses réflexes. Il lui fallait laisser les bagarres aux autres. Son temps était passé. Un sanglot douloureux le secoua.

Il ne pourrait jamais se pardonner de n'avoir rien fait. Il n'avait pas ouvert la porte vitrée. Il n'avait pas empêché cet homme de frapper Christine Sullivan. Il aurait peut-être pu éviter qu'elle soit tuée. Elle serait vivante s'il avait bougé à temps. Il avait préféré sa liberté, sa vie, à celle de cette femme. Une femme qui s'était battue pour survivre, qu'il aurait pu aider au lieu de rester là à regarder. Un être humain qui avait à peine un tiers de son âge. Il s'était conduit comme un lâche, et cela le rendait physiquement malade.

Ses jambes se dérobèrent sous lui et il dut s'appuyer sur le lavabo pour ne pas tomber. Il fut presque heureux du malaise. Dans cette position, il ne pouvait plus voir son visage. Il fut pris de nausées.

Au bout de quelques minutes, il se passa de l'eau froide sur le visage et le cou. Il regagna son siège. Il éprouvait la sensation que sa culpabilité décuplait au fur et à mesure qu'il s'éloignait de Washington.

*

* *

Le téléphone sonna. Kate regarda la pendule. Onze heures du soir. En général, elle filtrait les appels. Mais quelque chose lui fit tendre la main et décrocher avant que le répondeur se mette en marche.

« Allô.

— Tu as déjà fini de travailler ?

— Jack ?

— Comment va la cheville ?

— Très bien. Tu sais l'heure qu'il est ?

— Je voulais prendre des nouvelles de ma patiente. Les médecins, ça ne dort jamais.

— Ta patiente va bien. Merci de t'en soucier. »

Elle ne put réprimer un sourire.

« Il n'y a rien de mieux, les glaces au caramel, pour se rétablir.

— Je l'ai déjà expérimenté.

— Ah, bon, tu as eu d'autres patientes ?

— Mon avocat m'a conseillé de ne pas répondre à cette question.
— Excellent avocat. »

Jack l'imaginait, un doigt tortillant une mèche de cheveux, comme elle le faisait lorsqu'ils travaillaient dans la même pièce : lui peinant sur le droit fiscal, elle sur ses cours de français.

« Tes cheveux frisent suffisamment sans que tu te donnes tout ce mal. »

Elle retira son doigt, sourit, puis se rembrunit. Ces mots remuaient trop de souvenirs, et pas que des bons...

« Il est tard, Jack. J'ai une audience demain. »

Il se leva et se mit à marcher de long en large avec son téléphone sans fil. Il était prêt à tout pour qu'elle reste encore en ligne quelques minutes. Il se sentait coupable, sans trop savoir pourquoi. Machinalement, il regarda par-dessus son épaule : il était seul, bien sûr.

« Pardon d'avoir appelé si tard.
— Ça ne fait rien.
— Et pardon de t'avoir esquinté la cheville.
— Tu t'es déjà excusé.
— C'est vrai. Alors, comment vas-tu ? Je veux dire : à part ta cheville ?
— Jack, j'ai vraiment besoin de dormir un peu. »

Il espérait qu'elle allait lui dire ça.

« Eh bien, tu me raconteras au déjeuner.
— Je t'ai dit que j'avais une audience.
— Après l'audience.
— Jack, je ne suis pas sûre que ce soit une bonne idée. En fait, je suis certaine que c'est une idée idiote.
— Bon sang, Kate. Ce n'est qu'un déjeuner. Je ne te demande pas de m'épouser. » Il se mit à rire, mais il savait qu'il avait tout gâché.

Kate ne jouait plus avec ses mèches. Elle aussi s'était levée. Elle vit son reflet dans la glace du vestibule. Des plis soucieux lui barraient le front.

« Excuse-moi, dit-il aussitôt. Excuse-moi, je ne voulais pas dire ça. Écoute, je t'invite. Il faut bien que je dépense l'argent que je gagne. »

Avant d'appeler Kate, il avait répété cent fois la conversation. Ce qu'il lui dirait, ce qu'elle répondrait. Il serait décontracté, elle serait compréhensive. Ils se seraient compris à demi-mot. Mais tout était allé de travers, bien sûr. Il se résigna à utiliser son dernier argument : il supplia.

« Je t'en prie, Kate. J'ai vraiment besoin de te parler. »

Elle se rassit, replia ses jambes sous elle, se frictionna les pieds. Elle prit une profonde inspiration. Elle n'avait pas changé autant qu'elle l'imaginait, malgré les années sans lui. Était-ce un bien, était-ce un mal ? Pour l'instant, elle était incapable de répondre.

« Quand et où ?

— Chez Morton ?

— Pour déjeuner ? »

Il devina son air incrédule. Le restaurant était un des plus chers de Washington. Dans quel monde vivait-il maintenant ?

« Bon, que dirais-tu du troquet près de Founder's Park vers deux heures ? À cette heure-là, il y aura moins de monde.

— Je préfère. Mais ce n'est pas certain. Je te préviendrai si je ne peux pas me libérer. »

Il poussa un soupir de soulagement.

« Merci, Kate. »

Il raccrocha l'appareil et s'écroula sur son canapé. Maintenant qu'il avait réussi, il se demandait où cela le mènerait. Qu'allaient-ils pouvoir se dire ? Il ne voulait pas d'une nouvelle dispute. Il n'avait pas menti : il avait juste envie de lui parler, de la voir. Rien d'autre. Il ne cessait de se le répéter. Il passa dans la salle de bains, se plongea la tête dans le lavabo. Il prit une bière dans le frigo, monta à la piscine en haut de l'immeuble et resta assis dans l'obscurité à regarder les avions faire leur approche au-dessus du Potomac pour se poser à National Airport.

Le double fanal rouge du monument à Washington clignotait comme pour lui tenir compagnie. Huit étages plus bas, le silence des rues n'était troublé que par la sirène occasionnelle d'une voiture de police ou d'une ambulance.

Jack regarda la surface calme du bassin. Il plongea son pied dans l'eau fraîche pour voir les petites rides se former. Il but sa bière, redescendit et s'endormit dans un fauteuil du salon, devant la télé allumée. Il n'entendit pas la sonnerie du téléphone : on ne laissa pas de message.

À trois mille kilomètres de là, Luther Whitney raccrocha et fuma sa première cigarette depuis plus de trente ans.

La camionnette de Federal Express roulait au ralenti sur la petite route de campagne déserte. Le chauffeur inspectait les boîtes aux lettres rouillées et de guingois, cherchant la bonne adresse. Il n'avait jamais fait de livraison par ici. Il avait l'impression que son camion passait d'un nid-de-poule à un autre.

Il s'engagea dans l'allée de la dernière maison pour faire marche arrière. En tournant la tête, il aperçut le nom qu'il cherchait sur un morceau de bois planté près de la porte. Il eut un sourire : il arrivait quelquefois qu'on ait de la chance.

La maison était petite et mal entretenue. Des auvents métalliques rouillés, déjà démodés à l'époque où il était né, achevaient de s'affaisser.

La femme d'un certain âge qui ouvrit la porte portait une robe à fleurs sans forme et un gros chandail jeté sur les épaules. Ses chevilles rouges et épaisses trahissaient une mauvaise circulation sanguine. Elle parut étonnée de cette livraison mais l'accepta sans poser de questions.

Le chauffeur jeta un coup d'œil à la signature sur son bloc : Edwina Broome. Puis il remonta dans sa camionnette et repartit. Elle le regarda s'éloigner avant de fermer la porte.

*
* *

Le walkie-talkie se mit à crépiter. Cela faisait sept ans maintenant que Fred Barnes faisait ce travail : circuler dans les quartiers riches, observer les grandes maisons, les jardins soigneusement entretenus, les somptueuses automobiles et leurs occupants presque irréels qui descendaient des allées magnifiquement goudronnées et franchissaient des grilles monumentales. Il n'avait jamais pénétré à l'intérieur d'une de ces propriétés ni pensé que ça lui arriverait un jour.

Il contempla l'imposant édifice. Quatre à cinq millions de dollars, estima-t-il. Il lui faudrait cinq vies pour gagner des sommes pareilles ! Il y avait des jours où il trouvait tout ça injuste.

Il signala sa position. Il allait jeter un coup d'œil. Il ne savait pas très bien pourquoi, sinon que le propriétaire avait appelé pour demander qu'une voiture de patrouille vienne inspecter les lieux.

L'air froid qui fouettait le visage de Barnes lui donna envie d'un café brûlant accompagné d'un croissant, suivis de huit heures de sommeil avant qu'il reprenne le volant et passe une nouvelle nuit à protéger les biens des riches. La paie n'était pas mauvaise mais les avantages étaient minces. Sa femme travaillait aussi à plein temps et, avec trois gosses, leurs deux salaires suffisaient à peine. Mais c'était dur pour tout le monde. Il regarda le garage pour cinq voitures au fond du jardin, la piscine, les courts de tennis. Enfin, peut-être pas pour tout le monde...

En tournant le coin, il vit la corde qui pendait le long du mur : son envie de café et de croissant s'envola. Il s'accroupit, porta la main à son arme, saisit son micro et fit son rapport : la police municipale serait ici dans quelques minutes. Il pouvait les attendre ou commencer l'enquête tout seul. À huit dollars de l'heure, il décida qu'il valait mieux attendre sagement.

Son surveillant-chef arriva le premier à bord d'un break blanc qui arborait le logo de la société sur la portière. Trente secondes plus tard, la première des cinq voitures de police s'arrêta dans l'allée goudronnée.

Deux flics surveillaient la fenêtre. Sans doute les malfaiteurs avaient-ils depuis longtemps quitté les lieux, mais dans la police, c'était dangereux de supposer.

Quatre hommes se dirigèrent vers l'entrée, deux autres couvraient l'arrière. Par équipes de deux, ils pénétrèrent dans la maison ; ils notèrent que la porte de devant n'était pas fermée à clé, et que l'alarme n'était pas branchée. Après s'être assurés que tout était normal au rez-de-chaussée, ils s'engagèrent prudemment dans le large escalier, l'oreille aux aguets et l'œil vigilant.

En arrivant sur le palier, les narines du brigadier l'informèrent qu'ils n'avaient pas affaire à un cambriolage simple.

Quelques minutes plus tard, ils entouraient la dépouille qui avait été jusqu'il y a peu une femme jeune et belle. Ils étaient tous d'une pâleur de craie.

Le brigadier, un père de trois enfants d'une cinquantaine d'années, regarda la fenêtre ouverte. Dieu merci, pensa-t-il. Même avec l'apport d'air extérieur, l'atmosphère de la chambre était suffocante. Il jeta un nouveau coup d'œil au cadavre puis se dirigea à grands pas vers l'ouverture et respira à fond.

Il avait une fille qui avait à peu près cet âge-là. Un instant, il l'imagina sur ce plancher, avec un visage qui n'était plus qu'un souvenir, sa vie brutalement finie. L'affaire maintenant n'était plus de son ressort : il espérait pourtant qu'il serait présent le jour où on arrêterait la personne qui avait commis cette atrocité.

VII

Au moment où le téléphone sonna, Seth Frank essayait de croquer un morceau de tartine et d'attacher dans le même temps un ruban dans les cheveux de sa fille de six ans avant qu'elle parte pour l'école. Le visage de sa femme était tout à fait explicite ! Elle termina le nœud. Seth coinça le combiné entre son oreille et son épaule pendant qu'il achevait de nouer sa cravate. Il écouta la voix calme et précise du régulateur. Deux minutes plus tard, il était dans sa voiture, gyrophare allumé, et fonçait sur les petites routes désertes du comté.

À quarante et un ans, sa grande carcasse s'empâtait inéluctablement et ses cheveux noirs et bouclés avaient été plus fournis. Marié, père de trois filles qui le déconcertaient chaque jour davantage, il commençait à admettre qu'il n'y avait pas grand-chose d'important dans la vie. Mais, dans l'ensemble, il était un homme heureux. La vie ne l'avait pas trop malmené. En tout cas, jusqu'à maintenant. Il appliquait la loi depuis assez longemps pour savoir avec quelle rapidité les choses pouvaient évoluer.

Frank mâchonnait un bonbon acidulé tandis qu'en rangées serrées des pins défilaient derrière sa vitre.

Il avait commencé sa carrière de flic à New York, dans un des quartiers les plus violents, là où la valeur de la vie était réduite à zéro. Il avait pu observer là toutes les façons de tuer un être humain. Puis il avait été promu inspecteur. Du coup, il arrivait sur les lieux du crime après le départ des méchants. Sa femme dormait mieux la nuit : elle appréhendait moins de recevoir le coup de fil qui viendrait sans doute bouleverser son existence. Quand on est mariée à un officier de police, on ne peut pas espérer mieux. Il avait finalement été affecté à la Criminelle. Ce serait probablement le dernier défi de sa carrière. Après quelques années, il aimait toujours le boulot et la gageure qu'il représentait, mais pas au rythme de sept cadavres par jour. Il avait donc émigré vers le Sud, jusqu'en Virginie.

Il était inspecteur principal à la Brigade criminelle du comté de Middleton : le titre sonnait mieux que ce qu'il représentait : il se trouvait aussi être le seul inspecteur de la Criminelle employé par le comté. Mais la paisible campagne de Virginie ne se prêtait guère à des enquêtes fracassantes. Dans sa juridiction, le revenu par tête d'habitant dépassait nettement la moyenne nationale. Il y avait bien des gens qui se faisaient tuer : des épouses abattant leur mari ou le contraire, ou encore des gosses qui se débarrassaient de leurs parents pour toucher l'héritage, mais dans l'ensemble, ce n'était pas très animé. Dans ce genre d'affaires, les enquêtes faisaient plus travailler les jambes que les méninges. Ce coup de téléphone venu du central allait changer tout ça...

La route traversait d'abord des bois puis de grasses prairies entourées de barrières blanches où des pur-sang saluaient paresseusement le jour nouveau. Derrière des grilles impressionnantes et de longues allées en lacets se dressaient les résidences de rares élus — plus élus que rares d'ailleurs à Middleton. Frank se dit que dans cette affaire il ne devrait pas compter sur le témoignage des voisins. Une fois enfermés dans leurs forteresses, ils ne voyaient ni n'entendaient le monde extérieur. Ils payaient très cher pour ce privilège.

En approchant du domaine des Sullivan, Frank rectifia son nœud de cravate dans le rétroviseur et remit en place quelques mèches rebelles. Il n'éprouvait pas de tendresse particulière pour les riches : il ne les détestait pas non plus. Ils faisaient partie d'un puzzle. C'était la partie la plus satisfaisante de son travail. Quels que soient les chemins qu'elle prenait, la vérité finissait par se dévoiler : en tuant un être humain, on entrait sur le territoire de Frank et on se retrouvait puni. La forme du châtiment importait peu. Ce qui l'intéressait, c'était que le procès ait lieu et qu'en cas de condamnation la sentence soit appliquée. Que le coupable fût riche ou pauvre. Ses réflexes étaient peut-être moins rapides mais l'instinct était bien là. Et en définitive, c'était toujours à lui qu'il se fiait.

Il s'engagea dans l'allée et remarqua une moissonneuse-batteuse dans le champ de maïs voisin : son conducteur observait attentivement les activités de la police. La nouvelle se répandrait bientôt partout dans la région. L'homme ne pouvait pas savoir qu'il détruisait les preuves d'une fuite. Pas plus d'ailleurs que Seth Frank. Il descendit de sa voiture, jeta sa veste sur son épaule et poussa la porte d'entrée.

Les mains dans les poches, il enregistrait chaque détail du parquet, des murs, son regard s'aventurait jusqu'au plafond avant de revenir sur la porte en miroir puis vers l'endroit où la victime gisait depuis plusieurs jours.

« Prends un tas de photos, Stu : j'ai l'impression qu'on en aura besoin. » Le photographe de la Criminelle quadrillait la pièce systématiquement en évitant discrètement le cadavre : il s'efforçait d'enregistrer sur la pellicule chaque centimètre des lieux, y compris son unique occupant. Il y aurait ensuite un film vidéo assorti d'un commentaire, pas forcément recevable devant un tribunal, mais précieux pour l'enquête. Comme les joueurs de football visionnaient les matchs de leurs concurrents, les inspecteurs, de plus en plus, passaient des heures à étudier les films vidéo. Des indices supplémentaires apparaîtraient peut-être, après la huitième, la dixième ou la centième projection.

La corde nouée au pied de la commode pendait toujours par la fenêtre. Elle était maintenant enduite d'une poudre noire pour permettre de relever les empreintes. Il savait qu'il n'y en aurait pas ou très peu. On portait généralement des gants pour glisser le long d'une corde, fût-elle à nœuds.

Sam Magruder, le policier responsable, approcha. Il revenait de la fenêtre où il était allé respirer un peu d'air frais. Il avait la cinquantaine, des cheveux roux surmontant un visage glabre et poupin et essayait de ne pas vomir son petit déjeuner. On avait installé un gros ventilateur, et les fenêtres étaient grandes ouvertes. Le personnel de la Criminelle avait beau porter des masques, la puanteur restait difficilement supportable. C'était l'adieu sardonique de la nature. Beauté pleine de vie un jour, pourriture le lendemain.

Frank consulta les notes de Magruder. Il remarqua son teint verdâtre.

« Sam, si tu restais loin de la fenêtre, ton odorat s'habituerait en quelques minutes. Tu ne fais qu'aggraver les choses.

— Je sais, Seth. Mon cerveau me le dit, mais mon nez refuse d'écouter.

— Quand le mari a-t-il téléphoné ?

— Ce matin, à sept heures quarante-cinq, heure locale. »

Frank essayait de déchiffrer les gribouillis du policier.

« Et où est-il ?

— À la Barbade. »

Frank inclina la tête.

« Depuis combien de temps ?

— Nous attendons la confirmation.

— D'accord.

— Combien de cartes de visite ont-ils laissées, Laurie ? »

demanda Frank en se tournant vers Laurie Simons, qui s'occupait de relever les empreintes.

Elle releva la tête sans croiser son regard. « Je ne trouve pas grand-chose, Seth. »

Frank s'approcha. « Allons, Laurie, elle a dû circuler dans toute la maison. Et son mari ? Et la femme de chambre ? Il doit y avoir des indices partout.

— Je n'en trouve pas.

— Tu me fais marcher. »

Simons prenait son travail très au sérieux : c'était la meilleure technicienne avec qui Frank eût jamais travaillé, y compris dans la police new-yorkaise. Elle avait presque l'air de s'excuser. On avait saupoudré partout de la céruse et il n'y avait rien. Contrairement à ce que croient les gens, la plupart des criminels laissent leurs empreintes sur les lieux du crime. Il faut simplement savoir où regarder. Malheureusement, Laurie Simons, qui savait où regarder, ne trouvait rien du tout. Peut-être les analyses du labo apporteraient-elles un peu de lumière. Beaucoup d'empreintes latentes n'étaient pas visibles à l'œil nu, quel que soit l'éclairage. C'est pour ça qu'il fallait mettre de la poudre partout où un criminel aurait pu poser les doigts. Il arrivait qu'on ait de la chance.

« J'ai des petits trucs que j'ai emballés pour le labo. Quand j'en aurai fini avec le ninhydrine et que j'aurai tartiné le reste de Superglue, j'aurai peut-être quelque chose pour toi. » Simons se remit consciencieusement à son travail.

Frank hocha la tête. La Superglue, un cyanoacrylate, était sans doute la meilleure méthode de vaporisation et pouvait révéler des indices aux endroits les plus improbables. Le problème, c'était que ce fichu procédé prenait du temps. Et du temps, ils n'en n'avaient pas.

« Grouille-toi, Laurie. Les criminels ont déjà assez d'avance. »

Elle le regarda. « J'ai un autre ester de cyanoacrylate que je n'ai pas encore essayé. C'est plus rapide. Je peux toujours accélérer le séchage de la Superglue. » Elle eut un sourire.

Seth Frank fit la grimace :

« Mais comment donc. La dernière fois que tu as essayé ça, il a fallu évacuer l'immeuble.

— Je n'ai pas dit que nous vivions dans un monde parfait, Seth. »

Magruder s'éclaircit la voix.

« On dirait qu'on a affaire à de vrais professionnels. »

Seth regarda le policier d'un air sévère.

« Sam, ce ne sont pas des professionnels. Ce sont des criminels, des tueurs. Ils n'ont pas appris ça à l'école.

— Non, inspecteur.

— On est bien sûr que c'est la maîtresse de maison ? »

Magruder désigna la photo sur la table de nuit.

« Christine Sullivan. On nous confirmera l'identité.

— Pas de témoins ?

— Aucun, pour le moment. On n'a pas encore interrogé tous les voisins. On va le faire ce matin. »

Frank prit d'abondantes notes sur la pièce, sur l'état de son occupante. Puis il fit un croquis détaillé de la chambre et de son contenu. Un bon avocat de la défense pouvait faire passer pour un crétin n'importe quel témoin de l'accusation. Une mauvaise préparation signifiait l'acquittement pour les coupables.

Frank avait appris la leçon à ses dépens. À l'occasion d'un vol avec effraction, flic débutant, il était arrivé le premier sur les lieux. On n'avait jamais eu à le lui redire. Jamais il n'avait été aussi déprimé que lorsqu'il avait quitté la barre des témoins, son témoignage mis en pièces et retourné en faveur de l'accusé. Si on lui avait laissé son arme de service dans la salle d'audience, le monde aurait compté un avocat de moins ce jour-là.

Frank traversa la pièce et rejoignit le médecin légiste : un homme robuste, aux cheveux blancs, qui transpirait abondamment malgré la fraîcheur matinale du dehors. Il rabaissait la jupe sur le cadavre. Frank s'agenouilla pour examiner une des mains enfermées dans un sac en plastique et regarda le visage de la femme : il était couvert de bleus. Les vêtements étaient trempés par les fluides organiques. La mort entraîne un relâchement presque immédiat des sphincters. L'odeur composite qui en résultait n'avait rien d'agréable. Par chance, malgré la fenêtre restée ouverte, il y avait peu d'insectes.

« Vous avez une date approximative de la mort ?

— Mon thermomètre rectal ne va pas m'être d'une grande utilité, si vous voyez ce que je veux dire. Je dirais de soixante-douze à quatre-vingt-quatre heures. J'aurai un chiffre plus précis quand je l'aurai ouverte. » Il se redressa. « Blessures par balles à la tête », ajouta-t-il pour la forme. Personne dans la pièce n'avait le moindre doute quant aux causes du décès.

« J'ai remarqué des traces sur son cou. »

Le médecin légiste dévisagea Frank un moment puis haussa les épaules. « Elles y sont en effet. Je ne sais pas encore ce qu'elles signifient.

— Je vous serais reconnaissant de me donner vos conclusions assez vite.

— Vous les aurez. On n'a pas beaucoup de meurtres par ici. On leur donne la priorité. »

L'inspecteur tressaillit à cette réflexion acide. Le médecin légiste le regarda. « J'espère que ça vous plaît d'avoir affaire à la presse. Les journalistes vont fondre là-dessus comme un essaim d'abeilles.

— Plutôt de guêpes. »

Le légiste haussa les épaules. « J'aime mieux que ce soit vous que moi. Je suis trop vieux pour ce genre de foutaises. Vous pouvez l'emmener quand vous voulez. »

Il referma sa trousse et partit.

Frank souleva la petite main, regarda les ongles soigneusement manucurés. Il remarqua quelques lacérations sur deux des cuticules. Rien d'extraordinaire s'il y avait eu lutte avant qu'elle se fasse buter. Le corps était complètement distendu : les bactéries s'en donnaient à cœur joie, et le processus de putréfaction s'accélérait. La rigidité cadavérique avait disparu depuis longtemps : ça voulait dire qu'elle était morte depuis plus de quarante-huit heures. Les membres étaient souples : les tissus commençaient à se dissoudre. Frank soupira. Cela devait faire un moment qu'elle était ici. C'était bon pour les criminels, mauvais pour la police.

Il était toujours stupéfait de voir le changement qu'opérait la mort : une épave gonflée où l'on pouvait à peine reconnaître un être humain, alors que quelques jours plus tôt... Si son sens de l'odorat n'avait pas été déjà engourdi, il aurait été incapable d'agir comme il le faisait. De toute façon, l'atmosphère était écœurante. Mais c'était comme ça quand on était inspecteur à la Criminelle. Tous les clients étaient morts.

Avec précaution il souleva la tête, en présentant chaque côté à la lumière. Deux blessures à droite, là où les projectiles avaient pénétré : un grand trou aux bords déchiquetés à gauche, à l'endroit de la sortie. Il semblait s'agir d'armes de gros calibre. Stu avait déjà pris des photos des blessures sous différents angles, y compris à la verticale. Les colliers circulaires d'abrasion, l'absence de brûlure ou de marque à la surface de la peau amenaient Frank à conclure que les coups avaient été tirés à une distance supérieure à soixante centimètres.

Les blessures d'armes de petit calibre à bout portant, les coups de feu tirés contre la chair ou à une distance de moins de cinq centimètres pouvaient donner le même genre d'orifice de pénétration que ceux observés chez la victime. Mais en cas de blessure à bout portant, il y aurait des traces de poudre dans la profondeur des tissus le long de la trajectoire de la balle. L'autopsie apporterait une réponse catégorique à cette question.

Il examina ensuite la contusion sur le côté droit de la mâchoire. Elle était en partie cachée par la boursouflure du corps en décomposition, mais Frank avait vu assez de cadavres pour faire la différence. La surface de la peau à cet endroit présentait un étrange kaléidoscope de vert, de brun et de noir. Un coup violent avait provoqué cela. Donné par un homme ? C'était déroutant. Il appela Stu pour lui faire prendre des photos de cette région avec une échelle de couleurs. Il reposa alors la tête avec le respect qu'on devait aux morts, même dans ces conditions.

L'autopsie qui suivrait ne s'embarrasserait pas de telles précautions.

Il souleva lentement la jupe. Dessous intacts. Le protocole d'autopsie répondrait à la question que tout le monde se posait.

Frank tournait dans la pièce tandis que les hommes de la Criminelle continuaient leur travail. Vivre dans un comté riche, même essentiellement rural, présentait un avantage : l'assiette de l'impôt était plus que suffisante pour entretenir une équipe de criminologie de premier ordre — fût-elle réduite —, équipée des derniers perfectionnements techniques qui, en théorie, rendaient plus facile l'arrestation des criminels.

La victime était tombée sur le côté gauche, loin de la porte. Les genoux en partie repliés sous elle, le bras gauche tendu, l'autre plaqué contre la hanche droite. Le visage était tourné vers l'est, à angle droit avec le côté droit du lit : elle était dans une position presque fœtale. Du commencement à la fin avec retour au commencement.

Avec l'aide de Simons, il procéda à la triangulation de l'emplacement du corps. Le mètre métallique se déroulait avec un crissement aigu qui avait quelque chose d'un peu choquant dans cette chambre mortuaire. Il regarda la porte, puis la position du corps. Simons et lui établirent une trajectoire préliminaire des coups de feu. Elle indiquait qu'ils étaient presque certainement partis du seuil : on se serait attendu au contraire dans le cas d'un cambriolage où les criminels avaient été surpris en flagrant délit. Une autre preuve confirmait cependant la trajectoire des balles.

Frank s'agenouilla de nouveau près du corps. Pas de traînée sur la moquette. Frank retourna avec précaution le corps, soulevant une nouvelle fois la jupe. Après la mort, le sang s'accumule dans les parties inférieures du corps : c'est ce qu'on appelle la *livor mortis.* Au bout de quatre à six heures, la *livor mortis* n'évolue plus. Un mouvement du cadavre ne provoque donc pas de changement dans la répartition du sang. Frank reposa le corps sur le sol. Tout indiquait que Christine Sullivan était morte à l'endroit précis où elle était tombée. Les éclaboussures confirmaient qu'elle était tournée vers le lit quand elle avait été abattue. Si tel était le cas, que pouvait-elle bien regarder ? Il lui semblait qu'une personne en danger de mort se tournerait plutôt vers son agresseur, en l'implorant de lui laisser la vie sauve. Christine Sullivan aurait supplié, Frank en était certain. L'inspecteur regarda ce cadre somptueux : elle avait plein de raisons de vivre.

Frank inspecta soigneusement la moquette, le visage à quelques centimètres à peine de la surface. Les éclaboussures étaient irrégulières comme s'il s'était trouvé quelque chose devant ou sur le côté de la victime. Voilà qui pourrait se révéler important par la suite. On avait beaucoup écrit sur les contours des éclaboussures. Frank respectait l'utilité de ces théories mais s'efforçait de ne pas trop s'y fier. Cependant, si quelque chose avait en partie protégé la moquette du sang qui giclait, il voulait savoir ce que c'était. L'absence de taches sur la robe l'intriguait également. Il allait noter ce détail : il pourrait aussi avoir son importance.

Simons ouvrit sa trousse à viol ; aidée de Frank, elle essuya le vagin de la défunte. Ils passèrent ensuite au peigne fin ses cheveux et sa toison pubienne sans trouver le moindre élément étranger. Ils mirent ensuite dans un sac les vêtements de la victime.

Frank inspecta minutieusement le cadavre. Il jeta un coup d'œil à Simons. Elle lut dans ses pensées.

« Il n'y en aura pas, Seth.

— Fais-moi plaisir, Laurie. »

Simons installa consciencieusement son matériel à relever les empreintes et appliqua de la poudre de céruse sur les poignets, les seins et la saignée des bras du cadavre. Au bout de quelques secondes, elle se tourna vers Frank en secouant lentement la tête. Simons mit dans un sac le peu qu'ils avaient trouvé.

Il regarda pendant qu'on enveloppait le corps dans un linceul blanc et qu'on le glissait ensuite dans une housse en plastique. Une ambulance silencieuse emporta Christine Sullivan vers cet endroit où personne ne souhaitait aller.

Frank inspecta ensuite la chambre forte, nota la présence du fauteuil et de la télécommande. La poussière sur le sol du réduit avait été déplacée. Simons avait déjà examiné l'endroit. Il y avait une trace sur le siège du fauteuil. On avait pénétré par effraction dans ce cabinet : la porte et le mur portaient de grosses marques là où on avait forcé la serrure. Il faudrait découper la partie soulevée pour voir si on trouvait l'empreinte d'un instrument. Frank se retourna vers la porte et hocha la tête : une glace sans tain. Charmante idée. Donnant sur une chambre à coucher par-dessus le marché. Il avait hâte de rencontrer le maître de maison.

Il retourna dans la chambre et regarda la photo sur la table de nuit. Il se tourna vers Simons.

« Je l'ai déjà faite, Seth. » Il acquiesça et prit le cadre. Jolie femme, se dit-il. Vraiment pas mal dans le genre « venez-donc-me-sauter ». La photo avait été prise dans cette pièce, la défunte assise dans le fauteuil près du lit. C'est alors qu'il remarqua la marque sur le mur. La pièce avait de vrais murs et pas des cloisons préfabriquées, mais l'éraflure était tout de même profonde. Frank s'aperçut qu'on avait légèrement déplacé la table de nuit : sur l'épaisse moquette les pieds avaient laissé leur empreinte. Il se tourna vers Magruder.

« On dirait que quelqu'un s'est cogné là-dessus.

— Probablement pendant la lutte.

— Sans doute.

— On a retrouvé la balle ?

— Elle en a encore une dans le corps, Seth.

— Je parle de l'autre, Sam », répondit Frank avec impatience. Magruder désigna le mur au-dessus du lit, où on apercevait un tout petit trou.

« Découpez tout le morceau et laissez les gars du labo l'extraire. Ne vous en mêlez pas. »

À deux reprises, l'année dernière, l'examen balistique avait été faussé parce qu'un policier trop zélé avait retiré une balle d'un mur avec son canif, en bousillant les stries.

« Pas de traces de laiton ?

— Si l'arme du crime a éjecté une douille, elle a été ramassée. »

Il se tourna vers Simons.

« Aucun trésor dans l'aspirateur ? » Il s'agissait d'une machine extrêmement puissante qui, à l'aide d'une série de filtres, était utilisée pour recueillir des fibres, des cheveux et des éléments minuscules qui bien souvent se révélaient être des indices précieux : les criminels ne les voyaient pas et ne pensaient donc pas à les faire disparaître.

Magruder essaya de plaisanter.

« Je voudrais bien que ma moquette soit aussi propre. »

Frank regarda son équipe.

« Est-ce qu'on a trouvé des traces laissées par des gens ? »

Ils se regardèrent en se demandant si Frank faisait de l'esprit. Ils se posaient encore la question quand il sortit de la pièce et descendit l'escalier.

Un représentant de la société de surveillance discutait avec un policier devant la porte. Un inspecteur de la Criminelle rangeait dans des sacs en plastique le panneau d'alarme et les fils. On montra à Frank l'endroit où la peinture avait été légèrement écaillée, ainsi qu'une microscopique entaille dans le métal montrant que le panneau avait été retiré. On apercevait sur le câblage de petites indentations. Le type de la sécurité regardait d'un œil admiratif le travail du criminel. Magruder vint les rejoindre : il avait repris quelques couleurs.

« Ils ont dû utiliser un compteur. En tout cas, ça en a l'air.

— Qu'est-ce que c'est ?

— Une méthode d'assistance par ordinateur qui fournit d'énormes nombres de combinaisons à la banque de données du système d'identification jusqu'au moment où ça tombe sur la bonne. »

Frank examina le panneau démonté puis se retourna vers l'homme. « C'est étrange qu'une maison pareille n'ait pas un système plus sophistiqué.

— Mais c'est un système sophistiqué, fit l'homme, sur la défensive.

— Des tas d'escrocs utilisent des ordinateurs de nos jours.

— Oui, seulement ce petit engin fonctionne sur une base à quinze chiffres au lieu de dix avec un délai de quarante-trois secondes. Si vous ne tapez pas le bon numéro, les murailles s'effondrent. »

Frank se frotta le nez. Il allait rentrer chez lui prendre une douche. La puanteur de la mort marinant plusieurs jours dans une pièce chauffée laissait une odeur tenace sur les vêtements, les cheveux, la peau... et dans les narines.

« Alors ?

— Alors, les modèles portables qu'il faut en général utiliser pour ce genre de travail n'arrivent pas à digérer suffisamment de combinaisons en trente secondes. Avec des configurations à quinze chiffres, les possibilités sont trop nombreuses. Ce n'est pas comme si le type se trimballait avec un ordinateur de bureau. »

Magruder intervint.

« Pourquoi trente secondes ? »

Ce fut Frank qui répondit : « Il leur fallait le temps d'ôter la plaque, Sam. » Il revint à l'homme de la surveillance. « Alors, qu'est-ce que vous en pensez ?

— Je pense que s'il a contourné ce système avec une moulinette à chiffres, c'est qu'il avait déjà éliminé un certain nombre de chiffres. Peut-être la moitié, peut-être davantage. Il avait peut-être un système qui faisait ça. Ou bien il avait pu goupiller un truc pour forcer l'appareil. Mais il ne s'agit pas de bricolage ou d'un quelconque zozo qui entre dans un magasin d'électronique à bon marché et en ressort avec une calculette. On fabrique des ordinateurs de plus en plus rapides et de plus en plus petits. Mais si j'étais ce genre de type, je préférerais avoir une bonne marge de sécurité, si vous voyez ce que je veux dire. Dans ce boulot, on n'a pas de seconde chance. »

Frank regarda l'uniforme du bonhomme puis son regard revint au panneau. Si l'homme avait raison, il savait ce que cela signifiait. Ses réflexions l'avaient déjà conduit dans cette direction puisque la porte d'entrée n'avait pas été forcée ni même trafiquée.

« À mon avis, nous pourrions éliminer totalement cette possibilité. Nos systèmes refusent de réagir lorsque le nombre de combinaisons essayées est trop important. Travailler à l'ordinateur serait de la foutaise. Le problème, c'est que ces systèmes sont si sensibles aux interférences que ça leur arrivait souvent de claquer la porte au nez des propriétaires qui ne se rappelaient pas leur code du premier coup. Vous savez, on a eu tellement de fausses alertes que la police nous a collé des amendes. Vous imaginez... »

Frank le remercia, puis inspecta le reste de la maison. De toute évidence, ces criminels-là savaient ce qu'ils faisaient. Ce ne serait pas du gâteau. Une bonne préparation du crime voulait généralement dire une exécution parfaite. Mais ils n'avaient sans doute pas prévu de liquider la maîtresse de maison...

Frank soudain s'appuya à un chambranle et réfléchit au mot employé par son ami le médecin légiste : *blessures.*

VIII

Il était en avance. Sa montre indiquait à peine une heure trente-cinq.

Il avait pris sa journée et passé la majeure partie de la matinée à choisir les vêtements qu'il allait porter ; il n'avait jamais fait ça jusqu'à aujourd'hui, mais c'était soudain de la plus haute importance.

Jack tira sur son veston de tweed gris, tripota un bouton de sa chemise blanche, et rajusta le nœud de sa cravate pour la dixième fois.

Il descendit jusqu'au quai regarder l'équipage du *Cheery Blossom*, qui briquait le navire, copie d'un bateau à aubes du Mississippi. Kate et lui avaient fait une promenade à son bord lors de leur première année à Washington, par un rare après-midi de congé. Ils avaient joué les touristes. Il se souvenait qu'il faisait chaud, comme aujourd'hui, mais le temps était plus clair. Des nuages gris arrivaient en effet de l'ouest : à cette époque de l'année, les orages de l'après-midi étaient systématiques.

Il s'assit sur le banc délavé, près de la cahute de la capitainerie, et suivit du regard le vol nonchalant des mouettes au-dessus des vaguelettes. Il apercevait le Capitole. Dame Liberté, nettoyée récemment de la crasse déposée au cours de cent trente ans de vie au grand air, dressait sa silhouette altière au faîte de la célèbre coupole.

Les songeries de Jack se tournèrent vers Sandy Lord, le plus prolifique pourvoyeur de la firme et la plus forte personnalité jamais entrée chez Patton & Shaw. Sandy était presque devenu une institution dans les milieux juridiques et politiques de Washington. Les autres associés avaient laissé tomber son nom de la raison sociale du groupe, tant il est évident qu'il roulait pour son bénéfice quasi exclusif.

C'était pourtant la présence de Sandy Lord qui avait attiré Jack quand Ransome Baldwin avait mentionné le cabinet. Lord était l'un des meilleurs, sinon le meilleur exemple du pouvoir des avocats, dans cette ville où ils se comptaient par douzaines. Cela lui ouvrait des possibilités sans limite. Que son bonheur personnel fût compris dans le lot, rien n'était moins certain.

Il n'était pas certain non plus de ce qu'il attendait de ce déjeuner avec Kate. La seule chose dont il était sûr, c'était qu'il avait envie de la voir. Il en avait très envie.

Il lui semblait que plus la date de son mariage approchait, plus il avait envie de se défiler. Et où pouvait-il se réfugier sinon près de la femme qu'il avait demandée en mariage quatre ans plus tôt ? Il secoua la tête lorsque cette pensée le frappa. Il était terrifié à l'idée d'épouser Jennifer Baldwin. Terrifié à l'idée que sa vie ne lui appartiendrait plus.

Quelque chose le fit se retourner. Elle était plantée là, au bord du quai, à l'observer. Le vent faisait voler sa longue jupe autour de ses jambes. Le soleil luttait contre les nuages qui obscurcissaient le ciel : mais il y avait encore assez de lumière pour que son visage resplendisse lorsqu'elle repoussa les longues mèches de cheveux qui lui tombaient sur les yeux. Elle avait les mollets et les chevilles hâlés par l'été. Le corsage flou lui découvrait les épaules, révélant ses taches de rousseur et la petite marque de naissance en forme de demi-lune que Jack suivait du doigt après qu'ils avaient fait l'amour.

Il sourit en la voyant approcher. Elle avait dû rentrer se changer. Ce n'était visiblement pas sa tenue de travail. Aucun de ses adversaires ne la verrait jamais dans des vêtements aussi évidemment féminins.

Ils atteignirent le petit restaurant, commandèrent et passèrent les premières minutes à regarder alternativement par la fenêtre le vent de pluie qui faisait ployer les arbres et à échanger des regards gênés. C'était comme un premier rendez-vous lorsqu'on n'ose pas encore se regarder dans les yeux.

« Je suis content que tu aies pu te libérer, Kate. »

Elle haussa les épaules.

« Ça me plaît bien ici. Il y a longtemps que je ne suis pas venue. C'est agréable de sortir un peu, pour changer. En général, je déjeune à mon bureau.

— Des biscuits et du café ? »

Il sourit et fixa la bouche de Kate. Elle avait une dent rigolote qui s'incurvait un peu vers l'intérieur, comme si elle donnait un coup de coude à sa voisine. C'était sa dent préférée, le seul défaut qu'il eût jamais décelé chez elle...

« Des biscuits et du café. » Elle sourit à son tour. « Je ne fume plus que deux cigarettes par jour.

— Félicitations. »

La pluie arriva en même temps que leur commande.

Elle releva la tête de son assiette, ses yeux glissèrent vers la fenêtre puis, brusquement, se fixèrent sur Jack. Elle le surprit en train de la dévisager. Il sourit maladroitement, avala une gorgée d'eau.

« Ce n'est pas facile de rencontrer quelqu'un par hasard sur le Mall... »

Il gardait les yeux baissés.

« J'ai eu pas mal de chance ces derniers temps. »

Il se décida à la regarder. Elle attendait. Il prit l'air accablé.

« D'accord, ce n'était pas un accident et c'était tout à fait prémédité. Mais le résultat est là.

— C'était quoi le résultat ? Un déjeuner ?

— Je ne cherche pas plus loin. J'avance un pas après l'autre. J'ai pris de nouvelles résolutions. C'est bien de changer. »

Elle dit avec humeur :

« Enfin, au moins tu ne défends plus des violeurs et des assassins.

— Et des voleurs ? »

Il regretta les mots dès qu'il les eut prononcés. Le visage de Kate vira au gris.

« Je suis désolé, Kate. Je ne voulais pas... »

Elle alluma une cigarette et lui souffla la fumée en pleine figure. Il dissipa le nuage d'un geste de la main.

« C'est la première ou la deuxième de la journée ?

— La troisième. Je ne sais pas pourquoi tu m'énerves toujours autant. »

Elle regarda par la fenêtre, croisa les jambes. Son pied toucha le genou de Jack et elle se rejeta violemment en arrière. Elle écrasa sa cigarette et se leva en saisissant son sac.

« Il faut que je retourne travailler. Je te dois combien ?

— Mais c'est moi qui t'invite à déjeuner. En plus, tu n'as rien mangé. »

Elle posa sur la table un billet de dix dollars et se dirigea vers la porte.

Jack jeta un autre billet et lui courut après.

« Kate ! »

Il la rattrapa sur le trottoir. La pluie était forte maintenant et malgré son veston au-dessus de leurs têtes, ils furent immédiatement trempés. Elle n'y prit pas garde. Elle monta dans sa voiture. Il s'installa sur le siège du passager. Elle le dévisagea.

« Il faut vraiment que j'y aille. »

Jack prit une profonde inspiration, s'essuya le visage. Les gouttes tambourinaient sur la carrosserie. Il sentait que tout était gâché et ne savait plus comment redresser la situation. Mais il fallait qu'il essaie.

« S'il te plaît, Kate. On est tout mouillé, et il est presque trois heures. On pourrait aller se sécher avant d'aller au cinéma. Ou alors pourquoi on n'irait pas à la campagne ? Tu te rappelles Windsor Inn ? »

Elle le dévisagea, l'air absolument stupéfaite.

« Jack, as-tu parlé de tout cela à la femme que tu dois épouser ? »

Jack baissa la tête. Qu'était-il censé répondre ? Qu'il n'était pas amoureux de Jennifer Baldwin même s'il lui avait demandé sa main ? Pour tout dire, il ne se rappelait même pas l'avoir fait.

« Je voudrais simplement passer un moment avec toi, Kate. C'est tout. Il n'y a rien de mal à cela.

— Il y a plein de mal à cela, Jack. Plein. »

Elle enfonça la clé de contact mais il retint sa main.

« Je ne veux pas me disputer avec toi à ce sujet.

— Jack, tu as pris ta décision. C'est un peu tard maintenant. »

Son visage arbora une expression de totale incrédulité.

« Pardon ? Ma décision ? J'ai pris la décision de t'épouser voilà quatre ans. Ça, c'était ma décision. Ta décision à toi a été de refuser. »

Elle repoussa ses cheveux mouillés.

« Bon, d'accord, c'était ma décision. Et alors ? »

Il se tourna vers elle et l'agrippa par les épaules.

« J'y ai pensé la nuit dernière. Oh merde ! J'y pense toutes les nuits depuis que tu es partie. J'aurais dû me douter que ça ne marcherait pas. Je ne travaille plus pour l'Assistance judiciaire. Tu as raison, je ne défends plus les criminels. J'ai un boulot décent et je gagne bien ma vie. Je... nous... »

Il jeta un regard au visage étonné de Kate et son esprit se vida. Ses mains tremblaient. Il la lâcha.

Il ôta sa cravate mouillée, la fourra dans sa poche et fixa la pendule du tableau de bord. Elle jeta un coup d'œil à l'aiguille immobile du compteur de vitesse puis releva la tête vers lui. Elle lui parla gentiment, mais ses yeux reflétaient beaucoup de peine.

« Jack, ce déjeuner était très agréable. J'ai été ravie de te voir. Mais nous ne pouvons pas aller plus loin. Je suis désolée. »

Elle se mordit la lèvre, mais il ne s'en aperçut pas parce qu'il sortait de la voiture. Il passa la tête par la vitre ouverte.

« Je te souhaite une vie agréable, Kate. Si tu as un jour besoin de quelque chose, appelle-moi. »

Elle regarda ses larges épaules solides tandis qu'il s'éloignait sous la pluie battante, montait dans sa voiture et démarrait. Elle resta immobile un long moment. Sentit une larme ruisseler sur sa joue. Elle l'essuya d'un geste agacé, embraya et partit dans la direction opposée.

*

* *

Jack décrocha le combiné puis le reposa lentement. À quoi bon, vraiment ? Il était au bureau depuis six heures ce matin. Il avait déjà liquidé tout le travail urgent et s'attaquait à des projets laissés en attente depuis des semaines. Il regarda par la fenêtre. Le soleil étincelait sur les édifices de béton et de briques. Ébloui, il tira les stores.

Kate n'allait pas brutalement revenir dans sa vie. Il fallait qu'il s'habitue à cette idée. Il avait passé la nuit à retourner dans sa tête tous les scénarios possibles, certains totalement fantaisistes. Il haussa les épaules. Ça arrivait à des tas de gens tous les jours dans tous les pays. Les choses ne marchaient pas. Même si on y tenait plus qu'à tout. On ne pouvait pas contraindre quelqu'un à retomber amoureux de vous. Il fallait continuer. Il avait la vie devant lui. Peut-être était-il temps de savourer l'avenir qui se préparait pour lui.

Il étudia deux autres projets : une affaire en association pour laquelle il ne chercha pas à se casser la tête. Et un projet pour son unique client en dehors de Baldwin : Tarr Crimson.

Crimson était propriétaire d'une petite société d'audiovisuel. C'était un génie dans le domaine des images et des graphiques assistés par ordinateur, et il gagnait très bien sa vie en organisant des séminaires pour les sociétés dans les hôtels de la région. Il circulait à moto, portait des jeans sur mesure, fumait tout ce qu'il trouvait, y compris des cigarettes : il avait l'allure du plus grand camé de la terre.

Ils s'étaient rencontrés quand Jack avait requis contre lui pour ivresse et trouble de l'ordre publique : son premier procès, qu'il avait perdu. Tarr était arrivé en costume trois-pièces, porte-documents à la main, cheveux bien coiffés et barbe impeccable. Il avait plaidé de façon convaincante que le témoignage de l'officier de police n'était pas recevable parce que l'incident s'était produit à la sortie d'un concert des Grateful Dead. Que l'Alcootest n'était pas valable parce que le policier n'avait pas prononcé les avertissements obligatoires et enfin parce qu'on avait utilisé, pour mesurer son taux d'alcoolémie, un appareil défectueux. Le juge, accablé sous le poids d'une centaine de procès-verbaux à la suite du concert, avait classé l'affaire et conseillé au policier de s'en tenir à l'avenir au strict règlement. Jack avait suivi les débats avec stupéfaction : il avait bredouillé quelques mots. Ensuite, Tarr et lui étaient allés prendre une bière et n'avaient pas tardé à devenir amis. Hormis quelques ennuis relativement innocents avec la police, Crimson était pour le cabinet Patton, Shaw un bon client, même si on ne l'accueillait pas toujours avec entrain. Lorsque Jack était entré chez Patton, Shaw, il avait été convenu qu'il apportait Tarr. De toute façon, le cabinet ne pouvait rien refuser à quelqu'un qui représentait quatre millions de dollars.

Il posa son stylo et alla vers la fenêtre, ses pensées flottant vers Kate Whitney. Une idée surnageait dans son esprit. Lorsque Kate l'avait quitté, Jack était allé voir Luther. Le vieil homme n'avait eu aucun mot de réconfort ni n'avait proposé de solution. Pour dire la vérité, Luther Whitney était la dernière personne qui pouvait toucher le cœur de sa fille. Pourtant, Jack avait toujours pu parler à Luther. Lui parler de tout. L'homme écoutait. Il écoutait vraiment. Il n'attendait pas que vous arrêtiez de parler pour placer sa propre histoire. Jack ne savait pas ce qu'il allait dire à Luther. Mais il était sûr que Luther l'écouterait. Et il faudrait bien que ce soit suffisant.

Une heure plus tard, l'agenda informatisé de Jack se mit à sonner : Jack vérifia l'heure et enfila sa veste.

Il déjeunait avec Sandy Lord dans vingt minutes. Jack n'était pas à l'aise à l'idée de ce tête-à-tête avec le vieil homme. Il avait entendu bien des histoires à propos de Sandy Lord ; toutes vraies probablement. Sa secrétaire lui avait annoncé ce matin que Sandy Lord voulait déjeuner avec lui. Et quand Sandy Lord voulait quelque chose il l'obtenait. Elle le lui rappela d'une façon que Jack trouva un peu écœurante.

Vingt minutes : Jack devait d'abord voir Alvis à propos des documents Bishop. Il sourit en se rappelant la tête de Barry quand les conclusions avaient été déposées sur son bureau trente minutes avant l'heure fixée. Alvis les avait parcourues : la stupéfaction se lisait sur son visage.

« Ça m'a l'air très bien. Je me rends compte que je vous ai vraiment bousculé ; je n'aime pas faire ça. » Il ne le regardait pas en face. « Je vous suis vraiment reconnaissant d'avoir fait si vite, Jack. Désolé si j'ai chamboulé vos projets.

— Ne vous inquiétez pas, Barry. C'est pour ça qu'on me paye. »

Jack avait tourné les talons pour s'en aller. Barry s'était levé :

« Jack... euh... nous n'avons pas vraiment eu l'occasion de bavarder depuis votre arrivée ici. Déjeunons un de ces jours, bientôt.

— Avec le plus grand plaisir, Barry. Demandez à votre secrétaire de proposer quelques dates à la mienne. »

Jack savait bien qu'Alvis n'était pas mauvais bougre. Il avait joué un sale tour à Jack ; et puis après ? Quand on pensait à la façon dont les associés traitaient leurs subordonnés, Jack s'en était bien tiré. Puis Barry était un avocat d'affaires de premier ordre et Jack pouvait beaucoup apprendre de lui.

Il passa devant le bureau de la secrétaire de Barry. Elle n'était pas là.

Jack remarqua alors les cartons entassés contre le mur. La porte de Barry était fermée. Jack frappa : pas de réponse. Il regarda autour de lui puis ouvrit la porte. Il ferma les yeux, puis les rouvrit : les rayonnages étaient vides, et des taches rectangulaires plus claires se détachaient sur les murs là où avait été accrochée une collection de diplômes et de certificats.

« Ça alors !... » Il referma la porte, tourna les talons et se heurta à Sheila.

En général, elle avait toujours un air impeccable, très professionnel, pas un cheveu qui dépassait et des lunettes bien posées sur l'arête de son nez : ce jour-là, elle était une loque. Elle avait travaillé dix ans avec Barry. Une flamme passa dans ses yeux bleu pâle lorsqu'elle croisa Jack, puis s'éteignit. Elle fit demi-tour, regagna son cagibi et se mit à entasser des dossiers dans des cartons. Jack la regardait sans comprendre.

« Sheila, qu'est-ce qui se passe ? Où est Barry ? »

Pas de réponse. Les mouvements s'accéléraient : elle finit par carrément tout jeter dans son carton. Jack s'approcha et se pencha vers elle.

« Sheila ? Bon sang, qu'est-ce qui se passe ? Sheila ! »

Il lui saisit la main. Elle le gifla, ce qui la secoua si fort qu'elle s'assit brusquement. Elle posa la tête sur son bureau et se mit à sangloter sans bruit.

Jack regarda de nouveau autour de lui. Barry était-il mort ? S'il avait eu un accident, on l'aurait averti. Ou cette foutue boîte était-elle si grande, si impitoyable ? Allait-il apprendre la nouvelle par une note interne ? Il regarda ses propres mains : elles tremblaient.

Il se jucha sur le bord du bureau, une main sur l'épaule de Sheila, essayant de l'arracher à son désarroi, mais sans succès. Il promena autour de lui un regard désemparé : les sanglots continuaient, de plus en plus forts. Deux secrétaires finirent par apparaître et entraînèrent Sheila sans un mot. Toutes deux lancèrent à Jack un regard dépourvu d'aménité.

Que diable avait-il fait ? Il regarda sa montre. Il avait rendez-vous avec Lord dans une minute. Tout d'un coup il attendait avec impatience ce déjeuner. Lord savait tout ce qui se passait dans la maison parfois même avant que l'événement se produise. Une idée lui traversa la tête, une idée horrible. Il se souvint du dîner à la Maison Blanche et de la colère de sa fiancée. Il avait mentionné le nom de Barry Alvis. Mais elle n'aurait quand même pas... Jack partit en courant, les pans de sa veste flottant derrière lui.

Le Fillmore était à Washington un établissement relativement récent. Les portes en acajou massif étaient agrémentées de lourdes décorations en bronze, les tapis et les rideaux coûteux donnaient une impression de luxe. Chaque table était un îlot où les repas devenaient très productifs : téléphones, fax et photocopieuses étaient à la disposition des clients qui en faisaient largement usage. Autour des tables au piétement sculpté, de somptueux fauteuils capitonnés accueillaient l'élite des hommes d'affaires et des politiciens de Washington. Les prix pratiqués leur assuraient qu'ils resteraient entre eux.

Bien qu'il y ait foule, l'atmosphère restait feutrée. Les habitués du lieu n'aimaient pas être bousculés. Leur seule présence à telle ou telle table, un haussement de sourcils, une toux étouffée, un regard échangé remplaçaient une journée de travail tout entière et représentaient de coquets dividendes, à la fois pour eux et pour leurs clients. Des serveurs en chemise et nœud papillon circulaient discrètement. On chouchoutait les clients, on leur prêtait une oreille attentive ou on les laissait tranquilles selon les circonstances. Les pourboires, d'ailleurs, témoignaient de la reconnaissance de la clientèle.

Fillmore était le restaurant favori de Sandy Lord à l'heure du déjeuner. Par-dessus son menu, il parcourut la salle à manger d'un regard bref et méthodique de ses yeux gris perçants : en quête d'affaires éventuelles ou peut-être d'autre chose... Il cala avec aisance son corps massif dans son fauteuil, et remit en place avec soin quelques mèches grises. Les visages familiers disparaissaient malheureusement à mesure que passait le temps : emportés par la mort ou vers le soleil du Sud par la retraite. Il épousseta un de ses boutons de manchettes monogrammés et poussa un soupir.

Il pianota sur son téléphone cellulaire pour vérifier s'il avait des messages. Walter Sullivan n'avait pas appelé. Si le marché que Sullivan guignait se concrétisait, Lord pourrait compter parmi ses clients un ancien pays du bloc de l'Est.

Un pays entier ! Quels honoraires pouvait-on demander à un État pour être son conseil juridique ? D'habitude, beaucoup. Le problème était que les ex-communistes n'avaient pas d'argent à part les roubles, les kopecks et Dieu sait ce qu'ils utilisaient d'autre aujourd'hui, qui aurait pu tout aussi bien servir de papier hygiénique.

Cette situation ne troublait pas Lord. Ce que les ex-cocos avaient en abondance, c'étaient des matières premières, et Sullivan salivait déjà à l'idée de les acquérir. C'était pour ça que Lord avait passé trois mois abominables. Mais, si jamais Sullivan réussissait son coup, ce n'était pas du temps perdu.

Lord avait appris à douter de tous. Mais si quelqu'un pouvait réussir cette affaire-là, c'était Walter Sullivan. Tout ce qu'il touchait se changeait en or, et les pépites que récupéraient ceux qui travaillaient pour lui étaient plus que consistantes. À près de quatre-vingts ans, le vieil homme n'avait pas ralenti son rythme. Il travaillait quinze heures par jour. Il était marié à une petite d'une vingtaine d'années qui semblait sortir d'un feuilleton télévisé. À cet instant même, il était à la Barbade avec les trois plus importants politiciens de ce pays de l'Est pour discuter affaires et les initier aux joies de la vie occidentale. Sullivan appellerait certainement. Et la liste des clients de Sandy, courte mais très choisie, s'augmenterait d'une unité : mais quelle unité !

Lord remarqua la jeune femme en minijupe et escarpins à talons aiguilles qui traversait la salle à manger.

Elle lui sourit. Il répondit d'un léger haussement de sourcils : un de ses signaux préférés en raison de son ambiguïté. Elle assurait la liaison avec le Congrès pour une des grosses associations de la 16e Rue : mais ce n'était pas vraiment ça qui l'intéressait. Elle était formidable au lit : cela seul comptait.

La voir lui évoqua des souvenirs agréables. Il faudrait qu'il l'appelle bientôt. Il en prit note dans son agenda électronique. À ce moment-là, son attention fut attirée par la haute silhouette de Jack Graham qui traversait la pièce à grands pas dans sa direction.

Lord se leva et tendit une main que Jack ne prit pas.

« Bon Dieu, qu'est-il arrivé à Barry Alvis ? »

Lord lui offrit un regard vide et se rassit. Un serveur se précipita ; Lord le congédia d'un geste de la main. Puis il dévisagea Jack, qui était resté debout.

« Vous ne laissez même pas à une femme le temps de souffler, n'est-ce pas ? Vous lui sautez dessus. Ça peut marcher. Mais pas toujours...

— Je ne plaisante pas, Sandy. Je veux savoir ce qui se passe. Le bureau de Barry est vide. Sa secrétaire me regarde comme si j'avais commandé son exécution. J'exige une réponse. »

Jack haussait le ton. On commençait à les regarder.

« Quel que soit le sujet qui vous préoccupe, je suis certain que nous pouvons en discuter avec plus de calme que vous n'en faites preuve pour l'instant. Pourquoi ne pas vous asseoir et vous conduire comme un digne associé du meilleur cabinet d'avocats de cette ville ? »

Leurs regards se heurtèrent cinq bonnes secondes. Puis Jack s'assit lentement.

« Un verre ?

— Une bière. »

Sandy Lord alluma une cigarette. Il regarda nonchalamment par la fenêtre puis se retourna vers Jack.

« Alors, vous êtes au courant pour Barry.

— Tout ce que je sais, c'est qu'il est parti. Pourquoi, c'est ce que je vous demande.

— Il n'y a pas grand-chose à dire. Il a cessé de travailler pour nous, à compter d'aujourd'hui.

— Pourquoi ?

— Qu'est-ce que ça peut vous faire ?

— Barry et moi travaillions ensemble.

— Mais vous n'étiez pas amis.

— Nous n'avions pas encore eu l'occasion de l'être.

— Pourquoi vouliez-vous être ami avec Barry Alvis ? Ce type n'était qu'un collaborateur, rien de plus.

— C'était un sacrément bon juriste.

— Non : techniquement, c'était un avocat extrêmement compétent. Très pointu dans le droit des sociétés et les problèmes fiscaux, avec une spécialité annexe dans les fusions de cliniques. Il ne nous a jamais rapporté un centime et ne l'aurait jamais fait. Ce n'était donc pas un “ sacrément bon juriste ”.

— Bon sang, vous savez ce que je veux dire. C'était un élément précieux pour la firme. Il faut bien quelqu'un pour ce boulot-là.

— Nous avons environ deux cents avocats qui sont parfaitement capables de faire ce travail. En revanche, nous n'avons qu'une douzaine d'associés qui amènent de vrais clients. Ce n'est pas la bonne proportion. Beaucoup de soldats, pas assez de chefs. Vous considérez Barry Alvis comme faisant partie des actifs du cabinet : nous l'avons estimé comme un passif très bien payé qui n'avait pas assez de talent pour se hisser plus haut. Il avait des honoraires suffisamment élevés pour toucher de très fortes indemnités. Ce n'est pas de cette façon que nous gagnons le plus d'argent. Nous avons donc pris la décision de mettre un terme à sa collaboration.

— Et vous allez me dire que vous n'avez pas été un petit peu poussés par Baldwin ? »

Le visage de Lord exprima une surprise sincère. Habitué depuis plus de vingt-cinq ans à rouler son monde, l'avocat était un menteur consommé. « Pourquoi diable Baldwin s'intéresserait-il à Barry Alvis ? »

Jack fixa un long moment le large visage de son interlocuteur puis il poussa un profond soupir. Il regarda autour de lui : il se sentait soudain stupide. Tout cela pour rien ? Mais si Lord mentait ? Il jeta un nouveau coup d'œil à l'avocat : le visage était impassible. D'ailleurs, pourquoi mentirait-il ? Jack pouvait imaginer plusieurs raisons, mais aucune d'elles ne tenait. Aurait-il pu se tromper ? Venait-il de se ridiculiser devant le plus puissant associé du cabinet ?

Lors avait pris maintenant un ton plus amical.

« Le départ de Barry Alvis fait partie d'un plan de restructuration. Nous voulons des avocats très motivés et qui rapportent beaucoup au Cabinet. Des gens comme vous. C'est aussi simple que ça. Barry n'était pas le premier. Il ne sera pas le dernier. Tout ça était prévu de longue date, Jack. Bien avant que vous arriviez. » Lord marqua un temps et dévisagea Jack. « Y a-t-il quelque chose que vous ne me disiez pas ? Nous allons être bientôt associés : vous ne devez rien dissimuler à vos associés. »

Sandy ricana intérieurement : aucun des associés de Patton, Shaw & Lord n'était au courant des dossiers qu'il jugeait importants...

Jack faillit mordre à l'hameçon : il se reprit.

« Je ne suis pas encore associé, Sandy.

— Pure formalité.

— Les choses ne comptent que quand elles existent. »

Lord s'agita dans son fauteuil, l'air un peu mal à l'aise. Il chassa la fumée de sa cigarette d'un geste brusque. Peut-être les rumeurs selon lesquelles Jack envisageait de quitter le navire étaient-elles fondées ? C'était à cause d'elles que Lord avait invité le jeune avocat. Les deux hommes se regardèrent. Jack eut un petit sourire. Il représentait quatre millions de dollars dont dix pour cent iraient directement grossir le résultat de PS & L. Ce qui représentait quatre cent mille dollars de plus pour Sandy Lord. Non qu'il en eût besoin, mais il n'allait pas les refuser ! Il avait la réputation de beaucoup dépenser. Et puis les avocats ne prennent jamais leur retraite : ils travaillent jusqu'à ce qu'ils tombent.

« Je croyais que vous aimiez notre maison.

— Bien sûr que je l'aime.

— Alors ?

— Alors quoi ? »

Le regard de Sandy balaya une nouvelle fois la salle. Il repéra une autre relation féminine, vêtue d'un tailleur chic et cher sous lequel il était évident qu'elle ne portait rien. Il avala le fond de son gin-tonic et regarda Jack. Lord était de plus en plus agacé. Quel blanc-bec !

« Vous étiez déjà venu ici ? »

Jack secoua la tête. Il examinait le menu, dans une vaine recherche d'un hamburger-frites. Lord lui arracha la carte des mains et se pencha vers lui, lui soufflant son haleine lourde au visage.

« Vous devriez regarder autour de vous. »

Lord leva un doigt : un whisky à l'eau apparut. Jack se renversa en arrière dans son fauteuil. Mais Lord se rapprocha encore de lui : il était presque couché sur la table maintenant.

« Croyez-moi si vous voulez, Sandy, mais je suis déjà allé dans des restaurants.

— Mais pas ici, n'est-ce pas ? Vous voyez cette jeune femme là-bas ? » Les doigts étonnamment fins de Lord fendirent l'air : le regard de Jack se posa sur la chargée de liaison avec le Congrès. « Je l'ai sautée cinq fois au cours des six derniers mois. » Lord ne put s'empêcher de sourire en voyant Jack détailler la jeune personne et prendre un air impressionné.

« Maintenant, pouvez-vous me dire pourquoi une créature de ce genre condescend à coucher avec un vieux machin comme moi ?

— Peut-être par compassion. »

Jack sourit. Pas Lord.

« Si c'est vraiment ce que vous pensez, vous êtes d'une naïveté qui frise l'idiotie. Croyez-vous vraiment que les femmes de cette ville soient plus vertueuses que les hommes ? Pourquoi le seraient-elles ? Le fait d'avoir des seins et de porter une jupe ne les empêche pas d'utiliser tous les moyens pour réussir. Vous voyez, mon garçon, si elle me laisse la sauter, c'est parce que je peux lui donner ce qu'elle veut. Je ne veux pas dire entre les draps. Elle sait que j'ai assez de pouvoir dans cette ville, pour ouvrir des portes inaccessibles à d'autres. C'est une transaction commerciale réaliste entre deux parties intelligentes et habiles. Qu'en dites-vous ?

— Ce que j'en dis ? »

Lord se renversa dans son fauteuil. Il alluma une nouvelle cigarette et lâcha vers le plafond des ronds de fumée. Il gloussa brusquement.

« Quelque chose de drôle, Sandy ?

— J'étais simplement en train de me dire que, quand vous étiez à la faculté vous étiez sans doute fasciné par des gens comme moi. Vous pensiez que jamais vous ne réussiriez à nous égaler. Vous vous voyiez défendre des étrangers demandant l'asile politique ; ou déposer des recours en grâce pour de pauvres types qui avaient massacré leur prochain parce qu'ils avaient reçu trop de fessées quand ils étaient petits. Allez, dites-moi la vérité : vous avez pensé ça, n'est-ce pas ? »

Jack desserra son nœud de cravate et avala une gorgée de bière. Il avait déjà vu Lord en action. Il flairait le coup monté.

« Vous êtes un des meilleurs avocats de votre génération, Sandy ; tout le monde le dit.

— Balivernes : ça fait des années que je n'ai pas plaidé.

— Mais tout vous réussit.

— Et vous, qu'est-ce qui vous réussit, Jack ? »

Jack sentit son estomac se crisper imperceptiblement en entendant Lord l'appeler par son prénom. Cela suggérait une intimité naissante qui le prenait au dépourvu. Associé ? Jack respira profondément et haussa les épaules.

« Qui sait ce que les gens veulent être quand ils seront grands ?

— Mais, Jack, vous êtes grand maintenant : le moment est venu de choisir. Alors, qu'est-ce que ça va être ?

— Je ne comprends pas. »

Lord se pencha une nouvelle fois, mains jointes, comme un boxeur qui augmente la pression, à l'affût de la moindre faille. Un instant, l'attaque parut imminente. Jack se tendit.

« Vous me prenez pour un con, n'est-ce pas ? »

Jack reprit son menu.

« Qu'est-ce qu'il faut manger, ici ?

— Répondez, Jack. Vous me prenez pour un con égocentrique, ivre de puissance et qui se fout comme d'une guigne de tout ce qui ne lui est pas d'une quelconque utilité. Ce n'est pas vrai, Jack ? »

Lord avait haussé le ton. Son corps massif était à demi sorti de son fauteuil. Il repoussa le menu sur la table.

Jack jeta autour de lui un regard nerveux. Personne ne leur prêtait attention. Ce qui signifiait que leur conversation ferait l'objet de tous les commentaires. Les yeux rougis de Lord se braquèrent sur ceux de Jack.

« Je suis tout ça, Jack. Je suis très exactement tout ça. »

Lord se carra dans son fauteuil, triomphant. Il arborait un grand sourire. Malgré sa répulsion, Jack faillit en faire autant.

Il se détendit légèrement. Comme s'il percevait cette infime décrispation, Lord fit glisser son fauteuil près de celui du jeune homme. Un instant, Jack se demanda s'il allait lui casser la figure : ça commençait à bien faire.

« C'est vrai, je suis tout ça, Jack, et bien pire encore. Je n'essaie pas de m'en cacher ni même de m'en expliquer. Tous ceux qui m'ont rencontré sont repartis en sachant exactement qui j'étais et ce que je représentais. Je crois à ce que je fais. Sur ce plan-là, je ne plaisante pas. » Lord prit une profonde inspiration. Jack essayait de comprendre.

« Et vous, Jack ?

— Comment ça : et moi ?

— Qui êtes-vous, Jack ? En quoi croyez-vous, si tant est que vous croyiez à quelque chose ?

— J'ai derrière moi douze ans de collège catholique : il faut bien que je croie à quelque chose. »

Lord secoua la tête d'un air las.

« Jack, vous me décevez. On m'avait dit que vous étiez brillant. Ou les rapports qu'on me fait sur vous sont faux, ou vous vous cachez derrière ce sourire de crétin parce que vous avez peur de ce que vous pourriez dire. »

Jack agrippa avec force le poignet de Lord.

« Que me voulez-vous, bon sang ? »

Lord sourit et tapota doucement la main de Jack qui desserra son étreinte.

« Vous aimez ce genre d'endroit ? Avec des clients comme Baldwin, vous mangerez dans des restaurants comme celui-ci jusqu'à vous étouffer. Dans quarante ans, vous vous écroulerez sur un green des Caraïbes en faisant une riche veuve de votre troisième et très jeune épouse : mais au moins vous mourrez heureux.

— Pour moi, tous les restaurants se ressemblent. »

Lord frappa du poing sur la table. Plusieurs têtes se tournèrent. Le maître d'hôtel jeta un coup d'œil dans leur direction, essayant de camoufler son appréhension derrière une grosse moustache et un air compétent.

« C'est justement là où je veux en venir, mon garçon : votre foutue désinvolture. » Il baissa la voix en se rasseyant, mais resta penché vers Jack. « Tous les restaurants ne se ressemblent pas. Vous détenez la clé de celui-ci, vous le savez. Votre clé, c'est Baldwin et sa ravissante fille. Maintenant, la question est simple : avez-vous l'envie d'ouvrir cette porte ? Interrogation qui de façon fort intéressante nous ramène tout droit à ma question de tout à l'heure : à quoi croyez-vous, Jack ? Parce que, si vous ne croyez pas à tout ça — et Lord ouvrit les bras d'un geste large —, si vous ne tenez pas à devenir le Sandy Lord de la prochaine génération, si vous vous réveillez la nuit en rigolant de mes manies, ou de ma connerie si vous préférez, si vous êtes vraiment et sincèrement convaincu d'être au-dessus de ça, si vous avez tellement horreur de vous mesurer à la petite Baldwin et si vous ne trouvez pas sur ce foutu menu un seul plat qui vous tente, alors pourquoi ne me dites-vous pas d'aller me faire foutre ? Pourquoi ne pas vous lever et sortir la tête haute, la conscience pure et vos illusions intactes ? Parce que, franchement, ce jeu-là est bien trop important pour y admettre ceux qui ne se sentent pas concernés. »

Lord se laissa retomber lourdement dans son fauteuil.

Dehors, c'était une superbe journée d'automne. Aucun nuage ne gâtait le bleu du ciel. Une douce brise poussait nonchalamment les papiers abandonnés. On aurait dit que le rythme furieux de la ville s'était ralenti. Au bout de la rue, dans La Fayette Park, les amateurs de soleil entretenaient leur bronzage. Des coursiers baguenaudaient, à l'affût d'une paire de jolies jambes ou d'un corsage entrouvert.

Dans le restaurant, Jack Graham et Sandy Lord se dévisageaient.

« Vous n'y allez pas par quatre chemins, Sandy.

— Je n'ai pas le temps. Ça fait déjà vingt ans que je n'ai plus le temps. Si je ne vous avais pas cru capable de supporter une approche directe, je me serais contenté de tourner autour du pot, ou j'aurais laissé tomber.

— Que voulez-vous que je vous dise ?

— Tout ce que je veux savoir, c'est si vous êtes avec nous ou pas. La vérité, c'est qu'avec Baldwin vous pouviez intégrer n'importe quel autre cabinet. Je suppose que vous nous avez choisis en connaissance de cause.

— C'est Baldwin qui vous a recommandés.

— Il est malin. Et de bon conseil. Vous êtes avec nous depuis un an, maintenant. Si vous choisissez de rester, vous serez nommé associé. Franchement, les douze mois d'essai n'étaient qu'une formalité, pour voir si vous vous adaptiez. Après cela, vous n'aurez plus de souci financier, même sans tenir compte de la fortune de votre future épouse. Votre occupation principale consistera à garder Baldwin de bonne humeur, à développer vos affaires et à amener autant de gens que vous pourrez. Soyons francs, Jack, la seule sécurité d'un avocat, ce sont ses clients. On ne vous apprend pas ça à la faculté et pourtant c'est la première leçon à retenir. Ne perdez jamais cela de vue. Même le travail devrait passer après. Il y aura toujours des minus pour le faire. Vous aurez carte blanche pour rabattre de nouveaux clients. Personne ne vous surveillera, sauf Baldwin. Vous n'aurez pas à superviser le travail effectué pour Baldwin : d'autres s'en chargeront pour vous. Bref, tout ça n'est pas si terrible. »

Jack regarda ses mains : il crut y voir apparaître le visage de Jennifer. Si parfait. Il se sentait coupable d'avoir un instant imaginé qu'elle était responsable du licenciement de Barry Alvis. Il songea aux heures abrutissantes qu'il avait passées à l'Assistance judiciaire. Ses pensées se tournèrent vers Kate. Qu'y avait-il de ce côté-là ? La réponse était : rien. Il leva les yeux.

« Une question stupide : continuerai-je à plaider ?

— Si c'est ce que vous voulez. »

Lord le dévisageait attentivement.

« Dois-je prendre ça comme un " oui " ? »

Jack jeta un coup d'œil au menu.

« Le pâté de crabe a l'air intéressant. »

Sandy souffla vers le plafond la fumée de sa cigarette et sourit largement.

« C'est mon plat préféré, Jack. Mon plat préféré. »

Deux heures plus tard, Sandy, debout dans le coin de son gigantesque bureau, regardait l'animation de la rue, en participant distraitement à une interminable conférence téléphonique.

Dan Kirksen fit irruption dans la pièce : ses nœuds papillons impeccables et ses chemises marquées à ses initiales dissimulaient un corps de sportif. Kirksen était l'administratif de la firme. Il exerçait un contrôle absolu sur tous, à l'exception de Sandy Lord. Et peut-être maintenant de Jack Graham ?

Lord tourna vers lui un regard indifférent. Kirksen s'assit, attendant patiemment que la conférence téléphonique eût pris fin. Lord raccrocha le téléphone et vint se vautrer dans son fauteuil. Il contempla le plafond et alluma une cigarette. Kirksen, farouche non-fumeur, se recula.

« Vous voulez quelque chose ? »

Le regard de Lord avait fini par se poser sur le visage de Kirksen. Le gaillard contrôlait en permanence des affaires représentant quelque six cent mille dollars, ce qui lui garantissait un avenir long et sans risque à PS & L ; mais ces chiffres n'étaient que broutilles pour

Lord, il ne cherchait pas à cacher l'antipathie que lui inspirait le gestionnaire de la firme.

« Nous nous demandions comment s'était passé le déjeuner ?

— Ne jouez pas au plus fin avec moi, Danny. Je n'ai pas le temps pour ces conneries.

— Nous avions entendu des bruits inquiétants. Et puis, avec Alvis qu'il a fallu liquider quand Mrs. Baldwin a appelé... »

Lord eut un geste las.

« C'est réglé. Il nous adore : il reste. Et j'ai perdu deux heures...

— Étant donné la somme en jeu, Sandy, nous... nous avons tous estimé qu'il était préférable... que cela ferait la plus forte impression possible si vous...

— Mais oui. Je connais l'arithmétique, Kirksen. Mieux que vous. D'accord ? Maintenant, notre petit Jacky va rester tranquille. Avec un peu de chance, il doublera ses prises en dix ans et nous prendrons tous notre retraite de bonne heure. »

Lord toisa Kirksen qui se ratatina sous son regard.

« Il a des couilles, vous savez. Plus que n'importe lequel de mes autres associés. » Kirksen tressaillit. « En fait, je l'aime bien ce petit. » Lord retourna vers la fenêtre : un groupe de très jeunes enfants traversait la rue dix étages plus bas.

« Alors, je peux apporter au comité une réponse positive ?

— Vous pouvez rapporter toutes les foutaises que vous voulez. Souvenez-vous seulement d'une chose : ne venez plus m'emmerder avec un truc comme ça à moins que ce ne soit vraiment important. Vous comprenez ? » Lord jeta encore un coup d'œil à Kirksen puis son regard revint à la fenêtre. Sullivan n'avait toujours pas appelé. C'était mauvais signe. Il voyait déjà son marché d'État s'évanouir, comme les petites silhouettes au coin de la rue.

IX

Walter Sullivan contemplait le visage, ou plutôt ce qu'il en restait. Sur le pied nu, l'étiquette officielle de la morgue était attachée à l'orteil. Laissant ses assistants l'attendre dehors, il resta silencieux, seul avec elle. On avait déjà procédé aux formalités d'identification. Les policiers étaient allés remplir leurs formulaires. Les journalistes, passer leurs papiers. Walter Sullivan, un des personnages les plus puissants de son époque, qui depuis l'âge de quatorze ans avait transformé en or tout ce qu'il avait touché, se trouvait soudain vidé de toute énergie, de toute volonté.

La presse s'en était donné à cœur joie à son sujet, quand il s'était retrouvé veuf au bout de quarante-sept ans de mariage. À quatre-vingts ans, il avait tout d'un coup eu envie de jeunesse et de vie, il avait voulu partager l'intimité d'un être qui lui survivrait. Ses amis proches, les êtres qui lui étaient chers disparaissaient les uns après les autres : il avait eu plus que sa ration de chagrin. Vieillir n'est pas facile, même quand on est riche.

Mais Christy Sullivan ne lui avait pas survécu. Il n'allait pas laisser les choses se passer comme ça.

Dès que Walter aurait quitté la salle, un technicien emmenerait feu Mrs. Sullivan jusqu'à la salle d'autopsie. Là, on la pèserait, on la mesurerait, on la photographierait, habillée, puis nue. Ensuite il y aurait les radiographies et les prises d'empreintes. On procéderait à un examen externe complet afin de relever sur le corps le maximum de preuves utilisables et le plus grand nombre possible d'indices. On effectuerait des prélèvements qu'on enverrait au laboratoire pour déceler des traces éventuelles de drogue ou d'alcool et procéder à mille examens. On ferait sur son corps une incision en « Y » d'une épaule à l'autre, de la poitrine jusqu'aux organes génitaux. Une brèche horrible, même pour un observateur chevronné. On analyserait et on pèserait chacun de ses viscères. On inspecterait ses organes sexuels pour relever tout signe de rapports ou de lésion. La moindre cellule, la moindre trace de sperme, de sang ou de pilosité, serait analysée pour une identification génétique.

On explorerait son crâne. On relèverait le tracé de la blessure. Puis, au moyen d'une scie, on procéderait à une incision interne mastoïdienne sur la calotte crânienne. Ensuite, on pratiquerait une ouverture sur le devant de ladite boîte crânienne et on sortirait le cerveau pour l'examiner. On extrairait l'unique projectile que l'on photographierait pour servir en cas d'arrestation éventuelle et l'on ferait une étude balistique.

Une fois cela terminé, on rendrait le corps à Walter Sullivan.

On vérifierait au laboratoire le contenu de l'estomac. On rechercherait dans le sang et l'urine des traces de substances étrangères. L'analyse révélerait un taux d'alcool plus de deux fois supérieur à la limite légale en Virginie : ce que ne manquerait pas de remarquer Seth Frank.

On préparerait le protocole d'autopsie en énumérant la cause et le mécanisme du décès ainsi que toutes les conclusions du médecin légiste.

Ce protocole, avec les photographies, radiographies, empreintes digitales, rapports de toxicologie et tout autre renseignement, constituerait le dossier remis à l'inspecteur chargé de l'affaire.

Walter Sullivan finit par se lever. Il recouvrit les restes de sa femme et sortit.

Derrière un miroir sans tain, des yeux le suivirent tandis qu'il quittait la pièce. Puis, Seth Frank sortit discrètement.

*
* *

La salle de conférences numéro un, la plus grande de la société, occupait une position centrale derrière la réception. Les lourdes portes coulissantes venaient de se refermer sur une réunion qui rassemblait la totalité des associés.

Jack Graham était assis entre Sandy Lord et Al Bund : sa cooptation n'était pas encore officielle, mais l'ordre du jour n'était pas très important et Lord avait insisté.

Les hôtesses servirent du café et des pâtisseries. Puis les portes se refermèrent.

Toutes les têtes se tournèrent vers Dan Kirksen. Il but une gorgée, se tapota les lèvres avec sa serviette d'un geste plein d'affectation et se leva.

« Comme vous le savez certainement, une terrible tragédie a

frappé un de nos plus... » Kirksen lança un bref coup d'œil à Lord... « ou plutôt devrais-je dire, notre plus gros client. »

Le regard de Jack fit le tour de l'immense table à plateau de marbre. La plupart des têtes restaient tournées vers Kirksen. Certains tendaient l'oreille vers les chuchotements de leur voisin qui les mettait au courant. Jack avait vu les gros titres des journaux. Il ne connaissait aucune des affaires de Sullivan, mais il savait qu'elles étaient assez importantes pour occuper à plein temps quarante avocats du cabinet. C'était de loin le plus gros client de Patton, Shaw.

Kirksen poursuivit : « La police enquête avec la plus grande diligence. Jusqu'à maintenant on n'a pas la moindre piste. » Il marqua un temps, lança un nouveau coup d'œil à Lord puis reprit : « Comme on peut l'imaginer, c'est une période éprouvante pour Walter. Afin de lui rendre les choses aussi faciles que possible nous demandons à nos collaborateurs d'accorder une attention particulière à tout ce qui concerne les affaires Sullivan et, espérons-le, éviter de ce fait tout problème avant qu'il ne se développe. Il s'agit, selon nous, d'un cambriolage banal aux conséquences regrettables, sans lien avec aucune des entreprises de Walter : nous vous demandons toutefois d'être vigilants et de noter tout élément inhabituel dans chaque transaction que vous effectuerez au nom de Walter. Toute activité anormale devra être immédiatement signalée à moi-même, ou à Sandy. »

Des têtes se tournèrent vers Lord qui, comme à son habitude, contemplait le plafond. Trois mégots de cigarettes salissaient déjà le cendrier devant lui, près d'un fond de Bloody Mary.

Ron Day, du département de droit international, prit la parole. Ses cheveux coupés court encadraient une tête de hibou masquée en partie par des lunettes ovales à fines montures.

« Pensez-vous qu'il puisse s'agir d'une action terroriste ? J'ai recruté pour la filiale de Sullivan au Koweït une bande de jeunes cadres du Moyen-Orient : ils travaillent selon leurs propres règles, vous pouvez me croire. Dois-je m'inquiéter pour ma sécurité personnelle ? Je prends l'avion ce soir pour Riyād. »

Lord tourna la tête jusqu'à croiser le regard de Day. Il était encore surpris de constater à quel point nombre des associés avaient des opinions à courte vue, pour ne pas dire idiotes. Day était responsable des services généraux. Sa seule qualité, aux yeux de Lord, était de parler sept langues et de savoir lécher poliment le cul des Saoudiens.

« Je ne m'inquiéterais pas de cela, Ron. S'il s'agit d'un complot international, vous n'êtes pas assez important pour qu'on s'occupe de vous et, s'ils vous ont dans le collimateur, vous serez mort avant même de vous en être rendu compte. »

Day tripota sa cravate. On entendit quelques rires gênés.

« Merci de ces éclaircissements, Sandy.

— Je vous en prie, Ron. »

Kirksen reprit :

« Soyez assurés que tout sera fait pour résoudre l'énigme de ce crime abominable. On dit que le Président en personne va nommer une commission d'enquête spéciale pour cette affaire. Comme vous le savez, Walter Sullivan a occupé des postes importants dans plusieurs administrations. C'est un des proches du Président. Nous pouvons, je pense, supposer que les criminels ne tarderont pas à être mis sous les verrous. » Kirksen se rassit. Lord regarda autour de la table en levant les sourcils et écrasa sa dernière cigarette. La réunion était terminée.

*
* *

Seth Frank pivota dans son fauteuil. Son bureau était un réduit de deux mètres sur deux : le shérif accaparait la seule pièce spacieuse du petit immeuble du Quartier Général. Le rapport du médecin légiste était posé sur sa table. Il n'était que sept heures et demie du matin mais Frank l'avait déjà lu trois fois.

Il avait assisté à l'autopsie. Cela faisait partie de son travail d'inspecteur, mais il ne s'était jamais habitué à voir disséquer des êtres humains comme des souris de laboratoire. Même si ce spectacle ne le rendait plus malade, il lui fallait en général rouler deux ou trois heures avant de réussir à se remettre au travail.

Le rapport dactylographié était épais. Le décès de Christine Sullivan remontait à soixante-douze heures au moins, probablement davantage. Le gonflement et la vésication du corps, l'apparition de bactéries, la formation de gaz dans ses organes confirmaient cette estimation avec une assez grande précision. La chambre où avait eu lieu le décès était très chauffée ; ce qui avait accéléré la putréfaction *post mortem*. En revanche, il était quasiment impossible de déterminer l'heure exacte de la mort. Mais ce ne pouvait être moins de trois jours : le médecin légiste avait été formel sur ce point. Frank disposait aussi d'autres renseignements qui l'amenaient à croire que Christine Sullivan avait cessé de vivre le lundi soir, ce qui donnait une fourchette de trois à quatre jours.

Frank fronça les sourcils. Un minimum de trois jours, cela signifiait que la piste dont il disposait était bien refroidie. Quelqu'un d'averti pouvait disparaître de la surface de la terre en trois ou quatre jours. Il fallait ajouter à cela le fait que Christine Sullivan était morte depuis maintenant plusieurs semaines et que l'enquête n'avait pas du tout avancé. Il n'arrivait pas à se souvenir d'une affaire où la piste fût à ce point inexistante.

Pour autant qu'on pouvait en être sûr, les événements qui s'étaient déroulés dans la propriété de Sullivan n'avaient eu pour témoins que la ou les personnes responsables de la mort. Des appels à témoin avaient été publiés dans les journaux, affichés dans les banques et les centres commerciaux : personne ne s'était présenté.

On avait interrogé les propriétaires de toutes les maisons dans un rayon de cinq kilomètres. Tous s'étaient montrés bouleversés, scandalisés, effrayés. La peur surtout transparaissait, dans un froncement de sourcils, une manière de se frotter les mains. La sécurité serait plus forte que jamais dans ce petit comté. On avait aussi interrogé minutieusement le personnel des voisins : rien là non plus. On avait questionné par téléphone les domestiques de Sullivan qui l'avaient accompagné à la Barbade : cela n'avait rien donné. D'ailleurs, ils avaient tous des alibis en béton. Frank classa tout ça au fond de son esprit.

On n'avait pas non plus d'idée précise sur la façon dont s'était déroulée la dernière journée de Christine Sullivan. Elle avait été tuée dans sa maison, sans doute à une heure avancée de la nuit. Mais si elle avait été assassinée le lundi soir, qu'avait-elle fait pendant la journée ? Frank était convaincu que ce renseignement leur permettrait d'avancer.

À neuf heures trente ce lundi matin, on avait vu Christine Sullivan dans un institut de beauté de Washington. Deux semaines du salaire de Frank seraient tout juste suffisants pour payer la note. La jeune femme s'apprêtait-elle pour une sortie ou avait-elle des rendez-vous réguliers ? Voilà un point que Frank aurait à éclaircir. Bref, ces investigations n'avaient rien apporté sur les faits et gestes de Christine Sullivan après son départ de l'institut de beauté vers midi. Elle n'avait pas regagné son appartement et n'avait pas non plus pris de taxi.

Si elle n'était pas partie avec Walter Sullivan pour la Barbade, elle devait bien avoir une raison, estima-t-il. Si elle était avec quelqu'un ce soir-là, Frank voulait parler à ce quelqu'un et peut-être lui passer les menottes.

Étrangement, la peine de mort n'est pas requise en Virginie pour un meurtre commis au cours d'un cambriolage, mais elle l'est pour un meurtre commis au cours d'un vol à main armée. Dans un cas on était légalement tué, dans l'autre on pourrissait de longues années en prison dans des conditions épouvantables.

Mrs. Sullivan possédait beaucoup de bijoux. Tous les rapports confirmaient qu'elle adorait les diamants, les émeraudes, les saphirs : la liste n'était pas exhaustive. On n'en avait trouvé aucun sur elle, mais il avait été facile de distinguer sur ses doigts les traces laissées par les bagues. Sullivan avait également confirmé que le collier de diamants de sa femme avait disparu. La propriétaire de l'institut de beauté se souvenait de l'avoir vu au cou de Christine le lundi.

Un bon procureur pouvait, à partir de ces éléments, monter un solide dossier de vol à main armée, Frank en était certain. Les criminels avaient dû être à l'affût : il y avait eu préméditation. Pourquoi le bon peuple de Virginie devrait-il payer vingt briques par an pour nourrir, vêtir et loger un tueur de sang-froid ? Cambriolage ? Vol à main armée ? Au fond, qu'est-ce qu'on en avait à foutre ? La femme était morte. Liquidée par un cinglé. Des subtilités juridiques comme ça, Frank n'en avait rien à cirer. Comme bien des responsables du maintien de l'ordre, il estimait que la loi pénale penchait trop en faveur des accusés. Et qu'au milieu de ce processus complexe avec ses arrangements compliqués, ses pièges techniques et ses avocats de la défense à la langue bien pendue, on oubliait, semblait-il, que quelqu'un avait bel et bien enfreint la loi et qu'il y avait une victime. En un mot, rien n'était juste. Il ne disposait d'aucun moyen pour changer le système, mais il pouvait agir sur les bords.

Il lut le rapport plus attentivement, en tripotant ses lunettes. Il but encore une gorgée de café. Causes du décès : blessures latérales par balles dans la région céphalique causées par une arme à feu de gros calibre ayant tiré une balle à ogive molle causant une plaie perforante et un second projectile de composition inconnue tiré par une arme non identifiée causant une plaie pénétrante.

En langage courant, cela signifiait que le cerveau s'était volatilisé. Le rapport affirmait aussi que la mort était due à un homicide : c'était le seul élément incontestable que Frank pouvait trouver dans tout le dossier. Il ne s'était pas trompé : il n'y avait aucune trace de poudre sur les lèvres de la plaie. On avait donc tiré à une distance supérieure à soixante centimètres. Frank estimait qu'on se rapprochait plutôt du mètre quatre-vingts, mais ce n'était qu'une intuition. Non pas qu'on eût envisagé un suicide. Mais les tueurs à gages étaient habituellement du genre à tirer à bout portant, cette méthode ayant l'avantage de réduire considérablement la marge d'erreur.

Frank se pencha sur son bureau. Pourquoi deux coups de feu ? La femme avait certainement été tuée par la première balle. Son agresseur était-il un sadique, qui vidait son chargeur sur un cadavre ? Pourtant, on ne relevait que deux entrées de projectiles dans le corps : ça n'était pas là le tir de barrage d'un cinglé. Il y avait de surcroît le problème des projectiles : une balle dum-dum et une balle « mystère ».

Il prit un sachet. On n'avait retrouvé qu'une seule balle dans le corps. Elle avait pénétré sous la tempe droite, s'était aplatie et étalée à l'impact pour pénétrer jusqu'au cerveau. Elle avait provoqué une onde de choc dans les délicats tissus cérébraux, comme quand on roule un tapis.

Il fit bouger avec précaution l'objet ou du moins ce qu'il en restait. Un projectile horrible qui s'aplatissait à l'impact et déchirait ensuite tout sur son passage : il avait fait sur Christine Sullivan le travail pour lequel on l'avait conçu. Mais comme on trouvait maintenant des dum-dum partout, et que la déformation du projectile était considérable, l'examen balistique n'avait pratiquement rien donné.

La seconde balle avait frappé un centimètre et demi plus bas que l'autre. Elle avait traversé tout le cerveau pour sortir de l'autre côté en laissant une plaie béante beaucoup plus large que l'orifice d'entrée. Les os et les tissus avaient été réduits en bouillie.

L'emplacement où s'était logée cette balle les avait tous surpris. Un trou d'un centimètre et demi dans le mur contre le lit ! Normalement, on aurait découpé le bout de plâtre, et le personnel du labo, utilisant des instruments spéciaux, aurait extrait le projectile. On aurait pris soin de préserver les rayures sur la balle, ce qui aurait permis, avec un peu de chance, de l'attribuer à une arme à feu déterminée. Les empreintes digitales et l'identification balistique étaient ce qu'on avait de plus sûr dans ce métier.

Mais dans ce cas précis, le trou était là : mais il était vide et on n'avait pas trouvé d'autre balle dans la pièce. Quand le labo l'avait appelé pour signaler cette découverte, il s'était rendu sur place voir par lui-même. Cela faisait longtemps qu'il n'avait pas été aussi furieux !

Pourquoi se donner le mal de récupérer un projectile quand on en avait déjà logé un dans le cadavre ? Qu'est-ce que la seconde balle aurait montré de plus que la première ?

Frank prit quelques notes. La balle disparue pouvait être d'un type ou d'un calibre différents : si c'était le cas, cela indiquait qu'il y avait sans doute deux agresseurs. Malgré toute son imagination, Frank ne pouvait envisager de façon réaliste un agresseur unique brandissant une arme dans chaque main et tirant sur la femme. Il avait donc maintenant deux suspects possibles. Cela expliquerait aussi les différences d'entrée, de sortie et de trajectoire interne. L'orifice d'entrée de la dum-dum était plus large que celui de l'autre projectile. Ce dernier n'était donc pas une balle à charge creuse ni à ogive molle. Il avait traversé la tête de la victime de part en part en laissant sur son passage un tunnel large comme la moitié d'un petit doigt. La déformation du projectile avait sans doute été minime. Ce qui ne les avançait pas à grand-chose puisqu'on ne l'avait pas retrouvé.

Il relut les premières notes prises sur les lieux. Il en était au collationnement d'informations. Il espérait ne pas être coincé indéfiniment à ce stade. Du moins dans cette affaire n'avait-il pas à s'inquiéter des délais de prescription...

Il regarda encore une fois le rapport et son front se plissa de nouveau.

Il décrocha le téléphone et composa un numéro. Dix minutes plus tard, il était dans le bureau du médecin légiste. L'homme était en train de se couper les ongles avec un vieux scalpel. Il leva les yeux sur Frank.

« Des marques de strangulation. Ou du moins de tentatives de strangulation. Comprenez-moi, la trachée n'a pas été enfoncée, même s'il y avait une légère enflure des tissus et si j'ai trouvé la trace d'une légère fracture au niveau de l'os hyoïde. J'ai relevé aussi des traces de pétéchies dans le tissu conjonctif des paupières. Tout cela est dans le protocole. »

Frank retournait ces détails dans son esprit. Une pétéchie — infime hémorragie dans le tissu conjonctif ou la muqueuse des yeux et des paupières — pouvait avoir pour cause la strangulation et la pression sur le cerveau qui en résultait.

Frank se pencha en avant. Il regarda les diplômes accrochés au mur qui prouvaient que son interlocuteur se consacrait depuis des années à la médecine légale.

« Un homme ou une femme ? »

Le légiste haussa les épaules.

« Difficile à dire. La peau humaine n'est pas une surface idéale pour conserver les empreintes, vous le savez. En fait, il est pratiquement impossible d'en relever sauf dans quelques zones bien définies. Et puis, au bout d'une demi-journée il ne reste plus rien. On a du mal à imaginer une femme essayant d'en étrangler une autre à mains nues : c'est pourtant arrivé. Il ne faut pas une très forte pression pour enfoncer une trachée. Mais l'étranglement à mains nues est une façon de tuer utilisée par des hommes, d'habitude. Dans la centaine de cas de strangulation qu'il m'a été donné d'étudier, je n'en ai pas vu un seul commis par une femme. En outre, ajouta-t-il, c'était par-devant. Il fallait être fichtrement sûr d'être le plus fort. Vous voulez mon avis ? Je pense que c'était un homme.

— Le rapport précise aussi qu'il y avait des contusions et des meurtrissures sur le côté gauche de la mâchoire, des dents déchaussées et des abrasions à l'intérieur de la bouche ?

— On dirait que quelqu'un lui a flanqué une énorme torgnole. Une des molaires a presque pénétré dans sa joue. »

Frank jeta un coup d'œil à son dossier. « Et la seconde balle ?

— Les dégâts me portent à croire que c'est un gros calibre, comme le premier projectile.

— Pas d'hypothèse pour celui-là ?

— Ce n'est vraiment qu'une hypothèse. Peut-être un 357 Magnum ou un 41. Ou pourquoi pas un neuf millimètres. Seigneur, vous avez vu la balle ? Ce foutu truc était aplati comme une crêpe et la moitié s'était dispersée dans les tissus du cerveau. Pas de méplat, pas de rainure, pas de torsion. Même si vous découvrez l'arme du crime, vous n'arriverez pas à prouver qu'elle a tiré cette balle.

— Si nous retrouvons l'autre, peut-être que ça nous ferait avancer.

— Ça m'étonnerait. Celui qui l'a retirée du mur a probablement bousillé les marques. Ça ne ferait pas le bonheur de la balistique.

— Oui, mais il pourrait rester des fragments de cheveux, de peau, des traces de sang de la victime incrustés dans l'ogive. Voilà un indice sur lequel j'aimerais mettre la main. »

Le médecin se frotta le menton d'un air songeur.

« Bien sûr. Mais il faut d'abord le trouver.

— Ce qui ne nous arrivera sans doute jamais. »

Frank sourit. Les deux hommes échangèrent un regard : ils savaient pertinemment qu'ils n'avaient pas la moindre chance de retrouver l'autre projectile. Même s'ils y parvenaient, qui pourrait prouver qu'il venait des lieux du crime, sauf à y relever des traces provenant de la victime ? Ou alors il fallait trouver l'arme qui l'avait tiré et trouver aussi la preuve qu'elle était chez les Sullivan. Ça faisait beaucoup de peut-être...

« Vous n'avez pas trouvé de laiton ? »

Frank secoua la tête.

« Je n'ai jamais dit que ce serait du gâteau. Au fait, les types de l'État vous laissent un peu respirer sur ce coup-là ? »

Le médecin légiste eut un sourire. « Ils sont remarquablement discrets. Évidemment, si c'était Walter Sullivan qui s'était fait buter... J'ai déjà envoyé mon rapport à Richmond. »

Frank posa alors la question pour laquelle il était venu, la seule qui le préoccupait en réalité.

« Pourquoi deux coups de feu ? »

Le médecin légiste cessa de se tailler les ongles, reposa son scalpel, et regarda Frank.

« Pourquoi pas ? »

Son regard pétillait. Il était dans la situation peu enviable d'être trop compétent pour les rares occasions qui se présentaient à lui dans ce comté paisible. Il faisait partie des quelque cinq cents médecins légistes de l'État et profitait d'une clientèle prospère, mais ses grandes fascinations étaient les enquêtes policières et la médecine légale. Avant de venir couler des jours paisibles en Virginie, il avait servi comme médecin légiste adjoint du comté de Los Angeles près de vingt ans. Los Angeles est ce qu'on fait de pire question homicides. Mais il espérait bien se faire les dents sur celui-ci.

Frank le regarda fixement. « L'un ou l'autre des coups de feu aurait suffi. Aucun doute. Alors pourquoi tirer une deuxième fois ? On a des tas de raisons pour ne pas le faire. D'abord, le bruit. Ensuite, si vous tenez à décamper au plus vite, pourquoi prendre le temps de loger une autre balle dans le corps de la victime ? Pardessus le marché, pourquoi laisser derrière soi un autre projectile qui peut permettre de vous identifier un jour ? Christine Sullivan les a-t-elle surpris ? Dans ce cas, pourquoi le coup de feu a-t-il été tiré vers l'intérieur de la chambre depuis la porte et non pas dans l'autre sens ? Pourquoi a-t-on tiré vers le bas ? Était-elle à genoux ? Sans doute, sinon les tireurs n'étaient pas à la bonne hauteur. Si elle était à genoux, pourquoi ? Une exécution ? Mais on n'a pas relevé de blessure de contact. Et puis il y a les marques sur le cou. Pourquoi tenter de l'étrangler d'abord, puis s'arrêter, prendre un pistolet, lui faire sauter la cervelle ? Et remettre ça. Une balle aurait suffi. Pourquoi une seconde arme ? Pourquoi essayer de camoufler cela ? Qu'est-ce qu'on risquait de trouver ? »

Frank se leva et arpenta la pièce, les mains dans les poches : c'était son habitude quand il réfléchissait intensément.

« Tout était trop propre sur les lieux du crime : à un point pas croyable. Il ne restait rien. Vraiment rien. Pas de fibre, pas de fluide, pas de cheveux, rien. Je suis même étonné qu'ils ne l'aient pas opérée pour extraire l'autre balle.

« Pour résumer : ce type était un cambrioleur ou c'est ce qu'il veut nous faire croire. Mais la chambre forte a bel et bien été ratissée : on a piqué pour près de quatre millions et demi de dollars. Qu'est-ce que Mrs. Sullivan faisait là ? Elle était censée se dorer les fesses à la Barbade. Connaissait-elle le type ? Est-ce qu'elle se le tapait discrètement ? Si oui, quel rapport entre les deux incidents ? Pourquoi iriez-vous valser devant la porte, bousiller le système de sécurité pour utiliser une corde pour sortir par la fenêtre ? Chaque fois que je me pose une question, il en vient une autre. »

Frank se rassit, étonné lui-même de sa sortie.

Le médecin se carra dans son fauteuil, fit tourner ses lunettes entre ses mains, les remit puis les ôta. Il les essuya sur sa manche, et tira sur un coin de sa bouche avec son pouce et son index.

Les narines de Frank frémirent

« Quoi donc ?

— Vous avez dit qu'on n'avait rien laissé sur les lieux du crime. J'ai réfléchi à cela. Vous avez raison. C'était trop net. »

Le médecin prit son temps pour allumer une cigarette, sans filtre, remarqua Frank. Tous les légistes avec qui il avait travaillé fumaient. Celui-ci soufflait des ronds de fumée devant lui, savourant manifestement cet exercice.

« Ses ongles étaient trop propres. » Frank le regarda, surpris. Le médecin poursuivit : « Je veux dire qu'il n'y avait pas de saleté, pas de vernis à ongles — et pourtant elle en portait, un vernis rouge vif —, aucun des résidus habituels qu'on s'attendrait à trouver. Rien. Comme si on avait ramassé tout ça : vous voyez ce que je veux dire ? » Il marqua un temps. Il reprit : « J'ai retrouvé aussi les traces d'un liquide. » Nouvelle pause. « Un nettoyant. »

Frank avança une explication.

« Elle était allée dans un institut de beauté ce matin-là. Pour se faire faire les ongles et tout le tremblement. »

Le légiste secoua la tête.

« Alors il devrait y avoir davantage de résidus, avec tous ces produits chimiques qu'ils utilisent.

— Qu'est-ce que vous êtes en train de dire ? Qu'on a délibérément passé ses ongles à l'aspirateur ? »

Le médecin légiste acquiesça de la tête.

« Quelqu'un a pris soin de ne laisser aucun indice derrière lui.

— Ce qui veut dire qu'ils étaient paranoïaques à l'idée d'être identifiés.

— C'est le cas de la plupart des criminels, Seth.

— Dans une certaine mesure. Mais lui rincer les ongles et laisser un endroit si propre que notre aspirateur s'est retrouvé vide, c'est un peu trop. »

Frank parcourut le rapport.

« Vous avez aussi trouvé des traces d'huile sur ses paumes ? »

Le légiste acquiesça en regardant attentivement l'inspecteur.

« Un produit qui conserve et qui protège. Vous savez, comme ceux qu'on utilise sur les tissus, les cuirs, ou le plastique.

— Alors peut-être qu'elle tenait quelque chose et que le résidu est resté là ?

— Ouais. Mais on ne peut pas savoir avec précision quand elle s'est mis de l'huile sur les mains. »

Il chaussa de nouveau ses lunettes.

« Vous pensez qu'elle connaissait la personne ?

— Rien ne le confirme, à moins qu'elle ne l'ait invitée à venir cambrioler la maison. »

Le médecin légiste parut pris d'une inspiration soudaine.

« Peut-être est-ce elle qui a organisé le cambriolage ? Vous voyez ? Elle en a assez du vieux, elle fait venir le nouveau copain pour ramasser tranquillement le magot, et en route pour le pays des contes de fées ?

— Ouais et ils ont une explication : l'un essaie de doubler l'autre et elle se retrouve du mauvais côté d'un pistolet ? »

Frank réfléchissait.

« Ça correspond aux faits, Seth. »

Frank secoua la tête.

« D'après tout ce qu'on dit, la défunte était ravie d'*être* Mrs. Walter Sullivan. Plus encore que d'avoir de l'argent, si vous voyez ce que je veux dire. Elle en est venue à côtoyer, et sans doute un peu plus que ça, des gens célèbres. C'est assez grisant pour une fille qui grillait des hamburgers dans un Mac Donald.

— Vous plaisantez ? »

Frank secoua la tête. « Les milliardaires de quatre-vingts ans ont parfois de drôles d'idées. Vous savez, c'est comme la devinette : où s'assied le gorille de quatre cents kilos ? Là où ça lui plaît. »

Le légiste eut un sourire et hocha la tête. Milliardaire ? Qu'est-ce qu'il ferait avec un milliard de dollars ? Il regarda le buvard sur son bureau, puis éteignit sa cigarette. Il leva les yeux vers Frank. Il s'éclaircit la gorge.

« Je crois que le second projectile était à chemise blindée ou semi-blindée. »

Frank desserra sa cravate, posa les coudes sur le bureau.

« Continuez.

— Il a traversé la partie inférieure du crâne et laissé un orifice de sortie d'environ deux fois la taille de celui d'entrée.

— Vous parlez donc définitivement de deux armes.

— Oui, à moins que le type n'ait utilisé des munitions différentes pour la même arme. Ça n'a pas l'air de vous surprendre, Seth.

— Ça m'aurait étonné il y a une heure. Plus maintenant.

— Nous avons donc probablement deux criminels.

— Deux criminels avec deux armes. Et une victime de quelle taille ? »

Le légiste n'eut même pas besoin de consulter ses notes.

« Un mètre cinquante-cinq, quarante-sept kilos cinq cents.

— Donc une petite femme et deux criminels probablement du sexe masculin équipés d'une artillerie de gros calibre qui essaient de l'étrangler, lui flanquent une volée puis ouvrent tous les deux le feu sur elle. »

Le médecin légiste faillit rire tant la description était stupéfiante.

« Vous êtes certain que la strangulation et les coups sont antérieurs à la mort ? »

Le légiste eut l'air vexé.

« Affirmatif. Un joli gâchis, n'est-ce pas ? »

Frank feuilleta le rapport tout en prenant des notes.

« En effet. Pas de tentative de viol. Rien dans ce genre-là ? »

Le médecin ne répondit pas. Frank finit par lever les yeux. Il se renversa en arrière, avala une gorgée du café noir et froid qu'on lui avait offert.

« Le rapport ne dit rien d'une agression sexuelle », rappela-t-il.

Le légiste finit par s'agiter.

« Le rapport est correct : pas d'agression sexuelle. Pas trace de sperme, pas de preuve de pénétration, pas de meurtrissure apparente. Tout cela m'amène à conclure, officiellement, qu'il n'y a pas eu agression sexuelle.

— Alors ? Vous n'êtes pas satisfait de cette conclusion ? » demanda Frank.

Le légiste but une gorgée de café. Il étira ses longs bras jusqu'à ce qu'il sente un déclic réconfortant dans les profondeurs de son corps ankylosé.

« Votre femme a déjà subi des examens gynécologiques ?

— Bien sûr, comme toutes les femmes, non ?

— Vous seriez étonné », répondit sèchement le légiste, puis il poursuivit : « Vous allez chez le médecin pour un examen. Si bon que soit le gynécologue, il laisse en général dans les organes génitaux un léger gonflement et de petites abrasions. C'est dans la nature des choses. Pour procéder à un examen complet, il faut aller fouiller un peu. »

Frank reposa son café et changea de position dans son fauteuil.

« Donc, vous êtes en train de me dire qu'elle s'est fait examiner par son gynéco en pleine nuit juste avant de se faire buter ?

— Les indices étaient minces, très minces, mais ils étaient là. » Le médecin légiste marqua un temps et choisit ses mots avec soin. « J'y ai réfléchi depuis que j'ai remis le compte rendu d'autopsie. Comprenez-moi bien : ce pourrait n'être rien du tout. Elle aurait pu se faire ça elle-même, vous voyez ce que je veux dire ? Mais, d'après les apparences, je ne pense pas qu'il s'agisse de petites lésions volontaires. Je pense que quelqu'un l'a examinée *après* sa mort. Deux heures après, peut-être moins.

— Mais examinée pourquoi ? Pour voir s'il s'était passé quelque chose ? »

Frank ne cherchait même pas à dissimuler son incrédulité.

Le médecin légiste le regardait droit dans les yeux.

« Il n'y a pas beaucoup d'autres raisons d'examiner une femme dans ces conditions, n'est-ce pas ? »

Frank dévisagea un long moment son interlocuteur. Cette précision ne fit qu'ajouter à sa migraine naissante. Il secoua la tête. Encore la théorie du ballon. Vous enfoncez d'un côté, ça ressort ailleurs. Il griffonna quelques notes, fronçant les sourcils, buvant machinalement son café.

Le médecin le regardait. Le cas n'était pas facile mais, jusqu'à maintenant, l'inspecteur avait pressé tous les bons boutons, posé toutes les bonnes questions. Il était déconcerté : mais ça faisait partie du processus. Les bons ne trouvaient jamais la solution de toutes les affaires. C'est vrai aussi qu'ils ne restaient pas longtemps déconcertés. En fin de compte, si on avait de la chance et si on était consciencieux, on trouvait la solution, et les pièces du puzzle se mettaient en place. Le médecin espérait avoir affaire à l'un de ces cas-là. Pour l'instant, il ne se présentait pas si bien.

« Elle était sacrément bourrée quand on l'a descendue. »

Frank examinait le rapport de toxicologie.

« Trois grammes cinq. Personnellement je n'ai pas vu ce chiffre-là depuis mes années de collège. »

Frank sourit.

« Je me demande comment elle s'est mise dans cet état !

— Il y a plein de choses à boire dans une maison comme ça.

— Oui, mais il n'y avait pas de verre sale, pas de bouteille ouverte, rien dans la poubelle.

— Alors elle s'est soûlée ailleurs.

— Et comment est-elle rentrée chez elle ? »

Le légiste réfléchit un moment. Il frotta ses yeux ensommeillés.

« En voiture. J'ai vu des gens au volant avec des taux d'alcoolémie bien plus élevés.

— Vous les avez vus sur la table d'autopsie. »

Frank poursuivit :

« Le problème, c'est qu'aucune des voitures n'est sortie du garage depuis le départ du personnel pour les Caraïbes.

— Comment le savez-vous ? Un moteur ne reste pas chaud si longtemps. »

Frank feuilletait les pages de son carnet. Il trouva ce qu'il voulait et le fit glisser vers son interlocuteur.

« Sullivan a un chauffeur à plein temps. Un vieux type, Bernie Kopeti. Il connaît ses voitures et il garde des archives précises sur la flotte automobile. Il note le kilométrage de chacune d'elles dans un livre de bord, *deux fois* par jour. À ma demande, il a vérifié le compteur de chacune des voitures du garage. C'étaient vraisemblablement les seules auxquelles la femme de Sullivan avait accès, et il n'y en avait pas d'autre au moment où on a découvert le corps. Kopeti a confirmé qu'aucun véhicule ne manquait et qu'aucun n'avait roulé. Christine Sullivan n'est pas rentrée chez elle avec une de ses voitures. Alors, comment est-elle rentrée ?

— En taxi ? »

Frank secoua la tête.

« Nous avons appelé toutes les compagnies de taxis qui opèrent dans le secteur. Aucun client n'a été déposé cette nuit-là à l'adresse de Sullivan. Ce serait difficile d'oublier l'endroit, vous ne croyez pas ?

— À moins que le chauffeur n'ait sauté sa cliente et qu'il ne veuille pas parler.

— Vous voulez dire qu'elle aurait invité un chauffeur de taxi chez elle ?

— Je dis qu'elle était ivre et qu'elle ne savait probablement plus ce qu'elle faisait.

— Ça ne colle ni avec le fait qu'on a bousillé le système d'alarme ni avec celui qu'il y avait une corde qui pendait à sa fenêtre. Et nous parlons sans doute de deux criminels. Je n'ai encore jamais vu de taxi conduit par deux chauffeurs. »

Une pensée vint soudain à Frank et il griffonna dans son carnet.

Le médecin légiste se renversa dans son fauteuil, ne sachant trop quoi dire. Il tendit les mains, paumes ouvertes.

« Des suspects ? »

Frank termina d'écrire.

« Peut-être. »

Le légiste lui lança un regard aigu.

« Quelle est la version de son mari ? C'est un des types les plus riches du pays.

— Du monde, vous voulez dire ! »

Frank reposa son carnet. Il reprit le rapport et vida sa tasse de café.

« C'est sur le chemin de l'aéroport qu'elle a décidé de ne pas partir. Il croit qu'elle est allée s'installer dans leur appartement du Watergate en ville. Ce qui a été confirmé. Leur avion privé devait venir la prendre trois jours plus tard pour l'emmener à la propriété de Sullivan à côté de Bridgetown, à la Barbade. Comme elle n'était pas à l'aéroport, Sullivan s'est inquiété et a commencé à appeler partout. C'est sa version.

— Elle a donné une raison à ce changement de plan ?

— Aucune qu'il m'ait confiée.

— Ces types riches, ça peut se permettre ce qu'il y a de mieux. Faire que ça ressemble à un cambriolage pendant qu'ils sont à six mille kilomètres de là à se balancer dans un hamac en sirotant un jus d'araignée des îles. Vous croyez que c'est son genre ? »

Frank contempla le plafond un bon moment. Il revoyait Walter Sullivan à la morgue, assis, silencieux, auprès du corps de sa femme. À son attitude alors qu'il ignorait qu'on le surveillait. Frank regarda le médecin légiste puis se leva pour prendre congé.

« Non. Je ne pense pas. »

X

Bill Burton était installé dans les bureaux du Secret Service à la Maison Blanche et lisait les journaux. Il en avait déjà consulté trois et tous parlaient de la même façon du meurtre de Christine Sullivan. L'enquête piétinait.

Il avait parlé à Varney et à Johnson qu'il avait invités chez lui pendant le week-end. Le type était caché dans la chambre forte. Il avait observé le Président et sa compagne. L'homme était sorti, avait assommé le Président, tué la dame et s'était enfui malgré les efforts de Burton et de Collin. Ce récit ne collait pas tout à fait avec ce qui s'était passé cette nuit-là, mais les deux hommes avaient accepté sans sourciller la version que donnait Burton des faits. Les deux hommes avaient également exprimé colère et indignation à l'idée qu'on avait osé porter la main sur l'homme qu'ils avaient mission de protéger. Le criminel paierait cela très cher. Mais personne n'entendrait de leur bouche que le Président était mêlé à l'affaire. Pour eux, le Président était une victime. Ils auraient trouvé assez juste qu'il soit assis à la droite de Dieu ; et pourquoi pas carrément à sa place...

Après leur départ, Burton était resté assis dans son jardin à siroter une bière. Heureusement qu'ils ne savaient rien ! Par malheur, lui savait. Et il ne pouvait rien faire. Bill Burton, qui toute sa vie avait été un homme honnête, n'appréciait pas ce rôle qui l'obligeait à manquer aux devoirs de sa charge.

Il avala une seconde tasse de café et regarda sa montre. Il reprenait son service dans un quart d'heure. Il inspecta des yeux le bureau où il se trouvait. Il avait choisi d'être membre de ce corps d'élite qui protégeait l'homme le plus important de la planète avec la discrétion, l'énergie et l'intelligence qui étaient la marque du Secret Service. Il savait qu'on attendait de lui qu'il aille jusqu'au sacrifice de sa vie si nécessaire, et que ce serait considéré comme un geste d'une noblesse extrême dans un monde où la notion de vertu tendait à disparaître. Tout ceci avait permis à l'agent William James

Burton de se lever chaque matin de bonne humeur et de dormir du sommeil du juste. Et maintenant, cette joie de vivre avait disparu. Il avait fait ce pourquoi il était payé, et son bonheur s'était dissipé. Il secoua la tête et tira sur sa cigarette.

Ils manipulaient de la dynamite.

La piste de la voiture avait fini en impasse. Une très discrète enquête avait permis de remonter jusqu'à la fourrière de la police de Washington. Impossible d'insister. Trop dangereux. Russell était très emmerdée. Tant pis pour elle. Elle prétendait aussi qu'elle avait la situation en main. Tu parles...

Que Russell aille se faire foutre ! Plus Burton réfléchissait, plus il était furieux. C'était trop tard maintenant pour reculer. Ils étaient dans la merde jusqu'au cou. Il tâta le côté gauche de sa veste. Son 357 Magnum et le neuf millimètres de Collin, bourrés de ciment, étaient au fond d'une rivière dans le coin le plus perdu qu'ils avaient pu dénicher. On pouvait voir là une précaution inutile mais, pour Burton, aucune précaution n'était superflue. La police avait une balle qui ne lui servirait à rien et ne retrouverait jamais l'autre. Même si cela arrivait, le canon de son Magnum serait propre comme un sou neuf. Burton n'envisageait pas que le service balistique de Virginie puisse jamais le confondre.

Pourtant, tôt ou tard, il se passerait quelque chose. L'homme surgirait de nulle part, pour raconter toute l'histoire. Ce n'était qu'une question de temps. Le président des États-Unis était un cavaleur qui avait si rudement tabassé la fille qu'il avait draguée pour la nuit qu'elle avait essayé de le tuer et que les agents Burton et Collin l'avaient descendue.

En plus, ils avaient camouflé les preuves. C'était ce qui le faisait tiquer chaque fois qu'il se regardait dans la glace. Ils avaient menti. Leur silence valait mensonge. Mais ce n'était pas la première fois. Tous ces rendez-vous galants qu'ils surveillaient ? Quand ils saluaient la First Lady chaque matin ? Quand ils jouaient avec les deux enfants du Président sur la pelouse ? Sans leur dire que leur mari et père était loin d'être aussi bon, gentil et charitable qu'ils le pensaient. Comme tout le pays le pensait, en fait.

Le Secret Service. Burton fit la grimace. Un nom bien adapté pour de bien mauvaises raisons. Toutes les saloperies dont il avait été le témoin pendant des années. Il avait fait comme s'il ne voyait rien. Chacun des agents du service, un jour ou l'autre, avait agi de même. Ça faisait partie du boulot, même si c'était déplaisant. Le pouvoir rend les gens fous. Ils se croient au-dessus de tout. Ils en deviennent dangereux.

Burton avait décroché plusieurs fois le téléphone, au cours de ces dernières semaines, avec la ferme intention d'appeler son supérieur hiérarchique. Il voulait lui raconter toute l'histoire, essayer de limiter les dégâts. Chaque fois il avait raccroché, incapable de prononcer les mots qui auraient détruit sa carrière, et en définitive sa vie. Plus le temps passait, plus Burton se prenait à espérer que les choses s'arrangeraient. Mais dans son for intérieur il savait bien que ce n'était pas possible. Il était trop tard pour dire la vérité maintenant. Il aurait fallu le faire tout de suite.

Ses pensées se tournèrent à nouveau vers l'enquête sur la mort de Christine Sullivan.

Burton avait lu avec un vif intérêt les résultats de l'autopsie : il les avait obtenus de la police locale à la demande du Président qui était si bouleversé par cette tragédie. Qu'il aille se faire foutre lui aussi...

Une mâchoire fracturée et des traces de strangulation. Ce n'étaient pas les coups de feu qui avaient infligé ces blessures. Elle avait de bonnes raisons de vouloir le tuer. Mais ils ne pouvaient pas la laisser faire, en aucun cas.

Il avait fait le bon choix. Il se répétait cela mille fois. Il avait agi comme on l'avait entraîné à le faire durant pratiquement toute sa vie d'adulte. Le commun des mortels ne pouvait pas comprendre, ne pouvait pas imaginer ce qu'un agent pensait et éprouvait si un accident survenait quand il était de service.

Il y a longtemps de ça, il avait parlé à un des agents de Kennedy. L'homme ne s'était jamais remis du drame de Dallas. Il marchait à côté de la limousine du Président et il n'avait rien pu faire. Le Président était mort sous ses yeux : sa tête avait volé en éclats. Il était resté impuissant. Et il se disait qu'il aurait dû prendre plus de précautions, peut-être se tourner vers la gauche plutôt que vers la droite, ou surveiller un immeuble plus attentivement qu'il ne l'avait fait, ou scruter la foule avec un peu plus d'intensité. De ce jour-là le garde de Kennedy n'avait plus jamais été le même. Il avait quitté le Service. Il avait divorcé. Il avait terminé son existence dans un trou de rat au fin fond du Mississippi : mais pendant les vingt dernières années de sa vie, il avait revécu cette journée à Dallas.

C'est pour éviter cela que Bill Burton s'était jeté devant le prédécesseur d'Alan Richmond six ans plus tôt. Il avait été blessé de deux balles de 38, malgré son gilet pare-balles. Une lui avait traversé l'épaule, l'autre l'avant-bras. Par miracle, aucun organe vital n'avait été touché. Il en avait gardé des cicatrices et l'indéfectible gratitude du pays tout entier. Et, surtout, l'admiration sans bornes de ses collègues.

C'était aussi pour ça qu'il avait tiré sur Christine Sullivan. Et il recommencerait aujourd'hui s'il le fallait. Il la tuerait, aussi souvent qu'il le faudrait.

Il repartit travailler. Pendant qu'il en était encore capable.

*

* *

Gloria Russell, chef de cabinet de la Maison Blanche, venait de donner ses instructions au secrétaire de presse du Président sur l'attitude à prendre dans le conflit Russie-Ukraine. Les considérations strictement politiques de l'affaire imposaient de soutenir la Russie ; mais les considérations strictement politiques influaient rarement sur le processus de décision dans l'Administration Richmond. Les Russes disposaient maintenant de tous les missiles nucléaires intercontinentaux. Mais l'Ukraine était beaucoup mieux placée pour devenir un partenaire commercial important des pays occidentaux. Un fait avait fait pencher la balance en faveur de l'Ukraine : Walter Sullivan, l'ami proche du Président, aujourd'hui plongé dans l'affliction, mettait la dernière main à un accord avec l'Ukraine. Sullivan et ses amis, grâce à différents réseaux, avaient fourni une contribution de quelque douze millions de dollars à la campagne de Richmond : ils lui avaient apporté pratiquement tous les appuis dont il avait besoin dans sa course à la Maison Blanche. Il fallait savoir renvoyer l'ascenseur dans ces circonstances. Les États-Unis soutiendraient donc l'Ukraine.

Russell consulta sa montre. Elle remerciait le ciel qu'il y eût d'autres raisons de prendre le parti de Kiev plutôt que celui de Moscou. Mais elle était certaine que, de toute façon, Richmond aurait pris la même décision. Il n'oubliait jamais un service rendu et trouvait normal de se montrer reconnaissant. Le fait d'être Président lui permettait de l'être à une plus grande échelle. Ce gros problème réglé, elle s'installa à son bureau et consacra son attention à la liste chaque jour plus longue des problèmes internationaux.

Après un quart d'heure de jonglerie politique, Russell se leva et se dirigea lentement vers la fenêtre. La circulation restait dense sur l'artère la plus connue de la capitale. La vie continuait à Washington, comme elle le faisait depuis deux cents ans. Des factions s'agitaient, projetant argent, brillants esprits et hommes de poids dans un jeu politique qui consistait essentiellement à rouler les autres avant qu'ils le fassent. Russell comprenait ce jeu-là mieux que d'autres. Elle l'adorait aussi et elle y excellait. De toute évidence, elle était dans son élément et il lui avait suffi pendant des années. Un jour, elle avait réalisé qu'elle était toujours célibataire, qu'elle n'avait pas d'enfant et que sa profession ne remplaçait pas tout. C'est alors qu'Alan Richmond était entré dans sa vie. Elle en avait tiré une énergie nouvelle, et l'ambition de s'élever encore plus haut, peut-être à un niveau auquel nulle autre femme n'avait jamais eu accès. Cette idée occupait si fort son esprit qu'elle en tremblait parfois d'impatience.

Et voilà que cette histoire lui explosait à la figure. Qui était cet homme ? Pourquoi ne s'était-il pas montré ? Il devait pourtant bien savoir ce qu'il avait entre les mains. Si c'était de l'argent qu'il voulait, elle paierait. Les fonds secrets dont elle disposait étaient plus que suffisants pour satisfaire toutes les demandes, même les plus déraisonnables.

C'était ce qu'il y avait de bien avec la Maison Blanche. Personne ne connaissait les sommes nécessaires à sa bonne marche. Les budgets de fonctionnement étaient éparpillés sur toutes les administrations, ce qui permettait de ne jamais s'inquiéter lorsqu'on avait besoin d'argent, même pour les motifs les plus scabreux. Pour Russell, l'argent était le cadet de ses soucis. Elle en avait beaucoup d'autres, plus graves.

Est-ce que ce type savait que le Président n'était pas au courant de la situation ? Russell en était malade. Et s'il essayait de joindre le Président directement, sans passer par elle ? Elle se mit à trembler et se laissa tomber dans un fauteuil auprès de la fenêtre, soudain glacée. Richmond devinerait aussitôt les intentions de Russell, elle en était sûre. Il était suffisant jusqu'à l'arrogance mais pas stupide. Et il la détruirait. Sans état d'âme. Elle serait sans défense. Elle ne pourrait même pas le dénoncer : elle n'avait aucune preuve. Ce serait sa parole contre celle du Président. Et elle se trouverait reléguée dans un cul-de-basse-fosse, vilipendée et, pire que tout, oubliée.

Il fallait qu'elle trouve cet homme. Qu'elle parvienne à lui faire passer un message en lui expliquant qu'il devait s'adresser à elle. Elle ne voyait qu'une personne qui puisse l'aider. Elle se rassit. Elle reprit ses esprits et se remit au travail. Ce n'était pas le moment de s'affoler. Pour l'instant, elle avait besoin de toutes ses capacités. Elle pouvait encore y arriver, réussir à garder la situation en main si elle gardait son calme, si elle se servait de son intelligence. Elle pouvait se tirer de ce gâchis. Et elle savait par où commencer.

Elle avait élaboré un scénario qui aurait semblé tordu à ceux qui la côtoyaient. De toute façon, certains côtés de la personnalité du chef de cabinet du président des États-Unis auraient étonné même ceux qui pensaient bien la connaître. Pour elle, la seule chose importante était sa carrière professionnelle, au détriment de tout autre aspect de sa vie, y compris les sentiments et les relations sexuelles. Mais Gloria Russell se savait désirable, même si son pouvoir de séduction était un peu atténué par la rigidité de ses fonctions officielles. Avec les années qui passaient — et avec quelle rapidité —, elle sentait se développer une certaine appréhension quant à ce déséquilibre. Non pas qu'elle ait eu des projets dans ce domaine, surtout dans la situation actuelle, mais elle pensait avoir trouvé le moyen de se sortir de ce guêpier. Si elle pouvait être rassurée sur son charme en même temps, tant mieux ! Elle savait aussi qu'il serait inutile de déployer une trop grande subtilité avec la proie qu'elle avait choisie.

Au bout de deux heures, elle éteignit sa lampe et demanda sa voiture. Elle parcourut ensuite la liste des agents de service ce jour-là et décrocha son téléphone. Trois minutes plus tard, l'agent Collin se plantait devant elle, au garde-à-vous.

Elle lui fit signe d'attendre un instant.

Elle rafraîchit son maquillage, redessinant sa bouche en forme d'ovale parfait. Elle regardait en coulisse l'homme grand et mince debout près de son bureau. Aucune femme ne pouvait rester indifférente devant ce physique de séducteur. L'aura de danger que sa profession impliquait — et qui le rendait lui-même dangereux — jouait aussi en sa faveur. Les filles étaient toujours attirées par les mauvais garçons, fût-ce seulement pour échapper quelque temps à une vie monotone. Elle imaginait sans peine que Tim Collin, au cours de sa relativement courte existence, devait avoir brisé pas mal de cœurs féminins.

Russell n'avait aucune obligation prévue : c'était suffisamment rare pour être noté. Elle repoussa son fauteuil et enfila ses escarpins. Elle ne vit pas le regard de l'agent Collin se déplacer vers ses jambes puis revenir en place, droit devant lui. Si elle s'en était aperçue, elle en aurait été probablement ravie. Même si la raison n'était pas celle qui paraissait la plus évidente.

« Tim, le Président va donner une conférence de presse la semaine prochaine au tribunal de Middleton.

— Oui, madame. Nous travaillons dès maintenant sur les préparatifs. »

Il avait le regard fixé droit devant lui.

« Vous ne trouvez pas cela un peu bizarre ? »

Collin la regarda.

« En quoi, madame ?

— La journée de travail est terminée : vous pouvez m'appeler Gloria. »

Collin se balança d'un pied sur l'autre, mal à l'aise. Elle le regarda, en souriant de sa gêne manifeste.

« Vous comprenez la raison de cette conférence de presse, n'est-ce pas ?

— Le Président va évoquer le... » Collin avala difficilement sa salive... « le meurtre de Mrs. Sullivan.

— C'est exact. Un Président tenant une conférence de presse à propos de l'homicide d'un simple citoyen. Vous ne trouvez pas cela curieux ? Je crois que c'est une première dans l'histoire présidentielle, Tim.

— Je ne pourrais pas vous dire, Ma... Gloria.

— Vous avez passé beaucoup de temps avec lui dernièrement. Avez-vous remarqué quelque chose d'anormal chez le Président ?

— Par exemple ?

— Par exemple qu'il ait eu l'air particulièrement tendu ou soucieux ? Plus que d'habitude ? »

Collin secoua lentement la tête : il ne voyait pas où elle voulait en venir.

« Il est possible que nous ayons un petit problème, Tim. Je pense que le Président pourrait avoir besoin de notre aide. Vous êtes prêt à l'aider, n'est-ce pas ?

— C'est le Président, madame. C'est mon travail de veiller sur lui. »

Elle se renversa un peu dans son fauteuil tout en fouillant dans son sac.

« Tim, dit-elle, vous faites quelque chose ce soir ? Vous quittez votre service à neuf heures, n'est-ce pas ? » Il acquiesça. « Vous savez où j'habite. Retrouvez-moi là-bas à dix heures. J'aimerais vous parler en privé, poursuivre cette discussion. Vous voulez bien m'aider et aider le Président ? »

La réponse de Collin fusa :

« J'y serai, Gloria. »

*

* *

Il frappa une nouvelle fois à la porte. Pas de réponse. Les stores étaient tirés. Aucune lumière ne filtrait de la maison. Jack vérifia l'heure. Neuf heures. Luther Whitney, il s'en souvenait, se couchait rarement avant deux ou trois heures du matin. La vieille Ford était dans l'allée. La porte du petit garage était fermée. Jack regarda la boîte aux lettres : elle débordait. Ça n'était pas bon signe. Quel âge avait Luther, maintenant : soixante, soixante-cinq ans ? Jack regarda autour de lui, puis souleva un bac de terre cuite près de la porte d'entrée et sourit. La clé était toujours là. Il jeta un nouveau coup d'œil autour de lui, ouvrit la porte et entra.

« Luther ? »

Il traversa le vestibule. Ses souvenirs le guidaient dans la configuration assez simple de la maison. Chambre sur la gauche. Toilettes sur la droite. Cuisine au fond de la maison. Après cela, petite véranda et jardin derrière. Luther n'était nulle part. La petite chambre à coucher était, elle aussi, impeccablement rangée. Sur la table de nuit, se trouvait un cadre avec des photos de Kate. Il détourna rapidement les yeux. Les petites pièces au premier étaient vides. Il tendit l'oreille un moment. Rien.

Il s'assit sur une chaise dans la cuisine, regarda autour de lui. Il resta là, sans allumer. Il se pencha et ouvrit le réfrigérateur. Il eut un sourire en apercevant les deux cartons de bière. Il en prit une et ouvrit la porte de derrière.

Le jardin avait triste mine. Les fougères et les rhododendrons baissaient la tête, même à l'ombre du gros chêne. Les clématites qui grimpaient le long de la clôture étaient pitoyablement desséchées. Jack regarda le massif de dahlias dont Luther était si fier : bien peu avaient résisté à la fournaise de Washington.

Il porta la bière à ses lèvres. De toute évidence, Luther n'était plus ici depuis quelque temps. Et après ? Il était adulte. Il faisait ce qu'il voulait, quand il voulait. Jack avait pourtant l'impression que quelque chose n'était pas normal. Il est vrai que ça faisait plusieurs années. Les gens changent. Il réfléchit encore un moment. Mais les habitudes de Luther n'auraient pas changé. Il n'était pas comme ça. C'était un roc : une des personnes les plus fiables que Jack eût jamais rencontrées. Sous des airs fantaisistes, c'était quelqu'un de très ordonné. Du courrier qui s'entassait, des fleurs fanées, une voiture laissée dehors : ce n'était pas comme ça qu'il aurait volontairement laissé les choses. *Volontairement.*

Jack rentra. Pas de message sur le répondeur. Il retourna dans la petite chambre : quand il ouvrit la porte, l'odeur de renfermé le frappa de nouveau. Il inspecta encore une fois la pièce. Bon sang, il n'était pas un détective. Puis il se mit à rire. Luther menait sans doute la bonne vie sur une île au soleil pour deux ou trois semaines et voilà qu'il était là à s'inquiéter. Luther était un des hommes les plus capables que Jack eût jamais connus. Du reste, ce n'étaient plus ses affaires : père ou fille, ce que faisait la famille Whitney ne le concernait plus. Que faisait-il ici d'ailleurs ? Croyait-il qu'on pouvait revivre le passé ? Ou qu'il pourrait se rapprocher de Kate en passant par son père ? C'était l'idée la plus fumeuse qu'il avait jamais eue. Jack referma le verrou en sortant et remit la clé en place. Il jeta un dernier coup d'œil à la maison puis se dirigea vers sa voiture.

La maison de Gloria Russell occupait un cul-de-sac dans un des très élégants quartiers de la banlieue de Bethesda, à côté de River Road. Son travail de consultant pour nombre des plus grosses sociétés du pays s'ajoutant à ses honoraires non négligeables de professeur et maintenant à son salaire de chef de cabinet, sans parler d'années d'habiles investissements, lui avaient procuré une fort agréable aisance. Et puis elle aimait s'entourer de belles choses. Une tonnelle où grimpait un lierre robuste encadrait l'entrée. La cour devant la maison était entourée d'un muret de briques et de serpentines et aménagée en jardin privé avec tables et parasols. Une petite fontaine bouillonnait et murmurait dans l'ombre que dissipait la lumière tombant d'une grande baie vitrée.

Gloria Russell était assise à une des tables du jardin quand l'agent Collin arriva dans sa décapotable, raide comme un piquet, le costume impeccablement repassé, le nœud de cravate bien serré. Le chef de cabinet ne s'était pas changé non plus. Elle lui sourit. Ils remontèrent l'allée ensemble et entrèrent dans la maison.

« Un verre ? Vous m'avez l'air de quelqu'un qui aime le bourbon à l'eau. » Russell regarda le jeune homme tout en vidant lentement son troisième verre de vin blanc. Cela faisait longtemps qu'elle n'avait pas reçu de jeune homme. Peut-être trop longtemps, songeait-elle, même si avec l'alcool elle commençait à ne plus avoir les idées très claires.

« Une bière, si vous en avez.

— Tout de suite. »

Elle s'arrêta pour se débarrasser de ses escarpins et trottina vers la cuisine. Collin inspecta le vaste salon avec ses amples rideaux posés par un décorateur, le papier peint grainé, les meubles anciens choisis avec goût ; il se demanda ce qu'il fichait ici. Il espérait qu'elle allait revenir vite avec sa bière. Il avait déjà été dragué par des femmes. Ça remontait au collège : mais on n'était plus au collège et Gloria Russell n'était pas une majorette. Il se dit qu'il ne serait pas capable de supporter la soirée sans picoler sérieusement. Il avait failli en parler à Burton mais quelque chose lui avait fait garder le silence. Burton avait un comportement étrange. Ils n'avaient rien fait de mal. Il savait bien que les circonstances étaient bizarres, et qu'un acte qui en d'autres temps leur aurait valu les félicitations du pays tout entier devait rester secret. Il avait été désolé de tuer la femme, mais il n'y avait pas d'autre solution.

Il buvait sa bière à petites gorgées en lorgnant les fesses du chef de cabinet qui tapota un coussin sur le grand canapé avant de s'asseoir. Elle lui sourit en buvant son vin à petites gorgées.

« Depuis combien de temps êtes-vous dans le Service, Tim ?

— Quatre ans.

— Vous avez vite grimpé. Le Président vous estime beaucoup. Il n'oubliera jamais que vous lui avez sauvé la vie.

— J'en suis très heureux. »

Elle avala une nouvelle gorgée de vin et laissa ses yeux courir sur son interlocuteur. Il était assis sur la pointe des fesses et sa nervosité évidente lui arracha un sourire. Elle acheva son examen et en fut favorablement impressionnée. Le jeune homme n'avait rien perdu de son manège, et il essayait de camoufler son embarras en contemplant les tableaux accrochés au mur.

« C'est de la belle camelote. »

Il montrait la peinture.

Elle sourit en le regardant finir précipitamment sa bière. *Belle camelote.* C'était exactement le mot qu'elle avait sur la langue.

« Allons nous installer plus confortablement, Tim. »

Russell se leva en le regardant. Il la suivit le long d'un corridor étroit jusqu'à une porte à double battant qui ouvrait sur un salon plus intime. Les lumières s'allumèrent toutes seules. Collin aperçut, au-delà d'une autre porte, le lit du chef de cabinet, parfaitement visible.

« Ça vous ennuierait que je prenne une minute pour me changer ? Ça fait assez longtemps que je porte ce tailleur. »

Collin la regarda passer dans sa chambre. Elle ne ferma pas complètement les portes. De son fauteuil, il apercevait une petite partie de la pièce. Il détourna la tête, essaya de concentrer son attention sur les volutes et les motifs d'un pare-feu ancien. Il termina sa bière, regrettant de ne pas en avoir une autre sous la main. Il se renversa parmi les épais coussins. Il avait beau essayer, il ne pouvait s'empêcher d'entendre chacun des bruits qu'elle faisait. Finalement, incapable de résister plus longtemps, il tourna la tête et regarda par la porte entrouverte. Avec un pincement de regret, il constata qu'il ne voyait rien. Puis il l'aperçut.

Cela ne dura que le temps de ramasser un vêtement. Bien qu'il se soit attendu à ça, ou à quelque chose d'approchant, la vision de Gloria Russell, chef de cabinet de la Maison Blanche, se baladant nue devant lui, remplit Collin d'une intense émotion.

L'ordre du jour de la soirée ainsi confirmé, Collin détourna la tête, plus lentement sans doute qu'il n'aurait dû. Il lécha le couvercle de la boîte de bière pour absorber les ultimes gouttes du liquide ambré. Il sentit la crosse de sa nouvelle arme s'enfoncer dans ses côtes. Il trouvait en général réconfortant le contact de cette masse métallique. Cette fois-ci, elle lui faisait simplement mal.

Il s'interrogea sur les règles de fraternisation. Il arrivait que des membres de la famille présidentielle s'attachent aux agents chargés de leur sécurité. Il y avait toujours eu des ragots concernant des coucheries occasionnelles, mais la politique officielle était claire. Si Collin était surpris dans la chambre à coucher d'un chef de cabinet dans le plus simple appareil, sa carrière en serait largement écourtée.

Il réfléchit rapidement. Il pouvait s'en aller tout de suite et faire son rapport à Burton. Mais de quoi aurait-il l'air ? Russell nierait. Collin passerait pour un imbécile et, de toute façon, sa carrière serait finie. Elle l'avait fait venir ici pour une raison précise. Elle disait que le Président avait besoin qu'il l'aide. Il se demandait maintenant à qui il allait vraiment rendre service. Pour la première fois, l'agent Collin se sentit coincé. Pris au piège. Dans une situation où ses qualités athlétiques, sa vivacité d'esprit et son 9 mm ne lui servaient à rien.

Intellectuellement, il n'était pas de taille devant cette femme. Dans la hiérarchie, il était très loin en dessous d'elle : il se sentait comme un asticot contemplant la lune. La nuit promettait d'être très longue...

*

* *

Walter Sullivan marchait de long en large et Sandy Lord le suivait des yeux. Une bouteille de scotch était posée bien en vue sur le bureau de Lord. À l'extérieur, la nuit n'était trouée que par la lueur blême des lampadaires. Il faisait chaud à nouveau, et Lord avait donné l'ordre qu'on laissât la climatisation chez Patton, Shaw &

Lord pour le visiteur particulier qu'il recevait ce soir. Ce dernier cessa d'arpenter la pièce et contempla la rue : à quelques blocs de là se dressait la Maison Blanche, domicile d'Alan Richmond et clé de voûte du projet grandiose de Sullivan et Lord. Ce soir, Sullivan ne pensait pas aux affaires. Lord y pensait, lui. Mais il était bien trop malin pour le montrer. Ce soir, il était ici pour son ami et client. Pour l'écouter, le laisser s'épancher, et pleurer sur sa petite pute. Plus vite ce serait fait, plus tôt ils pourraient passer à ce qui comptait vraiment : le prochain contrat.

« C'était une belle cérémonie : les gens s'en souviendront longtemps. »

Lord choisissait ses mots avec soin. Certes, Sullivan était un vieil ami. Mais leur amitié reposait sur des rapports avocat-client, fondations qui pouvaient se fissurer à tout moment. Sullivan était aussi la seule personne en face de qui Lord se sentait nerveux : il savait qu'il ne contrôlait plus entièrement les choses et que, de surcroît, son interlocuteur était au même niveau que lui, et même un peu plus haut.

« Oui, c'est vrai. » Sullivan regardait toujours la rue. Il était sûr d'avoir convaincu la police que le miroir sans tain était sans rapport avec le crime. Qu'ils l'aient vraiment cru était une autre paire de manches. Il avait connu un moment fort embarrassant. Cet inspecteur — Sullivan n'arrivait pas à se rappeler son nom — ne lui avait pas manifesté la déférence à laquelle il avait droit et cela l'avait irrité. Tout le monde lui devait le respect. Que Sullivan ne pensât pas un instant que la police locale fût capable de retrouver les responsables n'arrangeait pas les choses.

Il secoua la tête en pensant au miroir. Du moins n'avait-on pas révélé ce détail à la presse. Sullivan ne l'aurait pas supporté. C'était Christine qui avait eu l'idée du miroir. Mais il devait reconnaître qu'il avait accepté. À la réflexion, cela semblait ridicule. Au début, il était fasciné d'observer sa femme avec d'autres hommes. S'il avait passé l'âge de la satisfaire lui-même, il ne pouvait raisonnablement pas lui refuser les plaisirs physiques dont elle avait besoin. Tout cela avait été absurde, à commencer par ce mariage. Il s'en rendait compte aujourd'hui. Il avait cherché à retrouver sa jeunesse. Il aurait dû savoir que la nature ne cède devant personne, quelle que fût sa richesse. Il était gêné et furieux. Il finit par se tourner vers Lord.

« Je ne suis pas sûr d'avoir confiance dans l'inspecteur chargé de l'enquête. Comment faire pour que les fédéraux interviennent ? »

Lord reposa son verre. Il prit un cigare dans une boîte dissimulée dans les profondeurs de son bureau et le déballa lentement.

« Un homicide sur la personne d'un simple citoyen ne donne pas lieu à une enquête fédérale.

— Richmond se sent concerné.

— Très vaguement, si vous voulez mon avis. »

Sullivan secoua sa tête massive. « Pas du tout. Il m'a paru sincèrement concerné.

— Peut-être. Mais ne comptez pas voir cet intérêt se prolonger longtemps. Il a d'autres chats à fouetter.

— Je veux que les responsables de ce crime soient arrêtés, Sandy.

— Je comprends cela, Walter. Si quelqu'un le comprend, c'est bien moi. Ils le seront. Il faut être patient. Ces types n'étaient pas des amateurs. Ils savaient ce qu'ils faisaient. Mais tout le monde commet des erreurs. Ils seront jugés, vous pouvez me croire.

— Et après ? La prison à vie ? »

Sullivan ricanait presque.

« Ce ne sera probablement pas considéré comme un meurtre qualifié ; alors ils s'en tireront avec la perpétuité. Sans aucune chance de libération sur parole, Walter. Plus jamais ils ne respireront à l'air libre. Au bout de quelques années à se faire sodomiser toutes les nuits, ils regretteront de ne pas avoir été exécutés. »

Sullivan s'assit et dévisagea son ami. Walter Sullivan ne voulait pas d'un procès où tous les détails du crime seraient révélés. Il tressaillit à cette idée. Il ne pourrait pas supporter que des étrangers connaissent les détails intimes de sa vie et de celle de sa défunte femme. Il voulait qu'on trouve ces hommes. Le reste, il s'en arrangerait. Lord avait dit que l'État de Virginie condamnerait les responsables à la prison à vie. Il avait déjà décidé qu'il épargnerait à l'État les frais de cette longue incarcération.

*

* *

Elle se pelotonna au bout du canapé, ses pieds nus repliés sous un long T-shirt qui lui descendait jusqu'au milieu des mollets, et dont le décolleté tombant troublait profondément Collin. Il était allé chercher deux bières pour lui et lui avait versé un autre verre de vin. Il se sentait un peu congestionné, comme si un petit feu brûlait dans sa tête. Il avait desserré sa cravate, posé sa veste et son pistolet sur l'autre canapé. Elle avait palpé l'arme, lorsqu'il avait dégrafé l'étui.

« C'est lourd !

— On s'y habitue. »

Elle ne lui posa pas la question qu'on lui posait généralement. Elle était bien placée pour savoir qu'il avait déjà tué.

« Vous vous sacrifieriez vraiment pour le Président ? »

Elle le regardait entre ses paupières mi-closes. Elle se répétait qu'il ne fallait pas qu'elle perde le fil. Ce qui ne l'avait pas empêchée d'entraîner le jeune homme jusque chez elle. Elle sentait quand même la situation lui échapper. Au prix d'un grand effort, elle essaya de se ressaisir. Qu'était-elle en train de fabriquer ? À ce moment crucial de son existence, voilà qu'elle se conduisait comme une putain. Elle n'avait pas besoin d'agir de cette façon, elle le savait bien. L'élan qu'elle ressentait dans tout son corps, et que depuis des années elle avait relégué au deuxième plan, était en train de perturber la clarté de ses idées. Elle ne pouvait pas se le permettre, pas maintenant.

Il fallait qu'elle remette son tailleur, qu'ils reviennent dans le grand salon ou dans son bureau où les lambris de bois sombre et les murs tapissés de livres feraient taire ces sensations dérangeantes.

Il la dévisagea.

« Bien sûr. C'est mon travail. »

Elle faillit se lever mais elle y renonça.

« Je serais prêt à me sacrifier pour vous aussi, Gloria.

— Pour moi ? » fit-elle d'une voix tremblante.

Elle se tourna vers lui, se rassit : elle avait oublié ses plans, elle avait les yeux grands ouverts.

« Il y a des tas d'agents du Secret Service, mais un seul chef de cabinet. C'est comme ça que ça marche. » Il baissa les yeux et dit doucement : « Ce n'est pas un jeu, Gloria. »

Il repartit chercher encore de la bière, et remarqua qu'elle s'était assez rapprochée pour qu'il heurte son genou en se rasseyant. Elle étira ses jambes, les frotta contre celle de Collin, puis elle les allongea sur la table en face d'eux. Le T-shirt avait remonté, on ne sait comment, révélant ses longs mollets, ses cuisses pleines d'un blanc laiteux : les jambes d'une femme encore fichtrement séduisante. Le regard de Collin parcourut lentement ce corps offert...

« Vous savez, Collin, je vous ai toujours admiré. Je veux dire : vous, les agents. » Elle semblait presque gênée. « Je sais que parfois on trouve évident ce que vous faites. Je veux que vous sachiez que je l'apprécie à sa juste valeur.

— C'est un beau métier. Je n'en changerais pour rien au monde. »

Il engloutit une autre bière et se sentit mieux. Elle lui sourit.

« Je suis contente que vous soyez venu ce soir.

— Je ferai tout pour vous aider, Gloria. »

Son assurance croissait au rythme de l'alcool ingurgité. Il termina sa dernière boîte de bière. Elle désigna d'un doigt incertain un cabinet à liqueurs près de la porte. Il leur prépara des verres et revint s'asseoir.

« J'ai l'impression que je peux vous faire confiance, Tim.

— Vous pouvez.

— J'espère que vous ne le prendrez pas mal, mais je ne me sens pas aussi bien avec Burton.

— Bill est un agent formidable. »

Elle posa une main sur son bras et la laissa.

« Ce n'est pas ce que je voulais dire. Je sais que c'est un bon agent. Il y a simplement des moments où j'ai l'impression de ne pas le comprendre. C'est difficile à expliquer. Disons que c'est instinctif.

— Il faut vous fier à vos instincts. C'est ce que je fais. »

Il la regarda. Elle paraissait beaucoup plus jeune : on aurait dit une collégienne.

« Mon instinct me dit que vous êtes quelqu'un sur qui je peux compter.

— C'est vrai. »

Il vida son verre.

« Toujours ? »

Il la regarda droit dans les yeux. Il cogna son verre vide contre le sien.

« Toujours. »

Il se sentait les paupières lourdes. Il pensa au collège. Quand il avait marqué l'essai de la victoire au championnat de l'État. Cindy Purket l'avait regardé de la même façon que Gloria maintenant. Avec sur le visage une expression d'abandon total.

Il lui caressa doucement la cuisse. La chair était très souple sous ses doigts et terriblement sensuelle. Elle ne résista pas et se rapprocha davantage. La main de Collin poursuivit son chemin sous le T-shirt. Elle suivit les contours d'un ventre encore ferme, agaça la poitrine puis réapparut. Il la prit par la taille de son autre bras et la serra contre lui. Sa main descendit jusqu'aux fesses, qu'elle empoigna avec vigueur. Gloria aspira l'air avec force puis soupira en s'appuyant contre l'épaule de Collin. Il sentait les seins de Gloria bouger contre son bras au rythme de sa respiration. C'était doux et tiède. Elle laissa glisser sa main jusqu'au sexe qui durcissait et le serra, en laissant sa bouche s'attarder sur celle du jeune homme.

Puis, elle recula pour le regarder, en battant doucement des paupières.

Lentement, et d'une manière délibérée, elle se dépouilla de son T-shirt. Il se jeta contre elle, les mains bataillant avec l'agrafe du soutien-gorge jusqu'au moment où il la sentit céder : elle se laissa aller contre lui et il enfouit sa tête entre les douces rondeurs. Il arracha presque le dernier vêtement qui la couvrait : elle sourit en voyant sa culotte s'envoler jusqu'au mur. Elle retint son souffle. Il la souleva sans effort et l'emporta dans la chambre.

XI

La Jaguar remonta lentement l'allée, s'arrêta et deux personnes en descendirent.

Jack releva le col de son manteau. La soirée était fraîche et humide.

Jennifer fit le tour de la voiture pour s'installer à côté de lui contre la carrosserie de la luxueuse voiture.

Jack regardait l'endroit. Du lierre épais recouvrait la façade. La maison donnait une impression rassurante de solidité, et ses occupants devaient le ressentir. Jack se dit qu'il en avait bien besoin en ce moment. Il était aussi obligé d'admettre que c'était magnifique. Pourquoi n'aurait-il pas aimé les belles choses, d'ailleurs ?

Il allait toucher au moins quatre cent mille dollars en qualité d'associé. S'il commençait à apporter de nouveaux clients, qui sait... ? Lord gagnait cinq fois plus et ce n'était que son « fixe ».

Les honoraires étaient confidentiels : on n'en discutait jamais dans les bureaux, même en tout petit comité. Jack, toutefois, avait découvert assez facilement le mot de passe qui donnait accès aux dossiers informatisés des associés. Ce mot de passe était « Cupidité ». La secrétaire qui l'avait inventé avait dû bien s'amuser...

Il avait devant lui une pelouse grande comme le pont d'un porte-avions.

« Il y a largement la place pour jouer au football avec les gosses. »

Il la regarda en souriant.

« Oui, largement. »

Elle lui rendit son sourire et l'embrassa. Elle lui prit le bras qu'elle passa autour de sa taille. Jack contemplait cette maison qui allait devenir la sienne. Jennifer continuait à l'observer, et son sourire s'élargissait tandis qu'elle lui tenait la main. Ses yeux brillaient dans l'obscurité.

Jack regardait toujours le bâtiment. Il eut un soupir de soulagement : cette fois-ci, il ne voyait que des fenêtres.

À dix mille mètres d'altitude, Walter Sullivan se carra dans les profondeurs de son fauteuil et regarda le ciel nocturne à travers le hublot du 747. Comme ils volaient vers l'ouest, sa journée s'allongeait des heures du décalage. Mais ça ne l'avait jamais gêné. Plus il vieillissait, moins il avait besoin de sommeil : il n'avait jamais été un gros dormeur, de toute façon.

L'homme qui lui faisait face en profita pour l'examiner attentivement. Sullivan était mondialement connu comme financier. On le savait sérieux, encore que parfois brutal. Sérieux. C'était le mot qui trottait dans la tête de Michael McCarty. Un financier sérieux n'éprouvait ni le besoin ni le désir de discuter avec les gens exerçant la profession de McCarty. Mais quand, par les voies les plus discrètes, on vous avertit qu'un des hommes les plus riches de la planète souhaite vous rencontrer, alors on accourt. McCarty n'était pas devenu l'un des meilleurs tueurs à gages du monde parce qu'il aimait ce travail, mais parce qu'il aimait l'argent et les agréments qu'il procurait.

McCarty disposait d'un atout supplémentaire : il ressemblait tout à fait à un homme d'affaires. Avec ses cheveux bruns, drus et bouclés, ses épaules larges, son visage lisse, il aurait pu passer pour un chef d'entreprise dynamique ou une vedette de cinéma. Qu'il tuât pour vivre, avec des honoraires qui dépassaient un million de dollars par contrat, ne diminuait en rien son enthousiasme et son amour de la vie.

Walter se retourna vers lui. En dépit de la confiance totale qu'il avait dans ses capacités et de ses nerfs d'acier face au stress, McCarty se sentait mal à l'aise sous le regard pénétrant du milliardaire : un homme d'élite en jaugeait un autre.

« Je veux que vous tuiez quelqu'un pour moi, déclara simplement Sullivan. Malheureusement, pour le moment, j'ignore qui est cette personne. Si j'ai de la chance, je le saurai bientôt. En attendant, je vous verserai des émoluments de façon que vous soyez disponible au moment où j'aurai besoin de vous. »

McCarty secoua la tête en souriant.

« Vous connaissez sans doute ma réputation, Mr. Sullivan. Je suis très sollicité et je voyage beaucoup, vous le savez. Si je dois vous consacrer tout mon temps jusqu'à ce que cette occasion se présente, il faudra que je renonce à d'autres contrats. Je crains que mon compte en banque et ma réputation en souffrent.

— Vous toucherez cent mille dollars par jour jusqu'à ce que cette occasion se présente, Mr. McCarty. Quand vous vous serez acquitté avec succès de votre tâche, je doublerai vos honoraires habituels. Je ne peux rien en ce qui concerne votre réputation ; j'espère toutefois que cet arrangement évitera toute perturbation dans votre situation financière. »

McCarty écarquilla les yeux puis retrouva son calme.

« Cela conviendra, Mr. Sullivan.

— Il est bien entendu que je peux avoir une totale confiance à la fois dans vos talents et dans votre discrétion ? »

McCarty réprima un sourire. L'avion de Sullivan était venu le prendre à Istanbul à minuit, heure locale. L'équipage ne savait pas qui il était. Personne ne l'avait jamais identifié et la probabilité qu'il soit reconnu était nulle. Que Sullivan le rencontrât en personne supprimait toute possibilité de chantage de la part d'un intermédiaire. Et McCarty n'avait vraiment aucune raison de doubler Sullivan.

« On vous communiquera les détails dès qu'ils seront disponibles. Il vous faut assimiler la géographie de Washington et de sa banlieue, encore que votre objectif puisse se situer à l'autre bout du monde. J'aurai besoin que vous réagissiez immédiatement. À tout moment, vous me ferez savoir où vous êtes et nous communiquerons par des lignes protégées que je ferai installer. Vous réglerez vos dépenses avec votre provision journalière. Vos honoraires seront versés par virement télégraphique sur le compte de votre choix. Si le besoin s'en fait sentir, mes avions seront à votre disposition. Compris ? »

McCarty acquiesça, dérouté par la succession d'ordres que venait de lui assener son client. Il est vrai qu'on ne devenait pas milliardaire sans se montrer un peu autoritaire. En outre, McCarty avait lu la presse à propos de Christine Sullivan. Qui pourrait en vouloir au vieil homme ?

Sullivan appuya sur un bouton sur le bras de son fauteuil.

« Thomas ? Dans combien de temps arrivons-nous ? »

La voix était nette et précise.

« Dans cinq heures et quinze minutes, Mr. Sullivan, si nous pouvons maintenir la vitesse et l'altitude actuelles.

— Veillez-y.

— Oui, monsieur. »

Sullivan pressa un autre bouton et le steward servit un dîner comme McCarty n'en avait jamais connu à bord d'un avion. Sullivan ne souffla mot jusqu'à la fin du repas. Le jeune homme se leva et le steward lui montra sa cabine. Puis, sur un geste de Sullivan, il disparut à nouveau dans les profondeurs de l'appareil.

« Encore une chose, Mr. McCarty. Avez-vous déjà échoué dans une mission ? »

Les yeux rétrécis, McCarty se tourna vers son nouvel employeur qui réalisa alors combien l'homme était dangereux.

« Une fois, Mr. Sullivan. Avec les Israéliens. Ces gens-là semblent parfois surhumains.

— Veuillez ne pas recommencer, Mr. McCarty. Bonne nuit. »

*

* *

Seth Frank arpentait les couloirs de la résidence des Sullivan. Les rubans jaunes de la police interdisant le passage flottaient encore dehors dans la brise qui fraîchissait et qui annonçait la pluie. Walter Sullivan était resté à son appartement de Washington. Les domestiques se trouvaient encore à Fisher Island, en Floride, où résidait une partie de la famille Sullivan. Il les avait déjà rencontrés et questionnés. On les faisait revenir en avion le lendemain pour un interrogatoire plus poussé.

Il prit le temps d'admirer les lieux. Il avait l'impression d'être dans un musée. Tout puait le fric : depuis les statues antiques jusqu'aux toiles de maître, tout était authentique dans cette maison. Il traversa la cuisine et pénétra dans la salle à manger. Une table de la taille du pont d'un bateau trônait sur un tapis chinois bleu pâle jeté sur le parquet marqueté. Il eut l'impression que ses pieds étaient aspirés par l'épaisseur de la laine. Il s'assit en bout de table, les yeux parcourant la pièce. Autant qu'il pouvait en juger, cette pièce n'avait pas été utilisée par les criminels. Le temps passait et l'enquête ne progressait guère.

Le soleil perça un instant les gros nuages et Frank eut son premier coup de chance. Un détail lui aurait sans doute échappé s'il n'avait pas admiré les moulures du plafond.

Au moment où il observait l'arc-en-ciel dont les couleurs dansaient sur le plafond et les murs, il se demanda d'où il provenait. Son regard balaya la pièce. Il mit quelques secondes à trouver. Il s'agenouilla près de la table et inspecta l'un des pieds. La table était une Sheridan du milieu du XIXe, ce qui signifiait qu'elle était aussi lourde qu'un semi-remorque.

Il dut s'y reprendre à deux fois. La sueur perlait sur son front et lui coula dans l'œil droit, le faisant pleurer. Mais il réussit à bouger la table et à retirer ce qu'il cherchait.

Il alla se rasseoir et examina sa découverte. C'était un petit morceau d'un matériau argenté qu'on utilisait comme isolant après le nettoyage des tapis : il empêchait que l'humidité du tissu n'abîme les pieds des meubles ou que ceux-ci ne déteignent sur les fibres propres. Avec un rayon de soleil, la surface réfléchissante produisait un joli arc-en-ciel. Il en avait eu chez lui quand sa femme s'était mis en tête de nettoyer la maison de fond en comble avant que ses beaux-parents ne leur rendent visite.

Il reprit son calepin. Les domestiques atterrissaient à dix heures le lendemain matin. Et Frank n'envisageait pas une seconde qu'avec eux dans cette maison le petit morceau de métal qu'il tenait dans la main aurait pu rester en place plus longtemps. Ce n'était peut-être rien. C'était peut-être le début d'une solution, s'il avait de la chance.

Il se mit à genoux et renifla le tapis, passant ses doigts dans les fibres. Avec les produits utilisés aujourd'hui, on ne pouvait rien dire. Ça séchait en deux heures sans laisser d'odeur. Si ce petit machin voulait bien parler, il saurait bientôt depuis quand le tapis était sec. Il aurait pu appeler Sullivan mais, sans qu'il y ait une raison précise, il préférait en discuter d'abord avec quelqu'un d'autre que le maître de maison. Le vieil homme ne figurait pas en tête de sa liste de suspects, mais Frank ne pouvait pas encore envisager de rayer son nom. Selon ce qu'il découvrirait aujourd'hui, demain ou la semaine prochaine, la position que Sullivan occupait sur la liste serait plus ou moins importante. Ce n'était pas plus compliqué que ça. Tant mieux, parce que, jusqu'à maintenant, rien de ce qui concernait la mort de Christine Sullivan n'avait été simple. Il sortit de la pièce en réfléchissant à la nature capricieuse des arcs-en-ciel et des enquêtes de police en général.

*

* *

Burton scrutait la foule, Collin à son côté. Alan Richmond se dirigea jusqu'à l'estrade installée sur le perron du tribunal de Middleton, grosse masse de briques rouges avec des colonnes au chapiteau d'un blanc cru, un escalier aux marches patinées par les intempéries et l'omniprésent drapeau américain qui flottait et claquait dans la brise matinale. À neuf heures trente-cinq précises, le Président prit la parole. Derrière lui, Walter Sullivan, le visage impassible, et l'imposant Herbert Sanderson Lord.

Collin se rapprocha de la foule des journalistes qui piétinaient en bas des marches comme des sportifs dans l'attente du coup d'envoi.

Il avait quitté l'appartement du chef de cabinet à trois heures du matin.

Quelle nuit ! Quelle semaine ! Si la Gloria Russell publique donnait l'impression d'être impitoyable et insensible, Collin avait découvert un autre aspect de la femme, un aspect bigrement attirant. Il avait encore la sensation d'avoir rêvé : il avait couché avec le chef de cabinet du Président. Ce genre de choses n'arrivaient jamais. Mais c'était arrivé. Et à lui, Tim Collin. Et ça se produirait encore. Ils avaient prévu de se revoir ce soir. Ils devraient faire attention, mais tous deux étaient d'une nature prudente. Où cela les mènerait, Collin n'en avait aucune idée.

Il était né et avait grandi à Lawrence, Kansas, ce qui l'avait bardé d'une belle brochette de valeurs morales auxquelles se raccrocher : on sortait avec une fille, on tombait amoureux, on se mariait, on avait quatre ou cinq gosses, tout ça dans l'ordre. Dans leur cas, il était peu probable que les choses se passent de cette façon. Tout ce qu'il savait, c'était qu'il avait envie de revoir Gloria. Il jeta un coup d'œil furtif dans sa direction et la vit debout derrière et à gauche du Président. À travers ses lunettes de soleil, les cheveux légèrement ébouriffés par le vent, elle semblait contrôler tout ce qui l'entourait. Burton surveillait la foule. Il jeta un regard à son équipier, à temps pour voir les yeux de ce dernier fixés un bref instant sur le chef de cabinet. Burton fronça les sourcils. Collin était un bon agent qui faisait bien son travail, quelquefois même avec un peu trop de zèle. Ce n'était pas le premier agent à souffrir de ce travers qui, dans cette profession, était plutôt un atout. Mais on gardait les yeux sur la foule : c'était la seule chose importante. Que se passait-il, bon sang ? Burton lança un regard en coulisse vers Russell : elle regardait droit devant elle, sans se soucier des hommes chargés de la protéger. Burton se tourna une nouvelle fois vers Collin. Le petit maintenant examinait la foule ; son regard de temps en temps changeait de direction : de gauche à droite, de droite à gauche. Parfois levant la tête. Parfois il regardait droit devant lui : pas trace d'une méthode à laquelle un agresseur pourrait se fier. Mais Burton n'arrivait pas à oublier le regard qu'il avait lancé au chef de cabinet. Derrière les lunettes de soleil, Burton avait vu quelque chose qui ne lui avait pas plu.

Alan Richmond conclut son discours en levant les yeux vers le ciel sans nuages. On eût dit qu'il demandait assistance à Dieu ; en fait, il essayait de se rappeler s'il rencontrait l'ambassadeur du Japon à deux heures ou à trois heures cet après-midi. Mais son regard perdu dans le lointain, un regard de visionnaire, ferait bon effet au journal télévisé du soir.

Il interrompit sa méditation pour se tourner vers Walter Sullivan et donner au mari éploré une accolade convenant à l'importance du personnage.

« Mon Dieu, Walter, je suis vraiment consterné. Mes plus profondes condoléances. S'il y a quelque chose, quoi que ce soit, que je puisse faire... vous savez bien. »

Sullivan se cramponna à la main qu'on lui tendait : ses jambes commençaient à se dérober sous lui et deux personnes de son entourage s'avancèrent pour le soutenir discrètement.

« Merci, monsieur le Président.

— Alan, je vous en prie, Walter. C'est un ami qui vous parle.

— Merci, Alan. Vous ne savez pas à quel point je suis sensible au fait que vous preniez le temps de faire ça. Christine aurait été émue de vous entendre. »

Seule Gloria Russell qui observait attentivement les deux hommes remarqua l'ombre de sourire au coin des lèvres de son patron.

« Je sais qu'il n'y a pas vraiment de mots qui soient à la hauteur de ce que vous éprouvez, Walter. J'ai de plus en plus l'impression que ce qui se passe dans ce monde échappe à la raison. Si Christine n'avait pas été malade, elle serait partie avec vous et tout cela ne serait jamais arrivé. Je suis incapable d'expliquer pourquoi de telles horreurs se produisent. Mais je veux que vous sachiez que je serai toujours à vos côtés. N'importe quand, n'importe où. Nous en avons tant vu ensemble. Et vous m'avez aidé dans des moments rudement difficiles.

— Alan, votre amitié a toujours compté pour moi. Je n'oublierai jamais. »

Richmond passa un bras autour des épaules du vieil homme. En arrière-plan, des micros pendaient au bout de longues perches. Comme de gigantesques cannes à pêche, ils entouraient les deux amis, malgré les efforts conjugués de leurs collaborateurs pour les dégager de la meute de journalistes.

« Walter, je vais m'occuper personnellement de cette affaire. Je sais, certains diront que ce n'est pas de mon ressort et que, dans ma position, je ne dois pas m'impliquer personnellement. Mais, bon sang, vous êtes mon ami et je n'ai pas l'intention de laisser cette histoire tomber dans l'oubli. Les responsables paieront. »

Les deux hommes s'étreignirent une nouvelle fois sous les flashes des photographes. L'antenne de six mètres qui dépassait au milieu de la flotte de camions de télévision retransmettait consciencieusement au monde entier cet instant d'émotion. Nouvelle preuve que le président Alan Richmond était un être humain avant d'être un Président. Le service de presse de la Maison Blanche en eut le vertige en pensant aux sondages préélectoraux à venir.

*

* *

Sur le téléviseur, l'image sauta de MTV à des dessins animés, de QVC à CNN, passa à une rencontre de lutte puis revint à CNN. L'homme se redressa sur son lit. Il éteignit sa cigarette et reposa la télécommande. Le Président donnait une conférence de presse. Il avait l'air grave et consterné qui convenait devant le meurtre abominable de Christine Sullivan, l'épouse du milliardaire Walter Sullivan, un de ses plus proches amis et victime symbolique de la violence qui se répandait à travers ce pays. Il valait mieux ne pas se demander si le Président aurait prononcé le même discours si la victime avait été un Noir, un Hispanique ou un Asiatique pauvre retrouvé, la gorge tranchée, au fond d'une ruelle de Washington. Le Président parlait d'un ton ferme, avec juste ce qu'il fallait de colère et de dureté. Il fallait que la violence cesse. Les Américains devaient se sentir en sécurité chez eux. Une scène impressionnante. Un Président attentif et plein de sympathie pour son ami.

Les reporters étaient aux anges. Ils posaient toutes les bonnes questions.

La télévision montra Gloria Russell, le chef du cabinet du Président, vêtue de noir, qui opina de la tête quand Richmond aborda les points cruciaux de ses opinions sur le crime et son châtiment. Les votes de la police et des retraités étaient acquis pour la prochaine élection. Quarante millions de voix valaient bien cette excursion matinale. Richmond avait eu raison.

Malgré son appréhension à les voir se lier de trop près à un événement dont ils étaient beaucoup plus proches que quiconque aurait pu imaginer, Gloria était enchantée. Elle n'aurait pas été aussi contente si elle avait su qui, en cet instant même, scrutait son visage. Si elle avait vu le regard qui était fixé sur chacun de ses traits et de ceux du Président, tandis que les souvenirs de cette nuit funeste déferlaient comme un raz de marée.

*

* *

Le vol jusqu'à la Barbade avait été sans histoire. L'Airbus était un vaste appareil dont les puissants moteurs avaient sans effort arraché l'avion du sol à San Juan de Porto Rico : au bout de quelques minutes, ils avaient atteint leur altitude de croisière : dix mille mètres. L'avion était plein à craquer : San Juan servait de plaque tournante pour ceux qui prenaient des vacances dans les îles des Caraïbes. Venus de l'Oregon, de New York et des quatre coins des États-Unis, les touristes regardaient s'éloigner la masse de nuages noirs tandis que l'appareil virait sur la gauche pour éviter la queue d'un cyclone précoce qui s'était effiloché avant de se transformer en ouragan.

Les passagers quittèrent l'avion par une échelle métallique et s'entassèrent à cinq dans une voiture, petite pour des Américains, qui roulait du mauvais côté de la route. Ils quittèrent l'aéroport et se dirigèrent vers Bridgetown, capitale de cette ancienne colonie britannique, qui avait conservé des traces de sa longue période coloniale dans la façon de parler, de s'habiller et de se conduire des habitants. Avec un accent mélodieux, le chauffeur leur désigna les merveilles de la petite île, entre autres le faux navire de pirates dont le pavillon à tête de mort et tibias entrecroisés flottait au-dessus d'une mer encore agitée. Sur le pont, des touristes pâles mais qui rougissaient à vue d'œil buvaient du punch en quantité telle que, quand ils retourneraient à quai plus tard, ils seraient tous ivres ou très malades.

Sur la banquette arrière, deux couples de Des Moines échangeaient avec excitation des projets. Le passager plus âgé assis à l'avant fixait le pare-brise d'un regard absent : ses pensées étaient à trois mille kilomètres au Nord. À une ou deux reprises, il vérifia la direction qu'ils prenaient : instinctivement il mémorisait la topographie des lieux. Les repères étaient rares : l'île avait à peine trente-cinq kilomètres de long sur une vingtaine en son point le plus large. La température de trente degrés était supportable grâce à l'absence d'humidité et à une brise constante qui soufflait d'est en ouest.

L'hôtel était un Hilton classique qui dominait une plage aménagée à une extrémité de l'île. Le personnel était stylé : courtois et parfaitement disposé à vous laisser tranquille si c'était votre souhait. La plupart des clients se laissaient dorloter ; seul l'un d'eux évitait le contact. Il ne quittait sa chambre que pour errer sur les parties isolées de la plage de sable blanc ou dans la région montagneuse de l'île. Il passait le reste du temps dans sa chambre, rideaux tirés, lumières tamisées, la télé allumée, les plateaux de service jonchant la moquette et les meubles d'osier.

Dès le premier jour, Luther avait pris un taxi devant l'hôtel et s'était fait conduire au Nord, presque au bord de l'océan, là où, au sommet d'une des nombreuses collines de l'île, se dressait la propriété de Sullivan. Ce n'était pas un choix totalement arbitraire qui l'avait amené à la Barbade.

« Vous connaissez Mr. Sullivan ? Il n'est pas ici. Il est rentré en Amérique. »

L'accent enthousiaste du chauffeur de taxi avait tiré Luther de sa transe. Les lourdes grilles au pied de la colline dissimulaient une longue allée sinuant jusqu'à la résidence aux murs de stuc rose saumon et aux colonnes de marbre de six mètres de haut. La demeure semblait étrangement déplacée au milieu de la nature luxuriante : on aurait dit une énorme rose jaillissant parmi des buissons.

« Je suis allé chez lui, répondit Luther. Aux États-Unis. »

Le chauffeur le considéra avec un respect nouveau.

« Il y a quelqu'un ici ? Les domestiques, peut-être ? »

L'homme secoua la tête.

« Tous partis. Ce matin. »

La raison était évidente : on avait découvert la maîtresse de maison.

Luther passa les quelques jours suivants sur les grandes plages blanches : il regardait les navires de promenade décharger leur cargaison dans les boutiques hors-taxe dont la ville regorgeait. Des autochtones parcouraient les rues avec leurs serviettes fatiguées bourrées de montres, de colliers de perles et autres articles de contrefaçon.

On pouvait acheter pour cinq dollars américains des petits flacons remplis de sève fraîche d'aloès, baume souverain contre les coups de soleil. En une heure, on vous tissait pour quarante dollars des paniers en épis de maïs qu'attendaient patiemment les clients dans le sable chaud.

La beauté de l'île aurait dû atténuer la mélancolie de Luther. Et en effet, au bout d'un moment, la chaleur du soleil, la douceur de la brise, la nonchalance des habitants avaient fini par avoir raison de sa nervosité : il lui arrivait de sourire à un passant, d'échanger trois mots avec le barman, de siroter des cocktails jusqu'à une heure avancée de la nuit, allongé sur la plage, bercé par le bruit du ressac qui l'éloignait doucement de son cauchemar. Il avait pensé quitter l'île dans quelques jours. Pour aller où, il n'en savait rien encore.

*
* *

Et puis le zapping s'était arrêté sur l'émission de CNN. Luther, comme un poisson fatigué au bout d'une ligne incassable, se trouva précipité vers ce qu'il s'efforçait de fuir à coups de dollars et de kilomètres.

Il se souviendrait plus tard de s'être redressé sur son lit, le souffle coupé comme s'il avait reçu un coup de poing dans l'estomac.

*
* *

Russell se glissa à bas du lit et se dirigea vers la commode. Elle cherchait un paquet de cigarettes.

« Ça raccourcira ta vie de dix ans. » Collin roula sur le côté et la regarda, avec amusement, se balader toute nue.

« Mon boulot l'a déjà fait. »

Elle alluma une cigarette. Elle inhala profondément, souffla la fumée et regagna le lit. Elle colla ses fesses contre Collin, le laissant l'envelopper dans ses bras avec un sourire satisfait.

« La conférence de presse s'est bien passée, tu ne trouves pas ? »

Elle sentait qu'il réfléchissait à tout cela. Il était assez transparent. Sans leurs lunettes de soleil, ils l'étaient tous.

« Dès l'instant qu'ils ne trouvent pas ce qui est vraiment arrivé. »

Elle se tourna vers lui. Elle laissa glisser son doigt le long de son cou et traça un V sur son torse lisse. Le Président avait la poitrine velue et ses poils grisonnants frisottaient. Celle de Collin était comme un derrière de bébé, mais sous la peau bougeaient des muscles durs. D'un simple geste, il pouvait lui briser le cou. Elle se demanda quel effet cela faisait.

« Tu sais, nous avons un problème. »

Collin faillit éclater de rire.

« Eh oui, il y a un type dans la nature avec les empreintes du Président et celles d'une morte, plus un peu de sang sur un couteau. J'appellerais plutôt ça un gros problème.

— Pourquoi ne s'est-il pas manifesté, à ton avis ? »

Collin haussa les épaules. À la place du gars, il aurait empoché le magot et filé. Des millions de dollars. Si loyal que fût Collin, il ne cracherait pas sur une somme pareille. Lui aussi disparaîtrait dans la nature au moins quelque temps. Il la regarda. Est-ce qu'elle partirait avec lui s'il avait une telle somme ? Ses pensées revinrent vers leur discussion. Peut-être le type était-il du même bord politique que le Président. Peut-être avait-il voté pour lui. Dans tous les cas, pourquoi s'attirer ce genre d'ennuis ?

« Il a sans doute eu peur.

— Il y a des façons d'agir anonymement.

— Peut-être que ce type n'est pas compliqué à ce point-là. Peut-être estime-t-il que ça ne lui rapportera rien. Peut-être aussi qu'il s'en fout complètement. À toi de choisir. S'il avait dû se manifester, il l'aurait sans doute déjà fait. Et s'il en a toujours l'intention, nous le saurons bien assez tôt. »

Elle s'assit dans le lit.

« Tim, ça m'inquiète vraiment. » Il y avait dans sa voix un accent qui le fit se redresser. « Je n'ai pas parlé du coupe-papier. Si le Président apprenait... » Elle le regarda. Il lut le message dans son regard. Il lui caressa les cheveux puis la joue.

« Il ne l'apprendra pas par moi. »

Elle sourit.

« Je sais, Tim. J'en suis convaincue. Mais si cette personne essayait d'une façon ou d'une autre de communiquer directement avec le Président ? »

Collin la regarda d'un air étonné.

« Pourquoi ferait-il ça ? »

Russell se déplaça vers le côté du lit, laissant ses pieds pendre à quelques centimètres du plancher. Collin remarqua pour la première fois la petite marque rougeâtre, ovale, grande comme la moitié d'une pièce de cinq cents, qu'elle avait à la base du cou. Elle frissonnait et pourtant il faisait chaud dans la chambre.

« Pourquoi ferait-il ça, Gloria ? » répéta Collin en s'approchant.

Elle parla sans le regarder.

« Tu n'as jamais pensé que ce coupe-papier était un des objets les plus chers du monde ? »

Elle se tourna vers lui et lui ébouriffa les cheveux : elle sourit en le voyant peu à peu comprendre.

« Du chantage ? »

Elle acquiesça.

« Comment fait-on chanter un Président ? »

Elle se leva, jeta un peignoir sur ses épaules et se servit un autre verre au carafon presque vide.

« Être Président ne vous met pas à l'abri des tentatives de chantage. Au contraire, on a plus à perdre... »

Elle fit lentement tourner le whisky dans son verre. Elle alla s'asseoir sur un canapé et porta le verre à ses lèvres. L'alcool descendit, chaud et apaisant. Ces derniers temps, elle buvait beaucoup plus que de raison. Non qu'elle s'en ressentît dans son travail, mais il fallait rester attentif : surtout à ce niveau, à ce point critique. Elle décida qu'elle ferait attention demain. Ce soir, avec une catastrophe politique suspendue au-dessus de sa tête et un homme jeune et beau dans son lit, elle allait boire. Elle se sentait quinze ans de moins. Chaque instant lui donnait l'impression d'être plus belle. Elle n'oubliait pas son objectif initial, mais pourquoi ne s'amuserait-elle pas un peu ?

« Que tu veux que je fasse ? »

Voilà ce que Russell attendait. Son jeune et bel agent du Secret Service. Son chevalier blanc pareil à ceux dont elle lisait les exploits quand elle était petite fille. Il était à elle. Le verre à la main, elle le regarda. De l'autre main, elle écarta lentement son peignoir et le laissa tomber. Après tout, elle avait trente-sept ans et n'avait jamais eu une relation sérieuse avec un homme. Il y avait un temps pour tout. L'alcool apaisait ses craintes. Il anesthésiait en même temps sa prudence, dont elle avait pourtant grand besoin. Mais ce soir, elle décrétait une trêve !

« Il y a quelque chose que tu peux faire pour moi. Mais je te le dirai demain matin. »

Elle sourit, s'allongea sur le divan et tendit la main. Docilement, il se leva et s'approcha d'elle. Quelques instants plus tard, on n'entendait plus que des gémissements de plaisir et des grincements de ressorts.

*

* *

Dans la rue, à un demi-bloc de chez Russell, Bill Burton était installé dans la vieille Chevrolet de sa femme, une boîte de Coca *light* entre les genoux. De temps en temps il jetait un coup d'œil à la maison où il avait vu son coéquipier entrer à vingt-deux heures quatorze et où il avait aperçu le chef de cabinet dans une tenue qui laissait entendre qu'il ne s'agissait pas d'une visite professionnelle. Avec son téléobjectif, il avait pris deux photos. Russell aurait tué pour mettre la main dessus. Les lumières de la maison s'étaient déplacées d'une pièce à l'autre jusqu'au côté droit de l'appartement où tout s'était spectaculairement éteint.

Burton regardait les feux de position de la voiture de son coéquipier. Le gamin avait commis une erreur. Il n'aurait pas dû venir ici. C'était un coup à mettre fin à une carrière, aussi bien la sienne que celle de Russell. Burton repensa à cette fameuse nuit. Collin retournant en courant dans la maison. Russell blanche comme un linge. Pourquoi ? Au milieu de la confusion, Burton avait oublié de poser la question. Ensuite ils avaient foncé à travers les champs de maïs, à la poursuite de quelqu'un qui n'aurait jamais dû se trouver là, mais qui y avait bel et bien été.

Collin était retourné dans cette baraque pour quelque chose. Et Burton décida qu'il était temps qu'il sache de quoi il retournait. Il avait la vague impression qu'un complot se tramait. Et comme on ne l'avait pas tenu au courant, il en concluait naturellement qu'il n'en serait pas le bénéficiaire. Pas un instant il n'imagina que Russell pouvait être intéressée uniquement par la braguette de Collin. Ce n'était pas du tout son genre. Elle ne faisait jamais rien sans raison. Et se faire sauter par un jeune étalon n'était certainement pas sa priorité.

Deux heures encore s'écoulèrent. Burton regarda sa montre. Il se crispa légèrement en voyant Collin ouvrir la porte de devant, descendre lentement l'allée et grimper dans sa voiture. Lorsqu'il démarra, Burton plongea sur son siège : il se sentait un peu coupable de surveiller ainsi un collègue. Il regarda s'allumer le clignotant tandis que la Ford s'éloignait de ce quartier de riches.

Le regard de Burton revint à la maison. Une lumière s'alluma dans ce qui devait être le salon. Il était tard, mais apparemment la dame qui habitait là travaillait toujours. Son énergie était légendaire à la Maison Blanche. Burton se demanda si elle manifestait la même vaillance entre les draps. Deux minutes plus tard, la rue était déserte. La lumière brillait toujours dans la maison.

XII

L'avion se posa et s'arrêta dans un grondement de tonnerre sur le court ruban d'asphalte qui constituait la piste principale de National Airport. Il vira aussitôt à gauche, à quelques centaines de mètres du petit bras mort d'où les hordes de marins du dimanche accédaient au Potomac. Il roula jusqu'à la porte numéro neuf. Un homme de la police de l'Air répondait aux questions d'un groupe de touristes inquiets, caméras en bandoulière : il ne remarqua même pas l'homme qui passait rapidement devant lui. De toute façon, il ne lui aurait pas demandé ses papiers.

L'homme prit un taxi et observa les banlieusards qui rentraient chez eux dans les encombrements de l'autoroute. Le ciel annonçait de nouvelles pluies. Le vent fouettait les arbres bordant l'autoroute George Washington qui suivait les méandres du Potomac. Sans cesse des avions passaient, viraient à gauche et disparaissaient rapidement.

Luther n'avait plus qu'un seul but. Il gardait gravée en mémoire l'image d'un président Alan Richmond vertueusement indigné, martelant avec force les mots de son discours contre la violence, sa pécore de chef de cabinet à ses côtés. Le vieil homme fatigué et terrifié qui avait fui le pays n'était plus du tout fatigué, plus du tout terrifié. La culpabilité dévorante d'avoir laissé mourir une jeune femme devant ses yeux s'était transformée en une haine absolue, une colère qui taraudait chaque cellule de son corps. S'il lui fallait être, d'une certaine manière, le bras vengeur de Christine Sullivan, il le serait. Il utiliserait pour cela jusqu'à la dernière parcelle de son énergie et chaque bribe d'ingéniosité qui lui restait.

Luther se cala contre la banquette. En mâchonnant des biscuits récupérés lors du trajet en avion, il se demanda si Gloria Russell était une bonne joueuse de poker.

*
* *

L'interrogatoire des domestiques de Walter Sullivan avait révélé deux détails intéressants : le premier concernait l'entreprise devant laquelle Frank était maintenant garé. Le second pouvait attendre. La Teinturerie Metro Vap occupait un long bâtiment de ciment gris dans un quartier commerçant de Springfield. Un panneau indiquait que la maison existait depuis 1949. Cette stabilité commerciale n'impressionnait pas beaucoup Frank. Un tas d'affaires honorablement connues depuis longtemps servaient maintenant de façade au crime organisé : aux deux mafias, la chinoise et l'autochtone. Un nettoyeur de moquettes ayant pour client des propriétaires fortunés était dans une situation idéale pour repérer les systèmes d'alarme, les endroits où étaient cachés argent liquide et bijoux et les habitudes des futures victimes et de leur personnel. Frank ne savait pas s'il avait affaire à un solitaire ou à une organisation. Il était fort probable qu'il fonçait droit dans une impasse, mais on ne savait jamais. À trois minutes de là, des voitures de patrouille étaient garées. À tout hasard.

« Ça devait être Rogers, Budizinski et Jérôme Pettis. Trente août, neuf heures du matin. Trois étages. Et cette sacrée baraque était si grande qu'il nous a fallu toute la journée, même avec trois gars. »

George Patterson consultait son registre. Le regard de Frank inspectait le bureau minable.

« Je peux leur parler ?

— À Pettis, oui. Les deux autres sont partis.

— Définitivement ? »

Patterson acquiesça. « Depuis combien étaient-ils chez vous ?

— Jérôme travaille avec moi depuis cinq ans. C'est un de mes meilleurs ouvriers. Rogers, ça faisait à peu près deux mois. Je crois qu'il a quitté la région. Budizinski n'était avec nous que depuis quatre semaines.

— Ça ne fait pas longtemps.

— C'est comme ça dans le métier. On dépense mille dollars à former ces gaillards et, hop ! ils s'en vont. On ne fait pas carrière dans ce boulot. C'est salissant, on a chaud. Et ce n'est pas avec le salaire que vous allez vous payer des vacances sur la Côte d'Azur. Vous voyez ce que je veux dire ?

— Vous avez leurs adresses ? demanda Frank en tirant son calepin.

— Comme je vous ai dit, Rogers a déménagé. Pettis est là

aujourd'hui, si vous voulez lui parler. Il a un travail à McLean dans une demi-heure. Il est en train de charger son camion.

— Qui répartit le travail ?

— C'est moi.

— Tout le temps ? »

Patterson hésita.

« J'ai des types spécialisés.

— Quel est le spécialiste du quartier à fric ?

— Jérôme. Comme je vous le disais, c'est mon meilleur artisan.

— Comment les deux autres se sont-ils trouvés affectés à son équipe ?

— Je ne sais pas : on jongle un peu avec le personnel. Ça dépend quelquefois de qui arrive le premier.

— Vous vous souvenez si l'un d'eux s'intéressait particulièrement à la maison de Sullivan ? »

Patterson secoua la tête.

« Et Budizinski ? Vous avez son adresse ? »

Patterson griffonna quelque chose sur un bout de papier.

« C'est du côté d'Arlington. Je ne sais pas s'il est encore là-bas.

— J'aurai besoin de leur dossier : numéro de Sécurité sociale, date de naissance, antécédents professionnels, tout ça.

— Lorie peut vous les procurer. C'est la fille dans le bureau devant.

— Merci. Vous avez des photos des types ? »

Patterson regarda Frank comme s'il était dingue.

« Vous plaisantez ? Bon sang, ce n'est pas le FBI ici !

— Pouvez-vous me donner un signalement ? insista Frank avec patience.

— J'emploie soixante personnes avec un taux de renouvellement de plus de soixante pour cent. En général, je ne revois même pas les types après l'embauche. De toute façon, au bout d'un moment ils se ressemblent tous. Mais Pettis s'en souviendra.

— Rien d'autre qui pourrait m'aider ? »

Patterson secoua la tête.

« Vous croyez que l'un d'eux a pu tuer cette femme ? »

Frank se leva et s'étira.

« Je n'en sais rien. Qu'est-ce que vous en pensez ?

— Oh, j'ai vu tous les genres ici. Plus rien ne m'étonne. »

Frank tourna les talons pour s'en aller puis revint sur ses pas.

« Oh, au fait : il va me falloir la liste de toutes les résidences et de toutes les entreprises nettoyées par votre firme à Middleton depuis deux ans. »

Patterson sursauta.

« Qu'est-ce que vous voulez en foutre ?

— Vous avez ces listes ?

— Bien sûr que je les ai.

— Bon. Faites-moi savoir quand elles seront prêtes. Bonne journée. »

*
* *

Jérôme Pettis était un grand Noir cadavérique d'une quarantaine d'années, la cigarette perpétuellement pendue aux lèvres. Frank le regarda charger méthodiquement le lourd équipement de nettoyage. On pouvait lire sur sa salopette bleue qu'il était contremaître chez Metro. Il ne s'occupa pas de Frank : il était concentré sur son travail. Autour d'eux dans le grand garage, d'autres camionnettes blanches étaient aussi en cours de chargement. Quelques hommes dévisagèrent Frank mais se remirent rapidement à leur travail.

« Mr. Patterson m'a dit que vous aviez des questions à me poser ? »

Frank se planta devant la fourgonnette.

« Oui. Vous êtes intervenu chez Walter Sullivan à Middleton le trente août dernier. »

Pettis plissa le front.

« En août ? Vous savez, je m'occupe d'à peu près quatre clients par jour. Je ne me souviens pas de tous.

— Ce travail vous a pris toute la journée. Une grande maison à Middleton, en Virginie. Rogers et Budizinski étaient avec vous. »

Un sourire éclaira le visage de Pettis.

« Ah oui ! La plus grande baraque que j'aie jamais vue : et je peux vous dire que j'en ai vu, mon vieux. »

Frank sourit à son tour.

« J'ai eu la même réaction. »

Pettis se redressa pour rallumer sa cigarette.

« Le problème, c'était les meubles. Il a fallu tout déplacer. Et il y en avait de sacrément lourds.

— Il vous a fallu toute la journée ? » Frank s'en voulut d'avoir formulé la question de cette façon.

Pettis se crispa. Il tira sur sa cigarette et s'adossa à la portière de la camionnette.

« Alors maintenant les flics s'intéressent à la façon dont on nettoie les moquettes ?

— Une femme a été tuée dans cette maison. Il semble qu'elle soit tombée sur des cambrioleurs. Vous ne lisez pas les journaux ?

— Rien que la page des sports. Et vous vous demandez si je suis un de ces types-là ?

— Pas pour l'instant. Je me contente de recueillir des renseignements. Tous ceux qui se sont récemment approchés de cette maison m'intéressent. J'interrogerai aussi le facteur.

— Vous êtes un drôle de gars pour un flic. Vous croyez que c'est moi qui l'ai tuée ?

— Je pense que si vous l'aviez fait, vous seriez assez malin pour ne pas rester à traîner par ici en attendant que je vienne sonner chez vous. Ces deux hommes qui vous accompagnaient, vous pouvez me parler d'eux ? »

Pettis termina sa cigarette et regarda Frank sans répondre. Frank referma son carnet.

« Vous voulez un avocat, Jérôme ?

— J'en ai besoin d'un ?

— Pas en ce qui me concerne, mais ça n'est pas mon rayon. Je ne vais pas vous lire vos droits si c'est ce qui vous inquiète. »

Pettis baissa les yeux vers le sol de ciment. Il écrasa sa cigarette puis releva la tête.

« Écoutez, mon vieux, ça fait longtemps que je suis avec Mr. Patterson. Je viens chaque jour au travail, je fais mon boulot, je touche mon chèque et je rentre chez moi.

— Il semble que vous n'ayez donc aucune raison de vous inquiéter.

— C'est vrai. Vous savez, j'ai fait de la taule autrefois. Pas longtemps. Vous pouvez le vérifier sur vos ordinateurs en trois secondes. Alors je ne vais pas essayer de vous raconter des histoires, d'accord ?

— D'accord.

— J'ai quatre gosses que j'élève seul. Je ne suis pas entré par effraction dans cette maison et je n'ai rien fait à cette femme.

— Je vous crois, Jérôme. Je m'intéresse beaucoup plus à Rogers et à Budizinski. »

Pettis dévisagea quelques secondes l'inspecteur.

« Allons faire un tour. »

Les deux hommes quittèrent le garage et se dirigèrent vers une vieille Buick grosse comme une péniche et sur laquelle il y avait plus de rouille que de peinture. Pettis y monta. Frank le suivit.

« Il y a des oreilles qui traînent au garage, vous comprenez ? »

Frank hocha la tête.

« Brian Rogers. On l'appelait Rapido parce qu'il travaillait bien et qu'il pigeait vite.

— À quoi ressemblait-il ?

— Un Blanc d'une cinquantaine d'années, peut-être plus. Pas très grand, je dirais un mètre soixante-dix, environ soixante kilos. Bavard. Un bosseur.

— Et Budizinski ?

— Buddy. Tout le monde ici a un surnom. Moi c'est " Tas d'Os " parce que je suis maigre, vous comprenez ? »

Frank sourit.

« Un Blanc aussi, un peu plus fort. Il avait l'air plus âgé que Rapido. Plutôt renfermé. Il faisait ce qu'on lui demandait et rien de plus.

— Qui a nettoyé la chambre de maître ?

— On l'a faite ensemble. Il a fallu soulever le lit et la commode. Chaque meuble pesait deux tonnes. J'en ai encore mal au dos. » Jérôme tendit le bras vers la banquette arrière et en retira une boîte en plastique. « Pas eu le temps de déjeuner ce matin », expliqua-t-il en prenant une banane et un biscuit.

Frank était mal assis : il se déplaça sur la banquette défoncée. La pointe d'un ressort s'enfonça dans son dos. La voiture empestait le tabac froid.

« Est-ce que l'un d'eux s'est trouvé seul dans la chambre ou dans la maison ?

— Il y avait toujours quelqu'un. Ce type avait un tas de domestiques. Ils auraient pu monter au premier. Je ne les ai pas surveillés. Ce n'était pas mon boulot, vous comprenez ?

— Comment se fait-il que Rogers et Budizinski aient travaillé avec vous ce jour-là ? »

Jérôme réfléchit un moment.

« En fait, je ne suis pas très sûr. Je sais que c'est un boulot qu'on a commencé tôt. Peut-être parce qu'ils étaient les premiers arrivés ? Parfois ça suffit.

— Alors, s'ils savaient d'avance que vous partiez de bonne heure et qu'ils soient arrivés avant les autres, ils pouvaient faire équipe avec vous ?

— Ma foi oui, je pense. Mon vieux, quand on cherche des gars pour le travail, vous savez ce que je dis ? On ne recrute pas des neurochirurgiens dans cette branche.

— Quand les avez-vous vus pour la dernière fois ? »

L'autre réfléchit puis mordit dans sa banane.

« Il y a deux mois à peu près. C'est Buddy qui est parti le premier :

il n'a jamais dit pourquoi. Ici, les types ne restent pas longtemps. Je suis le plus ancien après Mr. Patterson. Rapido a quitté la région, je crois.

— Vous savez où il est allé ?

— Je me souviens de l'avoir entendu parler du Kansas. Un boulot dans la construction. Autrefois il était menuisier. Il s'est retrouvé ici quand le bâtiment a commencé à flancher. Il est habile de ses mains. »

Frank nota ce renseignement pendant que Jérôme terminait son petit déjeuner. Ils revinrent au garage ensemble. Frank jeta un coup d'œil à l'intérieur de la fourgonnette : il inspecta les tuyaux, les aspirateurs, les bouteilles de produits et tout le matériel de nettoyage.

« C'est cette camionnette que vous avez utilisée pour aller chez Sullivan ?

— Ça fait trois ans que je me sers de celle-là. C'est la meilleure de la boîte.

— Vous gardez toujours votre équipement dans le fourgon ?

— Bien sûr.

— Alors vous feriez mieux de vous trouver une nouvelle camionnette pour quelque temps.

— Pourquoi ? »

Jérôme se leva lentement du siège du conducteur.

« Je vais parler à Patterson. Je réquisitionne cette voiture.

— Vous vous foutez de moi.

— Non, Jérôme. J'ai bien peur que non. »

*

* *

« Walter, je vous présente Jack Graham. Jack, Walter Sullivan. » Jack serra la main de Sullivan, puis les trois hommes prirent place autour de la petite table dans la salle de conférences numéro cinq. Il était huit heures du matin. Jack était arrivé au bureau à six heures après avoir travaillé deux nuits d'affilée. Il avait déjà avalé trois cafés. Il entreprit de s'en verser un quatrième.

« Walter, j'ai parlé à Jack du marché avec l'Ukraine. Nous avons examiné les grandes lignes. Cela m'a l'air bien. Richmond a fait tout ce qu'il fallait. L'ours russe est mort. Kiev tient toutes les ficelles. Votre copain a tenu parole.

— C'est un de mes meilleurs amis. Je n'en attendais pas moins. Mais je croyais que nous avions assez d'avocats sur cette affaire. On cherche à gonfler les honoraires, Sandy ? »

Sullivan se leva pour regarder par la fenêtre le ciel qui annonçait une belle journée d'automne. Jack jeta un regard furtif dans sa direction tout en consultant des notes prises fébrilement la veille au soir à propos du dernier coup de Sullivan. Ce dernier n'avait pas l'air particulièrement enthousiaste à l'idée de réaliser cette affaire de plusieurs milliards de dollars. Jack ne pouvait pas savoir que les pensées du vieil homme revenaient sans cesse à une salle d'une morgue de Virginie et qu'un visage le hantait.

Jack avait retenu son souffle quand Lord l'avait cérémonieusement chargé d'être son assistant pour cette transaction : il avait écarté plusieurs associés et un tas de collaborateurs plus âgés que Jack. Des rancœurs commençaient déjà à se manifester dans les corridors. Au point où il en était, Jack s'en moquait. Les autres n'avaient pas Ransome Baldwin pour client. Peu importe comment il s'y était pris : il faisait gagner de l'argent au cabinet, des tas d'argent. Il commençait à en avoir assez de culpabiliser à propos de sa situation. Il comptait bien maintenant s'accrocher à l'affaire Sullivan. C'était une façon pour Lord de mettre à l'épreuve ses capacités. Il le lui avait pratiquement dit. Eh bien, s'il voulait que le contrat fût signé, Jack ne le décevrait pas. Ici, seuls les résultats entraient en ligne de compte.

« Jack est un de nos meilleurs avocats. Il est aussi le conseil de Baldwin. »

Sullivan les regarda.

« Ransome Baldwin ?

— Oui. »

Sullivan regarda Jack sous un jour nouveau. Puis il se tourna vers la fenêtre.

« Cependant, reprit Lord, notre champ d'action rétrécit de jour en jour. Nous avons besoin de consolider la position de nos joueurs et de nous assurer que Kiev connaît le rôle qu'ils ont à tenir.

— Vous ne pouvez pas vous charger de ça ? »

Lord regarda Jack, puis Sullivan.

« Bien sûr que si. Mais n'allez pas vous imaginer que vous pouvez renoncer maintenant. Vous avez encore un rôle capital à jouer. Vous nous avez vendu ce contrat. Votre collaboration reste absolument nécessaire vis-à-vis de toutes les parties intéressées. » Sullivan ne bronchait toujours pas. « Walter, c'est le couronnement de votre carrière.

— C'est ce que vous m'avez dit lors du dernier contrat.

— Est-ce que j'y peux quelque chose si vous ne cessez de vous surpasser ? » riposta Lord.

Sullivan eut un sourire imperceptible : c'était la première fois depuis le coup de téléphone qui avait bouleversé sa vie.

Lord se détendit et regarda Jack. Ils avaient répété plusieurs fois le point suivant.

« Je crois que vous devriez aller là-bas avec Jack. Vous serrez quelques mains, vous tapotez quelques épaules, vous leur montrez que vous vous occupez toujours du dossier. Ils en ont besoin. Le capitalisme est un jeu encore nouveau pour eux.

— Et Jack dans tout ça ? »

Jack se leva, s'approcha de la fenêtre.

« Mr. Sullivan, j'ai passé les dernières quarante-huit heures à étudier ce contrat. Tous les autres avocats se sont contentés de travailler sur tel ou tel aspect de l'affaire. À l'exception de Sandy, je ne pense pas qu'il y ait ici quelqu'un qui sache mieux que moi ce que vous souhaitez faire. »

Sullivan se tourna lentement vers Jack.

« Voilà une déclaration bien audacieuse.

— Monsieur, toute l'affaire est audacieuse.

— Vous savez ce que je veux faire ?

— Oui, monsieur.

— Pourquoi alors ne pas m'expliquer de quoi il retourne ? »

Sullivan croisa les bras et regarda fixement Jack, qui se lança, sans même reprendre sa respiration.

« L'Ukraine a sans doute cinq ou dix ans de production devant elle avant d'être submergée par ses problèmes d'environnement. Elle a d'énormes ressources naturelles : zinc, magnésium, fer, charbon, tout ce dont a besoin l'industrie lourde. Le problème est de savoir comment faire sortir d'Ukraine ces ressources à moindres coûts et avec le minimum de risques, compte tenu de la situation politique du pays. »

Sullivan décroisa les bras. Il se redressa et but une gorgée de café.

Jack poursuivit.

« Le hic, c'est que vous voulez faire croire à Kiev que les exportations de votre compagnie seront compensées par des investissements futurs en Ukraine. Investissements à long terme dont, j'imagine, vous n'avez pas envie.

— J'ai passé l'essentiel de ma vie d'adulte à avoir une peur panique des rouges. Je crois à peu près autant à la *perestroïka* et à la *glasnost* qu'aux contes de fées. C'est pour moi un devoir patriotique que de dépouiller les communistes autant que je le peux. De les empêcher de dominer le monde, ce qui, malgré le récent sursaut de démocratie, a toujours été leur ambition.

— C'est le mot juste, monsieur, répondit Jack. Dépouiller la carcasse avant qu'elle s'autodétruise... ou qu'elle morde. »

Jack marqua un temps pour voir les réactions des deux hommes. Lord contemplait le plafond, le visage impénétrable.

Sullivan s'agita dans son fauteuil.

« Continuez. Vous arrivez à la partie intéressante.

— Ce qui est intéressant, c'est comment arranger le contrat de façon que votre compagnie ait le moins possible ou pas du tout de risques et le maximum de profits. Ce sont les Ukrainiens qui extrairont les matériaux. Vous passerez par un courtier ou vous achèterez directement à l'Ukraine par l'intermédiaire de vos filiales étrangères. En échange, vous ferez profiter d'un peu de cette manne une poignée de personnalités en Ukraine.

— C'est exactement ça. Dans cinq ans maximum, le pays sera lessivé et je me retirerai avec un bénéfice net de deux milliards de dollars. »

Jack se tourna vers Lord qui maintenant, assis bien droit dans son fauteuil, écoutait avec attention. C'était le moment de lancer l'appât. Jack n'y avait pensé que la veille.

« On peut aussi envisager de prendre à l'Ukraine ce qui la rend vraiment dangereuse. » Jack marqua un temps. « Et tripler du même coup votre bénéfice. »

Sullivan cessa de se balancer dans son fauteuil.

« Six milliards de dollars ? »

Jack hocha la tête.

« Comment ?

— Les missiles balistiques à moyenne portée. L'Ukraine en a encore toute une collection. Et avec le traité de non-prolifération de 94 qui n'est pas appliqué, ça représente une sacrée épine dans le pied des puissances occidentales.

— Alors vous suggérez quoi ? Que j'achète ces engins ? Même si je le pouvais, que voulez-vous que j'en fasse ? »

Jack regarda Lord puis reprit : « Vous les achetez pour une bouchée de pain, quelque chose comme un demi-milliard de dollars, en utilisant une part des bénéfices de la vente des matières premières. Vous les payez avec des dollars qui serviront à l'Ukraine à acheter des produits de première nécessité sur les marchés mondiaux.

— Pourquoi une bouchée de pain ? Tous les pays du Moyen-Orient vont surenchérir.

— Mais l'Ukraine ne peut pas les leur vendre. Les pays du G-7 ne le permettraient jamais. Si elle passait outre, tous ses marchés avec l'Ouest seraient gelés. Et ce serait la faillite.

— Donc je les achète. Et je les vends à qui ? »

Jack ne put réprimer un sourire.

« À nous. Aux États-Unis. On peut raisonnablement estimer leur valeur à six milliards de dollars. Bon sang, le plutonium enrichi que contiennent ces joujoux n'a pas de prix. Les autres membres du G-7 allongeraient sans doute quelques milliards de dollars rien que pour éloigner cette menace. Vos rapports avec Kiev permettent que tout ceci fonctionne. Ils vous considèrent là-bas comme leur sauveur. »

Sullivan semblait abasourdi. Il faillit se lever puis se ravisa. Même pour lui, les sommes énoncées étaient stupéfiantes. Certes, il avait assez d'argent, plus qu'assez. Mais épargner à l'ensemble du monde une partie de la menace nucléaire, voilà qui justifiait l'existence d'un homme sur cette terre.

« Lequel de vous deux a eu cette idée ? »

En posant la question, Sullivan regardait Lord. Celui-ci désigna Jack du doigt.

Sullivan se renversa dans son fauteuil et examina le jeune avocat. Il se leva avec une agilité qui stupéfia Jack. Le milliardaire lui serra la main dans une poigne de fer.

« Jeune homme, vous irez loin. Vous permettez que je vous suive ? »

Lord rayonnait, comme un père fier de son rejeton. Jack ne put maîtriser un sourire. Il avait presque oublié combien c'était bon de gagner.

Après le départ de Sullivan, Jack et Sandy restèrent autour de la table.

Sandy finit par dire : « Je reconnais que ce n'était pas facile. Comment vous sentez-vous ?

— Comme si je venais de coucher avec la plus jolie fille du collège : j'ai des frissons partout. »

Lord éclata de rire et se leva.

« Vous feriez mieux de rentrer vous reposer. Sullivan est sans doute en train d'appeler son pilote de sa voiture. En tout cas, nous lui avons fait oublier sa petite garce. »

Cette dernière phrase, Jack ne l'entendit pas car il avait déjà quitté la pièce. Pour la première fois depuis longtemps, il se sentait bien. Aucun souci. Seulement des possibilités. Des possibilités sans limites.

Ce soir-là, il veilla tard pour tout raconter à une Jennifer Baldwin enthousiaste. Après avoir dîné de champagne frappé et d'huîtres, les jeunes gens firent l'amour avec passion. Pour une fois, Jack n'était pas gêné par la hauteur du plafond ni par les fresques. À vrai dire, il commençait même à les aimer.

XIII

La Maison Blanche reçoit chaque année des millions de lettres « non officielles ». Tout ce courrier est dépouillé et classé. Cette tâche est confiée à des collaborateurs sur place sous la surveillance du Secret Service.

Les deux lettres avaient l'air bien anodin, si ce n'est qu'elles étaient adressées à Gloria Russell alors que la plupart étaient envoyées au Président, à des membres de sa famille ou même à son chien, un golden retriever du nom de Barney.

Les enveloppes blanches ordinaires étaient manuscrites, l'adresse en lettres capitales. Russell les reçut vers midi, par un jour qui jusqu'à ce moment avait été plutôt beau. La première contenait une unique feuille de papier. L'autre, quelque chose qu'elle contempla un bon moment. Sur la feuille de papier, toujours en majuscules, on lisait :

« QUESTION : QU'EST-CE QUI CONSTITUE UN CRIME CAPITAL ? RÉPONSE : JE NE CROIS PAS QUE VOUS AYEZ ENVIE DE LE SAVOIR. ARTICLE PRÉCIEUX DISPONIBLE, À SUIVRE, CHEF. SIGNÉ : QUELQU'UN QUI NE VOUS ADMIRE PAS EN SECRET. »

Même si elle s'y attendait, qu'elle souhaitait en fait que ça arrive, elle sentit pourtant son cœur battre violemment. Elle eut soudain la bouche si sèche qu'elle but plusieurs verres d'eau coup sur coup, jusqu'au moment où elle put tenir la lettre sans trembler. Elle regarda ensuite le second envoi : une photo. Revoir le coupe-papier la replongea instantanément dans cette nuit de cauchemar. Elle s'agrippa à son fauteuil. Au bout d'un long moment, elle réussit à se calmer.

*

*   *

« Au moins, il veut négocier. »

Collin reposa le message et la photo et retourna s'asseoir. Il remarqua l'extrême pâleur de la jeune femme et se demanda si elle était assez coriace pour tenir le coup cette fois-ci.

« Possible. Ça pourrait aussi être un coup monté. »

Collin secoua la tête.

« Je ne crois pas. »

Russell se renversa dans son fauteuil. Elle se massa les tempes et avala un autre comprimé de Tylénol.

« Pourquoi ?

— Pourquoi monter un coup de cette façon ? En fait, pourquoi monter un coup tout simplement ? Il a ce qu'il faut pour nous faire tomber. Il veut de l'argent.

— Il a pris des millions à Sullivan.

— Peut-être. Mais nous ne savons pas ce qu'il y avait en liquide. Peut-être qu'il a planqué le magot et qu'il ne peut pas y toucher. Peut-être qu'il est stupide. Il y en a plein des comme ça. »

Il lança au chef de cabinet un regard appuyé mais elle ne releva pas.

« J'ai besoin d'un verre. Tu peux passer ce soir ?

— Je suis de service.

— Merde. Tu ne peux pas trouver quelqu'un pour te remplacer ?

— Peut-être, si tu me pistonnes.

— Considère que c'est fait. Dans combien de temps à ton avis allons-nous de nouveau avoir de ses nouvelles ?

— Il n'a pas l'air pressé : mais peut-être joue-t-il simplement la prudence ? À sa place, c'est ce que je ferais.

— Parfait. Je peux donc fumer deux paquets de mentholées par jour jusqu'à ce que nous entendions parler de lui. D'ici là, je serai morte d'un cancer du poumon.

— Alors tu n'auras plus à te faire de souci ! »

Elle fit une grimace et lui lança une boulette de papier. Il l'attrapa au vol.

« S'il veut de l'argent, dit-il, qu'est-ce que tu vas faire ?

— Selon ce qu'il réclame, ça peut s'arranger sans trop de difficultés. »

Elle semblait plus calme.

« C'est toi le patron.

— Tim ? »

Russell s'approcha de lui.

« Serre-moi fort une minute. »

Il la sentit se frotter contre son arme lorsqu'il la prit dans ses bras.

« Tim, s'il s'agit de plus que de l'argent. Si nous ne pouvons pas récupérer l'objet. Si nous n'avons pas la certitude qu'il est régulier. »

Collin la regarda.

« À ce moment-là, je m'occuperai de lui, Gloria. »

Il porta les doigts à ses lèvres, tourna les talons et sortit.

Collin trouva Burton qui l'attendait dans le vestibule et qui le toisa lorsqu'il fut en face de lui.

« Alors, comment réagit-elle ?

— Ça va. »

Collin allait partir lorsque Burton le saisit par le bras, le faisant brutalement se retourner.

« Tu vas me dire ce qui se passe, Tim ? »

Collin desserra l'étreinte de son collègue.

« Pas maintenant et pas ici, Bill.

— Alors dis-moi quand et où. Il faut que nous parlions.

— De quoi ?

— Tu as l'intention de jouer au con avec moi ? »

Burton poussa sans douceur Collin dans un coin.

« Je veux éclairer ta lanterne en ce qui concerne la femme qui est là-dedans. Elle se fiche totalement de toi, ou de moi ou de n'importe qui. La seule chose qui l'intéresse, c'est sauver sa peau. Je ne sais pas quelle fable elle t'a racontée, et je ne sais pas ce que vous fricotez ensemble, mais je te préviens, tu as intérêt à faire gaffe. Je ne veux pas te voir foutre ta vie en l'air à cause d'elle.

— Je te remercie de ta sollicitude, mais je sais ce que j'ai à faire.

— Vraiment, Tim ? Et est-ce que baiser le chef de cabinet fait partie des responsabilités d'un agent du Secret Service ? Tu veux bien me montrer le paragraphe dans le manuel ? J'aimerais beaucoup le lire. Et pendant qu'on y est, pourquoi ne m'expliques-tu pas ce qu'on est retourné chercher en courant dans cette baraque ? On n'a rien trouvé, mais je suis sûr de savoir qui a ce quelque chose. Je suis aussi mouillé que toi là-dedans, Tim. Si je dois tomber, je veux au moins savoir pourquoi. »

Un aide de camp passa dans le couloir et regarda bizarrement les deux hommes. Burton sourit, salua de la tête, puis son attention revint à Collin.

« Allons, Tim, dis-moi, bon sang. Tu ferais quoi, à ma place ? »

Le jeune homme regarda son ami. Son visage perdit l'expression dure qu'il arborait d'ordinaire quand il était de service. S'il était à la place de Burton, que ferait-il ? La réponse était simple. Il distribuerait des coups de pied au cul jusqu'à ce que des gens se mettent à parler. Burton était son copain : il l'avait prouvé plus d'une fois. Ce qu'il disait de Russell était sans doute vrai. Ses facultés de raisonnement ne s'étaient pas évaporées devant des dessous de soie.

« Tu as le temps de prendre un café, Bill ? »

*

* *

Frank descendit les deux étages. Il tourna à droite. Ouvrit la porte du labo. La pièce était petite et avait grand besoin d'être repeinte mais tout y était bien rangé : cela tenait dans une large mesure au fait que Laura était quelqu'un d'extrêmement ordonné. Frank imaginait que chez elle tout était aussi net malgré la présence de deux jeunes enfants qui la laissaient passablement hagarde. Dans la pièce s'entassaient des sachets de pièces à conviction avec leur sceau orange intact : cela mettait un peu de couleur entre les murs gris dont la peinture s'écaillait. Des cartons soigneusement étiquetés s'empilaient dans un coin. Un peu plus loin, un petit coffre-fort abritait les rares objets qui exigeaient des mesures de sécurité supplémentaires.

Il observa son dos mince incliné sur un microscope à l'autre bout de la pièce.

« Tu m'as appelé ? » dit Frank en se penchant vers elle.

Il ne s'imaginait pas passant ses jours à examiner des bouts microscopiques de Dieu sait quoi : mais il savait très bien que le travail de Laura Simons était une contribution extrêmement importante à la marche de la justice.

« Regarde ça. »

Simons désigna ses objectifs. Franklin ôta ses lunettes. Il jeta un coup d'œil et releva la tête.

« Laurie, tu sais bien que je n'ai jamais la moindre idée de ce que je regarde. Qu'est-ce que c'est ?

— C'est un échantillon de moquette prélevé dans la chambre de Sullivan. Nous ne l'avions pas pris au cours de la première perquisition : on l'a prélevé le lendemain.

— Alors, qu'est-ce qu'il a d'extraordinaire ?

— La moquette de la chambre est de celles qui coûtent deux

mille dollars le mètre carré. Pour la seule chambre, ils ont dû en avoir pour près d'un quart de million.

— Bon Dieu ! » s'exclama Frank en introduisant dans sa bouche une nouvelle tablette de chewing-gum. Depuis qu'il essayait de ne plus fumer, il se gâtait les dents et engraissait de jour en jour. « Deux cent cinquante mille dollars pour marcher ?

— C'est d'une solidité incroyable : on peut faire passer un char d'assaut et les fibres se remettent en place. Elle a été posée il y a deux ans. Ils ont fait pas mal de travaux à l'époque.

— Des travaux ? La maison n'a que quelques années.

— C'est l'époque où la défunte a épousé Walter Sullivan.

— Oh.

— Les femmes aiment bien laisser leur marque, Seth. D'ailleurs, elle avait bon goût en matière de tapis.

— Bon. Alors où nous mène son bon goût ?

— Regarde encore ces fibres. »

Frank soupira mais obéit.

« Tu vois les extrémités ? Regarde la coupe transversale : on les a taillées. Sans doute avec des ciseaux pas très bien aiguisés. La section est un peu déchiquetée même si, comme je le disais, ces fibres sont comme de l'acier.

— Taillées ? Pourquoi ? Où les as-tu trouvées ?

— Ces échantillons ont été découverts sur le couvre-lit. La personne qui les a coupés n'a probablement pas remarqué quelques fibres accrochées à sa main.

— Tu as trouvé la partie correspondante sur la moquette ?

— Parfaitement. Juste sous le côté gauche du lit si on regarde dans cette direction, à environ dix centimètres à angle droit. C'était minime mais vérifiable. »

Frank se redressa et s'assit sur l'un des tabourets.

« Ce n'est pas tout, Seth. Sur un des fragments, j'ai découvert des traces de solvant. Comme un nettoyant.

— Cela peut venir du dernier nettoyage de la moquette. Ou alors la femme de chambre a renversé un flacon ? »

Simons secoua la tête.

« Non, non. L'entreprise de nettoyage utilise un système à la vapeur. Pour ôter les taches, ils emploient un solvant à base organique. J'ai vérifié. Celui-ci est à base de pétrole. Et les femmes de chambre auraient utilisé le même nettoyant que celui recommandé par le fabricant. Une base organique également. Elles en ont tout un stock. Et puis la moquette est traitée chimiquement pour empêcher les taches de pénétrer. L'utilisation d'un diluant à base de pétrole n'a sans doute fait qu'aggraver les choses. C'est certainement pourquoi ils ont fini par couper des poils.

— On peut donc supposer que le criminel a coupé les fibres parce qu'elles révélaient quelque chose. C'est le cas ?

— Pas sur l'échantillon que j'ai : mais il aurait pu couper autour de la section pour s'assurer qu'il ne laissait rien et nous sommes tombés sur un échantillon propre.

— Qu'est-ce qu'il pouvait y avoir sur la moquette qui pousse quelqu'un à raser un centimètre de fibres ? Ce devait être bien compromettant. »

Simons et Frank eurent tous deux la même idée : ils l'avaient en fait depuis quelques instants.

« Du sang, dit tranquillement Simons.

— Pas celui de la victime. Si je me souviens bien, le corps n'était pas dans ce coin-là. » Frank ajouta : « Je crois que tu as encore une analyse à faire, Laurie. »

Elle décrocha une trousse du mur.

« J'allais justement partir, mais j'ai pensé que je ferais mieux de te téléphoner d'abord.

— Pas bête. »

*
* *

Le trajet prit une demi-heure. Frank abaissa sa vitre et laissa le vent lui balayer le visage. Cela aidait aussi à chasser la fumée. Simons n'arrêtait pas de lui faire la leçon à ce sujet.

Conformément aux ordres de Frank, la chambre était restée sous scellés.

Simons mélangea avec soin le contenu de plusieurs flacons de produits chimiques puis versa le résultat obtenu dans un pulvérisateur en plastique. Frank l'aida alors à coincer des serviettes sous la porte et à coller des bandes de papier adhésif sur les vitres. Ils fermèrent aussi les épais rideaux : la lumière du dehors ne passait plus.

Frank examina une fois encore la pièce. Il regarda la glace, le lit, la fenêtre, les penderies. Son regard se posa sur la table de chevet et sur le trou béant derrière, là où on avait ôté le plâtre. Son regard revint à la photo. Il prit le cadre. Christine Sullivan avait été très belle, aussi éloignée qu'on pouvait l'être du corps massacré qu'il avait vu. Sur la photographie, elle était assise sur le siège près du lit. On distinguait nettement la table de chevet sur sa gauche. Le coin du lit apparaissait sur le côté droit de la photo. C'était amusant, compte tenu de l'usage qu'elle avait fait de ce meuble-là : les ressorts étaient sans doute bons pour la révision des cent mille kilomètres. Maintenant, ils ne seraient sans doute plus guère mis à contribution. Il se rappela l'expression sur le visage de Walter Sullivan.

Il reposa la photo et continua à observer les gestes de Simons. Son regard revint au petit cadre : quelque chose le tracassait mais il n'arrivait pas à mettre le doigt dessus.

« Comment s'appelle ce produit, Laurie ?

— Du luminol. On le vend sous toutes sortes de noms, mais c'est toujours le même réactif. Je suis prête. »

Elle installa le flacon au-dessus de la section de moquette où l'on avait coupé les fibres.

« Heureusement que ce n'est pas toi qui paies cette moquette. »

L'inspecteur la regarda en souriant

Simons se tourna vers lui.

« Ça ne me gênerait pas. Je me déclarerais en faillite. On pourrait me faire une retenue sur salaire pour l'éternité. »

Frank appuya sur le commutateur : la pièce se trouva plongée dans une obscurité totale. On entendait de petits souffles d'air : Simons actionnait le pulvérisateur. Presque aussitôt, comme une masse de lucioles, une petite portion de la moquette se mit à briller d'un bleu pâle qui s'effaça rapidement. Frank ralluma et regarda Simons.

« Nous avons donc le sang de quelqu'un d'autre. Une sacrée découverte, Laurie. Tu peux en recueillir assez pour une analyse, pour déterminer le groupe sanguin ? L'ADN ? »

Simons semblait très sceptique.

« On va retirer la moquette pour voir si ça a filtré à travers, mais j'en doute. Un tapis traité n'absorbe pas grand-chose. Et puis c'est mélangé à un tas de produits. En fait, il y a très peu de chances pour que le réactif soit sensible à la composition chimique du solvant. Alors, n'y compte pas trop. »

Frank réfléchissait tout haut.

« Bon, un criminel qui s'est blessé. Pas énormément de sang, mais un peu. » Il regarda Simons pour se faire confirmer ce point : elle acquiesça. « Blessé, mais avec quoi ? Elle n'avait rien dans la main quand on l'a trouvée. »

Simons lisait dans ses pensées.

« Si soudaine qu'ait été sa mort, elle a eu sans doute un spasme cadavérique. Pour lui retirer un objet de la main, il aurait fallu lui briser les doigts. »

Frank termina sa réflexion.

« Il n'y avait pas trace de cela à l'autopsie.

— À moins que l'impact des projectiles ne lui ait fait ouvrir la main.

— Ça arrive ?

— Une fois suffit en l'occurrence.

— Bon. Supposons qu'elle ait eu une arme qui a disparu. Quel genre d'arme ? »

Simons réfléchissait en rangeant sa trousse.

« On peut éliminer l'arme à feu : même si elle avait eu le temps de tirer, elle n'avait pas de poudre sur les mains. On n'aurait pas pu l'effacer sans laisser de traces.

— Bon. En plus, rien ne donne à penser qu'elle ait eu une arme enregistrée à son nom. Son mari déteste ça. Il n'en veut pas dans la maison.

— Donc pas d'arme à feu. Peut-être un couteau. On ne peut pas dire quel genre de blessure a été infligée, peut-être une estafilade, sans doute superficielle. Le nombre de fibres rasées était petit : nous ne parlons donc pas d'une blessure grave.

— Elle aurait donné un coup de couteau à l'un des criminels, au bras ou à la jambe. Ensuite ils auraient reculé pour l'abattre ? Ou bien elle a frappé en mourant ? » Frank se reprit. « Non. Elle est morte sur le coup. Elle frappe l'un d'eux dans une autre pièce, se précipite ici en courant et se fait abattre. Planté au-dessus d'elle, le criminel blessé laisse tomber un peu de sang.

— Sauf que la chambre forte est ici. Le scénario le plus probable, c'est qu'elle les a surpris sur le fait.

— D'accord. Mais les coups de feu ont été tirés du seuil *vers* la chambre. Et *vers le bas.* Qui a surpris qui ? C'est bien ce qui me tracasse.

— Alors pourquoi prendre le couteau, si c'en était un ?

— Parce que, d'une façon quelconque, cela identifie quelqu'un.

— Des empreintes ? »

Les narines de Simons frémissaient à l'idée qu'une preuve matérielle était là, à portée de sa main.

Frank acquiesça.

« C'est comme ça que je vois la chose.

— La défunte Mrs. Sullivan avait-elle l'habitude d'avoir un couteau sur elle ? »

Frank se frappa le front avec une telle énergie que Simons tressaillit. Elle le regarda se précipiter vers la table de chevet et prendre le cadre qu'il lui tendit.

« Il est là, ton couteau. »

Simons regarda la photo. Sur le cliché, on distinguait le coupe-papier à manche de cuir posé sur la table de nuit.

« De là aussi le résidu huileux qu'on a trouvé sur ses mains. »

Au moment de quitter la maison, Frank s'arrêta sur le seuil. Il regarda le tableau de l'alarme. Puis il eut un grand sourire.

« Laurie, tu as la lampe fluorescente dans le coffre ?

— Oui, pourquoi ?

— Tu veux bien aller la chercher ? »

Intriguée, Simons obéit. Elle revint dans le vestibule et brancha la lampe.

« Braque-la droit sur le panneau. »

Ce que révéla l'éclairage fluorescent amena un nouveau sourire sur les lèvres de Frank.

« Bon sang, c'est magnifique.

— Qu'est-ce que tu veux dire ? fit Simons en le regardant, les sourcils froncés.

— Deux choses. Primo, il y avait bien quelqu'un dans la place. Secundo, nos criminels ont un esprit vraiment inventif. »

*
* *

Frank s'assit dans la petite salle d'interrogatoire. Il renonça à allumer une nouvelle cigarette et prit un bonbon. Il regarda les murs de parpaing, la table métallique minable et les chaises défoncées : il se dit que l'endroit était bien déprimant pour se faire interroger. Ce qui était une bonne chose. Les gens déprimés deviennent vulnérables et les gens vulnérables, questionnés adroitement, ont tendance à parler. Et Frank avait envie d'écouter. Il était prêt à écouter toute la journée.

L'affaire était encore très embrouillée, mais certains éléments commençaient à s'éclaircir.

Buddy Budizinski habitait toujours Arlington : il travaillait maintenant dans une station de lavage de voitures à Falls Church. Il avait avoué s'être trouvé dans la maison de Sullivan. Il avait entendu parler du meurtre, mais il n'en savait pas plus. Frank voulait bien le croire. L'homme n'était pas très intelligent. Il n'avait pas de casier judiciaire. Il avait consacré sa vie adulte à des boulots sans envergure : sans doute parce qu'il avait arrêté ses études à douze ans. Son appartement était d'une modestie qui frisait la pauvreté. La piste de Budizinski ne menait nulle part.

Celle de Rogers, par contre, avait apporté un élément précieux. Le numéro de Sécurité sociale qu'il avait fourni était authentique : mais il appartenait à une employée du Département d'État affectée en Thaïlande depuis deux ans. Il devait se douter que la société de nettoyage n'irait pas vérifier. Qu'est-ce que ça pouvait leur faire ? L'adresse sur le formulaire était celle d'un motel de Beltsville, Maryland. Aucun client de ce nom ne s'était inscrit au motel au cours de l'année passée et l'on n'y avait vu personne dont le signalement correspondît à celui de Rogers. L'État du Kansas n'avait aucune trace de son existence. Pour couronner le tout, il n'avait jamais encaissé les chèques de paye que lui avait remis la Metro. Voilà qui en disait long.

Un portrait-robot fut établi d'après les souvenirs de Pettis et distribué dans la région.

Rogers était son homme : Frank le sentait. Il s'était trouvé dans la maison et avait disparu en ne laissant derrière lui qu'une piste de fausses informations. En ce moment même, Simons examinait minutieusement la fourgonnette de Pettis dans l'espoir que Rogers avait laissé des empreintes quelque part. On n'en avait pas relevé sur le lieu du crime auxquelles on puisse les comparer. Mais s'il pouvait identifier Rogers, Frank était prêt à parier dix dollars contre un bouton de culotte que celui-ci avait des antécédents judiciaires : le dossier commencerait alors à prendre tournure. Il avancerait beaucoup si la personne qu'il attendait se décidait à coopérer.

Walter Sullivan avait confirmé la disparition du coupe-papier. Frank devenait fébrile à l'idée de mettre un jour la main sur un tel trésor. Il avait confié au vieil homme sa théorie selon laquelle Christine Sullivan aurait frappé son assaillant avec l'instrument. Sullivan n'avait pas relevé et Frank s'était demandé s'il perdait déjà la tête.

Il consulta une fois de plus la liste des domestiques employés à la résidence Sullivan. Il la connaissait pourtant par cœur maintenant. Mais un seul de ces noms l'intéressait vraiment.

La déclaration du représentant de la compagnie de sécurité lui revenait sans cesse à l'esprit. Dans le bref laps de temps dont il disposait, il était sans doute impossible à un ordinateur de poche de trouver dans l'ordre une combinaison de cinq chiffres sur un tableau qui en comprenait quinze. Pour y parvenir, il fallait éliminer certaines possibilités.

Comment ? Un examen du panneau d'alarme montrait que sur chacune des touches on avait appliqué un produit chimique — Frank n'arrivait pas à se rappeler le nom exact, mais Simons l'avait reconnu — qui n'apparaissait que sous un éclairage fluorescent.

Frank se renversa en arrière et songea au maître d'hôtel, ou à celui qui avait pour mission d'enclencher l'alarme et d'entrer le code. Le doigt pressait les bons boutons — cinq — et l'alarme était enclenchée. La personne s'éloignait, ne se doutant absolument pas qu'il ou elle avait maintenant sur le doigt une infime trace d'un produit chimique sans odeur et invisible à l'œil nu. Plus important encore, il ignorerait totalement qu'il venait de révéler les chiffres du code de sécurité. Sous un éclairage fluorescent, les criminels pouvaient retrouver facilement quels boutons avaient été utilisés puisque le produit chimique serait maculé. Avec cette information, l'ordinateur n'avait plus qu'à trouver la séquence correcte : le représentant de la compagnie était certain que c'était faisable pendant le temps imparti puisqu'on avait éliminé environ soixante-dix pour cent des combinaisons possibles.

Une question se posait maintenant : qui avait appliqué le produit ? Frank avait tout d'abord envisagé que Rogers — quel que fût son vrai nom — aurait pu le faire pendant qu'il se trouvait dans la maison : mais les faits venaient démentir cette supposition. D'abord, la maison était toujours pleine de monde : même pour l'esprit le moins observateur, la présence d'un étranger rôdant autour d'un tableau d'alarme éveillerait les soupçons. Ensuite, le vestibule d'entrée était vaste, il s'ouvrait sur plusieurs couloirs et c'était l'endroit le plus fréquenté de la maison. Enfin, l'application du produit exigeait temps et attention. Ce que Rogers n'avait pas. Le plus léger soupçon et tout son plan était fichu. La personne qui avait conçu celui-là n'était pas du genre à prendre pareil risque. Ce n'était pas Rogers qui s'était chargé de cette partie de l'opération. Frank avait une idée assez précise de qui en était responsable.

*

* *

La femme était presque maigre, si bien qu'à première vue on avait l'impression qu'elle était gravement malade. En la regardant mieux, la bonne couleur de ses joues, l'ossature légère et la grâce avec laquelle elle évoluait amenaient à conclure qu'elle était certes très mince mais en bonne santé.

« Je vous en prie, Mrs. Broome, asseyez-vous. Je vous remercie d'être venue. »

La femme acquiesça de la tête et se posa sur une des chaises. Elle portait une jupe à fleurs qui s'arrêtait à mi-mollets. Un unique rang de grosses perles fausses entourait son cou. Ses cheveux se relevaient en un chignon impeccable. Quelques mèches au-dessus de son front commençaient à tourner au gris argent. À cause de la peau lisse et de l'absence de rides, Frank lui aurait donné trente-neuf ans. En fait, elle avait quelques années de plus.

« Je croyais que vous en aviez fini avec moi, Mr. Frank.

— Je vous en prie, appelez-moi Seth. Vous fumez ? »

Elle secoua la tête.

« J'ai juste quelques questions supplémentaires à vous poser, de la routine. Vous n'êtes pas la seule. J'ai cru comprendre que vous alliez quitter le service de Mr. Sullivan ? »

Elle avala sa salive. Baissa les yeux puis releva la tête.

« J'étais, si l'on peut dire, proche de Mrs. Sullivan. C'est dur maintenant, vous savez... »

Sa voix s'étrangla un peu.

« Je sais, je sais. C'est terrible. Affreux. » Frank marqua un temps. « Depuis combien de temps étiez-vous chez les Sullivan ?

— Un peu plus d'un an.

— Vous vous occupez du ménage et... ?

— Je fais une partie du ménage. Nous sommes quatre domestiques en tout : Sally, Rebecca et moi. Plus Karen Taylor, qui, elle, fait la cuisine. Je m'occupais aussi des affaires de Mrs. Sullivan. De ses toilettes, ces choses-là. Je pense qu'on pourrait dire que j'étais pour elle une sorte de camériste. Mr. Sullivan avait son propre valet, Richard.

— Voulez-vous du café ? »

Sans attendre la réponse, Frank ouvrit la porte.

« Molly, pouvez-vous apporter deux caouas ? » Il se tourna vers Mrs. Broome. « Noir ? Crème ?

— Noir.

— Deux noirs, Molly. Merci. »

Il referma la porte et se rassit.

« Il fait rudement frisquet. Je n'arrive pas à me réchauffer. » Il tapa le mur. « Ce parpaing, ça n'arrange rien. Vous me parliez de Mrs. Sullivan.

— Elle était vraiment gentille avec moi. Je veux dire : elle me parlait de choses et d'autres. Elle n'était pas... Je veux dire, elle ne faisait pas vraiment partie de ces gens, ces gens de la haute, on pourrait dire. Elle était allée au même lycée que moi, ici, à Middleton.

— Il ne devait pas y avoir une grande différence d'âge. »

Sa remarque amena un sourire sur les lèvres de Mrs. Broome qui porta machinalement la main à ses cheveux.

« Plus que je ne l'aurais souhaité. »

La porte s'ouvrit : on apportait leur café. Par bonheur, il était chaud. Frank n'avait pas menti : il faisait frisquet.

« Je ne dirais pas qu'elle était vraiment à sa place mais elle semblait bien se défendre. Elle ne se laissait pas marcher sur les pieds, si vous voyez ce que je veux dire. »

Frank avait toute raison de la croire. D'après tous les rapports, feu Mrs. Sullivan était une chipie.

« Diriez-vous que les rapports entre les Sullivan étaient bons, mauvais, moyens ? »

Elle répondit sans hésiter.

« Très bons. Oh, je sais ce que les gens disent de la différence d'âge et tout ça : mais ils étaient bons l'un pour l'autre. J'en suis convaincue. Il l'aimait, ça je peux vous le dire. Peut-être plus comme un père aime sa fille, mais c'était quand même de l'amour.

— Et elle l'aimait aussi ? »

Il y eut là une hésitation perceptible.

« Il faut que vous compreniez que Christy Sullivan était une très jeune femme : peut-être plus jeune à beaucoup d'égards que d'autres femmes de son âge. Mr. Sullivan lui a révélé un monde nouveau pour elle et... »

Elle s'arrêta, ne sachant manifestement pas très bien comment continuer.

Frank changea de vitesse.

« Et la chambre forte installée dans la chambre à coucher ? Qui en connaissait l'existence ?

— Je ne sais pas : certainement pas moi. Je pense que Mr. et Mrs. Sullivan étaient au courant. Peut-être Richard, le valet de Mr. Sullivan, le savait-il. Mais je n'en suis pas sûre du tout.

— Donc, Christine Sullivan pas plus que son mari ne vous ont laissé entendre qu'il y avait un coffre-fort derrière le miroir ?

— Juste ciel, non ! J'étais un peu son amie, mais je n'étais quand même qu'une employée. J'étais avec eux depuis un an seulement. Mr. Sullivan ne me parlait jamais. Vous comprenez, ça n'est pas le genre de choses qu'on dirait à quelqu'un comme moi, n'est-ce pas ?

— Non, en effet. »

Frank était sûr qu'elle mentait. Mais il n'avait aucune preuve.

Christine Sullivan était tout à fait du genre à faire étalage de sa richesse devant quelqu'un avec qui elle pouvait s'identifier ; ne serait-ce que pour montrer à quel point elle avait réussi son ascension sociale.

« Vous ne saviez donc pas qu'il s'agissait d'un miroir sans tain donnant sur la chambre ? »

La femme manifesta cette fois une réelle surprise. Frank la vit rougir sous le maquillage léger.

« Wanda, je peux vous appeler Wanda ? Wanda, vous comprenez, n'est-ce pas, que le système d'alarme de la maison a été mis hors circuit par celui qui s'est introduit par effraction ? Il a été désactivé par quelqu'un qui connaissait le code. Dites-moi, qui mettait l'alarme la nuit ?

— C'était Richard, répondit-elle aussitôt. Ou quelquefois Mr. Sullivan lui-même.

— Donc tout le monde dans la maison connaissait le code ?

— Oh, non, bien sûr que non. Richard le connaissait. Il est avec Mr. Sullivan depuis près de quarante ans. Je crois qu'il était la seule personne, à part Mr. Sullivan, à connaître le code.

— L'avez-vous vu mettre l'alarme en service ?

— En général, j'étais déjà au lit quand il le faisait. »

Je pense bien que vous y étiez, Wanda. Je pense bien.

Frank la dévisagea.

Wanda Broome ouvrit de grands yeux.

« Vous... vous ne soupçonnez pas Richard d'être pour quelque chose là-dedans ?

— Eh bien, Wanda, d'une façon ou d'une autre, quelqu'un qui n'était pas censé pouvoir le faire a débranché ce système d'alarme. Et, naturellement, les soupçons se portent d'abord sur ceux qui avaient accès au code. »

Wanda Broome parut sur le point d'éclater en sanglots. Elle se maîtrisa.

« Richard a près de soixante-dix ans.

— Alors il a besoin d'un bon petit magot. Vous vous rendez compte, bien entendu, que je vous dis cela à titre strictement confidentiel ? »

Elle hocha la tête. Elle buvait maintenant à petites gorgées nerveuses le café auquel elle n'avait pas encore touché.

Frank poursuivit : « En attendant que quelqu'un puisse m'expliquer comment on avait accès à ce système de sécurité, je vais devoir explorer les pistes qui me paraissent les plus vraisemblables. »

Il continuait à la dévisager. Il avait passé la journée précédente à découvrir tout ce qu'il pouvait sur Wanda Broome. Une histoire banale, à un détail près. À quarante-quatre ans, elle avait divorcé deux fois et elle avait deux grands enfants. Elle vivait dans l'aile des domestiques avec le reste du personnel logé sur place. À quelques kilomètres de là, sa mère, âgée de quatre-vingt-un ans, habitait une modeste maison un peu délabrée : elle menait une existence confortable grâce à la Sécurité sociale et à la pension de cheminot de son mari. Comme elle l'avait dit, Broome était au service des Sullivan depuis environ un an. Et cela avait tout de suite attiré l'attention de Frank. Wanda était le membre le plus récent de la domesticité. Cela ne voulait pas dire grand-chose en soi, mais Sullivan traitait très bien son personnel, ce qui expliquait la loyauté d'employés depuis longtemps à son service. Wanda Broome avait aussi l'air très loyale. La question était de savoir à qui ?

Il y avait un accroc dans cette histoire : Wanda Broome avait passé quelque temps en prison, voilà plus de vingt ans, pour détournement de fonds quand elle tenait la comptabilité d'un médecin de Pittsburgh. Les autres domestiques avaient un passé sans tache. Mais elle avait été capable d'enfreindre la loi et passé quelque temps à l'ombre. Elle s'appelait alors Wanda Jackson. Elle avait divorcé de Jackson en sortant de prison : ou plutôt c'était lui qui l'avait laissée tomber. Depuis lors, il n'y avait rien dans son casier judiciaire. Avec ce changement de nom et une condamnation si ancienne, si les Sullivan s'étaient renseignés sur ses antécédents, peut-être n'avaient-ils rien découvert ou peut-être s'en moquaient-ils ? D'après tous les rapports, Wanda Broome était depuis ces vingt dernières années une citoyenne honnête et travailleuse. Frank se demandait ce qui l'avait fait changer.

« N'y a-t-il rien dont vous puissiez vous souvenir, qui pourrait m'aider, Wanda ? »

Frank essayait de prendre l'air aussi innocent que possible. Il ouvrit son calepin et fit semblant de griffonner. Si elle était complice, ce qu'il ne voulait surtout pas, c'était la voir se précipiter pour prévenir Rogers. Celui-ci se cacherait encore mieux. D'un autre côté, s'il parvenait à la faire craquer, elle changerait peut-être de camp.

Il l'imagina faisant le ménage dans l'entrée. C'était si facile d'appliquer sur le chiffon à poussière ce produit chimique puis de le passer nonchalamment sur le panneau d'alarme, d'un geste si naturel que personne, en la voyant faire, n'y aurait attaché la moindre importance. Juste une domestique consciencieuse qui faisait son travail. Ensuite, elle se glissait discrètement en bas quand tout le monde dormait : un rapide coup de lampe fluorescente. Son rôle était terminé.

Théoriquement, on la considérerait sans doute comme complice d'un meurtre : l'homicide était un résultat raisonnablement probable quand on cambriolait le domicile de quelqu'un. Mais ce qui intéressait Frank, c'était bien moins d'envoyer Wanda Broome en prison pour une bonne partie de ce qui lui restait à vivre que de mettre la main sur le vrai coupable. La femme en face de lui n'avait pas concocté le plan. Elle avait joué un rôle modeste, bien qu'il ait son importance. Frank, lui, voulait le maître de cérémonie. Pour parvenir à cet objectif, il s'arrangerait pour que le procureur de l'État conclue un marché avec Wanda.

« Wanda ? dit Frank en se penchant à travers la table et en lui prenant la main. Vous ne voyez rien d'autre ? Rien qui puisse m'aider à arrêter l'assassin de votre amie ? »

Frank n'eut droit qu'à un petit signe de tête négatif et il se renversa en arrière. Il ne pensait pas tirer grand-chose de ce manège mais il s'était fait comprendre. Le mur commençait à se fissurer. Elle ne préviendrait pas le type, Frank en était certain. Peu à peu, il était en train de pousser Wanda Broome dans ses derniers retranchements.

Il allait bientôt découvrir qu'il l'avait poussée trop loin.

XIV

Jack lança dans un coin son sac de voyage. Il jeta son manteau sur le canapé et lutta contre l'envie de s'écrouler sur le tapis. Ce voyage en Ukraine de cinq jours l'avait tué. Sept heures de décalage horaire étaient déjà assez pénibles : mais, à presque quatre-vingts ans, Walter Sullivan s'était montré infatigable.

Ils avaient franchi les différents contrôles avec la rapidité et le respect qu'imposaient la fortune et la réputation de Sullivan. Dès leur arrivée, ils avaient enchaîné réunion sur réunion. On leur fit visiter des usines, des mines, des bureaux, des hôpitaux. Le maire de Kiev les avait invités à dîner et ils s'étaient soûlés avec lui. Le deuxième jour, le président ukrainien les avait reçus et Sullivan l'avait mis dans sa poche au bout d'une heure. Dans la République libérée, le capitalisme et l'esprit d'entreprise méritaient le plus grand respect : Sullivan était un capitaliste avec un « c » majuscule. Tout le monde voulait lui parler, lui serrer la main : à croire que ce don qu'il avait de réussir tout ce qu'il entreprenait était contagieux et leur procurerait des richesses inouïes en un temps record.

Le résultat avait dépassé leurs espérances : les Ukrainiens avaient signé le contrat en chantant les louanges de son esprit visionnaire. Le marché des ogives nucléaires suivrait en temps utile. Posséder un tel atout ! Un atout pour le moment inutile mais qu'on pouvait transformer en monnaie sonnante et trébuchante.

Le 747 de Sullivan avait fait le voyage de Kiev à Washington sans escale et sa limousine venait de déposer Jack chez lui. Il se traîna vers la cuisine. Il n'y avait plus dans le frigo que du lait tourné. La cuisine ukrainienne était bonne, mais lourde : au bout de deux jours, il n'avait plus réussi qu'à grignoter. En plus, ils avaient trop bu. Il était apparemment impossible de discuter affaires sans boire en quantité. En comparaison, les déjeuners américains arrosés de deux Martini semblaient un régime sec !

Il se frotta la tête : il manquait de sommeil. Il était trop épuisé pour dormir et il avait faim. Il regarda l'heure. Son horloge intérieure lui disait qu'il était près de huit heures du matin : sa montre annonçait qu'on avait passé minuit. C'était moins facile à Washington qu'à New York de manger à toute heure du jour ou de la nuit. Il y avait pourtant quelques endroits où Jack pouvait avaler quelque chose un soir de semaine malgré l'heure tardive. Il enfilait son manteau quand le téléphone sonna. Le répondeur était branché. Jack hésita. Il écouta le message suivi du signal sonore.

« Jack ? »

La voix le prit de court, ramenant du passé des tas de souvenirs. Il saisit le combiné.

« Luther ? »

*

* *

Le restaurant n'était qu'un bistrot : c'était un des établissements préférés de Jack. On pouvait y trouver à n'importe quelle heure de quoi se nourrir décemment, le genre d'endroit où Jennifer ne mettrait jamais les pieds mais que Kate et lui affectionnaient. Il y a peu, cette comparaison entre Kate et Jennifer l'aurait troublé : mais il avait pris sa décision et n'avait pas l'intention de revenir dessus. La perfection n'était pas de ce monde et on ne pouvait pas passer toute sa vie à l'attendre.

Il engloutit des œufs brouillés au bacon et quatre toasts. Le café lui brûla la gorge au passage. Après cinq jours de lavasse, c'était un régal.

Jack dévisageait son vis-à-vis qui buvait son café à petites gorgées, en regardant alternativement la rue par la vitre crasseuse et la petite salle aux murs noircis.

Jack reposa sa tasse. « Vous avez l'air fatigué, Luther.

— Toi aussi, Jack.

— J'étais à l'étranger.

— Moi aussi. »

Voilà qui expliquait l'état de la cour et le courrier entassé. Il avait eu tort de s'inquiéter. Jack repoussa son assiette et fit signe qu'on lui serve encore du café.

« Je suis passé chez vous l'autre jour.

— Pour quoi faire ? »

Jack s'attendait à la question. Luther Whitney n'avait jamais tourné autour du pot. Mais s'attendre à une question était une chose, avoir une réponse prête en était une autre. Jack haussa les épaules.

« Je ne sais pas. Je voulais juste vous voir, je pense. »

Luther acquiesça de la tête.

« Tu revois Kate ? »

Jack avala une gorgée de café avant de continuer.

« Non. Pourquoi ?

— Je croyais vous avoir aperçus il n'y a pas longtemps.

— Nous sommes littéralement tombés l'un sur l'autre. C'est tout. »

Jack n'aurait su dire exactement pourquoi, mais Luther parut troublé par cette réponse. Il vit que Jack l'observait attentivement et sourit.

« Autrefois, tu étais la seule personne par qui je pouvais savoir comment ma petite fille se débrouillait. Tu étais ma seule source d'informations, Jack.

— Vous n'avez jamais envisagé de lui parler directement, Luther ? Vous savez, cela vaudrait peut-être le coup. Les années passent. »

D'un geste, Luther écarta cette suggestion et regarda de nouveau la rue.

Jack l'observa. Le visage était amaigri, les yeux bouffis. Les rides sur le front et autour des yeux étaient plus nombreuses que Jack en gardait le souvenir. Il est vrai que quatre ans étaient passés. Luther était à l'âge où le poids des années vous accable brusquement.

Il se surprit à fixer Luther dans les yeux. Des yeux qui l'avaient toujours fasciné. D'un vert foncé étonnant, ils étaient grands et pleins d'assurance. Jack avait vu ce regard rempli de bonheur le jour où Kate et lui avaient annoncé leurs fiançailles, mais il y avait plus souvent lu de la tristesse. Aujourd'hui, pourtant, Jack apercevait deux sentiments nouveaux dans les yeux de Luther Whitney : la peur. Et la haine. Il se demanda lequel des deux était le plus dérangeant.

« Luther, vous avez des ennuis ? »

Luther prit son portefeuille et, malgré les protestations de Jack, régla l'addition.

« Allons faire un tour. »

Un taxi les conduisit sur le Mall. Ils marchèrent en silence jusqu'à un banc en face du Smithsonian Castle. L'air frais de la nuit s'abattit sur eux : Jack releva le col de son manteau et s'assit. Luther resta debout et alluma une cigarette.

« Tiens, c'est nouveau. »

Jack regarda la fumée qui montait en lentes volutes dans l'air pur de la nuit.

« À mon âge, qu'est-ce que ça peut foutre ? »

Luther jeta l'allumette par terre et, du pied, l'enfouit dans la poussière. Puis il s'assit à son tour.

« Jack, je veux que tu me rendes un service.

— Bien sûr.

— Tu ne sais pas encore de quoi il s'agit. »

Luther se leva brusquement.

« Ça t'ennuie de marcher un peu ? Mes articulations s'engourdissent. »

Ils avaient dépassé le monument de Washington et se dirigeaient vers le Capitole quand Luther rompit le silence.

« Jack, je suis dans le pétrin. Ce n'est pas si terrible pour l'instant, mais j'ai l'impression que les choses vont empirer et plus tôt que je ne le pense. »

Luther ne regardait pas Jack : il contemplait le dôme massif du Capitole, sans vraiment le voir non plus.

« Je ne sais pas pour l'instant comment les choses vont se passer. Mais si cela prend une mauvaise tournure, alors il me faudra un avocat et c'est toi que je veux, Jack. Je n'ai pas envie d'un baratineur ou d'un débutant. Tu es le meilleur et j'en ai vu beaucoup, de près et à titre personnel.

— Je ne plaide plus, Luther. Je suis dans la paperasserie, je prépare des contrats, des choses de ce genre. »

L'idée vint alors à Jack qu'il était maintenant plus homme d'affaires qu'avocat. Ça n'était pas une idée particulièrement agréable.

Luther ne semblait pas avoir entendu.

« Je ne te demande pas de cadeau : je te paierai. Mais je veux quelqu'un en qui j'aie confiance ; tu es le seul à qui je puisse me fier. »

Luther s'arrêta et se tourna vers le jeune homme attendant sa réponse.

« Luther, vous voulez bien me dire ce qui se passe ? »

Luther secoua la tête.

« Pas à moins d'y être obligé. Ça ne t'apporterait rien de bon ni à personne d'autre, d'ailleurs. »

Il dévisagea Jack avec une intensité presque gênante.

« Il faut que tu le saches Jack : si tu acceptes de me défendre, il peut y avoir des risques.

— Ce qui veut dire ?

— Je veux dire que des gens pourraient trinquer dans l'histoire, Jack. Trinquer vraiment, peut-être ne pas s'en remettre. »

Jack s'arrêta.

« À qui avez-vous affaire, Luther ? Si vous avez des types dangereux aux trousses, il vaudrait peut-être mieux passer un accord maintenant, obtenir l'immunité et disparaître. Ça existe la protection des témoins. C'est même tout à fait courant. »

Luther éclata de rire. Il rit jusqu'à s'en étrangler et vomir le peu qu'il avait dans l'estomac. Jack l'aida à se redresser. Le vieil homme tremblait mais Jack ignorait qu'il tremblait de rage. Cette façon d'agir ressemblait si peu à Luther que Jack en eut la chair de poule. Il s'aperçut qu'il transpirait malgré la fraîcheur de la nuit.

Luther se maîtrisa. Il prit une profonde inspiration et parut gêné de s'être laissé aller.

« Merci du conseil. Envoie-moi ta note. Il faut que je parte.

— Où allez-vous ? Luther, je veux savoir ce qui se passe.

— S'il m'arrivait quelque chose...

— Bon Dieu, Luther, je commence à en avoir marre de cette histoire. »

Les yeux de Luther se rétrécirent. L'assurance lui revint. Il eut soudain l'air féroce.

« Tout ce que je fais a une raison, Jack. Sois persuadé que c'est pour une excellente raison que je ne te raconte pas tout maintenant. Tu ne comprends pas pour l'instant mais, si je m'y prends de cette façon, c'est pour te protéger autant que possible. Je ne t'embarquerais pas là-dedans si je n'avais pas besoin de savoir si tu acceptais de te bagarrer pour moi le cas échéant. Si tu ne peux pas, oublie que tu m'as vu et ce que je t'ai dit.

— Vous n'êtes pas sérieux ?

— Comme un pape, Jack. »

Les deux hommes se regardèrent une bonne minute. Derrière Luther, les arbres avaient perdu presque tout leur feuillage. Leurs branches nues se tendaient vers le ciel, pathétiques.

« Je serai là, Luther. »

La main de Luther serra brièvement celle de Jack. Un instant plus tard, il avait disparu dans l'ombre.

*

* *

Le taxi déposa Jack devant l'immeuble. Il y avait une cabine téléphonique en face.

« Allô ? fit une voix ensommeillée.

— Kate ? »

Jack attendit qu'elle eût les idées assez claires pour le reconnaître.

« Bon sang, Jack, tu sais l'heure qu'il est ?

— Je peux monter ?

— Non, tu ne peux pas monter. Je croyais que nous avions réglé tout cela. »

Il marqua un temps, et s'arma de courage.

« Il ne s'agit pas de ça : il s'agit de ton père. »

Elle resta silencieuse un moment.

« Qu'est-ce qu'il a encore ? »

Le ton n'était pas aussi froid qu'il s'y attendait.

« Il a des ennuis. »

Elle retrouva les intonations qu'il connaissait bien.

« Et alors ? Ça t'étonne ?

— Je veux dire qu'il a de très graves ennuis. Il vient de réussir à me flanquer la trouille sans rien me dire de précis.

— Jack, il est tard. Quelle que soit l'affaire dans laquelle mon père est impliquée...

— Kate, il a peur, vraiment peur. À tel point qu'il en a vomi. »

De nouveau, un long silence. Jack suivait le cheminement de la pensée de Kate tandis qu'elle songeait à l'homme qu'ils connaissaient si bien tous deux. Luther Whitney effrayé ? Impensable. Cet homme avait séjourné dans quelques-unes des prisons les plus dures du pays et il avait survécu. Son activité très spéciale exigeait des nerfs d'acier. S'il n'était pas violent, il avait cependant passé sa vie à la lisière du danger.

Elle fut brève.

« Où es-tu ?

— Sur le trottoir d'en face. »

Jack leva les yeux : une mince silhouette s'approcha d'une fenêtre. Il fit signe de la main.

Jack frappa. La porte s'ouvrit aussitôt et Kate repartit vers la cuisine où il l'entendit verser de l'eau dans une bouilloire et allumer le gaz. Il regarda autour de lui, planté sur le seuil et se sentant vaguement ridicule.

Elle revint vers lui. Elle portait un gros peignoir de bain qui lui tombait jusqu'aux chevilles. Elle était pieds nus. Jack se surprit à fixer ses pieds. Elle suivit son regard puis releva la tête. Il tressaillit.

« Comment va la cheville ? Elle a l'air bien. »

Il sourit.

« Jack, il est tard. Qu'est-ce qu'il a ? »

Il passa dans la salle de séjour et s'assit. Elle s'installa en face de lui.

« Il m'a appelé il y a deux heures. Nous nous sommes retrouvés dans ce petit bistrot près d'Eastern Market, et puis nous avons marché. Il m'a dit qu'il avait besoin d'un service. Qu'il avait des ennuis. Des ennuis sérieux avec des gens capables de lui faire du mal. Vraiment du mal. »

La bouilloire se mit à siffler. Kate se leva d'un bond. Il la suivit des yeux : son corps parfaitement dessiné sous le tissu du peignoir fit surgir en lui un flot de souvenirs dont il se serait bien passé.

« Quel service t'a-t-il demandé ? »

Elle but une gorgée de thé. Jack ne toucha pas au sien.

« Il m'a dit qu'il *pourrait* avoir besoin d'un avocat. Encore que les choses risquaient de tourner de telle façon que ce ne serait peut-être pas nécessaire. Il voulait que je le représente. »

Elle reposa sa tasse.

« C'est tout ?

— Ça ne te suffit pas ?

— Pour un individu honnête, respectable, peut-être. Mais pas pour lui.

— Mon Dieu, Kate, il était affolé. Je ne l'avais jamais vu affolé avant. Et toi ?

— J'ai vu de lui plus que je n'aurais voulu. Il a choisi son style de vie et apparemment ça lui retombe sur le nez maintenant.

— Mais c'est ton père !

— Jack, je ne veux pas parler de lui. »

Elle esquissa le geste de se lever.

« Et s'il lui arrive quelque chose, tu fais quoi ? »

Elle le toisa froidement.

« Alors ça arrivera. Ce n'est pas mon problème. »

Jack se leva, prêt à s'en aller.

« Parfait. Je te raconterai comment s'est passé l'enterrement. À la réflexion, qu'est-ce que ça pourrait bien te faire ? Je veillerai à ce que tu reçoives une copie de l'acte de décès pour ton album de famille. »

Il ne se doutait pas qu'elle pouvait se déplacer aussi vite. Il sentirait la brûlure de la gifle pendant une bonne semaine, comme si on lui avait jeté de l'acide au visage : la comparaison était plus juste qu'il ne l'imagina sur le moment.

« Comment oses-tu ? »

Elle le foudroya du regard tandis qu'il se frictionnait la joue.

Puis elle éclata en sanglots.

Il prit un ton aussi calme qu'il en était capable : « Ne tue pas le messager, Kate. J'ai dit à Luther et je te le dis : la vie est trop courte pour ce genre de foutaises. Il y a longtemps que j'ai perdu mes parents. D'accord, tu as des raisons pour ne pas aimer cet homme. Mais cet homme t'aime, il s'intéresse à toi. Malgré le gâchis qu'il a pu faire de sa vie, tu dois accepter cet amour. C'est le conseil que je te donne : tu en fais ce que tu veux. »

Il se dirigea vers la porte. Elle y fut avant lui.

« Tu ne comprends rien de tout ça.

— Très bien, je ne comprends rien de tout ça. Va te recoucher. Je suis sûr que ton sommeil sera paisible. Et que rien ne le perturbera. »

Elle empoigna les revers de son manteau avec une force telle qu'elle l'aurait fait valser s'il n'avait pas pesé quarante kilos de plus qu'elle.

« J'avais deux ans quand il est allé en prison pour la dernière fois. Neuf ans quand il en est sorti. Peux-tu comprendre l'incroyable honte d'une petite fille dont le père est en prison ? Dont le père *vole* pour vivre ? Quand, à la rentrée, chaque élève se présente : le père de l'un est médecin, un autre est chauffeur de camion. Lorsque ton tour arrive, la maîtresse baisse les yeux et explique à la classe que le père de Katie a dû s'en aller parce qu'il avait fait quelque chose de mal. Et puis elle passe vite à l'élève suivant ? Il n'était jamais là pour nous. Jamais ! Maman se rendait malade d'inquiétude pour lui. Mais elle, elle a gardé la foi, jusqu'au bout. Elle lui a facilité la vie.

— Kate, lui rappela doucement Jack, elle a fini par divorcer.

— Seulement parce qu'elle n'avait pas le choix. Et au moment même où elle allait refaire sa vie, elle a eu cette grosseur à la poitrine et six mois après elle était morte. »

Kate s'adossa au mur. Elle avait l'air épuisée.

« Et tu sais ce qui est vraiment dingue ? Elle n'a pas un instant cessé de l'aimer. Après cette incroyable merde qu'il lui a fait voir. »

Kate secoua la tête : elle avait du mal à croire les mots qu'elle venait de prononcer. Elle leva les yeux vers Jack, le menton tremblant légèrement.

« Mais ça ne fait rien : j'ai assez de haine pour deux. »

Jack ne sut pas si sa réaction était due à son épuisement ou au fait que depuis tant d'années il avait ces mots coincés au fond de lui. Des années à accepter cette mascarade et à repousser tout ce qui était contraire à l'image parfaite de beauté et de vivacité que donnait la femme en face de lui.

« Est-ce là ton idée de la justice, Kate ? On met la haine et l'amour sur le même pied ? »

Elle fit un pas en arrière.

« De quoi parles-tu ? »

Il s'avança vers elle, la forçant à reculer dans la pièce.

— J'en ai assez de t'entendre te plaindre. Tu me rends malade. Tu te prends pour le défenseur des pauvres et des opprimés. Le reste, tu t'en fous. Toi, moi, ton père. Tu persécutes tous les pauvres gens qui passent à ta portée parce que ton père t'a fait du mal. Chaque fois que tu condamnes quelqu'un, c'est ton père que tu épingles. »

La main de Kate partit toute seule. Il la rattrapa au vol et la maintint avec force.

« Tu as passé toute ta vie adulte à essayer de te venger de ton père. Pour toutes ses erreurs. Pour toute ta souffrance. Parce qu'il n'était jamais là pour toi. »

Il lui écrasa la main jusqu'à ce qu'elle pousse un cri.

« T'es-tu une fois demandé si toi tu as fait quelque chose pour lui ? »

Il la lâcha. Elle resta debout à le fixer du regard, avec sur le visage une expression qu'il ne lui avait jamais vue.

« Peux-tu comprendre que Luther t'aime tellement qu'il n'a jamais essayé de reprendre contact avec toi, qu'il s'est effacé de ta vie parce qu'il savait que c'était ce que tu voulais ? Son seul enfant vit à quelques kilomètres de lui et il ne sait rien d'elle. T'es-tu jamais demandé ce qu'il ressentait ? Ou ta haine était trop forte ? »

Elle ne répondit pas.

« T'es-tu jamais demandé pourquoi ta mère l'aimait ? Ou l'image que tu as de ton père est-elle si déformée que tu n'en es pas capable ? »

Il l'attrapa par les épaules, la secoua.

« Ta haine a-t-elle laissé un peu de place à la compassion ? Ou te rend-elle incapable d'aimer qui que ce soit, Kate ? »

Il la repoussa. Elle trébucha, les yeux toujours fixés sur lui.

Il hésita une seconde : « En fait, tu ne le mérites pas. » Il se tut puis se décida à terminer : « Tu ne mérites pas d'être aimée. »

Kate grinça des dents, le visage déformé par la rage. Elle hurla et se jeta sur lui, lui martelant la poitrine de ses poings, le giflant à toute volée. Il ne sentait rien, cependant que ses larmes coulaient.

Sa colère retomba aussi vite qu'elle avait commencé. Elle se cramponna au manteau de Jack. Elle se mit alors à sangloter, les larmes ruisselant sur ses joues, ses gémissements remplissant la petite pièce.

Il la releva et l'allongea doucement sur le canapé. Il s'agenouilla près d'elle et la laissa pleurer tout son soûl. Elle pleura longtemps, le corps secoué de spasmes. Il la prit dans ses bras, la berça contre sa poitrine. Elle s'accrochait à lui et ils tremblaient tous les deux.

Lorsque ses larmes tarirent, elle s'assit, le visage rouge et gonflé. Jack fit un pas en arrière.

Elle évitait de croiser son regard.

« Va-t'en, Jack.

— Kate...

— Fous le camp ! » Malgré le hurlement, la voix était fragile, blanche. Elle se couvrit le visage des deux mains.

Il passa la porte. En arrivant dans la rue, il se retourna pour contempler l'immeuble. La silhouette de Kate se profilait contre la fenêtre. Elle ne le regardait pas. Il ne savait pas ce qu'elle regardait. Elle non plus, probablement. Il resta là jusqu'à ce qu'elle quitte la fenêtre. Quelques instants plus tard, la lumière s'éteignit dans l'appartement.

Jack s'essuya les yeux, se détourna et rentra chez lui, après une des journées les plus longues de sa vie.

« Nom de Dieu ! Depuis combien de temps ? »

Seth Frank était debout près de la voiture. Il était à peine huit heures du matin.

Le jeune policier du comté de Fairfax n'avait aucune notion de l'importance de l'événement : il resta stupéfait de la sortie de l'inspecteur.

« Nous l'avons découverte il y a environ une heure : des gosses jouaient près de l'étang, ils ont vu la voiture. Ils ont jeté un coup d'œil et sont rentrés dare-dare à la maison. Une des mères nous a appelés. »

Frank fit le tour du véhicule et regarda du côté passager. Le visage était paisible : très différent de celui du dernier cadavre qu'il avait contemplé. Les longs cheveux défaits ruisselaient sur le dossier du siège jusqu'au plancher. Wanda Broome avait l'air de dormir.

Trois heures plus tard, l'enquête sur les lieux du suicide était terminée. On avait découvert quatre comprimés sur la banquette. L'autopsie confirmerait que Wanda Broome était morte d'une dose massive de digitaline : une prescription destinée à sa mère mais que manifestement elle ne lui avait jamais remise. Elle était morte depuis deux heures quand on avait trouvé son corps sur le petit chemin de terre écarté qui contournait un étang de deux hectares, à une douzaine de kilomètres de la propriété des Sullivan, juste en dehors des limites du comté. La seule autre preuve tangible était dans un sachet en plastique que Frank rapportait au commissariat après avoir obtenu l'accord de son collègue. La note était rédigée sur une feuille arrachée à un carnet à spirale. L'écriture était celle d'une femme : fluide et tarabiscotée. Les derniers mots de Wanda avaient été un appel désespéré au pardon. Un cri de remords en quatre mots :

« Je suis si désolée. »

Frank repartit sur la petite route sinuant au milieu des arbres jaunissants et des marécages.

Ce coup-là, il l'avait royalement loupé. Mais il n'aurait jamais cru que cette femme pouvait se suicider. Son histoire faisait plutôt d'elle une survivante. Frank ne pouvait s'empêcher d'être navré mais en même temps il lui en voulait de sa stupidité. Il aurait pu lui obtenir un arrangement avec le procureur, un bon arrangement. Puis il réalisa que son instinct ne l'avait pas trompé. Wanda Broome était bien quelqu'un de loyal. Elle avait été loyale envers Christine Sullivan : elle ne pouvait pas vivre avec le remords d'avoir contribué, fût-ce involontairement, à sa mort. Wanda morte, voilà que disparaissait la plus belle occasion — la seule peut-être — de ferrer le gros poisson.

Le souvenir de Wanda Broome commença à s'effacer : il se concentra sur la façon dont il pourrait livrer à la justice celui qui avait causé la mort de deux femmes.

*
* *

« Bon Dieu, Tarr, c'était aujourd'hui ? »

Jack dévisagea son client à la réception de chez Patton, Shaw. L'homme avait l'air aussi déplacé dans ce décor qu'un corniaud à une exposition canine.

« Dix heures et demie. Il est maintenant onze heures et quart : est-ce que j'ai droit à quarante-cinq minutes gratis ? Vous n'avez pas l'air dans votre assiette. »

Jack considéra son costume froissé et passa une main dans ses cheveux ébouriffés. Son horloge interne était au méridien de Kiev et une nuit sans sommeil n'avait rien arrangé.

« Croyez-moi, j'ai l'air bien mieux que je ne me sens. »

Ils se serrèrent la main. Tarr s'était habillé pour le rendez-vous : ses jeans n'avaient pas de trou et il portait des chaussettes avec ses baskets. La veste de velours était un souvenir des années soixante-dix. Les cheveux, comme d'habitude, donnaient le spectacle de boucles rebelles et de mèches collées.

« On peut repousser, Jack. Les gueules de bois, je connais.

— Pas quand vous vous êtes mis sur votre trente et un. Venez. J'irai mieux après avoir mangé un morceau. Je vous emmène et je ne vous ferai pas payer l'addition. »

Ils s'engagèrent dans le couloir. Lucinda, guindée et toujours soucieuse de sauvegarder l'image de la firme, poussa un soupir de soulagement. Elle avait vu des collaborateurs du cabinet passer devant elle avec une expression horrifiée à la vue de Tarr Crimson. Il allait pleuvoir des mémos cette semaine...

« Je suis désolé, Tarr. Ces temps-ci, je roule en surmultipliée. »

Jack jeta son manteau sur une chaise et s'installa en contemplant, navré, la pile de messages qui s'entassaient sur son bureau.

« Vous étiez à l'étranger, à ce qu'on m'a dit. J'espère que c'était un endroit rigolo ?

— Pas du tout. Comment vont les affaires ?

— En plein boum. Bientôt, vous allez pouvoir me traiter comme un vrai client. Vos petits camarades se sentiront mieux quand ils me verront dans l'entrée.

— Qu'ils aillent se faire voir, Tarr : vous payez vos notes d'honoraires.

— Mieux vaut être un gros client et régler certaines de vos notes plutôt que d'en être un tout petit qui paie les leurs. »

Jack sourit.

« Vous avez tout pigé, n'est-ce pas ?

— Vous savez, mon vieux, quand vous avez vu un algorithme, vous les avez tous vus. »

Jack ouvrit le dossier de Tarr et le parcourut.

« D'ici demain, nous aurons monté votre nouvelle société “ S. ”. Constituée dans le Delaware avec compétence à Washington. C'est bien ça ? ».

Tarr acquiesça.

« Comment comptez-vous la capitaliser ? Il me semble que les contrats que vous recherchez exigent un minimum de capitaux.

— J'ai quelques investisseurs en vue. J'aurai plus qu'assez : dans les cinq cent mille dollars.

— Rappelez-vous : si vous vendez les actions à des gens extérieurs aux activités de l'entreprise, il faudra remplir un formulaire D et le faire viser dans les États où vous mettez les actions en vente. »

Tarr tira de sa serviette un bloc-notes.

« Nous avons déjà fait cet exercice-là. J'ai la liste des actionnaires potentiels. Les mêmes États qu'avant. Ai-je droit à une réduction ? »

Tarr sourit. Il aimait bien Jack, mais les affaires étaient les affaires. Son dernier avocat l'avait roulé sur les honoraires.

« Oui, cette fois vous ne paierez pas l'apprentissage d'un collaborateur surpayé et sous-informé. Je réduirai les honoraires au strict minimum, Tarr, comme toujours. Que va faire la nouvelle société, au fait ?

— J'ai eu des tuyaux sur une nouvelle technologie de surveillance. »

Jack leva le nez.

« De surveillance ? C'est un peu en dehors de votre domaine, non ?

— Oh, il faut bien suivre le mouvement. Avec la récession, les sociétés réduisent leurs frais. Mais quand un marché s'épuise, le bon entrepreneur que je suis cherche d'autres ouvertures. La surveillance pour le secteur privé a toujours été intéressante. Le nouveau truc maintenant, c'est Big Brother dans le domaine du maintien de l'ordre.

— C'est le comble pour quelqu'un qui s'est fait jeter en prison dans toutes les villes du pays pendant les années soixante.

— C'était pour de bonnes causes. Maintenant je me suis assagi.

— Et comment fonctionne votre système ?

— De deux façons. D'abord, les satellites sur orbites basses sont reliés à des stations de traquage de la police métropolitaine. Les engins balayent des secteurs préprogrammés. S'ils repèrent quelque chose d'anormal, ils envoient un signal presque instantané à la station de traquage en donnant l'emplacement et des informations sur l'incident. En quelques minutes, les flics sont en route. Pour eux, c'est du temps réel. Vous allez voir les technologies militaires utilisées de plus en plus dans le secteur privé à cause des réductions de crédits au Pentagone. La seconde méthode consiste à disposer du matériel de surveillance style militaire en haut des poteaux téléphoniques ou sous le sol avec des palpeurs en surface ou à l'extérieur des immeubles. Bien sûr, les emplacements exacts seront confidentiels mais, pour commencer, on les déploiera dans les zones à très haut taux de criminalité de toutes les grandes villes. Ils écouteront et surveilleront. Si quelque chose commence à se gâter, ils alerteront la cavalerie. »

Jack secoua la tête.

« Des voyeurs officiels. George Orwell doit se retourner dans sa tombe. Il me semble quand même que quelques droits civiques risquent d'en pâtir.

— C'est bien possible. En tout cas, pour le moment, c'est efficace.

— Jusqu'au jour où les méchants trouveront la parade.

— Il est difficile d'être plus malin qu'un satellite. »

Jack hocha la tête et se pencha sur son dossier.

« Le mariage est prévu pour quand ? »

Jack releva la tête : « Je ne sais pas. J'essaie de me tenir en dehors de tout ça. »

Tarr éclata de rire.

« Merde. Julie et moi, on n'avait pas plus de vingt dollars quand on s'est mariés, y compris pour le voyage de noces ! On a eu la cérémonie pour dix dollars. On a acheté de la bière avec le reste, pris la Harley et on est allés jusqu'à Miami où on a dormi sur la plage. C'est un souvenir formidable. »

Jack sourit.

« Je pense que les Baldwin ont en tête quelque chose d'un peu plus élaboré. Je crois que je préférerais votre manière de faire. »

Tarr le regarda d'un air songeur, un souvenir lui revenait.

« Qu'est-il arrivé à cette nana avec qui vous sortiez quand vous défendiez les criminels de notre belle cité ? Kate, c'est ça ?

— Nous avons décidé d'aller chacun de notre côté.

— Dommage. J'ai toujours pensé que vous faisiez un beau couple. »

Jack se passa la langue sur les lèvres et ferma les yeux avant de répondre.

« Quelquefois les apparences sont trompeuses.

— Vous croyez ?

— J'en suis sûr. »

Après le déjeuner, il rattrapa son travail en retard, rappela la moitié des gens qui avaient laissé un message et décida de laisser le reste pour le lendemain. Il songeait à Luther Whitney. Jack ne pouvait qu'échafauder des hypothèses à partir de ce qu'il avait entendu. Ce qui l'étonnait le plus, c'était que, dans sa vie privée comme dans son « travail », Luther était un loup solitaire. À l'Assistance judiciaire, Jack s'était renseigné sur les antécédents du père de Kate. Il travaillait seul. Même dans des affaires où on l'avait seulement interrogé, il n'avait jamais été question de complice. Alors quels pouvaient être ces autres gens ? Un receleur trahi ? Mais Luther était dans le métier depuis bien trop longtemps pour faire une chose pareille. Ça n'en valait pas la peine. Sa victime peut-être ? Peut-être ne pouvait-on prouver que Luther était coupable mais voulait-on quand même se venger de lui ? Mais qui était à ce point rancunier pour un simple cambriolage ? Jack aurait pu comprendre si quelqu'un avait été blessé ou tué : mais Luther n'avait jamais eu de sang sur les mains.

Il s'assit et repensa à la nuit précédente. Il n'avait pas le souvenir d'un moment aussi douloureux dans sa vie. C'était pire encore que lorsque Kate l'avait quitté. Mais il avait enfin réussi à lui dire ce qui l'étouffait.

Il se frotta les yeux. À ce moment de son existence, les Whitney n'étaient pas particulièrement bienvenus. Mais il avait fait une promesse à Luther. Il se demandait bien pourquoi. Il desserra sa cravate. Il faudrait bien qu'il tire un trait un jour, ou qu'il coupe le cordon, ne serait-ce que pour sa santé mentale. Il espérait aussi ne pas avoir à tenir cette promesse.

Il alla boire un verre d'eau et retourna s'asseoir à son bureau terminer les notes d'honoraires du mois dernier. Le cabinet facturait environ trois cent mille dollars par mois aux entreprises Baldwin et ce montant augmentait régulièrement. Pendant l'absence de Jack, Jennifer avait adressé deux nouveaux dossiers qui allaient occuper un régiment de collaborateurs pendant six mois. Jack calcula rapidement sa participation aux bénéfices pour le trimestre et sifflota en faisant le total. C'était presque trop facile.

Les choses se passaient mieux entre Jennifer et lui. Sa raison lui disait de ne rien brusquer. Son cœur n'avait pas l'air aussi sûr, mais Jack estimait qu'il était temps que sa raison prenne le commandement dans sa vie. Ce n'était pas que leur relation était différente, mais que ce qu'il en attendait avait changé. Est-ce que c'était une concession de sa part ? Probablement. Mais peut-on vivre sans faire des concessions ? Kate Whitney avait essayé et le résultat était affligeant.

Il appela le bureau de Jennifer : elle était absente pour la journée. Il regarda sa montre. Cinq heures et demie. Quand elle ne voyageait pas, Jennifer quittait rarement le bureau avant huit heures. Jack consulta son calendrier : elle était en ville toute la semaine. Quand il avait essayé de l'appeler hier soir de l'aéroport, il n'avait pas eu de réponse non plus. Il espéra que tout allait bien.

Il envisageait de s'en aller et de passer chez elle quand Dan Kirksen passa la tête.

« Vous avez une minute ? »

Jack hésita. Le bonhomme avec ses nœuds papillons l'agaçait et il savait pourquoi. Plein de déférence à son égard, Kirksen aurait traité Jack comme un moins que rien si celui-ci n'avait pas contrôlé des millions de dollars d'affaires. En outre, Jack savait que Kirksen mourait d'envie de l'écraser comme un cafard et qu'il espérait pouvoir réaliser ce rêve un jour.

« Je pensais m'en aller. J'ai travaillé très dur ces temps-ci.

— Je sais, fit Kirksen en souriant. Toute la boîte en parle. Sandy ferait mieux de faire attention : à ce qu'on dit, Walter Sullivan vous adore. »

Jack sourit sous cape. Dans la liste des personnes auxquelles Kirksen aurait aimé botter les fesses, Lord venait en tête. Bien avant Jack. Sans Sullivan, Lord serait vulnérable. Jack pouvait voir ces pensées défiler derrière les lunettes du gestionnaire.

« Je ne pense pas que Sandy ait des raisons de s'inquiéter.

— Bien sûr que non. Il n'y en a que pour quelques minutes. Salle de conférences numéro un. »

Kirksen disparut aussi rapidement qu'il avait surgi.

De quoi s'agissait-il ? se demanda Jack. Il attrapa son manteau et s'engagea dans le couloir. Il croisa quelques confrères au passage : ils lui lancèrent des regards en coin qui ne firent que l'intriguer davantage.

Les portes coulissantes de la salle étaient fermées : c'était inhabituel. Jack en fit glisser une. La salle obscure devant lui fut baignée soudain d'une lumière éblouissante : Jack regarda avec stupéfaction le groupe d'individus qui se précisait peu à peu. Sur le mur du fond, un panneau sautait aux yeux : « Félicitations, associé ! »

Lord avait fait les choses en grand. Le buffet était somptueux. Jennifer était là, avec ses parents.

« Je suis fière de toi, mon chéri. » Elle avait déjà bu quelques verres et son regard tendre disait à Jack que les choses ne pourraient que s'améliorer dans le courant de la soirée.

« Je pense que nous pouvons remercier ton père pour cette nomination.

— Allons, trésor. Si tu ne faisais pas du bon travail, Papa te laisserait tomber sur-le-champ. Accorde-toi un peu de mérite. Tu crois que c'est facile de contenter Sandy Lord et Walter Sullivan ? Chéri, tu as plu à Sullivan : tu l'as laissé pantois et ceux qui ont réussi cela se comptent sur les doigts d'une main. »

Jack avala son verre et réfléchit à cette déclaration. Elle paraissait plausible. Il avait remporté un succès évident auprès de Sullivan, et qui pouvait dire que Ransome Baldwin n'aurait pas confié ses dossiers ailleurs si Jack n'avait pas été à la hauteur ?

« Tu as peut-être raison.

— Bien sûr que j'ai raison, Jack. Si ce groupe était une équipe de football, tu aurais le ballon d'or. »

Jennifer prit un verre et passa son bras autour de la taille de Jack.

« Par-dessus le marché, tu as maintenant les moyens de m'entretenir sur le pied auquel je suis habituée. »

Elle eut un grand sourire.

« Auquel tu es habituée. Tu as raison ! Depuis la naissance. »

Ils échangèrent un bref baiser.

« Tu ferais mieux de circuler, superstar. »

Elle le poussa dans la foule et se mit en quête de ses parents.

Jack parcourut la salle des yeux. Ceux qui se trouvaient là, pratiquement tous des hommes, étaient millionnaires en dollars, pour la plupart multimillionnaires. Il était le plus pauvre d'entre eux mais, dès cet instant, ses perspectives d'avenir dépassaient sans doute les leurs. Son revenu de base venait de quadrupler. Sa participation aux bénéfices de l'année doublerait facilement ce chiffre. Il se dit que lui aussi était maintenant, en théorie, un millionnaire. Qui l'eût cru ? Alors que, quatre ans auparavant, un million de dollars semblait représenter plus d'argent qu'il n'en existait sur la planète.

Il n'était pas devenu avocat pour l'argent. Il avait passé des années à travailler dur pour des clopinettes. Maintenant, il avait le droit d'être riche. C'était vraiment le Rêve Américain. Mais qu'y avait-il donc dans ce rêve qui donnait un sentiment de culpabilité quand on se mettait à réfléchir ?

Un bras puissant s'abattit sur son épaule. Il se retourna et vit Sandy Lord, qui le dévisageait de ses yeux injectés de sang.

« C'était une sacrée surprise, hein ? »

Jack dut en convenir. L'haleine de Sandy puait un mélange d'alcool et de rosbif. Cela rappela à Jack leur toute première rencontre chez Fillmore : un souvenir pas très agréable. Il se dégagea avec souplesse de cette étreinte fraternelle...

« Regardez autour de vous, mon petit Jack, il n'y a personne ici, en dehors peut-être de votre serviteur, qui ne serait ravi d'être à votre place.

— Je suis dépassé ! J'ai l'impression que c'est arrivé si vite. »

Jack avait la sensation de parler tout seul.

« Bon sang, c'est toujours comme ça, Jack. Pour les rares élus, boum, de zéro au sommet en quelques secondes. C'est ça, le succès : c'est invraisemblable. Mais cela le rend sacrément satisfaisant. Au fait, laissez-moi vous féliciter pour vous être si bien occupé de Walter. »

— Cela a été un plaisir, Sandy. J'aime bien le bonhomme.

— À propos, je donne une petite réception chez moi samedi. Il y aura des gens que j'aimerais vous faire rencontrer. Tâchez de persuader votre séduisante future moitié de venir aussi. Elle pourrait trouver des occasions de marketing. Elle a la bosse des affaires, tout comme son père. »

Jack serra la main de tous les associés, certaines même à plusieurs reprises. À neuf heures, Jennifer et lui rentraient. À une heure, ils avaient fait deux fois l'amour. À une heure et demie, Jennifer dormait à poings fermés.

Pas Jack.

Debout près de la fenêtre, il regardait les flocons de neige qui commençaient à tomber. Un front froid s'était installé sur la région, mais on ne s'attendait pas à des chutes de neige importantes. Ce n'était pourtant pas à la rigueur des éléments que Jack pensait. Il contempla Jennifer. En chemise de nuit de soie, blottie entre des draps de satin, elle était couchée dans un lit grand comme la chambre à coucher de son appartement à lui. Il leva les yeux vers les fresques familières. La nouvelle maison devait être prête pour Noël : mais les très conventionnels Baldwin ne les laisseraient jamais habiter ensemble avant que leur fille n'eût la bague au doigt. On refaisait la décoration intérieure sous l'œil implacable de sa fiancée. Il fallait que la maison soit le reflet de leurs goûts personnels et affirme hardiment leur personnalité : Dieu sait ce que ça voulait dire ! En étudiant les visages médiévaux au plafond, Jack se dit qu'ils devaient bien rire !

Il venait d'être nommé associé dans le plus prestigieux cabinet d'avocats de la ville. Il était la coqueluche de certains de ses concitoyens les plus influents ; chacun d'eux ne demandait qu'à faire progresser une carrière déjà météorique. Il avait tout. Depuis la belle princesse jusqu'au riche beau-père. Tout, du vieux mentor délabré mais impitoyable au sérieux compte en banque. Avec une armée d'alliés puissants derrière lui et un avenir sans aspérités, Jack ne s'était jamais senti plus seul que cette nuit-là. Malgré ses efforts, ses pensées revenaient sans cesse à ce vieillard furieux et effrayé et à sa fille désemparée. Ces images tournoyèrent dans sa tête jusqu'aux premières lueurs de l'aube, tandis qu'il regardait les flocons tomber en silence.

*

* *

Derrière les stores vénitiens poussiéreux qui masquaient la fenêtre du salon, la vieille femme regarda la voiture noire s'arrêter dans son allée. L'arthrite qui lui déformait les genoux l'empêchait de se lever facilement, mais elle se déplaçait sans mal dans la maison. Elle avait le dos perpétuellement courbé et les poumons encrassés pour avoir absorbé toute sa vie goudron et nicotine. Elle comptait le temps qui lui restait : son corps l'avait portée aussi loin qu'il le pouvait. Plus loin en tout cas que celui de sa fille. Elle tâta la lettre dans la poche d'un vieux peignoir rose qui ne parvenait pas à dissimuler complètement ses chevilles rouges et enflées. Elle pensait bien que, tôt ou tard, « ils » allaient se manifester. Quand Wanda était rentrée du commissariat, elle avait su que le temps allait s'accélérer. Les larmes lui montaient aux yeux en repensant aux semaines précédentes.

« C'était ma faute, maman. »

Wanda était alors assise dans la petite cuisine où, enfant, elle avait aidé sa mère à préparer des gâteaux et à faire des conserves de tomates et de haricots verts cueillis dans le bout de jardin derrière. Elle avait répété ces paroles plusieurs fois, puis s'était effondrée sur la table, le corps secoué de sanglots. Edwina avait tenté de raisonner sa fille, mais elle n'avait pas su atténuer le remords qu'éprouvait cette femme menue qui avait été un bébé joufflu aux cheveux bruns et drus. Elle avait montré la lettre à Wanda mais ça n'avait servi à rien : sa fille était au-delà de la compréhension.

Maintenant Wanda n'était plus là et la police était venue. Et Edwina ne pouvait faire qu'une seule chose : quatre-vingt-un ans et craignant toujours Dieu, Edwina Broome allait mentir à la police. Pour elle, c'était la seule possibilité.

« Je suis désolée pour votre fille, Mrs. Broome. »

La vieille femme trouva à Frank un ton sincère. Une larme coula sur son visage ravagé par les années.

Il lui tendit la note laissée par sa fille : elle la lut à l'aide de la loupe qu'elle gardait à portée de la main. Elle leva les yeux vers le visage tendu de l'inspecteur.

« Je n'arrive pas à imaginer à quoi elle pensait en écrivant ça.

— Vous savez qu'un cambriolage a eu lieu chez les Sullivan ? Que Christine Sullivan a été assassinée par la personne qui s'est introduite dans la maison ?

— J'ai vu ça à la télévision juste après. C'est terrible. Terrible.

— Est-ce que votre fille vous a parlé de cette histoire ?

— Oh, bien sûr qu'elle m'en a parlé. Elle était bouleversée. Elle et Mrs. Sullivan s'entendaient bien, vraiment bien. Ça l'a brisée.

— Pourquoi s'est-elle suicidée ?

— Si je pouvais vous le dire, monsieur, je le ferais. »

Cette déclaration ambiguë flotta dans l'air. Frank finit par replier le papier.

« Votre fille vous a-t-elle dit quelque chose à propos de son travail qui pourrait jeter quelque lumière sur le meurtre ?

— Non. Elle aimait sa place. D'après ce qu'elle me disait, elle était très bien traitée. Vivre dans cette grande maison, c'est rudement agréable.

— Mrs. Broome, j'ai cru comprendre que Wanda avait déjà eu des ennuis avec la police.

— Il y a très longtemps, inspecteur. Très, très longtemps, et depuis elle a toujours mené une vie sans reproche.

— J'en suis persuadé, s'empressa d'ajouter Frank. Est-ce que Wanda vous a présenté ces derniers mois quelqu'un que vous ne connaissiez pas, peut-être ? »

Edwina secoua la tête. Jusque-là, c'était la vérité.

Frank la dévisagea. Les yeux brouillés par la cataracte le fixaient également.

« J'ai cru comprendre que votre fille n'était pas aux États-Unis quand l'incident a eu lieu ?

— Elle était dans cette île avec les Sullivan. Je crois qu'ils y vont chaque année.

— Mais Mrs. Sullivan n'est pas partie.

— J'imagine que non puisqu'elle a été tuée ici pendant qu'ils étaient tous là-bas, inspecteur. »

Frank faillit sourire. La vieille dame n'était pas aussi bête qu'elle essayait de le faire croire.

« Vous n'avez aucune idée de la raison pour laquelle Mrs. Sullivan n'est pas partie ? Quelque chose que Wanda vous aurait dit ? »

Edwina secoua la tête. Elle se mit à caresser un chat tigré qui avait sauté sur ses genoux.

« Eh bien, merci de m'avoir reçu. Une fois de plus, je suis désolé pour votre fille.

— Je vous remercie, monsieur. Moi aussi. Vraiment désolée. »

Elle se leva péniblement pour le raccompagner à la porte : la lettre tomba de sa poche. Son cœur loupa un battement. Frank se baissa, la ramassa sans la regarder et la lui tendit.

Elle le regarda partir. Elle se rassit lentement dans son fauteuil près de la cheminée et déplia la lettre.

C'était une écriture qu'elle connaissait bien : *« Ce n'est pas moi. Mais tu ne me croirais pas si je te disais qui c'est. »*

Pour Edwina Broome, c'était tout ce qu'elle avait besoin de savoir. Luther Whitney était un ami de longue date : il ne s'était introduit dans cette maison qu'à cause de Wanda. Si la police le rattrapait, ce ne serait pas à cause d'elle.

Elle ferait ce que Luther lui avait demandé.

*

* *

Seth Frank et Bill Burton se serrèrent la main et s'assirent. Ils étaient dans le bureau de Frank. Le soleil se levait à peine.

« Je vous remercie de me recevoir, Seth.

— C'est inhabituel.

— Fichtrement inhabituel, si vous voulez mon avis. » Burton eut un large sourire. « Je peux en griller une ?

— Je fais comme vous ! »

Burton alluma sa cigarette et se carra dans son fauteuil.

« Il y a longtemps que je suis dans le Service et pour moi, c'est une première. Mais je peux le comprendre. Le vieux Sullivan est un ami du Président. Il l'a aidé à débuter en politique. Ils se connaissent depuis longtemps. De vous à moi, je crois que le Président n'attend pas que nous en fassions plus que nécessaire. Nous n'avons pas l'intention de marcher sur vos plates-bandes.

— De toute façon, c'est hors de votre juridiction.

— C'est vrai, Seth. C'est vrai. Bon sang, j'ai été dix ans dans la police montée. Je sais comment on fait une enquête. La dernière chose qu'on souhaite, c'est d'avoir quelqu'un qui regarde par-dessus votre épaule. »

Le regard de Frank se fit moins méfiant. Un ancien de la police montée devenu agent du Secret Service. Ce type était un professionnel du maintien de l'ordre. Pour Frank, on ne pouvait guère faire mieux.

« Alors, qu'est-ce que vous proposez ?

— Je serai votre relais auprès du Président. Vous découvrez quelque chose dans l'affaire : vous me passez un coup de fil, je renseigne le Président. Comme ça, quand il verra Sullivan, il pourra parler en connaissance de cause du dossier. Croyez-moi, tout ça n'est pas qu'un rideau de fumée : le Président s'intéresse sincèrement à l'affaire.

— Et pas d'intervention des fédéraux. Vous ne changerez pas d'avis ?

— Fichtre, non, je ne suis pas le FBI. Ce n'est pas une affaire fédérale. Considérez-moi comme l'émissaire d'un VIP. Je ne vous demande guère plus qu'un service entre professionnels. »

Frank laissa son regard errer sur la pièce tout en réfléchissant à la situation. Burton essayait de cerner la personnalité de Frank avec précision. Il avait connu bien des inspecteurs. La plupart avaient des capacités très moyennes : ce qui, malgré une criminalité en progression exponentielle, aboutissait à fort peu d'arrestations et moins encore de condamnations. Mais il s'était renseigné sur Seth Frank. Le type était un ancien de la police new-yorkaise, avec tout une brochette de citations. Depuis son arrivée dans le comté de Middleton, pas un homicide n'était resté sans solution. Pas un. Bien sûr, c'était un comté rural : mais cent pour cent de résultats, c'était assez impressionnant. Tout cela mettait Burton très à l'aise. Le Président avait effectivement demandé à Burton de rester en contact avec la police pour tenir Sullivan informé, mais Bill avait ses propres raisons de vouloir être au courant.

« Si les choses bougent très vite je ne pourrai peut-être pas vous mettre au courant tout de suite.

— Seth, je ne vous demande pas de miracle : rien qu'un petit tuyau quand vous en aurez l'occasion. »

Burton se leva et écrasa sa cigarette.

« Nous sommes d'accord ?

— Je ferai de mon mieux, Bill.

— Je ne vous en demande pas plus. »

Burton tourna les talons. « Au fait, à titre de réciprocité, si au cours de votre enquête vous avez besoin qu'on se passe de paperasse, si vous voulez avoir accès à des banques de données, des trucs comme ça : faites-le-moi savoir et votre requête aura priorité absolue. Voici mon numéro.

— Je vous remercie, Bill. »

Deux heures plus tard, Seth Frank décrocha son téléphone. Rien. Pas de tonalité, pas de ligne extérieure. On appela la compagnie du téléphone.

Une heure plus tard, Frank décrocha à nouveau son téléphone : la tonalité était revenue. Tout était arrangé. L'armoire du téléphone était toujours fermée à clé : pour le profane qui aurait regardé à l'intérieur, l'écheveau de fils serait resté indéchiffrable. Et qui, dans la police, pourrait imaginer que ses lignes étaient sur écoute ?

L'information circulait largement maintenant entre Bill Burton et Seth Frank !

XV

« J'estime que c'est une erreur, Alan. Je pense que nous devrions prendre de la distance, et ne pas tenter de nous charger de l'enquête. »

Russell était debout près du bureau du Président, dans le Salon Ovale. Richmond, assis à sa table, examinait la nouvelle législation sur la santé : un véritable bourbier dans lequel il ne comptait pas perdre de son capital de sympathie avant sa campagne.

« Gloria, revenons au programme, voulez-vous ? »

Richmond était préoccupé. Il était en tête dans les sondages mais il trouvait que l'écart avec son plus proche adversaire n'était pas assez grand. Ce dernier, Henry Jacobs, était petit, quelconque et piètre orateur : son seul titre de gloire était de s'être dépensé pendant trente ans pour les pauvres et les défavorisés. Il était pour les médias un désastre ambulant : à l'ère de l'audiovisuel, être photogénique et beau parleur était une absolue nécessité. Jacobs n'était même pas le meilleur au sein d'un parti affaibli qui avait vu ses deux principaux candidats balayés par une accumulation de scandales. Tout cela amenait Richmond à se demander pourquoi ses trente-deux points d'avance dans les sondages ne grimpaient pas jusqu'à cinquante.

Il se tourna vers son chef de cabinet.

« Écoutez, j'ai promis à Sullivan que je suivrais cette affaire de très près. Je l'ai dit à la télévision devant tout le pays, ce qui m'a valu un bond d'une douzaine de points dans les sondages ; de toute évidence, votre équipe est incapable de faire mieux. Faut-il que je déclare la guerre pour faire monter les sondages au niveau qu'ils devraient avoir ?

— Alan, votre réélection est dans la poche, vous le savez. Mais on joue pour gagner. Nous devons rester prudents. Cet individu est toujours dans la nature. Que se passera-t-il s'il est arrêté ? »

Exaspéré, Richmond se leva.

« Faites-moi le plaisir de l'oublier ! Si ce type devait se manifester, il l'aurait déjà fait. Réfléchissez une seconde : le fait que j'aie déclaré m'intéresser en personne à cette affaire retire la moindre once de crédibilité à ce type. Si je n'avais pas publiquement proclamé mon intérêt, quelque fouille-merde de journaliste aurait pu prêter une oreille attentive et insinuer que le Président était impliqué dans la mort de Christine Sullivan. Mais maintenant que j'ai informé le pays que j'étais furieux et décidé à traîner le criminel en justice, les gens se diront : le type a vu le Président à la télé ; c'est un dingue. »

Russell s'assit dans un fauteuil. Richmond n'avait pas toutes les cartes en main. S'il avait connu l'existence du coupe-papier, aurait-il pris les mêmes décisions ? S'il avait su que Russell avait reçu ce message et cette photo ? Elle dissimulait des informations à son patron, des informations susceptibles de détruire leurs deux existences.

En regagnant son bureau, Gloria ne remarqua pas Burton, au détour d'un couloir, qui la suivait d'un regard qui n'avait rien d'affectueux, tant s'en faut.

Quelle conne, mais quelle conne ! Il lui aurait bien logé trois balles dans la tête. Sans sourciller. Sa conversation avec Collin avait éclairé le tableau. S'il avait appelé la police cette nuit-là, cela aurait fait des histoires : mais pas pour lui ni pour Collin. C'étaient le Président et sa copine en jupons qui auraient trinqué. Elle s'était bien fichue d'eux. Il était en train de remettre en question tout ce pour quoi il avait vécu, tout ce en quoi il croyait.

Il était mieux placé que Russell pour voir ce à quoi ils étaient confrontés. Et c'était à cause de cela qu'il avait pris sa décision hier soir. Ce n'était pas une décision facile, mais c'était la seule à laquelle il pouvait penser. C'était la raison de sa visite à Seth Frank et de la mise sur écoute du téléphone de l'inspecteur. Burton savait que sa marge de manœuvres était réduite, mais aucun d'eux n'avait plus la moindre garantie maintenant. Il fallait jouer les cartes qu'on avait en main et espérer que la chance serait du bon côté.

Burton, qui, toute sa vie, avait fait montre d'une parfaite maîtrise de soi, devait se retenir pour ne pas se précipiter dans l'escalier et briser le cou de la garce. Mais il finirait par l'avoir. Même s'il ne faisait rien d'autre dans sa vie, il s'assurerait qu'elle allait souffrir. Il l'arracherait de l'abri douillet de sa tour d'ivoire pour la précipiter dans la merde de la réalité : et il savourerait chaque minute de ce spectacle.

*

* *

Gloria Russell rajusta sa coiffure et retoucha son rouge à lèvres. Elle savait qu'elle se conduisait comme une collégienne amoureuse : mais il y avait un côté si frais et pourtant si viril chez Tim Collin qu'il la distrayait de son travail, ce qui ne lui était jamais arrivé auparavant... Elle savait bien que les hommes au pouvoir prenaient quand même le temps de s'amuser. Elle, qui n'était pas une ardente féministe, ne voyait après tout aucun mal à imiter ses homologues masculins. À ses yeux, ce n'était qu'un des avantages de sa situation.

Elle se débarrassa de sa robe et de ses sous-vêtements pour passer sa chemise de nuit la plus transparente. Elle essayait de garder en mémoire la raison pour laquelle elle séduisait ce garçon. Elle avait besoin de lui pour deux raisons. La première, parce qu'il était au courant de la gaffe qu'elle avait commise avec le coupe-papier et qu'il lui fallait être absolument certaine qu'il garderait le silence là-dessus ; la seconde, parce qu'elle avait besoin de son aide pour récupérer la pièce à conviction. Des raisons impératives, rationnelles et pourtant, ce soir, comme les soirs précédents, ces pensées étaient bien loin d'elle.

Depuis qu'elle était adulte, sa carrière avait toujours primé. À seize ans, elle avait une sexualité normale pour une adolescente. À l'université, brûlant d'une intense envie de dépasser les objectifs pourtant ambitieux fixés par son père, elle s'était projetée vers l'avenir avec une telle ferveur que vingt années s'étaient écoulées avant qu'elle réalise qu'elle avait brimé tous ses désirs sexuels. Tim Collin était arrivé dans sa vie au bon moment. Elle ne se faisait guère d'illusions : leur aventure ne les menait nulle part. Sa sensualité n'était pas si forte qu'elle occultât son ambition de faire un bout de chemin avec quelqu'un de son niveau. Mais Tim Collin lui était devenu nécessaire : il comblait dans sa vie un besoin qui n'avait commencé à la harceler que depuis peu.

En cet instant, elle avait l'impression qu'elle pourrait faire l'amour avec lui tous les soirs jusqu'à la fin de ses jours sans se lasser des sensations qui envahissaient son corps. Son cerveau pouvait lui donner mille raisons de mettre un terme à cette relation, mais son corps n'écoutait pas.

La sonnette résonna plus tôt que prévu. Elle jeta un dernier coup d'œil au miroir et enfila tant bien que mal ses escarpins avant de se précipiter dans le vestibule. Elle ouvrit la porte : elle eut l'impression de recevoir une douche glacée.

« Que foutez-vous ici ? »

Burton avait glissé un pied dans l'entrebâillement de la porte :

« Il faut qu'on parle. »

Inconsciemment, Russell chercha derrière lui, espérant apercevoir l'homme qu'elle attendait.

Son coup d'œil n'échappa pas à Burton.

« Désolé, chef, Joli Cœur ne vient pas. »

Elle essaya de refermer la porte sans parvenir à faire bouger d'un pouce les cent dix kilos de Burton. Avec une aisance exaspérante, il la repoussa et entra.

Il se planta dans le vestibule en regardant le chef de cabinet qui s'efforçait de comprendre ce qu'il faisait là, tout en essayant de dissimuler son anatomie. Double tentative vouée à l'échec.

« Sortez, Burton ! Comment osez-vous débarquer ici ? Vous êtes viré. »

Impassible, Burton pénétra dans la salle de séjour, l'effleurant au passage.

« On cause ici, ou bien on cause ailleurs ? Choisissez. »

Elle lui emboîta le pas.

« Qu'est-ce que vous me chantez là ? Je vous ai dit de sortir. Vous oubliez qui vous êtes. »

Il se tourna vers elle.

« Vous ouvrez toujours la porte habillée comme ça ? »

Il comprenait l'intérêt de Collin. La chemise de nuit ne cachait rien des formes voluptueuses. Malgré vingt-quatre ans de mariage fidèle et quatre gosses, il aurait pu se sentir excité. Mais cette femme à demi nue lui inspirait la plus profonde répulsion.

« Dehors ! Allez au diable, Burton.

— C'est probablement là où nous allons tous aller. Mettez quelque chose de décent. Ensuite on va bavarder et après je m'en irai. Pour l'instant, je bouge pas d'ici.

— Vous vous rendez compte de ce que vous faites ? Je peux vous anéantir.

— C'est sûr ! »

Il tira les photos de la poche de sa veste et les lança sur la table. Russell tenta d'abord de les ignorer mais elle finit par les prendre. Elle tremblait de tous ses membres.

« Vous faites un beau couple Collin et vous. Vraiment. Je crois que les médias partageraient mon opinion. Ce serait un sujet intéressant pour le journal du soir. Qu'est-ce que vous en pensez ? Le chef de cabinet du Président se fait sauter par un jeune agent du

Secret Service, un épisode de la série “ le Tour du Monde de la Baise ”. C’est accrocheur, vous ne trouvez pas ? »

Elle le gifla de toutes ses forces. À s’en faire mal au bras. Elle eut la sensation de frapper un morceau de bois. Burton lui prit la main et la tordit jusqu’à lui arracher un cri de douleur.

« Écoutez, ma petite dame, je suis au courant de tout ce qui se passe ici. Absolument tout. Le coupe-papier. Qui l’a entre les mains. Et, le plus important, comment il a réussi à le prendre. Maintenant, nous avons le courrier de notre cambrioleur voyeur. Vous pouvez prendre ça par n’importe quel bout, nous sommes dans un sacré merdier. Étant donné la façon dont vous avez cafouillé depuis le début, je crois qu’un changement de commandement s’impose. Maintenant, ôtez votre tenue de pute et revenez ici. Si vous voulez que je sauve votre joli petit cul, vous allez faire ce que je vais vous dire. Vous comprenez ? Sinon je suggère que nous ayons une petite conversation avec le Président. Qu’en dites-vous, chef ? »

Burton cracha littéralement ce dernier mot, exprimant sans équivoque le dégoût que Gloria lui inspirait.

Il lui lâcha lentement le bras : il la dominait de toute sa masse, ce qui semblait paralyser toutes ses facultés de réflexion. Elle frictionna son bras endolori avec précaution et leva vers lui un regard presque timide : elle commençait à réaliser que la situation était désespérée.

Elle se précipita vers la salle de bains et vomit. Ça lui arrivait de plus en plus souvent. Elle se passa le visage à l’eau froide jusqu’à ce que ses spasmes nauséeux se calment. Elle parvint à gagner à pas lents sa chambre.

La tête lui tournait. Elle passa un pantalon et un épais chandail et laissa tomber son déshabillé sur le lit. Elle avait honte de le regarder. La nuit de plaisir qu’elle avait espérée tournait au cauchemar. Elle remplaça ses escarpins rouges par des mocassins marrons.

Elle tapota ses joues écarlates : elle se sentait comme une gamine que son père venait de pincer en train de se faire peloter par un garçon. En fait, c’était arrivé et c’était probablement ce qui l’avait incitée à se concentrer totalement sur sa carrière. Ce soir-là, son père l’avait traitée de putain et lui avait administré une telle raclée qu’elle avait manqué l’école une semaine. Elle avait prié toute sa vie de ne jamais à nouveau connaître un tel moment. Jusqu’à ce soir sa prière avait été exaucée.

Elle se força à respirer calmement. Quand elle retourna dans le salon, elle remarqua que Burton avait ôté sa veste et qu’il avait fait du café. Elle regarda l'épais baudrier de cuir et son redoutable contenu.

« Lait et sucre, ça va ? »

Elle parvint à soutenir son regard.

« Oui. »

Il versa le café et elle s'assit en face de lui.

Elle baissa les yeux sur sa tasse.

« Qu'est-ce que Ti... Collin vous a dit ?

— Sur vous deux ? Rien, en fait. Ce n'est pas son genre. Je crois qu'il est drôlement entiché de vous. Corps et âme. Beau travail.

— Vous ne comprenez donc rien ? »

Elle jaillit de son siège.

Burton était d'un calme exaspérant.

« Je comprends ceci : nous sommes au bord d'une falaise et au moindre faux pas, on se retrouve en bas. Franchement, je me fous éperdument de savoir avec qui vous couchez. Ce n'est pas à cause de ça que je suis ici. »

Russell se rassit et se força à boire son café.

Burton se pencha et lui prit le bras aussi doucement qu'il en était capable.

« Écoutez-moi, Gloria Russell. Je ne vais pas rester là à vous raconter que je vous trouve formidable, que je veux vous tirer d'un sale pétrin et que vous n'êtes même pas obligée de faire semblant de m'aimer. Mon point de vue, que cela vous plaise ou non, c'est qu'on rame sur la même galère. La seule façon que je voie de nous en sortir, c'est de travailler ensemble. C'est ce que je voulais vous proposer. »

Burton se cala dans son fauteuil et observa Russell qui reposa sa tasse et s'essuya délicatement les lèvres avec sa serviette avant de répondre.

« D'accord. »

Burton se pencha en avant.

« Récapitulons : il y a sur le coupe-papier les empreintes du Président et celles de Christine Sullivan. Et un peu de leur sang. Exact ?

— Oui.

— Un procureur donnerait n'importe quoi pour retrouver cet objet. Il faut le récupérer.

— Nous allons l'acheter. Il veut le vendre. Le prochain message fixera le prix. »

Pour la seconde fois, Burton lui donna un choc : il lança une enveloppe sur la table.

« Le type a du métier mais, à un moment donné, il faudra bien qu'il dise où déposer le fric. »

Russell prit la lettre. Comme la première fois, le texte était rédigé en majuscules. Le message était bref :

INSTRUCTIONS VONT ÊTRE ENVOYÉES BIENTÔT. RECOMMANDE PRENDRE MESURES PRÉLIMINAIRES POUR SOUTIEN FINANCIER. POUR UN ARTICLE D'UNE TELLE QUALITÉ SUGGÈRE SOMME DANS LES SEPT CHIFFRES. JE SOULIGNE RÉFLÉCHIR SÉRIEUSEMENT AUX CONSÉQUENCES D'UN REFUS. SI INTÉRESSÉ, RÉPONDRE DANS ANNONCES PERSONNELLES DU *POST.*

« Il a un style, n'est-ce pas ? Dépouillé, mais clair. »

Burton se versa une autre tasse de café. Puis il lança sur la table une photo de l'objet que Russell espérait tellement récupérer.

« Et taquin avec ça, n'est-ce pas, Mrs. Russell ?

— Au moins, il a l'air prêt à négocier.

— Nous parlons d'un gros paquet. Vous êtes prête à cracher ?

— Laissez-moi me préoccuper de cet aspect, Burton. L'argent ne sera pas un problème. »

Elle retrouvait son assurance.

« Sans doute pas, reconnut-il. Au fait, pourquoi n'avez-vous pas laissé Collin essuyer ce truc-là ?

— Je n'ai pas à vous répondre.

— Non, vous n'y êtes pas obligée, *madame la Présidente.* »

Russell et Burton échangèrent un sourire. Peut-être s'était-elle trompée ? Burton était un emmerdeur, mais il était malin et prudent. Elle comprenait qu'elle avait besoin de ces qualités plus que de la naïveté de Collin, même accompagnée d'un corps jeune et appétissant.

« Il y a encore un détail, chef.

— Lequel ?

— Quand le moment sera venu de liquider ce type, allez-vous me faire des états d'âme ? »

Russell s'étrangla avec son café. Burton dut lui donner des tapes dans le dos jusqu'à ce qu'elle retrouve sa respiration.

« Je pense que c'est une réponse satisfaisante.

— Qu'est-ce que c'est que cette histoire de le liquider ?

— Vous n'avez toujours pas compris n'est-ce pas ? Je croyais que vous aviez été un brillant professeur dans je ne sais quelle université. Les tours d'ivoire... Laissez-moi vous expliquer ça très simplement.

Ce type est le témoin oculaire de la tentative du Président pour tuer Christine Sullivan. Il a vu celle-ci essayer de lui rendre la pareille. Il nous a vus, Collin et moi, faire notre boulot et éliminer la femme avant que le Président ne se fasse embrocher comme un vulgaire mouton. Un témoin oculaire ! Souvenez-vous de ce terme. Avant même de connaître l'existence de cette petite pièce à conviction que vous avez laissée traîner, j'estimais que, de toute façon, on était cuits. Le type trouverait le moyen d'ébruiter l'histoire et, à partir de là, ça ferait boule de neige. Certaines choses ne peuvent tout bonnement pas s'expliquer, pas vrai ?

« Mais rien ne se passait. Je me suis dit qu'on avait peut-être du bol ou que le type avait trop peur pour se manifester. Voilà maintenant que je découvre cette histoire de chantage : alors je me demande ce que ça veut dire. »

Burton lança à Russell un regard interrogateur.

« Il veut de l'argent en échange du coupe-papier. Qu'est-ce que ça pourrait vouloir dire d'autre, Burton ? »

Burton secoua la tête.

« Non, cela signifie que ce type se fout de nous. Il joue au plus malin. Nous avons dans la nature un témoin oculaire qui commence à se sentir un peu trop sûr de lui. Par-dessus le marché, il a fallu un vrai professionnel pour mettre la main sur le magot de Sullivan. Ce n'est pas le genre à s'affoler facilement.

— Et alors ? Si nous récupérons le coupe-papier, ne sommes-nous pas tirés d'affaire ? »

Russell commençait vaguement à voir où Burton voulait en venir : mais ce n'était pas assez clair.

« À condition qu'il ne garde pas des photos qui pourraient se retrouver d'un jour à l'autre à la *une* du *Post*. Un agrandissement en première page de l'empreinte de la paume du Président sur un coupe-papier provenant de la chambre à coucher de Christine Sullivan. Sans doute le point de départ d'une intéressante série d'articles. Suffisamment pour que les journalistes se mettent à fouiner. Même la plus infime allusion à un rapport entre le Président et le meurtre de Christine Sullivan, et c'est terminé. Bien sûr, on peut que le type est dingue ou raconter que la photo est un montage. Mais ce n'est pas tant de voir une de ces photos paraître dans le *Post* qui me préoccupe c'est notre autre problème.

— Qui est ? »

Russell se pencha en avant, la voix sourde, presque rauque, comme si elle commençait à prendre conscience de quelque chose de terrible.

« Vous avez oublié que ce type a vu ce qui s'est passé cette nuit-là ? Tout. Il connaît nos identités. Il sait comment nous avons stérilisé les lieux : je suis sûr que cela intrigue encore la police. Il peut raconter comment nous sommes arrivés et repartis. Il peut dire aux flics d'inspecter le bras du Président pour y chercher la cicatrice d'une blessure à l'arme blanche. Il peut expliquer comment nous avons extrait une balle du mur et où nous nous trouvions quand nous avons ouvert le feu. Il peut raconter tout ce qu'ils veulent savoir. À ce moment-là, ils penseront d'abord qu'il connaît tout des lieux du crime parce qu'il se trouvait là et que c'est lui qui a tiré. Là-dessus, les flics vont commencer à se rendre compte que ce n'était pas le boulot d'un homme seul. Ils se demanderont comment il est au courant de tout le reste. Il y a une partie qu'il n'aurait pas pu inventer et qu'ils vérifieront. Ils commenceront à se poser des questions sur ces petits détails qui ne collent pas mais que ce type peut expliquer. »

Russell se leva. Elle s'approcha du bar et se versa un scotch. Elle en servit un à Burton. Elle pensa à ce qu'il venait de dire. Il avait tout vu. Y compris Gloria Russel en train de faire l'amour à un Président inconscient. Horrifiée, elle chassa l'image de son esprit.

« Pourquoi se manifesterait-il une fois payé ?

— Qu'est-ce qui dit qu'il se manifestera en personne ? Vous vous rappelez ce que vous avez dit cette nuit-là ? Qu'il pourrait le faire de loin. Se marrer pendant le trajet jusqu'à la banque et faire tomber une Administration. Tenez, il peut tout coucher sur le papier et le faxer aux flics. Ils seront obligés d'enquêter et qui sait s'ils ne découvriront pas quelque chose ? S'ils ont recueilli dans la chambre la moindre preuve : racine de cheveu, salive, sperme, c'est déjà trop. Avant, ils n'avaient aucune raison de regarder dans notre direction. Maintenant, qui sait ? S'ils font une comparaison d'ADN avec Richmond : on est foutus. Foutus.

« En plus, l'inspecteur chargé de l'affaire n'est pas un débutant, mon instinct me dit que si on lui laisse le temps, il finira par découvrir cet enfant de salaud. Devant la perspective de passer le reste de sa vie en prison ou de risquer la peine capitale, n'importe qui viderait son sac, croyez-moi. J'ai vu ça arriver souvent. »

Russell sentit le froid l'envahir. Ce que Burton disait était frappé au coin du bon sens. Le Président avait pourtant paru si convaincant. Ni elle ni lui n'avaient envisagé ce point de vue-là.

« D'ailleurs, pour vous, je ne sais pas. Mais moi, je n'ai pas l'intention de passer le restant de mes jours à regarder derrière moi en attendant que ça me tombe dessus.

— Mais comment le trouver ? »

Burton s'amusa de constater que le chef de cabinet semblait avoir accepté son plan sans discussion. La valeur d'une vie ne comptait finalement guère pour cette femme face à la menace qui pesait sur son destin. Il ne s'était pas attendu à autre chose.

« Avant de connaître l'existence des lettres, je pensais que nous n'avions aucune chance. Mais, avec ce chantage, à un moment donné, il faut toucher l'argent. Alors il sera vulnérable.

— Mais il demandera simplement qu'on vire l'argent quelque part. Si ce que vous dites est vrai, ce type est trop malin pour aller chercher un sac de billets dans une poubelle. Quand nous saurons où se trouve le coupe-papier, notre homme aura disparu depuis longtemps.

— Peut-être bien que oui, peut-être bien que non. Laissez-moi m'occuper de tout ça. Il faut seulement que vous le meniez en bateau. S'il veut que l'affaire soit réglée dans les deux jours, vous en demandez quatre. Et la petite annonce que vous ferez passer, tâchez qu'elle ait l'air sincère. Je vous en charge, professeur. Mais il faut m'obtenir un peu de temps. »

Burton se leva. Elle lui saisit le bras.

« Et vous, que faites-vous ?

— Moins vous en saurez, mieux ça vaudra. Mais comprenez bien que si tout explose, on tombe tous, y compris le Président. Je ne ferai rien pour l'empêcher. D'ailleurs, j'estime que vous le méritez tous les deux.

— On ne peut pas dire que vous doriez la pilule, n'est-ce pas ?

— Ça ne m'a jamais paru utile. »

Il passa son manteau.

« Au fait, vous vous rendez compte que Richmond a flanqué une sacrée raclée à Christine Sullivan, hein ? D'après le rapport d'autopsie, on dirait qu'il a essayé de faire un nœud avec son cou.

— C'est ce que j'ai cru comprendre. C'est important de le savoir ?

— Vous n'avez pas d'enfant, n'est-ce pas ? »

Russell secoua la tête.

« J'en ai quatre, dont deux filles, un peu plus jeunes que Christine Sullivan. Un père réfléchit à ces choses-là. Des êtres chers bousillés par un trou-du-cul comme ça. Je voulais simplement que vous sachiez quel genre d'individu est notre patron. Parce que, si jamais il vous fait des avances, il faudra y réfléchir à deux fois. »

Il la laissa dans le salon à méditer sur sa vie brisée. En montant en voiture, il prit le temps d'allumer une cigarette. Ces derniers jours, Burton avait passé en revue vingt ans de sa vie. Le prix à payer pour préserver cette vie commençait à atteindre des sommets vertigineux. Est-ce que cela valait la peine ? Était-il prêt à le payer ? Il pouvait encore aller voir les flics. Tout leur raconter. Sa carrière serait finie, évidemment. La police l'inculperait d'obstruction à la justice, de complicité de meurtre, peut-être même d'assassinat pour avoir descendu Christine Sullivan. Et tout s'additionnerait, bien entendu. Même en passant un marché, il en avait pour pas mal d'années. Mais il pouvait aller en prison. Il pouvait aussi supporter le scandale. Toutes les saletés qui seraient imprimées dans les journaux. Il serait considéré comme un criminel et lié de manière indissociable à cette administration Richmond pourrie. Même ça, il pouvait le supporter. La seule chose que Burton ne pouvait envisager, c'est le regard de ses enfants. Jamais plus il ne verrait dans leurs yeux la fierté et l'amour. Et cette certitude absolue que leur papa, cet homme formidable, était sans discussion du côté du bien. C'était trop dur d'imaginer cela.

Burton pensait à tout cela depuis sa conversation avec Collin. Une part de lui regrettait d'avoir posé des questions. Et d'avoir découvert la tentative de chantage. Parce que ça lui faisait entrevoir des possibilités. Et des possibilités s'accompagnaient toujours de choix. Burton avait fait son choix. Il n'en était pas fier. Si les choses se passaient comme il l'avait prévu, il se dépêcherait d'oublier ce qui serait arrivé. Si les choses tournaient mal ? Alors, tant pis. Mais s'il tombait, tous les autres tomberaient avec lui.

Cette idée en amena une autre. Burton ouvrit la boîte à gants et en tira un petit magnétophone et une poignée de cassettes. Il jeta un dernier coup d'œil à la maison en tirant sur son mégot.

Puis il démarra. En passant devant la maison du chef de cabinet, il se dit que les lampes n'étaient pas près de s'éteindre.

XVI

Laura Simons avait perdu tout espoir de trouver quoi que ce soit.

On avait minutieusement saupoudré et vaporisé l'intérieur et l'extérieur de la fourgonnette à la recherche d'empreintes. On avait même apporté un laser spécial : mais chaque fois qu'ils trouvaient quelque chose, c'étaient les empreintes de quelqu'un dont on pouvait expliquer la présence. Elle connaissait maintenant par cœur celles de Pettis. Il avait la malchance d'avoir des arcs partout, une des formes d'empreintes des plus rares, et une petite cicatrice au pouce qui avait d'ailleurs amené son arrestation quelques années auparavant.

Les délinquants avec des cicatrices sur les doigts étaient le rêve de tous les techniciens de médecine légale.

On avait trouvé les empreintes de Budizinski, il avait posé le doigt sur un solvant puis contre un morceau de contre-plaqué à l'arrière de la camionnette : empreinte aussi parfaite que si Laura l'avait prise elle-même.

Tout compte fait, on avait relevé cinquante-trois empreintes utilisables et elle cherchait la cinquante-quatrième, celle qui la ferait toucher au but. Assise au milieu de la fourgonnette, elle examinait l'intérieur.

Elle avait inspecté chaque endroit où raisonnablement on s'attendrait à trouver une trace de doigt. Elle avait vérifié tous les coins et recoins du véhicule : elle ne savait plus où et quoi regarder.

Pour la vingtième fois, elle refit les mouvements de chargement de la camionnette, de sa conduite — le rétroviseur était un endroit idéal pour les empreintes. Elle manipula l'équipement, souleva les bouteilles de produits, déroula les tuyaux, ouvrit et ferma les portières. Sa tâche était d'autant plus difficile que les empreintes ont tendance à s'effacer avec le temps selon la surface sur laquelle elles se trouvent et le climat environnant. Par temps doux et humide elles se conservent bien. Un temps sec et frais est ce qu'il y a de pire.

Elle ouvrit la boîte à gants et refit l'inventaire du contenu. Chaque article avait été saupoudré de céruse. Elle feuilleta machinalement le livre de bord de la camionnette. Des taches violacées sur le papier lui rappelèrent que les réserves de nitrate d'argent du labo étaient maigres. Les pages étaient patinées et pourtant le véhicule n'avait connu que peu de pannes depuis qu'il était en service. La société croyait à un programme d'entretien rigoureux. Chaque détail était soigneusement noté et daté. L'entreprise possédait sa propre équipe de mécaniciens.

En feuilletant les pages, un détail attira son attention. Une mention sur deux était paraphée par G. Henry, ou par H. Thomas, tous deux mécaniciens chez Metro. Il y en avait une paraphée J. P. qui précisait que le niveau d'huile de la fourgonnette était bas et qu'on en avait remis deux litres. Tout cela était peu excitant : pourtant la date était celle du jour du nettoyage chez Sullivan.

Simons sentit son cœur battre plus vite : elle croisa les doigts et descendit du véhicule. Elle souleva le capot et examina longuement le moteur. Elle promena partout le faisceau de sa lampe ; au bout d'un moment elle trouva : l'empreinte huileuse d'un pouce s'étalait devant elle sur le côté du réservoir du lave-glace. Là où on appuierait naturellement la main en pressant sur le bouchon du radiateur d'huile pour l'ouvrir ou le fermer. Un coup d'œil lui révéla que l'empreinte n'appartenait pas à Pettis ni à aucun des deux mécaniciens. Elle saisit la fiche qui portait celles de Budizinski. Elle était sûre que ce n'étaient pas les siennes. Elle ne se trompait pas. Elle pulvérisa soigneusement l'empreinte pour la relever : elle la reporta sur une fiche et fit presque en courant tout le trajet jusqu'au bureau de Frank. Elle le cueillit au moment où il partait.

« Vous me racontez des craques, Laurie.

— Vous voulez qu'on vérifie auprès de Pettis pour voir s'il se souvient que Rogers a remis de l'huile ce jour-là ? »

Frank appela l'entreprise de nettoyage mais Pettis était déjà parti. On téléphona chez lui : ça ne répondait pas.

Simons regarda la fiche comme si c'était le joyau le plus précieux du monde.

« Laissez tomber. Je vais consulter nos archives. J'y passerai la nuit s'il le faut. On peut demander à Fairfax de consulter l'AFIS de la police de l'État : notre foutu terminal est encore en panne. » Simons faisait allusion au système automatisé d'identification des empreintes installé à Richmond où on pouvait comparer les empreintes relevées sur les lieux d'un crime avec celles des banques de données de l'État.

Frank réfléchit un moment.

« Je crois que je peux faire mieux.

— Comment ça ? »

Frank prit son téléphone et composa un numéro. Il dit dans le combiné : « Agent Bill Burton, je vous prie. »

*

* *

Burton passa prendre Frank et ils se rendirent ensemble en voiture au Hoover Building où se trouvait le siège du FBI. La plupart des touristes connaissent l'immeuble : un édifice massif et laid qu'il ne faut pas manquer quand on visite Washington. Là se trouve le « National Crime Information Center », un système de renseignements informatisés dépendant du FBI : quatorze banques de données sont réparties par type, et deux sous-systèmes constituent la plus grande collection de renseignements du monde sur les criminels connus. L'Automated Identification System du NCIC est le meilleur ami d'un policier : avec ses archives de dizaines de millions de fiches, les chances qu'avait Frank de taper dans le mille augmentaient de façon sensible.

Après avoir remis l'empreinte au technicien du FBI, avec la consigne que cette mission était prioritaire, Burton et Frank attendirent dans le couloir en buvant nerveusement du café.

« Ça va prendre un petit moment, Seth. L'ordinateur va sortir un tas de possibilités. Les techniciens devront encore procéder manuellement à l'identification. Je vais rester là et je vous préviendrai dès qu'on aura quelque chose. »

Frank regarda sa montre. Sa petite dernière jouait dans une saynète à l'école. Ce n'était qu'un rôle de légume mais, pour l'enfant, c'était la chose la plus importante au monde.

« Vous êtes sûr ?

— Laissez-moi un numéro où je puisse vous joindre. »

Frank lui donna un numéro et partit en hâte. L'empreinte pourrait se révéler n'être rien du tout : par exemple celle d'un employé de la station-service. Mais quelque chose lui disait que ce n'était pas le cas. Christine Sullivan était morte depuis un bout de temps. Des pistes froides comme celles-là le restaient généralement autant que la victime sous ses six pieds de terre. Soudain la piste refroidie redevenait brûlante. Restait à voir si elle conduirait quelque part. Pour le moment, Frank se réjouissait de ce rebondissement. Son sourire n'était pas seulement dû au plaisir de voir sa fille de cinq ans se pavaner, déguisée en concombre.

Burton le suivit des yeux : il souriait, lui aussi, mais pour une tout autre raison...

*
* *

Plus tard ce soir-là, Burton eut sous les yeux un nom qui lui était totalement inconnu.

Luther Albert WHITNEY. Né le 5.8.33. Sécurité sociale n° 179-82-1244. Taille : 1,70 m. Poids : 72 kg. Signe particulier : cicatrice de cinq centimètres à l'avant-bras gauche. Grâce au fichier d'identification inter-États, Burton s'était également procuré un rapport sur le passé de cet homme.

Le compte rendu énumérait trois condamnations pour cambriolage. Whitney avait des dossiers dans trois États différents. Il avait purgé de longues peines de détention, avait été libéré pour la dernière fois en 1975. Rien depuis. Du moins rien dont les autorités aient eu connaissance. Burton avait déjà rencontré des hommes comme ça, des criminels de carrière qui ne cessaient de s'améliorer dans la profession qu'ils avaient choisie. Il était prêt à parier que Whitney était un de ces types-là.

Il y avait un hic : la dernière adresse connue était à New York et remontait à vingt ans.

Commençant par le plus simple, Burton alla dans le couloir jusqu'à une cabine téléphonique et ramassa tous les annuaires de la région. Il essaya Washington d'abord. Il fit chou blanc. Venait ensuite la Virginie du Nord. Trois Luther Whitney figuraient dans l'annuaire. Le coup de téléphone suivant fut pour la police de l'État de Virginie où il avait un contact de longue date. On accédait aux archives des cartes grises par ordinateur. Deux des Luther Whitney avaient respectivement vingt-trois et quatre-vingt-cinq ans. Mais Luther Whitney, 1645 East Washington Avenue, Arlington, était né le 5 août 1933 et son numéro de Sécurité sociale, utilisé en Virginie comme numéro de permis de conduire, confirma que c'était l'homme en question. Mais était-ce Rogers ?

Burton prit son carnet. Frank avait été bien aimable de laisser Burton consulter son dossier. Au bout de trois sonneries, Jérôme Pettis répondit. Se présentant vaguement comme étant un collègue de Frank, Burton posa la question. Il s'écoula cinq interminables secondes. Burton essaya de calmer ses nerfs en écoutant la respiration de son interlocuteur. Mais la réponse valait bien cette attente.

« Bon sang, mais c'est vrai. Le moteur a failli se gripper.

Quelqu'un avait mal fermé le bouchon du réservoir d'huile. J'ai demandé à Rogers de refaire le plein parce qu'il était assis sur le bidon d'huile qu'on range à l'arrière. »

Burton remercia et raccrocha. Il consulta sa montre. Il avait encore du temps avant de laisser le message à Frank. Luther Whitney n'avait certainement pas remis les pieds chez lui après le meurtre. Mais Burton voulait mieux « sentir » le type et trouver peut-être une indication sur le lieu de son refuge. La meilleure façon d'y parvenir, c'était d'aller voir où il vivait. Avant la police. Il se dirigea à grands pas vers sa voiture.

*

* *

Le temps était humide et froid. Les essuie-glaces balayaient sans relâche le pare-brise. Kate ne savait pas très bien pourquoi elle était là. Elle n'y était venue qu'une fois au cours de ces dernières années. Ce jour-là, elle était restée dans la voiture pendant que Jack entrait chez Luther. Pour lui annoncer qu'il allait épouser sa fille unique. Elle avait eu beau insister en disant que son père s'en fichait, Jack n'en avait pas démordu. Apparemment, Luther ne s'en moquait pas du tout. Il était sorti sur la véranda et l'avait regardée en souriant. Il avait eu un mouvement bizarre, comme s'il hésitait à s'approcher d'elle. Il aurait voulu l'embrasser mais ne savait pas très bien comment s'y prendre étant donné leurs relations plutôt distantes. Il avait serré la main de Jack, lui avait donné une grande claque dans le dos et s'était tourné vers elle comme pour quêter son approbation.

Elle avait alors résolument détourné les yeux, bras croisés, jusqu'au moment où Jack était remonté dans la voiture et où ils avaient démarré. Le rétroviseur lui avait renvoyé sa silhouette tandis qu'ils s'éloignaient. Son père lui semblait plus petit que dans son souvenir. Dans l'esprit de Kate, pourtant, Luther était la vivante incarnation de tout ce qu'elle craignait et détestait. Une sorte de géant qui dévorait tout autour de lui et vous étouffait de sa masse formidable. Il n'avait pas toujours été comme cela, mais elle refusait de l'admettre. Elle n'avait plus voulu se trouver face à cette image : mais elle n'arrivait pas à détourner le regard. Pendant plus d'une minute, tandis que la voiture prenait de la vitesse, ses yeux scrutaient le reflet de l'homme qui lui avait donné la vie puis la lui avait reprise ainsi que celle de sa mère avec brutalité.

Luther avait suivi des yeux la voiture qui s'éloignait en emportant sa fille. Il avait sur le visage un mélange de tristesse et de résignation. Pour elle, c'était un de ses trucs pour lui donner des remords. Elle savait très bien que son père ne jouait pas à ces jeux-là, mais elle ne pouvait lui laisser le bénéfice du doute. C'était un voleur. Il ne respectait pas la loi. C'était un sauvage dans un monde civilisé. Il était incapable de sincérité.

Puis ils avaient tourné le coin de la rue et son image avait disparu, comme si elle avait été au bout d'un fil qu'on avait soudain tiré.

Elle s'arrêta dans l'allée. La maison était obscure. Le faisceau de ses phares se reflétait sur l'arrière de la voiture garée devant elle. Cela lui fit mal aux yeux. Elle éteignit ses lumières. Elle prit une profonde inspiration et sortit dans le froid.

La dernière averse de neige avait été peu abondante. Ce qu'il en restait crissait sous ses pas tandis qu'elle s'approchait de la porte d'entrée. On annonçait du verglas pour la nuit. Elle posa une main sur la voiture de son père pour ne pas glisser. Elle avait beau s'attendre à ne pas le trouver, elle s'était lavé les cheveux. Elle avait revêtu un des tailleurs qu'elle réservait généralement au tribunal et s'était maquillée avec soin. Elle avait réussi dans la vie. Si le hasard les mettait en présence, elle voulait qu'il comprenne que, malgré son désintérêt, non seulement elle avait survécu mais elle s'était épanouie.

La clé était toujours à la même place, depuis des années. Elle avait toujours trouvé comique qu'un cambrioleur laissât sa propriété si facilement accessible. Elle entra à pas lents sans remarquer qu'une voiture venait de s'arrêter de l'autre côté de la rue. Ni que le conducteur ne la quittait pas des yeux et notait déjà son numéro minéralogique.

La maison avait l'odeur de renfermé que prennent les endroits abandonnés depuis longtemps. Kate avait de temps en temps tenté d'imaginer à quoi ressemblait l'intérieur où vivait son père. Elle se l'était représenté propre et bien rangé : elle ne fut pas déçue.

Dans l'obscurité, elle s'assit dans un fauteuil du salon : c'était le siège préféré de son père et elle ne se doutait pas que Luther avait machinalement fait la même chose quand il s'était rendu dans son appartement à elle...

La photo était sur la tablette de la cheminée. Elle devait dater de près de trente ans. Kate, dans les bras de sa mère, était emmaillotée de la tête aux pieds : sous un bonnet rose, on apercevait quelques rares mèches noires. Son père, le visage sans expression, coiffé d'un feutre au bord rabattu, était debout près de la mère et de l'enfant : sa main effleurait les petits doigts tendus.

La mère de Kate avait gardé cette photo sur sa coiffeuse jusqu'à sa mort. Kate l'avait jetée le jour de l'enterrement : elle avait maudit l'intimité entre le père et la fille affichée sur cette image. En fait, elle l'avait jetée après la dernière visite de son père à la maison. Elle lui avait sauté dessus avec une fureur qui l'avait surprise elle-même. Une fureur qu'elle ne réussissait plus à maîtriser : celui qui en était la cible ne bronchait pas. Immobile, il acceptait ce déferlement de rage trop longtemps contenue. Plus il était calme, plus sa colère montait, et elle l'avait giflé, à deux mains, jusqu'à ce que les autres personnes présentes la tirent en arrière. Alors seulement son père avait remis son chapeau sur sa tête, posé sur la table les fleurs qu'il avait apportées. Puis, le visage gonflé par les coups portés par sa fille et les yeux emplis de larmes, il avait franchi la porte en la refermant sans bruit derrière lui.

Kate se mit à penser que son père, lui aussi, avait eu du chagrin ce jour-là. Qu'il pleurait une femme qu'il avait aimée une grande partie de sa vie et qui assurément l'avait aimé. Elle sentit sa gorge se serrer et s'empressa de maîtriser les sanglots qu'elle sentait monter.

Elle se leva et visita la maison. Elle inspectait prudemment chaque pièce puis revenait sur ses pas. Elle était de plus en plus nerveuse à mesure qu'elle avançait dans le domaine de son père. La porte de la chambre à coucher était entrouverte : elle se décida enfin à l'ouvrir. Elle se risqua à allumer une lampe : ses yeux s'adaptèrent à la lumière et son regard tomba sur la table de nuit. Elle s'approcha et finit par s'asseoir sur le lit défait.

Le collage était une sorte d'autel photographique à elle dédié. De sa petite enfance à maintenant, sa vie entière était évoquée ici. Chaque soir, lorsqu'il s'endormait, la dernière chose que voyait son père, c'était elle. Mais ce qui la bouleversa le plus, c'étaient les photos les plus récentes : des photos du jour où on lui avait remis son diplôme au collège, puis à la faculté de droit. Son père n'avait pas été invité à ces cérémonies : mais il en conservait ici le souvenir. Sur ces clichés, elle marchait, elle faisait signe à quelqu'un ou bien elle était simplement immobile, ignorant manifestement la présence de l'objectif. Elle passa à la dernière photo : elle descendait les marches du tribunal d'Alexandria. Sa première audience ! Elle avait été nerveuse. Il s'agissait d'un petit délit, une affaire de simple police : mais le grand sourire qui s'épanouissait sur son visage proclamait sa victoire !

Elle se demanda comment elle avait pu ne jamais le voir. Elle se demanda même si, en fait, elle ne l'avait pas aperçu mais l'avait ignoré.

Sa première réaction fut la colère. Son père l'avait espionnée toutes ces années. Il avait violé tous les instants de sa vie de sa présence importune.

La seconde fut plus subtile. Lorsqu'elle la sentit la submerger, elle se leva brusquement du lit et se détourna pour quitter la pièce.

C'est à ce moment qu'elle heurta de plein fouet l'homme planté là...

*

* *

« Encore une fois, mademoiselle, je suis désolé. Je ne voulais pas vous surprendre.

— Me surprendre ? Vous m'avez fait une peur du diable. »

Assise au bord du lit, Kate essayait de retrouver son calme et de cesser de trembler. Le froid de la maison n'arrangeait rien.

« Pardonnez-moi, mais pourquoi le Secret Service s'intéresse-t-il à mon père ? »

Elle regarda Bill Burton avec dans le regard une lueur qui ressemblait à de la peur. Du moins, c'est de cette façon qu'il l'interpréta. Il l'avait observée dans la chambre ; et rapidement deviné ses motifs, ses intentions, en surveillant ses mouvements. Il avait mis des années à développer ce talent, en scrutant les foules, à l'affût du moindre mouvement qui pouvait se changer en risque. Un père et une fille brouillés. Elle était finalement venue prendre de ses nouvelles. Son ami avait précisé que la jeune femme assise en face de lui était très brutale pour les gens accusés de cambriolage. Les choses commençaient à se mettre en place, et de façon très positive pour ce qui le concernait.

« Nous ne nous intéressons pas vraiment à lui, miss Whitney. Mais on ne peut pas en dire autant de la police du comté de Middleton.

— Middleton ?

— Oui, mademoiselle. Je suis sûr que vous avez entendu parler du meurtre de Christine Sullivan. »

Il laissa cette information flotter dans l'air pour voir sa réaction. Comme il s'y attendait, ce fut une totale incrédulité.

« Vous croyez que mon père y est pour quelque chose ? »

C'était une question légitime. Mais elle ne l'avait pas formulée de façon défensive. Burton jugea cela significatif et y vit un autre élément positif en faveur du plan qu'il avait commencé à échafauder dès l'instant où il avait posé les yeux sur elle.

« C'est ce que pense l'inspecteur chargé de l'enquête. Apparemment, votre père, avec une équipe de nettoyage de moquettes et sous un faux nom, se trouvait dans la maison de Sullivan peu avant le meurtre. »

Kate retint son souffle. Son père nettoyant des moquettes ? Bien sûr, il repérait les lieux. Il estimait les points faibles, tout comme avant. Rien n'avait changé. Mais un meurtre ?

« Je n'arrive pas à croire qu'il a tué cette femme.

— D'accord, mais vous pouvez croire qu'il essayait de cambrioler la maison, n'est-ce pas, miss Whitney ? Je veux dire : ce n'est pas la première fois ni même la seconde ? »

Kate regarda ses mains. Elle finit par secouer la tête.

« Les gens changent, mademoiselle. Je ne sais pas à quel point vous étiez proche de votre père ces derniers temps » — Burton remarqua le changement d'expression, léger mais perceptible — « mais il y a d'assez fortes présomptions indiquant qu'il est impliqué d'une façon ou d'une autre. La femme est morte. Vous avez certainement déjà obtenu une condamnation avec moins de preuves que cela. »

Kate le regarda d'un air méfiant.

« Comment en savez-vous autant sur moi ?

— Je vois une femme s'introduire subrepticement dans la maison d'un suspect recherché par la police. Je fais ce que n'importe quel flic ferait : je transmets votre numéro minéralogique. Votre réputation vous précède, miss Whitney. La police de l'État a beaucoup d'estime pour vous, vous savez. »

Son regard parcourut la pièce.

« Il n'est pas ici. On dirait qu'il n'y est pas venu depuis longtemps.

— Oui, mademoiselle, c'est évident. Vous ne sauriez pas, par hasard, où il est, n'est-ce pas ? Il n'a pas tenté de vous contacter ? »

Kate pensa à Jack et à son visiteur nocturne.

« Non. »

Sa réponse arriva un peu trop vite au goût de Burton.

« Il ferait mieux de se rendre, miss Whitney. Il y a pas mal de flics dans la région qui ont la gâchette nerveuse.

— Je ne sais pas où il est, Mr. Burton. Mon père et moi... nous n'étions plus très proches... depuis longtemps.

— Mais vous êtes ici et vous saviez où il cachait son autre clé. »

La voix de Kate monta d'une octave.

« C'est la première fois que je mets les pieds dans cette maison. »

Burton la dévisagea et décida qu'elle disait la vérité.

« Avez-vous un moyen d'entrer en contact avec lui ?

— Pourquoi ? Je n'ai aucune envie d'être mêlée à cette affaire, Mr. Burton.

— Ma foi, je crois que c'est un peu tard. Vous feriez mieux de coopérer. »

Kate prit son sac et se leva.

« Écoutez, Mr. Burton, ça n'est pas vous qui allez m'impressionner : ça fait longtemps que je suis dans le métier. Vous me comprenez ? Si la police veut perdre son temps à m'interroger, je suis dans l'annuaire officiel du gouvernement à la rubrique " procureur de l'État ". À bientôt. »

Elle se dirigea vers la porte.

« Miss Whitney ? »

Elle se retourna, prête à une autre escarmouche verbale. Secret Service ou pas, elle n'allait pas se laisser avoir par ce type.

« Si votre père a commis un crime, il doit être jugé et condamné. S'il est innocent, il repartira libre. C'est ainsi que le système est censé fonctionner. Vous le savez mieux que moi. »

Kate s'apprêtait à répondre quand ses yeux tombèrent sur les photos. Sa première journée au tribunal. Ça aurait pu dater d'il y a un siècle. Ce sourire, ces rêves d'avenir avec lesquels tout le monde démarre, en espérant atteindre à la perfection. Elle était retombée sur terre, depuis longtemps, et ce n'était pas seulement la faute de la gravité universelle.

La remarque acide qu'elle avait eu en tête lui avait échappé, diluée dans le sourire d'une jeune femme qui croyait que le monde lui appartiendrait.

Bill Burton la regarda tourner les talons et s'en aller. Il tourna les yeux vers la photo, puis son regard revint vers le seuil.

XVII

« Merde, Bill, vous n'auriez pas dû faire ça. Vous m'aviez dit que vous n'alliez pas intervenir dans l'enquête. Bon Dieu, je devrais vous flanquer en taule. C'est votre patron qui serait content. »

Seth Frank foudroya du regard son interlocuteur.

Bill Burton s'assit. Il s'attendait bien à une engueulade pour ce coup-là.

« Vous avez raison, Seth. Mais, bon sang, j'ai été flic dix ans. Vous n'étiez pas joignable. Je vais là-bas pour repérer les lieux et je vois une mignonne qui s'introduit dans la maison. Qu'est-ce que vous auriez fait ? »

Frank ne répondit pas.

« Écoutez, Seth, vous pouvez m'engueuler, mais je vous assure que cette femme est un atout précieux pour nous. Grâce à elle, nous pouvons coincer ce type. »

L'expression de Seth se radoucit. Sa colère se calmait.

« Qu'est-ce que vous racontez ?

— C'est sa fille. Sa fille. En fait, son seul enfant. Luther Whitney a été condamné trois fois. Il a eu une carrière criminelle qui apparemment s'est améliorée avec l'âge. Sa femme a demandé le divorce après la troisième condamnation. Elle n'en pouvait plus. Là-dessus, au moment où elle met de l'ordre dans sa vie, elle claque d'un cancer du sein. »

Il marqua un temps. Seth Frank était tout ouïe.

« Continuez.

— La petite Kate Whitney est anéantie par la mort de sa mère. Elle la ressent comme la dernière trahison de son père. Elle est si anéantie qu'elle rompt totalement avec lui. Ce n'est pas tout : elle fait ses études de droit, puis commence à travailler comme assistante du procureur de l'État. Elle se fait une réputation de peau de vache, particulièrement en ce qui concerne les voleurs, les cambrioleurs : elle demande le maximum pour tous ces types, et permettez-moi d'ajouter qu'en général elle l'obtient.

— Où avez-vous eu tous ces renseignements ?

— Quelques coups de fil à des personnes bien placées. Des gens qui aiment parler des ennuis d'autrui : ça leur donne l'impression que leur vie est un peu moins moche, ce qui n'est pas le cas.

— Où nous mènent tous ces drames familiaux ?

— Seth ! Réfléchissez ! Cette fille déteste son paternel. Elle le déteste avec un D majuscule.

— Vous voulez l'utiliser pour le coincer ? S'ils sont brouillés à ce point-là, comment y arriverons-nous ?

— Justement, c'est là le truc : toute la haine, tout le malheur sont de son côté à elle. Lui, il l'aime. Il l'aime plus que tout au monde. Il lui a élevé une sorte d'autel dans sa chambre. Je vous assure, le type est mûr.

— Si, et à mon avis c'est encore un grand « si », si elle est prête à coopérer, comment va-t-elle le contacter ? On ne peut pas espérer qu'il vienne traîner chez lui autour de son téléphone.

— Non, mais je parie qu'il vérifie s'il a des messages. Je voudrais que vous voyiez sa maison. Ce type est très ordonné : tout est à sa place, les factures probablement payées à l'avance. Et il ne se doute pas que nous sommes à ses trousses. En tout cas, pas encore. Il doit probablement interroger son répondeur une ou deux fois par jour. À tout hasard.

— Alors elle lui laisse un message. Elle convient d'un rendez-vous et nous le coinçons. »

Burton se releva. Il fit sortir de son paquet deux cigarettes et en lança une à Frank. Tous deux mirent un moment à l'allumer.

« Pour ma part, c'est comme ça que je vois les choses, Seth. À moins que vous n'ayez une meilleure idée.

— Il faut encore la convaincre de le faire. D'après ce que vous m'avez dit, elle n'avait pas l'air très disposée.

— Je crois qu'il faut que vous lui parliez. Sans que je sois là. J'y suis peut-être allé un peu fort avec elle. C'est une mauvaise habitude que j'ai. »

Frank prit son chapeau et son manteau, puis il s'arrêta.

« Vous savez, Bill, je n'avais pas l'intention de vous passer un savon. »

Burton sourit.

« C'en était un quand même ! Mais j'aurais fait pareil à votre place.

— Merci de votre aide.

— À votre disposition. »

Seth s'apprêtait à sortir.

« Dites donc, Seth, une petite faveur pour un vieux schnock d'ex-policier.

— Quoi donc ?

— Laissez-moi participer à la mise à mort. J'aimerais voir sa tête quand le couperet tombera.

— Entendu. »

Frank s'en alla. Burton se rassit. Il termina lentement sa cigarette et écrasa le mégot dans un fond de café.

Il aurait pu ne pas donner à Seth Frank le nom de Whitney. Lui dire qu'ils n'avaient rien trouvé. Mais c'était trop dangereux. Si Frank avait découvert la vérité — et l'inspecteur avait à sa disposition plusieurs moyens d'y arriver —, Burton aurait été grillé. Et puis Burton avait besoin de Frank pour connaître l'identité de Whitney. Le plan de l'agent du Secret Service, depuis le début, était de laisser l'inspecteur traquer l'ex-taulard. Qu'il le trouve, mais pas qu'il l'arrête.

Luther Whitney. Pauvre couillon. Au mauvais endroit, au mauvais moment, chez les gens qu'il ne fallait pas. Ce n'était pas une consolation, mais il ne se rendrait probablement compte de rien. Il n'entendrait même pas le coup de feu. Il serait mort une milliseconde avant que les synapses puissent envoyer l'impulsion jusqu'à son cerveau. C'était ça, la chance. Parfois elle vous était favorable, parfois non. S'il pouvait trouver le moyen de laisser le Président et son chef de cabinet en dehors de tout ça, il aurait fait du bon travail. Mais il craignait que ça dépasse de beaucoup ses compétences.

*

* *

Pour la première fois depuis qu'elle travaillait au bureau du procureur de l'État, Kate téléphona pour dire qu'elle était malade. Les couvertures remontées jusqu'au menton, calée sur ses oreillers, elle s'installa pour une journée sinistre. Elle tremblait encore de l'expérience de la nuit précédente. Chaque fois qu'elle avait essayé de se lever, l'image de Bill Burton s'était dressée devant elle comme une masse de granit menaçante.

Kate se glissa plus bas dans le lit. Elle s'efforçait de ne pas pleurer en se laissant aller dans la douceur du matelas comme s'il s'était agi d'eau tiède : juste sous la surface, là où elle ne pourrait ni entendre ni clairement voir ce qui se passait autour d'elle.

Ils allaient venir bientôt. Comme avec sa mère, pendant toutes ces années. Ces gens qui entraient en force et bombardaient la mère de Kate de questions auxquelles elle ne pouvait pas répondre. Toujours au sujet de Luther.

Elle repensa à la sortie de Jack l'autre nuit et ferma étroitement les paupières, essayant d'oublier les mots qu'il avait prononcés.

Qu'il aille se faire voir !

Elle était fatiguée, plus qu'elle ne l'aurait été après un procès. Luther avait réussi à l'entraîner, comme il l'avait fait pour sa mère. Elle était ligotée dans sa toile alors qu'elle ne voulait pas, qu'elle détestait cette situation, qu'elle aurait tué pour s'en sortir.

Elle se rassit, incapable de respirer. Elle se tenait la gorge à deux mains pour prévenir une autre crise de larmes. Elle réussit à se calmer, se tourna sur le côté et contempla la photo de sa mère.

Luther était tout ce qui lui restait. Elle faillit éclater de rire. Luther Whitney était toute la famille qui lui restait. Seigneur !

Elle s'allongea sur le dos et attendit. Ils allaient bientôt venir. Ils frapperaient à la porte. Il faudrait qu'elle réponde. Après la mère, la fille...

*

* *

Au même instant, à moins de dix minutes de là, Luther contemplait le vieil article de journal : il le faisait depuis une demi-heure. Près de son coude, une tasse de café, oubliée. On entendait en fond sonore le ronronnement du petit frigo et, dans le coin, les informations diffusées par CNN. À part cela, un silence total régnait dans la pièce.

Wanda Broome était une amie. Une amie chère. Ils s'étaient rencontrés dans une auberge à mi-chemin de Philadelphie : c'était après le dernier séjour en prison de Luther, le premier et le seul de Wanda. Voilà maintenant qu'elle était morte, elle aussi. L'article disait qu'on l'avait retrouvée affalée sur la banquette avant de sa voiture, et qu'elle avait avalé une pleine poignée de comprimés.

Luther n'avait jamais mené une vie normale et pourtant... il trouvait que c'était un peu trop. Cela ressemblait à un cauchemar, sauf que chaque fois qu'il se réveillait et se regardait dans le miroir, la sueur froide ruisselant sur son visage de plus en plus gris et chaque jour de plus en plus creusé, il savait qu'il n'allait pas sortir de celuici. Ce cauchemar-là serait le dernier.

Il songeait à la mort de Wanda : par une ironie du sort, c'était *elle* qui avait eu l'idée du coup chez les Sullivan. Une bien mauvaise idée quand on y repensait : mais elle avait jailli de son esprit fertile et elle s'y était cramponnée malgré les mises en garde que lui avaient prodiguées aussi bien Luther que sa propre mère.

Ils avaient donc préparé le cambriolage et l'avaient réalisé. C'était aussi simple que cela. Et, en y repensant aujourd'hui, c'est vrai qu'il avait été consentant. C'était un défi. Et un défi qui s'accompagnait d'un butin si énorme qu'il était difficile d'y résister.

Qu'avait dû ressentir Wanda en apprenant que Christine Sullivan ne s'était pas embarquée dans l'avion ? Elle ne pouvait plus prévenir Luther que la voie n'était pas tout à fait aussi libre qu'ils l'avaient cru...

Elle avait été l'amie de Christine Sullivan. Une amitié parfaitement sincère. Un dernier souvenir d'humanité authentique au milieu de l'existence de sybarite de Walter Sullivan. D'un monde où chacun n'était pas seulement beau, comme Christine Sullivan, mais instruit, raffiné et comblé d'amis : tout ce que Christine Sullivan n'était pas et ne serait jamais. Et à cause de cette amitié naissante, Christine Sullivan avait commencé à raconter à Wanda des choses qu'elle n'aurait pas dû dire : notamment, pour finir, l'emplacement et le contenu de la chambre forte derrière une porte à miroir.

Wanda n'avait jamais envisagé de faire du mal à qui que ce soit, et certainement pas à son amie. Dans sa naïveté, elle était convaincue que les Sullivan étaient si riches que le contenu du coffre n'était rien pour eux. Seulement, le monde ne fonctionne pas comme ça : Luther le savait et Wanda aussi bien sûr, mais ça n'avait pas d'importance. Ça n'en avait plus.

Après une vie difficile, où l'argent était toujours rare, Wanda avait voulu décrocher le gros lot : comme Christine Sullivan. Mais ni l'une ni l'autre n'avaient compris à quel point le billet coûtait cher.

Il avait pris l'avion pour la Barbade : il lui aurait fait parvenir un message là-bas si elle n'était déjà partie. Il avait envoyé la lettre à sa mère. Edwina la lui montrerait. Mais l'avait-elle fait ? Même en ce cas, Christine Sullivan n'était plus parmi les vivants. Sa vie avait été sacrifiée. Sacrifiée, avait dû estimer son amie, à la cupidité et au désir de Wanda de posséder ce à quoi elle n'avait pas droit. Luther suivait presque le déroulement de ces pensées dans l'esprit de son amie quand elle était partie, toute seule, jusqu'à cet endroit désert où elle avait dévissé la capsule du flacon pour avaler ces pilules et se laisser à jamais sombrer dans l'inconscience.

Il n'avait pas pu assister à l'enterrement. Il ne le pouvait pas même pour Edwina. Il était aussi proche d'Edwina que de Wanda, à certains égards peut-être même davantage. Edwina et lui avaient passé des nuits à essayer en vain de dissuader Wanda de mettre à exécution son projet. Quand ils avaient fini par comprendre qu'elle le réaliserait avec ou sans Luther, Edwina Broome lui avait demandé de s'occuper de sa fille. De ne pas la laisser retourner en prison. De l'aider. De l'aider à mener à bien cette terrible entreprise.

Le regard de Luther finit par se poser sur les annonces personnelles : en quelques secondes il trouva celle qu'il cherchait. En la lisant, il n'eut pas un sourire. Comme Bill Burton, Luther n'estimait pas que Gloria Russell possédât la moindre qualité susceptible de la racheter.

Pourvu, espérait-il, qu'ils continuent à croire qu'il ne s'agit que d'une question d'argent. Il prit une feuille de papier et se mit à écrire.

*

* *

Collin gara sa voiture un peu plus bas dans la rue. Les quelques feuilles brunes ou rouges qui restaient aux arbres tombaient doucement autour de lui, entraînées par la brise qui passait dans les branches. Il était en tenue de week-end : jean, chandail en coton et blouson de cuir. Pas de bosse sous son blouson. Ses cheveux étaient encore humides après une douche prise à la hâte. Il avait les pieds nus dans ses mocassins. On aurait dit qu'il se rendait à la bibliothèque du collège pour travailler tard le soir, ou bien qu'il allait faire la fête avec des copains après le match de football du samedi après-midi.

Il se dirigea vers la maison, un peu nerveux. Il avait été surpris quand elle lui avait téléphoné. Sa voix lui avait paru normale : ni tendue ni crispée. Burton avait dit que, tout compte fait, elle avait pris la chose assez bien. Mais il savait combien Burton pouvait être brutal et cela le préoccupait. Burton avait tendance à sous-estimer les choses. Laisser Collin maintenir son rendez-vous avec la dame n'était sans doute pas ce qu'il avait fait de plus malin. Mais les enjeux étaient d'une incroyable importance : Burton le lui avait fait comprendre.

La porte s'ouvrit, il entra. Le battant se referma : elle était plantée devant lui. Souriante. Vêtue d'un déshabillé blanc transparent trop court et trop moulant. Elle se dressa sur la pointe de ses pieds nus pour lui poser un petit baiser sur les lèvres. Puis elle lui prit la main et l'entraîna dans la chambre.

Elle lui fit signe de s'allonger sur le lit. Debout devant lui, elle défit les bretelles qui retenaient le léger vêtement et le laissa tomber sur la moquette. Puis son slip glissa le long de ses jambes. Il voulut se lever mais elle le repoussa doucement en arrière.

Elle se mit à califourchon sur lui, lui passa les doigts dans les cheveux, se frotta contre lui. Elle glissa une main jusqu'à son sexe et l'excita du bout des doigts. Il faillit pousser un hurlement tant l'étroitesse de son jean était insupportable. De nouveau, il essaya de la toucher, mais elle le plaquait contre le lit. Elle déboucla sa ceinture et déboutonna son pantalon. Elle libéra le sexe gonflé qui se dressa aussitôt et elle le serra fort entre ses cuisses.

Elle lui mordilla les lèvres puis vint se blottir contre son oreille.

« Tim, tu as envie de moi, n'est-ce pas ? Tu as terriblement envie de moi, n'est-ce pas ? »

Il gémit et il lui empoigna les fesses : mais elle le repoussa.

« N'est-ce pas ?

— Oui.

— J'avais envie de toi aussi, l'autre nuit. Et là-dessus " il " est arrivé.

— Je suis désolé. Nous en avons discuté et...

— Je sais, il m'a expliqué. Que tu ne lui avais rien dit à propos de nous. Que tu était un gentleman. J'aime bien les gentlemen.

— Ça ne le regardait en rien.

— Tu as raison, Tim. Ça ne le regardait en rien. Mais maintenant, dis-moi, tu as envie de me baiser, n'est-ce pas ?

— Seigneur, oui, Gloria. Bien sûr que j'en ai envie.

— Si fort que ça fait mal.

— Ça me tue. Ça me tue vraiment.

— C'est bon de te sentir entre mes jambes. C'est bon, Tim.

— Attends un peu, bébé, attends un peu. Tu ne sais pas jusqu'à quel point ça va être bon.

— Je sais. Je me sens si bien avec toi. Je ne pense qu'à une chose, faire l'amour avec toi. Tu le sais, n'est-ce pas ?

— Oh, oui. »

Collin avait si mal maintenant qu'il en avait les larmes aux yeux. Elle lui lécha les paupières, amusée.

« Es-tu sûr que tu as envie de moi ? Absolument certain ?

— Oh, oui ! »

Collin sentit le choc avant que son esprit eût vraiment enregistré le fait : comme un jaillissement d'air glacé.

« Fous le camp. »

Elle avait prononcé ces mots avec une lenteur délibérée, comme si elle s'était exercée jusqu'à trouver le ton qu'il fallait, l'inflexion correcte : on sentait qu'elle savourait chaque syllabe. Elle se dégagea en prenant soin d'appuyer assez fort sur son sexe pour lui couper le souffle.

« Gloria... »

Il reçut son jean en pleine figure. Quand il s'en débarrassa pour se redresser, elle s'était drapée dans un épais peignoir qui lui tombait jusqu'aux pieds. Son visage reflétait un tel mépris qu'il regretta de ne pas avoir son arme.

« Fous le camp de chez moi, Collin. Maintenant. »

Il s'habilla précipitamment : il était gêné de la voir plantée, là, à le regarder. Elle le suivit jusqu'à la porte de la rue, le poussa brutalement et claqua la porte derrière lui.

Il se retourna en se demandant si elle riait ou pleurait derrière cette porte ou si elle ne manifestait pas la moindre émotion. Il n'avait pas voulu la blesser. De toute évidence, il l'avait mise dans une situation impossible. Il n'aurait pas dû s'y prendre de cette façon-là. Mais, en marchant dans la rue, il revit le dernier regard qu'elle lui avait lancé et se sentit soulagé à l'idée que leur brève aventure était arrivée à son terme.

*

* *

« Retrouvez-moi la trace de ce compte. »

Burton but une gorgée de Coca en regrettant que ce ne fût pas quelque chose de plus fort.

« Je suis en train de le faire, Burton. »

Russell reposa le combiné et remit sa boucle d'oreille. Collin était assis dans un coin sans rien dire. Il était arrivé avec Burton vingt minutes plus tôt et le chef de cabinet n'avait pas encore paru remarquer sa présence.

« Quand veut-il l'argent ?

— Si un virement télégraphique n'arrive pas sur le compte désigné avant l'heure de fermeture des banques, il n'y aura de lendemain pour aucun de nous. »

Ses yeux balayèrent Collin puis revinrent à Burton.

« Merde. »

Russell le foudroya du regard.

« Je croyais que vous vous occupiez de ça, Burton ? »

Il ne releva pas l'algarade.

« Comment dit-il qu'il va nous faire parvenir l'objet ?

— Sitôt l'argent reçu, il indiquera l'endroit où l'article sera.

— On lui fait donc confiance ?
— On dirait.
— Comment sait-il que vous avez déjà reçu la lettre ? » fit Burton.
Il se mit à marcher de long en large.
« Elle était dans ma boîte aux lettres ce matin. On ne distribue le courrier que l'après-midi. »
Burton se laissa tomber dans un fauteuil.
« Dans votre boîte aux lettres ! Vous voulez dire qu'il est venu là, devant chez vous ?
— Je doute qu'il aurait laissé quelqu'un d'autre porter ce message-là.
— Comment avez-vous su qu'il fallait regarder dans votre boîte ?
— Le drapeau était levé », dit Russell.
Elle souriait presque.
« Ce type a des couilles, il faut l'admettre, chef.
— Plus grosses que les vôtres apparemment. »
À la fin de sa phrase, elle dévisagea longuement Collin. Il se recroquevilla sous ce regard, finit par baisser les yeux. Cette passe d'armes fit sourire Burton. C'était très bien : le petit le remercierait dans quelques semaines de l'avoir arraché à la toile de cette veuve noire.
« Rien ne me surprend vraiment, chef. Plus maintenant. »
Il la regarda, puis Collin.
« Si le virement n'est pas effectué, alors nous pouvons nous attendre à le voir se manifester d'une manière ou d'une autre. Qu'est-ce que nous allons faire ? »
Le calme du chef de cabinet n'était pas feint. Elle avait décidé qu'elle avait fini de pleurer, de vomir à la moindre occasion et qu'elle avait été assez blessée et humiliée pour le restant de ses jours. Il pouvait arriver n'importe quoi : elle se sentait imperméable à tout. C'était bien agréable.
« Combien demande-t-il ?
— Cinq millions de dollars », répondit-elle avec simplicité.
Burton ouvrit de grands yeux.
« Et vous avez la somme ? Où ça ?
— Ça ne vous regarde pas.
— Est-ce que le Président est au courant ? »
Burton posait la question mais il connaissait fort bien la réponse.
« Encore une fois, ça ne vous regarde pas. »
Burton n'insista pas ; qu'est-ce que ça pouvait lui faire, d'ailleurs ?
« Très bien. Bon, pour répondre à votre question, nous allons faire

quelque chose. Si j'étais vous, je trouverais un moyen de récupérer cet argent. Cinq millions de dollars, ça ne va guère avancer quelqu'un qui ne sera plus de ce monde.

— On ne peut pas tuer quelqu'un qu'on n'arrive pas à trouver, riposta Russell.

— C'est exact, chef, c'est tout à fait exact. »

Burton se renversa dans son fauteuil et lui raconta sa conversation de la veille avec Seth Frank.

*

* *

Elle était habillée quand elle vint ouvrir la porte. Elle s'était dit que si elle était en robe de chambre, l'interrogatoire se prolongerait davantage, qu'elle aurait l'air plus vulnérable à chaque question. Elle voulait surtout ne pas avoir l'air vulnérable.

« Je ne vois pas très bien ce que vous voulez de moi.

— Quelques renseignements, miss Whitney, c'est tout. Je sais que vous êtes magistrat et, croyez-moi, je suis navré de vous imposer tout ceci : mais pour l'instant votre père est le suspect numéro un dans une affaire très importante. »

Ils étaient assis dans le minuscule salon. Frank avait sorti son carnet. Kate se tenait bien droite au bord du canapé : elle essayait de rester calme mais elle ne cessait de tripoter la petite chaîne qu'elle avait autour du cou.

« D'après ce que vous m'avez dit, vous n'avez pas grand-chose. Si j'étais le ministère public dans cette affaire, je ne pense pas que j'aurais un dossier suffisant pour obtenir un mandat d'arrêt, ne parlons pas d'une inculpation.

— Peut-être que oui, peut-être que non. »

Frank regardait la façon dont elle jouait avec sa chaîne. Il n'était pas vraiment là pour recueillir des informations. Il en savait sans doute plus qu'elle sur son père. Mais il fallait la faire tomber dans un piège. Car, à la réflexion, c'était bien ça : un piège. Tendu à travers elle. D'ailleurs, elle s'en fichait probablement. Et Frank se sentait meilleure conscience de se dire qu'elle s'en fichait éperdument.

« Je vais quand même vous faire part de quelques intéressantes coïncidences. Nous avons relevé une empreinte digitale de votre père sur la camionnette d'une entreprise de nettoyage dont nous *savons* qu'elle était à la maison de Sullivan peu avant le meurtre. Nous savons qu'il se trouvait dans la maison et dans la chambre même où le crime a été commis peu de temps auparavant. Nous avons deux témoins oculaires. Il y a aussi le fait qu'il a utilisé un faux nom, une fausse adresse et un faux numéro de Sécurité sociale quand il s'est présenté à ce travail, le fait enfin qu'il semble avoir disparu. »

Elle le regarda et riposta :

« Il avait des antécédents. Il a sans doute fourni de faux renseignements parce qu'il estimait que, sans cela, il n'aurait pas été embauché. Vous dites qu'il a disparu. L'idée ne vous est jamais venue qu'il aurait pu partir en voyage : même les repris de justice prennent des vacances, lieutenant. »

Son instinct d'avocat la poussait à défendre son père : c'était incroyable. Elle ressentit un douloureux élancement dans la tête. Elle se frotta le front d'un air absent.

« Une autre intéressante découverte, c'est que votre père était en très bons termes avec Wanda Broome, la femme de chambre, la confidente de Christine Sullivan. À Philadelphie, ils avaient tous deux le même agent de liberté conditionnelle. Ils ont apparemment gardé le contact toutes ces années. Je parierais que Wanda était au courant de l'existence du coffre dans la chambre.

— Alors ?

— Alors, j'ai parlé à Wanda Broome. De toute évidence, elle en savait plus qu'elle ne voulait nous dire.

— Pourquoi ne lui parlez-vous pas au lieu de rester ici ? C'est peut-être elle qui a commis le crime ?

— Elle était à l'étranger à l'époque : nous avons des témoins. » Frank prit une minute pour s'éclaircir la voix. Il allait lâcher sa bombe. « Et je ne peux plus lui parler parce qu'elle s'est suicidée. Elle a laissé un mot disant qu'elle était navrée. »

Kate se leva et regarda d'un air vide par la fenêtre. Elle avait l'impression que des rubans glacés s'enroulaient autour d'elle.

Frank attendit quelques minutes : il la dévisageait et se demandait ce qu'elle devait éprouver en entendant s'accumuler les preuves contre celui qui était son géniteur et qui, apparemment, l'avait laissée tomber. Restait-il de l'amour dans ce cœur-là ? L'inspecteur espérait bien que non. Du moins, son côté professionnel l'espérait. Père de trois enfants, il se demandait si on parvenait jamais vraiment à tuer ce sentiment, même après les pires épreuves.

« Miss Whitney, ça va ? »

Kate se détourna de la fenêtre.

« Est-ce qu'on peut aller manger un morceau quelque part ? Je n'ai rien avalé depuis hier et je n'ai aucune provision ici. »

Ils se rendirent au même petit restaurant où Jack et Luther s'étaient retrouvés. Sans le savoir, ils s'installèrent à la même table près de la fenêtre. Ils passèrent commande. Frank se mit à dévorer son repas. Kate ne toucha à rien.

Il la regarda :

« C'est vous qui avez choisi le restaurant : je pensais que sa cuisine devait vous plaire. Ne voyez rien de personnel là-dedans, vous savez, mais ça ne vous ferait pas de mal de prendre un peu de poids. »

Kate finit par lever les yeux vers lui, avec un demi-sourire.

« Tiens, vous êtes consultant en diététique à vos moments perdus ?

— J'ai une femme et trois filles. L'aînée a dix-sept ans, elle pèse une quarantaine de kilos et elle jure qu'elle est obèse. En outre, elle est presque aussi grande que moi. Si elle n'avait pas les joues aussi roses, je croirais qu'elle fait de l'anorexie. Et ma femme, Seigneur, elle suit toujours un régime ou un autre. Vous savez, je la trouve formidable, mais je suppose qu'il y a une forme idéale que toutes les femmes s'efforcent d'atteindre.

— Toutes sauf moi.

— Mangez ce qu'il y a dans votre assiette. C'est ce que je dis tous les jours à mes filles. Mangez !

Kate prit sa fourchette et entreprit d'avaler la moitié de son plat. Elle but son thé à petites gorgées. Frank avala une grande tasse de café. Après quoi ils reprirent leur discussion sur Luther Whitney.

« Si vous estimez en avoir assez pour l'arrêter, qu'est-ce qui vous en empêche ?

— Vous étiez chez lui. Ça fait un moment qu'il est parti. Il a dû filer juste après le crime.

— *Si* c'est lui le coupable. Vous n'avez que des présomptions. C'est à peine plus qu'un doute raisonnable, inspecteur.

— Est-ce que je peux jouer franc-jeu avec vous, Kate ? Vous permettez que je vous appelle Kate ? »

Elle acquiesça.

« Toute foutaise mise à part, pourquoi avez-vous tant de mal à croire que c'est votre paternel qui a buté cette femme ? Il a trois condamnations à son actif. Toute sa vie, ce type a vécu en marge. Il a été interrogé à propos d'une douzaine d'autres cambriolages, mais on n'a rien pu prouver contre lui. C'est un professionnel. Vous connaissez ces gens-là. La vie humaine, ils s'en tapent. »

Kate acheva son thé avant de répondre. Un professionnel du crime ? Bien sûr. Sans aucun doute Luther avait continué à commettre des infractions toutes ces années. Il avait manifestement ça dans le sang. Comme un drogué incurable.

« Il ne tue pas les gens, dit-elle tranquillement. Il peut les voler, mais il n'a fait de mal à personne. Ce n'est pas sa façon d'agir. »

Qu'est-ce que Jack lui avait dit ? Que son père avait peur. Il était terrifié : il en était malade. La police n'avait jamais fait peur à son père. Mais s'il avait vraiment tué cette femme ? Peut-être par un réflexe : on tire, la balle met fin à la vie de Christine Sullivan. Tout ça aurait pu se passer en quelques secondes. Pas le temps de réfléchir. Juste agir. Pour éviter d'aller en prison une bonne fois pour toutes. Pour toujours. Mon Dieu ! était-ce possible ? Pouvait-elle le nier ? Si son père avait tué, il devait avoir peur, il devait être terrifié.

À travers toutes ses souffrances, les souvenirs les plus vivaces qu'elle gardait de lui étaient des preuves de sa gentillesse. Ses grosses mains entourant les siennes. Avec la plupart des gens, il était taciturne au point de friser la grossièreté. Mais à elle, il parlait. Il lui parlait des sujets qui intéressent une petite fille. Des fleurs, des oiseaux, de la façon dont le ciel tout d'un coup changeait de couleur. De robes, de rubans dans les cheveux, de ses dents branlantes qu'elle tripotait constamment. Il y avait des moments de vérité, brefs mais partagés, qui s'insinuaient entre des épisodes violents comme les condamnations, les séjours en prison. À mesure qu'elle grandissait, ces conversations avaient fini par sonner creux pour elle : les activités du personnage, malgré ses grimaces et ses doigts qui savaient être doux, finissaient par l'écraser et changer sa façon de regarder Luther Withney.

Comment était-elle si sûre que cet homme-là ne pouvait pas tuer ?

Frank la regarda ciller rapidement. Il sentit une fêlure.

« Vous affirmez donc qu'il est inconcevable que votre père ait tué cette femme ? Je croyais vous avoir entendu dire que vous n'aviez pas vraiment gardé le contact ?

— Je n'affirme pas que ce soit inconcevable. Je dis simplement... »

Elle était en train de cafouiller. Elle avait, de par sa profession, interrogé des centaines de témoins : elle n'arrivait pas à se souvenir d'un seul qui eût été aussi mauvais qu'elle en ce moment !

Elle tira précipitamment de son sac son paquet de cigarettes. En les voyant, Frank chercha ses chewing-gums.

Elle souffla la fumée dans la direction opposée.

« Tiens, vous aussi, vous essayez d'arrêter ? »

Une lueur d'amusement passa sur son visage.

« J'essaie mais je n'y arrive pas. Vous disiez ?

— C'est vrai que je n'ai pas vu mon père depuis des années.

Nous ne sommes pas proches. Peut-être qu'il a pu tuer cette femme. Tout est possible. Mais ça n'est pas ça qui compte devant un tribunal. Ce sont les preuves qui comptent. C'est tout.

— Nous constituons un dossier contre lui.

— Vous n'avez aucune preuve matérielle tangible de sa présence sur les lieux du crime ? Pas d'empreintes ? Pas de témoin ? Rien ? »

Frank hésita puis se décida à répondre : « Non.

— Avez-vous pu remonter jusqu'à lui grâce à un élément du butin ?

— On n'a rien retrouvé.

— Balistique ?

— Négatif. Une balle inutilisable et pas d'arme. »

Kate se carra sur son siège : elle se sentait plus à l'aise maintenant que la conversation tournait à une analyse technique de l'affaire.

« Vous n'avez rien, inspecteur. Absolument rien !

— J'ai mon instinct, et mon instinct me dit que Luther Withney se trouvait dans la maison cette nuit-là et plus précisément dans cette chambre. Où est-il maintenant ? voilà ce que je voudrais savoir.

— Là-dessus je ne peux pas vous aider. J'ai dit la même chose à votre copain l'autre soir.

— Mais vous êtes quand même allée chez lui ce soir-là. Pourquoi ? »

Kate haussa les épaules. Elle était bien décidée à ne pas faire état de sa conversation avec Jack. Elle ne voulait surtout pas l'entraîner dans ce gâchis. Dissimulait-elle une preuve ? Peut-être.

« Je n'en sais rien. »

C'était en partie vrai.

« Vous me donnez l'impression, Kate, d'être quelqu'un qui sait toujours pourquoi elle agit. »

Elle pensa de nouveau à Jack.

« N'en soyez pas si sûr. »

Frank referma cérémonieusement son carnet et se pencha en avant.

« J'ai vraiment besoin de votre aide.

— Pourquoi ?

— Ce que je vais vous dire n'a rien d'officiel. Je m'intéresse plus aux résultats qu'aux subtilités juridiques.

— Drôle de chose à dire à un procureur.

— Je ne veux pas dire que je ne respecte pas les règles. » Frank finit par craquer et tira son paquet de cigarettes. « Ce que je dis, c'est que je m'attaque au point de moindre résistance quand je peux le trouver. D'accord ?

— D'accord.

— D'après mes renseignements, si le sort de votre père ne vous passionne pas, lui continue à vous porter dans son cœur.

— Qui vous a dit ça ?

— Bon sang, je suis policier. Vrai ou pas ?

— Je ne sais pas.

— Allons, Kate, ne jouez pas au plus fin avec moi. Vrai ou pas ? »

Elle écrasa rageusement sa cigarette.

« Vrai ! Vous êtes content ?

— Pas encore, mais j'y arrive. J'ai un plan pour débusquer ce gaillard et je vous demande de m'aider.

— Je ne pense pas être en mesure de vous aider. »

Kate sentait ce qui allait venir : elle le lisait dans les yeux de Frank.

Il fallut dix minutes au policier pour exposer son plan. À trois reprises, elle refusa. Une demi-heure plus tard, ils étaient toujours dans le restaurant.

Frank se renversa en arrière sur sa chaise puis brusquement se pencha vers elle.

« Écoutez-moi, Kate, si vous ne le faites pas, nous n'avons pas l'ombre d'une chance de mettre la main sur lui. Si les choses se présentent comme vous le dites et que nous n'ayons rien dans le dossier, il repartira libre. Mais s'il a fait le coup et si nous pouvons le prouver, alors vous devriez être la dernière personne au monde à me dire qu'il doit s'en tirer. Maintenant, si vous pensez que j'ai tort, je vous raccompagne chez vous, oubliez que je vous ai vue : votre paternel pourra continuer à voler... et peut-être à tuer. »

Il la fixait droit dans les yeux. Elle ouvrit la bouche mais pas un son ne sortit de ses lèvres. Elle regarda par-dessus l'épaule du policier : une image brumeuse du passé lui apparut qui s'effaça soudain.

À près de trente ans, Kate Whitney n'était plus la petite fille qui poussait des éclats de rire quand son père la faisait tournoyer en l'air et qui lui confiait de grands secrets qu'elle ne révélerait à personne d'autre. Elle était grande, une adulte qui se débrouillait toute seule depuis longtemps. Par-dessus le marché, elle était magistrat.

En tant que procureur, elle avait prêté serment de défendre la loi et la constitution de l'État de Virginie. C'était à elle de s'assurer que ceux qui enfreignaient les lois recevraient un châtiment mérité, sans tenir compte de leur personne ni de leur famille.

Une autre image lui traversa l'esprit. Sa mère, assise près de la porte, nuit après nuit, attendant qu'il rentre à la maison. Se demandant s'il ne lui était rien arrivé. Lui rendant visite en prison, faisant des listes des choses dont elle voulait lui parler, mettant à Kate ses plus beaux habits pour ces visites, toute joyeuse lorsque la date de sa libération approchait. Comme s'il avait été un héros au lieu d'un voleur ! Les mots de Jack lui revinrent, dans toute leur dureté. Il lui avait dit que toute sa vie était un mensonge. Il s'attendait à ce qu'elle ait de la sympathie pour un homme qui l'avait abandonnée. Comme si Luther était celui qu'il fallait plaindre. Jack pouvait aller se faire foutre. Elle était bien contente d'avoir renoncé à l'épouser. Un homme capable de lui dire des choses aussi méchantes ne la méritait pas, ne méritait pas d'être heureux. Et Luther Whitney aussi méritait ce qui lui arrivait. Il n'avait peut-être pas tué cette fille. Mais ce n'était pas certain. Et ce n'était pas à elle d'en décider. Son boulot était de s'assurer que la décision serait prise par les hommes et les femmes assis sur le banc du jury. Son père était un gibier de potence, de toute façon. En prison, il ne pourrait plus faire de mal. Il ne pourrait plus détruire la vie de personne.

Sur cette dernière pensée, elle accepta de livrer son père à la police.

Frank ressentit une pointe de remords au moment de partir : il n'avait pas été totalement sincère avec Kate Whitney. À vrai dire, il lui avait carrément menti sur le point le plus critique du dossier — autre que de savoir où trouver Luther Whitney. Pour l'instant, il n'était pas content de lui. Les gens chargés du maintien de l'ordre ont parfois à mentir, comme tout le monde. Ça ne rendait pas la chose plus facile à avaler, surtout lorsque la victime était quelqu'un que l'inspecteur avait aussitôt respecté et que maintenant il plaignait.

XVIII

Elle avait appelé le soir même : Frank n'avait pas voulu perdre de temps. La voix sur le répondeur l'étonna : c'était la première fois depuis des années qu'elle entendait ce ton calme, raisonnable, mesuré. Elle se mit bel et bien à trembler en entendant le bip : il lui fallut toute sa volonté pour prononcer les quelques mots destinés à le prendre au piège. Elle voulait le voir, elle voulait lui parler. Le plus tôt possible. Elle se demandait si ce vieux renard flairerait un piège, puis elle se rappela leur dernière entrevue et se rendit compte qu'il ne douterait jamais d'elle. Jamais il ne croirait à la fourberie de la petite fille qui lui confiait ses secrets les plus précieux.

Une heure plus tard, le téléphone sonna. Elle décrocha en regrettant profondément d'avoir accédé à la demande de Frank. Être assise dans un restaurant à concocter un plan pour pincer un probable meurtrier était tout à fait autre chose que de participer à une machination cruelle échafaudée dans le seul but de livrer son propre père aux autorités.

« Katie. »

Elle sentit un léger frémissement dans sa voix. Un soupçon d'incrédulité.

« Bonjour, Papa. »

Elle remercia le ciel que les mots fussent sortis tout seuls. En cet instant, elle se trouvait incapable d'organiser les pensées les plus simples.

Son appartement ne convenait pas à un rendez-vous : il pourrait le comprendre. Trop personnel. Chez lui, elle le savait, pas question non plus, pour des raisons évidentes. Ils pourraient se rencontrer en terrain neutre, suggéra-t-il. Bien sûr. Elle désirait lui parler : il voulait l'écouter. Il avait besoin de l'écouter.

On convint d'une heure : seize heures le lendemain, dans un petit café près de son bureau à elle. À ce moment de la journée, l'endroit serait désert et tranquille : ils pourraient prendre leur temps. Il viendrait. Elle était convaincue que seule la mort l'en empêcherait.

Elle raccrocha et appela Frank. Elle lui donna l'heure et le lieu. En écoutant sa propre voix, elle sentit soudain tout s'écrouler en elle. En raccrochant elle éclata en sanglots : elle en était tellement secouée qu'elle s'effondra sur le sol.

Frank était resté au téléphone une seconde de trop et il le regrettait. Il cria dans l'appareil mais elle ne pouvait pas l'entendre : ça n'aurait du reste rien changé. Elle avait fait le bon choix. Elle n'avait aucune raison d'avoir honte, de culpabiliser. Il finit par renoncer et raccrocha : l'euphorie qu'il avait éprouvée en se rapprochant de sa proie disparut comme la flamme d'une allumette sur laquelle on vient de souffler.

Il avait donc la réponse à sa question : elle aimait toujours son père. Pour le lieutenant Seth Frank, cette idée était troublante mais il pouvait l'écarter. À Seth Frank, époux et père, elle donnait les larmes aux yeux. Tout à coup, il n'aima plus tellement son métier.

*
* *

Burton raccrocha le téléphone. Quelques minutes plus tard, il était dans le bureau de Russell.

« Je ne veux pas savoir comment vous allez vous y prendre. » Russell semblait soucieuse. Burton sourit sous cape. Voilà qu'elle faisait sa mijaurée, comme il l'avait prédit. Elle voulait qu'il fasse le travail, mais elle ne tenait pas à salir ses jolies mains aux ongles vernis.

« Vous n'avez qu'une seule chose à faire : c'est de dire au Président où ça se passera. Puis vous vous assurez qu'il prévient tout de suite Sullivan. Il doit absolument le faire. »

Russell eut l'air surpris.

« Pourquoi ?

— Laissez-moi m'inquiéter de ça. Rappelez-vous seulement de faire ce que je vous dis. »

Russell n'eut pas le temps d'exploser : il était déjà parti.

*
* *

« La police est-elle sûre que c'est lui ? »

Il y avait dans sa voix un frémissement d'inquiétude.

« Oh, Alan, je suppose que si ce n'était pas lui, ils ne se donneraient pas tout ce mal pour l'arrêter.

— Ils ont déjà commis des erreurs, Gloria.

— Je ne peux pas dire le contraire. Nous aussi. »

Le Président referma le dossier qu'il étudiait et se leva : par la fenêtre, il contempla le parking de la Maison Blanche.

« Alors, dit-il en se tournant vers Russell, cet homme va être bientôt sous les verrous ?

— On dirait.

— Ce qui veut dire ?

— Seulement que les plans les plus minutieux échouent parfois.

— Burton est-il au courant ?

— C'est lui qui a arrangé toute l'opération. »

Le Président s'approcha de Russell. Il lui posa une main sur le bras.

« Qu'est-ce que vous me racontez là ? »

Russell rapporta à son patron les événements de ces derniers jours.

Le Président se frotta la mâchoire.

« Qu'est-ce que mijote Burton ? »

C'était une question qu'il s'adressait à lui plus qu'à Russell.

« Pourquoi ne pas l'appeler pour le lui demander vous-même ? Le seul point sur lequel il a insisté, c'était que vous fassiez passer le message à Sullivan.

— Sullivan ? Pourquoi... »

Le Président n'alla pas au bout de sa pensée. Il appela Burton : on lui répondit qu'il n'était pas de service. Le regard du Président se posa sur celui de son chef de cabinet.

« Burton va-t-il faire ce que je crois qu'il va faire ?

— Je ne sais pas ce que vous pensez.

— Assez plaisanté, Gloria. Vous savez exactement ce que je veux dire.

— Si vous pensez que Burton va s'assurer que cet individu ne se retrouve jamais sous les verrous, je crois en effet que c'est ce qui était prévu.

Le Président jouait avec un lourd coupe-papier posé sur son bureau ; Russell frissonna en regardant l'objet. Elle avait jeté le sien à la poubelle.

Richmond se laissa tomber dans son fauteuil et regarda par la fenêtre, l'air maussade.

« Alan ? Que voulez-vous que je fasse ? »

Elle fixait sa nuque du regard. Il était le Président : il fallait être patient, même si on avait envie de l'étrangler.

Il fit pivoter son fauteuil, l'œil sombre, froid et impérieux.

« Rien. Je veux que vous ne fassiez rien. Il vaut mieux que je prenne contact avec Sullivan. Rappelez-moi donc le lieu et l'heure. »

Russell eut la même réaction qu'elle avait eue auparavant. Elle lui donna le renseignement. *Drôle d'ami.*

Le Président avait décroché le téléphone : Russell tendit le bras et posa sa main sur celle de son chef.

« Alan, les rapports disaient que Christine Sullivan avait des meurtrissures sur la mâchoire et qu'elle avait été à moitié étranglée. »

Le Président ne la regardait pas. « Oh, vraiment ?

— Que s'est-il passé exactement dans cette chambre, Alan ?

— Eh bien, d'après le peu dont je sois capable de me souvenir, elle voulait jouer un peu plus brutalement que moi. Les marques sur son cou ? » Il se tut et reposa le combiné. « Disons que Christine avait un peu disjoncté, Gloria. Qu'elle allait jusqu'à l'asphyxie sexuelle : vous savez, quand les gens suffoquent au moment de l'orgasme.

— J'ai entendu parler de ça, Alan : je ne pensais simplement pas que c'était votre genre. »

Son ton était acide.

Le Président lui répondit d'un ton sec.

« Vous vous oubliez, Russel. Je n'ai à répondre de mes gestes devant personne, pas même vous. »

Elle recula.

« Bien sûr. Je suis désolée, monsieur le Président. »

Le visage de Richmond s'adoucit. Il se leva et ouvrit les bras d'un air résigné.

« J'ai fait ça pour Christine, Gloria, c'est tout ce que je peux dire. Les femmes ont parfois une étrange influence sur les hommes. Je n'y suis certainement pas insensible.

— Alors pourquoi a-t-elle essayé de vous tuer ?

— Comme je vous l'ai dit, elle voulait faire ça à la dure. Elle était ivre et elle a perdu les pédales. C'est malheureux, mais ce sont des choses qui arrivent. »

Gloria laissa son regard errer au dehors. La rencontre avec Christine Sullivan n'était pas « arrivée ». Elle avait été soigneusement planifiée au point de ressembler à une partie de campagne. Elle hocha la tête pour échapper aux images de cette nuit.

Le Président l'agrippa aux épaules et la fit se retourner.

« Cette expérience a été épouvantable pour tout le monde, Gloria. Je ne voulais pas la mort de Christine. C'était même la dernière chose que je souhaitais. J'avais en tête une soirée calme et romantique avec une femme magnifique. Bon sang, je ne suis pas un monstre ! »

Un sourire désarmant éclaira son visage.

« Je le sais, Alan. Seulement, toutes ces femmes tout le temps. Il fallait bien qu'un jour il se passe quelque chose. Que ça aille de travers. »

Le Président haussa les épaules.

« Je ne suis pas le premier homme dans ma position à m'autoriser ce genre d'activités. Et je ne serai pas le dernier. »

Il prit le menton de Gloria dans sa main.

« Vous savez le stress qu'implique ma fonction, Gloria, mieux que quiconque.

— Je sais que la pression est énorme, Alan.

— C'est sûr. En fait, ce boulot demande plus qu'il n'est possible à un être humain. Il faut quelquefois soulager cette pression en se retirant du circuit. Il faut que je puisse souffler de temps en temps. Cela me permet de mieux servir les gens qui m'ont élu, ceux qui ont placé leur confiance en moi. »

Il retourna vers son bureau.

« Et puis la compagnie des jolies femmes est une manière bien anodine de combattre le stress... »

Gloria contemplait son dos avec colère.

« Ça n'a pas vraiment été anodin pour Christine Sullivan », lâcha-t-elle.

Richmond se tourna vers elle. Il ne souriait plus.

« Je ne veux plus entendre parler de cette histoire, Gloria. Ce qui est fait est fait. Il est temps de penser à l'avenir. Compris ? »

Elle baissa la tête en signe d'assentiment et s'enfuit de la pièce.

Le Président décrocha son téléphone. Il voulait donner tous les détails de l'enquête de police à son très cher ami Walter Sullivan. Le Président souriait tout seul. Il n'y aurait plus très longtemps à attendre, maintenant. Ils avaient presque réussi. Il pouvait compter sur Burton. Compter sur lui pour faire ce qui devait être fait. Pour eux tous.

*

* *

Luther consulta sa montre. Une heure. Il prit une douche, se brossa les dents puis peigna la barbe qu'il avait laissée pousser. Il se coiffa longuement, soigneusement. Il avait meilleure mine aujourd'hui. Le coup de téléphone de Kate avait opéré des merveilles. Il avait gardé le téléphone à l'oreille, repassant inlassablement le message, rien que pour écouter sa voix, les mots qu'il n'espérait plus entendre. Il avait pris le risque d'aller acheter un pantalon, une veste de sport et des mocassins. Il avait même songé à acheter une cravate, mais y avait renoncé.

Il essaya sa veste. Elle tombait bien. Le pantalon flottait un peu : il avait perdu du poids. Il allait falloir manger davantage. Peut-être allait-il même commencer en invitant sa fille à déjeuner ? Si elle acceptait, bien sûr. Il fallait réfléchir : il ne voulait rien brusquer.

Jack ! C'était Jack. Il avait parlé à Kate de leur rencontre. Il lui avait dit que son père avait des ennuis. C'était lui, le lien. Bien sûr ! Il avait été stupide de ne pas y penser tout de suite. Mais est-ce que cela signifiait qu'elle s'inquiétait ? Il sentit un tremblement lui parcourir tout le corps. Après toutes ces années ? Il pesta. Il fallait que ça arrive maintenant ! Putain de coïncidence ! Mais il avait pris sa décision et rien ne pouvait le faire changer d'avis. Pas même sa petite fille. Il fallait corriger une terrible injustice.

Luther était certain que Richmond ne savait rien de sa correspondance avec le chef de cabinet. Tout ce qu'elle espérait, c'était racheter discrètement le coupe-papier qu'il avait pris et s'assurer que personne ne le reverrait jamais. Acheter son silence en espérant que Luther disparaîtrait pour toujours et que rien ne se saurait. L'argent avait été viré. Ça allait être leur première surprise.

Mais la seconde ferait tout oublier à propos de l'argent. Et le plus beau, c'était que Richmond ne s'en douterait pas. Il se demandait sérieusement si le Président tiendrait longtemps : si cette affaire n'amenait pas sa destitution, il ne voyait pas ce qu'il ferait. En comparaison, Watergate était une blague de collégien. Il s'interrogea sur le destin des anciens Présidents destitués : ils se recroquevillaient dans les flammes de leur propre destruction, espéra-t-il.

Il tira la lettre de sa poche. Il allait s'arranger pour qu'elle arrive au moment où Russell s'attendrait à recevoir les dernières instructions. Ce serait le bouquet ! Pour elle. Pour tous. Cela valait le coup de la laisser mariner. Malgré ses efforts, il n'arrivait pas à chasser le souvenir des galipettes de cette femme sans vergogne en présence d'un cadavre encore tiède : comme si la morte était un tas d'ordures dont on n'avait pas à se soucier. Et Richmond ! Cet ivrogne, ce triste salaud ! Le souvenir de ces images faisait bouillir Luther. Il serra les dents puis sourit brusquement.

Il accepterait n'importe quelle transaction que Jack pourrait lui obtenir. Vingt ans, dix ans, dix jours. Il s'en fichait maintenant.

Merde pour le Président et tout son entourage. Merde pour cette ville : il allait les faire tous tomber.

Mais d'abord, il allait passer un moment avec sa petite fille. Il se fichait bien de ce qui pourrait arriver après.

Il s'approcha du lit. Il tressaillit soudain. Une autre idée venait de le frapper. Une pensée qui faisait mal, mais qu'il pouvait comprendre. Il s'assit au bord du lit et but une bière à petites gorgées. Si c'était vrai, pourrait-il vraiment lui en vouloir ? D'ailleurs, il ferait simplement d'une pierre deux coups. Méritait-il mieux de la part de Kate ? La réponse était claire : non.

Quand le virement était arrivé à la District Bank, on avait automatiquement suivi des instructions préalablement câblées : les fonds avaient été virés du compte à cinq banques différentes du district de Columbia et de Virginie, à raison d'un million de dollars chaque fois. De là, l'argent suivit un itinéraire tortueux jusqu'au moment où la somme totale se trouva à nouveau rassemblée en un seul endroit. La succession des transactions fut réalisée en une heure.

Russell, qui avait pris ses dispositions pour suivre le mouvement des fonds, s'apercevrait bien assez tôt de ce qui s'était passé. Cela ne lui ferait pas vraiment plaisir. Elle serait encore bien moins contente du message qu'elle allait recevoir.

Le café Alonzo était ouvert depuis un an. On avait installé des tables et des parasols sur une petite terrasse empiétant sur le trottoir et entourée d'une grille à hauteur d'homme. On y servait d'excellents cafés. La viennoiserie faisait les délices des clients le matin et à l'heure du déjeuner. À quatre heures moins cinq, une seule personne était assise dehors. Dans l'air frisquet, les parasols repliés ressemblaient à des pailles géantes.

Le café était situé au rez-de-chaussée d'un immeuble de bureaux. Deux étages plus haut, un échafaudage était posé. Trois ouvriers remplaçaient un panneau vitré qui s'était fêlé. La façade tout entière était faite de miroirs qui reflétaient tout ce qui se trouvait en face. Le panneau en question était lourd et les gaillards avaient des difficultés à le manier.

Kate resserra son manteau autour d'elle et but une gorgée de café. Le soleil de l'après-midi la réchauffait un peu mais il déclinait rapidement. De longues ombres commençaient à envahir les tables. Elle sentait l'humidité et clignait des yeux dans le soleil qui passait au ras des toits d'une rangée de maisons destinées à la démolition et situées en biais face au café.

Elle ne remarqua pas que la fenêtre du dernier étage d'une des maisons était maintenant ouverte, qu'une vitre d'un pavillon voisin était cassée et que la porte d'un second était en partie enfoncée. Elle regarda sa montre. Elle était assise, là, depuis une vingtaine de minutes. Pour elle qui avait l'habitude du rythme frénétique des bureaux du procureur, la journée avait paru interminable. Elle était convaincue que des douzaines d'officiers de police dans les parages attendaient de bondir sur son père quand il s'approcherait d'elle. Elle se demanda s'ils auraient même l'occasion d'échanger un mot. Que pourrait-elle lui dire d'ailleurs, « Salut, Papa, tu es fait » ? Elle se frotta les tempes. Il serait là à quatre heures pile. Il ne se rendrait même pas compte de ce qui arriverait : elle en était certaine. Il était trop tard pour qu'elle puisse revenir en arrière. Fichtrement trop tard pour n'importe quoi.

Elle faisait ce qu'elle devait, malgré la culpabilité qui la taraudait, malgré ses larmes après avoir appelé l'inspecteur. Elle se tordit les mains avec colère. Elle allait livrer son père à la police, et il le méritait. Elle en avait assez de se poser des questions. Elle voulait juste que ce soit terminé.

*

* *

McCarty n'aimait pas du tout ce programme. La routine habituelle consistait à suivre la cible, parfois pendant des semaines, jusqu'au moment où l'assassin connaissait à fond les habitudes de la victime. Cela facilitait l'élimination du sujet. Ce délai permettait aussi à McCarty de préparer sa retraite. Mais, ce jour-là, il ne disposait d'aucun choix dans les scénarios. Le message de Sullivan était concis. Il lui avait déjà versé des millions en indemnités journalières. Deux autres millions de dollars devaient suivre une fois le travail achevé. On pouvait dire qu'il avait été bien payé : maintenant, à lui de faire son boulot. À l'exception de son premier contrat, voilà bien des années, McCarty ne se souvenait pas d'avoir été aussi nerveux. Le fait que l'endroit grouille de flics n'arrangeait rien.

Mais il ne cessait de se dire que tout se passerait bien. Il avait eu le temps, il avait bien préparé son affaire. Juste après le coup de fil de Sullivan, il était venu reconnaître les lieux. L'idée d'utiliser les pavillons était bonne. C'était vraiment le seul endroit logique. Il était ici depuis quatre heures du matin. La porte à l'arrière de la maison donnait sur une impasse. Sa voiture de location était garée le long du trottoir. Il lui faudrait quinze secondes à partir du moment où il aurait appuyé sur la détente pour laisser tomber son fusil, descendre l'escalier, franchir la porte et sauter dans sa bagnole. Il serait à trois kilomètres de là avant que la police ait compris ce qui s'était passé. Un avion décollerait quarante-cinq minutes plus tard d'un petit terrain privé à quinze kilomètres au nord de Washington. Destination : New York. L'appareil ne transporterait qu'un passager : dans quatre heures environ, McCarty serait dorloté à bord du Concorde qui amorcerait sa descente sur Londres.

Il vérifia pour la dixième fois son fusil et sa lunette, chassant machinalement un grain de poussière sur le canon. Il aurait aimé avoir un silencieux : mais il n'en avait pas encore trouvé qui fonctionnât sur un fusil, surtout une arme chargée de munitions supersoniques comme l'était celle-ci. Il comptait sur la confusion pour masquer le bruit de la détonation et son départ précipité. Il inspecta la rue, consulta sa montre. Presque l'heure.

Malgré toute son expérience, McCarty ne pouvait pas savoir qu'un autre fusil serait braqué sur la tête de sa cible. Et derrière ce fusil, une paire d'yeux au regard plus aigu encore que le sien.

Tim Collin avait un brevet de tireur d'élite dans les Marines : son adjudant-chef avait écrit dans son rapport qu'il n'avait jamais vu meilleur fusil. L'objet de ces félicitations regardait maintenant dans son viseur. Puis il se détendit. Il inspecta l'intérieur de la camionnette dans laquelle il se trouvait. Elle était garée le long du trottoir face au café, sa cible serait directement dans sa ligne de mire. Il vérifia une nouvelle fois sa lunette : Kate Whitney fit une apparition fugace. Collin ouvrit la vitre de côté de la fourgonnette. Il était dans l'ombre des bâtiments derrière lui. Personne ne pouvait le remarquer. Il avait en outre l'avantage de savoir que Seth Frank et un groupe de la police du comté étaient postés à droite de la terrasse pendant que d'autres se trouvaient dans l'entrée de l'immeuble de bureaux où était situé le café. Des voitures banalisées étaient parquées le long de la rue. Si Whitney partait en courant, il n'irait pas loin. De toute façon, Collin savait que l'homme ne courrait pas.

Après avoir tiré, Collin démonterait rapidement le fusil pour le cacher dans la camionnette. Il sortirait avec son arme de poing et sa plaque et irait rejoindre les autres forces de l'ordre en demandant à haute et intelligible voix ce qui avait bien pu se passer. Personne ne songerait à chercher dans une camionnette du Secret Service l'arme ou le tireur qui venait de liquider sa cible.

Le jeune agent trouvait que le plan de Burton était excellent. Collin n'avait rien contre Luther Whitney, mais il y avait bien plus en jeu que la vie d'un sexagénaire. Fichtrement plus. Collin n'éprouverait aucun plaisir à tuer le vieil homme : à vrai dire, une fois la chose faite, il ferait de son mieux pour l'oublier. Mais c'était la vie : il était payé pour un travail. Il était même assermenté. Enfreignait-il la loi ? Théoriquement, il commettait un meurtre. Théoriquement. Si on était réaliste, il faisait simplement ce qu'il devait faire. Le Président était au courant, Gloria Russell était au courant et son chef, un homme qu'il respectait plus que quiconque, lui avait donné l'ordre de le faire. La formation de Collin ne lui permettait pas d'outrepasser les ordres. D'ailleurs, le vieux s'était rendu coupable d'un vol avec effraction. Il allait en prendre pour vingt ans. Vingt ans qu'il ne ferait jamais. Qui aimerait se retrouver en prison à quatre-vingts ans ? Collin lui épargnait tout simplement un tas de malheurs. Mieux valait une balle dans la tête que vingt ans d'enfer. Si on lui donnait le choix entre les deux, Collin choisirait la balle.

Il jeta un coup d'œil à l'échaffaudage où les ouvriers s'efforçaient de redresser le panneau de verre. L'un d'eux saisit l'extrémité d'une corde fixée à une poulie. Lentement, la plaque commença à s'élever.

Kate cessa de s'examiner les mains et leva les yeux. Luther avançait avec grâce sur le trottoir. Le feutre et l'écharpe cachaient en partie son visage mais sa démarche était reconnaissable. Depuis qu'elle était adulte, elle avait toujours voulu glisser ainsi sur le sol comme son père, d'un pas léger et assuré. Elle faillit se lever puis se ravisa. Frank n'avait pas dit quand il interviendrait, mais Kate ne pensait pas qu'il attendrait très longtemps.

Luther s'arrêta devant le café et la regarda. Cela faisait plus de dix ans qu'il ne s'était trouvé aussi près de sa fille, et il ne savait pas très bien comment s'y prendre. Elle sentit son hésitation et s'obligea à sourire. Il se dirigea alors vers sa table et s'assit, tournant le dos à la rue. Malgré la fraîcheur de l'air, il ôta son chapeau et rangea ses lunettes de soleil dans sa poche.

L'œil de McCarty était collé à la lunette de visée. La chevelure gris acier apparut. Son doigt repoussa le cran de sûreté puis descendit vers la détente.

À moins de cent mètres de là, Collin faisait les mêmes gestes. Il n'était pas aussi pressé que McCarty puisqu'il avait l'avantage de savoir quand la police interviendrait.

Le doigt de McCarty se posa sur la détente. Un peu plus tôt, il avait remarqué les ouvriers sur l'échafaudage : puis il n'y avait plus pensé. Ce fut la deuxième erreur de sa carrière.

Le panneau de verre bascula soudain vers le haut tandis qu'on tirait sur la corde. Un rayon de soleil le frappa directement : son reflet, rouge et étincelant, éblouit McCarty, qui eut un geste réflexe au moment où le coup partait. Il poussa un juron et jeta le fusil par terre. Il parvint à la porte de derrière avec cinq secondes d'avance sur l'horaire.

La balle frappa le pied du parasol et le sectionna avant de ricocher et de s'incruster dans l'asphalte de la chaussée. Kate et Luther plongèrent, le père protégeant sa fille. Quelques secondes plus tard, Seth Frank et une douzaine de policiers en uniforme, pistolet au poing, formaient un demi-cercle devant eux. Tournés vers l'extérieur, ils scrutaient le moindre recoin de la rue. « Bouclez-moi ce putain de secteur », hurla Frank au sergent qui aboya les ordres dans sa radio. Des uniformes apparurent de tous côtés. Des voitures banalisées approchèrent.

On releva Luther. On lui passa les menottes. Le groupe s'engouffra dans l'entrée de l'immeuble de bureaux. Seth Frank contempla un moment Luther avec satisfaction. Puis il lui lut ses droits. Luther se tourna vers sa fille. Elle fut d'abord incapable de soutenir son regard : mais elle finit par décider qu'il méritait au moins cela. La réaction de son père lui fit plus mal que tout ce qu'elle appréhendait.

« Tu n'as rien, Katie ? »

Elle fit non de la tête. Ses larmes commencèrent à couler et elle eut beau tenter de se ressaisir, elle n'arriva pas à les arrêter.

Bill Burton était sur le seuil de l'immeuble. Collin arriva, abasourdi : le regard de Burton aurait pu le réduire en poussière. Du moins jusqu'au moment où Collin lui murmura quelque chose à l'oreille.

Il est juste de dire que Burton assimila vite cette information et devina la vérité quelques secondes plus tard. Sullivan avait engagé un tueur à gages. Et Burton qui voulait lui faire porter le chapeau ! Le bonhomme remontait dans son estime !

Puis il rejoignit Frank qui le dévisagea. « Vous avez une idée de la raison de ce merdier ?

— Peut-être. »

Pour la première fois, Bill Burton et Luther Whitney se regardèrent dans les yeux. Des souvenirs de cette affreuse nuit vinrent de nouveau assaillir Luther. Mais il était calme, imperturbable : Burton dut en convenir avec admiration. En même temps, l'homme lui causait les plus graves préoccupations. De toute évidence, Whitney n'était pas vraiment consterné d'être arrêté. Son regard disait à Burton — un homme qui avait déjà des milliers d'arrestations à son actif, où en général les adultes incriminés se transformaient en bébés braillards — tout ce qu'il avait à savoir. Depuis le début, ce type avait eu l'intention d'aller trouver la police.

Burton n'était pas très sûr de comprendre ses raisons ; en fait, ça ne l'intéressait pas vraiment.

Il continua de regarder Luther tandis que Frank rassemblait ses hommes. Puis Burton se tourna vers la silhouette écroulée dans un coin. Luther s'était débattu pour tenter d'aller jusqu'à elle : mais ils n'avaient rien voulu savoir. Une femme agent prodiguait des efforts maladroits pour consoler Kate, sans succès. Dans les rides qui sillonnaient les joues du vieil homme des larmes ruisselaient aussi tandis qu'il regardait sa petite fille secouée de sanglots.

Il remarqua Burton. Il le foudroya du regard jusqu'au moment où Burton lui fit détourner les yeux vers Kate. Les regards des deux hommes se croisèrent une deuxième fois. Burton haussa imperceptiblement les sourcils puis les rabaissa : en un geste aussi définitif que si on avait tiré une balle dans la tête de Kate. Burton avait rencontré quelques-unes des plus fières canailles de la région et son visage pouvait prendre une expression menaçante : mais c'était l'absolue sincérité de ses traits qui glaçait les criminels les plus endurcis. Luther Whitney n'était pas une canaille, c'était facile à voir. Il n'était pas non plus du genre à pleurnicher. Mais ses nerfs d'acier avaient déjà commencé à flancher. Ils finirent rapidement par craquer devant cette femme qui sanglotait dans son coin.

Burton tourna les talons.

XIX

Assise dans son salon, Gloria Russell tenait le petit mot dans sa main tremblante. Elle regarda la pendule. Le message venait d'arriver par porteur, juste à l'heure prévue...

Merci, madame. Dites adieu à votre vie. Elle qui avait espéré avoir en main de quoi effacer tous les cauchemars qu'elle vivait depuis ces derniers mois, les risques qu'elle avait pris...

Le vent sifflait dans la cheminée. Un bon feu brûlait dans l'âtre. Grâce aux efforts de Mary, sa femme de ménage, qui venait de partir, la maison étincelait de propreté. Russell était attendue à dîner ce soir à huit heures chez le sénateur Miles. Miles était très important pour ses propres ambitions politiques et il avait commencé à lui donner des signes encourageants. Il fallait bien que les choses reprennent un cours normal, après tous ces moments difficiles et humiliants. Mais maintenant ?

Elle parcourut une fois de plus le message. L'incrédulité la submergeait comme un raz de marée.

Merci de votre charitable contribution. Elle sera grandement appréciée. Tout comme la plus grande liberté de mouvement que vous venez de me donner. Quant à l'objet dont nous avions discuté, il n'est plus à vendre. Maintenant que j'y pense, la police en aura besoin pour le procès. Oh, à propos, je vous emmerde !

Elle se releva en trébuchant. Une plus grande liberté de mouvement ? Elle connut un instant de désarroi avant de comprendre. Elle porta brusquement la main à son front. Quelle folle ! Une erreur inexcusable. Le type avait agité l'hameçon sous son nez et elle l'avait gobé. Sa première réaction fut d'appeler Burton : mais elle le savait absent. Tout d'un coup elle se rappela : elle se précipita vers le téléviseur. Au journal de six heures, on annonçait une dernière nouvelle : une audacieuse opération policière menée conjointement par la police du comté de Middleton et celle d'Alexandria avait permis de mettre la main sur un suspect dans l'affaire du meurtre de Christine Sullivan. Un tireur inconnu avait ouvert le feu : sans doute avait-il visé le suspect ?

Russell regarda une séquence filmée au commissariat de Middleton. Elle vit Luther Whitney. Il regardait droit devant lui en montant les marches du commissariat et n'essayait pas de dissimuler son visage. Il était bien plus âgé qu'elle ne l'avait imaginé. Il avait l'air d'un directeur d'école. Voilà celui qui l'avait observée... L'idée ne lui vint même pas que Luther était arrêté pour un crime qu'elle était bien placée pour savoir qu'il ne l'avait pas commis. Du reste, cette constatation ne l'aurait pas incitée à faire quoi que ce soit. Grâce à un mouvement de la caméra, elle aperçut Burton, et Collin derrière lui : tous deux écoutaient l'inspecteur Frank faire une déclaration à la presse.

Quelle bande de connards incompétents ! Il était en prison. Il était dans une putain de prison et elle avait là, entre les mains, un message qui confirmait que le type allait les faire tous plonger. Elle avait fait confiance à Burton et à Collin. Le Président leur avait fait confiance aussi : ils avaient échoué, lamentablement échoué. Elle ne comprenait même pas comment Burton pouvait être planté là, si calme, alors que leur monde allait exploser comme un baril de poudre. Il leur restait environ dix secondes avant de se désintégrer...

Sa réaction suivante la surprit elle-même. Elle se précipita dans la salle de bains. Elle ouvrit grande l'armoire à pharmacie et empoigna le premier flacon qu'elle aperçut. Combien de comprimés suffiraient ? Dix ? Cent ?

Ses mains tremblantes n'arrivaient pas à ôter la capsule. Elle s'acharna : les comprimés finirent par tomber dans le lavabo. Elle en ramassa une poignée puis s'arrêta. Dans la glace, elle aperçut son reflet. Pour la première fois, elle réalisa à quel point elle avait vieilli. Au cours des derniers mois, son apparence n'avait cessé de se détériorer. Elle avait le regard éteint, ses joues s'étaient creusées et ses cheveux grisonnaient.

Elle regarda les pilules vertes dans sa main. Elle ne pouvait pas faire ça. Malgré tout, malgré son monde qui s'écroulait, elle ne pouvait pas faire ça. Elle jeta les comprimés dans les toilettes. Elle téléphona au bureau du sénateur : elle était souffrante, et ne pourrait assister au dîner. Elle venait de s'allonger sur le lit quand on frappa.

Cela lui parut d'abord un lointain martèlement de tambour. Avaient-ils un mandat ? Qu'avait-elle en sa possession qui pourrait l'accuser ? La lettre ! Elle l'arracha de sa poche et la jeta dans la cheminée où elle s'envola dans un jaillissement de flammes. Russell lissa les plis de sa robe, remit ses escarpins et sortit dans le vestibule.

Pour la seconde fois, une douleur lancinante lui traversa la poitrine quand elle aperçut Bill Burton. Il entra sans un mot, jeta son manteau sur un fauteuil et se dirigea droit vers le cabinet à liqueurs.

Elle claqua la porte.

« Beau travail, Burton. Brillant. Superbe dans les moindres détails. Où est votre sous-fifre ? Chez l'ophtalmo ? »

Burton s'assit avec son verre.

« Taisez-vous. »

D'ordinaire, ce genre de remarque l'aurait rendue furieuse. Mais il avait parlé d'un ton qui la figea sur place. Elle remarqua l'étui du revolver. Elle se rendit compte soudain qu'elle était entourée de gens armés. Il y en avait partout. Elle s'était acoquinée avec des gens dangereux. Elle s'assit et le regarda.

« Collin n'a jamais tiré.

— Mais...

— Mais quelqu'un l'a fait. Je sais. »

Il avala presque tout le contenu de son verre. Russell envisagea d'aller s'en servir un, puis se ravisa.

Il la regarda.

« Walter Sullivan. Cet enfant de salaud. Je l'ai sous-estimé. Richmond l'a mis au courant, n'est-ce pas ? »

Russell acquiesça.

« Vous croyez que Sullivan était derrière ce coup-là ?

— Putain, mais qui d'autre voulez-vous que ce soit ? Ne soyez pas stupide, ma petite dame, on n'a pas le temps pour ça. »

Burton se leva et se mit à marcher de long en large.

Russell repensait au journal télévisé.

« Mais l'homme est en prison, il va tout raconter à la police. J'ai cru que c'étaient les flics quand vous avez frappé. »

Burton s'arrêta.

« Ce type ne va rien dire à la police. En tout cas pour l'instant.

— Qu'est-ce que vous me chantez là ?

— Je vous parle d'un homme qui fera n'importe quoi pour sa petite fille chérie.

— Vous... vous l'avez menacé ?

— Je lui ai fait passer un message très clair.

— Comment le savez-vous ?

— Les regards ne mentent pas, ma petite dame. Il connaît la musique. Il parle, et adieu sa fille.

— Vous... vous n'iriez tout de même pas... »

Burton se pencha et empoigna le chef de cabinet : il la souleva sans effort et la maintint en l'air, à hauteur de ses yeux.

« Je tuerai n'importe quelle personne en mesure de m'emmerder, vous comprenez ? » Il la laissa retomber dans son fauteuil. Elle leva les yeux vers lui : elle était pâle comme un linge.

Burton, lui, était écarlate de fureur.

« N'oubliez pas que c'est vous qui nous avez mis dans ce pétrin. Moi, je voulais appeler les flics tout de suite. J'ai fait mon boulot. J'ai peut-être tué la femme, mais il n'y a pas un jury au monde qui m'aurait déclaré coupable. Seulement, vous m'avez embobiné avec vos histoires de désastre national et de devoir envers le Président, et bête comme je suis, je me suis laissé faire : maintenant je suis à deux doigts de foutre en l'air vingt années de ma vie et ça ne me fait pas plaisir. Si vous n'arrivez pas à comprendre, c'est dommage. »

Ils restèrent silencieux quelques minutes. Russell ne se décidait pas à parler à Burton du message qu'elle avait reçu. À quoi cela l'avancerait-elle ? Elle avait déjà compris les mobiles de Whitney : elle ne tenait pas à révéler l'énorme bourde qu'elle avait commise. Bill Burton serait bien capable de dégainer son revolver et de l'abattre sur place. À la perspective de cette mort violente, son sang se mit à charrier des glaçons.

Russell finit par se reprendre. On entendait le tic-tac d'une pendule : comptait-elle ses derniers instants sur terre ?

« Alors vous êtes sûr qu'il ne dira rien ?

— Je ne suis sûr de rien.

— Mais vous disiez...

— Je disais que ce type fera n'importe quoi pour s'assurer que sa petite fille ne se fera pas tuer. Mais il est malin. S'il écarte cette menace, nous passerons les prochaines années dans une cellule.

— Mais comment peut-il éloigner cette menace ?

— Si je connaissais la réponse, je ne serais pas si inquiet. Mais je peux vous garantir qu'en ce moment même ce type est assis sur sa couchette et réfléchit précisément à la façon d'y parvenir.

— Que pouvons-nous faire ? »

Il saisit son manteau. « Il est temps de parler à Richmond. »

*

* *

Jack parcourut ses notes puis regarda autour de la table de conférences. Son équipe comprenait quatre collaborateurs, trois assistants et deux associés. Le coup que Jack avait réussi avec Sullivan avait fait le tour de la firme. Tous regardaient Jack avec un respect mêlé d'envie et d'un peu de crainte.

« Sam, vous allez coordonner les ventes de matières premières qui passent par Kiev. Notre type là-bas est un véritable arnaqueur : ne montrez pas vos cartes. Gardez-le à l'œil tout en le laissant opérer. »

Sam était associé depuis dix ans. Il referma son porte-documents.

« Entendu.

— Ben, j'ai regardé votre rapport sur les activités du groupe de pression. Je suis d'accord. Je pense que nous devrions faire un effort du côté des Relations extérieures : ça ne peut pas faire de mal de les mettre de notre côté. »

Jack ouvrit un autre dossier.

« Nous avons à peu près un mois pour mettre sur pied et faire tourner cette opération. Notre principal souci, c'est la situation précaire de l'Ukraine. Si nous voulons que ça marche, il ne faut pas traîner. Il ne faut surtout pas que la Russie annexe notre client. Maintenant, j'aimerais prendre quelques minutes pour examiner... »

La porte s'ouvrit et la secrétaire de Jack passa la tête. Elle paraissait nerveuse.

« Je suis absolument désolée de vous déranger.

— Mais non, Martha, qu'est-ce qui se passe ?

— Quelqu'un pour vous au téléphone.

— J'ai dit à Lucinda de ne me passer aucune communication sauf en cas d'urgence. Je rappellerai demain.

— Je pense que ce pourrait être une urgence. »

Jack pivota dans son fauteuil.

« Qui est-ce ?

— Elle a dit qu'elle s'appelait Kate Whitney. »

Cinq minutes plus tard, Jack était dans sa voiture. Ses pensées se bousculaient dans son esprit. Kate était au bord de la crise de nerfs. Tout ce qu'il avait réussi à comprendre, c'était que Luther venait d'être arrêté. Pour quel motif, il n'en savait rien.

Au premier coup frappé à la porte, elle vint ouvrir et s'effondra dans ses bras. Il lui fallut plusieurs minutes avant de reprendre haleine.

« Kate, que se passe-t-il ? Où est Luther ? De quoi l'accuse-t-on ? »

Elle le regarda : ses joues étaient si rouges et si gonflées qu'on aurait dit qu'elle avait été frappée.

Quand elle réussit enfin à s'expliquer, Jack s'assit, abasourdi.

« De meurtre ? » Il promena son regard autour de lui : il n'arrivait pas à fixer ses idées. « C'est impossible. Qui est-il censé avoir tué ? »

Kate se redressa et écarta une mèche qui pendait sur son front.

Elle le regarda droit dans les yeux. Cette fois les mots furent clairs, précis et s'enfoncèrent en lui comme des éclats de verre.

« Christine Sullivan. »

D'abord pétrifié, Jack se leva d'un bond. Il essaya de parler mais il en était incapable. Il s'approcha de la fenêtre. Il l'ouvrit toute grande pour laisser l'air froid lui fouetter le visage. Son estomac était rempli d'acide qui lui remontait jusqu'à la gorge. Peu à peu ses jambes se raffermirent. Il referma la fenêtre et revint s'asseoir auprès de Kate.

« Que s'est-il passé, Kate ? »

Elle essuya ses yeux rouges avec un mouchoir en papier déchiré. Ses cheveux pendaient, hirsutes. Elle n'avait même pas enlevé son manteau. Ses chaussures gisaient près de la chaise où elle les avait jetées. Elle essaya de se reprendre, repoussa une mèche de sa bouche et réussit à lever les yeux vers lui.

Ses mots étaient hachés.

« La police le garde comme témoin. Ils... ils pensent qu'il s'est introduit dans la maison des Sullivan. Il ne devait y avoir personne mais Christine Sullivan était là. »

Elle s'arrêta pour reprendre sa respiration.

« Ils pensent que Luther l'a tuée. »

Elle ferma les yeux en prononçant ces derniers mots, les paupières soudain terriblement lourdes. Elle secoua la tête, le front ridé sous l'impact de la douleur qui lui serrait les tempes.

« C'est complètement dingue, Kate. Luther est incapable de tuer quelqu'un.

— Je ne sais pas, Jack. Je... je ne sais plus quoi penser. »

Il se leva et enleva son manteau. Il se passa la main dans les cheveux, essayant de mettre ses idées en place.

« Comment as-tu su ? Comment ont-ils pu l'arrêter ? »

Kate se mit à trembler. Sa souffrance était si forte qu'elle en devenait presque visible. Elle prit le temps de s'essuyer les yeux. Il lui fallut un long moment avant de se tourner vers lui, un centimètre à la fois, comme si elle avait été très vieille. Elle gardait les yeux fermés, et sa respiration était entrecoupée de sanglots.

Elle finit par rouvrir les yeux. Ses lèvres bougèrent sans émettre un son. Puis elle réussit à prononcer, lentement, distinctement, comme si elle s'efforçait d'absorber la douleur que cela représentait :

« Je l'ai livré. »

En tenue de prison orange, Luther était dans la même salle d'interrogatoire aux murs de parpaing où s'était trouvée auparavant Wanda Broome. En face de lui, Seth Frank l'observait. Luther regardait droit devant lui. Il n'était pas absent du tout : il réfléchissait.

Deux autres hommes entrèrent. L'un d'eux apportait un magnétophone qu'il posa au milieu de la table.

« Vous fumez ? » proposa Frank en offrant une cigarette à Luther.

Luther accepta, et les deux hommes exhalèrent de petits nuages de fumée.

Pour le procès-verbal, Frank lui répéta mot pour mot ses droits. Il n'y aurait pas de problèmes de procédure sur ce point.

« Vous comprenez donc quels sont vos droits ? »

Luther agita sa cigarette d'un geste vague.

Ce type n'était pas du tout le genre d'homme que Frank attendait. Il avait assurément un casier chargé : trois condamnations, mais rien ces vingt dernières années. Cela ne signifiait pas grand-chose. Mais pas de violences ni de voies de fait. Cela non plus ne voulait rien dire. Ce type était quand même « spécial ».

« Il me faut un oui ou un non en réponse à cette question.

— Oui.

— Vous comprenez que vous avez été arrêté en rapport avec le meurtre de Christine Sullivan ?

— Oui.

— Et vous êtes certain de ne pas vouloir exercer votre droit d'avoir un avocat pour vous représenter ? Nous pouvons vous en trouver un ou vous pouvez appeler le vôtre.

— J'en suis tout à fait sûr.

— Vous comprenez également que vous n'êtes pas obligé de faire la moindre déclaration à la police ? Que tout ce que vous direz maintenant peut être retenu contre vous ?

— Je comprends. »

Des années d'expérience avaient enseigné à Frank que des aveux passés à un stade précoce pouvaient être catastrophiques pour l'accusation. Même des aveux spontanés pouvaient être mis en pièces par la défense : et toutes les preuves obtenues dès le début, jugées irrecevables. Le criminel avait très bien pu vous mener droit jusqu'au corps de la victime : le lendemain il s'en allait les mains dans les poches avec son avocat qui arborait un grand sourire en priant intérieurement le ciel que son client ne mette jamais les pieds dans son quartier. Mais Frank avait son dossier. Tout ce que Whitney ajouterait ne serait que la cerise sur le gâteau.

Il concentra toute son attention sur le prisonnier.

« J'aimerais vous poser quelques questions, d'accord ?

— Très bien. »

Pour les besoins du procès-verbal, Frank mentionna le mois, le jour, l'année et l'heure. Puis il demanda à Luther de décliner son identité. Ils n'allèrent pas plus loin : la porte s'ouvrit. Un policier en uniforme passa la tête.

« Son avocat est dehors. »

Frank regarda Luther. Il arrêta le magnétophone.

« Quel avocat ? »

Luther n'eut pas le temps de répondre : Jack bouscula le policier et entra dans la pièce.

« Jack Graham : je suis l'avocat de l'accusé. Ôtez-moi ce magnétophone. Je veux parler à mon client en tête à tête, tout de suite. »

Luther le regarda.

« Jack..., commença-t-il sèchement.

— Taisez-vous, Luther. » Jack foudroya les policiers. « Tout de suite ! »

Ceux-ci entreprirent de débarrasser le bureau. Frank et Jack s'affrontèrent du regard. Puis la porte se referma. Jack posa sa serviette sur la table, il resta debout.

« Vous voulez bien m'expliquer ce qui se passe, bon sang ?

— Jack, ne vous mêlez pas de ça. Je parle sérieusement.

— C'est vous qui êtes venu me trouver. Vous m'avez fait promettre que je serais là pour vous défendre. Eh bien, j'y suis.

— Formidable. Vous avez joué votre rôle. Maintenant vous pouvez partir.

— Très bien, je pars. Et vous ? qu'est-ce que vous foutez ?

— Ça ne vous concerne pas. »

Jack se pencha vers lui.

« Qu'allez-vous faire ? »

Pour la première fois, Luther éleva la voix.

« Je vais plaider coupable ! C'est moi qui ai fait le coup.

— Vous l'avez tuée ? »

Luther détourna les yeux.

« Avez-vous tué Christine Sullivan ? »

Luther ne répondait pas. Jack l'empoigna par l'épaule.

« L'avez-vous tuée ?

— Oui. »

Jack scruta le visage de Luther. Puis il reprit sa mallette.

« Que vous vouliez de moi ou non, je suis votre avocat. Et tant que je n'aurai pas compris pourquoi vous me mentez, n'essayez pas de parler aux flics. Si vous le faites, je vous ferai interner.

— Jack, je vous remercie de vous occuper de moi, mais...

— Écoutez, Luther : Kate m'a raconté ce qui s'est passé : ce qu'elle a fait et pourquoi elle l'a fait. Mais laissez-moi vous dire une chose. Si vous tombez, votre petite fille ne s'en remettra jamais. Vous m'entendez ? »

Luther n'arriva jamais au bout de la phrase qu'il allait prononcer. La pièce tout d'un coup lui parut rétrécir autour de lui. Il n'entendit même pas Jack partir. Il resta assis, le regard fixé devant lui. Pour la première fois de son existence, il ne savait pas ce qu'il devait faire.

Jack s'approcha des flics plantés dans le couloir.

« Qui dirige l'enquête ? »

Frank s'avança :

« Lieutenant Seth Frank.

— Eh bien, lieutenant, que ceci soit bien noté : mon client ne renonce pas à ses droits et vous n'allez pas essayer de lui parler hors de ma présence. Compris ? »

Frank croisa les bras sur sa poitrine.

« Entendu.

— Qui est le procureur chargé de l'affaire ?

— Le procureur adjoint de l'État, George Gorelick.

— Je présume que vous avez une inculpation ? »

Frank se pencha vers lui : « La semaine dernière, le Grand Jury a déclaré fondés les chefs d'accusation. »

Jack enfila son manteau.

« Je n'en doute pas.

— Ne pensez pas à une libération sous caution : j'imagine que vous le savez.

— J'ai l'impression qu'il sera plus en sûreté chez vous. Surveillez-le pour moi, voulez-vous ? »

Jack lança sa carte à Frank puis s'éloigna dans le couloir d'un pas résolu. Sur cette dernière remarque, le sourire disparut des lèvres de Frank. Il regarda la carte. Puis il tourna les yeux vers la salle d'interrogatoire. Son regard revint enfin à la silhouette de l'avocat qui s'éloignait rapidement.

XX

Elle avait pris une douche et s'était changée. Ses cheveux humides, rejetés en arrière, tombaient jusqu'à ses épaules. Elle portait un épais chandail bleu indigo avec un T-shirt blanc dessous. Un jean d'un bleu délavé flottait un peu autour de ses hanches étroites. D'épaisses chaussettes de laine aux pieds, elle évoluait dans la pièce. Jack regardait ces pieds aller et venir. Elle semblait avoir un peu récupéré. Mais le désespoir flottait encore dans ses yeux.

Jack s'étira et se renversa dans le fauteuil. Il avait les épaules endolories. Comme si elle le sentait, Kate cessa de marcher de long en large et se mit à le masser.

« Il ne m'a pas dit qu'on l'avait inculpé. Il m'a dit qu'on emmenait Luther pour l'interroger. »

Elle parlait avec colère.

« Il ne t'a donc pas dit toute la vérité. Depuis quand les flics sont-ils censés dire toute la vérité ?

— Je vois que tu retrouves tes réflexes d'avocat. »

Elle pétrissait les épaules de Jack : c'était merveilleux. Ses cheveux lui caressaient le visage quand elle insistait sur les points les plus contractés. Il ferma les yeux. La radio jouait *River of Dreams* de Billy Joel. Quel était son rêve ? se demanda Jack.

« Comment va-t-il ? »

La question le fit sursauter.

« Il est ahuri. Désemparé. Nerveux. Tout ce dont je ne l'aurais jamais cru capable. Au fait, on a retrouvé le fusil. Une pièce au dernier étage d'une de ces petites maisons en face de l'endroit où tu avais rendez-vous avec Luther. Je ne sais pas qui a tiré la balle, mais il a disparu depuis longtemps, c'est sûr. J'ai même l'impression que la police s'en moque.

— Quand comparaît-il ?

— Après-demain à dix heures. » Il leva la tête pour la regarder. « On va l'inculper de meurtre qualifié, Kate. »

Elle interrompit son massage pour se frotter nerveusement les mains.

« C'est de la foutaise : un meurtre commis au cours d'un cambriolage, c'est, à tout casser, un homicide involontaire. Dis au procureur de relire les textes.

— Dis donc, tu me chipes mes arguments. »

Il essayait de la faire sourire et y parvint presque.

« La thèse du ministère public, c'est qu'il a pénétré dans la maison par effraction et qu'il était en train de cambrioler quand elle l'a surpris en flagrant délit. On utilise les preuves de violence physique, de strangulation, de coups et les deux balles dans la tête pour les dissocier du cambriolage. L'accusation estime qu'il s'agit d'un acte criminel délibéré. En outre, il y a la disparition des bijoux des Sullivan. Tuer quelqu'un dans le cadre d'un vol à main armée constitue un meurtre qualifié. »

Kate s'assit. Elle n'était pas maquillée : du reste, elle appartenait à ce genre de femmes qui n'en ont pas besoin. Mais on lisait la tension sur son visage, et dans son regard.

« Que sais-tu de Gorelick ?

— C'est un trou-du-cul arrogant, pompeux, sectaire et un formidable accusateur.

— Génial. »

Jack s'assit près de Kate. Il prit sa cheville foulée et la frictionna. Elle s'allongea sur le canapé et renversa la tête en arrière. Il en avait toujours été ainsi entre eux : ils étaient si détendus, si bien ensemble qu'ils avaient l'impression que les quatre dernières années n'avaient jamais existé.

« Les preuves dont Frank m'a parlé n'étaient même pas suffisantes pour obtenir un mandat d'arrêt, encore moins une inculpation. Je ne comprends pas, Jack. »

Jack ôta à Kate ses chaussettes et lui massa les pieds à deux mains, sentant sous ses doigts la fragile ossature.

« La police a reçu un coup de fil anonyme concernant le numéro minéralogique d'une voiture aperçue près de la propriété des Sullivan sans doute lors de la nuit du meurtre, ce qui a mené au véhicule qui se trouvait ce soir-là à la fourrière de Washington.

— Alors, c'était un faux tuyau.

— Non, fit-il. Luther me disait toujours combien c'était facile de piquer une voiture à la fourrière. On fait un coup et puis on la ramène. »

Kate ne le regardait pas : elle contemplait le plafond.

« Vous aviez de charmantes conversations tous les deux, dit-elle d'un ton de reproche.

— Allons, Kate.

— Bon. Termine ton histoire.

— On a examiné le tapis de la voiture. On y a trouvé une fibre de la moquette de la chambre à coucher de Sullivan. On a retrouvé aussi des échantillons d'un terreau particulier : le même que le jardinier utilise dans un champ à côté de la maison, un mélange spécial préparé pour Sullivan : on ne retrouve nulle part ailleurs ce genre de terreau. J'ai bavardé avec Gorelick. Il est convaincu, je peux te le dire. Je n'ai pas encore reçu les rapports. Je déposerai mes conclusions demain.

— Encore une fois : et alors ? Quel est le rapport avec mon père ?

— Ils ont obtenu un mandat de perquisition pour sa maison et pour la voiture. On a retrouvé le même terreau sur le tapis de sa voiture. Et un autre échantillon sur la moquette du salon chez lui. »

Kate ouvrit lentement les yeux.

« Il était dans la maison pour nettoyer ces foutues moquettes. Il a très bien pu ramasser à ce moment-là les fibres.

— Et puis il est allé courir un peu dans le champ ? Allons donc.

— Quelqu'un d'autre aurait pu en apporter dans la maison et il aurait marché dessus.

— C'est bien l'argument que j'aurais avancé. Mais il y a un hic. »

Elle se redressa.

« Quoi donc ?

— Avec les fibres et la terre, ils ont retrouvé un solvant à base d'essence. La police en a relevé des traces sur le tapis au cours de l'enquête. On pense que le criminel a essayé d'effacer des traces de sang, de son sang à lui. Je suis certain qu'ils ont une collection de témoins prêts à jurer qu'on n'a jamais utilisé un produit comme ça sur ce tapis avant que les nettoyeurs ne viennent. Luther n'aurait donc pu en ramasser sur ses chaussures que s'il s'était trouvé dans la maison après le nettoyage. C'est ça, le lien. »

Kate s'affala de nouveau sur le canapé.

« Par-dessus le marché, ils ont retrouvé l'hôtel où Luther était descendu en ville. Ils ont découvert un faux passeport et, grâce à cela, ils ont repéré le séjour de Luther à la Barbade. Deux jours après le meurtre, il a pris l'avion pour le Texas, avant de gagner l'île *via* Miami. Apparemment, il est resté là-bas environ un mois. Ça ressemble assez à un suspect en fuite, tu ne trouves pas ? Ils ont une déclaration sous serment d'un chauffeur de taxi de là-bas qui a conduit Luther jusqu'à la propriété de Sullivan à la Barbade.

Luther a dit qu'il était allé dans la propriété de Sullivan en Virginie. En outre, ils ont des témoins prêts à confirmer que Luther et Wanda Broome ont été vus à plusieurs reprises avant le meurtre. Une femme, une amie proche de Wanda, témoignera que celle-ci lui a dit qu'elle avait terriblement besoin d'argent, et que Christine Sullivan lui avait parlé du coffre-fort. Ce qui prouve que Wanda Broome a menti à la police.

— Je comprends pourquoi Gorelick prodigue comme ça les informations. Mais il ne s'agit toujours que de présomption.

— Non, c'est le parfait exemple d'une affaire où aucune preuve directe ne lie Luther au crime mais dans laquelle une tonne de présomptions amèneront le jury à penser : “ Allons, de qui se moque-t-on ? C'est toi qui as fait le coup, mon salaud. ”

« Je parerai à tout ce que je pourrai, mais ils ont quelques arguments de poids à nous assener. Et si Gorelick peut placer le passé de ton père, ça pourrait l'achever.

— Les condamnations sont trop anciennes. Il y a prescription. Il ne les versera jamais au dossier. »

Elle avait dit cela d'un ton plus résolu que ce qu'elle éprouvait au fond d'elle-même : après tout, comment être sûre ?

Le téléphone sonna. Elle hésita à répondre.

« Quelqu'un sait que tu es ici ? »

Jack secoua la tête.

Elle décrocha. « Allô ? »

La voix de son interlocuteur était précise, professionnelle.

« Miss Whitney, ici Robert Gavin du *Washington Post.* Pourrais-je vous poser quelques questions à propos de votre père ? Si c'était possible, je préférerais que ce ne soit pas par téléphone.

— Que voulez-vous ?

— Voyons, miss Whitney. Votre père fait la une des journaux. Vous êtes procureur de l'État. À mon avis, ça va faire un papier formidable. »

Kate raccrocha. Jack la regarda.

« C'était quoi ?

— Un journaliste.

— Bon sang : ils ne perdent pas de temps. »

Elle se rassit avec un air las qui l'étonna. Il s'approcha d'elle, lui prit la main.

Elle lui prit soudain le visage à deux mains et le tourna vers elle. Elle avait l'air affolée.

« Jack, tu ne peux pas plaider cette affaire.

— Et comment que je peux ! Je suis inscrit au barreau de l'État de Virginie. J'ai plaidé une demi-douzaine d'affaires de meurtre. Je suis hautement qualifié.

— Ce n'est pas ce que je veux dire. Je sais que tu es qualifié. Mais Patton, Shaw & Lord ne prend pas d'affaires criminelles.

— Et alors ? Il faut un commencement à tout.

— Jack, sois sérieux. Sullivan est un de leurs plus gros clients. Toi-même, tu as travaillé pour lui. J'ai lu ça dans le *Legal Times*.

— Il n'y a aucun conflit d'intérêt. Il n'y a rien que j'aie appris dans mes relations avocat-client avec Sullivan qui pourrait être utilisé pour ce dossier. D'ailleurs, ce n'est pas Sullivan qui est jugé ici. C'est nous contre l'État.

— Jack, ils ne te laisseront pas plaider cette affaire.

— Très bien, alors je donnerai ma démission. Je m'installerai à mon compte.

— Tu ne peux pas faire ça. Tout marche trop bien pour toi maintenant : tu ne peux pas tout flanquer en l'air. Pas pour cette histoire.

— Alors, pour quoi ? Parce que, pour l'instant, je ne vois rien de plus important. Ton père n'a pas rossé une femme avant de lui tirer froidement une balle dans la tête. Il s'est sans doute introduit dans cette maison pour la cambrioler : mais il n'a tué personne, j'en suis sûr. Tu veux que je te dise autre chose ? Je suis fichtrement sûr qu'il sait qui l'a tuée : c'est ça qui lui flanque une trouille pareille. Il a vu quelque chose dans cette maison, Kate. Il a vu *quelqu'un.* »

Kate poussa un long soupir.

Il baissa les yeux en silence. Puis il se leva et enfila son manteau. En passant devant elle, il tira sur l'élastique de sa ceinture : « Quand as-tu fait un vrai repas pour la dernière fois ?

— Je n'arrive pas à m'en souvenir.

— Je me rappelle une époque où tu remplissais ce jean d'une façon un peu plus plaisante pour les yeux. »

Cette fois, elle sourit. « Merci.

— Il n'est pas trop tard pour arranger ça.

— Qu'est-ce que tu as à me proposer ?

— Des côtes d'agneau, une salade et plus de bière que tu n'en as dans ton frigo. Ça te va ?

— Laisse-moi prendre un manteau. »

Jack lui ouvrit la portière de la Lexus. Elle examina dans ses moindres détails la luxueuse automobile neuve.

« J'ai suivi ton conseil. Je me suis dit que j'allais commencer à dépenser un peu de cet argent que je gagne à la sueur de mon front. »

Ils venaient de s'installer quand un individu se pencha devant la vitre du côté passager.

Il était coiffé d'un feutre. Il avait une barbe grisonnante et un filet de moustache. Son manteau marron était boutonné jusqu'au cou. D'une main, il tenait un magnétophone à cassettes, de l'autre une carte de presse.

« Miss Whitney, Bob Gavin. Je crois que nous avons été coupés tout à l'heure. »

Il regarda Jack. Il plissa le front.

« Vous êtes Jack Graham. L'avocat de Luther Whitney. Je vous ai vu au commissariat.

— Félicitations, Mr. Gavin. Vous avez dix sur dix de vision et un très joli sourire. À bientôt. »

Gavin s'accrocha à la voiture.

« Attendez une minute, juste une minute. Le public a le droit d'être informé sur cette affaire. »

Jack allait dire quelque chose, mais Kate lui coupa la parole.

« Le public sera informé, Mr. Gavin. C'est à cela que servent les procès. Je suis certaine que vous aurez une place au premier rang. Au revoir. »

La voiture démarra. Gavin songea à se précipiter vers son propre véhicule, puis se ravisa. À quarante-six ans, il était trop gras et manifestement un bon candidat à la crise cardiaque. La partie ne faisait que commencer. Il les coincerait tôt ou tard. Il releva son col pour se protéger du vent et s'éloigna.

Lorsqu'ils s'arrêtèrent devant l'immeuble de Kate, il était près de minuit.

« Tu es vraiment certain de vouloir plaider, Jack ?

— Je n'ai jamais vraiment aimé les fresques Kate.

— Quoi ?

— Tâche de dormir un peu. On va en avoir besoin tous les deux. »

Elle posa la main sur la poignée de la portière, hésita et se tourna vers lui. Elle le dévisagea, repoussa nerveusement une mèche derrière son oreille. Il n'y avait plus de chagrin dans son regard. C'était autre chose, que Jack ne réussissait pas à identifier. Du soulagement, peut-être ?

« Jack... ce que tu m'as dit l'autre nuit... »

Il avala sa salive avec difficulté et agrippa le volant. Il s'était demandé quand ils en reparleraient.

« Kate, j'ai repensé à tout ça... »

Elle lui mit la main sur la bouche. Un léger soupir s'échappa de ses lèvres.

« Tu avais raison, Jack... »

Il la regarda entrer dans l'immeuble et démarra.

Quand il rentra chez lui ce soir-là, son répondeur était arrivé au bout de la cassette. Le compteur de messages était bloqué : le clignotant n'était plus qu'une lueur rouge continue. Il opta pour la solution la plus raisonnable : il fit comme s'il n'existait pas. Il débrancha le téléphone, éteignit les lumières et essaya de s'endormir.

Ce n'était pas facile.

Il avait agi avec assurance devant Kate. Ce n'était pas la peine de se raconter des histoires. Accepter cette affaire seul, sans se confier à quiconque chez Patton, Shaw, signifiait pratiquement un suicide professionnel. Mais à quoi bon en discuter ? Il connaissait d'avance la réponse. Si on leur laissait le choix, ses associés préféreraient trancher les veines de leurs poignets aristocratiques plutôt que de prendre Luther Whitney comme client.

Seulement il était avocat, et Luther avait besoin d'un avocat. Les grands problèmes de ce genre n'étaient jamais aussi simples : c'est pourquoi il déployait tant de talent pour que tout soit aussi noir et blanc que possible. Le bien. Le mal. Le droit. L'injustice. Ce n'était pas une démarche facile pour un avocat constamment entraîné à rechercher plutôt le gris. À tous les niveaux, un avocat dépend tout bonnement de qui est son client, de qui alimente le compteur en espèces sonnantes. Lui avait pris sa décision : un vieil ami luttait pour sa vie et il avait demandé à Jack de l'aider. Peu importait à Jack que son client parût tout à coup bien récalcitrant. Dans un procès criminel, les accusés se montrent rarement coopératifs. Quoi qu'il en soit, Luther lui avait demandé son aide et, bon sang, il l'aurait. Plus rien n'était gris dans ce problème. Pas question maintenant de revenir en arrière.

XXI

Dan Kirksen ouvrit le *Washington Post* en s'apprêtant à boire une gorgée de jus d'orange. Le verre ne parvint pas jusqu'à ses lèvres. Gavin avait réussi à passer un article sur l'affaire Sullivan : il précisait que Jack Graham, récemment promu associé chez Patton, Shaw & Lord, assurerait la défense de l'accusé Luther Whitney. Kirksen appela aussitôt Jack chez lui. Pas de réponse. Il s'habilla, demanda sa voiture et, à huit heures, il traversait le hall d'entrée du cabinet. Il passa devant l'ancien bureau de Jack où s'entassaient encore cartons et objets personnels. Jack allait s'installer au bout du couloir près de Lord. Une superbe pièce d'une quarantaine de mètres carrés avec un petit bar, des meubles anciens et une vue panoramique sur la ville. *Plus beau que mon propre bureau*, songea Kirksen avec une grimace.

Sans prendre la peine de frapper, il entra à grands pas et jeta le journal sur le bureau.

Jack, qui tournait le dos à la porte, pivota lentement dans son fauteuil et jeta un coup d'œil au quotidien.

« Allons, en tout cas, ils ont correctement écrit le nom du cabinet. Formidable publicité qui pourrait nous amener quelques gros clients, vous ne croyez pas ? »

Kirksen s'assit sans quitter Jack des yeux. Il s'exprimait avec une lenteur délibérée, comme s'il parlait à un enfant.

« Êtes-vous devenu fou ? Nous ne traitons aucune affaire criminelle. Nous n'intervenons jamais dans le moindre procès.

— Voyez-vous, ce n'est pas tout à fait exact. Nous ne le faisions pas, en effet, mais maintenant nous le faisons. »

Jack regardait calmement Kirksen en souriant aimablement. *Quatre millions contre six cent mille, vieux. Alors, bas les pattes, tête de nœud.*

« Jack, vous n'avez peut-être pas saisi toutes les règles qui s'appliquent ici. J'ai demandé à ma secrétaire de vous fournir les textes nécessaires. En attendant, je compte sur vous pour prendre les mesures qui s'imposent afin de vous désengager immédiatement, ainsi que la société, de cette affaire. Je vous remercie. »

D'un air résolu, Kirksen se leva pour prendre congé. Jack se leva aussi.

« Écoutez-moi, Dan : je vais traiter cette affaire. Je vais m'efforcer de plaider au mieux et je me fiche de ce que vous ou la boîte en pensez. Fermez la porte en sortant. »

Kirksen se retourna avec lenteur et fixa longuement Jack.

« Jack, prenez garde où vous mettez les pieds. Je suis l'associé chargé de la gestion de cette société.

— Je le sais, Dan. Vous devriez donc être capable de gérer la fermeture de cette foutue porte en sortant ! »

Sans un mot de plus, Kirksen pivota sur ses talons et referma la porte derrière lui.

Le martèlement que Jack ressentait dans sa tête finit par se calmer. Il se remit au travail. Il n'avait pas terminé ses conclusions. Il voulait les enregistrer au plus vite avant que quiconque essaie de l'en empêcher. Il imprima les documents, les signa et appela lui-même le coursier. Puis il se carra dans son fauteuil. Neuf heures du matin. Il fallait se secouer : il voyait Luther à dix heures et son cerveau débordait de questions à poser à son client. Et puis il songea à cette fameuse soirée glaciale sur le Mall. Le regard de Luther. Jack allait poser les questions, il espérait simplement qu'il pourrait faire face aux réponses.

Jack enfila rapidement son manteau. Quelques minutes plus tard, sa voiture se dirigeait vers la prison de Middleton.

*
* *

La Constitution de l'État de Virginie et son code de procédure pénale prévoient que l'État se doit de référer à un accusé toute preuve en sa faveur. Tout manquement à cette obligation signifiait la fin de la carrière du procureur, sans parler du fait qu'une condamnation pouvait être écartée, ou que le criminel avait la possibilité de faire appel.

Voilà les points qui provoquaient la migraine de Seth Frank.

Assis dans son bureau, il songeait au prisonnier enfermé, seul dans sa cellule, à moins d'une minute à pied. Ce n'était pas son attitude calme et apparemment anodine qui troublait Frank. On aurait dit, à voir certains des pires malfaiteurs qu'il avait jusque-là rencontrés, que ceux-ci venaient de quitter la chorale de l'église avant de fendre un crâne en deux, histoire de rigoler un peu. Gorelick était en train de constituer un dossier béton : il rassemblait avec méthode toutes sortes de petits fils qui, une fois rassemblés devant un tribunal, constitueraient une belle et solide cravate pour étrangler Luther Whitney. Ce n'était pas non plus ce qui inquiétait Frank.

Ce qui le tracassait, c'étaient tous ces petits détails qui continuaient à ne pas coller. Les blessures. Deux armes. Une balle extraite du mur. Les lieux du crime plus stériles qu'une salle d'opération. Le fait que le type était à la Barbade et qu'il en était revenu. Luther Whitney était un pro. Frank avait passé le plus clair de ces quatre jours à rassembler tout ce qu'il était possible de rassembler sur Luther Albert Whitney. L'homme avait réussi un coup formidable qui, sans un pépin imprévisible, serait sans doute resté inexpliqué. Un butin de plusieurs millions de dollars, aucune piste pour la police : il avait quitté le pays et voilà que ce fils de pute revenait ! Un professionnel n'aurait pas fait ça. Frank aurait à la rigueur compris qu'il soit revenu à cause de sa fille, mais il s'était renseigné auprès des compagnies aériennes. Luther Whitney, sous une fausse identité, était rentré aux États-Unis bien avant que Frank eût mis au point son petit complot avec Kate.

Enfin et surtout : comment croire un seul instant que Luther Whitney ait dû s'intéresser au vagin de Christine Sullivan ? Pour couronner le tout, quelqu'un avait essayé de le tuer. C'était une des rares fois où Frank avait en fait plus de questions à se poser après avoir arrêté un suspect qu'avant de l'avoir flanqué en taule.

Il se frotta les yeux et fouilla dans sa poche à la recherche d'une cigarette. Il avait renoncé au chewing-gum. Il ferait une nouvelle tentative l'année prochaine. Quand il leva les yeux, Bill Burton était planté devant lui.

*

* *

« Vous comprenez, Seth : je ne peux rien prouver et je vous dis simplement comment ça s'est passé, à mon avis.

— Vous êtes certain que le Président a prévenu Sullivan ? »

Burton acquiesça, ses doigts tripotant nerveusement un gobelet posé sur le bureau de Frank. « Je viens de le voir. Je pense que j'aurais dû lui dire de la boucler. Je suis désolé, Seth.

— Écoutez, Bill, c'est le Président. On ne va pas dire au président des États-Unis ce qu'il doit faire ? »

Burton haussa les épaules. « Alors, qu'en pensez-vous ?

— Ça se tient. Ça ne va pas se passer comme ça, en tout cas. Si Sullivan est derrière ce coup-là, je le ferai tomber aussi : je me fous de ce qu'il pourra raconter pour se justifier. Cette balle aurait pu toucher n'importe qui.

— Oh, connaissant la façon dont Sullivan doit opérer, vous n'allez pas trouver grand-chose. Le tireur est sans doute maintenant sur une île du Pacifique, avec un nouveau visage et cent personnes pour jurer qu'il n'a jamais mis les pieds aux États-Unis. »

Frank termina de prendre des notes dans son livre de bord. Burton le regarda.

« Vous avez obtenu quelque chose de Whitney ?

— Je pense bien ! Son avocat lui a dit de la boucler.

— Qui est-ce ? fit Burton d'un ton apparemment nonchalant.

— Jack Graham. Il était à l'Assistance judiciaire. Maintenant, c'est un gros bonnet dans un grand cabinet d'avocats. Il est avec Whitney en ce moment.

— Il est bon ? »

Frank plia une paille en triangle. « Il sait ce qu'il fait. »

Burton se leva.

« Quand a lieu l'audience ?

— Demain dix heures.

— C'est vous qui emmenez Whitney là-bas ?

— Oui. Vous voulez venir ? »

Burton leva les bras au ciel.

« Je ne veux rien savoir.

— Comment ça ?

— Je ne veux pas que quoi que ce soit filtre jusqu'à Sullivan, voilà.

— Vous ne pensez tout de même pas qu'ils vont remettre ça ?

— Tout ce que je sais, c'est que je ne connais pas la réponse à cette question et vous non plus. Si j'étais vous, je prendrais des mesures particulières. »

Frank le regarda longuement.

« Surveillez bien notre homme, Seth. Il a rendez-vous avec la chambre à gaz de Greensville. »

Burton sortit.

Frank resta quelques minutes assis à son bureau. Ce que Burton avait dit tenait la route. Ils allaient peut-être faire une nouvelle tentative. Il décrocha son téléphone, composa un numéro, parla pendant quelques minutes, puis raccrocha. Toutes les précautions étaient prises pour le transfert de Luther. Cette fois, Frank était sûr qu'il n'y aurait pas de raté.

*
* *

Jack laissa Luther au parloir et traversa le hall vers la machine à café. Devant lui se trouvait un grand type vêtu d'un joli costume et qui se retourna juste au moment où Jack passait à sa hauteur. Ils se heurtèrent violemment.

« Pardon. »

Jack se frotta l'épaule là où l'étui à revolver l'avait touché.

« Ce n'est rien.

— Vous êtes Jack Graham, n'est-ce pas ?

— Ça dépend pour qui. »

Jack jaugea l'homme : avec une arme sur lui, ce n'était évidemment pas un journaliste. Plutôt un flic. À sa façon de tenir ses mains, les doigts prêts à intervenir en une fraction de seconde, le regard aux aguets sans en avoir l'air.

« Bill Burton, Secret Service. »

Ils échangèrent une poignée de main.

« Je suis un peu l'oreille du Président dans cette enquête. »

Jack le dévisageait :

« Ah oui : la conférence de presse. Eh bien, je présume que votre patron est plutôt heureux ce matin.

— Il le serait si le reste du monde n'était pas un tel foutoir. Quant à votre client, à mon avis, les gens ne sont coupables que si le tribunal le décide.

— Tout à fait d'accord. Vous voulez faire partie de mon jury ? »

Burton eut un grand sourire.

« Allons, bonne journée. Ravi de vous avoir revu.

— Enchanté. »

*
* *

Jack posa les tasses de café sur la table et regarda Luther. Il s'assit et contempla son bloc vierge.

« Luther, si vous ne me dites rien, il va falloir que j'improvise au fur et à mesure. »

Luther but une gorgée de café. Il regarda à travers les barreaux de la fenêtre l'unique chêne dépouillé de ses feuilles. La neige tombait à gros flocons. Le baromètre dégringolait et c'était déjà une vraie pagaille dans les rues.

« Qu'y a-t-il à savoir, Jack ? Magouillez-moi un arrangement, évitez à tout le monde l'ennui d'un procès et finissons-en.

— Vous ne comprenez pas, Luther. Ils ont déjà établi leur arrangement : ils veulent vous ficeler sur un chariot, vous planter une aiguille dans la veine du bras droit, vous injecter de vilains produits chimiques et faire comme si vous étiez l'objet d'une expérience. Mais je crois que l'État donne le choix au condamné : vous pourrez donc griller sur la chaise électrique si vous préférez. Voilà leur arrangement. »

Jack se leva et regarda par la fenêtre. Tout à coup, il évoqua une paisible soirée devant un bon feu dans la grande maison avec des petits Jack et des petites Jennifer courant sur la pelouse. Il avala sa salive, secoua la tête et son regard revint se poser sur Luther.

« Vous m'entendez ?

— Je vous entends. »

Pour la première fois, Luther soutint le regard de Jack.

« Luther, voulez-vous, je vous en prie, me dire ce qui s'est passé ? Peut-être étiez-vous dans cette maison, peut-être avez-vous vidé le coffre ; mais jamais, au grand jamais, vous ne me ferez croire que vous êtes pour quelque chose dans la mort de cette femme. Je vous connais, Luther. »

Luther sourit.

« Vraiment, Jack ? Eh bien, peut-être que vous pourriez me dire qui je suis un de ces jours. »

Jack fourra son bloc dans son porte-documents et pressa le fermoir.

« Je vais plaider non coupable. Peut-être que vous aurez retrouvé vos esprits avant que nous en arrivions là. » Il marqua un temps et ajouta doucement : « Je l'espère, vivement. »

Il se tourna pour prendre congé. La main de Luther s'abattit sur l'épaule de Jack : celui-ci se retourna pour voir le visage frémissant de Luther.

« Jack. » Il déglutit avec peine. « Si je pouvais vous le dire, je le ferais. Mais cela ne vous avancerait ni vous, ni Kate, ni personne d'autre. Je suis désolé.

— Kate ? Qu'est-ce que vous me racontez ?

— À bientôt, Jack. »

Luther se détourna et se remit à regarder par la fenêtre.

Jack scruta le profil de son ami, secoua la tête et frappa à la porte pour appeler le gardien.

*
* *

Ce n'était plus maintenant de gros flocons mais des paillettes de glace qui venaient frapper les grandes baies vitrées comme des poignées de gravier. Kirksen ne prêtait aucune attention au mauvais temps : il regardait Lord droit dans les yeux. Le nœud papillon de l'associé chargé de la gestion était légèrement de travers. Il s'en avisa en se regardant dans la vitre et le redressa d'un geste agacé. Son grand front dégarni était rouge de colère et d'indignation. Ce petit connard allait voir ce qu'il allait voir : personne ne lui avait jamais parlé sur ce ton.

Sandy Lord examinait les masses sombres de la grande ville. Un cigare se consumait dans sa main droite. Il avait ôté son veston et son énorme ventre touchait la vitre, les deux brides de ses bretelles rouges se dessinaient sur sa chemise blanche marquée à ses initiales. Il semblait fasciné par un passant qui se précipitait dans la rue en quête d'un taxi.

« Il est en train de saper les rapports que cette société, que vous entretenez avec Walter Sullivan. Je préfère ne pas imaginer ce que Sullivan a dû penser en lisant le journal ce matin. Le cabinet dont il est client, son *propre* avocat chargé de la défense de ce... cet individu. Mon Dieu ! »

Lord n'assimila qu'une faible partie de la tirade du petit homme. Depuis plusieurs jours, il n'avait aucune nouvelle de Sullivan. De nombreux appels à son bureau et à son domicile étaient demeurés sans réponse. Personne ne semblait savoir où il était, ce qui ne ressemblait pas à son vieil ami : il restait toujours en contact avec un cercle d'intimes, dont Sandy Lord faisait partie depuis longtemps.

« Je crois, Sandy, qu'il faut prendre des mesures immédiates à l'encontre de Graham. Immédiates. Peu m'importe qu'il ait Baldwin comme client. Bon sang, Baldwin est un ami de Walter. Il doit être tout aussi furieux que nous. Nous pouvons convoquer une réunion du Conseil ce soir. On parviendra très vite à un accord. Ensuite... »

Lord finit par lever la main pour couper court aux propos de Kirksen.

« Je vais m'en occuper.

— Mais, Sandy, en tant qu'associé chargé de la gestion, j'estime que... »

Lord se tourna pour le regarder. Les yeux rouges assortis au gros nez bulbeux étaient vrillés sur la frêle silhouette de Kirksen.

« J'ai dit que je m'en occuperai. »

Lord se retourna vers la fenêtre. Il se fichait éperdument que Kirksen soit vexé. Ce qui le préoccupait, c'était que quelqu'un ait tenté de tuer l'homme accusé du meurtre de Christine Sullivan. Et que personne n'arrive à joindre Walter Sullivan.

*

* *

Jack se gara, regarda de l'autre côté de la rue et ferma les yeux. En vain : il connaissait par cœur les chiffres de cette plaque minéralogique. Il sortit de sa voiture et traversa prudemment la chaussée glissante.

Il introduisit sa clé dans la serrure, prit une profonde inspiration et tourna la poignée.

Elle était assise dans le petit fauteuil auprès de la télé, vêtue d'une courte jupe noire, d'escarpins et de bas assortis. Un corsage blanc au col déboutonné laissait voir un collier d'émeraudes qui scintillait de tous ses feux. Un long manteau de zibeline était soigneusement étalé sur le drap qui recouvrait le canapé défoncé. Ses ongles pianotaient impatiemment contre le téléviseur quand il entra. Elle le regarda sans un mot, ses lèvres pleines et rouges pincées en une ligne verticale.

« Salut, Jenn.

— Tu as sans doute été très occupé ces dernières vingt-quatre heures, Jack. »

Elle ne souriait pas. Ses ongles continuaient à pianoter.

« Oui, je n'ai pas arrêté, tu connais ça. »

Il ôta son manteau, desserra sa cravate et alla dans la cuisine chercher une bière, puis s'assit en face d'elle sur le canapé.

« Tiens, j'ai dégoté une nouvelle affaire aujourd'hui. »

Elle fouilla dans son sac et lança le *Post* sur la table.

« Je sais. »

Il regarda les gros titres.

« Le cabinet ne te laissera jamais faire ça.

— Dommage : c'est pourtant fait.

— Tu sais très bien ce que je veux dire. Au nom du ciel, qu'est-ce qui t'a pris ?

— Jenn, je connais ce type, tu comprends ? Je le connais, c'est un ami. Je ne crois pas qu'il ait tué cette femme et je vais le défendre. On voit ça tous les jours, partout où il existe des avocats et surtout dans ce pays où il y en a partout. »

Elle se pencha en avant.

« Il s'agit de Walter Sullivan, Jack. Réfléchis à ce que tu es en train de faire.

— Je sais bien que c'est Walter Sullivan, Jenn. Et alors ? Luther Whitney n'a pas le droit d'être défendu convenablement parce que quelqu'un *dit* qu'il a tué la femme de Walter Sullivan ? Excuse-moi, mais où est-ce écrit ?

— Walter Sullivan est ton client.

— Luther Whitney est mon ami, je le connais depuis bien plus longtemps que Walter Sullivan.

— Jack, l'homme que tu défends est un criminel de droit commun. Il a passé une partie de sa vie en prison.

— Il n'y a pas été depuis plus de vingt ans.

— C'est un repris de justice.

— Mais il n'a jamais été condamné pour meurtre.

— Jack, il y a plus d'avocats dans cette ville qu'il n'y a de criminels. Pourquoi un de tes amis ne pourrait-il pas se charger de l'affaire ? »

Jack regarda sa bière.

« Tu en veux une ?

— Réponds à ma question. »

Jack se leva et lança la bouteille contre le mur.

« Parce que, bon Dieu, il me l'a demandé ! »

Jenn leva les yeux vers lui. Son expression effrayée s'était évanouie dès que les éclats de verre avaient touché le sol. Elle prit son manteau et l'enfila.

« Tu commets une énorme erreur et j'espère que tu reprendras tes esprits avant d'avoir causé des dommages *irréversibles.* Mon père a failli avoir une attaque en lisant cet article. »

Jack posa une main sur son épaule, l'obligea à se retourner vers lui et dit doucement : « Jenn, je dois le faire. J'avais espéré que tu me soutiendrais sur ce point.

— Jack, si tu cessais de boire de la bière et si tu réfléchissais un peu à la façon dont tu désires passer le restant de tes jours... »

Quand la porte se referma derrière elle, Jack se laissa lourdement tomber contre le battant et se frotta violemment le cuir chevelu. Par la petite fenêtre encrassée, il regarda la plaque minéralogique familière disparaître dans les tourbillons de neige, puis s'assit et examina de nouveau les titres du quotidien.

Luther voulait un arrangement, mais il n'y avait aucun arrangement possible. Tout le monde voulait ce procès. Les journaux télévisés avaient donné l'analyse détaillée de l'affaire : plusieurs centaines de millions de gens avaient dû voir la photo de Luther. On faisait déjà des sondages sur sa culpabilité ou son innocence et aucun ne lui était favorable. Gorelick se léchait les babines en songeant que c'était le moyen de le propulser plus rapidement au poste de procureur général. Et, en Virginie, on voyait souvent un procureur général briguer le poste de gouverneur et être élu.

Petit, le cheveu ras, la voix forte, Gorelick était aussi dangereux qu'un crotale à l'attaque. Gorelick était un de ces procureurs qui ne vivent que pour poignarder leur adversaire par-derrière. Bref, Jack savait qu'il l'avait sur le dos pour un moment.

Et Luther qui ne parlait pas. Il continuait à avoir peur. Qu'est-ce que Kate avait à voir avec les craintes de son père ? C'était incompréhensible. Jack allait se présenter demain au tribunal et plaider non coupable alors qu'il n'avait aucun moyen de prouver son innocence. Mais la charge de la preuve revenait à l'État. Jack pourrait donner des coups de bec par-ci par-là. Son client était un repris de justice récidiviste, même si son casier judiciaire montrait que Luther s'était tenu tranquille ces deux dernières décennies, ce dont tout le monde se fichait éperdument. Son client était un accusé tout désigné pour cette histoire tragique.

Il lança le journal à travers la pièce et nettoya les taches de bière, se frictionna la nuque, passa dans sa chambre et enfila un survêtement.

*

* *

L'YMCA était à dix minutes de là. À sa surprise, il trouva une place juste devant la porte. La voiture noire derrière lui n'eut pas la même chance. Le conducteur dut faire plusieurs fois le tour du pâté de maisons avant de s'arrêter dans la rue pour se garer de l'autre côté.

Le conducteur essuya la fenêtre côté passager et resta à surveiller l'entrée de l'YMCA. Puis il finit par se décider : il descendit de voiture et courut jusqu'au perron. Il regarda autour de lui, jeta un coup d'œil à la Lexus étincelante et, lentement, entra dans le bâtiment.

Trois parties de volley-ball plus tard, Jack ruisselait de sueur. Il alla s'asseoir sur le banc, laissant les adolescents continuer de parcourir le terrain avec l'inépuisable énergie de la jeunesse. Jack poussa un grognement quand un gosse noir efflanqué, en short, maillot de corps et baskets trop grands pour lui, lui lança le ballon. Il le lui renvoya.

« Désolé, les gars, j'ai mon compte.

— Alors, mon pote, on est fatigué ?

— Non, trop vieux. »

Jack se leva, se frictionna les cuisses et sortit.

Au moment où il posait le pied sur le trottoir, une main s'abattit sur son épaule.

*

* *

Jack était au volant. Il jeta un coup d'œil à son nouveau passager. Seth Frank examinait l'intérieur de la voiture. « On m'a dit beaucoup de bien de ces bagnoles. Ça vaut dans les combien, si je peux me permettre ?

— Deux cent cinquante mille, tout compris.

— Eh ben, dites donc, je suis loin de me faire ça dans l'année.

— Moi non plus, jusqu'à une époque récente.

— L'Assistance judiciaire, ça ne paye pas bien, à ce qu'on m'a dit.

— Vous êtes bien renseigné. »

Les deux hommes restèrent silencieux. Frank savait qu'il était en train d'enfreindre toutes les lois de la Création et Jack le savait aussi.

Jack finit par prendre la parole.

— « Écoutez, lieutenant, je suppose que vous n'êtes pas venu ici pour me consulter sur mes goûts en matière d'automobiles. Que puis-je pour vous ?

— Gorelick a un dossier solide et il va faire condamner votre client.

— Peut-être que oui. Peut-être que non. Je ne jette pas l'éponge à l'avance, si c'est ce que vous pensez.

— Vous allez plaider non coupable ?

— Pas du tout. Je vais le conduire moi-même à la prison de Jarrat et c'est moi qui lui injecterai la merde dans le bras. Question suivante.

— Bon, dit Frank en souriant. OK. Je crois que vous et moi, il faut qu'on parle. Il y a des choses dans cette affaire qui ne collent pas. Peut-être est-ce bon, peut-être est-ce mauvais pour votre type, je n'en sais rien. Vous êtes prêt à écouter ?

— Absolument. Mais n'allez pas croire que ce flot d'informations va marcher dans les deux sens.

— Je connais un bistrot où l'on peut vraiment couper son steak avec un couteau à beurre et où le café est passable.

— C'est dans un quartier réglo, j'espère ? Sinon, je ne pense pas que vous auriez bonne mine, avec votre uniforme de shérif adjoint. »

Frank le regarda avec un grand sourire. « Question suivante. »

Jack sourit à son tour puis rentra chez lui se changer.

*

* *

Jack commanda une deuxième tasse de café pendant que Frank buvait la première à petites gorgées. La viande était excellente et l'endroit si isolé que Jack n'avait qu'une idée approximative de sa localisation. Le Maryland rural, se dit-il. Il examina les rares occupants de la salle à manger rustique. Personne ne leur prêtait attention. Il revint à son compagnon.

Frank le regardait d'un air amusé. « J'ai cru comprendre qu'il y avait eu quelque chose entre Kate Whitney et vous il y a pas mal de temps.

— C'est elle qui vous l'a dit ?

— Fichtre non. Elle est passée au commissariat peu après votre départ hier. Son père n'a pas voulu la voir. J'ai bavardé avec elle. Je lui ai dit que j'étais désolé que ça ait tourné comme ça. »

Il hésita un instant puis poursuivit : « Je n'aurais pas dû faire ça, Jack. Me servir d'elle pour coffrer son paternel. Personne ne mérite une chose aussi dégueulasse.

— Ça a marché. Certains diraient qu'il n'y a que le résultat qui compte.

— C'est vrai. Bref, on s'est mis à parler de vous. Je ne suis pas encore assez aveugle pour ne pas être capable de voir briller les yeux d'une femme. »

La serveuse apporta le café de Jack. Les deux hommes regardaient par la fenêtre : la neige avait cessé de tomber et la terre entière semblait recouverte d'un doux tapis blanc. Frank rompit le silence : « Écoutez, Jack, je sais que le dossier de Whitney repose à peu près totalement sur des présomptions. Mais cela a suffi pour en envoyer plus d'un en taule.

— Je n'en disconviens pas.

— La vérité, Jack, c'est qu'il y a plein de trucs bizarres dans cette affaire. »

Jack reposa son café et se pencha en avant.

« Je vous écoute. »

Frank inspecta la pièce un instant avant de retourner vers Jack.

« Je sais que je prends un risque, mais je ne suis pas entré dans la police pour envoyer des gens en prison pour des crimes qu'ils n'ont pas commis. Il y a bien assez de coupables dehors.

— Alors, qu'est-ce qui cloche ?

— Vous le verrez vous-même dans les rapports qu'on vous fournira. Mais je suis convaincu que Luther Whitney a cambriolé cette maison et tout aussi convaincu qu'il n'a pas tué Christine Sullivan. Mais...

— Mais vous pensez qu'il a vu celui qui l'a fait. »

Frank se carra sur son siège et regarda Jack.

« Depuis combien de temps avez-vous pensé à ça ?

— Pas longtemps. Vous avez des idées à ce sujet ?

— Je pense que votre type a failli se faire prendre la main dans le sac et qu'il n'a pas eu d'autre solution que de se cacher dans le sac en question. »

Jack eut l'air surpris. Frank l'informa rapidement de l'existence de la chambre forte, des preuves matérielles et des questions qu'il se posait.

« Luther est donc resté tout ce temps dans la chambre forte à regarder un individu s'envoyer en l'air avec Mrs. Sullivan. Là-dessus, il se passe quelque chose et elle se fait buter. Luther observe ensuite la personne qui efface toutes les traces.

— C'est comme ça que je vois les choses, Jack.

— Il ne va donc pas trouver les flics parce qu'il ne peut pas le faire sans s'accuser lui-même.

— Ce qui explique un tas de choses.

— Mais ne dit pas qui a fait le coup.

— Le seul suspect évident, c'est le mari, mais je ne crois pas que ce soit lui. »

Jack repensa à Walter Sullivan.

« Je ne crois pas non plus. Alors, qu'est-ce qui n'est pas si évident ?

— La personne avec qui elle avait rendez-vous ce soir-là.

— D'après ce que vous m'avez dit de la vie sexuelle de la défunte, la liste comporte à peu près deux millions de noms.

— Je n'ai pas dit que ce serait facile.

— Eh bien, mon intuition me dit qu'il ne s'agit pas d'un type ordinaire.

— Pourquoi donc ? »

Jack but son café et contempla sa part de tarte aux pommes. « Voyez-vous, lieutenant...

— Appelez-moi Seth...

— D'accord, Seth. Ici, je marche sur des œufs. Je sais d'où vous venez et j'apprécie le renseignement. Mais...

— Mais vous n'êtes pas sûr de pouvoir me faire confiance. Par ailleurs, vous ne voulez rien dire qui pourrait causer du tort à votre client ?

— Exactement.

— Ça se comprend. »

Ils payèrent l'addition et sortirent. Sur le chemin du retour, la neige se remit à tomber avec une telle violence que les essuie-glaces avaient du mal à déblayer le pare-brise.

Jack jeta un coup d'œil à Frank. Il regardait droit devant lui, perdu dans ses pensées ou attendant peut-être que Jack se mette à parler.

« Je vais prendre le risque : je n'ai pas grand-chose à perdre, n'est-ce pas ? »

Frank avait toujours le regard fixé devant lui. « Pas que je sache.

— Supposons pour le moment que Luther était dans la maison et que la femme se soit fait tuer sous ses yeux. »

Frank se tourna vers Jack, l'air soulagé.

« Bon.

— Je connais Luther, je sais comment il fonctionne, comment il réagirait à un tel événement. C'est la personne la moins influençable que j'aie rencontrée. Je sais bien que son dossier ne l'indique pas, mais il n'y a pas plus fiable et digne de confiance que lui. Si j'avais des gosses et que je doive les confier à quelqu'un, je les confierais à Luther parce que je sais qu'il ne leur arriverait rien pendant qu'il en aurait la responsabilité. C'est un être très capable. Il voit tout et c'est un maniaque du contrôle.

— Il voit tout sauf que sa fille le fait tomber dans un guet-apens.

— C'est vrai, à cette exception-là. Il ne s'en serait jamais douté.

— Je connais ce genre de type, Jack. Parmi certains des gars que j'ai coffrés, il y en a qui, à part la mauvaise habitude de prendre ce qui appartient aux autres, font partie des gens les plus sympathiques que j'aie rencontrés.

— Exactement. Et si Luther avait vu assassiner cette femme, je vous assure qu'il aurait trouvé un moyen de livrer ce type aux flics. Il n'aurait pas laissé passer ça. J'en suis certain ! » Jack regarda par la vitre, l'air décidé.

« Sauf ? »

Jack se tourna vers lui. « Sauf pour une bonne raison. Peut-être, par exemple, qu'il connaissait l'assassin ou qu'il savait qui il était.

— Peut-être quelqu'un dont personne ne pourrait imaginer qu'il soit capable de commettre un acte de ce genre.

— Cela va plus loin encore, Seth. » Jack se tut, tourna le coin de la rue et s'arrêta près du YMCA. « Je n'avais jamais vu Luther aussi effrayé avant cet événement. Il a encore peur maintenant. Il est même terrifié. Il s'est résigné à trinquer et je ne sais pas pourquoi. Enfin, bon sang, il avait quitté le pays !

— Il est revenu.

— Exact. Et je n'arrive toujours pas à comprendre pourquoi. Au fait, vous avez la date ? »

Frank feuilleta son carnet. « 23 octobre.

— Alors, qu'est-ce qui a bien pu se passer entre le jour où Christine Sullivan a été assassinée et le 23 octobre ? »

Frank secoua la tête. « Cela pourrait être n'importe quoi.

— Certainement pas. Si nous pouvions trouver la raison, nous pourrions peut-être comprendre toute cette histoire. »

Frank remit le carnet dans sa poche. Sa main frotta machinalement le tableau de bord.

Jack arrêta la voiture et se renversa en arrière sur son siège.

« Et il n'a pas simplement peur pour lui. Je ne sais pas pourquoi, mais il a peur pour Kate. »

Frank eut l'air surpris. « Vous pensez que quelqu'un a menacé Kate ? »

Jack secoua la tête.

« Non. Elle me l'aurait dit. Je crois que quelqu'un a fait passer le message à Luther : ou bien il la boucle, ou alors...

— Vous croyez que ce sont les mêmes qui ont essayé de le supprimer ?

— Peut-être. Je n'en sais rien. Fichtre, c'est encore pire qu'il y a deux mois, quand je me suis dit que c'était le plus épouvantable merdier que j'aie jamais vu. Il faut que vous arriviez à le faire parler. S'il peut nous livrer le criminel qui a buté Christine Sullivan, je recommanderai sa mise en liberté surveillée et une peine de service d'intérêt public en échange de sa coopération : il ne fera pas de prison. Sullivan lui laisserait même probablement garder ce qu'il a volé si nous pouvions épingler le coupable.

— Vous pousseriez dans ce sens ?

— Disons plutôt que je le ferais avaler à Gorelick. Ça vous va ? »

Frank lui tendit la main.

Jack la serra.

« Ça me va. »

Frank descendit de voiture puis passa la tête par la vitre.

« Disons à tout hasard qu'en ce qui me concerne nous ne nous sommes jamais rencontrés ce soir, et tout ce que vous m'avez dit n'ira pas plus loin, sans aucune exception. Même à la barre des témoins. Je parle sérieusement.

— Merci, Seth. »

Seth Frank regagna sa voiture à pas lents. La Lexus démarra, tourna le coin et disparut.

Il comprenait parfaitement quel genre de type était Luther Whitney. Alors qui diable pouvait flanquer une trouille pareille à un type comme ça ?

XXII

Il était sept heures et demie du matin quand Jack se gara dans le parking du commissariat de police de Middleton. C'était une matinée claire, d'un froid mordant. Au milieu des voitures de police couvertes de neige, une conduite intérieure noire au capot déjà froid : Seth Frank se levait de bonne heure.

Luther n'était plus le même homme : l'uniforme orange avait cédé la place à un costume marron, et à une cravate club très classique. Les cheveux gris bien coupés et un reste de bronzage lui donnaient l'air d'un courtier d'assurance ou d'un associé dans un cabinet juridique. Certains avocats de la défense réservaient les vêtements du bon père de famille pour le procès : le jury voyait alors que l'accusé n'était pas un mauvais bougre, mais un incompris. Jack, quant à lui, souhaitait qu'il garde son costume tout au long du procès. Ce n'était pas seulement un artifice : il estimait que Luther ne méritait pas d'être exhibé en tenue de prisonnier. C'était peut-être un criminel, mais pas de ceux qui ne pensaient qu'à vous planter un poignard dans les côtes ou à vous sauter à la gorge. Ceux-là en revanche méritaient leur tenue orange, ne serait-ce que pour qu'ils soient aisément repérables.

Jack ne prit même pas la peine d'ouvrir son porte-documents. Question de routine : on allait lire les charges retenues contre Luther. Le juge demanderait au prévenu s'il avait bien compris les accusations et Jack annoncerait qu'il plaiderait non coupable. Le juge prononcerait son discours habituel pour s'assurer que Luther comprenait ce que cela signifiait et s'il était satisfait de son avocat. Un seul problème : Jack redoutait que Luther lui dise d'aller se faire voir devant le juge et qu'il décide de plaider coupable. Ça s'était déjà vu. Et comment savoir ? Ce fichu juge serait capable d'accepter. Mais, à n'en pas douter, il allait s'en tenir strictement au code pénal : dans une affaire de meurtre qualifié, la moindre boulette de procédure pouvait donner matière à un recours en cassation. Et les recours, en cas de peine de mort, avaient tendance à durer l'éternité. Jack n'avait plus qu'à assumer.

Avec un peu de chance, l'audience ne durerait pas plus de cinq minutes. On fixerait ensuite une date pour le procès et on passerait alors aux choses sérieuses.

L'État avait obtenu une inculpation contre Luther, il n'avait donc pas droit à une audience préliminaire, qui n'aurait guère permis à Jack d'avancer mais qui lui aurait donné un bref aperçu du dossier du ministère public et le temps de se faire une idée sur quelques-uns des témoins à charge. Il est vrai que les juges d'assises prennent généralement soin de ne pas laisser l'avocat de la défense profiter de l'audience préliminaire pour aller à la pêche.

Jack aurait pu aussi contester l'acte d'accusation, mais il avait l'intention de laisser tout le travail à la cour. Il voulait que Luther passe en audience publique, afin que l'on entende haut et clair sa décision de plaider non coupable. Il demanderait ensuite le renvoi de l'affaire devant une autre juridiction puis de faire retirer le dossier au comté de Middleton. Avec un peu de chance, Gorelick serait mis sur la touche en faveur d'un nouveau procureur et monsieur le futur attorney-général pourrait remâcher sa déception pendant belle lurette. Après cela, il faudrait faire parler Luther. Kate serait protégée. Luther cracherait son histoire et l'on assisterait au verdict du siècle.

Jack regarda Luther.

« Vous avez l'air en forme. »

Les lèvres de Luther se retroussèrent en un ricanement.

« Kate voudrait vous voir avant le commencement du procès. »

La réponse jaillit aussitôt : « Non.

— Pourquoi donc ? Bon Dieu Luther, vous avez toujours voulu être proche d'elle. Maintenant qu'elle est enfin disposée à venir à vous, vous vous renfermez dans votre coquille. Bon sang, il y a des moments où je ne vous comprends pas.

— Je ne veux pas qu'elle soit dans les parages.

— Écoutez, elle est navrée de ce qu'elle a fait. Elle a pleuré toute une journée, Luther, je vous assure. »

Luther tourna la tête.

« Elle croit que je lui en veux ? »

Jack s'assit. Pour la première fois, Luther semblait l'écouter. Il aurait dû essayer ça plus tôt.

« Bien sûr. Pourquoi sinon refuseriez-vous de la voir ? »

Luther baissa les yeux vers la table et secoua la tête d'un air écœuré.

« Expliquez-lui que je ne lui en veux pas. Elle a bien fait. Dites-le-lui.

— Pourquoi ne pas le lui dire vous-même ? »

Luther se leva brusquement et fit le tour de la pièce pour venir se planter devant Jack.

« Dans cet endroit, il y a des yeux partout, vous entendez ? Vous comprenez ? Si quelqu'un la voit avec moi, il va peut-être s'imaginer qu'elle sait quelque chose. Et, croyez-moi, ce serait une catastrophe.

— De qui parlez-vous ? »

Luther se rassit.

« Dites-lui simplement ça. Que je l'aime, que je l'ai toujours aimée et que je l'aimerai toujours. Je vous demande de le lui répéter, Jack. Rien d'autre.

— Bon, vous voulez dire que quelqu'un pourrait croire que vous pensez m'avoir dit quelque chose même si ça n'est pas le cas ?

— Je vous ai demandé de ne pas vous charger de cette affaire, Jack, vous n'avez pas voulu m'écouter. »

Jack haussa les épaules. Il ouvrit son porte-documents et prit un exemplaire du *Post*.

« Lisez donc l'éditorial. »

Luther jeta un coup d'œil au journal. Puis il le froissa et le lança violemment contre le mur.

« Espèce de salaud ! Espèce de salaud ! »

La porte s'ouvrit à toute volée, un robuste gardien passa la tête, une main sur son arme de service. Jack fit signe que tout allait bien : l'homme recula lentement, les yeux fixés sur Luther.

Jack alla ramasser le journal. Une énorme photo de Luther était prise devant le commissariat, et le titre s'étalait en énormes caractères gras, dans un corps généralement réservé aux résultats des matchs de base-ball : « Inculpation aujourd'hui du suspect dans le meurtre de Christine Sullivan. » Jack parcourut le reste de la une. Encore des massacres dans l'ancienne Yougoslavie où se poursuivait la purification ethnique. Le ministère de la Défense se préparait à de nouvelles réductions de budget. Le regard de Jack parcourut la page sans remarquer que le président Alan Richmond annonçait son intention de continuer les réformes sociales, avec une photo de lui visitant un jardin d'enfants des quartiers pauvres de Washington.

Ce visage souriant avait frappé Luther en pleine figure. Oser brandir ces pauvres bébés noirs aux yeux de tous. Sale enfoiré de menteur ! Le point frappait Christine Sullivan, frappait et frappait encore. Le sang giclait. « Pauvre conne. Petite putain. » Les mains se refermaient autour du cou de la jeune femme comme une impitoyable tenaille, l'étranglant sans même y penser. Il avait volé une existence, ce salaud. Il embrassait les bébés et tuait les femmes.

« Luther ? Luther ? »

Jack posa doucement une main sur l'épaule de Luther. Tout son corps tremblait. Pendant un terrible instant, Jack se demanda si ce n'était pas Luther qui avait tué la femme, si son vieil ami avait basculé dans la folie. Ses craintes se dissipèrent quand il vit Luther se tourner vers lui. Il avait retrouvé son calme, son regard clair.

« Répétez-lui simplement ce que je viens de vous dire, Jack. Et finissons-en. »

*

* *

Le palais de justice de Middleton avait longtemps été l'orgueil du comté. Construit cent quatre-vingt-quinze ans auparavant, il avait survécu aux Anglais durant la guerre d'Indépendance, et aux Yankees et aux Confédérés durant la guerre de Sécession. Une coûteuse restauration en 1947 lui avait donné une vie nouvelle et les habitants espéraient que leurs arrière-petits-enfants pourraient de temps en temps y pénétrer, pour régler une contravention ou obtenir un certificat de mariage.

Le bâtiment se dressait jadis seul à l'extrémité de la route à deux voies qui traversait le quartier des affaires de Middleton. Il côtoyait aujourd'hui des boutiques d'antiquités, des restaurants, une épicerie, un hôtel et une station-service en briques, pour respecter la tradition architecturale de la région. À quelques pas de là, une rangée de bureaux où scintillaient les plaques de plus d'un avoué, avocat ou notaire du comté.

Généralement paisible, sauf le vendredi matin, jour des inscriptions sur les rôles, le palais de justice de Middleton était maintenant le théâtre d'un spectacle qui aurait fait se retourner dans leurs tombes les Pères Fondateurs de la ville : six camions de télévision au sigle peint en gros caractères sur les flancs étaient garés devant le perron du tribunal. Leurs antennes se dressaient déjà vers le ciel. La foule se pressait sur dix rangées contre le cordon de shérifs et de gendarmes de l'État de Virginie qui contemplaient en silence la masse des journalistes qui leur poussaient carnets, micros et stylos sous le nez.

Heureusement, le palais de justice avait une entrée sur le côté, protégée par un demi-cercle de policiers équipés de fusils à pompe et de boucliers. C'était là qu'arriverait le fourgon transportant

Luther. Le tribunal malheureusement n'avait pas de cour intérieure, mais les forces de l'ordre estimaient avoir la situation en main. Luther ne serait exposé que quelques secondes, tout au plus.

De l'autre côté de la rue, des policiers, arme au poing, patrouillaient sur les trottoirs, leur regard balayant la rue à l'affût d'un éclair métallique ou d'une fenêtre étrangement ouverte.

Jack jeta un œil par la petite fenêtre de la salle d'audience qui surplombait la rue. La salle était immense, avec une estrade sculptée qui la dominait de plus de deux mètres cinquante, et d'une longueur d'environ vingt-cinq mètres. Les drapeaux des États-Unis et de Virginie trônaient de chaque côté de l'estrade. Un huissier était assis à une table.

Jack consulta sa montre, contempla les forces de l'ordre en place puis regarda la foule des journalistes. Pour un avocat de la défense, ils pouvaient être les meilleurs alliés ou la pire des calamités. Cela dépendait de ce qu'ils pensaient de l'accusé et du crime. Certains bons reporters proclamaient haut et fort leur objectivité en traînant le client dans la boue à la une de l'édition du soir, bien avant que le verdict ait été prononcé. Les femmes étaient plus indulgentes envers les prévenus accusés de viol, car elles essayaient de ne pas tomber dans le piège du féminisme primaire. Pour les mêmes raisons, les hommes n'étaient que compassion pour les femmes battues qui avaient fini par porter le coup fatal. Luther, lui, n'aurait pas cette chance. Un repris de justice qui avait assassiné une riche et jolie femme serait en butte aux coups de toute la presse sans distinction.

Jack avait déjà reçu une douzaine de coups de fil de sociétés de production de Los Angeles, toutes prêtes à acheter les droits de l'histoire de Luther. Avant même le début du procès. Elles voulaient tous les détails et étaient disposées à payer. À payer cher. Peut-être que Jack aurait dû dire oui, banco, mais à une condition : s'il dit quelque chose, il faudra me le communiquer, parce que pour l'instant, bordel, je n'ai rien. Rien de rien.

Il regarda de nouveau la rue. La vue des gardes armés le réconforta. Même si, la dernière fois, on avait quand même tiré en dépit d'un déploiement impressionnant. Mais au moins, cette fois, la police était sur le qui-vive et semblait avoir tout prévu. Sauf un détail : et ce détail-là descendait justement la rue.

Jack tourna la tête vers l'armada de journalistes et de curieux qui d'un même mouvement se précipitait vers le cortège. Jack crut tout d'abord que c'était Walter Sullivan. Puis il avisa les motards de la police suivis des fourgons du Secret Service et finalement les deux fanions américains flottant sur chaque aile de la limousine.

L'escorte que le Président avait amenée avec lui faisait paraître inexistante celle qui s'apprêtait à accueillir Luther Whitney.

Il regarda Richmond descendre de voiture. Derrière lui s'avançait l'agent auquel il avait déjà parlé : Burton, un gaillard robuste et sérieux. Son regard balaya le secteur comme le faisceau d'un radar. Sa main à quelques centimètres du Président, prête en un instant à le jeter à terre. Les camionnettes du Secret Service étaient garées sur le trottoir d'en face. L'une d'elle prit position dans une petite impasse face au palais de justice, et le regard de Jack revint alors se poser sur le Président.

On avait dressé une estrade improvisée, et Richmond entama sa conférence de presse tandis que les caméras tournaient et que les représentants de la presse tentaient d'écarter leurs voisins. Quelques citoyens ordinaires et plus sains d'esprit rôdaient derrière : certains, armés de caméras video, enregistraient cet instant assurément crucial.

Jack se tourna vers l'huissier, un Noir massif comme un mur de granit.

« Ça fait vingt-sept ans que je suis ici : je n'avais jamais vu le Président. Et c'est la seconde fois qu'il vient la même année. Allez comprendre. »

Jack le regarda en souriant.

« Bah, si votre ami avait investi dix millions de dollars dans votre campagne électorale, vous feriez le déplacement aussi.

— Vous avez pas mal de gros bonnets contre vous.

— C'est vrai : j'ai apporté une grande batte...

— Je suis Samuel, Samuel Long.

— Jack Graham, Samuel.

— Vous allez en avoir besoin, Jack. J'espère que vous l'avez plombée.

— Alors, Samuel, qu'en pensez-vous ? Mon client va-t-il être jugé équitablement ici ?

— Vous m'auriez posé cette question il y a deux ou trois ans, je vous aurais répondu oui, sans problème. » Il regarda la foule. « Mais aujourd'hui, j'en sais rien. Peu importe devant quelle juridiction vous passez. Cour suprême, tribunal de simple police. Les choses changent, bon Dieu. Mais c'est pas seulement les tribunaux. C'est tout le monde. Tout ce foutu monde est en train de changer et j'y comprends plus rien. »

Tous deux se tournèrent de nouveau vers la fenêtre.

La porte de la salle d'audience s'ouvrit. Kate entra. Pas de toge aujourd'hui : elle portait une jupe plissée noire serrée à la taille par une mince ceinture. Un corsage simple boutonné jusqu'au cou. Ses cheveux rejetés en arrière lui tombaient sur les épaules. Le froid mordant avait rosi ses joues. Elle tenait un manteau sur son bras.

Ils s'assirent à la table de la défense. Samuel s'éclipsa discrètement.

« C'est presque l'heure, Kate.

— Je sais.

— Écoute, comme je te l'ai dit au téléphone, ce n'est pas qu'il ne veuille pas te voir : il a peur. Il a peur pour toi. Cet homme t'aime plus que tout au monde.

— Jack, s'il ne parle pas, tu sais ce qui va se passer.

— Peut-être. Mais j'ai quand même certaines pistes. Leur dossier n'est pas aussi béton que ce que tout le monde a l'air de penser.

— Comment le sais-tu ?

— Fais-moi confiance. Tu as vu le Président dehors ?

— Comment ne pas le voir ? Mais ça m'a plutôt arrangée. Du coup, personne ne m'a repérée. Il est arrivé ?

— Il ne va pas tarder ».

Kate ouvrit son sac à la recherche d'une tablette de chewing-gum. Jack écarta ses doigts tremblants et les lui remit en souriant.

« Je ne pourrai pas au moins lui parler par téléphone ?

— Je vais voir ce que je peux faire. »

Ils se rassirent. La main de Jack se posa sur celle de Kate : tous deux levèrent les yeux vers l'estrade massive où, dans quelques minutes, tout allait commencer. Pour l'instant, ils se contentaient d'attendre. Ensemble.

*

* *

Le fourgon blanc tourna le coin, franchit le demi-cercle de policiers et s'arrêta à deux mètres de l'entrée latérale. Frank se gara derrière le fourgon et descendit, radio en main. Deux policiers sautèrent du fourgon et inspectèrent le secteur. La foule était devant le bâtiment, bouche bée devant le Président. Le policier responsable se retourna pour faire signe à son collègue à l'intérieur. Quelques secondes plus tard apparut Luther Whitney, menottes aux poignets et fers aux chevilles, un imperméable noir sur son costume. Encadré par deux vigiles, il avança vers le tribunal.

Soudain la foule déboucha au coin. Elle suivait le Président qui se dirigeait d'un pas décidé vers l'endroit où était garée sa limousine. En passant sur le côté du palais de justice, il leva les yeux. Comme s'il sentait sa présence, Luther, qui jusqu'alors avait les yeux baissés, releva la tête. Pendant quelques secondes, leurs regards se croisèrent. Trois mots s'échappèrent des lèvres de Luther :

« Espèce de salaud. »

Ce fut dit doucement, mais tous les policiers perçurent quelque chose, surpris ils se retournèrent au moment où le Président passait à quelques dizaines de mètres. Puis ils se concentrèrent sur un seul point.

Les genoux de Luther se dérobèrent sous lui. Les deux policiers crurent d'abord qu'il faisait exprès de se faire traîner, jusqu'à ce qu'ils voient le sang ruisseler sur son visage. L'un d'eux poussa un juron et saisit le bras de Luther. L'autre dégaina son arme et la braqua dans la direction d'où il pensait que le coup était parti. Pour la plupart des gens qui se trouvaient là, les événements qui se succédèrent dans les minutes suivantes se fondirent en une sorte de brouillard. À cause des vociférations de la foule, on n'entendit pas distinctement la détonation. Mais les agents du Secret Service, eux, l'entendirent. En une seconde, Burton plaqua Richmond au sol. Vingt hommes en costume sombre, porteurs d'armes automatiques, tissèrent autour d'eux une sorte de cocon humain.

Seth Frank vit la camionnette du Secret Service déboucher de l'impasse et empêcher la foule devenue hystérique d'approcher du Président. Un agent surgit, mitraillette sous le bras, et inspecta la rue en aboyant dans une radio.

Frank ordonna à ses hommes de couvrir chaque mètre carré du secteur. Des camions de policiers n'allaient pas tarder à arriver : mais Frank savait que c'était trop tard.

En une seconde, il fut auprès de Luther. Il regarda, incrédule, le sang couler sur la neige et s'y mélanger en une horrible flaque cramoisie. On avait appelé une ambulance qui ne tarderait pas. Frank savait qu'elle aussi arriverait trop tard. Le visage de Luther était déjà blanc. Le regard fixe. Les doigts crispés. Luther Whitney avait deux trous dans la tête, et la balle avait ensuite perforé la tôle du fourgon. Le tireur n'avait pris aucun risque.

Frank ferma les yeux, puis regarda alentour. Le Président s'était relevé. On le poussait dans sa limousine. En quelques secondes, sa voiture avait disparu. Les journalistes se précipitèrent vers le lieu du meurtre. Mais Frank avait prévenu ses hommes, et ils se heurtèrent à une muraille de policiers furieux qui brandissaient leurs matraques dans l'espoir que quelqu'un insisterait un peu et qu'ils pourraient soulager leurs nerfs.

Seth Frank regarda le corps. Malgré le froid, il ôta son veston et recouvrit le torse et le visage de Luther.

Quelques secondes après avoir entendu les cris, Jack s'était précipité vers la fenêtre. Son cœur battait à tout rompre et son front fut soudain baigné de sueur.

« Kate, ne bouge pas. »

Elle était pétrifiée : son expression indiquait qu'elle avait compris ce qu'il espérait faux, contre toute attente.

Samuel était revenu en courant.

« Bon sang, qu'est-ce qui se passe ?

— Samuel, je vous en prie, occupez-vous d'elle. »

Jack se précipita vers la porte.

Dans la rue, il y avait plus d'hommes armés que Jack n'en avait jamais vu, sinon dans les films de guerre. Il courut le long du palais de justice. Il allait se faire assommer par un policier de cent dix kilos quand la voix de Frank retentit.

Jack approcha prudemment. Chaque pas sur cette neige tassée semblait durer des heures. Tous les regards semblaient braqués sur lui. La silhouette ratatinée sous le veston, le sang sur la neige, l'expression à la fois angoissée et écœurée de l'inspecteur Seth Frank. Il se souviendrait de tout cela durant de nombreuses nuits sans sommeil, peut-être jusqu'à la fin de ses jours.

Il finit par s'agenouiller près de son ami. Il allait retirer le veston mais il s'arrêta et se retourna. Le flot des journalistes s'était écarté, ainsi que le mur de policiers, pour lui laisser le passage.

Kate resta là, une longue minute, sans manteau, frissonnant dans le vent qui s'engouffrait entre les immeubles. Elle regardait droit devant elle. Jack voulut se lever pour aller vers elle, ses jambes ne le portaient plus. Quelques minutes auparavant, il s'apprêtait à livrer bataille, il était furieux contre le manque de coopération de son client ; et voilà qu'on l'avait brusquement vidé de toute énergie. Il sentait une nausée monter en lui, mais il savait qu'il ne pourrait même pas vomir.

Avec l'aide de Frank, il se redressa sur ses jambes flageolantes et s'approcha de Kate. Pour une fois, les journalistes n'essayèrent pas de poser de questions. Les photographes parurent oublier de prendre les clichés qu'on attendait d'eux. Kate s'agenouilla près de son père. Elle posa doucement la main sur son épaule immobile : on n'entendait que le sifflement du vent et le hululement lointain de l'ambulance. Pendant quelques instants, le monde s'était figé devant le palais de justice du comté de Middleton.

*

* *

Dans la limousine qui le ramenait en ville, Alan Richmond rajusta sa cravate et se versa un verre d'eau. Il pensa un instant aux gros titres qui allaient déferler dans la presse. Tous les journaux télévisés le montreraient et il exploiterait à fond l'événement. Il poursuivrait son programme normal pour la journée : un Président solide comme un roc. Des coups de feu crépitent autour de lui, il ne bronche pas : il continue à diriger le pays, à mener le peuple. Il imaginait déjà les sondages : un bond d'au moins dix points. L'affaire était réglée. Ce qu'on appelait faire d'une pierre deux coups. Et avec quelle facilité ! Trop d'ailleurs. Quand aurait-il enfin l'impression que quelqu'un lui lançait un véritable défi ?

Bill Burton le regardait tandis que la voiture approchait de la Maison Blanche. Luther Whitney venait d'écoper du plus redoutable projectile que Collin avait pu introduire dans son fusil, et ce type sirotait tranquillement son eau minérale. Burton en avait mal au cœur. Et ce n'était pas fini. Dans ses rêves les plus fous, il ne pourrait jamais oublier tout cela : mais peut-être pourrait-il vivre en homme libre le restant de ses jours ? Un homme que ses enfants respecteraient même si lui ne se respectait plus...

Il continuait d'examiner le Président : et si, en plus, ce salopard était fier de lui ? Il avait déjà observé ce même calme au milieu d'une violence extrême et calculée. Pas de remords, pas de regret parce qu'on venait de sacrifier un être humain. Au contraire : une bouffée d'euphorie. De triomphe. Burton repensa aux marques sur le cou de Christine Sullivan. À sa mâchoire fracturée. Aux cris qu'il avait entendus derrière plus d'une porte close. L'Homme du Peuple.

Il pensa à son dernier entretien avec Richmond, au cours duquel il avait tout déballé. Hormis le fait d'avoir vu Russell frémir, cela n'avait pas été une expérience agréable.

Richmond les avait contemplés tous deux. Burton et Russell étaient assis côte à côte. Collin se tenait près de la porte. Ils s'étaient réunis dans les appartements privés du Président, dans cette partie de la Maison Blanche où le public n'est jamais admis. Le reste de la famille présidentielle était absent pour de brèves vacances chez des parents. C'était mieux ainsi : Le chef de cette famille n'était pas de bonne humeur. Enfin le Président était informé de tous les détails, dont un coupe-papier muni des preuves les plus accablantes, détenu par le voyeur de la chambre forte. Le Président était pétrifié tandis que Burton relatait les faits. Son regard se posa sur Russell.

Quand Collin rapporta les instructions de Gloria de ne pas essuyer la lame de l'objet, le Président s'était levé et s'était dirigé vers son chef de cabinet qui semblait incrustée dans son fauteuil. Elle se couvrit le visage de la main. Ses aisselles dégoulinaient de sueur et sa gorge était desséchée.

Elle n'aurait pas pu prononcer un mot. De toute façon, il n'y avait rien à ajouter.

Les yeux clos, Richmond faisait craquer sous ses dents les glaçons de son cocktail. Il finit par tourner les yeux vers la fenêtre. Il était encore en tenue de cérémonie au retour d'un autre rendez-vous, mais il avait desserré sa cravate. Il regardait toujours dans le vide quand il demanda : « Combien de temps avons-nous encore devant nous, Burton ? »

Burton avait levé les yeux.

« Qui sait ? Peut-être l'éternité.

— Ce n'est pas ce que je vous demande : je veux un avis de professionnel.

— Ça ne devrait pas tarder. Il a pris un avocat maintenant. D'une façon ou d'une autre, il va cracher le morceau.

— Avons-nous la moindre idée de l'endroit où se trouve l'objet ? »

Burton se frotta les mains d'un air gêné.

« Non, monsieur le Président. La police a fouillé sa maison, sa voiture. Si on avait trouvé quelque chose, j'en aurais entendu parler.

— Mais sait-on si l'objet a disparu de la maison ? »

Burton acquiesça.

« La police sait bien que cela a une certaine importance. Si on le retrouve, elle saura quoi en faire. »

Le Président se leva et ses doigts vinrent voltiger sur une collection de vases en cristal particulièrement laids réunie par sa femme sur une des tables. À côté, des photos de famille. Il n'avait jamais prêté attention à leur expression. Ses joues parurent s'empourprer. L'Histoire risquait d'être réécrite : et tout cela à cause d'une pétasse de bas étage et d'un chef de cabinet à l'ambition démesurée et à l'incroyable stupidité.

« On ne sait pas qui Sullivan a soudoyé ? »

Ce fut encore Burton qui répondit. Russell n'était plus au même niveau. Quant à Collin, il n'était là que pour exécuter les ordres.

« Cela semble être l'un des vingt ou trente tueurs à gages de premier plan. De toute façon, il y a longtemps qu'il a disparu.

— Mais vous en avez glissé un mot à notre ami l'inspecteur ?

— Il sait que vous avez “ innocemment ” dit à Walter Sullivan où et quand avait lieu le procès. Frank est assez malin pour partir de là. »

Le Président saisit brusquement un des vases de cristal et le jeta contre le mur où il se brisa en mille morceaux. Son visage, crispé de haine et de colère, les fit tous frémir, même Burton.

« Bon Dieu, s'il n'avait pas manqué son coup, tout aurait été parfait. »

Russell regarda les éclats de cristal. Voilà sa vie : des années passées à étudier, à se dépenser sans compter, des semaines de cent heures. Tout ça pour en arriver là.

« La police va suivre la piste de Sullivan, reprit Burton. Il niera en bloc. On ne pourra rien prouver. Je ne sais pas très bien où ça nous mènera, monsieur le Président. »

Richmond se mit à arpenter la pièce. On aurait dit qu'il préparait un discours ou qu'il s'apprêtait à serrer les mains d'une troupe de boy-scouts du Middle West. En fait, il se demandait comment assassiner quelqu'un dans des conditions telles que jamais l'ombre d'un soupçon ne pourrait effleurer quiconque.

« Et s'il essayait encore ? Et si cette fois il réussissait ? »

Burton eut l'air surpris. « Comment contrôler Sullivan ?

— En le faisant nous-mêmes. »

Tous se turent pendant quelques minutes. Russell jeta à son patron un regard incrédule. Sa vie tout entière venait de s'écrouler et voilà maintenant qu'elle était contrainte de participer à un complot pour commettre un meurtre. De toute façon, elle n'éprouvait plus aucune émotion. Elle était certaine qu'il ne pourrait rien lui arriver de pire : et elle s'était complètement trompée.

Burton finit par lancer une objection.

« Je ne suis pas sûr que la police croie Sullivan fou à ce point-là. Il doit bien se douter que les policiers sont sur sa piste mais qu'ils ne peuvent rien prouver. Même une fois Whitney liquidé, je ne suis pas certain qu'ils regarderont du côté de Sullivan. »

Le Président s'arrêta et se planta devant Burton.

« Alors, laissez la police arriver à cette conclusion, si tant est qu'elle y parvienne jamais. »

En fait, il n'avait plus besoin de Walter Sullivan pour conserver la Maison Blanche. C'était une certitude. Autre argument, peut-être plus important encore : il voyait là le moyen idéal de ne plus avoir à soutenir la négociation de Sullivan en Ukraine : une décision qui se révélait de plus en plus risquée. Si Sullivan était même indirectement impliqué dans la mort de l'homme qui avait tué sa femme, c'en serait fini pour lui des contrats planétaires. Richmond lui retirerait discrètement son appui. Les gens importants ne pourraient que comprendre cette décision.

« Alan, vous voulez coller un meurtre sur les bras de Sullivan ? »

C'étaient les premiers mots prononcés par Russell. Son visage trahissait une totale stupéfaction. Il la regarda : on lisait dans ses yeux un mépris non dissimulé.

« Alan, réfléchissez à ce que vous êtes en train de dire. Il s'agit de Walter Sullivan : pas d'une canaille de six sous dont tout le monde se fout. »

Richmond sourit. La stupidité de Russell l'amusait. Quand il l'avait engagée, elle lui avait paru brillante, si incroyablement capable ! Il s'était trompé. Il le comprenait maintenant. Elle était en fait incroyablement limitée.

Il se livra à des calculs rapides : au mieux, Sullivan avait vingt pour cent de chances de tomber à cause du meurtre. Dans des circonstances analogues, Richmond prendrait le risque. Sullivan était un grand garçon : il pouvait se débrouiller tout seul. Et s'il parlait ? Eh bien, à quoi servaient les prisons ? Il regarda Burton.

« Burton, vous comprenez, vous ? »

Burton ne répondit pas. Le Président dit d'un ton sec : « Vous envisagiez certainement de le tuer, Burton. Apparemment, rien n'a changé. En fait, les circonstances sont sans doute plus favorables. Pour nous tous. » Richmond fit une pause puis répéta :

« Vous comprenez, Burton ? »

Ce dernier leva les yeux et dit doucement : « Je comprends. »

Ils passèrent deux heures à établir leur plan. Les deux agents et Russell se levèrent pour prendre congé du Président : celui-ci regarda la jeune femme :

« Alors, Gloria, dites-moi, et l'argent ? »

Russell le regarda droit dans les yeux.

« Un don anonyme à la Croix-Rouge américaine. Il paraît que c'était une des plus grosses contributions jamais reçues. »

La porte refermée, le Président sourit : *Jolie flèche du Parthe ! Profites-en, Luther Whitney. Profites-en pendant qu'il est encore temps...*

XXIII

Il s'installa dans un fauteuil avec un livre, sans même songer à l'ouvrir. L'esprit de Walter Sullivan vagabondait. Il pensait à ces événements qui lui semblaient de plus en plus étrangers. Il avait engagé un homme pour tuer. Tuer quelqu'un accusé d'avoir assassiné sa femme. L'homme avait manqué son coup et finalement Sullivan en rendait grâce au ciel : son chagrin s'était suffisamment apaisé pour qu'il comprît que ce qu'il avait voulu faire était monstrueux. Une société civilisée doit suivre certains codes de conduite, faute de quoi elle cesse d'être civilisée. Et si douloureuse que fût l'épreuve qu'il avait subie, il était un homme civilisé. Il respecterait les règles.

Là-dessus, son regard tomba sur le journal. Il datait de plusieurs jours déjà, pourtant son contenu ne cessait de lui marteler le crâne. Sur le fond blanc de la page, les énormes titres noirs lui sautaient au visage. De vagues soupçons commençaient à se cristalliser dans son esprit. Walter Sullivan n'était pas seulement milliardaire : il était doué d'un esprit brillant et perspicace. Et pourvu d'un œil de lynx.

Luther Whitney était mort. Aucun suspect en vue. Sullivan avait cru la solution évidente : mais McCarty se trouvait à Hong Kong ce jour-là. Il avait parfaitement suivi les dernières instructions de Sullivan qui avait annulé son contrat. Pourtant un inconnu avait repris la chasse à son compte.

Et Sullivan était la seule personne à le savoir, en plus de cet assassin maladroit.

Il regarda sa vieille montre. À peine sept heures du matin : il était debout depuis près de quatre heures. Les vingt-quatre heures d'une journée ne voulaient plus dire grand-chose pour lui. À quatre heures du matin, on pouvait le trouver bien réveillé à bord d'un avion survolant le Pacifique et plongé dans un profond sommeil à trois heures de l'après-midi.

Il passait au crible toute une série de faits et son esprit travaillait rapidement. Un récent examen au scanner avait révélé qu'il était doué d'un cerveau aussi vif et jeune que celui d'un garçon de vingt ans. Cette admirable mécanique opérait maintenant au sein d'une montagne d'hypothèses : elle les éliminait l'une après l'autre pour parvenir aux rares éléments indéniables qui étaient en train de conduire le propriétaire de ce cerveau à une conclusion que même lui allait trouver stupéfiante !

Il décrocha le téléphone posé sur son bureau et composa un numéro, le regard flottant sur les lambris en acajou bien astiqués.

Quelques instants plus tard, on lui passait Seth Frank. L'homme, au début, ne l'avait guère impressionné : mais Sullivan lui avait, bien qu'à contrecœur, tiré son chapeau quand on avait arrêté Luther Whitney. Mais maintenant ?

« Bonjour, Mr. Sullivan. Que puis-je faire pour vous ? »

Sullivan s'éclaircit la voix. On y percevait une note d'humilité bien éloignée de son ton habituel. Même Frank le remarqua.

« J'avais une question concernant le renseignement que je vous avais donné à propos de la façon dont Christy... je veux dire Christine, nous a brusquement quittés alors que nous nous rendions à l'aéroport pour gagner notre propriété de la Barbade. »

Frank bondit de sa chaise. « Vous vous êtes souvenu d'autre chose ?

— En fait, je voulais vérifier si je vous avais donné une raison pour qu'elle ne fasse pas ce voyage.

— Je crains de ne pas vous suivre.

— Eh bien, je pense que c'est l'âge qui me joue des tours. Il n'y a pas que mes os qui se détériorent, même si je ne tiens pas à l'admettre et encore moins à en convenir devant quelqu'un d'autre, lieutenant. Pour en revenir à notre propos, je croyais vous avoir dit qu'elle avait eu un malaise et qu'elle avait dû rentrer à la maison. Je veux dire : il me semble que c'était ce que je vous avais dit. »

Seth mit un moment à retrouver le dossier, mais il était certain de la réponse.

« Vous m'avez dit qu'elle n'avait pas donné de raison, Mr. Sullivan. Qu'elle avait simplement annoncé qu'elle ne partait pas et que vous n'aviez pas insisté.

— Ah ! Eh bien, voilà un point de réglé. Je vous remercie, lieutenant.

— Un instant, Mr. Sullivan. Pourquoi pensiez-vous m'avoir dit que votre femme était malade ? Elle l'était ? »

Sullivan marqua un temps avant de répondre.

« En fait, non, lieutenant. Elle était en parfaite santé. Pour répondre à votre question, je crois que je pensais vous avoir donné une version différente car, pour tout vous dire, à part mes trous de mémoire occasionnels, je crois avoir passé ces derniers mois à essayer de me persuader que Christine avait une bonne raison de rester. N'importe laquelle, sans doute...

— Allô ?

— Pour justifier dans mon esprit ce qui est arrivé. Pour que ce ne soit pas une simple coïncidence. Je ne crois pas au destin, lieutenant. Pour moi, tout a une raison. Je voulais sans doute me persuader qu'il y en avait une à l'annulation du départ de Christine.

— Je comprends.

— Pardonnez-moi si les incohérences d'un vieil homme vous ont plongé dans une inutile perplexité.

— Pas du tout, Mr. Sullivan. »

*

* *

Frank raccrocha. Il resta à contempler le mur pendant cinq bonnes minutes. À quoi diable tout cela rimait-il ?

Il avait suivi les conseils de Bill Burton et avait fait une enquête discrète pour savoir si Sullivan avait employé un tueur à gages afin de s'assurer que le procès du meurtrier de sa femme n'aurait jamais lieu. Ces enquêtes avançaient lentement et il fallait savoir où l'on mettait les pieds : Frank avait un plan de carrière, une famille, et un homme comme Sullivan, avec toutes ses relations, n'hésiterait pas à ruiner sa vie.

Le lendemain du jour où la balle avait mis un terme à l'existence de Luther Whitney, Seth Frank avait enquêté sur les faits et gestes de Sullivan à cette heure-là, même si Frank ne s'imaginait pas un instant que le vieil homme ait pu presser la détente pour propulser Luther Whitney dans l'au-delà. Mais employer un tueur à gages était un acte pervers : même si l'inspecteur pouvait comprendre les mobiles du milliardaire, il avait sans doute fait descendre le mauvais type. Cette conversation avec Sullivan le laissait aux prises avec plus de questions et toujours aucune réponse.

Seth Frank se demanda brièvement si cette affaire cauchemardesque allait un jour le laisser en paix.

*

* *

Une demi-heure plus tard, Sullivan appela une station de télévision locale dont il était l'actionnaire majoritaire. Sa requête était simple et directe. Dans l'heure, le paquet lui parvenait. Une domestique lui remit la boîte rectangulaire. Il la congédia, s'enferma à clé et pressa un levier sur le mur. Un petit panneau glissa sans bruit, révélant un magnétophone. Derrière cette paroi apparut un véritable studio de cinéma. Christine Sullivan avait vu cette installation dans un magazine et l'avait voulue à tout prix, même si ses goûts en matière de films vidéo allaient des œuvres pornographiques aux feuilletons télévisés grand public.

Sullivan déballa avec soin la cassette et l'introduisit dans le magnétophone : l'appareil se referma automatiquement et la cassette commença à se dérouler. Sullivan écouta. Son visage restait impassible. Il était sûr à l'avance de ce qu'il était en train d'écouter. Il avait menti à ce policier. Sa mémoire était excellente. Ah, si seulement sa vue était aussi bonne... Car, dans cette affaire, il avait vraiment été aveugle. La colère finit par forcer le dessin de sa bouche et traverser le gris profond de son regard. Une colère comme il n'en avait pas éprouvé depuis longtemps, même pas lors de la mort de Christy. Une colère que seule l'action soulagerait. Et Sullivan était convaincu que la première salve devait être la dernière : cela signifiait que c'était un jeu de quitte ou double avec ses adversaires. Et il n'avait pas pour habitude de perdre.

*

* *

La cérémonie fut célébrée dans la plus stricte intimité, en présence de trois personnes en plus du prêtre. Il avait fallu garder le secret pour éviter l'assaut des journalistes.

L'homme de Dieu ne se souciait pas le moins du monde des antécédents du défunt ni de la façon dont il avait quitté ce monde, et le service fut empreint de tout le respect qui s'imposait. Le trajet jusqu'au cimetière voisin fut bref. Jack et Kate étaient ensemble, Seth Frank derrière eux. Il s'était assis au fond de l'église, gêné et mal à l'aise. Jack lui avait serré la main. Kate l'avait ignoré.

Appuyé contre le capot de sa voiture, Jack regardait Kate, assise sur une chaise pliante près de la fosse qui venait d'engloutir son père. Jack regarda autour de lui. Ce n'était pas un cimetière de riches. On y voyait rarement une stèle debout : la plupart des tombes n'étaient qu'un sombre rectangle comportant le nom de l'occupant, ses dates d'entrée en ce monde et de sortie. Quelques plaques disaient « Avec notre amour éternel ». La plupart ne se risquaient même pas à des formules d'adieu.

Jack se retourna vers Kate. Il vit Seth Frank se diriger vers elle, puis se raviser et s'approcher sans bruit de la Lexus.

Il ôta ses lunettes de soleil.

« Belle cérémonie. »

Jack haussa les épaules.

« Il n'y a rien de beau dans le fait de se faire tuer. »

Même s'il était loin de la position de Kate sur cette affaire, il n'avait pas encore pardonné à Frank d'avoir laissé Luther Whitney mourir de cette façon.

Frank resta silencieux. Il inspectait le vernis de la carrosserie, tira une cigarette de son paquet, puis changea d'avis. Il enfonça ses mains dans ses poches.

Il avait assité à l'autopsie de Whitney. La cavité laissée par le passage du projectile était énorme : les ondes de choc avaient rayonné, après la trajectoire de la balle, avec une telle violence que deux bons tiers du cerveau de la victime s'étaient littéralement volatilisés. Rien d'étonnant à cela : la balle extraite de la banquette du fourgon de la police était un objet monstrueux, une balle de 460 Magnum qui s'était enfoncée dans le crâne de Whitney à près de mille kilomètres à l'heure avec une force d'impact de plus de quatre cents kilos ! Frank n'avait rien vu de pareil : on aurait dit que quelqu'un avait laissé tomber un avion sur ce pauvre type. Et c'était arrivé pendant qu'il était de service, juste devant lui. Jamais il ne pourrait l'oublier.

Frank examina la verte étendue du champ où reposaient plus de vingt mille chers disparus. Jack, adossé à la voiture, suivait son regard.

« Alors, une piste ?

— Quelques-unes. Mais aucune qui mène quelque part. »

Tous deux se redressèrent en voyant Kate se lever, déposer un petit bouquet sur le monticule de terre et rester debout à regarder dans le vide. Le vent était tombé : il faisait froid, malgré le soleil.

Jack boutonna son manteau.

« Et maintenant ? Affaire classée ? Personne ne vous en blâmerait. »

Frank sourit. Il décida qu'il allait s'en griller une après tout.

« Foutre non.

— Qu'est-ce que vous allez faire ? »

Kate tourna les talons et se dirigea vers la voiture. Seth Frank remit son chapeau sur sa tête et tira de sa poche ses clés de voiture.

« C'est simple : trouver un meurtrier. »

*

* *

« Kate, je sais ce que tu ressens, mais il faut me croire. Il ne te reprochait rien. Rien de tout cela n'est de ta faute. Comme tu le disais, tu as été embarquée là-dedans malgré toi. Tu n'as rien demandé. Luther le savait. »

Ils rentraient en ville dans la voiture de Jack. Ils étaient restés assis au cimetière près de deux heures parce qu'elle ne voulait pas partir. Comme si, au bout d'un laps de temps suffisant, Luther allait sortir de sa tombe et les rejoindre.

Elle ouvrit la vitre, un mince filet d'air s'engouffra à l'intérieur et chassa l'odeur de voiture neuve, laissant entrer la moiteur d'un nouvel orage.

« Frank ne laisse pas tomber l'affaire, Kate. Il cherche toujours le meurtrier de Luther. »

Elle finit par le regarder.

« Je me moque de ce qu'il pense.

— Allons, Kate. Ce n'est pas comme s'il avait eu envie de voir Luther se faire descendre.

— Ah, tu crois ? Premier acte : un dossier plein d'interrogations et de blancs dans un tribunal, auquel personne, y compris l'inspecteur chargé de l'enquête, ne comprend rien. Deuxième acte : un cadavre et une affaire classée. Maintenant, dis-moi donc ce que veut notre maître policier ? »

Jack s'arrêta à un feu rouge et se carra sur son siège. Il savait que Frank était régulier : mais il n'avait aucun moyen d'en convaincre Kate.

Le feu passa au vert. Jack regarda sa montre : il devait retourner au bureau, à supposer qu'il eût encore un bureau où retourner.

« Kate, je ne crois pas que tu doives rester seule en ce moment. Si j'allais m'installer chez toi pendant quelque temps ? Tu feras le café le matin et je m'occuperai du dîner. D'accord ? »

Il s'attendait à une réponse négative : il avait déjà préparé sa réplique.

« Tu crois ? »

Jack la regarda : il vit deux grands yeux aux paupières rougies et gonflées fixés sur lui. Évoquant les épisodes de ce qui était pour elle et lui une tragédie, il comprit soudain qu'il ne se rendait vraiment pas compte de l'immensité des regrets et des remords qu'elle ressentait. Il en resta muet, comme quand il avait entendu la détonation alors qu'il était assis à lui tenir la main. Avant même que leurs doigts se séparent, ils avaient su que c'était fini, que Luther était mort.

« J'en suis sûr. »

Ce soir-là, il s'installa sur le canapé. Il remonta la couverture jusqu'à son menton pour se protéger d'un courant d'air. Puis il entendit grincer une porte, et elle sortit de sa chambre. Elle portait toujours le même peignoir. Ses cheveux étaient tirés en un chignon sévère. Son visage net et frais : seule une légère rougeur sur ses joues révélait le choc qui l'avait secouée.

« Tu n'as besoin de rien ?

— Je suis très bien. Ce canapé est plus confortable que je le pensais. J'ai toujours celui qui vient de notre appartement de Charlottesville. Je ne crois pas qu'il reste un seul ressort. Ils ont tous dû se faire la malle. »

Elle ne sourit pas mais vint s'asseoir près de lui.

Du temps de leur vie commune, elle prenait un bain chaque soir. Quand elle venait se coucher, elle sentait délicieusement bon. Lorsqu'il s'allongeait enfin sur elle, épuisé, elle avait alors un sourire malicieux. Elle le caressait et il comprenait à quel point il était évident que les femmes, et elles seules, gouvernaient le monde.

Quand elle posa sa tête sur son épaule, il sentit ses instincts virils s'éveiller avec entrain. Mais l'air las de Kate, son apathie eurent vite raison de son désir et le laissèrent avec un sentiment de culpabilité.

« Je ne crois pas que je sois de très bonne compagnie. »

Avait-elle compris ce qu'il éprouvait ? Comment avait-elle pu ? Ses pensées devaient être à des millions de kilomètres de là.

« Il ne s'agit pas de ça. Je n'ai pas besoin qu'on s'occupe de moi, Kate. C'est plutôt le contraire.

— Merci, Jack. »

Elle lui pressa la main. Quand elle se leva, le pan de son peignoir s'entrouvrit, révélant ses longues jambes minces. Jusqu'aux premières heures du matin, il eut l'esprit parcouru de visions très significatives où des chevaliers blancs surgissaient, de grandes taches sombres maculant leur armure étincelante.

Le troisième soir, il s'était une fois de plus installé sur le canapé. Comme auparavant, elle sortit de sa chambre : le léger grincement de la porte lui fit reposer le magazine qu'il lisait. Mais cette fois elle ne s'approcha pas du canapé. Il finit par tourner la tête et se rendit compte qu'elle l'observait. Elle n'avait pas l'air abattue. Et elle ne portait pas son peignoir. Elle tourna les talons et rentra dans la pièce en laissant la porte ouverte.

Il resta figé un moment. Puis il se leva et se dirigea vers la chambre : dans la pénombre, il distinguait sa silhouette allongée sur le lit. Elle avait repoussé le drap. Il retrouva les contours de son corps, qu'il connaissait jadis aussi bien que le sien. Elle le regardait. Elle ne lui tendit pas la main : il se souvint qu'elle ne faisait jamais cela.

« Tu es bien sûre... ? »

Il se sentait obligé de poser la question. Il ne voulait pas de regret le matin, ni d'émotions contradictoires.

Pour toute réponse, elle se leva et l'attira jusqu'au lit. Le matelas était ferme. Tiède là où elle s'était allongée. En un instant, il fut nu aussi. D'instinct, ses doigts suivirent le contour des lèvres qui maintenant effleuraient les siennes. Elle avait les yeux ouverts : pour la première fois depuis des jours, ils n'étaient ni rouges ni gonflés de larmes ; ils avaient retrouvé le regard qu'il connaissait. Lentement, il la prit dans ses bras.

*
* *

La résidence de Walter Sullivan avait accueilli de grands personnages et toutes les célébrités mondiales. Mais, ce soir-là, c'était encore plus prestigieux.

Alan Richmond leva son verre de vin et porta un toast bref mais éloquent à son hôte tandis que quatre couples de convives soigneusement sélectionnés trinquaient. La First Lady, rayonnante dans une simple robe noire, ses cheveux blond cendré encadrant un visage remarquablement frais pour son âge qui faisait les délices des photographes, souriait au milliardaire. Elle avait l'habitude de vivre au milieu des richesses, des intelligences brillantes et du raffinement : comme la plupart de ses contemporains, elle était pleine d'admiration devant Walter Sullivan et les rares hommes de son acabit.

Bien qu'officiellement toujours en deuil, Sullivan était d'humeur plutôt badine. Tout en buvant du café italien dans la fastueuse bibliothèque, on parla du commerce mondial, des dernières manœuvres de la Réserve fédérale, des chances des Skins contre les Forty-niners le dimanche suivant et de l'élection de l'année à venir.

Pour tous les invités, il était évident que le mandat de Richmond serait renouvelé.

À l'exception d'une personne...

En faisant ses adieux, le Président se pencha vers Walter Sullivan pour l'étreindre. La remarque du Président fit sourire Sullivan. Puis il trébucha imperceptiblement et se redressa en se retenant au bras de Richmond.

Après le départ de ses hôtes, Sullivan fuma un cigare dans son bureau. Il s'approcha de la fenêtre : les feux arrière de l'escorte présidentielle disparaissaient dans la nuit. Sullivan ne put réprimer un autre sourire. Le léger frémissement dans le regard du Président quand Sullivan s'était accroché à son avant-bras était pour le vieil homme tout à fait révélateur. Un grand coup, mais ces coups-là étaient quelquefois efficaces. Frank lui en avait longuement parlé. Ce qui avait particulièrement intéressé Sullivan, c'était l'hypothèse selon laquelle sa femme avait frappé son assaillant avec le coupe-papier, certainement au bras ou à la jambe. Le couteau avait dû pénétrer plus profondément que ne l'avait cru la police. Peut-être y avait-il lésion d'un nerf ? Une blessure superficielle aurait eu le temps de cicatriser.

Sullivan quitta lentement la pièce, en éteignant la lumière.

Le Président, à n'en pas douter, avait eu une grimace de douleur quand les doigts de Sullivan s'étaient enfoncés dans sa chair. Mais, comme dans une crise cardiaque, une petite douleur peut bientôt être suivie d'une autre plus forte. Sullivan eut un grand sourire en songeant à tout cela...

*
* *

Juché sur le tertre, Walter Sullivan contemplait la petite maison de bois avec son toit de zinc verdi. Il serra son écharpe autour de ses oreilles, s'appuya sur sa grosse canne pour affermir ses jambes affaiblies. À cette époque de l'année, le froid était mordant dans ces collines de Virginie, et les prévisions météorologiques annonçaient sans équivoque de la neige en quantité.

Il traversa le terrain gelé. Grâce à des comptes en banque inépuisables et à un profond sentiment de nostalgie qui semblait l'envahir chaque jour davantage à mesure qu'il s'apprêtait à devenir à son tour un fragment du passé, la maison était parfaitement entretenue. Woodrow Wilson occupait la Maison Blanche et le monde s'affrontait lors de la Première Guerre mondiale quand Walter Patrick Sullivan avait vu le jour avec l'aide d'une sage-femme et grâce à la détermination de sa mère, Milie, qui avait perdu précédemment trois enfants, dont deux en couches.

Son père, un mineur — chacun, semble-t-il, avait un père mineur en ce temps-là dans ce coin de la Virginie —, avait vécu jusqu'au douzième anniversaire de son fils. Puis il avait brusquement succombé à une série d'affections provoquées par l'excès de poussière de charbon et le manque de repos. Des années durant, le futur milliardaire avait vu son père rentrer à la maison d'un pas trébuchant, roué de fatigue, le visage aussi noir que le pelage de leur labrador, pour aller s'effondrer sur le petit lit de la chambre du fond. Trop éreinté pour manger ou jouer avec le petit garçon qui, chaque jour, espérait quelque attention mais n'en avait finalement aucune d'un père dont l'épuisement perpétuel était pénible à supporter.

Sa mère avait vécu assez longtemps pour voir son rejeton devenir l'un des hommes les plus riches du monde. Et celui-ci, en bon fils, s'était donné beaucoup de mal pour s'assurer qu'elle jouissait de tout le confort que pouvait procurer une immense fortune. En hommage à son défunt père, il avait acheté la mine qui l'avait tué. Cinq millions cash. Il avait versé une prime de cinquante mille dollars à chaque mineur de l'exploitation puis, à l'issue d'une grande cérémonie, il avait fermé les puits.

Il ouvrit la porte et entra. Le radiateur à gaz installé dans la cheminée chauffait la pièce sans qu'il fût nécessaire d'allumer l'antique poêle à bois. Les placards contenaient assez de provisions pour les six mois à venir. Ici, il vivait en autarcie complète. Personne n'y séjournait jamais avec lui. C'était son domaine. Lui excepté, tous ceux qui auraient eu le droit d'être ici étaient morts. Il était seul et c'était ce qu'il voulait.

Il s'attarda sur le repas simple qu'il s'était préparé tout en regardant par la fenêtre d'un air morose : dans la lumière déclinante, il distinguait à peine le cercle d'ormes dépouillés qui entouraient la maison. Les branches semblaient le saluer avec des mouvements lents et harmonieux.

L'intérieur de la maison n'avait pas retrouvé son état et sa disposition originels. Certes, c'était là qu'il était né, mais il n'avait pas eu ce qu'on appelle une enfance heureuse, toujours hantée par la pauvreté. La dureté de cette époque avait bien servi à Sullivan dans sa carrière : elle lui avait donné une énergie, une détermination devant lesquelles les obstacles avaient cédé.

Il fit la vaisselle et passa dans la petite pièce qui jadis était la chambre de ses parents. Elle contenait maintenant un fauteuil confortable, une table et des rayonnages sur lesquels trônaient quelques livres soigneusement sélectionnés. Dans le coin, un petit lit, car la pièce servait aussi de chambre à coucher.

Sullivan prit le téléphone cellulaire sophistiqué posé sur la table. Il composa un numéro que seule une poignée d'intimes connaissait. Une voix répondit à l'autre bout du fil. Puis on demanda à Sullivan d'attendre un moment avant qu'une autre voix se fasse entendre.

« Bonté divine, Walter. Je sais que vous avez tendance à avoir de drôles d'horaires, mais cela devient dramatique. Où êtes-vous ?

— On ne peut plus remédier à ce genre de choses à mon âge, Alan : sinon on pourrait bien ne plus jamais redémarrer. Je préférerais exploser dans un déchaînement d'activité que de disparaître peu à peu dans la brume. J'espère que je ne vous surprends pas au cours d'un travail important.

— Rien qui ne puisse attendre. Je commence à savoir de mieux en mieux classer les crises mondiales par ordre de priorité. Que puis-je pour vous ? »

Sullivan garda le silence un instant, le temps de disposer auprès du combiné un petit appareil enregistreur. On ne sait jamais...

« Je n'avais qu'une seule question, Alan. »

Sullivan marqua de nouveau une pause. Il s'aperçut que cette conversation l'amusait. Puis il pensa au visage de Christy à la morgue et s'assombrit.

« Quoi donc ?

— Pourquoi avez-vous attendu si longtemps pour tuer cet homme ? »

Dans le silence qui suivit, Sullivan entendait respirer à l'autre bout du fil. Il fallait rendre cette justice à Alan Richmond : son souffle restait régulier. Sullivan en fut impressionné. Un peu déçu aussi.

« Pardon ?

— Si vos hommes avaient manqué leur cible, vous pourriez fort bien, en ce moment même, être avec votre avocat en train de préparer votre défense contre une demande de destitution. Il faut reconnaître que vous l'avez échappé belle !

— Walter, vous êtes sûr que tout va bien ? Que se passe-t-il ? Où êtes-vous ? »

Sullivan écarta un instant le combiné de son oreille. L'appareil était muni d'un système de brouillage qui rendait impossible de repérer la provenance de l'appel. S'ils essayaient en ce moment même de vérifier où il se trouvait — comme il en était raisonnablement certain —, ils se retrouveraient avec une douzaine d'emplacements éventuels. Aucun à proximité de l'endroit d'où il appelait. Ce dispositif avait coûté cinquante mille dollars. Mais qu'est-ce que l'argent... ? Il sourit de nouveau. Il pouvait parler aussi longtemps qu'il en avait envie.

« À vrai dire, il y a longtemps que je ne m'étais pas senti aussi bien.

— Walter, je ne comprends pas un mot de ce que vous dites : qui a été tué ?

— Vous savez, je n'ai pas été le moins du monde surpris quand Christy m'a annoncé qu'elle ne voulait pas aller à la Barbade. Je me suis dit qu'elle voulait rester pour s'envoyer en l'air avec les jeunes gens sur lesquels elle avait jeté son dévolu pendant l'été. C'était si drôle quand elle a dit qu'elle ne se sentait pas bien. J'étais assis dans la limousine en me demandant quelle excuse elle allait bien pouvoir trouver. Pauvre fille, elle n'avait pas un esprit très imaginatif. Sa toux sonnait particulièrement faux. Je suppose qu'au lycée elle faisait souvent le coup du “ chien qui a déchiqueté mon cahier ”.

— Walt...

— Ce qui est curieux, c'est que, quand la police m'a interrogé sur les raisons qui l'avaient empêchée de m'accompagner, j'ai compris tout d'un coup que je ne pouvais pas leur dire qu'elle avait fait semblant d'être malade. Vous vous rappelez peut-être qu'à cette époque les rumeurs au sujet de ses liaisons abondaient dans la presse. Je savais que si je déclarais qu'elle ne se sentait pas bien, on ne tarderait pas à raconter qu'elle était enceinte d'un autre homme. Les gens adorent supposer le pire, Alan : vous savez ça. Quand vous serez destitué, ils raconteront des ignominies sur votre compte. À juste titre, d'ailleurs.

— Walter, voulez-vous, je vous en prie, me dire où vous êtes ? Manifestement, ça ne va pas du tout.

— Voudriez-vous que je vous passe la cassette, Alan ? Celle de la conférence de presse où vous m'avez assené cette formule particulièrement émouvante comme quoi certains événements n'ont aucune signification ? C'était très joli. Une conversation entre deux vieux amis qui a été reprise par toutes les stations de radio et de télé de la région. Vous m'avez dit que si Christy n'était pas tombée malade, elle n'aurait pas été assassinée, Alan. Elle serait partie avec moi pour la Barbade et elle serait vivante aujourd'hui. J'étais la seule personne à laquelle Christy a dit qu'elle n'était pas bien, Alan. Comme je vous le disais, je n'en ai même pas parlé à la police. Alors, comment le saviez-vous ?

— Vous avez dû me le dire.

— Je ne vous ai ni rencontré ni parlé avant la conférence de presse. C'est facile à confirmer. Mon emploi du temps est réglé à la minute près. En tant que Président, vos déplacements sont pratiquement connus à tout moment. Je dis " pratiquement ", parce que la nuit où Christy a été tuée, vous n'étiez certainement pas dans l'un de vos repaires habituels. Vous étiez dans ma maison et, pour être plus précis, dans ma chambre. À la conférence de presse, vous étiez entouré de douzaines de gens. Tout ce que nous nous sommes dit est enregistré quelque part. Quoi qu'il en soit, ce n'est pas de moi que vous l'avez appris.

— Walter, je ne tiens vraiment pas à poursuivre cette conversation. Je vous en prie, où êtes-vous ? Je veux vous aider.

— Mais Christy n'a jamais très bien su s'organiser. Elle devait être si fière du subterfuge dont elle s'était servi. Elle s'en est probablement vantée devant vous, n'est-ce pas ? Comment elle avait roulé le vieux dans la farine ? Car, en fait, ma défunte épouse est la seule personne susceptible de vous avoir dit qu'elle avait prétendu être malade. Et vous, vous m'avez involontairement ressorti ce mensonge. Je ne sais pas pourquoi il m'a fallu si longtemps pour trouver la vérité. J'étais tellement obsédé par l'idée de retrouver l'assassin de Christy que j'ai accepté, sans la mettre en doute, la thèse du cambriolage. Ou peut-être était-ce un refus inconscient : bien entendu, je n'ai jamais ignoré le désir que vous inspiriez à Christy. Elle ne s'en cachait pas, d'ailleurs. Mais je refusais d'admettre que vous pourriez me faire un coup pareil. J'aurais dû m'attendre au pire de la part de l'être humain : je n'aurais pas été déçu. Mais, comme on dit, mieux vaut tard que jamais.

— Walter, pourquoi m'avez-vous téléphoné ? »

La voix de Sullivan se fit plus basse, mais sans rien perdre de son intensité. « Parce que, espèce de salaud, je voulais être le premier à vous parler de votre nouvel avenir. Je vais m'adresser à des avocats, aux tribunaux, et vous allez vous trouver plus exposé que vous avez jamais imaginé l'être, même en tant que Président. Parce que je ne voulais pas que vous soyez surpris quand la police sonnerait à votre porte. Et surtout parce que je tenais à ce que vous sachiez qui remercier pour tout cela. »

La voix du Président était tendue.

« Walter, si vous acceptez mon aide, je vous l'offre. Mais je suis le président des États-Unis. Vous avez beau être un de mes plus vieux amis, je ne tolérerai de vous ni de personne d'autre ce genre d'accusation.

— Très bien, Alan, très bien. Vous vous êtes douté que j'allais enregistrer notre conversation. Non pas que cela ait la moindre importance. » Sullivan resta un moment silencieux puis reprit : « Alan, mon protégé. Je vous ai enseigné tout ce que je savais et vous avez été un bon élève. Assez bon pour occuper la plus haute fonction de ce pays. Par bonheur, vous allez aussi tomber de très haut.

— Walter, vous êtes passé par bien des épreuves. Pour la dernière fois, je vous en prie, acceptez mon aide.

— C'est drôle, Alan : j'allais justement vous donner ce conseil. »

Sullivan raccrocha et arrêta le magnétophone. Son cœur battait anormalement vite. Il posa une main sur sa poitrine, s'obligea à se détendre. Pas question d'avoir un infarctus : il voulait être là pour voir la fin.

Il regarda par la fenêtre, puis il alluma l'intérieur de la chambre. Son domaine. C'était là que son père était mort. Cette pensée le réconforta un peu.

Il se renversa dans son fauteuil et ferma les yeux. Demain matin, il appellerait la police. Il dirait tout, il remettrait la cassette. Ensuite il attendrait et il regarderait. Même si Richmond n'était pas condamné, sa carrière était finie : l'homme était mort, professionnellement, spirituellement, mentalement. Qu'importait si sa carcasse s'attardait ? Tant mieux, au contraire. Sullivan sourit. Il avait fait le serment de venger sa femme. Il avait tenu parole.

La brusque sensation de sa main qui s'élevait lui fit ouvrir les yeux, il la sentit se refermer autour d'un objet dur et froid. Il ne réagit vraiment que lorsque le canon de l'arme lui toucha la tempe. Mais c'était déjà trop tard.

*

* *

Le Président regarda le combiné et consulta sa montre. Tout devait être réglé maintenant. Sullivan l'avait bien formé. Trop bien, en fait. Il était certain que Sullivan le contacterait directement avant d'annoncer au monde entier sa culpabilité. Richmond se leva et monta dans ses appartements. Il ne pensait déjà plus à feu Walter Sullivan. Ce n'était ni positif ni efficace de s'attarder sur le sort d'un ennemi vaincu. Cela ne faisait que vous retarder pour le prochain défi, Sullivan le lui avait aussi appris.

*

* *

Le jeune homme contemplait la maison au crépuscule. Il avait entendu la détonation mais son regard était resté fixé sur la lumière à la fenêtre.

Au bout de quelques secondes, Bill Burton vint rejoindre Collin. Jamais de sa vie il n'avait éprouvé autant de dégoût. Pour lui, pour tous ceux qui l'entouraient. Il ne voulait même pas regarder son équipier. Deux agents du Secret Service, bien entraînés et dévoués à leur mission, devenus tueurs de jeunes femmes et de vieillards. Formidable !

Pendant le trajet du retour, Burton resta affalé sur son siège. Enfin, c'était fini. Trois morts, y compris Christine Sullivan. Pourquoi ne pas la compter ? C'était sa mort qui avait déclenché ce cauchemar.

Burton contempla sa main : à peine arrivait-il à comprendre qu'elle venait de se refermer autour de la crosse d'un pistolet. Qu'elle avait pressé la détente et mis un terme à une vie humaine. De son autre main, Burton s'était emparé de la cassette, prête à être brûlée.

Quand il avait écouté l'enregistrement de la conversation téléphonique de Sullivan avec Seth Frank, Burton ne voyait pas du tout où le vieil homme voulait en venir avec la « maladie » de Christine Sullivan. Mais quand il avait rapporté cette information au Président, ce dernier avait regardé par la fenêtre durant quelques instants : il était légèrement plus pâle que quand Burton était entré dans le bureau. Puis il avait appelé le service de presse de la Maison Blanche. Peu après, tous deux écoutaient l'enregistrement de la première conférence sur les marches du palais de justice de Middleton. Ils avaient écouté le Président se lamenter sur le sort de son vieil ami, sur les caprices de l'existence : Christine Sullivan serait encore en vie si elle n'était pas tombée malade... En oubliant que Christine Sullivan le lui avait dit le jour de sa mort. Un fait qui pouvait être prouvé. Un fait qui pouvait les faire tous tomber. Cette information était entre les mains d'un homme qui n'hésiterait pas à l'utiliser.

Burton s'était enfoncé dans son fauteuil. Il dévisageait son patron qui regardait sans rien dire la cassette comme s'il essayait par la pensée d'en effacer l'enregistrement. Burton secouait la tête d'un air incrédule. Pris au piège de son propre bla-bla, comme un vulgaire politicien.

« Qu'est-ce qu'on fait maintenant, monsieur le Président ? On embarque tout de suite à bord d'Air Force One ? »

Burton ne plaisantait qu'à moitié en examinant le tapis. Il était trop sonné pour réfléchir.

Levant les yeux, il vit le regard du Président fixé sur lui. « Walter Sullivan est la seule personne vivante, à part nous, qui détienne cette information. »

Burton se leva et soutint son regard.

« Je ne suis pas un tueur à gages. Je ne vais pas descendre des gens à droite et à gauche simplement parce que vous me dites de le faire. »

Le Président avait toujours les yeux fixés sur le visage de Burton.

« Walter Sullivan représente maintenant pour nous une menace directe. Il nous nargue et je n'aime pas les gens qui se foutent de moi. Pas vous ?

— Il a de sacrément bonnes raisons, non ? »

Richmond prit un stylo sur son bureau qu'il fit tourner entre ses doigts.

« Si Sullivan parle, nous perdons tout. Tout. » Le Président braqua un doigt sur Burton. « Vous. Moi. Ce que nous avons mis des années à bâtir. Évanoui du jour au lendemain. Je ferai tout mon possible pour éviter cela. Parce que, sinon, il ne restera plus rien à aucun de nous. »

Burton se laissa retomber dans son fauteuil, l'estomac serré.

« Comment savez-vous qu'il n'a pas déjà parlé ?

— Parce que je connais Walter, répondit simplement le Président. Il fera les choses à sa façon : et ce sera spectaculaire. Et délibéré. Il n'est pas homme à se précipiter. Mais quand il agit, les résultats sont rapides et accablants.

— Bien ! ».

Burton enfouit sa tête dans ses mains. Les idées tourbillonnaient dans son esprit à un rythme précipité. Des années d'entraînement lui avaient inculqué le don presque inné de traiter instantanément l'information, de penser en bougeant, d'agir une fraction de seconde avant n'importe qui. Mais voilà qu'il avait le cerveau en bouillie : ses idées étaient confuses, épaisses. Plus rien n'était clair. Il leva la tête.

« Mais quand même, tuer ce type ?

— Je peux vous garantir qu'à cette minute même Walter Sullivan réfléchit au meilleur moyen de nous détruire. Ce genre de comportement ne m'inspire aucune sympathie. »

Le Président se renversa dans son fauteuil.

« Cet homme a tout simplement décidé de nous combattre. Il faut vivre avec les conséquences de ses décisions. Walter Sullivan le sait mieux que personne. » Le regard du Président revint se poser sur celui de Burton. « La question est : sommes-nous préparés à riposter ? »

*

* *

La réponse était arrivée, vite, mais difficilement. Collin et Burton avaient passé les trois derniers jours à filer Sullivan. Quand la voiture l'avait déposé en pleine cambrousse, Burton avait remercié le ciel. Il éprouvait en même temps une profonde tristesse pour cet homme qui était maintenant une cible si facile à atteindre.

Voilà, le mari et la femme liquidés. La voiture fonçait vers la capitale. Burton, machinalement, se frotta la main : comme s'il sentait dans chaque repli de sa paume une tache indélébile. Il avait froid dans le dos en songeant que jamais il ne pourrait effacer les remords qu'il éprouvait, les actes qu'il avait commis. Chaque minute de chaque jour jusqu'à la fin de sa vie en serait marquée. Il avait échangé son existence pour une autre. Encore une fois. Tout bien réfléchi, il n'était que faiblesse. Lui qui se croyait si fort... de l'acier. La vie l'avait mis à l'épreuve et il avait perdu.

Il enfonça ses doigts dans l'accoudoir et regarda par la vitre. La nuit, rien que la nuit.

XXIV

Le présumé suicide de Walter Sullivan n'ébranla pas que le monde de la haute finance. Les puissants de ce monde vinrent assister aux funérailles. Au cours d'une cérémonie solennelle et somptueuse à la cathédrale St. Matthew, une demi-douzaine de grands personnages vinrent faire l'éloge funèbre du disparu. Le plus célèbre d'entre eux évoqua durant vingt bonnes minutes la merveilleuse personnalité de Walter Sullivan. La terrible épreuve qu'il avait traversée. Et comment des êtres d'exception, soumis à pareille tension, commettent parfois de tels actes. Quand Alan Richmond eut terminé son discours, tous les visages ruisselaient, et les larmes qui coulaient sur son propre visage semblaient sincères. Il était toujours impressionné par ses propres talents d'orateur.

Le long cortège se mit en marche : quelque trois heures et demie plus tard, il s'arrêta à la toute petite maison où Walter Sullivan avait commencé et terminé sa vie. Son corps fut inhumé auprès de ses parents, sur le petit tertre d'où la vue sur la vallée était si belle...

La terre peu à peu recouvrit le cercueil. Tandis que les amis de Sullivan reprenaient le chemin du royaume des vivants, Seth Frank inspectait chaque visage. Il regarda le Président regagner sa limousine. Burton l'aperçut. Un instant, il parut surpris, puis fit un signe de tête. Frank lui rendit son salut.

Quand les membres du cortège furent repartis, il tourna les yeux vers la petite maison. Un cordon jaune posé par la police entourait toujours le périmètre. Deux policiers en uniforme montaient la garde.

Frank s'approcha, exhiba sa plaque et entra.

Cela semblait le comble de l'ironie qu'un des hommes les plus riches du monde ait choisi cet endroit pour mourir. Frank ressentait une certaine admiration pour cet homme qui s'était élevé dans le monde par son seul mérite, son audace et sa détermination. Comment ne pas en ressentir ?

Il regarda de nouveau le fauteuil où le corps avait été découvert, le revolver posé à côté. L'arme avait été portée contre la tempe gauche de Sullivan. La blessure en étoile, une large plaie aux bords déchiquetés, avait précédé l'explosion foudroyante. Le pistolet était tombé sur le côté gauche du plancher. La blessure à bout portant, les traces de poudre sur la paume du défunt : tout cela avait amené la police locale à classer l'affaire comme un suicide aux motifs simples et sans détour. Un Walter Sullivan accablé de chagrin avait exercé sa vengeance sur le tueur de sa femme et s'était ensuite donné la mort. Ses collaborateurs avaient confirmé que Sullivan était injoignable depuis quelques jours : pour lui, un fait inhabituel. Il venait rarement jusqu'à cette retraite et, chaque fois, quelqu'un savait où il était. Le journal, trouvé auprès du corps, annonçait la mort de l'homme qu'on soupçonnait du meurtre de sa femme. Tout tendait à prouver qu'il avait bien eu l'intention de mettre fin à ses jours.

Ce qui tracassait Frank, c'était un petit détail dont il n'avait, à dessein, fait part à personne. Il avait rencontré Walter Sullivan, lors de la signature du formulaire lui permettant de rentrer en possession des maigres biens de sa femme.

Et Sullivan avait signé ce formulaire de la main *droite*. Ce n'était pas vraiment probant. Sullivan aurait pu tenir le revolver de la main gauche pour plusieurs raisons. Ses empreintes apparaissaient distinctement sur l'arme. *Peut-être même un peu trop distinctement*, songea Frank.

Quant à l'arme elle-même... Impossible d'en retrouver la provenance. Les numéros de série avaient été effacés avec tant d'art que même l'examen microscopique ne révélait rien. Une arme totalement stérilisée. Comme on s'attend à en trouver sur le lieu d'un crime. Mais pourquoi Walter Sullivan se serait-il inquiété qu'on retrouve l'origine de l'arme qu'il avait utilisée pour se suicider ? Il n'y avait aucun intérêt. Là encore, ce n'était pas concluant : la personne qui avait fourni le revolver à Sullivan aurait pu se le procurer de façon illicite ; la Virginie était l'un des États où il était le plus facile de se procurer une arme de poing ; ce qui ne manquait pas de compliquer la tâche de la police, d'ailleurs.

Frank en termina avec l'intérieur de la maison et sortit marcher un peu. Une épaisse couche de neige recouvrait le sol. Sullivan était mort avant qu'elle ait commencé à tomber, l'autopsie l'avait confirmé. C'était une chance que ses collaborateurs connaissent l'emplacement de la maison. Ils étaient partis à sa recherche et l'on avait découvert le corps douze heures environ après le décès.

Non, la neige n'aiderait pas Frank : cet endroit était si isolé qu'il n'y avait personne à qui demander s'il n'avait rien observé de suspect la nuit de la mort de Sullivan.

Son homologue du bureau du shérif local descendit de sa voiture et se précipita vers Frank, un dossier à la main. Frank et lui conversèrent quelques instants. Puis Frank le salua, remonta dans sa voiture et démarra.

Le rapport d'autopsie indiquait que Walter Sullivan était mort entre onze heures et une heure du matin. Mais, à minuit douze, Walter Sullivan avait passé un appel téléphonique.

*

* *

Les couloirs de PS & L étaient étonnamment silencieux. Le système nerveux d'un cabinet juridique en pleine activité, ce sont les téléphones qui sonnent, les fax qui crépitent, les lèvres qui remuent, les claviers qui cliquettent. En comptant les huit lignes directes du cabinet, Lucinda recevait normalement huit appels par minute. Aujourd'hui, elle feuilletait nonchalamment *Vogue*. La plupart des bureaux maintenaient leur porte fermée, en vue de dissimuler aux regards indiscrets les discussions intenses et passionnées des avocats.

La porte du bureau de Sandy Lord n'était pas seulement fermée : le verrou était mis. Les rares associés assez téméraires pour frapper à l'épais battant se trouvaient aussitôt soumis à un torrent d'injures lancé par l'occupant esseulé et maussade.

Il était assis dans son fauteuil, ses pieds déchaussés sur le bureau. Sans cravate, le col ouvert, pas rasé, une bouteille de whisky presque vide à portée de la main. Les yeux de Sandy Lord n'étaient plus maintenant que deux taches rouges. À l'église, ces mêmes yeux étaient restés fixés sur le cercueil de cuivre étincelant enfermant le corps de Sullivan : en fait, ce cercueil contenait leur dépouille mortelle à tous deux.

Depuis des années, Lord avait prévu le décès de Sullivan : avec l'aide d'une douzaine de spécialistes de PS & L, il avait mis au point un grand nombre de sauvegardes, assurant notamment le maintien d'un contingent fidèle au conseil d'administration de la holding afin de s'assurer que le réseau des sociétés Sullivan continuerait de tenir à l'avenir sa place auprès de PS & L en général et de Lord en particulier. La vie devait continuer. Le train de PS & L poursuivrait sa marche triomphale avec sa principale locomotive intacte, voire réapprovisionnée. Et voilà que l'inattendu se produisait !

Que la disparition de Sullivan fût inévitable, le marché financier le comprenait. Mais le milieu des affaires et de la finance ne pouvait apparemment pas accepter une chose : la mort de cet homme, de sa propre main, alliée à des rumeurs affirmant que c'était lui qui avait fait abattre le meurtrier présumé de sa femme. Et ce fait, avec le recul, l'avait poussé à se loger une balle dans la tête. La Bourse n'était pas préparée à de telles révélations. Un marché financier surpris, certains économistes le précisent, réagit souvent de façon précipitée et désordonnée. Le matin qui suivit la découverte du corps, les actions des entreprises Sullivan plongèrent de soixante et un pour cent à la Bourse de New York : elles constituaient le plus gros volume d'échanges jamais enregistrés sur un seul titre durant les dix dernières années.

L'action se vendit quatre dollars l'unité, bien au-dessous de sa valeur comptable. Les vautours picoraient déjà leur proie.

Le conseil d'administration repoussa l'offre d'achat de Centrus Corp, sur la recommandation de Lord. Mais cette offre fut acceptée à une écrasante majorité par les actionnaires qui avaient vu avec consternation une bonne part de leur investissement se volatiliser du jour au lendemain. L'OPA prendrait effet dans deux mois. Rhoads, Director & Minor, le conseil de Centrus, était l'un des plus gros conseils juridiques du pays.

Conclusion : on n'aurait plus besoin de PS & L. Le cabinet allait voir disparaître son plus gros client, représentant plus de vingt millions de dollars, presque un tiers de son chiffre d'affaires. Les curriculum vitae se multipliaient déjà de toutes parts. Certains employés s'efforçaient de traiter avec Rhoads en invoquant leur parfaite connaissance des affaires de Sullivan. Vingt pour cent de collaborateurs jusque-là fidèles à PS & L avaient donné leur démission. Et rien n'indiquait que le raz de marée allait cesser.

La main de Lord glissa lentement le long du bureau et versa ce qui restait de whisky. Il pivota dans son fauteuil, contempla la triste matinée hivernale et ne put s'empêcher de sourire.

Aucune proposition ne l'attendait chez Rhoads, Director & Minor. Tout finit par arriver : Lord était vulnérable. Il avait vu des clients mordre la poussière avec une inquiétante rapidité, surtout au cours de la dernière décennie où un milliardaire sur le papier devenait un instant plus tard un malheureux sans le sou. Il n'avait pourtant jamais imaginé que sa propre chute serait si brutale et définitive.

Voilà ce qui se passait quand on ne s'occupait que d'un dossier, chiffré en millions de dollars d'honoraires. Ça prenait tout votre temps, toute votre attention. Il y avait passé sa vie. Abandonné toute prospection.

Il fit un rapide calcul. Au cours des vingt dernières années, il avait encaissé, en gros, trente millions de dollars, mais il était rapidement parvenu à dépenser bien plus que cela. Au fil des ans, il avait acquis des résidences somptueuses, une maison de vacances à Hilton Head, une garçonnière à New York où il emmenait ses conquêtes. Les voitures de luxe, les diverses collections qu'un homme riche et de bon goût était censé amasser, la cave, petite mais extraordinairement bien pourvue, sans compter son hélicoptère particulier : tout, il avait tout. Mais trois divorces, dont aucun à l'amiable, avaient compromis sa situation.

La résidence qu'il venait de quitter semblait tout droit sortie d'un magazine de luxe, et l'hypothèque qu'il avait dû prendre était à la hauteur de son train de vie. Ce dont il disposait le moins, c'était de liquidités. L'argent lui filait entre les doigts : chez PS & L chacun se nourrissait des produits de sa chasse, et les associés n'avaient pas tendance à chasser en meute. Donc, les retraits d'argent qu'il faisait chaque mois étaient bien plus élevés que ceux de ses collègues. Son chèque d'émoluments mensuel couvrirait à peine maintenant les montants de ses cartes de crédit : à elle seule, sa facture d'American Express avoisinait les cent mille dollars chaque mois...

Les cellules de sa matière grise qui tournaient à plein régime passèrent en revue ses clients autres que Sullivan. Une grossière estimation lui permit d'évaluer le chiffre d'affaires éventuel à un demi-million à condition de les pomper au maximum, de les harceler, ce qu'il n'avait aucune envie de faire. Ce n'était pas digne de lui maintenant. Du moins ne l'avait-ce pas été jusqu'au moment où ce bon vieux Walter avait décidé que la vie ne valait plus la peine d'être vécue malgré ses milliards de dollars. *Doux Jésus : tout ça pour une conne de petite putain.*

Cinq cent mille dollars ! C'était moins que ce que gagnait ce petit connard de Kirksen. Lord tressaillit à cette pensée !

Il pivota une nouvelle fois dans son fauteuil pour contempler le tableau suspendu sur le mur du fond. Les coups de pinceau d'un petit maître du XIXe siècle lui redonnèrent des raisons de sourire. Il lui restait une solution. Même si son plus gros client venait de bousiller l'existence de Lord, il lui restait un atout. Il tendit la main vers son téléphone.

*

* *

Fred Martin poussait rapidement son chariot dans le couloir. C'était son troisième jour de travail, et pour la première fois, il apportait le courrier aux avocats de la firme. Il tenait à effectuer sa tâche avec rapidité et efficacité. Martin, l'un des dix coursiers employés par le cabinet, sentait déjà la pression de son chef de service pour qu'il accélère son rythme de travail. Après avoir battu le pavé quatre mois durant, sans autre atout que sa licence d'histoire de l'université de Georgetown, Martin était parvenu à la conclusion que son seul recours était de s'inscrire à la faculté de droit. Et quel meilleur endroit pour sonder les possibilités d'une carrière juridique que l'un des plus prestigieux cabinets de Washington ? Sa longue succession d'entretiens l'avait convaincu qu'il n'était jamais trop tôt pour commencer à se constituer un réseau de connaissances.

Il consulta son plan avec les noms des avocats inscrits dans les cases représentant leurs bureaux. Martin avait trouvé ce plan posé sur la table de son cagibi : il n'avait pas remarqué la version mise à jour enfouie sous un classeur de transactions multinationales épais de quelque cinq mille pages : il devait indexer et classer tout cela cet après-midi.

En tournant le coin, il s'arrêta pour regarder la porte fermée. Aujourd'hui ils étaient tous bouclés. Il prit le paquet envoyé par Federal Express et vérifia le nom sur le plan. Il le compara à l'adresse griffonnée à la main sur l'étiquette. Ça collait. Il regarda la plaque vide sur la porte et sentit la confusion l'envahir.

Il frappa, attendit un moment, frappa encore puis ouvrit la porte.

Il regarda autour de lui. Un vrai foutoir. Des cartons jonchaient le sol, les meubles étaient disposés n'importe comment. Des papiers étaient répandus sur le bureau. Sa première réaction fut d'aller prévenir son chef. Peut-être y avait-il une erreur ? Il regarda sa montre. Déjà dix minutes de retard. Il décrocha le téléphone et appela. Pas de réponse. Puis il vit la photo d'une femme posée sur le bureau. Grande, cheveux auburn. Une robe de grand couturier. Ça devait être le bureau du type. Sans doute emménageait-il. Qui laisserait la photo d'une pépée comme ça ? Parvenu au bout de son raisonnement, Fred posa soigneusement le paquet sur le fauteuil où on ne manquerait pas de le découvrir. Il referma la porte en sortant.

*

* *

« Sandy, je suis désolé pour Walter. Vraiment désolé. »

Jack regarda la vue qui s'étendait sur la ville. Un appartement au dernier étage avec terrasse dans l'élégant quartier du nord-ouest de Washington, qui avait dû coûter un prix exorbitant ; sans compter les dollars déboursés pour la décoration. Partout où Jack posait le regard, ce n'étaient que toiles originales, cuirs somptueux et pierres sculptées. Il se dit que le monde ne comptait pas beaucoup de Sandy Lord et qu'ils devaient bien vivre quelque part.

Lord était assis près du feu qui crépitait gaiement dans l'âtre, une robe de chambre en cachemire enveloppant son imposante carcasse. Ses pieds nus étaient chaussés de pantoufles de cuir. Une pluie froide ruisselait sur les vastes baies vitrées. Jack s'approcha du feu. Il avait l'impression que son cerveau craquait et sautait comme les flammes. Une braise vint tomber sur le marbre devant l'âtre et s'éteignit aussitôt. Jack tenait son verre à deux mains et regardait son associé.

Le coup de téléphone n'avait pas été totalement inattendu.

« Il faut qu'on se parle, Jack : le plus tôt sera le mieux. Mais pas au bureau. »

Quand il était arrivé, le vieux valet de chambre de Lord l'avait débarrassé de son manteau et de ses gants puis avait discrètement disparu dans les profondeurs de l'office.

Les deux hommes étaient dans le bureau lambrissé d'acajou : une retraite luxueuse, virile, dont Jack se sentit secrètement un peu jaloux. L'image de la grande maison de pierre avec son énorme portail se précisa dans sa mémoire. Il y avait une bibliothèque qui ressemblait beaucoup à cette pièce. Non sans effort, il se concentra sur le dos de Lord.

« Je suis foutu, Jack. »

Jack réprima difficilement un sourire à ces premiers mots de Lord. Quel personnage ! Mais il se reprit. Le ton de Lord exigeait un certain respect.

« La boîte va s'en tirer, Sandy. Nous n'allons pas perdre beaucoup plus de gens. Nous sous-louerons un peu d'espace. Ce n'est pas un drame. »

Lord finit par se lever pour se diriger droit vers le bar dans le coin. Il remplit à ras bords un petit verre et le vida d'un geste qui ne dissimulait pas une longue pratique.

« Excusez-moi, Jack. Peut-être ne me suis-je pas fait clairement comprendre. La boîte a morflé, mais ce n'est pas ça qui va la noyer. Vous avez raison : Patton, Shaw & Lord tiendront le choc. Mais est-ce que Patton, Shaw & Lord vont assumer un combat de plus ? »

Il traversa la pièce et s'affala d'un air las sur le canapé de cuir bordeaux. Jack suivit du regard l'alignement des clous de cuivre qui bordaient le siège. Il but une gorgée, fasciné par le visage empâté de Lord et ses yeux plissés : de vrais fentes de tirelire.

« C'est vous l'âme de cette boîte, Sandy. Je ne vois pas comment cela peut changer même si votre clientèle en a pris un coup. »

Sandy poussa un gémissement du fond du canapé.

« Un coup ? Un coup ? J'ai reçu une vraie bombe atomique sur le cul, Jack. Le champion du monde des poids lourds n'aurait pas pu me cogner plus fort. Je suis au tapis. Les charognards tournent déjà et Lord va être le plat de résistance : le cochon farci avec la pomme dans la bouche et le fruit confit dans le trou de balle.

— Kirksen ?

— Kirksen, Packard, Millins, ce salaud de Townsend. Continuez, Jack. La liste va jusqu'au bout du catalogue des associés. J'entretiens, je dois en convenir, une relation tout à fait particulière avec eux.

— Mais pas avec Graham, Sandy. Pas avec Graham. »

Lord se souleva légèrement sur un bras un peu flasque en regardant Jack.

Jack se demanda pourquoi il aimait tant cet homme. La réponse se trouvait probablement quelque part dans le déjeuner chez Fillmore, il y avait pas mal de temps. Pas d'entourloupes. Un vrai baptême du feu où les mots faisaient mal au ventre et où le cerveau crachait des réponses qu'on n'aurait jamais eu le culot de faire dans un autre contexte. Maintenant l'homme était dans le pétrin. Jack avait les moyens de le protéger. Enfin, il les avait eus. Pour l'instant, ses rapports avec les Baldwin n'étaient pas franchement au beau fixe.

« Sandy, s'ils veulent vous descendre, il leur faudra d'abord se débarrasser de moi. » Voilà, il l'avait dit. Il le pensait. C'était vrai aussi que Lord lui avait donné sa chance de jouer dans la cour des grands. Il avait tout de suite fait monter Jack au créneau. Mais y avait-il une autre façon de savoir si l'on était vraiment capable de réussir ?

« Les eaux risquent d'être un peu agitées pour que nous nous y aventurions à deux, Jack.

— Je suis bon nageur, Sandy. D'ailleurs, ne considérez pas que c'est un geste totalement altruiste de ma part. Vous constituez un investissement de la société dont je suis associé. Vous avez l'art de faire rentrer de l'argent. Vous êtes au tapis pour l'instant, mais vous n'y resterez pas. Je vous parie cinq cents dollars que d'ici un an vous redevenez le numéro un. Je n'ai pas l'intention de laisser un atout comme vous s'en aller.

— Je n'oublierai pas cela, Jack.

— Je ne vous laisserai pas tomber, Sandy. »

Après le départ de Jack, Lord allait se verser encore un whisky, mais il s'arrêta. Il regarda ses mains tremblantes et reposa lentement la bouteille et le verre. Il parvint au canapé avant que ses genoux ne se dérobent sous lui. Le miroir au-dessus de la cheminée lui renvoyait son image. Cela faisait vingt ans qu'une larme n'avait pas coulé sur ses joues : depuis la mort de sa mère, en fait. Mais voilà qu'il sanglotait de nouveau. Pour son ami, Walter Sullivan. Des années durant, Lord s'était imaginé à tort que cet homme ne représentait pour lui qu'une substantielle rentrée d'argent. Il avait payé ce mensonge qu'il s'était fait à lui-même à l'enterrement : Lord s'était mis à sangloter si fort qu'il était retourné attendre dans sa voiture que ce fût l'heure d'escorter son ami jusqu'au cimetière.

Une fois de plus, il frottait ses joues pour en essuyer ce foutu liquide salé. Sacré gaillard. Lord avait tout prévu jusqu'au moindre détail. Son discours serait parfait. Il avait envisagé toutes les réactions sauf celle qu'il avait eue. Il s'était trompé sur le compte de ce mioche. Lord croyait que Jack aurait agi comme lui l'aurait fait : il aurait cherché à tirer le maximum en échange de l'énorme service qu'on lui demandait.

Ce n'était pas seulement le remords qui l'envahissait, c'était la honte. Il s'en rendait compte maintenant que les haut-le-cœur commençaient et qu'il se penchait sur l'épaisse moquette. La honte. Un sentiment qu'il n'avait pas ressenti depuis longtemps. Quand les spasmes se calmèrent et qu'il regarda de nouveau l'épave qui se reflétait dans le miroir, Lord se promit de ne jamais décevoir Jack et de remonter jusqu'au sommet. Il n'oublierait pas.

XXV

Jamais, dans ses rêves les plus fous, Frank n'aurait cru qu'il se retrouverait un jour assis là. Dans cette pièce. Il regarda autour de lui : le salon était de forme ovale, le mobilier massif, typiquement XIXe, mais avec une tache de couleur par-ci, une rayure par-là, une paire de chaussures de tennis bien rangées sur le bas d'une étagère : il était clair que l'occupant des lieux était loin d'envisager de prendre sa retraite. Frank, la gorge serrée, s'efforça de respirer calmement. Certes, pour un policier blanchi sous le harnais, il ne s'agissait que d'une enquête de routine parmi d'autres. Il suivait tout simplement une piste, rien de plus. Dans quelques minutes, il serait sorti d'ici.

Pourtant, son cerveau lui rappelait que la personne sur laquelle il allait enquêter était l'actuel président des États-Unis. Une vague de panique déferla sur lui quand il entendit la porte s'ouvrir. Il se leva précipitamment, se retourna. Il contempla un long moment la main tendue vers lui jusqu'à ce qu'il comprenne ce qui se passait : il avança alors lentement sa propre main.

« Merci de vous être déplacé jusqu'au fond de mon antre, lieutenant.

— Je vous en prie, monsieur le Président. Vous avez mieux à faire que d'être coincé dans la circulation. C'est vrai que vous ne devez pas souvent être bloqué dans les encombrements, n'est-ce pas, monsieur le Président ? »

Richmond s'assit derrière son bureau et fit signe à Frank de regagner son fauteuil. Impassible, Bill Burton, que Frank n'avait pas aperçu jusque-là, referma la porte et inclina la tête vers l'inspecteur.

« Je pense en effet que mes itinéraires sont assez bien préparés. Il est vrai que je ne me trouve pas souvent dans les embouteillages mais j'y perds beaucoup en spontanéité. »

Le Président eut un large sourire ; Frank sentit sa propre bouche esquisser machinalement un sourire en retour.

Le Président se pencha en avant et le regarda droit dans les yeux.

Il joignit les mains. Son front se plissa. En un instant, il abandonna son humeur joviale pour prendre un air sérieux.

« Je tiens à vous remercier, Seth. » Il lança un coup d'œil à Burton. « Bill m'a dit combien vous vous étiez montré coopératif dans l'enquête sur la mort de Christine Sullivan. Je vous en suis reconnaissant, Seth. Je connais des fonctionnaires qui se seraient montrés bien plus réservés ou qui, au contraire, auraient essayé d'attirer l'attention des médias dans leur propre intérêt. J'espérais beaucoup de vous et vous avez dépassé mes espérances. Encore une fois, merci. »

Frank s'épanouit comme si on venait de lui remettre le prix d'orthographe du cours préparatoire.

« C'est formidable, vous savez. Et maintenant, dites-moi, avez-vous découvert un lien entre le suicide de Walter et la mort de ce criminel abattu dans la rue ? »

Frank revint sur terre et son regard calme se posa sur le visage du Président.

« Allons, lieutenant. Je peux vous dire qu'à cette minute même tout le monde, à Washington, discute avec acharnement de l'éventualité que Walter Sullivan ait engagé un tueur à gages pour venger la mort de sa femme avant de mettre fin à ses jours. On ne peut pas empêcher les gens de parler. J'aimerais simplement savoir si votre enquête vous a permis de découvrir le moindre fait qui confirme cette hypothèse.

— Malheureusement, monsieur le Président, je ne peux rien vous dire ni dans un sens ni dans l'autre. J'espère que vous le comprenez, il s'agit d'une enquête de police en cours.

— Ne vous inquiétez pas, lieutenant, je ne veux pas marcher sur vos plates-bandes. Mais je peux vous assurer que cela a été un moment bien difficile pour moi : penser que Walter Sullivan s'est suicidé ! Un des hommes les plus brillants, les plus remarquables de son époque... de quelque époque que ce soit, d'ailleurs.

— C'est ce que l'on m'a dit de toutes parts.

— De vous à moi, connaissant Walter comme je le connaissais, ça ne me paraîtrait pas invraisemblable qu'il ait pris des mesures précises et concrètes pour... pour régler le problème du meurtrier de sa femme.

— Du meurtrier présumé, monsieur le Président. Tout homme est présumé innocent. »

Le Président regarda Burton.

« J'avais cru comprendre que votre dossier était pratiquement bouclé.

— Monsieur le Président, il y a des avocats de la défense qui adorent les dossiers en béton. Mais, voyez-vous, si vous versez assez d'eau sur du béton, il s'effrite et bientôt il y a des fissures partout.

— Et cet avocat de la défense est de ceux-là ?

— Ma foi oui. Je ne suis pas un joueur, mais je ne nous aurais pas donné plus de quarante pour cent de chances d'obtenir une condamnation sans bavure. Nous allions au-devant d'une vraie bataille. »

Le Président se rassit, méditant cette information. Puis son regard revint à Frank.

Celui-ci finit par remarquer l'intensité de l'expression du Président ; gêné, il ouvrit son carnet et parcourut des gribouillis familiers ; les battements de son cœur se calmèrent.

« Savez-vous que Walter Sullivan vous a appelé ici juste avant sa mort ?

— Je sais que je lui ai parlé. Je ne me doutais pas que cette conversation serait suivie de sa mort, non.

— Je vous avoue que je suis tout de même surpris que vous ne m'ayez pas fait part plus tôt de cette information. »

Le Président prit un air penaud.

« Je sais. Je conviens que j'en suis surpris moi-même. Je croyais sans doute protéger Walter, du moins sa mémoire. Même si je pensais bien, au fond, que la police finirait par découvrir son appel. Je suis désolé, lieutenant.

— J'ai besoin de connaître les détails de cette conversation.

— Voudriez-vous boire quelque chose, Seth ?

— Un café, volontiers. »

Burton décrocha aussitôt un téléphone dans le coin de la pièce. Une minute plus tard, on apportait du café sur un plateau d'argent.

Ils burent une gorgée du breuvage brûlant. Le Président jeta un coup d'œil à sa montre, puis son regard revint se poser sur Frank.

« Pardonnez-moi, Seth. J'accorde à votre visite toute l'importance qu'elle mérite. Toutefois, j'ai une délégation du Congrès qui vient déjeuner dans quelques minutes et, franchement, cette perspective ne m'enchante guère. Si curieux que cela puisse paraître, je ne suis pas très attiré par ces politiciens.

— Je comprends. Je n'en ai pas pour longtemps. Quel était l'objet de ce coup de fil ? »

Le Président se renversa en arrière dans son fauteuil comme pour rassembler ses souvenirs.

« Je qualifierais cette conversation de désespérée. Il n'était pas comme d'habitude. Il semblait déstabilisé, anxieux. Pendant de longs moments, il se taisait. Ça ne ressemblait pas du tout au Walter Sullivan que je connaissais.

— De quoi a-t-il parlé ?

— De tout et de rien. Il était confus. Il a parlé de la mort de Christine. Et puis de l'homme, cet homme que vous avez arrêté pour meurtre. Il me disait à quel point il le haïssait, que cet individu avait détruit sa vie. C'était vraiment pénible à entendre.

— Que lui avez-vous répondu ?

— Eh bien, je lui demandais surtout où il était. Je voulais le trouver, pour l'aider. Mais il n'a rien voulu me dire. Je ne suis même pas sûr qu'il ait vraiment entendu un mot de ce que j'ai dit, tant il était désemparé.

— Vous pensez donc, monsieur le Président, qu'il était d'humeur suicidaire ?

— Lieutenant, je ne suis pas psychiatre. Mais si je devais hasarder une hypothèse de profane sur son état mental, oui, je dirais que Walter Sullivan, ce soir-là, m'a paru dans un état d'esprit suicidaire. C'est un des rares moments de ma présidence où je me suis senti vraiment désarmé. Franchement, après cette conversation, je n'ai pas été surpris d'apprendre sa mort. »

Richmond se tourna vers le visage impassible de Burton. Puis il revint à l'inspecteur.

« C'est pourquoi je vous ai demandé si vous aviez pu corroborer les rumeurs d'après lesquelles Sullivan était pour quelque chose dans le meurtre de cet individu. Je dois avouer qu'après son coup de téléphone l'idée m'a effectivement traversé l'esprit. »

Frank regarda Burton.

« Je suppose que vous n'avez pas de cassette de la conversation ? Je sais que cela se pratique ici. »

Ce fut le Président qui répondit.

« Sullivan m'a appelé sur ma ligne directe, lieutenant. C'est un moyen de communication protégé, sur cette ligne on n'autorise aucun enregistrement.

— Je vois. Vous a-t-il indiqué qu'il était impliqué dans la mort de Luther Whitney ?

— Pas directement, non. De toute évidence, il n'avait pas les idées très claires. Mais, à sentir la rage qu'il éprouvait, ma foi... cela me navre de faire cette déclaration à propos d'un homme qui est mort, mais je crois qu'il était assez évident qu'il avait fait tuer cet homme. Je n'ai évidemment aucune preuve : mais j'en ai fortement l'impression. »

Frank secoua la tête.

« Ce fut une conversation plutôt pénible ?

— Oh oui, oui, très pénible. Maintenant, lieutenant, je crains que le devoir ne m'appelle. »

Frank ne bougea pas.

« Pourquoi croyez-vous qu'il vous a téléphoné, monsieur le Président ? Et à une heure aussi avancée de la nuit ? »

Le Président se carra dans son fauteuil. Il lança de nouveau un bref coup d'œil à Burton.

« Walter était un de mes amis les plus proches. Il n'avait jamais d'horaires, et moi non plus d'ailleurs. Ça n'avait rien d'inhabituel pour lui de m'appeler à cette heure-là. Je n'avais guère eu de ses nouvelles ces derniers mois. Comme vous le savez, il a subi un choc terrible. C'était le genre d'homme à souffrir en silence. Maintenant, Seth, si vous voulez bien m'excuser...

— Je trouve simplement bizarre que, de tous les gens qu'il aurait pu appeler, ce soit vous qu'il ait choisi. Il y avait quand même de fortes chances que vous ne soyez même pas là. Les déplacements d'un Président sont plutôt fréquents et cela me fait m'interroger sur ce qu'il pouvait bien penser. »

Le Président joignit les doigts et examina le plafond. *Ce flic veut jouer au plus fin avec moi pour me montrer combien il est malin.* Il regarda Frank en souriant.

« Si je savais lire dans les pensées, je ne serais pas si obnubilé par les sondages. »

Frank sourit à son tour.

« Je ne pense pas qu'il faille avoir des dons de voyance pour savoir que vous occuperez ce fauteuil pendant quatre ans encore, monsieur le Président.

— Merci, lieutenant. Tout ce que je peux dire, c'est que Walter m'a appelé. S'il projetait de se supprimer, qui pouvait-il appeler ? Il a rompu avec sa famille depuis son mariage avec Christine. Il avait des relations d'affaires, mais peu de vrais amis. Nous nous connaissions depuis des années et je le considérais comme un second père. Comme vous le savez, j'ai pris une grande part à l'enquête sur la mort de sa femme. Tout cela réuni pourrait expliquer pourquoi il a voulu me parler, surtout s'il envisageait de mettre fin à ses jours. C'est tout ce que je sais. Je regrette de ne pas pouvoir vous aider davantage. »

La porte s'ouvrit. Frank ignorait que c'était en réponse à une pression discrète sur un bouton dissimulé sous le plateau du bureau.

Le Président regarda sa secrétaire :

« J'arrive tout de suite, Lois. Lieutenant, s'il y a quoi que ce soit que je puisse faire pour vous, faites-le savoir à Bill, je vous en prie. »

Frank referma son carnet.

« Je vous remercie, monsieur le Président. »

*

* *

Richmond garda les yeux fixés sur la porte une bonne minute après le départ de Frank.

« Burton, comment s'appelait l'avocat de Whitney ? »

Burton réfléchit un instant.

« Graham. Jack Graham.

— Ce nom me paraît familier.

— Il travaille chez Patton, Shaw. Il est l'un des associés. »

Le regard du Président se posa sur le visage de l'agent.

« Qu'y a-t-il ?

— Je ne sais pas bien. »

Richmond ouvrit le carnet où il avait pris des notes sur ses petites activités personnelles.

« Ne perdez pas de vue le fait, Burton, qu'un élément de preuve, vraie pièce à charge, pour lequel nous avons d'ailleurs versé cinq millions de dollars, ne nous est jamais parvenu. »

Il regarda la page qu'il avait sous les yeux. Il y avait de nombreux personnages impliqués, à des degrés divers, dans leur petit drame. Si Whitney avait remis à son avocat le coupe-papier avec le récit de ce qui s'était passé, le monde entier serait au courant. Richmond repensa à la cérémonie de remise du diplôme à Ransome Baldwin, à la Maison Blanche. Graham n'était assurément pas un timide. Il n'avait pas l'objet. Mais alors à qui, s'il l'avait confié à quelqu'un, à qui Whitney l'avait-il donné ?

Il échafauda rapidement dans sa tête hypothèses et scénarios possibles : un nom soudain lui sauta aux yeux parmi toutes ces lignes d'une écriture minutieuse. Quelqu'un dont on ne s'était jamais occupé.

Edwina Broome.

*

* *

Jack, d'une main, tint en équilibre le carton d'épicerie, fourra son porte-documents sous son autre bras et parvint à extraire la clé de sa poche. Mais il n'eut pas le temps de l'introduire dans la serrure, la porte s'ouvrit.

Il eut l'air surpris.

« Je ne pensais pas que tu serais déjà rentrée.

— Tu n'avais pas besoin de faire des courses. J'aurais pu préparer quelque chose. »

Jack entra. Il posa sa serviette sur la table basse et se dirigea vers la cuisine. Kate le suivit des yeux.

« Écoute, toi aussi, tu travailles toute la journée. Pourquoi faudrait-il que tu fasses la cuisine ?

— Mais la plupart des femmes la font tous les jours, Jack. Regarde autour de toi. »

Il réapparut.

« Pas de discussion. Tu veux du porc à la sauce *chutney* ou du *moo goo gai pan* ? J'ai pris quelques rouleaux de printemps aussi.

— Ce que tu voudras. Je n'ai pas très faim. »

Il disparut et revint avec deux assiettes bien remplies.

« Tu sais, si tu ne manges pas davantage, tu vas t'envoler. J'ai presque envie de te fourrer des cailloux dans les poches. »

Il s'assit en tailleur, auprès d'elle, sur le sol. Elle se contenta de picorer tandis qu'il dévorait son repas à belles dents.

« Alors, comment ça va au bureau ? Tu sais, tu aurais sans doute pu prendre quelques jours de plus. Il faut toujours que tu te surmènes.

— Tu peux parler. »

Elle prit un rouleau de printemps puis le remit dans le plat.

Il posa sa fourchette et leva les yeux vers elle.

« Alors, je t'écoute. »

Elle s'installa sur le canapé et se mit à jouer avec son collier. Elle portait encore sa tenue de travail et semblait épuisée : on aurait dit une fleur fanée, fauchée.

« Je ne cesse de penser à ce que j'ai fait à Luther.

— Kate...

— Jack, laisse-moi finir. Tu voulais écouter, alors écoute. » Ses traits se détendirent. Elle poursuivit d'un ton calme. « Je suis sûre maintenant que je ne m'en remettrai jamais : autant l'admettre. Peut-être que ce que j'ai fait n'était pas mal pour un tas de raisons. Mais c'était inenvisageable pour une raison au moins : il s'agissait de mon père. Si lamentable que cela puisse paraître, ç'aurait dû sembler suffisant. » Elle continua à tordre son collier entre ses doigts jusqu'au moment où il ne fut plus qu'une série de petits nœuds. « Je pense qu'être juriste, du moins le genre de juriste que je suis, m'a changée à un point qui ne me plaît pas beaucoup. Ce n'est pas particulièrement agréable quand on aborde la trentaine. »

Jack mit sa main sur celle de Kate pour l'empêcher de trembler. Elle ne bougea pas. Il sentait les pulsations de son cœur dans ses veines.

« J'estime donc que je dois procéder à un changement radical : dans ma vie, dans ma carrière, dans tous les domaines.

— Qu'est-ce que tu me chantes là ? »

Il vint s'asseoir près d'elle. Son cœur battait plus vite. Il devinait où elle allait en venir.

« Je ne veux plus devenir procureur, Jack. J'ai décidé d'abandonner le droit. J'ai donné ma démission ce matin. Ils étaient abasourdis. On m'a dit de réfléchir. J'ai répondu que c'était fait. C'est tout réfléchi.

— Tu as démissionné ? Seigneur, Kate, tu as tellement investi dans ta carrière. Tu ne peux pas renoncer à tout cela maintenant. »

Elle se leva brusquement et se planta près de la fenêtre.

« Justement, Jack. Je ne renonce à rien. Les souvenirs que j'ai accumulés depuis quatre ans représentent toute une vie de films d'horreur. Ce n'est pas exactement ce que j'avais à l'esprit quand j'assistais aux débats en première année de droit.

— Ne dénigre pas ton travail. Les rues sont bien plus sûres grâce à des gens comme toi. »

Elle se tourna vers lui.

« Ah, tu crois ? Je n'endigue même plus le flot : il y a longtemps qu'il m'a emportée au large. Je n'arrive même plus à voir la côte.

— Mais qu'est-ce que tu vas faire ? Tu es juriste, non ?

— Non. Tu te trompes. Je n'ai été juriste que pendant une petite fraction de mon existence. J'aimais mieux ma vie d'avant. » Elle s'arrêta et le dévisagea, les bras croisés sur sa poitrine. « Tu m'as très bien expliqué ça, Jack. Je suis devenue procureur pour rembourser les méfaits de mon père : trois ans de fac et quatre ans de procès, c'est assez cher payé, tu ne trouves pas ? » Elle poussa un profond soupir. « D'ailleurs, je crois que j'ai vraiment fini de rembourser.

— Kate, ce n'était en rien ta faute. »

Ce qu'elle dit ensuite le secoua.

« Je vais partir, Jack. Je ne sais pas encore très bien où. J'ai un peu d'argent de côté. Le Sud-Ouest ne me paraît pas mal. Ou peut-être le Colorado ? Je veux trouver un endroit aussi différent d'ici que possible. Un nouveau départ en somme.

— Partir. »

Il reprit le mot comme s'il s'efforçait tout à la fois de le chasser et de le disséquer, de l'interpréter de façon à adoucir le choc qu'il ressentait en ce moment.

Elle regardait ses mains :

« Rien ne me retient ici, Jack. »

Il la regarda et sentit plus qu'il n'entendit sa réplique furieuse !

« Bon Dieu ! comment oses-tu dire ça ? »

Le regard de Kate se fixa derrière lui puis revint sur son visage. Quand elle parla, ce fut d'une voix étranglée.

« Je crois qu'il vaudrait mieux que tu t'en ailles. »

*

* *

Assis à son bureau, Jack n'avait aucune envie d'affronter le travail qui s'amassait, la petite montagne de messages téléphoniques : il se demandait si la vie pouvait être pire. À ce moment-là, Dan Kirksen entra. Jack réprima un soupir :

« Dan, je n'ai vraiment pas...

— Vous n'étiez pas à la réunion des associés ce matin.

— Personne ne m'a dit qu'il y en avait une.

— On a tous reçu un mémo. Il est vrai que, ces temps derniers, vos heures de présence ont été assez erratiques. »

Il jeta un coup d'œil désapprobateur sur le désordre du bureau de Jack. Le sien était toujours impeccablement rangé.

« Je suis là maintenant.

— On m'a dit que vous aviez vu Sandy chez lui. »

Jack le regarda dans les yeux.

« On n'a plus de vie privée, hein ? »

Kirksen rougit.

« Les problèmes concernant les associés doivent être discutés par l'ensemble des associés. Nous ne voulons pas voir des factions se développer qui décimeront encore davantage cette société. »

Jack faillit éclater de rire. Dan Kirksen, le prince incontesté des créateurs de factions.

« Je pense que nous avons passé le pire.

— Ah oui, Jack ? Vous le croyez ? ricana Kirksen. Je ne savais pas que vous aviez l'expérience de ce genre de choses.

— Eh bien, Dan, si ça vous dérange à ce point, pourquoi ne partez-vous pas ?

— Cela fait presque vingt ans que je travaille dans cette maison.

— Le moment est peut-être venu de changer un peu. Ça vous ferait sûrement beaucoup de bien. »

Kirksen s'assit, polit le verre de ses lunettes.

« Un conseil d'ami, Jack. Ne mettez pas toutes vos billes du côté de Sandy. Ce serait une erreur. Il est fini.

— Merci du conseil.

— Je parle sérieusement, Jack. N'allez pas mettre en péril votre situation pour tenter, inutilement, de le sauver.

— Mettre en péril ma situation ? Vous voulez dire la situation de Baldwin, n'est-ce pas ?

— C'est votre client... pour l'instant.

— Vous envisagez un changement ? Bonne chance, alors. Vous ne tiendrez pas une journée. »

Kirksen se leva.

« Rien n'est éternel, Jack. Sandy Lord est bien placé pour vous le dire. »

Jack fit le tour du bureau et vint se pencher sur Kirksen.

« Étiez-vous déjà comme ça, petit garçon, Dan, ou bien est-ce en devenant adulte que vous êtes devenu un champignon ? »

Kirksen sourit et s'apprêta à partir.

« Comme je vous le disais, Jack, on ne sait jamais. Les relations avec les clients sont si fragiles. Prenez votre cas, par exemple. Vos relations sont fondées sur votre futur mariage avec Jennifer Ryce Baldwin. Si maintenant miss Baldwin venait à découvrir, par exemple, que vous ne rentrez pas chez vous le soir mais que vous partagez votre vie avec une certaine jeune femme, elle pourrait avoir moins envie de vous confier ses litiges et moins envie encore de devenir votre femme. »

Cela ne prit qu'un instant. Kirksen se retrouva le dos plaqué au mur. Jack était si près de son visage que ses verres de lunettes s'embuèrent.

« Ne faites pas de bêtise, Jack. Malgré votre statut dans cette boîte, les associés ne verraient pas d'un bon œil qu'un jeune confrère se livre à des voies de fait sur un de ses aînés. Nous avons encore une certaine morale chez Patton, Shaw.

— Ne recommencez jamais ça, Kirksen. Jamais. »

Sans effort, Jack le repoussa contre le montant de la porte et revint à son bureau.

Kirksen rajusta sa cravate et sourit sous cape. Ils étaient faciles à manipuler, ces grands garçons. Forts comme des Turcs mais pas malins. À peu près aussi compliqués qu'une brique.

« Vous savez, Jack, vous devriez avoir une idée plus claire de la situation dans laquelle vous vous êtes fourré. Pour je ne sais quelle raison, vous semblez accorder à Sandy Lord une totale confiance. Vous a-t-il dit la vérité à propos de Barry Alvis ? L'a-t-il fait, Jack ? »

Jack se retourna lentement et dévisagea son interlocuteur.

« Il s'est lancé dans l'histoire de l'associé incapable de rapporter du fric ? Ou bien vous a-t-il raconté qu'Alvis avait fichu en l'air un important projet ? »

Jack continuait à le regarder.

Kirksen arborait un sourire triomphant.

« Il a suffi d'un coup de fil, Jack. La fille appelle pour se plaindre que Mr. Alvis leur a causé du tort, à elle et à son père. Barry Alvis disparaît. C'est comme ça, Jack. Vous n'avez peut-être pas envie de jouer ce jeu-là. Dans ce cas, personne ne vous empêche, *vous,* de partir. »

Kirksen avait mis cette stratégie au point depuis un certain temps.

Sullivan disparu, lui, Kirksen, pourrait promettre à Baldwin une priorité absolue pour ses affaires.

Lui, Kirksen, disposait encore du meilleur contingent d'avocats de la ville. Quatre millions de dollars d'affaires venant s'ajouter à celles qu'il avait déjà en portefeuille feraient de lui le plus gros pourvoyeur de la société. Le nom de Kirksen finirait par figurer sur la plaque, en remplacement d'un autre qu'on larguerait sans cérémonie.

« Vous ne m'aimez peut-être pas, Jack, mais, moi, je vous dis la vérité. Vous êtes un grand garçon : à vous de vous débrouiller. »

Kirksen referma la porte derrière lui.

Jack resta encore une seconde debout puis s'affala dans son fauteuil. Il se pencha en avant, déblaya son bureau en quelques gestes rapides et furieux puis, lentement, posa la tête sur le meuble, bras en croix.

XXVI

Seth Frank regardait le vieillard, un petit homme coiffé d'une casquette, vêtu de pantalons de velours, d'un gros chandail et chaussé de bottes, qui paraissait un peu gêné et excité de se trouver dans un commissariat. Il tenait un objet rectangulaire enveloppé de papier marron.

« Je ne comprends pas très bien, Mr. Flanders.

— Voyez-vous, j'étais là-bas. Au palais de justice, ce jour-là. Vous savez, quand l'homme a été tué. J'étais juste allé voir, comme ça. J'ai toujours habité là, mais je n'avais rien vu de pareil, ça, je peux le dire.

— Je comprends, dit Frank sèchement.

— Bref, j'avais ma nouvelle caméra vidéo, un superbe appareil avec écran et tout. Vous la prenez, vous regardez dans le viseur et vous filmez. Super-qualité. Alors ma femme m'a dit que je devrais descendre.

— Parfait, Mr. Flanders. Pour quoi faire ? » dit Frank en le regardant d'un air interrogateur.

Flanders comprit.

« Oh ! Pardonnez-moi, lieutenant. Je reste là à bavarder : c'est un peu ma tendance, demandez à Mrs. Flanders. J'ai pris ma retraite voici un an. Je ne discutais pas beaucoup au boulot. J'étais sur une chaîne de montage dans une usine. J'aime bien parler maintenant. Écouter aussi. Je passe pas mal de temps dans ce bistrot là-bas, derrière la banque. Du bon café et les muffins sont de vrais beignets, pas de ces trucs à basses calories. »

Frank menaçait d'exploser.

Flanders reprit précipitamment : « Eh bien, je suis venu ici pour vous montrer ça. Pour vous le donner, en fait. Bien sûr, j'en ai gardé une copie. »

Il lui tendit le paquet. Frank l'ouvrit : c'était une cassette vidéo.

Flanders retira sa casquette, laissant apparaître un crâne chauve hérissé de quelques mèches cotonneuses. Il poursuivit en s'échauffant :

« Comme je vous le disais, il y a quelques plans vraiment bons. Celui du Président et puis juste quand ce type a été abattu. J'ai tout filmé, tout. Je suivais le Président, vous comprenez. Ça m'a mené en plein dans le feu d'artifice. »

Frank le dévisagea.

« Tout est là, lieutenant. Si ça vous intéresse. » Il regarda sa montre. « Oh ! là là ! Il faut que j'y aille. Je suis en retard pour déjeuner. Ma femme va râler. »

Il tourna les talons. Seth Frank contemplait toujours la cassette.

« Oh, lieutenant. Encore une chose.

— Oui.

— Si on tirait quelque chose de mon film, croyez-vous qu'on pourrait citer mon nom quand on en parlera ? »

Frank secoua la tête.

« Quand on en parlera ? »

Le vieil homme s'agitait :

« Mais oui ! Vous savez, les historiens. Ils appelleraient ça la cassette Flanders. La vidéo Flanders peut-être. Vous savez, comme l'autre fois. »

Accablé, Frank se massait les tempes. « Quelle autre fois ?

— Mais oui, lieutenant. Vous savez bien, comme Zapruder avec Kennedy. »

Le visage de Frank s'éclaira soudain.

« Je ne manquerai pas de le faire savoir, Mr. Flanders. À tout hasard. Pour la postérité.

— Voilà. » Flanders, ravi, braqua un doigt sur lui. « La postérité, ça me plaît. Bonne journée, lieutenant. »

*
* *

« Alan ? »

Richmond, d'un geste discret, fit signe à Russell d'entrer et il se replongea dans le carnet posé devant lui. Quand il eut fini, il le referma et regarda son chef de cabinet : son visage était impassible.

Russell hésita. Elle fixait le tapis. Puis elle se laissa tomber plutôt qu'elle ne s'assit dans un fauteuil.

« Je ne sais pas quoi dire, Alan. Je me rends compte que j'ai agi de façon inexcusable, totalement déplacée. Si je pouvais plaider la démence passagère, je le ferais.

— Vous n'allez tout de même pas essayer de m'expliquer tout ça en disant qu'au fond c'était dans mon intérêt ? »

Richmond se rassit, les yeux fixés sur elle.

« Non, pas du tout. Je suis ici pour vous offrir ma démission. »

Le Président sourit.

« Peut-être vous ai-je sous-estimée, Gloria. »

Il se leva, fit le tour du bureau et s'y appuya, tourné vers elle.

« Vous savez, votre comportement n'avait rien de déplacé. Bien au contraire. À votre place, j'en aurais fait autant. »

Elle leva les yeux vers lui. Son visage trahissait la stupéfaction.

« Ne vous méprenez pas, Gloria, comme n'importe quel dirigeant, je m'attends à de la loyauté. Je ne m'attends pas toutefois à voir des êtres humains être autre chose que cela : humains. Avec les faiblesses associées à cet état et un instinct de conservation qui l'emporte sur tout. Après tout, nous sommes des animaux. Je suis arrivé à cette position en ne perdant jamais de vue le fait que la personne la plus importante au monde, c'est moi. Quelle que soit la situation, quel que soit l'obstacle, quelle que soit l'issue, jamais je n'ai perdu de vue cette simple vérité. Ce que vous avez fait ce soir-là montre que, vous aussi, vous partagez cette croyance.

— Vous savez ce que je comptais faire ?

— Bien sûr, je le sais. Gloria, je ne vous condamne pas pour avoir tenté de tirer le meilleur parti d'une situation. Mon Dieu, c'est le fondement même sur lequel ce pays, cette ville en particulier sont bâtis.

— Mais quand Burton vous a dit... »

Richmond leva une main.

« Pardonnez-moi, mais, moi aussi, je suis un être humain. J'avoue que, ce soir-là, j'ai ressenti certaines émotions. En premier lieu peut-être un sentiment de trahison. Mais depuis j'en suis arrivé à la conclusion que vos actes prouvaient une force et non pas une faiblesse de caractère. »

Russell tentait désespérément de suivre le fil de ses propos.

« Dois-je comprendre que vous n'acceptez pas ma démission ? »

Le Président se pencha en avant et lui prit une main.

« Je ne me souviens pas vous avoir jamais entendue prononcer ce mot, Gloria. Je suis incapable d'imaginer la rupture de nos relations alors que nous nous connaissons si bien. Voulez-vous que nous en restions là ? »

Russell se leva pour prendre congé. Le Président reprit place à son bureau.

« Oh, Gloria. J'ai un certain nombre de choses à vous dire ce soir.

Ma famille est à la campagne. Peut-être pourrions nous travailler dans mes appartements ? »

Russell le regarda.

« Cela risque de se prolonger tard, Gloria. Apportez donc quelques vêtements de rechange. »

Le Président ne souriait pas. Son regard la traversa, puis il se remit au travail.

Gloria Russell ferma la porte d'une main tremblante.

*

* *

Jack martelait la porte avec une telle violence qu'il en eut les mains écorchées.

La gouvernante vint ouvrir. Jack se précipita sans lui laisser le temps de dire un mot.

Jennifer Baldwin descendit rapidement le grand escalier et arriva dans le vestibule dallé de marbre, vêtue d'une somptueuse robe du soir. Ses cheveux tombaient sur ses épaules, encadrant un décolleté vertigineux. Elle ne souriait pas.

« Jack, que fais-tu ici ?

— Il faut que je te parle.

— Jack, j'ai des choses à faire. Ça attendra.

— Non ! » Il lui saisit la main, regarda autour de lui, poussa une porte à double battant et l'entraîna dans la bibliothèque, refermant derrière lui.

Elle se dégagea.

« Jack, tu es devenu fou ? »

Il inspecta la pièce avec ses énormes armoires aux rayonnages bourrés d'éditions originales reliées. Tout pour la galerie : on n'avait sans doute jamais ouvert un seul de ces livres. Tout pour la galerie. C'était le mot.

« J'ai une simple question à te poser. Ensuite je partirai.

— Jack...

— Une question ! Ensuite, je m'en irai. »

Elle le regarda d'un air méfiant, croisa les bras.

« De quoi s'agit-il ?

— As-tu appelé le cabinet pour leur dire de virer Barry Alvis parce qu'il m'avait demandé de travailler le soir où nous allions à la Maison Blanche ?

— Qui t'a raconté ça ?

— Réponds, Jenn.

— Jack, pourquoi est-ce si important pour toi ?
— Tu l'as donc fait virer ?
— Jack, je veux que tu cesses de penser à cela et que tu commences à réfléchir à notre avenir commun. Si nous...
— Réponds-moi, nom de Dieu ! »
Elle explosa.
« Oui ! Oui, j'ai fait virer ce minable. Et après ? Il le méritait. Il te traitait en inférieur. Il se trompait. Il n'était rien du tout. Il a joué avec le feu, il s'est brûlé et je ne le plains absolument pas. »
Elle le regarda d'un air dur. Aucune trace de remords.
Jack avait entendu la réponse qu'il attendait. Il s'assit et contempla le grand bureau à l'autre bout de la pièce. Le haut fauteuil de cuir leur tournait le dos. Il inspecta les toiles de maître qui ornaient les murs. Les hautes fenêtres avec leurs doubles rideaux aux plis impeccables, en velours grenat. Les boiseries. Les omniprésentes sculptures. Ce putain de plafond avait encore une autre légion de personnages médiévaux qui défilaient. C'était ça, le monde des Baldwin. Eh bien, qu'ils le gardent. Lentement, il ferma les yeux.
Jennifer rejeta ses cheveux en arrière, une lueur d'inquiétude au fond des yeux. Elle hésita un moment puis se dirigea vers lui, s'agenouilla et lui toucha l'épaule. Les effluves de son parfum déferlèrent sur lui. Elle parlait à voix basse, son souffle lui chatouillait l'oreille.
« Jack, je te l'ai déjà dit, nous n'avons aucune raison de supporter ce genre d'attitude. Et maintenant nous voilà débarrassés de cette ridicule affaire de meurtre, et nous allons pouvoir reprendre une existence normale. Notre maison sera bientôt prête : elle est magnifique, vraiment magnifique. Et nous avons les préparatifs de mariage à mettre au point. Mon chéri, maintenant tout va redevenir normal. »
Elle prit son visage dans ses mains, le tourna vers le sien et l'embrassa d'un long baiser profond. Puis, lentement, elle détacha ses lèvres de celles de Jack et scruta brièvement son regard sans y trouver ce qu'elle y cherchait.
« Tu as raison, Jenn. Nous sommes débarrassés de cette ridicule affaire de meurtre. Un homme que je respectais et pour qui j'avais de l'affection a reçu une balle dans le crâne. L'affaire est close. On repart de zéro. Après tout, nous avons une fortune à bâtir.
— Tu sais bien ce que je veux dire. D'abord, je n'aurais jamais dû te laisser t'embarquer dans cette affaire. Ça n'était pas ton problème. Si tu prenais la peine d'ouvrir les yeux, tu te rendrais compte que c'était indigne de toi, Jack.
— Et un peu embarrassant pour toi, n'est-ce pas ? »

Jack brusquement se leva. Il avait l'air épuisé.

« Je te souhaite une vie formidable, Jenn. Je te dirais bien : " on se reverra ", mais je n'arrive franchement pas à l'imaginer. »

Il s'apprêta à partir. Elle le saisit par la manche.

« Jack, veux-tu, je te prie, me dire ce que j'ai fait de si épouvantable ? »

Il hésita, puis opta pour la vérité :

« Quand je pense que tu me poses la question ! Nom de Dieu ! Tu as pris la vie d'un homme, Jenn, un homme que tu ne connaissais même pas, et tu l'as détruite. Et pourquoi l'as-tu fait ? Parce que quelque chose t'a " dérangée ". Alors tu as pris dix ans de carrière et tu les as liquidés. D'un seul coup de téléphone. Sans jamais réfléchir aux conséquences, à sa famille. Il aurait pu se faire sauter la cervelle, sa femme aurait pu demander le divorce, qu'est-ce que tu en sais ? Tu t'en fous complètement. Tu n'y as probablement même pas réfléchi. Et moi je sais que je ne pourrai jamais aimer, je ne pourrai jamais passer ma vie avec un être capable de faire une chose pareille. Tu ne peux pas le comprendre. Si tu penses vraiment que ce que tu as fait n'était pas mal, alors raison de plus pour nous dire adieu tout de suite. Ça épargnera à tous beaucoup de temps et d'ennuis. »

La main sur la poignée de la porte, il lança en souriant :

« Tous les gens que je connais me diront sans doute que je suis fou. Que tu es une femme élégante, riche et belle. C'est vrai, tu es tout cela, Jenn. Ils me diront que nous aurions eu une existence parfaite ensemble. Nous aurions tout. Comment pourrions-nous ne pas être heureux ? Seulement voilà : nous ne pourrions pas être heureux car nous ne nous intéressons pas aux mêmes choses. Je me fiche des millions dépensés, des problèmes juridiques, des maisons grandes comme des palais et des voitures de luxe. Je n'aime pas cette maison, je n'aime pas ta façon de vivre. Je n'aime pas tes amis. En fait, je ne t'aime pas, toi. Je suis sans doute aujourd'hui le seul homme sur terre à parler ainsi. Mais je suis un être simple, Jenn, et je voudrais surtout éviter de te mentir. D'ailleurs, regardons les choses en face : d'ici deux jours, une douzaine de types qui te conviennent mieux que Jack Graham auront frappé à ta porte. Tu ne seras pas seule longtemps. »

Il la regarda et eut une petite crispation de souffrance en observant la stupéfaction sur son visage.

« Si ça peut te faire plaisir, pour les gens qui poseront la question, c'est toi qui m'as laissé tomber. Je n'étais pas à la hauteur des Baldwin. Je n'en étais pas digne. Adieu, Jenn. »

Elle resta plantée là cinq minutes après son départ. Une série d'expressions se succédèrent sur son visage sans qu'aucune l'emporte vraiment. Elle finit par sortir de la pièce. Le claquement de ses talons hauts résonna sur les dalles de marbre.

Pendant quelques minutes, le silence régna dans la bibliothèque. Puis le fauteuil de bureau pivota : Ransome Baldwin fixait des yeux la porte par laquelle sa fille était sortie.

*

* *

Jack regarda par le judas : il s'attendait presque à voir Jennifer Baldwin avec un pistolet. Il haussa les sourcils en voyant qui c'était.

Seth Frank entra. Il se débarrassa de son manteau et promena un regard approbateur sur le petit appartement de Jack.

« Mon vieux, ça me rappelle des souvenirs d'une autre vie !

— Laissez-moi deviner. La fraternité Delta 75. Vous étiez le vice-président responsable de tout ce qui concerne le bar. »

Frank eut un grand sourire.

« À quelque chose près. Profitez-en pendant qu'il est encore temps, mon ami. Sans vouloir paraître politiquement incorrect, sachez qu'une bonne épouse ne vous laissera pas continuer à mener une existence pareille.

— Alors peut-être ai-je de la chance. »

Jack disparut dans la cuisine et revint avec deux verres.

Ils s'installèrent confortablement.

« Des problèmes au paradis de la félicité conjugale, maître ? Je ne puis m'empêcher de penser que ce n'est pas la petite Baldwin qui vous intéresse vraiment.

— Vous ne pourriez pas arrêter votre numéro de flic pendant quelques minutes ?

— Impossible. On peut en discuter un peu, si vous voulez. »

Jack secoua la tête.

« Je pourrai vous casser les pieds avec tout ça une autre fois, mais pas ce soir. »

Frank haussa les épaules.

« Vous n'aurez qu'à me prévenir : j'apporterai la bière. »

Jack remarqua le paquet que Frank tenait sur les genoux.

« Un cadeau ? »

Frank sortit la cassette.

« Dans votre foutoir, vous avez bien un magnétoscope ? »

*

* *

Le film commença à se dérouler. Frank regarda Jack.

« Jack, c'est assez dur. Interdit aux moins de dix-huit ans. Et je vous préviens : ça montre tout, y compris ce qui est arrivé à Luther. Vous êtes sûr de tenir le coup ? »

Jack réfléchit.

« Vous croyez que nous pourrions voir là un indice permettant de découvrir qui a fait le coup ?

— Je l'espère.

— Alors, allons-y. »

Bien que prévenu, Jack ne s'attendait pas à de telles images. Frank le guettait du coin de l'œil alors que le moment crucial approchait. Quand le coup de feu claqua, Jack sursauta, les yeux agrandis d'horreur.

Frank arrêta le magnétoscope.

« Tenez bon, mon vieux. Je vous avais prévenu. »

Jack était écroulé dans son fauteuil, le souffle rauque, le front moite. Il frissonna puis, lentement, reprit son calme et s'essuya le front.

« Seigneur ! »

L'allusion de Flanders à Kennedy n'était pas fortuite.

« On peut arrêter maintenant, Jack. »

Jack serra les dents.

« Pas question ! »

Frank rembobina une nouvelle fois. Ils avaient visionné la cassette une douzaine de fois maintenant. Ce n'était pas pour autant facile de voir exploser la tête d'un ami. En revanche, à chaque passage, Jack sentait sa colère augmenter.

Frank secoua la tête.

« Vous savez, c'est dommage que ce type n'ait pas filmé sous un autre angle. Nous aurions pu apercevoir le tireur. Mais cela aurait été trop facile. Vous avez du café ?

— Il y en a dans la cafetière. Apportez-m'en une tasse. La vaisselle est sur l'évier. »

Frank apporta les tasses fumantes. Jack était revenu en arrière au plan où Alan Richmond débitait sa harangue sur l'estrade improvisée devant le palais de justice.

« Ce type est une dynamo. »

Frank regardait l'écran.

« Je l'ai rencontré l'autre jour.

— Ah oui ? Moi aussi. C'était à mon époque " je me marie chez les riches ".

— Qu'est-ce que vous avez pensé de lui ? »

Jack avala une gorgée de café, tout en se penchant pour attraper un paquet de biscuits qui traînait sur le canapé. Il en offrit un à Frank. Le policier s'adaptait sans effort à l'univers déstructuré des célibataires.

« Je ne sais pas. Que dire ? C'est le Président. J'ai toujours pensé qu'il en avait l'étoffe. Et vous ?

— Un type intelligent. Vraiment intelligent. Le genre de type qu'il vaut mieux ne pas avoir à affronter à moins d'être sûr de ses propres capacités.

— Je pense que c'est une bonne chose qu'il soit du côté de l'Amérique.

— Oui. » Son regard revint à l'écran. « Alors, vous n'avez rien remarqué ? »

Jack pressa un bouton sur la télécommande. « Un détail. Vérifions. » Le film se déroula en accéléré. Les personnages s'agitaient comme les comédiens d'un film muet.

« Regardez ça. »

Luther descendait du fourgon, les yeux tournés vers le sol. Avec ses entraves, il avait manifestement du mal à marcher. Soudain, un groupe apparut dans le champ, le Président à leur tête. Luther se trouva partiellement masqué. Jack pressa la touche « arrêt sur image ».

« Regardez. »

Frank scruta l'écran : il grignotait un biscuit en terminant son café. Il secoua la tête. Jack se tourna vers lui.

« Regardez le visage de Luther. Vous l'apercevez parmi tous ces costumes bleu marine. Regardez son visage. »

Frank se pencha à en toucher l'écran. Il recula.

« Il a l'air de dire quelque chose.

— Non, il a l'air de dire quelque chose à *quelqu'un.* »

Frank regarda Jack.

« Vous voulez dire qu'il a reconnu quelqu'un, peut-être le type qui l'a descendu ?

— Vu les circonstances, je ne pense pas vraiment qu'il tenait des propos badins à un inconnu. »

Frank inspecta de nouveau l'écran avec attention. Il finit par secouer la tête.

« Il va nous falloir des talents particuliers. » Il se leva. « Venez. »

Jack attrapa son manteau. « Où va-t-on ? »

Frank rembobina la cassette en souriant puis mit son chapeau.

« D'abord, je m'en vais nous offrir à dîner. Je suis marié. Je suis également plus âgé et plus gros que vous. Par conséquent, des biscuits pour dîner, ça ne suffit pas. Ensuite, on va passer au commissariat. Il y a là quelqu'un que je veux vous faire rencontrer. »

*

* *

Deux heures plus tard, rassasiés, ils entraient dans le commissariat de Middleton. Laura Simons était au labo, le matériel déjà en place.

On fit les présentations. Laura introduisit la cassette dans l'appareil et éteignit les lumières. Les images s'animèrent sur l'écran d'un mètre vingt de haut disposé dans un coin du labo. Ils allèrent en avance rapide jusqu'au plan qu'ils recherchaient.

« Là, fit Jack. Juste là. »

Laura s'assit à un clavier et sélectionna, sur l'écran, la partie de l'image où Luther apparaissait, l'immobilisa puis l'agrandit jusqu'au moment où le visage de Luther parut couvrir toute la surface de l'écran géant.

« Je ne peux pas faire mieux. »

Laura pivota sur sa chaise et regarda l'écran. Frank pressa un autre bouton, les images reprirent vie.

Le son était brouillé : des hurlements, des cris, les rumeurs de la circulation et les paroles mêlées de centaines de gens contribuaient à rendre inintelligibles les paroles de Luther. Ils regardèrent le mouvement de ses lèvres.

« Il est furieux. Je ne sais pas ce qu'il dit, mais il n'est pas content. »

Frank prit une cigarette, avisa le regard noir de Simons et la remit dans sa poche.

« Quelqu'un sait-il lire sur les lèvres ? » demanda Laura en se tournant vers eux.

Jack avait les yeux fixés sur l'écran. Que diable disait Luther ? Et cette expression ! Jack l'avait déjà vue une fois auparavant : si seulement il pouvait se rappeler quand. C'était récemment, il en était sûr.

« Vous voyez quelque chose que nous ne distinguons pas ? »

Jack s'aperçut que Frank le dévisageait. Il secoua la tête et se frotta le menton.

« Je ne sais pas. Il y a quelque chose là, je n'arrive pas à le situer. »

Frank fit signe à Simons d'arrêter. Les lumières se rallumèrent. Frank se leva et s'étira.

« Bon, la nuit porte conseil. S'il vous vient une idée, prévenez-moi. Merci d'être venue, Laurie. »

Les deux hommes sortirent ensemble. Frank jeta un coup d'œil à Jack puis se palpa la nuque.

« Seigneur, ma tête est comme une grenade prête à exploser.

— Putain de vie. Je ne me marie pas avec la femme que j'étais censé épouser. Celle que je veux épouser vient de me dire de disparaître de sa vie et je n'aurai probablement plus de boulot demain matin. Oh, j'oubliais : on a assassiné un homme pour qui j'avais beaucoup d'affection et nous ne découvrirons sans doute jamais l'identité du meurtrier. Difficile de faire mieux, non ?

— Demain sera peut-être votre jour de chance. »

Jack ouvrit la portière de sa Lexus.

« Ouais. Au fait, si vous connaissez quelqu'un qui veut acheter une voiture presque neuve, prévenez-moi. »

Frank regarda Jack avec une lueur de malice au fond du regard.

« Désolé : personne autour de moi ne pourrait se le permettre. »

Jack sourit aussi. « Moi non plus. »

*

* *

Tout en roulant, Jack regarda la pendule du tableau de bord : presque minuit. Il passa devant les bureaux de Patton, Shaw & Lord, leva les yeux vers l'alignement des fenêtres sombres, donna un coup de volant et s'engagea dans le parking. Il glissa sa carte d'identification dans la fente, salua de la main la caméra de surveillance installée devant la porte d'accès au bâtiment. Quelques minutes plus tard, il était dans l'ascenseur.

Il ne savait pas très bien pourquoi il était venu. Ses jours chez Patton, Shaw & Lord étaient maintenant comptés. S'il n'avait plus Baldwin comme client, Kirksen allait se faire une joie de le faire virer. Il était un peu triste pour Lord. Il lui avait promis de le protéger. Mais il était clair qu'il n'allait pas épouser Jennifer Baldwin pour que Lord continue à toucher son énorme chèque mensuel. Et puis Lord avait menti, au sujet de Barry Alvis. Il était bien évident qu'il retomberait sur ses pieds. Jack était sérieux quand il affirmait sa foi dans le dynamisme de cet homme. Un certain nombre de boîtes sauteraient sur lui à la première occasion. Il avait sans nul doute un avenir plus assuré que celui de Jack.

Les portes de l'ascenseur s'ouvrirent, Jack s'avança dans le hall. La lumière du couloir était allumée : l'effet de pénombre aurait été un peu déroutant s'il n'avait pas été à ce point plongé dans ses pensées. Il suivit le corridor jusqu'à son bureau, s'arrêta au distributeur automatique et prit un verre d'eau minérale. Même à minuit, on trouvait toujours quelques irréductibles en train de s'escrimer sur un dossier urgent. Ce soir, seul régnait un silence de mort.

Il alluma sa lampe et ferma la porte de son bureau. Il inspecta la pièce : son domaine, même si ce n'était que pour un jour encore. Impressionnant. Bel ameublement. Du solide, du sérieux. Il passa en revue ses diplômes accrochés aux murs. Certains durement gagnés, d'autres des parchemins obtenus simplement parce qu'il était avocat. Il remarqua que quelqu'un avait rangé les papiers épars : sans doute quelque femme de ménage méticuleuse, parfois trop zélée, habituée au désordre et aux crises de colère des occupants.

Il s'assit et se renversa dans son fauteuil. Le cuir souple était aussi confortable que son lit. Il s'imagina Jennifer parlant à son père. Le visage de Ransome Baldwin deviendrait cramoisi au récit de ce qu'il considérerait comme une impardonnable insulte à sa merveilleuse fille. Demain matin, l'homme décrocherait son téléphone et c'en serait fini de la carrière de Jack.

Il s'en fichait éperdument. Son seul regret, c'était de ne pas avoir pris cette décision plus tôt. Il espérait retrouver une place à l'Assistance judiciaire. Là était sa voie. Ses ennuis avaient commencé quand il avait voulu devenir quelqu'un qu'il n'était pas en réalité. Une erreur qu'il ne commettrait plus jamais.

Ses pensées revinrent à Kate. Où irait-elle ? Parlait-elle sérieusement quand elle avait envisagé de lâcher son poste ? Jack se rappelait son expression fataliste : oui, elle était sans doute tout à fait sérieuse. Il l'avait suppliée une fois de plus. Comme quatre ans auparavant. Il l'avait suppliée de ne pas partir, de ne pas le quitter une seconde fois. En vain. Était-ce à cause de l'énorme remords qu'elle traînait ? Il n'en savait rien. Peut-être ne l'aimait-elle pas. L'avait-il jamais envisagé sous cet angle ? En fait, pas du tout. Il l'avait délibérément évité. Cette réponse-là le déchirait. Mais quelle importance maintenant ?

Luther mort. Kate qui s'en allait. Malgré tous ces tourbillons, sa vie n'avait pas vraiment changé. Les Whitney en étaient définitivement sortis. C'est tout.

Il regarda le petit tas de messages roses sur son bureau. La routine. Puis il pressa le bouton de son répondeur. Patton, Shaw & Lord laissaient à leurs clients le choix entre le message téléphonique écrit, désuet, et l'innovation technologique du message vocal. Les clients les plus exigeants adoraient cette seconde formule. Comme ça, ils n'avaient pas à attendre pour vous engueuler.

Il y avait deux appels de Tarr Crimson. Il trouverait à Tarr un autre défenseur. De toute façon, Patton, Shaw étaient trop chers pour lui. Il y avait plusieurs problèmes concernant les affaires Baldwin. Très bien. Ça pourrait attendre le prochain type sur qui Jennifer Baldwin braquerait son viseur à laser. Le dernier message le secoua. C'était une voix de femme. Une petite voix, hésitante, de toute évidence terrifiée par le répondeur. Jack repassa l'enregistrement.

« Mister Graham, vous ne me connaissez pas. Je m'appelle Edwina Broome. J'étais une amie de Luther Whitney. » *Broome ? Le nom était familier.* Le message poursuivait : « Luther m'a dit que s'il lui arrivait quelque chose, je devais attendre un peu et puis vous envoyer le paquet. Il m'a recommandé de ne pas l'ouvrir et je ne l'ai pas fait. Il m'a dit que c'était comme une boîte de Pandore. Que si on le regardait, ça pourrait faire mal. Paix à son âme : c'était un brave homme, Luther. Je n'avais pas entendu parler de vous : je ne m'y attendais pas. Mais je me suis dit tout d'un coup que je devrais vous appeler pour être bien sûre que vous aviez reçu le paquet. Je n'ai jamais envoyé quelque chose comme ça auparavant : on appelle ça “ par porteur spécial ”. Et je crois que j'ai fait tout ce qu'il fallait, mais je n'en suis pas sûre. Alors, si vous n'avez rien reçu, je vous en prie, appelez-moi. Luther a dit que c'était très important. Et tout ce que disait Luther était vrai. »

Jack écouta le numéro de téléphone et le nota. Il vérifia l'heure de l'appel. Hier matin. Il fouilla rapidement son bureau. Pas de paquet. Nulle part. Il se précipita dans le couloir jusqu'au bureau de sa secrétaire. Pas de paquet là non plus. Il revint sur ses pas. *Mon Dieu, un paquet de Luther ! Edwina Broome ?* Il se passa la main dans les cheveux, se frotta le crâne, s'obligea à réfléchir. Le nom revint soudain ! C'était la mère de la femme qui s'était suicidée. Frank lui avait parlé d'elle. La complice présumée de Luther.

Jack décrocha son téléphone. La sonnerie à l'autre bout du fil parut durer une éternité.

« A-allô ? » La voix était ensommeillée, lointaine.

« Mrs. Broome ? Ici, Jack Graham. Je suis navré d'appeler si tard.

— Mr. Graham ? » La voix n'était plus ensommeillée. Elle était alerte, vive. Jack l'imaginait assise dans son lit, tirant sur sa chemise de nuit, regardant le téléphone d'un air anxieux.

« Je suis désolé : je viens de trouver votre message. Je n'ai pas reçu le paquet, Mrs. Broome. Quand l'avez-vous envoyé ?

— Laissez-moi réfléchir. » Jack entendait le souffle un peu court. « Oh, ça doit faire cinq jours en comptant aujourd'hui. »

Jack réfléchissait. « Avez-vous le reçu avec un numéro ?

— L'homme m'a donné un bout de papier. Il va falloir que j'aille le chercher.

— J'attends. »

Il pianota sur le bureau en s'efforçant de se calmer. *Tiens bon, Jack. Tiens bon.*

« Je l'ai là, sous les yeux, Mr. Graham.

— Je vous en prie, appelez-moi Jack. Vous l'avez expédié par Federal Express ?

— C'est ça. Oui.

— Bon, quel est le numéro du connaissement ?

— Du quoi ?

— Pardonnez-moi. Le numéro dans le coin supérieur droit de la feuille de papier. Ce devrait être une longue série de chiffres.

— Oh, oui. »

Elle le lut. Il griffonna les chiffres et les lui relut pour confirmer.

« Jack, est-ce grave ? Je veux dire, avec Luther mort de cette façon et tout ça...

— Quelqu'un vous a-t-il téléphoné, quelqu'un que vous ne connaissez pas, à part moi ?

— Non.

— Eh bien, si ça arrive, je veux que vous appeliez Seth Frank, au commissariat de police de Middleton.

— Je le connais.

— C'est un type bien, Mrs. Broome. Vous pouvez lui faire confiance.

— Très bien, Jack. »

Il raccrocha et appela Federal Express. Il entendit le cliquetis d'un clavier d'ordinateur à l'autre bout du fil.

La voix féminine était professionnelle et précise.

« Oui, Mr. Graham : cela a été livré à la firme Patton, Shaw & Lord, jeudi à dix heures deux. Le reçu a été signé par une certaine Mrs. Lucinda Alvarez.

— Je vous remercie. Je pense qu'il doit être quelque part ici. »

Déconcerté, il allait raccrocher.

« Y a-t-il eu un problème concernant la livraison de ce paquet, Mr. Graham ? »

Jack eut un ton étonné.

« Non, pourquoi ?

— Eh bien, quand j'ai repris la fiche, j'ai constaté que nous avions déjà eu une demande de renseignements à ce sujet dans le courant de la journée d'aujourd'hui.

— La journée d'aujourd'hui ? À quelle heure ?

— À dix-huit heures trente.

— A-t-on donné un nom ?

— Eh bien, c'est justement ce qui est bizarre. D'après ma fiche, cette personne s'est également présentée comme étant Jack Graham. »

Son ton indiquait qu'elle avait manifestement des doutes sur l'identité de Jack.

Jack sentit un frisson le parcourir.

Il raccrocha lentement. Quel qu'en fût le contenu, quelqu'un d'autre s'intéressait à ce paquet. Et quelqu'un savait qu'il allait lui parvenir. Il décrocha de nouveau le téléphone d'une main tremblante et composa le numéro de Seth Frank, mais l'inspecteur était parti. Le correspondant ne voulut pas lui communiquer son numéro personnel : Jack l'avait, mais chez lui. Il jura à voix basse. Un coup de fil aux renseignements se révéla inutile : le numéro personnel de Seth était sur liste rouge.

Jack se renversa dans son fauteuil, le souffle court. Il avait l'impression que son cœur menaçait d'éclater sous sa chemise. Il s'était toujours considéré comme doué d'un courage au-dessus de la moyenne. Maintenant, il n'en était plus si sûr.

Les pensées se bousculaient dans son esprit. On avait livré le paquet. Lucinda avait signé le reçu. La procédure chez Patton, Shaw était précise : dans les cabinets juridiques, le courrier avait une importance vitale. Tous les colis expédiés par porteur spécial étaient remis aux garçons de bureau pour qu'ils les distribuent avec le reste du courrier de la journée. Les garçons l'apportaient dans un chariot : tous savaient où était le bureau de Jack. Et s'ils l'ignoraient, la société éditait un plan remis à jour chaque mois. Dès l'instant qu'on utilisait le bon plan...

Jack se précipita vers la porte, l'ouvrit toute grande et fila dans le couloir. À l'autre bout, dans la direction opposée, une lumière s'alluma dans le bureau de Sandy Lord. Il ne la vit pas.

Il alluma le plafonnier et les détails de la pièce se précisèrent aussitôt. Son regard frénétique parcourut le plateau du bureau, puis, comme il tirait le fauteuil pour s'y asseoir, ses yeux se posèrent sur un paquet. Jack le prit. Instinctivement, il regarda autour de lui, remarqua que les stores étaient ouverts et s'empressa de les fermer.

Il lut l'étiquette du paquet. Expéditeur : Edwina Broome. Destinataire : Jack Graham. C'était bien ça. Le paquet était volumineux, mais léger : une boîte à l'intérieur d'un carton. C'est ce qu'elle avait dit. Il s'apprêtait à l'ouvrir, puis s'arrêta. Ils savaient qu'on avait livré le paquet ici. Ils ? C'était le seul terme qu'il pouvait utiliser. Pour désigner ceux qui en savaient tant sur toute cette histoire. S'ils apprenaient que le paquet était ici — ils s'en étaient d'ailleurs inquiétés aujourd'hui même —, qu'allaient-ils faire ? Si ce qui se trouvait à l'intérieur avait une telle importance... Si le carton avait déjà été ouvert et son contenu révélé, sans doute sauraient-ils à quoi s'en tenir. Le fait que rien ne se fût passé donnait à penser que, pour l'instant, personne ne l'avait ouvert. Alors qu'allaient-« ils » faire ?

Jack courut le long du couloir jusqu'à son bureau, serrant le paquet sous son bras. Il enfila précipitamment son manteau, saisit les clés de sa voiture sur son bureau, manquant presque de renverser son verre d'eau et s'apprêta à partir. Il s'arrêta net.

Un bruit. Il n'aurait pu dire d'où il venait. Il semblait résonner doucement dans le couloir : comme de l'eau clapotant dans un tunnel. Ce n'était pas l'ascenseur. Il l'aurait reconnu. Comment en être si sûr ? L'immeuble était immense. Le bruit de fond produit par un ascenseur est si routinier : s'en serait-il même aperçu ? Il était au téléphone, toute son attention concentrée sur ce qu'on lui disait. Il ne savait plus. C'était peut-être tout simplement un des avocats qui passait travailler ou prendre un dossier. Son instinct pourtant lui disait que ce n'était pas le cas. C'était pourtant un immeuble bien surveillé. Mais là encore, comment pouvait-on compter sur une sécurité absolue dans un édifice comme celui-ci ? Il referma doucement la porte de son bureau.

Le bruit recommençait. Il tendit l'oreille pour repérer d'où il venait : en vain. Quels qu'« ils » soient, ils se déplaçaient à pas lents et furtifs. Aucun des habitués de ces lieux ne ferait cela. Il se glissa jusqu'au mur. Éteignit la lumière. Il attendit un instant puis ouvrit prudemment la porte.

Il regarda au-dehors : personne dans le couloir. Pour combien de temps ? L'aménagement de l'immeuble était conçu de telle façon que si Jack partait dans une direction, il était plus ou moins obligé de s'y tenir. Et surtout il serait totalement exposé : il n'y avait pas le moindre meuble ou recoin dans ces couloirs. S'il rencontrait qui que ce soit sur son passage, il n'avait aucune chance.

Une idée lui vint soudain : son regard balaya la pénombre de son bureau pour se poser sur le presse-papiers de granit, un de ces hideux objets qu'on lui avait offert quand il avait été nommé associé. Bien manié, le presse-papiers pouvait faire des dégâts. Jack était certain de savoir s'en servir. S'il devait tomber, il ne leur faciliterait pas les choses. Cette attitude fataliste renforça sa détermination. Il attendit encore avant de s'aventurer dans le couloir. Le mystérieux visiteur devrait sans doute examiner une porte après l'autre à la recherche de la sienne.

En arrivant à un coin du couloir, il s'accroupit. Il regrettait maintenant que l'obscurité ne fût pas totale. Il prit une profonde inspiration et jeta un coup d'œil. La voie était libre, pour l'instant en tout cas. Il réfléchit rapidement. S'il y avait plus d'un homme, ils allaient se séparer pour aller plus vite. Étaient-ils sûrs qu'il se trouvait dans l'immeuble ? Peut-être l'avaient-ils suivi ? Cette pensée était inquiétante. Ils pourraient bien, à cet instant même, le cerner en le prenant en tenailles.

Les bruits se rapprochaient. Des pas : il distingua un seul bruit de pas. Son ouïe avait atteint une extraordinaire finesse : il crut même percevoir le souffle d'une respiration : du moins se l'imagina-t-il. Il fallait choisir. Son regard finit par tomber sur un objet accroché au mur et qui brillait : l'avertisseur d'incendie.

Il allait se précipiter vers l'appareil quand une jambe déboucha au coin du couloir. Il fit un bond en arrière sans attendre que le reste du corps suive. Il s'éloigna aussi vite que possible dans la direction opposée, tourna l'angle, s'engagea dans le couloir et arriva devant une porte qu'il ouvrit toute grande : elle grinça bruyamment.

Il entendit des pas qui s'approchaient en courant.

« Merde ! » Jack claqua la porte, la referma derrière lui et dévala l'escalier.

Un homme déboula au coin du couloir : une cagoule lui masquait le visage. Sa main droite tenait un pistolet.

La porte d'un bureau s'ouvrit et Sandy Lord, en tricot de corps, le pantalon sur les chevilles, sortit en trébuchant et heurta accidentellement l'homme. Ils tombèrent lourdement. Les mains de Lord s'accrochèrent à la cagoule et l'arrachèrent.

Lord se remit à genoux en léchant le sang qui coulait de son nez meurtri.

« Qu'est-ce qui se passe, nom de Dieu ? Qui êtes-vous ? »

Lord fixait l'homme d'un regard furibond. Puis il aperçut le pistolet et s'immobilisa.

Tim Collin le regardait : il secoua la tête à la fois incrédule et écœuré. Pas d'autre solution maintenant. Il braqua son arme sur Sandy.

« Seigneur, non, je vous en prie ! » gémit Lord en retombant en arrière.

Le coup de feu partit : le sang jaillit au milieu du maillot. Lord eut un sursaut. Son regard devint vitreux. Son corps s'affala contre la porte. Dans sa chute, il repoussa le battant révélant la silhouette dénudée de la jeune secrétaire parlementaire qui contemplait, horrifiée, le corps de l'avocat. Collin la regarda. Elle savait ce qui l'attendait : il le voyait dans ses yeux écarquillés.

Au mauvais endroit, au mauvais moment. *Désolé, petite dame.*

Une seconde détonation claqua : le choc projeta le corps frêle au milieu de la pièce. Les jambes s'écartèrent et les doigts se crispèrent. Elle fixait le plafond d'un regard vide : une nuit de plaisir était brusquement devenue sa dernière nuit sur terre.

Burton se précipita en courant vers son équipier agenouillé. Il inspecta le carnage d'un regard dans lequel l'incrédulité céda vite place à la fureur.

« Putain, tu es dingue ? tonna-t-il.

— Mais ils ont vu mon visage, qu'est-ce que tu voulais que je fasse ? Leur faire jurer de ne rien dire ? Merde ! »

Les deux hommes se regardaient, à bout de nerfs. Collin serra la crosse de son arme.

« Où est-il ? Est-ce que c'était Graham ?

— Je crois que oui. Il est descendu par l'escalier de secours.

— Alors, il est parti. »

Collin le regarda, puis se redressa.

« Pas encore. Je n'ai pas liquidé deux personnes pour le laisser décamper. » Il s'apprêtait à repartir.

Burton l'arrêta.

« Une minute. » Collin se retourna. « Tim, donne-moi ton revolver.

— Bon Dieu, Bill, tu es fou ? »

Burton secoua la tête. Il prit son arme et la lui tendit. Puis il saisit le revolver de Collin.

« Maintenant va le descendre. Je vais essayer d'arranger les dégâts ici. »

Collin se précipita vers la porte et disparut dans l'escalier.

Burton examina les deux cadavres. Il reconnut Sandy Lord et sifflota entre ses dents. « Bordel de merde. » Il se retourna et se précipita dans le bureau de Jack. Sur les traces de son équipier, il avait découvert le bureau au moment où le premier coup de feu avait retenti. Il ouvrit la porte et alluma. D'un coup d'œil rapide, il inspecta la pièce. Le type devait avoir le paquet avec lui. C'était clair. Merde, si près du but. Qui pouvait savoir qu'une autre personne serait ici à une heure pareille...

Il balaya la pièce d'un nouveau coup d'œil. Puis son regard revint lentement jusqu'au bureau. En quelques secondes, il avait élaboré un plan. Enfin, ce plan allait peut-être tout faire tourner en leur faveur. Il s'approcha de la table.

*

* *

Il sentit aussitôt une présence : un souffle un peu rauque. Il aperçut quelque chose de noir, puis l'arme. Il lança le presse-papiers et se jeta dans le coin de la cabine.

Il entendit un gémissement de douleur au moment où les portes se refermaient.

Il traversa en courant la pénombre du garage et se jeta dans sa voiture. Quelques instants plus tard, il franchit la porte automatique et écrasait la pédale d'accélérateur. La voiture s'élança dans la rue. Jack regarda derrière lui. Rien. Il s'examina dans le rétroviseur. Son visage ruisselait de sueur. Tous les muscles de son corps lui semblaient douloureux. Il se frotta l'épaule là où il s'était cogné contre la paroi de l'ascenseur. *Seigneur, c'était moins une. Moins une.*

Tout en roulant, il se demanda où aller. Ils le connaissaient, ils savaient tout de lui. Il ne pouvait donc pas rentrer chez lui. Alors où ? La police ? Non. Pas avant de savoir qui était à ses trousses. Qui avait réussi à tuer Luther malgré la présence de tous ces flics. Qui avait toujours l'air de savoir ce que savait la police. Ce soir, il allait coucher quelque part en ville. Il avait ses cartes de crédit. Demain matin, il prendrait contact avec Frank. Alors tout irait bien. Il regarda le colis. Mais ce soir, il voulait voir ce qui avait failli lui coûter la vie.

*

* *

Russell était allongée sous les draps. Richmond venait d'en terminer. Sans un mot, il s'était laissé glisser au bas du lit et était sorti de la chambre : c'était fini. Elle se frictionna les poignets qu'il avait serrés. Elle était écorchée, ses seins étaient douloureux d'avoir été brutalement pétris. Elle se rappela la mise en garde de Burton.

Christine Sullivan aussi avait été mutilée, et pas seulement par les balles des agents du Secret Service.

Elle secoua lentement la tête en s'efforçant de retenir ses larmes. Elle avait tant souhaité qu'Alan Richmond lui fasse un jour l'amour : elle s'était imaginé que ce serait romantique, idyllique. Deux individus, puissants et dynamiques. Un couple parfait. Et puis, évoquant l'image de l'homme, elle se trouva brusquement ramenée à la réalité : il l'avait forcée sans plus d'émotion sur son visage que s'il s'était masturbé dans les toilettes avec le dernier numéro de *Penthouse*. Il ne l'avait même pas embrassée. Il ne lui avait pas dit un mot. Il s'était contenté de lui arracher ses vêtements dès qu'elle était entrée dans la chambre. Il s'était plongé en elle et maintenant il était parti. Tout cela en dix minutes. Et maintenant, elle était seule. *Chef de cabinet ! C'était plutôt chef putain.*

Elle aurait voulu hurler : *Je t'ai baisé ! Espèce de salaud ! Je t'ai baisé dans cette chambre cette nuit-là et tu ne pouvais rien y faire, enfoiré !*

Ses larmes coulèrent sur l'oreiller. Elle se maudit de craquer et se remit à pleurer. Elle était si sûre d'elle, si sûre de son influence sur lui ! Dieu, quelle imbécile ! Cet homme était un assassin. Walter Sullivan. *Walter Sullivan* avait été tué, liquidé avec la complicité, mieux, avec la bénédiction du président des États-Unis. Quand Richmond le lui avait dit, elle eut peine à le croire. Il avait dit qu'il voulait qu'elle fût totalement informée. Comment donc ! C'était plutôt totalement terrifiée. Elle ne savait pas où il voulait en venir. Elle n'était plus un élément essentiel de sa campagne électorale et elle en remerciait le ciel finalement...

Elle s'assit dans le lit, ramena la chemise de nuit en lambeaux sur son corps tremblant. Un instant, la honte la submergea. Bien sûr, elle était maintenant la putain du Président. Et, en échange, il y avait cette promesse tacite de sa part de ne pas l'écraser. Mais était-ce tout ? Était-ce vraiment tout ?

Elle se pelotonna sous la couverture et promena son regard dans la pénombre de la chambre. Elle était complice. Mais elle était plus que complice : elle était témoin. Sullivan aussi avait été un témoin. Aujourd'hui il était mort. Richmond avait tranquillement ordonné l'exécution d'un de ses plus vieux et de ses plus chers amis. S'il en était capable, que valait sa vie à elle ? La réponse à cette question ne présentait aucune ambiguïté.

Elle se mordit la main jusqu'à se blesser. Elle regarda la porte par laquelle il avait disparu. Était-il là ? Dans le noir, à épier ? À se demander ce qu'il allait faire d'elle ? Un frisson glacé la parcourut.

Prise au piège. Pour une fois dans sa vie, aucune option ne s'offrait à elle, maintenant, elle n'était même pas sûre de vivre.

*

* *

Jack posa la boîte sur le lit. Il ôta son manteau, regarda par la fenêtre de sa chambre d'hôtel et s'assit. Il était à peu près sûr de ne pas avoir été suivi. Il avait pensé, à la dernière minute, à se débarrasser de sa voiture. Il ne savait pas à qui il avait affaire : mais c'étaient sans doute des pros assez bien équipés pour la retrouver où qu'elle fût.

Un coup d'œil à sa montre. Cela faisait à peine un quart d'heure que le taxi l'avait déposé. Un hôtel banal, un endroit pour touristes économes qui s'en iraient vagabonder dans la ville pour se gaver de l'histoire de leur pays avant de rentrer dormir. Un quartier un peu excentrique : exactement ce qu'il lui fallait.

Il regarda le carton puis décida qu'il avait attendu assez longtemps. Quelques secondes plus tard, le paquet ouvert, il contemplait l'objet dans son sac en plastique transparent.

Un poignard ? Il l'examina plus attentivement. Non, c'était un coupe-papier, un objet ancien. Il prit le sac par ses extrémités et l'examina minutieusement. Il n'avait aucune formation de médecine légale : l'idée ne lui vint donc pas que les croûtes noirâtres sur le manche et la lame étaient, en fait, du sang séché. Pas plus qu'il ne put voir les empreintes sur le cuir.

Il reposa soigneusement le sachet et se renversa dans son fauteuil. Cela était évidemment lié avec le meurtre de cette femme. Il en était certain. Mais en quoi ? Il regarda encore. C'était, manifestement, une preuve matérielle importante. Ce n'était pas l'arme du crime : Christine Sullivan avait été tuée par balle. Mais Luther avait estimé que ce coupe-papier avait une extrême importance.

Jack se redressa d'un bond. Parce qu'il permettait d'identifier l'assassin de Christine Sullivan ! Il saisit le sac et l'inspecta à la lumière, ses yeux scrutant chaque centimètre du coupe-papier. Maintenant, il distinguait vaguement comme un tourbillon de fils noirs. Des empreintes. Il devait y avoir des empreintes. Jack examina la lame. Du sang. Sur le manche aussi. Ce devait être ça. Qu'est-ce que Frank avait dit ? Il fit un effort pour se le rappeler. Christine Sullivan avait peut-être frappé son agresseur avec un poignard, au bras ou à la jambe. Du moins était-ce une des théories que l'inspecteur avait exposées à Jack. Ce que Jack tenait à la main semblait confirmer cette hypothèse.

Il remit soigneusement le sac dans le carton qu'il glissa sous le lit.

Il s'approcha de la fenêtre et regarda dehors. Le vent s'était levé. Le châssis fatigué de la fenêtre tremblait sous les rafales.

Si seulement Luther avait parlé, s'était confié à lui. Mais il avait peur pour Kate. Pourquoi lui avaient-ils fait croire que Kate était en danger ?

Il réfléchit. Luther n'avait rien reçu pendant qu'il était en prison. Jack en était certain. Alors ? Un mystérieux personnage était-il allé trouver Luther pour déclarer carrément : si vous parlez, votre fille mourra ? Comment savaient-ils, d'ailleurs, qu'il avait une fille ? Ils ne s'étaient pas revus depuis des années.

Jack s'allongea sur le lit, ferma les yeux. Non, il se trompait : une occasion s'était présentée le jour de l'arrestation de Luther, le seul moment où le père et la fille s'étaient trouvés au même endroit. Peut-être que, sans rien dire, quelqu'un avait fait comprendre cela à Luther, d'un regard, rien de plus. Jack avait plaidé dans des dizaines d'affaires qui avaient abouti à des non-lieux parce que des témoins avaient eu peur de parler. Personne ne le leur avait ordonné verbalement. C'était seulement une intimidation silencieuse. Une terreur silencieuse : ce n'était pas nouveau.

Alors qui ? Pour transmettre le message qui avait amené Luther à garder le silence ? Mais, pour autant que Jack le sache, les seules personnes sur place étaient les flics. À moins que... l'homme qui avait tiré sur Luther ? Mais pourquoi aurait-il traîné dans les parages ? Comment aurait-il pu arriver sur la place, s'approcher de Luther, échanger un coup d'œil avec lui sans éveiller les soupçons ?

Jack se retourna.

À moins que cette personne ne fût un policier. Il éprouva comme un coup à la poitrine.

Seth Frank.

Il chassa aussitôt cette idée. Frank n'avait aucun mobile. Jamais de la vie, il ne pouvait imaginer l'inspecteur et Christine Sullivan ayant un rendez-vous galant : car c'était bien ça, n'est-ce pas ? L'amant de Christine l'avait tuée et Luther avait été témoin de la scène. Ça ne pouvait pas être Seth Frank. Il espéra de toute son âme que ce n'était pas Frank. Car il comptait sur lui pour le tirer de ce pétrin. Mais si demain matin Jack lui apportait cet objet que Frank essayait désespérément de retrouver ? Il aurait pu le laisser tomber, sortir de la chambre. Luther alors aurait jailli de sa cachette, l'aurait ramassé et aurait disparu. Possible. Et les lieux du crime stérilisés d'une façon qui sentait la main d'un pro ? Un pro ? Un policier ayant l'expérience des homicides et sachant comment partir sans laisser de traces sur les lieux d'un crime.

Jack secoua la tête. Non ! Bon Dieu, non ! Il devait quand même croire à quelque chose, à quelqu'un. C'était nécessairement quelqu'un d'autre. Il le fallait. Il était crevé. Ses raisonnements logiques devenaient ridicules. Seth Frank n'était pas un meurtrier.

Il ferma les yeux. Maintenant il s'estimait en sûreté. Demain il aurait un nouveau combat à mener. Quelques minutes plus tard, il sombrait dans un sommeil agité.

*

* *

L'aube se leva, claire et fraîche : la tempête de la nuit avait nettoyé l'atmosphère.

Jack était debout. Il avait dormi tout habillé et ça se voyait. Il se lava le visage dans la salle de bains, se recoiffa, éteignit la lumière et retourna dans la chambre. Assis sur le lit, il jeta un coup d'œil à sa montre. Frank n'était pas encore à son bureau, mais il n'allait pas tarder. Jack prit le carton sous le lit, le posa à côté de lui. Il avait l'impression d'être assis à côté d'une bombe à retardement.

Il alluma le petit téléviseur installé dans le coin de la chambre. C'était le premier journal du matin. Une blonde guillerette, sûrement dopée à la caféine en attendant de passer aux heures de grande écoute, donnait le résumé des nouvelles.

Jack s'attendit à voir défiler la litanie des divers points chauds du globe. Peut-être un nouveau tremblement de terre en Californie ? Ou le Président en lutte avec le Congrès ?

Mais il n'y eut qu'un seul grand titre ce matin-là. Jack se pencha quand l'image d'un endroit qu'il connaissait très bien creva l'écran.

Patton, Shaw & Lord. Le hall de PS & L. Que disait cette femme ? Des gens étaient morts ? *Sandy Lord tué ? Abattu d'une balle dans son bureau ?* Jack traversa la chambre d'un pas chancelant et augmenta le volume. Il regarda avec stupeur et accablement les deux chariots qu'on poussait sur le trottoir. Une photo de Lord vint s'incruster dans le coin supérieur droit de l'écran. On évoqua brièvement sa remarquable carrière. Mais il était mort, bien mort. Quelqu'un l'avait abattu dans son bureau.

Jack se laissa retomber sur le lit. Sandy était là-bas hier soir ? Mais qui était l'autre ? Qui gisait sur le second chariot ? Il n'en savait rien. Il ne pouvait pas le savoir. Mais il croyait deviner ce qui s'était passé. L'homme qui le pourchassait, l'homme avec son arme. Lord avait dû tomber sur lui par hasard. Jack était la proie et Lord était arrivé au milieu de leur chasse.

Il éteignit la télé. Il repassa dans la salle de bains et s'aspergea le visage d'eau froide. Ses genoux se dérobaient sous lui. Il n'arrivait pas à y croire. Si vite. Ce n'était pas sa faute, mais Jack ne pouvait s'empêcher de se sentir coupable de la mort de son collègue. Coupable, comme Kate. C'était une sensation accablante.

Il décrocha le téléphone et composa un numéro.

Seth Frank était à son bureau depuis une heure déjà. Un contact qu'il avait à la Criminelle de Washington avait annoncé le double meurtre au cabinet juridique. Frank ne savait pas si cela avait un rapport avec l'affaire Sullivan. Mais il y avait un dénominateur commun. Un dénominateur commun qui lui avait donné une fracassante migraine : et il n'était que sept heures du matin !

Le téléphone sonna sur sa ligne directe. Il décrocha. Il haussa les sourcils d'un air incrédule.

« Jack, où diable êtes-vous ? »

Il y avait dans le ton du détective un accent auquel Jack ne s'attendait pas.

« Bonjour.

— Jack, vous savez ce qui est arrivé ?

— Je viens de le voir à la télé. J'étais là-bas, Seth. Ils étaient après moi : je ne sais pas comment, mais Sandy a dû tomber sur eux et ils l'ont tué.

— Qui, ils ?

— Je ne sais pas ! J'étais dans mon bureau. J'ai entendu un bruit. Là-dessus, je me suis trouvé poursuivi dans tout l'immeuble par quelqu'un qui brandissait un revolver et je suis sorti de là la tête encore sur les épaules. Est-ce que la police a la moindre piste ? »

Frank prit une profonde inspiration. L'histoire semblait par trop surréaliste. Il croyait Jack, il lui faisait confiance. Mais qui de nos jours pouvait être certain de qui que ce soit ?

« Seth ? Seth ? »

Frank se mordillait un ongle en réfléchissant. Selon ce qu'il déciderait, l'un ou l'autre de deux événements allait avoir lieu. Il songea un instant à Kate. Au piège qu'il leur avait tendu, à son père et à elle. Il ne s'en était pas encore remis. Les sanglots déchirants au téléphone. Il était peut-être un flic mais avant tout il avait été un simple individu. Il estimait avoir conservé un peu d'humanité.

« Jack, la police a une piste, une piste très fiable en fait. La seule qu'elle suive.

— Laquelle ? »

Frank marqua un temps puis dit : « Vous, Jack. C'est vous la piste. À cet instant même, les forces de police de Washington passent la ville au peigne fin pour vous retrouver. »

Le combiné glissa lentement de la main de Jack. Il avait l'impression que son cœur avait cessé de battre.

« Jack ? Jack, bon sang, répondez-moi. »

Les paroles de l'inspecteur ne parvenaient pas jusqu'à son cerveau.

Jack regarda par la fenêtre. Dehors, on le recherchait. Des gens voulaient le tuer, d'autres gens voulaient l'arrêter pour meurtre.

« Jack ! »

Finalement, au prix d'un effort, Jack dit : « Seth, je n'ai tué personne. »

Les mots étaient à peine audibles.

Frank entendit ce qu'il voulait entendre. Ce n'étaient pas les mots : les coupables mentent presque toujours. C'était le ton sur lequel Jack les avait prononcés. Désespoir, incrédulité, horreur, tout en vrac.

« Je vous crois, Jack.

— Seth, que se passe-t-il ?

— D'après ce qu'on m'a dit, les flics ont un enregistrement vidéo de vous pénétrant dans le garage vers minuit. Apparemment Lord et une de ses petites amies y étaient avant vous.

— Je ne les ai pas vus.

— Oh, je ne suis pas certain que vous les auriez nécessairement aperçus. » Il secoua la tête et poursuivit. « Il semble qu'on les ait retrouvés un peu dévêtus, surtout la femme. Je pense qu'ils venaient juste de terminer leur petite affaire quand on les a descendus.

— Oh, mon Dieu.

— Et on vous a filmé à votre sortie du garage en trombe, juste après, semble-t-il, qu'ils ont été tués.

— Et l'arme ? L'a-t-on retrouvée ?

— Parfaitement. Dans une poubelle du garage.

— Et alors ?

— Et alors vos empreintes étaient sur le pistolet, Jack. C'étaient les seules. Ils ont obtenu vos empreintes des archives du barreau de l'État de Virginie. Neuf points d'identification à ce qu'on m'a dit. »

Jack s'affala dans son fauteuil.

« Je n'ai touché à aucun pistolet, Seth. Quelqu'un a essayé de me tuer. Je suis parti en courant. J'ai frappé le type, avec un presse-papiers que j'ai pris sur mon bureau. C'est tout ce que je sais. » Il marqua une pause. « Et maintenant, qu'est-ce que je fais ? »

Frank s'attendait à cette question à laquelle il ne savait trop quoi répondre. Théoriquement, l'homme à qui il parlait était recherché pour meurtre. En tant que responsable du maintien de l'ordre, sa réaction aurait dû être sans équivoque, seulement ce n'était pas le cas.

« Où que vous soyez, je veux que vous restiez planqué. Je vais vérifier tout cela. Mais ne bougez pas. Rappelez-moi dans trois heures. D'accord ? »

Jack raccrocha et réfléchit au problème. La police le recherchait pour le meurtre de deux personnes. On avait retrouvé ses empreintes sur une arme qu'il n'avait même pas touchée. Il était en fuite. Il eut un sourire las puis se crispa. Un fugitif. Et il venait de raccrocher après une conversation avec un policier. Frank ne lui avait pas demandé où il était. Mais on pourrait facilement retrouver d'où venait l'appel. C'était facile. Seulement Frank ne ferait pas ça. Là-dessus, il pensa à Kate.

Les flics ne disaient jamais la vérité. L'inspecteur l'avait roulé dans la farine. Ensuite il l'avait regretté ; du moins l'avait-il dit.

Le hurlement d'une sirène retentit dans la rue : Jack sentit son cœur battre plus fort. Il se précipita vers la fenêtre : une voiture de patrouille poursuivit sa route et son gyrophare disparut.

Mais ils pourraient venir. Ils pourraient venir l'arrêter d'un instant à l'autre. Il saisit son manteau et l'enfila. Puis il baissa les yeux vers le lit.

Le carton.

Il n'avait même pas parlé à Frank de ce fichu truc. Hier soir, c'était pour lui la chose la plus importante au monde, maintenant il avait manqué l'oublier.

*

* *

« Tu n'es pas trop débordé dans ton bled ? »

Craig Miller était un vieil inspecteur à la Criminelle de Washington. Grand, les cheveux noirs, drus et bouclés, une tête d'amateur de bon whisky. Frank et lui se connaissaient depuis longtemps et ils entretenaient des relations amicales.

« Jamais trop occupé pour venir voir si tu as fait des progrès. »

Miller sourit. Ils étaient dans le bureau de Jack. Le personnel de la Criminelle venait de terminer.

Frank inspecta la vaste pièce. *Jack est bien loin de tout ça, maintenant,* songea-t-il.

Miller le regarda.

« Ce Graham : il avait quelque chose à voir dans l'affaire Sullivan, non ? »

Frank acquiesça.

« Il était l'avocat du suspect.

— C'est ça ! Eh bien, mon vieux, la boucle est bouclée : l'ancien avocat se retrouve futur défendu », fit Miller en souriant.

« Qui a découvert les corps ?

— La femme de ménage. Elle commence vers quatre heures du matin.

— Alors, est-ce que ta grosse cervelle a trouvé un mobile ? »

Miller regarda son ami.

« Écoute. Il est huit heures du matin. Tu as fait tout ce chemin depuis ta cambrousse pour me cuisiner. Qu'est-ce qui se passe ? »

Frank haussa les épaules.

« Je ne sais pas vraiment. J'ai connu ce type pendant l'affaire Sullivan. J'ai été fichtrement surpris de voir sa tête au journal du matin. Je ne sais pas, ça m'a foutu un coup. »

Miller le dévisagea quelques secondes encore puis décida de laisser tomber.

« Le mobile, semble-t-il, est assez clair. Walter Sullivan était le plus gros client du disparu. Ce Graham, sans en parler à personne dans sa boîte, se précipite pour représenter le connard accusé d'avoir tué la femme du type. Manifestement, ça n'a pas fait plaisir à Lord. Il paraît qu'ils se sont rencontrés tous les deux chez Lord. Peut-être qu'ils ont essayé d'arranger les choses, peut-être qu'ils n'ont fait que les aggraver.

— Comment as-tu trouvé tous ces tuyaux ?

— Par l'associé chargé de la gestion. » Miller ouvrit son carnet. « Daniel J. Kirksen. Il m'a balancé tout ce qui se passait dans la boîte.

— Alors comment tu arrives à Graham débarquant pour buter deux personnes ?

— Je n'ai pas dit que c'était prémédité. D'après la vidéo, il est clair que le défunt était là plusieurs heures avant l'arrivée de Graham.

— Alors ?

— Alors, chacun des deux ignorait la présence de l'autre. Ou peut-être Graham en passant en voiture a vu de la lumière dans le bureau de Lord. La pièce donne sur la rue : facile de voir qu'il y a quelqu'un là-haut.

— Oui, sauf que si le vieux et la femme étaient en train de s'envoyer en l'air, je ne suis pas sûr qu'ils l'auraient fait en vitrine.

— Évidemment, mais il paraîtrait que Lord n'était pas au mieux de sa forme, ils n'ont pas dû passer tout leur temps à ça. D'ailleurs, le bureau était allumé quand on les a découverts. Bon, que ce soit par accident ou non, imagine que les deux avocats tombent l'un sur l'autre. La discussion repart. Peut-être échangent-ils des menaces. Et puis, bang ! Dans le feu de la querelle... C'était peut-être l'arme de Lord. Ils se battent, le plus jeune arrache le revolver des mains du vieux, le coup part. La femme a tout vu : il faut donc qu'elle ait son compte. Tout ça en quelques secondes. »

Frank secoua la tête.

« Pardonne-moi de te le dire, Craig, mais ça me semble totalement tiré par les cheveux.

— Ah oui ? Eh bien, on a une image du type foutant le camp blanc comme un linge. La caméra l'a pris très nettement. J'ai vu le film, il était blême, Seth, je t'assure.

— Comment se fait-il que la Sécurité ne soit pas venue voir ce qui se passait alors ? »

Miller éclata de rire.

« La Sécurité ? Tu rigoles ! La moitié du temps, ces types ne regardent même pas les écrans de surveillance. Ils ont un enregistrement de secours : on a encore de la chance quand ils se le repassent régulièrement. Écoute, crois-moi, ce n'est pas bien difficile d'entrer dans un de ces immeubles en dehors des horaires habituels.

— Alors peut-être quelqu'un d'autre l'a fait ? »

Miller secoua la tête avec un grand sourire.

« Je ne pense pas, Seth. Écoute, crois ce que tu veux. Tu cherches une réponse compliquée alors que la solution simple te crève les yeux, c'est ton problème.

— D'où ce revolver est-t-il mystérieusement apparu ?

— Je connais un tas d'avocats qui ont une arme dans leur bureau.

— Un tas ? Craig, ça fait combien un tas ?

— Tu serais surpris, Seth.

— Je le pense en effet ! »

Miller avait l'air intrigué.

« Qu'est-ce qui te tracasse tellement à propos de cette histoire ? »

Frank ne leva même pas les yeux vers son ami, il contemplait le bureau.

« Je ne sais pas. Comme je te le disais, j'en suis venu à bien connaître ce type. C'est pas le genre à faire ça. Alors, ses empreintes étaient sur le revolver ?

— Deux points d'identification parfaits : le pouce droit et l'index. Difficile de trouver plus net. »

Quelque chose dans ce que venait de dire Miller fit sursauter Frank. Il examinait le bureau. La surface bien astiquée du plateau était salie : on distinguait nettement un petit rond mouillé.

« Eh, où est le verre ?

— Quel verre ? »

Frank désigna la marque.

« Le verre qui a laissé ce rond. Tu l'as retrouvé ? »

Miller haussa les épaules, puis sourit.

« Je n'ai pas vérifié le lave-vaisselle dans la cuisine, si c'est ce que tu veux savoir. Mais je t'en prie, à toi l'honneur. »

Miller se détourna pour signer un rapport. Frank en profita pour mieux inspecter le bureau. Au milieu, une légère marque de poussière. Il y avait eu quelque chose là. Un objet de forme carrée, de sept à huit centimètres. Le presse-papiers. Frank sourit.

Quelques minutes plus tard, Frank commençait à voir le bout du tunnel. Des empreintes parfaites sur le revolver : sans doute trop parfaites. Frank avait aussi vu l'arme et le rapport de police. Un calibre 44, des numéros de série effacés.

Tout comme l'arme qu'on avait trouvée auprès de Walter Sullivan.

Frank se permit un sourire. Il ne s'était pas trompé.

Jack Graham avait dit la vérité. Il n'avait tué personne.

*

* *

« Vous savez, Burton, je commence à en avoir assez de consacrer autant de temps et d'attention à cette affaire. Au cas où vous l'auriez oublié, j'ai quand même un pays à diriger. » Richmond s'était assis dans un fauteuil devant le feu de bois, les yeux fermés, ses mains jointes.

Sans lui laisser le temps de répondre, le Président reprit : « Au lieu d'avoir récupéré l'objet, vous n'avez réussi qu'à augmenter de deux unités les fiascos de la Criminelle, et l'avocat de Whitney est dans la nature avec la preuve qui peut tous nous démolir. Je suis enchanté du résultat.

— Jack Graham n'ira pas trouver la police, à moins qu'il n'adore la soupe des pénitenciers et qu'il veuille absolument partager une cellule avec un gros type velu jusqu'à la fin de ses jours. »

Burton dévisagea le Président immobile. Il fallait voir le merdier dans lequel lui, Burton, avait dû patauger pour sauver la mise pendant que cet abruti restait le cul sur sa chaise ! Par-dessus le marché, il se permettait de critiquer ! Comme si lui, agent chevronné du Secret Service, avait pris plaisir à voir mourir deux innocents de plus.

« Je dois vous féliciter de cette intervention-là. Vous avez fait preuve d'un esprit de décision rapide. Je ne crois pas toutefois que nous puissions compter là-dessus comme solution à long terme. Si la police met Graham sous les verrous, il ne manquera pas de produire le coupe-papier, s'il l'a.

— Ça nous donne un peu plus de temps. »

Le Président se leva et saisit Burton par les épaules.

« Et pendant ce temps, vous allez retrouver Jack Graham et le persuader qu'il serait contraire à ses intérêts de faire le moindre geste qui soit nuisible aux nôtres.

— Dois-je lui dire ça avant ou après lui avoir logé une balle dans la tête ? »

Le Président sourit.

« Je m'en remets à votre jugement. »

Il revint vers son bureau.

Burton regarda fixement le dos du Président. Un instant, il s'imagina lui tirant une balle à la base du cou. Histoire de mettre sur-le-champ un terme à ce merdier. Si jamais quelqu'un le méritait, c'était bien ce type.

« Vous n'avez aucune idée de l'endroit où il pourrait être, Burton ? »

Burton secoua la tête.

« Non, mais j'ai une source assez fiable. »

Burton ne fit pas allusion au coup de fil que Jack avait passé ce matin à Frank. Tôt ou tard, Jack révélerait à l'inspecteur l'endroit où il se terrait. Burton réagirait ensuite.

Il prit une profonde inspiration. Un golfeur amoureux de sensations fortes serait aux anges : le dix-huitième trou et la balle à trente centimètres. Burton allait-il manquer le trou ou la balle allait-elle s'y engouffrer dans un putt victorieux ?

En sortant du bureau, Burton espérait de toute son âme que la première solution serait la bonne.

*
* *

Seth attendait à son bureau, les yeux fixés sur la pendule. Au moment où l'aiguille des secondes atteignait le chiffre douze, la sonnerie retentit.

Jack était assis dans une cabine. Il remerciait le ciel de ce temps glacial. Le gros parka muni d'une capuche qu'il avait acheté le matin même lui permettait de se fondre dans la foule emmitouflée. Il avait pourtant l'impression que tout le monde le regardait.

Frank perçut le bruit de fond.

« Où êtes-vous, bordel ? Je vous avais dit de ne pas bouger ».

Jack ne réagit pas tout de suite.

« Jack ?

— Écoutez Seth, je ne suis pas très fort pour jouer les cibles faciles. Et je ne peux franchement pas me permettre de me fier aveuglément à quiconque. OK ? »

Frank s'apprêtait à protester puis se carra dans son fauteuil. Il avait raison, bien sûr.

« D'accord. Voudriez-vous savoir comment ils ont monté ce coup-là ?

— J'écoute.

— Il y avait un verre sur votre bureau. Apparemment, vous avez bu quelque chose. Vous vous en souvenez ?

— Oui, de l'eau minérale. Et alors ?

— Alors, celui qui vous poursuivait est tombé sur Lord et la femme et il a fallu les liquider. Vous avez filé. Ils savaient que la vidéo du garage enregistrerait votre départ à peu près au moment du double meurtre. Ils ont relevé vos empreintes sur le verre et les ont transférées sur le pistolet.

— C'est possible ?

— Sans problème, si on sait s'y prendre et avec l'équipement adéquat. Si nous avions le verre, nous pourrions démontrer que c'est un trucage. Comme les empreintes d'un individu sont uniques, les vôtres sur le pistolet ne pouvaient pas correspondre à tous les détails sur le verre. Ça dépend de la pression exercée, entre autres. »

— Les flics de Washington sont prêts à s'aligner ? »

Frank étouffa un rire.

« Pas vraiment, Jack. Pas vraiment. Tout ce qu'ils veulent, c'est vous coincer. Ils laisseront à d'autres le soin de s'inquiéter des détails.

— Parfait. Et maintenant, qu'est-ce qu'on fait ?

— Commençons par le commencement. Pourquoi vous poursuivait-on ? »

Jack faillit se gifler. Il regarda le carton.

« J'ai reçu un paquet recommandé. Envoyé par une nommée Edwina Broome. C'est quelque chose que je serais heureux de vous montrer. »

Seth se leva : il aurait presque souhaité pouvoir plonger la main dans le téléphone pour attraper le paquet.

« Qu'est-ce que c'est ? »

Jack répondit.

Frank réfléchit rapidement. Du sang et des empreintes. Simons allait être aux anges.

« Je peux vous rencontrer où vous voulez, quand vous voulez. »

Jack hésita. Bizarrement, il se sentait plus en sécurité dans les lieux publics que dans des lieux clos.

« Disons la station Farragut Ouest, la sortie sur la 18e Rue, vers onze heures ce soir ? »

Frank griffonna les indications sur un papier.

« J'y serai. »

Jack raccrocha. Il arriverait à la station avant l'heure fixée. À tout hasard. S'il voyait quelque chose de vaguement suspect, il irait se planquer dans les profondeurs du métro. Il compta son argent. Les dollars fondaient. Pas question pour l'instant d'utiliser ses cartes de crédit. Il risquerait le coup à des distributeurs de billets ; ça lui procurerait quelques centaines de dollars qui suffiraient pour le moment.

Il sortit de la cabine. Inspecta la bousculade habituelle d'Union Station. Personne ne lui prêtait la moindre attention. Il eut un petit sursaut. Deux agents de police arrivaient de son côté. Il retourna dans la cabine téléphonique jusqu'au moment où ils eurent disparu.

Il acheta un hamburger et des frites puis héla un taxi. Tout en roulant, Jack eut le temps de réfléchir aux diverses solutions qui s'offraient à lui. Une fois qu'il aurait remis le coupe-papier à Frank, ses ennuis seraient-ils terminés ? Les empreintes et le sang correspondraient sans doute à ceux de la personne qui se trouvait cette nuit-là dans la maison des Sullivan. Là-dessus, son instinct d'avocat lui souffla que cette voie éblouissante était, bien entendu, pavée d'obstacles. Premièrement, la preuve matérielle du coupe-papier : on ne pourrait peut-être rien identifier parce que l'ADN et les empreintes de la personne en question n'étaient archivés nulle part. Jack se souvenait encore de l'expression de Luther sur le Mall. Il s'agissait de quelqu'un d'important et de connu. Et pour porter des accusations contre une personnalité, mieux valait être sûr de soi : sinon le dossier disparaîtrait rapidement. Deuxièmement, ne pas négliger le fait que cet objet était passé par un nombre de mains incalculable. Pourrait-on seulement prouver que le coupe-papier venait de chez Sullivan ? Christine Sullivan l'avait sans doute touché. Peut-être le criminel l'avait-il eu quelque temps entre les mains. Luther l'avait conservé plusieurs mois. Maintenant c'était Jack qui l'avait et — du moins l'espérait-il — il allait bientôt le remettre à la police en la personne de Seth Frank. L'idée finit par lui sembler évidente.

En tant que preuve, la valeur du coupe-papier était nulle. Même si l'on parvenait à une identification, un avocat de la défense compétent plaiderait l'irrecevabilité. On n'obtiendrait sans doute même pas une inculpation. Une « preuve douteuse », n'était pas une preuve.

Il s'arrêta de mâcher et se renversa sur le vinyle crasseux de la banquette. Il regarda par la vitre : le temps sinistre s'accordait tout à fait avec son humeur.

Mais enfin ! Ils avaient essayé de récupérer l'objet ! Ils avaient tué pour ça. Ils étaient prêts à le tuer pour s'en emparer. Ce devait donc être, pour eux, terriblement important. Indépendamment de son efficacité devant un juge, l'objet avait une valeur inestimable. Et une telle valeur pouvait sans doute s'exploiter. Peut-être lui restait-il une chance ?

*

* *

Il était dix heures quand Jack prit l'escalier roulant et descendit dans la station de métro de Farragut Ouest, station très fréquentée pendant la journée et toute proche du quartier des affaires avec sa myriade de cabinets d'avocats et d'experts comptables, ses sociétés commerciales et ses banques. Mais, à cette heure tardive, l'endroit était quasiment désert.

Jack s'éloigna de l'escalier et inspecta le secteur. Les stations de cette ligne étaient en fait d'énormes tunnels au plafond voûté et au sol carrelé. Un large couloir, tapissé d'un côté de publicités pour des cigarettes et occupé de l'autre par des guichetteries automatiques, aboutissait au kiosque installé au centre du passage avec des tourniquets de chaque côté. Une gigantesque carte du réseau avec ses lignes multicolores, ses horaires et le prix des billets était placardée contre un mur à côté de deux cabines téléphoniques.

Un employé accablé par l'ennui était affalé sur son siège dans le kiosque vitré. De temps en temps, un voyageur arrivait ou partait. Jack leva les yeux vers l'horloge au-dessus du kiosque. Puis il s'immobilisa. Un policier descendait l'escalier. Jack se força à se retourner de son air le plus nonchalant. Il suivit le mur jusqu'à la cabine téléphonique derrière laquelle il se plaqua pour se dissimuler. Puis il retint son souffle et se risqua à jeter un coup d'œil. Le policier s'approcha du distributeur de billets, salua de la tête l'employé du métro dans son kiosque et inspecta le périmètre de l'entrée de la station. Jack recula. Il allait attendre. L'autre n'allait pas tarder à passer son chemin.

Plusieurs minutes s'écoulèrent. Une voix forte vint interrompre les réflexions de Jack. Un homme descendait par l'escalier roulant, manifestement un clochard. Ses vêtements étaient en lambeaux, un gros ballot enveloppé dans une couverture était jeté sur une épaule. Sa barbe et ses cheveux étaient sales et emmêlés, son visage tendu et boucané. Il faisait si froid dehors que la chaleur des stations offrait un havre bienvenu jusqu'à ce qu'on en chasse les sans-abri. La grille de fer, en haut des escaliers roulants, était censée les empêcher d'entrer.

Jack regarda autour de lui. Le policier avait disparu. Peut-être pour aller inspecter les quais. Ou discuter le bout de gras avec l'employé du kiosque. Jack regarda dans sa direction. Il avait disparu lui aussi.

Le regard de Jack revint au clochard, maintenant affalé dans un coin. Il faisait l'inventaire de ses maigres possessions, frottait l'une contre l'autre ses mains nues et s'efforçait d'y rétablir la circulation.

Jack sentit une petite pointe de culpabilité. Le spectacle de ces malheureux lui serrait toujours le cœur. Combien de fois s'était-il retrouvé les poches vides après avoir distribué sa monnaie ?

Il inspecta une fois de plus les parages. Personne. Il n'y aurait pas d'autre rame avant un quart d'heure. Il sortit de la cabine, tourna les yeux vers l'homme qui n'avait pas l'air de voir Jack : son attention était tout entière concentrée sur son propre univers, bien éloigné de la réalité. Mais, songea Jack, sa réalité à lui n'avait plus rien de normal, si tant est que c'eût été le cas. Lui-même tout comme cette masse pitoyable de l'autre côté de la rotonde, chacun avait son combat à mener. À tout moment, la mort pouvait emporter l'un ou l'autre. Seulement, celle de Jack serait sans doute plus violente, plus soudaine. Peut-être était-ce préférable à la mort lente qui attendait l'autre ?

Il secoua la tête. Ce genre de pensées ne servait à rien. S'il entendait survivre, il fallait rester en alerte. Il fallait croire à sa victoire sur les forces liguées contre lui. Jack s'avança puis s'arrêta soudain. Son sang se glaça dans ses veines.

Le clochard portait des chaussures neuves. Des mocassins de cuir marron à semelles souples qui devaient coûter plus de cent cinquante dollars. Elles dépassaient de la masse de vêtements crasseux comme un diamant bleu étincelant sur un lit de sable blanc.

Et maintenant l'homme le regardait. Il avait les yeux fixés sur le visage de Jack. Des yeux qu'il reconnaissait. Derrière l'épaisseur des rides et la masse des cheveux sales, il avait déjà vu ces yeux-là, il en était sûr. L'homme se leva. Il semblait beaucoup plus en forme qu'à son arrivée.

Jack jeta autour de lui un regard éperdu. L'endroit était désert comme une tombe. Sa tombe. Il se retourna. L'homme s'approchait. Jack recula, serrant le carton contre sa poitrine. Il repensa à sa fuite par l'ascenseur. Et au revolver : il allait bientôt voir apparaître ce revolver. Braqué sur lui.

Jack battit en retraite vers le kiosque. La main de l'inconnu plongeait sous son manteau, un pardessus à carreaux en loques. Jack regarda autour de lui. Il entendit des pas approcher. Il se retourna vers l'homme, se demandant s'il allait se précipiter dans le prochain train. Puis une silhouette se profila : Jack faillit pousser un cri de soulagement.

Le policier apparut. Jack se précipita vers lui et désigna le vagabond qui se tenait immobile au milieu du couloir.

« Cet homme : c'est un faux clochard. »

Et si ce flic le reconnaissait ?

Non, les traits du jeune policier ne trahirent rien de ce genre.

« Quoi ? fit l'agent abasourdi en dévisageant Jack.

— Regardez ses chaussures. » Jack se rendait bien compte que ses propos étaient incohérents. Par ailleurs, il ne pouvait tout de même pas raconter toute l'histoire à ce flic.

Le policier avisa le clochard dans le tunnel, le visage congestionné. Dans son désarroi, il entama les formalités habituelles.

« Est-ce qu'il vous a importuné, monsieur ? »

Jack hésita, puis répondit : « Oui.

— Hé vous !... » cria le policier à l'homme.

Celui-ci partit en courant. Il se dirigeait vers l'escalier roulant.

Constatant qu'il ne fonctionnait pas, l'homme obliqua vers le couloir, tourna à un coin et disparut, le policier sur ses talons.

Jack était maintenant seul. Son regard revint au kiosque. L'employé n'était toujours pas revenu.

Il sursauta. Il avait entendu quelque chose. Comme un cri, un cri de douleur venant de la direction dans laquelle les deux hommes avaient disparu. Il s'avança. Au même instant, le policier, un peu essoufflé, réapparut. Il regarda Jack et lui fit lentement signe d'approcher : il avait l'air bizarre, comme s'il avait vu ou fait quelque chose qui l'écœurait.

Jack vint le rejoindre.

Le policier respirait bruyamment.

« Bon Dieu ! Je ne sais pas ce qui se passe, mon vieux. »

Il essayait de reprendre son souffle. D'une main, il s'appuya au mur.

« Vous l'avez eu ? »

Le policier acquiesça.

« Vous aviez raison.

— Qu'est-ce qui s'est passé ?

— Allez voir vous-même. Il faut que j'appelle le commissariat. » Le flic se redressa et braqua sur Jack un doigt menaçant. « Mais je ne vous laisse pas partir. Je ne vais pas expliquer ce coup-là tout seul : j'ai l'impression que vous en savez nettement plus que vous voulez bien le dire. Compris ? »

Jack hocha rapidement la tête. Le flic s'éloigna à grands pas. Jack tourna le coin. Attendre. Le policier lui avait dit d'attendre. D'attendre qu'ils reviennent l'arrêter. Il aurait dû filer maintenant. Mais ce n'était pas possible. Il devait absolument voir qui c'était. Il connaissait ce type. Il fallait vérifier.

Il se trouvait près d'une entrée de service. Dans l'obscurité, un peu plus loin, on apercevait un tas de vêtements. À la lueur pâle des néons, Jack essaya de voir plus clair. En approchant, il constata que c'était bien le clochard. Pendant quelques instants, Jack demeura immobile. Il aurait tellement aimé que les flics arrivent... Tout était si noir et silencieux. Le tas ne bougeait pas et Jack ne percevait aucun souffle. Était-il mort ? Le flic l'avait-il tué ?

Jack finit par avancer. Il s'agenouilla près de l'homme. Quel déguisement sophistiqué ! Jack posa brièvement la main sur les cheveux emmêlés, la puanteur même du vagabond était authentique. Et puis Jack vit le filet de sang qui ruisselait sur la tempe de l'homme. Il y avait une profonde coupure. C'était ce qu'il avait entendu. Ils s'étaient battus et le policier l'avait frappé. C'était fini.

Ils avaient essayé de prendre Jack au piège et ils étaient tombés dedans. Il aurait voulu ôter la perruque et les autres accessoires du déguisement pour voir qui était à ses trousses. Mais ce n'était pas le moment. C'était peut-être une bonne chose que la police fût maintenant mêlée à l'affaire. Il allait tout raconter. Il allait remettre le coupe-papier.

Il se releva, tourna les talons et vit le policier qui remontait rapidement le couloir. Il secoua la tête. Pour une surprise il allait avoir une surprise ! *Mon vieux, c'est ton jour de chance.*

Jack s'approcha puis s'arrêta en voyant un 9 millimètres jaillir de son étui.

Le flic lui lança un regard noir.

« Mr. Graham. »

Jack haussa les épaules en souriant.

« En chair et en os. » Il brandit le carton. « J'ai quelque chose pour vous.

— Je sais bien, Jack. Et c'est exactement ce que je veux. »

Tim Collin vit le sourire s'effacer sur les lèvres de Jack. La main crispée sur la détente, il fit un pas en avant.

*

* *

En approchant de la station de métro, Seth Frank sentit son pouls s'accélérer. Enfin, il allait tout savoir. Il imaginait déjà Laurie Simons se jetant sur la preuve comme un vautour sur sa proie. Frank était certain qu'ils trouveraient quelque chose, quelque part, dans une banque de données. Ils allaient boucler l'enquête, trouver les réponses à toutes les questions qui leur pourrissaient la vie.

*

* *

Jack regardait l'homme et tentait de fixer dans sa mémoire chaque trait de son visage. Ça ne le réconfortait pas. Il jeta un coup d'œil au tas de vêtements sur le sol, aux chaussures neuves sur les pieds sans vie. Probablement sa première paire de chaussures convenables depuis des lustres ; il n'en aurait pas profité bien longtemps...

« Ce type est mort. Vous l'avez tué.

— Passez-moi ce carton, Jack.

— Qui êtes-vous ?

— Quelle importance ? »

Collin s'empara d'un silencieux qu'il vissa rapidement sur le canon de son arme.

Jack regardait ce revolver braqué sur lui. Il pensa aux brancards sur lesquels on avait emporté Lord et la fille. Ce serait son tour dans les journaux de demain. Jack Graham et un clochard. Deux brancards aussi. Bien sûr, ils s'arrangeraient pour rendre Jack responsable de la mort du malheureux vagabond. Jack Graham : un associé de chez Patton, Shaw devenu un tueur fou.

« C'est important pour moi.

— Tu te décides ? » Collin s'avança, tenant à deux mains la crosse de son arme.

« Prends-le toi-même, connard ! »

Jack lança le carton à la tête de Collin au moment où retentissait la détonation assourdie. Une balle traversa un coin de la boîte pour se loger dans le mur de béton. Au même instant, Jack se jeta en avant et frappa. Collin était un solide gaillard tout en muscles, mais Jack aussi, et ils étaient à peu près de la même taille. Au moment où l'épaule de Jack le heurta en plein diaphragme, Collin eut le souffle coupé. Ses membres retrouvèrent de vieux réflexes de lutteur. Il projeta violemment son agresseur contre le carrelage. Quand Collin réussit à se remettre sur pied, Jack avait déjà tourné le coin.

Collin ramassa son revolver puis le carton. Il s'arrêta une seconde, en proie à une forte nausée. Il avait mal à la tête après sa chute brutale. Il s'agenouilla, lutta pour retrouver son équilibre. Jack avait disparu mais, au moins, il avait le paquet ! Les doigts de Collin se refermèrent autour du carton.

Jack passa en trombe devant le kiosque, sauta par-dessus le tourniquet, dévala l'escalier roulant et se précipita sur le quai. Il se rendait vaguement compte que les gens le dévisageaient. Son capuchon était tombé en arrière et son visage totalement exposé aux regards. Il entendit un cri derrière lui : l'employé du métro. Mais Jack courait toujours. Il prit la sortie qui débouchait sur la 17e Rue. Le pseudo-flic n'était sans doute pas seul et Jack ne voulait surtout pas se faire filer. Mais il espérait qu'ils n'avaient pas couvert les deux sorties. Ils s'étaient sans doute imaginé qu'il ne quitterait pas la station vivant. L'air froid lui brûlait les poumons. Il parcourut deux blocs avant de s'arrêter. Il s'enveloppa dans son parka. C'est là qu'il y pensa ! Il regarda ses mains vides. Le carton ! Il avait oublié ce maudit carton. Désespéré, il s'affala contre la devanture d'un Mac Donald fermé.

Une voiture arrivait dans la rue tous feux allumés. Jack leva la tête et se dissimula rapidement. Quelques minutes plus tard, il avait sauté dans un bus à l'itinéraire incertain.

*

* *

La voiture tourna dans L Street et s'engagea dans la 19e Rue. Seth Frank remonta jusqu'à E Street puis tourna dans la 18e Rue. Il se gara au coin, en face de la station de métro. Il descendit de voiture et s'engagea dans l'escalier roulant.

De l'autre côté de la rue, caché derrière un amoncellement de poubelles, de débris divers et d'une grille métallique provenant d'un chantier de démolition, Bill Burton observait. Jurant sous cape, il éteignit sa cigarette, inspecta la rue et se dirigea d'un pas rapide vers l'escalier roulant.

Arrivé en bas, Frank regarda autour de lui et consulta sa montre. Il n'était pas en avance. Son regard tomba sur tout un bric-à-brac posé contre un mur. Puis se dirigea vers le kiosque vide. Personne dans les parages. Tout était silencieux : trop silencieux. Le radar intérieur de Frank se déclencha aussitôt. D'un geste machinal, il dégaina son arme. Il dressa l'oreille en direction d'un bruit, sur sa droite. Il s'engagea dans le couloir en s'éloignant des tourniquets ; un autre couloir aussi sombre l'attendait. Il scruta la pénombre, tout d'abord il ne vit rien, puis ses yeux s'habituèrent au faible éclairage. Il perçut deux tas. L'un bougeait, l'autre pas.

Frank regarda l'homme se remettre lentement debout. Ce n'était pas Jack, ce type était en uniforme, un revolver dans une main, un carton dans l'autre. Les doigts de Frank se crispèrent sur son revolver, sans quitter des yeux l'arme de l'autre. Il s'avança furtivement ; un bout de temps qu'il n'avait pas fait ça. L'image de sa femme et de leurs trois filles lui traversa l'esprit mais il la repoussa. Il avait besoin de se concentrer.

Enfin, il fut assez près. Il espéra que son souffle court n'allait pas le trahir. Il braqua son pistolet dans le large dos planté devant lui.

« On ne bouge pas ! Police ! »

L'inconnu s'immobilisa.

« Pose ton pistolet par terre, la crosse d'abord. Je ne veux pas voir ton doigt près de la détente ou je te fais un trou dans la nuque. Vas-y. Maintenant ! »

Le revolver descendit lentement vers le sol. Frank en suivait la progression, centimètre par centimètre. Puis sa vision se brouilla.

Une violente douleur lui martela la tête. Il trébucha et s'effondra sur le sol.

Collin se retourna : Bill Burton était planté là, tenant son pistolet par le canon. Il baissa les yeux vers Frank.

« On y va, Tim. »

Collin se redressa difficilement. Il contempla le policier effondré par terre et appuya son arme contre la tête de Frank. La lourde main de Burton l'arrêta.

« C'est un flic. On ne tue pas les flics. On ne tue plus. »

Burton dévisagea son collègue. Des pensées déplaisantes lui traversaient l'esprit devant le calme et la résignation avec laquelle son jeune collègue était entré dans la peau d'un assassin.

Collin haussa les épaules, rengaina son arme.

Burton s'empara du carton. Il jeta un dernier coup d'œil à l'inspecteur, puis au tas de haillons. Il secoua la tête d'un air méprisant et lança un regard de reproche à son équipier.

Quelques minutes après leur départ, Seth Frank poussa un gémissement. Il tenta de se lever puis retomba lourdement.

XXVII

Kate était allongée dans son lit sans parvenir à trouver le sommeil. Un torrent d'images, plus terrifiantes les unes que les autres, défilait sur le plafond de sa chambre. Elle jeta un œil au petit réveil sur la table de nuit : trois heures. Ses stores entrouverts ne dévoilaient que les ténèbres. Elle entendait la pluie ruisseler sur les carreaux. Ce bruit monotone et habituellement réconfortant ne faisait qu'aggraver la migraine qui lui martelait le crâne.

Quand le téléphone sonna, elle commença par ne pas bouger. Ses membres étaient trop lourds pour lui permettre d'esquisser le moindre mouvement. Pendant un terrible moment, elle crut qu'elle avait été victime d'une attaque. À la cinquième sonnerie, elle réussit enfin à soulever le combiné et à prononcer un « Allô ? » tremblant.

« Kate. J'ai besoin d'aide. »

*

* *

Quatre heures plus tard, ils étaient assis devant le petit bistrot de Founder's Park où ils s'étaient revus pour la première fois après tant d'années. Le temps s'était refroidi, la neige tombait à gros flocons. Conduire était presque impossible et marcher, un exercice périlleux.

Jack se tourna vers elle. Il avait ôté le capuchon de son parka. Mais une cagoule, une barbe de plusieurs jours et une paire de lunettes noires dissimulaient ses traits à un point tel que Kate dut le regarder attentivement avant de le reconnaître.

« Tu es sûre que personne ne t'a suivie ? »

Il la regarda anxieusement. Derrière la tasse de café fumante, elle apercevait ses traits tirés. Il était près de craquer.

« J'ai fait exactement ce que tu m'as dit : le métro, deux taxis et un bus. Il n'y a aucune chance qu'un être humain ait pu me suivre par ce temps. »

Jack reposa sa tasse.

« Ceux que j'ai vus n'étaient pas des êtres humains. »

Il n'avait pas précisé leur lieu de rendez-vous au téléphone, car il supposait qu'« ils » écoutaient tous les gens susceptibles d'être en relation avec lui. Il avait simplement mentionné l'endroit « habituel », persuadé que Kate comprendrait : il ne s'était pas trompé. Il regarda par la fenêtre. Chaque visage était une menace. Il glissa vers elle un exemplaire du *Post.* La première page en disait assez long. Jack avait tremblé de colère quand il l'avait lue.

Seth Frank se remettait lentement d'une commotion cérébrale à l'hôpital George Washington. Le vagabond, qu'on n'avait pas encore identifié, n'avait pas eu cette chance. En plein milieu de l'article, la photo de Jack Graham, le tueur fou. Elle releva la tête après avoir lu l'article.

« Il ne faut pas rester là. »

Il termina son café et se leva.

Le taxi les déposa devant le motel de Jack dans les vieux quartiers d'Alexandria. Il regarda à gauche, à droite, puis ils se dirigèrent vers sa chambre. Après avoir fermé sa porte à clé et mis le verrou, il ôta sa cagoule et ses grosses lunettes.

« Mon Dieu, Jack, c'est horrible que tu sois mêlé à tout ça. »

Elle était secouée de frissons : il la voyait trembler depuis le fond de la chambre. Il la prit dans ses bras jusqu'au moment où il la sentit se détendre.

« C'est moi qui me suis fourré là-dedans. Maintenant, le problème, c'est d'en sortir. »

Il grimaça un sourire.

« J'ai laissé une douzaine de messages sur ton répondeur.

— Je n'ai jamais pensé à l'interroger, Kate. »

Il passa la demi-heure suivante à lui raconter les événements de ces derniers jours. Elle l'écoutait, ses yeux reflétant une horreur croissante à chaque nouvelle révélation.

« Ce n'est pas possible ! »

Ils restèrent silencieux.

« Jack, as-tu idée de qui est derrière tout ça ? »

Jack secoua la tête.

« J'échafaude dans ma tête un tas d'hypothèses : jusqu'à maintenant aucune ne tient. Mais je ne perds pas espoir. »

Le ton sur lequel il avait lancé ces derniers mots la frappa comme une gifle. Le regard de Jack était suffisamment éloquent. Le message était clair. Malgré ses déguisements et toutes ses précautions, en dépit de toute son habileté, ils finiraient par le retrouver. Les policiers ou ceux qui voulaient le tuer. Ce n'était qu'une question de temps.

« Si au moins ils récupéraient ce qu'ils cherchent ? » murmura-t-elle. Sa voix se brisa. Elle lui lança un regard suppliant.

Il s'allongea sur le lit et étira des membres épuisés qui ne semblaient même plus lui appartenir.

« Je ne peux même pas compter sur lui, tu sais, Kate ? »

Il se redressa et désigna le crucifix. Un petit miracle ne lui aurait pas fait de mal.

« Mais tu n'as tué personne, Jack. Frank l'a déjà compris. Et la police de Washington ne tardera pas à le comprendre aussi.

— Tu crois ? Tu sais, Frank me connaît bien. Et pourtant, j'ai bien perçu le doute dans sa voix. Le coup du verre lui a paru bizarre, mais rien ne prouve qu'on ait trafiqué le verre, pas plus que le pistolet. D'autre part, il y a des preuves incontestables qui me désignent comme l'assassin des deux personnes. Trois en comptant le clochard. Mon avocat tablerait sur une peine allant de vingt ans à la perpétuité avec la possibilité d'une libération anticipée. C'est ce que je dirais moi-même à un client. Si je passe en jugement, je n'ai aucun atout. Rien qu'un fatras d'hypothèses essayant de rassembler Luther, Walter Sullivan et tout le reste dans une sorte de complot qui, il faut bien le reconnaître, dépasse l'imagination. Le juge me rira au nez. Le jury ne m'écoutera même pas. D'ailleurs, il n'y a rien à entendre. »

Il se leva et s'adossa à la cloison, les mains dans ses poches. Il ne la regardait pas. Elle sentit qu'il ne donnait pas cher de ses perspectives d'avenir, pas plus à court terme qu'à long terme.

« Kate, je finirai mes jours en prison : enfin, si j'arrive jusque-là, ce qui est un grand point d'interrogation. »

Elle s'assit sur le lit, les mains croisées sur ses genoux, désespérée.

*

*   *

Seth Frank ouvrit les yeux. D'abord, tout apparut brouillé. Ce que son cerveau enregistrait ressemblait à une grande toile blanche sur laquelle on avait déversé des centaines de litres de peinture noire, blanche et grise pour former un inextricable gribouillis. Après quelques instants d'inquiétude, il parvint à distinguer les détails de la chambre d'hôpital avec ses murs d'un blanc dur, ses chromes et ses angles aigus. Il essaya de s'asseoir, mais une main ferme se posa sur son épaule.

« Allons, lieutenant, pas si vite. »

Frank leva les yeux et reconnut Laurie Simons. Son sourire ne dissimulait pas une certaine inquiétude, mais elle poussa un grand soupir de soulagement.

« Votre femme vient juste de partir s'occuper des enfants. Elle a passé la nuit ici. Je lui ai dit qu'à peine aurait-elle tourné les talons que vous alliez vous réveiller.

— Où suis-je ?

— À l'hôpital George Washington. Vous n'avez pas choisi un endroit trop éloigné pour vous faire assommer. »

Simons continuait à se pencher sur le lit pour éviter à Frank de tourner la tête.

« Seth, vous rappelez-vous ce qui s'est passé ? »

Frank repensa à la veille au soir. Était-ce bien la veille au soir ?

« Quel jour sommes-nous ?

— Jeudi.

— Alors c'est arrivé hier soir ?

— Vers onze heures environ. En tout cas, c'est à peu près vers cette heure-là qu'on vous a retrouvé. Avec l'autre type.

— L'autre type ? »

Frank tourna brusquement la tête : une douleur lancinante lui traversa le cou.

« Doucement, Seth. »

Simons posa un oreiller sous la tête de Frank.

« Il y avait un autre homme. Un vagabond. On ne l'a pas encore identifié. Le même genre de coup mais sur la nuque. Il est sans doute mort immédiatement. Vous avez eu de la chance. »

Frank palpa sa tempe endolorie. De la chance, vraiment ?

« Personne d'autre ?

— Comment ?

— On n'a trouvé personne d'autre ?

— Oh non, mais vous n'allez pas me croire ! Vous savez, l'avocat qui a regardé la cassette avec nous ? »

Frank se crispa.

« Oui, Jack Graham.

— C'est ça. Ce type a tué deux personnes à son cabinet et puis on l'a vu s'enfuir en courant du métro à peu près au moment où vous vous êtes fait assommer. Cet homme est un cauchemar ambulant. Et il avait l'air si convenable.

— Est-ce qu'on l'a retrouvé ? Ils sont bien sûrs qu'il s'est enfui ? »

Laurie le regarda d'un air bizarre.

« Il est sorti de la station de métro, si c'est ce que vous voulez dire. Mais ce n'est qu'une question de temps. » Elle regarda par la fenêtre, prit son sac. « La police de Washington veut vous parler dès que vous serez en état.

— Je ne suis pas sûr de pouvoir les aider. Je ne me souviens pas de grand-chose, Laurie.

— Amnésie temporaire. Ça reviendra probablement. »

Elle enfila sa veste.

« J'y vais. Il faut bien assurer la sécurité du comté de Middleton pour les gens riches et célèbres qui y habitent pendant que vous êtes ici à compter les moutons. » Elle sourit. « Restez-en là, Seth. Nous étions vraiment inquiets à l'idée de devoir recruter un nouvel inspecteur.

— Où trouveriez-vous quelqu'un d'aussi charmant que moi ? »

Laura éclata de rire.

« Votre femme revient dans une heure. D'ailleurs, il faut que vous vous reposiez un peu. » Elle se tourna vers la porte. « Au fait, Seth, qu'est-ce que vous fabriquiez à la station Farragut Ouest à cette heure-là ? »

Frank ne répondit pas tout de suite. En fait, il se souvenait parfaitement de tout ce qui s'était passé la nuit précédente.

« Seth, vous m'entendez ?

— Je ne sais plus très bien, Laurie. » Il ferma les yeux, les rouvrit. « Figurez-vous que je ne me le rappelle pas.

— Ne vous inquiétez pas. En attendant, ils vont mettre la main sur Graham et ça résoudra tout. »

Une fois Simons partie, Frank ne se reposa pas. Jack était dans la nature. Sans doute avait-il cru que l'inspecteur lui avait tendu un piège. Mais si Jack avait lu la presse, il savait maintenant que l'inspecteur était tombé tête baissée dans l'embuscade tendue à l'avocat.

Maintenant, « ils » avaient le coupe-papier. C'était ça qu'il y avait dans la boîte ; il en était sûr. Et sans ce coupe-papier, comment pourrait-il jamais coincer ces gens ?

Frank fit un nouvel effort pour se redresser. Il avait une perfusion dans le bras. Et le vertige qui venait de le saisir l'obligea à se rallonger tout de suite. Il fallait pourtant qu'il sorte d'ici, et vite, pour prendre contact avec Jack. Comment il y parviendrait, ça, il n'en avait aucune idée.

*

* *

« Tu disais que tu avais besoin de mon aide ? Qu'est-ce que je peux faire ? » fit Kate en regardant Jack droit dans les yeux.

Il s'assit sur le lit près d'elle, l'air gêné.

« Je me demande si je dois t'embarquer dans toute cette histoire. Je me demande même si j'ai bien fait de t'appeler.

— Jack, depuis quatre ans, je vis entourée de violeurs, de voleurs et de meurtriers.

— D'accord. Mais du moins tu savais qui et où ils étaient. Cette fois-ci, des gens se font tuer de tous les côtés. C'est plus de la rigolade.

— Je ne m'en vais pas si tu ne me laisses pas t'aider. »

Jack hésita. Il tourna la tête.

« Jack, si tu ne le fais pas, je vais te livrer, je te préviens. Peut-être que tu pourrais tenter ta chance avec les flics.

— Tu le ferais, n'est-ce pas ?

— Sans hésiter. Je suis en train d'enfreindre toutes les lois en étant avec toi maintenant. Si tu me mets au courant, j'oublierai tout de notre rencontre d'aujourd'hui. Si tu ne le fais pas... »

En dépit de sa situation catastrophique, il se sentit quelque peu réconforté par la présence de Kate.

« D'accord. Il faut que tu sois mon contact avec Seth. À part toi, c'est la seule personne à qui je puisse faire confiance.

— Mais tu as perdu le paquet. Comment peut-il t'aider ? »

Kate ne parvenait pas à masquer son antipathie pour l'inspecteur.

Jack se leva et se mit à arpenter la pièce. Il finit par s'arrêter et se planta devant elle.

« Tu sais à quel point ton père était un maniaque de l'organisation ? Et qu'il avait toujours un plan de secours ?

— Je me souviens, fit sèchement Kate

— Eh bien, c'est ma dernière chance.

— Que veux-tu dire ?

— Que, sur ce coup-là, Luther avait certainement aussi un plan de secours. »

Elle le dévisagea, bouche bée.

*

* *

« Mrs. Broome ? »

La porte s'entrebâilla davantage. Edwina Broome regarda dehors.

« Oui ?

— Je suis Kate Whitney. Luther Whitney était mon père. »

Kate se détendit quand la vieille femme lui sourit.

« Je savais bien que je vous avais déjà vue. Luther me montrait toujours des photos de vous. Vous êtes encore plus jolie que je ne pensais.

— Merci. »

Edwina ouvrit toute grande la porte.

« Où avais-je la tête ? Vous devez geler. Entrez, je vous en prie. »

Edwina l'installa dans un petit salon où un trio de chats était juché sur les meubles.

« Je viens de faire du thé. En voulez-vous ? »

Kate hésita. Elle n'avait guère de temps. Puis elle inspecta la pièce : dans le coin, un piano droit délabré, couvert d'une épaisse couche de poussière. Kate vit les yeux fatigués de la vieille femme : elle ne prenait même plus de plaisir à faire de la musique de temps en temps. Elle avait perdu son mari. Sa fille unique était morte. Combien de visiteurs venaient-ils encore à elle ?

« Volontiers, merci. »

Les deux femmes s'assirent dans de vieux fauteuils confortables. Kate but à petites gorgées un thé bien fort et commença enfin à se réchauffer. Elle écarta les cheveux de son visage et se tourna vers la vieille dame qui fixait sur elle des yeux pleins de tristesse.

« Je suis désolée pour votre papa, Kate. Vraiment. Je sais que ce n'était pas simple entre vous. Mais jamais dans ma vie je n'ai rencontré un homme aussi bon que lui.

— Merci. Ce fut effectivement un chemin semé d'embûches. »

Le regard d'Edwina se posa sur une petite table près de la fenêtre. Kate suivit son regard. Plusieurs photos y étaient rassemblées, toutes de Wanda Broome, saisie dans de rares moments de bonheur. Elle ressemblait beaucoup à sa mère.

Un autel. Kate tressaillit en se rappelant un coin semblable chez son père.

Edwina la regardait de nouveau.

Kate reposa sa tasse.

« Mrs. Broome, je suis navrée de vous bousculer mais je n'ai pas beaucoup de temps. »

Edwina se pencha en avant :

« Il s'agit de la mort de Luther. Et de celle de ma fille, n'est-ce pas ? »

Kate parut surprise.

« Pourquoi pensez-vous cela ? »

Edwina se pencha davantage. Sa voix n'était plus qu'un souffle.

« Parce que je sais que ce n'est pas Luther qui a tué Mrs. Sullivan. Je le sais comme si je l'avais vu de mes propres yeux. »

Kate était interloquée.

« Avez-vous une idée de qui... »

Edwina secoua tristement la tête.

« Non. Non, pas du tout.

— Alors, comment savez-vous que mon père ne l'a pas tuée ? »

Edwina eut une hésitation marquée. Elle se renversa dans son fauteuil et ferma les yeux. Quand elle les rouvrit, Kate n'avait pas bougé d'un millimètre.

« Vous êtes la fille de Luther, je vous dois la vérité. » Elle s'interrompit pour boire une gorgée de thé, s'essuya les lèvres avec une petite serviette et se carra dans son fauteuil. Un persan noir vint s'installer sur ses genoux. « Je connaissais bien votre père. Je connaissais son passé, aussi. Wanda et lui en étaient arrivés à bien se connaître. Elle a eu des ennuis voici des années et Luther lui a tendu la main : il l'a aidée à retomber sur ses pieds et à mener une vie respectable. Je lui en serai toujours reconnaissante. Il était là quand Wanda ou moi avions besoin de quoi que ce soit. D'ailleurs, Kate, votre père ne se serait pas trouvé dans la maison Sullivan cette nuit-là, si ce n'était pas à cause de Wanda. »

Edwina entama un long récit. Quand elle eut terminé, Kate se rassit au fond de son fauteuil et s'aperçut qu'elle retenait son souffle. Elle poussa un grand soupir.

Edwina se taisait. Elle fixait toujours la jeune femme de ses yeux tristes. Puis une vieille main ridée vint tapoter le genou de Kate.

« Luther vous aimait tant, mon enfant. Plus que tout au monde.

— Je sais... »

Edwina secoua lentement la tête. « Il ne vous en voulait pas de vos sentiments à son égard. En fait, il disait que vous aviez raison de réagir comme ça.

— C'est vrai ?

— Il était si fier de vous : que vous soyez juriste et tout ça. Il me disait toujours : “ Ma fille est juriste et un excellent juriste. Ce qui compte pour elle, c'est la justice et elle a raison, elle a sacrément raison. ”

Kate commençait à avoir la tête qui tournait. Elle éprouvait des émotions qu'elle n'était guère en état de supporter. Elle se frictionna la nuque et regarda à l'extérieur. Une limousine noire s'arrêta dans la rue puis disparut. Son regard revint à Edwina.

« Mrs. Broome, je suis très sensible à tout ce que vous venez de me dire. Mais je suis venue pour une raison précise. J'ai besoin de votre aide.

— Je ferai tout ce que je pourrai.

— Mon père vous a envoyé un paquet.

— Oui. Et je l'ai expédié à Mr. Graham, comme Luther me l'avait dit.

— Oui, je sais. Jack l'a reçu. Mais quelqu'un le lui a pris. Nous nous demandons maintenant si mon père vous a envoyé autre chose, autre chose qui pourrait nous aider ? »

Toute tristesse avait disparu du regard d'Edwina. On y lisait maintenant une farouche détermination. Elle regarda par-dessus l'épaule de Kate.

« Derrière vous, Kate, dans la banquette du piano. Le recueil d'hymnes, à gauche. »

Kate ouvrit la banquette et y prit le livre d'hymnes. Entre les pages, un petit paquet. Elle l'examina.

« Luther était l'homme le plus minutieux que j'aie jamais rencontré de ma vie. Il m'avait dit, que s'il y avait un problème avec le paquet, je devais adresser ceci à Mr. Graham. Je m'apprêtais à le faire quand j'ai lu un article sur lui dans le journal. Ai-je raison de croire que Mr. Graham n'a rien fait de ce dont on l'accuse ? »

Kate hocha la tête.

« Je voudrais bien que tout le monde pense comme vous. »

Kate commençait à ouvrir le paquet.

« Ne faites pas ça, Kate, fit Edwina d'une voix sèche. Votre père disait que seul Mr. Jack Graham devait voir ce qu'il y avait à l'intérieur. Seulement lui. Je crois qu'il vaudrait mieux respecter ses instructions. »

Kate hésita. Elle luttait contre sa curiosité naturelle. Puis elle reposa le paquet.

« Vous a-t-il dit autre chose ? S'il savait qui avait tué Christine Sullivan ?

— Il le savait. »

Kate la dévisagea.

« Mais il n'a pas dit qui ? »

Edwina secoua vigoureusement la tête.

« Il m'a quand même confié une chose.

— Quoi donc ?

— Il a ajouté que s'il me disait qui l'avait fait, je ne le croirais pas. »

Kate se rassit, songeuse.

« Qu'est-ce que ça peut bien vouloir dire ?

— Oh, ça m'a surprise moi aussi, je vous assure.

— Pourquoi ? Pourquoi cela vous a-t-il surprise ?

— Parce que Luther était l'homme le plus sincère que j'aie jamais rencontré. J'aurais cru n'importe quoi venant de lui.

— Alors, ce qu'il a vu, *celui* qu'il a vu, devait être quelqu'un de si invraisemblablement placé que c'en était incroyable. Même pour vous.

— C'est exactement ce que j'ai pensé. » Kate se leva pour s'en aller. « Merci, Mrs. Broome.

— Je vous en prie, appelez-moi Edwina. Drôle de nom, mais c'est le seul que j'aie. »

Kate sourit.

« Quand tout sera fini, Edwina, je... j'aimerais venir vous rendre visite si ça ne vous dérange pas. Pour qu'on bavarde un peu.

— J'en serais ravie. Être vieille, ça a ses bons et ses mauvais côtés. Être vieille et seule, ça n'a que des mauvais côtés. »

Kate enfila son manteau et se dirigea vers la porte. Elle rangea soigneusement le paquet dans son sac à main.

« Cela devrait limiter vos recherches, n'est-ce pas, Kate ? »

Kate se retourna.

« Quoi donc ?

— Quelqu'un d'aussi incroyable. À mon avis, il ne peut pas y en avoir tellement. »

*
* *

Le gardien de l'hôpital, un solide gaillard, était au trente-sixième dessous.

« Je ne sais pas exactement ce qui s'est passé. Je me suis absenté deux ou trois minutes, à tout casser.

— Vous n'auriez pas dû quitter votre poste un seul instant, Monroe. »

Le petit surveillant était planté devant Monroe qui transpirait à grosses gouttes.

« Comme je vous le disais, la dame m'a demandé de lui donner un coup de main pour porter une valise, c'est ce que j'ai fait.

— Quelle dame ?

— Je vous l'ai dit, une dame. Jeune, jolie, bien habillée et tout. »

Le surveillant tourna les talons, écœuré. Il n'avait aucun moyen de savoir que la dame en question était Kate Whitney ni que Seth Frank et elle étaient déjà à cinq blocs de là, dans la voiture de Kate.

*
* *

« Vous avez mal ? »

Kate le regarda : on ne sentait guère de compassion dans son attitude ni dans le ton de sa voix.

Frank palpa prudemment les bandages qui lui entouraient la tête. « Vous plaisantez ? Ma fille de six ans cogne plus fort. »

Il inspecta l'intérieur de la voiture. « Vous avez des clopes ? Bon sang, depuis quand on ne fume plus dans les hôpitaux ? »

Elle fouilla dans son sac et lui lança un paquet entamé.

Son visage s'éclaira. Il la regarda à travers un nuage de fumée.

« Au fait, beau travail avec le gardien : vous devriez faire du cinéma.

— Bonne idée ! J'envisage justement de changer d'orientation.

— Comment va notre homme ?

— En sécurité. Pour l'instant. Pourvu que ça dure. »

Elle tourna le volant et le regarda sans complaisance.

« Vous savez, ce n'était pas dans mes intentions de laisser votre père se faire descendre juste devant moi.

— C'est ce que m'a dit Jack.

— Vous ne le croyez pas ?

— Quelle importance, ce que je crois ?

— Cela en a pour moi, Kate. »

Elle s'arrêta à un feu rouge.

« Bon. Admettons. Je me fais peu à peu à l'idée que vous n'êtes pour rien dans la façon dont les choses se sont passées. Ça vous va ?

— Non, mais on va s'en contenter. »

*
* *

Jack tourna le coin de la rue et essaya de se détendre. Les tempêtes avaient fini par abandonner la capitale, mais le thermomètre restait obstinément en dessous de zéro et un vent violent s'était levé. Jack souffla sur ses doigts engourdis et frotta ses yeux rougis par le manque de sommeil. Sur un fond de ciel noir, un croissant de lune brillait doucement. Jack inspecta les lieux. L'immeuble, de l'autre côté de la rue, était sombre et désert. Le bâtiment devant lequel il se trouvait avait depuis longtemps fermé ses portes. Quelques passants bravaient le froid mais, la plupart du temps, Jack était seul. Il finit par se réfugier sous la porte de l'immeuble et il attendit.

À trois blocs de là, un taxi s'arrêta le long du trottoir. La portière arrière s'ouvrit et une paire de chaussures à talons plats atterrit sur l'asphalte du trottoir. Le taxi repartit aussitôt et le silence retomba dans la rue. Kate serra son manteau autour d'elle et hâta le pas. Comme elle franchissait le bloc suivant, une autre voiture, tous feux éteints, tourna le coin et la suivit. Elle ne pensait qu'à ce qui l'attendait et ne se retourna pas.

Jack la vit arriver. Avant de bouger, il regarda dans toutes les directions : un réflexe qu'il avait récemment acquis et dont il espérait qu'il pourrait très bientôt se débarrasser. Il s'avança d'un pas vif à sa rencontre. La rue était silencieuse. Ni Kate ni Jack ne virent l'avant de la limousine qui venait dépasser l'immeuble du coin. De la voiture, le conducteur braqua sur le couple des jumelles à vision nocturne ; d'après le catalogue, le dernier cri de la technologie soviétique. Les anciens communistes n'avaient apparemment aucun don pour diriger une société démocratique et capitaliste, mais ils semblaient encore capables dans le domaine du matériel militaire d'avant-garde.

« Seigneur, tu es gelé. Depuis combien de temps attends-tu ? »

Kate avait touché la main de Jack et frissonné à ce contact glacé.

« Longtemps. Mais j'étouffais dans cette chambre de motel. Il fallait que je sorte. Je vais faire un piètre prisonnier. Alors ? »

Kate ouvrit son sac. Elle avait appelé Jack d'une cabine publique. Elle ne pouvait lui dire ce qu'elle avait : seulement qu'elle avait « quelque chose ». Jack était convenu avec Edwina Broome que, s'il fallait prendre de nouveaux risques, il les assumerait. Kate en avait assez fait.

Jack saisit le paquet. Ce n'était pas difficile de deviner ce qu'il contenait. Des photographies.

Dieu soit loué, Luther, tu ne m'as pas déçu.

« Ça va ? fit Jack en la dévisageant.

— Je m'habitue.

— Où est Seth ?

— Dans les parages. Il va me raccompagner. »

Ils se regardèrent. Jack savait que le mieux était de la laisser partir, peut-être même quitter le pays jusqu'à ce que tout se tasse ou qu'il soit condamné pour meurtre. Dans ce cas, son intention d'aller s'installer ailleurs était encore la meilleure solution.

Mais il ne voulait pas qu'elle parte...

« Merci. »

Les mots semblaient bien faibles ; on aurait dit qu'il la remerciait après un bon déjeuner.

« Jack, qu'est-ce que tu vas faire maintenant ?

— Je n'y ai pas encore réfléchi. Mais ça vient. Je ne vais pas aller au tapis sans me battre.

— Oui, mais tu ne sais même pas contre qui tu te bats. Ce n'est pas un combat régulier.

— Qui a dit que c'était censé l'être ? »

Il sourit tandis que le vent faisait voltiger de vieux journaux dans la rue.

« Va-t'en maintenant. Ce n'est pas sûr par ici.

— J'ai ma petite bombe lacrymogène. »

Elle tourna les talons pour s'en aller puis le saisit par le bras.

« Jack, je t'en prie, sois prudent.

— Je suis toujours prudent. Je suis avocat. La devise de la profession, c'est " gare à tes fesses "

— Jack, je ne plaisante pas. »

Il haussa les épaules.

« Je le sais. Je te promets d'être aussi prudent que possible. »

Il s'approcha de Kate et ôta son capuchon.

Les lunettes à vision nocturne se fixèrent sur les traits de Jack. Puis elles s'abaissèrent. Une main tremblante décrocha le téléphone de voiture.

Les deux jeunes gens s'étreignirent. Jack avait désespérément envie de l'embrasser : étant donné les circonstances, il se contenta de lui effleurer le cou de ses lèvres. Quand ils se séparèrent, les larmes débordaient des yeux de Kate. Jack pivota sur ses talons et s'éloigna à grands pas.

*

* *

En redescendant la rue, Kate ne remarqua la voiture que lorsqu'un brusque coup de volant amena celle-ci presque sur le trottoir. Elle recula précipitamment en voyant la portière du conducteur s'ouvrir. Des hurlements de sirène se rapprochaient d'elle, mais aussi de Jack. Instinctivement, elle regarda derrière. Il avait disparu. Puis elle se trouva devant une paire d'yeux au regard satisfait protégé par des sourcils en broussaille.

« Je pensais bien, miss Whitney, que nos chemins pourraient bien se croiser de nouveau. »

Kate dévisagea l'homme : elle ne le reconnaissait pas.

Il parut déçu.

« Bob Gavin. Du *Post.* »

Elle regarda la voiture. Elle l'avait déjà vue : elle était passée tout à l'heure devant la maison d'Edwina Broome.

« Vous m'avez suivie.

— Oui. Je me suis dit que vous finiriez par me conduire à Graham.

— Et la police ? »

Elle tourna brusquement la tête. Une voiture de patrouille, sirène hurlante, dévalait la rue dans leur direction.

« C'est vous qui avez appelé la police. »

Gavin acquiesça en souriant. Il était manifestement très fier de lui.

« Maintenant, avant l'arrivée des flics, je crois que nous pouvons passer un marché. Vous me donnez l'exclusivité. Tout sur Jack Graham, et je change mon article pour que de complice vous vous changiez en innocente spectatrice. »

Kate le foudroya du regard. Après un mois d'horreurs, la rage qui bouillait en elle avait atteint son point culminant. Et Bob Gavin n'arrivait pas au bon moment.

Gavin regarda la voiture de police. Un peu plus loin, deux autres suivaient.

« Allons, Kate, dit-il d'un ton pressant. Vous n'avez guère de temps. Je vous évite la prison. J'obtiens ce prix Pulitzer qu'on me doit depuis longtemps et mon quart d'heure de gloire. Que choisissez-vous ? »

Elle serra les dents et sa réponse fut prononcée avec un flegme étudié : comme si, depuis des mois, elle préparait sa phrase.

« La souffrance, Mr. Gavin. Quinze minutes de souffrance. »

Elle prit dans sa poche la petite bombe lacrymogène, la braqua sur son visage et pressa le bouton. Quand les flics jaillirent de leur véhicule, Bob Gavin se roulait par terre, les mains crispées sur son visage, essayant vainement d'arrêter les larmes que lui arrachaient des milliers de particules de poivre.

*

* *

La première sirène avait expédié Jack au pas de course dans une rue adjacente.

Il se plaqua contre le mur d'un immeuble, aspirant l'air à grandes goulées. Le froid lui brûlait le visage. Le côté désert de ce quartier devenait une véritable calamité. Il pouvait bouger, mais il était comme une fourmi noire sur une feuille de papier blanc. Les sirènes approchaient, si nombreuses maintenant qu'il ne savait même plus de quel côté elles venaient.

Elles arrivaient en fait de toutes les directions et ne faisaient que se rapprocher. Il courut à toutes jambes jusqu'au coin de rue suivant. Il s'arrêta. Le spectacle n'était guère encourageant. Son regard se fixa sur un barrage que les policiers étaient en train d'installer au bout de la rue. Leur stratégie lui apparut bientôt évidente. Eux connaissaient à peu près les lieux ; ils allaient simplement boucler un vaste secteur et le ratisser avec méthode. Ils avaient les effectifs nécessaires. Et le temps. Lui, il n'avait rien.

Son seul atout, c'était une bonne connaissance du quartier. Nombre de ses clients de l'Assistance judiciaire en venaient. Ils rêvaient non pas collège, faculté de droit, belles situations, familles aimantes et pavillons de banlieue : ce qui les intéressait, c'était de savoir combien de liquide ils allaient se procurer en vendant des sachets de crack, comment ils pourraient survivre, jour après jour. La survie, un instinct humain bien enraciné. Jack espérait que chez lui il serait le plus fort.

En dévalant l'allée, il ne savait pas ce qu'il allait trouver, bien qu'il fût évident qu'avec ce temps toutes les crapules du quartier resteraient chez elles. Il réprima un fou rire. Pas un de ses anciens collègues de chez Patton, Shaw & Lord n'aurait approché de cet endroit, même avec une voiture blindée.

D'un bond, il franchit une clôture et atterrit de l'autre côté. Comme il tendait la main vers un mur de brique pour reprendre son équilibre, il perçut nettement deux espèces de bruits : celui de sa propre respiration, rauque. Et des pas précipités. Plusieurs sortes de pas. Il était repéré. Les flics fonçaient sur lui. Ensuite on allait faire venir les chiens policiers auxquels nul n'échappait. Il jaillit de la ruelle et se dirigea vers Indiana Avenue.

Jack s'engouffra dans une autre rue en entendant tout près de lui un crissement de pneus. Dès qu'il empruntait une nouvelle direction, un autre groupe de poursuivants venait à sa rencontre. Ce n'était plus maintenant qu'une question de temps. Il tâta dans sa poche le paquet. Que pouvait-il en faire ? Il ne se fiait à personne. Théoriquement, on procéderait à un inventaire de ce qu'il avait sur lui et on le confisquerait, avec toutes les signatures qu'il fallait et tout un système de garanties : mais cela ne voulait rien dire pour Jack. Le type capable de tuer au milieu de centaines de responsables du maintien de l'ordre et de disparaître sans laisser de trace pouvait certainement obtenir de la police de Washington les affaires personnelles d'un détenu. Sa seule chance, c'était ce qu'il avait dans sa poche. La peine de mort n'existait pas dans le district de Columbia, mais la prison à vie sans libération anticipée ne valait guère mieux : à bien des égards, c'était même bien pis.

Il se précipita entre deux immeubles, glissa sur une plaque de glace, plongea par-dessus un amoncellement d'ordures et retomba sur le trottoir. Il se releva en roulant à demi dans la rue. Il sentait sur son cou une brûlure et dans le genou gauche une douleur lancinante, mais il parvint enfin à s'asseoir.

Les phares de la voiture venaient droit sur lui. Le gyrophare l'éblouit. Les roues s'arrêtèrent à quelques centimètres de sa tête. Il s'effondra sur l'asphalte, trop épuisé pour même esquisser un geste.

La portière de la voiture s'ouvrit toute grande. Jack leva les yeux, abasourdi. C'était la portière du passager. Puis celle du conducteur s'ouvrit à son tour. Deux grandes mains glissèrent sous ses aisselles.

« Bon Dieu, Jack, remuez-vous un peu. »

Jack leva les yeux : c'était Seth Frank.

XXVIII

Burton passa la tête dans le QG du Secret Service. Tim Collin, assis à l'un des bureaux, examinait un rapport.

« Allons, Tim. »

Collin leva la tête, surpris.

Burton dit doucement : « Ils l'ont coincé près du tribunal. Je veux être sur place. À tout hasard. »

*
* *

La voiture fonça. Son gyrophare bleu inspirait un respect immédiat à une population de conducteurs peu habitués à en manifester envers leurs congénères.

« Où est Kate ? »

Jack était allongé sur la banquette arrière, une couverture jetée sur lui.

« Pour l'instant, on doit être en train de lui lire ses droits. Ensuite, on va lui débiter une série d'inculpations, complicité avec vous, entre autres. »

Jack se redressa.

« Seth, il faut retourner là-bas. Je vais me rendre. Ils la relâcheront.

— Mais oui, bien sûr.

— Je ne plaisante pas, Seth. »

Jack avait déjà enjambé le dossier du siège du passager.

« Moi non plus, Jack : si vous allez vous livrer, ça n'aidera pas Kate et ça anéantira la seule chance que vous ayez de redonner à votre vie une tournure normale.

— Mais Kate...

— Je m'en suis occupé. J'ai déjà appelé un de mes copains. Il l'attend. C'est un brave type. »

Jack se laissa retomber à l'arrière. « Merde. »

Frank ouvrit sa vitre, leva le bras, décrocha le gyrophare et le lança sur la banquette auprès de lui.

« Qu'est-ce qui s'est passé ? »

Frank regarda dans son rétroviseur.

« Je ne sais pas très bien. À mon avis, Kate a dû repérer qu'on la filait. Je croisais dans le secteur. Nous devions nous retrouver au Centre quand elle vous aurait remis l'enveloppe. J'ai entendu sur ma radio qu'on vous avait localisé. J'ai suivi la poursuite sur toutes les fréquences en essayant de deviner où vous pourriez aller. J'ai eu du bol. Quand je vous ai vu jaillir de cette rue, je n'en croyais pas mes yeux. J'ai bien failli vous écraser. Comment ça va, au fait ?

— Oh, en pleine forme. Je devrais faire ce genre de galipettes une ou deux fois par an, rien que pour entretenir ma souplesse. En fait, pour tout vous dire, je m'entraîne pour les jeux Olympiques des criminels en fuite. »

Frank se mit à rire.

« Non seulement vous êtes en vie, mais en plus vous plaisantez. Merci, Seigneur. Alors, est-ce qu'on vous a fait un beau cadeau ? »

Jack poussa un juron. Il avait été si occupé à fuir la police qu'il n'avait même pas regardé ! Il prit le paquet.

« Vous voulez de la lumière ? »

Frank alluma le plafonnier.

Jack examina les photos.

Frank jeta un coup d'œil dans le rétroviseur.

« Alors, c'est quoi ?

— Des photos. Du coupe-papier, du couteau, enfin, ce foutu truc, quoi.

— Ouais, pas étonnant. Distingue-t-on quelque chose ? »

Jack examinait attentivement les clichés.

« Pas vraiment. Mais vous devez avoir un meilleur appareil pour distinguer les détails que ce plafonnier. »

Frank poussa un soupir.

« Autant vous dire la vérité, Jack. À moins qu'il n'y ait autre chose, nous n'avons guère de chances. Même si on arrive, je ne sais comment, à tirer de là quoi que ce soit qui ressemble à une empreinte, qui va dire d'où elle vient ? En outre, on ne peut pas analyser du sang d'après une photographie : du moins pas que je sache.

— Oui, je le sais. Je n'ai pas passé quatre ans au pénal pour rien. »

Seth ralentit. Ils étaient sur Pennsylvania Avenue où la circulation était plus dense.

« Alors, que comptez-vous faire ? »

Jack se frotta le cuir chevelu, puis le genou jusqu'à ce que sa douleur se calme. Puis il s'allongea sur la banquette.

« Celui qui est derrière tout ça tenait vraiment à récupérer le coupe-papier. Quitte à vous tuer, me tuer, descendre n'importe qui se dresserait sur son chemin. C'est de la paranoïa poussée à son paroxysme.

— Qui correspond à notre théorie d'un gros bonnet ayant tout à perdre si cette histoire était mise au jour. Alors ? Où cela nous mène-t-il, Jack ?

— Luther n'a pas pris ces photos simplement pour le cas où il arriverait quelque chose à l'objet.

— Que voulez-vous dire ?

— Rappelez-vous, Seth, il est revenu aux États-Unis. Nous ne comprenions pas pourquoi. »

Frank s'arrêta à un feu rouge. Il se retourna vers son passager.

« Exact. Il est revenu. Vous croyez savoir pourquoi ? »

Jack se redressa sur la banquette en gardant la tête baissée.

« Je crois que oui. Souvenez-vous, je vous ai dit que Luther n'était pas du genre à laisser tomber une histoire comme ça. Que s'il le pouvait, il ferait quelque chose.

— Mais il a quitté le pays. Pour commencer.

— Je sais. C'était peut-être son plan initial, le plan auquel il comptait se tenir si tout s'était passé comme il l'avait prévu. Il est revenu. Quelque chose l'a fait changer d'avis et il est rentré, avec ces photographies. »

Jack les étala en éventail.

Le feu passa au vert. Frank redémarra.

« Je ne comprends pas, Jack. S'il voulait coincer le type, pourquoi ne pas les remettre à la police ?

— Je crois qu'il en avait l'intention, au bout du compte. Mais il a dit à Edwina Broome, que s'il lui disait qui il avait vu, elle ne le croirait pas. Si, même elle, une amie, ne pouvait croire son histoire, compte tenu qu'il devait dans la foulée avouer un cambriolage, il estimait sans doute qu'il n'était pas crédible.

— D'accord : il y a un problème de crédibilité. Mais que viennent faire ces photos là-dedans ?

— Disons que vous faites un simple échange. Du liquide contre un certain objet. Qu'est-ce qui est le plus dur à obtenir ? »

La réponse de Frank fut immédiate.

« Le versement. Comment obtenir son argent sans se faire arrêter ou descendre ? On peut envoyer des instructions plus tard pour expliquer comment récupérer l'objet. Le plus dur, c'est de toucher le pognon. C'est pourquoi tant de kidnappings échouent.

— Alors, comment vous y prendriez-vous ? »

Frank réfléchit.

« Puisque nous parlons de versements effectués par des gens qui ne feront pas intervenir la police, je choisirais la rapidité. Prendre le minimum de risques personnels et filer.

— Comment agiriez-vous ?

— Transfert de fonds électronique. Virement. J'ai eu à m'occuper d'une affaire d'escroquerie dans une banque quand j'étais à New York. Le type avait tout effectué par le biais de virements électroniques de sa propre banque. Vous ne pouvez pas imaginer la quantité de dollars qui circulent chaque jour par ces établissements. Vous ne pouvez pas imaginer tout ce qui se perd dans l'opération. Un criminel habile pourrait prendre un peu ici et là et, le temps de se faire pincer, il aurait disparu depuis longtemps. Vous envoyez vos instructions. L'argent est transféré par informatique. Ça ne prend que quelques secondes et ça vaut sacrément mieux que de fouiller dans la poubelle d'un jardin public où on peut se retrouver avec un canon de revolver sur la nuque.

— Mais l'expéditeur est censé pouvoir retrouver la trace du virement ?

— Évidemment. Il faut bien identifier la banque où est effectué le versement. Il faut y avoir un compte. Tout le tremblement.

— Donc, à supposer que l'expéditeur connaisse le mécanisme, on peut remonter la piste du virement. Et alors ?

— Alors on peut suivre le parcours de l'argent. Cela pourrait permettre d'obtenir des tuyaux sur le compte. Même si personne ne serait assez stupide pour utiliser son nom. D'ailleurs, un type futé comme Whitney avait sans doute dû donner des instructions préalables. Dès l'instant où les fonds arrivent à la première banque, vlan ! on les expédie à un autre établissement, puis à un autre et encore un autre. À un moment donné, on perd la piste. Après tout, il s'agit d'argent instantané : d'argent immédiatement disponible.

— Pas mal. Je parie que Luther a fait quelque chose dans ce genre. »

Frank gratta prudemment les bords de son pansement. Avec son chapeau enfoncé sur son crâne, il ne se sentait pas très à l'aise.

« Mais ce que je n'arrive pas à comprendre, c'est pourquoi il a fait ça ? Après le coup chez Sullivan, il n'avait pas besoin d'argent. Il aurait pu rester planqué. Attendre que ça se tasse. Au bout d'un moment, on aurait tous pensé qu'il avait pris sa retraite : tu me cherches pas, tu me trouves pas.

— Vous avez raison. Il aurait pu agir ainsi. Abandonner. Renoncer. Il est revenu. Et mieux encore, il est revenu pour faire chanter la personne qu'il a vu tuer Christy Sullivan. S'il ne l'a pas fait pour de l'argent, alors pour quoi ? »

L'inspecteur réfléchit.

« Pour les faire suer. Pour leur faire savoir qu'il était toujours là. Avec des preuves suffisantes pour les neutraliser.

— Mais des preuves dont il n'était pas assez sûr.

— Parce que le criminel était quelqu'un de respectable.

— Bon. Alors que feriez-vous, en tenant compte de tout ça ? »

Frank se rangea le long du trottoir et mit le levier de vitesse sur la position parking. Il se retourna. « J'essaierais d'obtenir quelque chose d'autre sur eux.

— Comment ? Si vous faites chanter quelqu'un ? »

Frank finit par lever les bras au ciel.

« Je renonce.

— Vous disiez que le virement pouvait être repéré par l'expéditeur.

— Et alors ?

— Alors, et en sens inverse ? Le bénéficiaire remonte la filière ?

— Bon sang, je suis stupide. » Frank oublia un instant son coup sur la tête et se frappa le front. « Whitney a mis un traceur sur le virement qui *va dans l'autre sens.* La personne qui envoie l'argent croit jouer au chat et à la souris avec Whitney. Elle est le chat, lui est la souris. Il se cache, prêt à détaler. Seulement Luther n'a pas expliqué qu'il avait inversé les rôles que c'était lui le chat et eux la souris. Et que ce traceur finirait par mener droit aux méchants, malgré tous les pare-feu qu'on peut mettre en place, en admettant qu'ils y aient pensé. Chaque virement dans ce pays doit passer par la Federal Reserve. On obtient le numéro de référence du virement de la Fed ou du service des transferts de la banque émettrice, et on a quelque chose à quoi se raccrocher. Même si Whitney n'a pas remonté toute la filière, le fait qu'il ait reçu de l'argent, une certaine somme, c'est assez probant. S'il pouvait donner cette information à la police avec le nom du dernier expéditeur et qu'on vérifie... »

Jack termina la phrase pour lui.

« Et, tout d'un coup, l'incroyable devient crédible. Les virements bancaires ne mentent pas. De l'argent a été transféré. S'il s'agissait d'une grosse somme, comme je suis sûr que c'était le cas, c'est difficile à expliquer. C'est très près d'une preuve accablante. Luther les a coincés en même temps qu'il les faisait payer.

— Je viens de songer à autre chose, Jack. Si Whitney constituait un dossier contre ces gens, alors c'est qu'il comptait en fin de compte aller trouver la police. Il allait entrer dans un commissariat et se livrer avec sa preuve. »

Jack acquiesça.

« C'est pour ça qu'il avait besoin de moi. Seulement, ils se sont empressés d'utiliser Kate pour s'assurer le silence de son père. Par la suite, ils ont eu recours à une arme à feu pour parvenir à ce résultat.

— Il avait donc l'intention de se livrer.

— Exact. »

Frank se frotta le menton.

« Vous savez ce que je crois ? »

Jack répondit aussitôt.

« Il avait flairé le coup. »

Les deux hommes se regardèrent.

Frank parla le premier d'une voix basse, presque étouffée.

« Il savait que le rendez-vous avec Kate était un piège. Il est venu quand même. Moi qui me croyais si malin.

— Il a sans doute estimé que c'était la seule façon de la revoir.

— Merde alors ! Je savais que ce type n'était pas un premier communiant, mais je dois vous avouer que j'ai maintenant le plus grand respect pour lui.

— Je comprends. »

Frank passa une vitesse et démarra.

« Alors, une fois de plus : où nous mènent ces conjectures ? »

Jack secoua la tête et s'appuya contre la banquette.

« Je ne sais pas très bien.

— Je veux dire : dès l'instant où nous n'avons aucun indice sur la personne dont il s'agit, je ne vois pas très bien ce que nous pouvons faire. »

Jack explosa.

« Mais si, nous avons des indices Simplement, je n'arrive pas à comprendre à quoi ils riment. »

Ils roulèrent en silence.

« Jack, je sais que ça paraît drôle venant d'un policier. Mais, à mon avis, vous pourriez envisager de foutre le camp d'ici. Vous avez bien un peu d'argent de côté ? Peut-être est-ce vous qui devriez prendre une retraite anticipée ?

— Quoi, laisser Kate en pleine tempête ? Si nous ne " les "

coinçons pas, que peut-elle espérer ? Dix à quinze ans en tant que complice ? Pas question, Seth, pas question. Je préfère aller en taule.

— Vous avez raison. Pardonnez-moi d'avoir envisagé cela. »

Au moment où Seth jetait un coup d'œil dans son rétroviseur, une voiture de la file voisine tenta de faire demi-tour devant eux. Frank écrasa la pédale de frein : sa voiture dérapa et heurta le trottoir avec violence. L'autre véhicule, immatriculé dans le Kansas, disparut rapidement.

« Connards de touristes ! Salopards ! » Frank avait les mains crispées sur le volant, le souffle rauque.

« Salopards ! » hurla encore une fois Frank. Puis il se souvint de son passager et jeta un coup d'œil inquiet à l'arrière.

« Jack, Jack, ça va ? »

Jack avait le nez collé à la vitre. Il était conscient : ses yeux fixaient même quelque chose avec une intensité alarmante.

« Jack ? » Frank déboucla sa ceinture et empoigna Jack par l'épaule. « Ça va ? Jack ! »

Jack jeta un coup d'œil à Frank puis son regard revint à la vitre. Frank se demanda si le choc n'avait pas fait perdre la tête à son ami. Machinalement, il lui palpa le crâne en quête de contusions. Mais la main de Jack l'arrêta et désigna la vitre. Frank regarda audehors.

Il avait beau avoir les nerfs endurcis : ce fut une secousse. La Maison Blanche occupait tout son champ de vision.

Jack réfléchissait à toute vitesse. Il revoyait le Président, son mouvement de recul devant Jennifer Baldwin, en invoquant un tennis-elbow. Seulement, cette douleur était causée par un certain coupe-papier qui avait déclenché toute cette affaire insensée. L'intérêt inhabituel porté par le Président et par le Secret Service au meurtre de Christine Sullivan. La présence bien calculée d'Alan Richmond lors de l'arrestation de Luther. *Tout menait droit à lui.* C'est ce que le policier avait dit après avoir vu le bon citoyen cinéaste amateur. *Ça me menait droit à lui.* Cela expliquait aussi que des tueurs tirent au milieu d'une armée de responsables du maintien de l'ordre et s'en aillent tranquillement. Qui irait arrêter un agent du Secret Service protégeant le Président ? Personne. Pas étonnant que Luther ait eu l'impression que nul ne le croirait. Le président des États-Unis...

Il y avait eu un autre événement significatif juste avant que Luther rentre au pays. Alan Richmond avait donné une conférence de presse au cours de laquelle il avait dit au public quel choc avait été pour lui le meurtre tragique de Christine Sullivan. Il était sans doute en train de sauter cette femme, et, on ne sait comment, elle s'était fait descendre. Et cette ordure ramassait quelques voix de plus en montrant quel ami sensible et sûr il était : un homme qui ne pardonnait pas le crime. Un vrai numéro de virtuose. Cette image avait fait le tour du monde. Qu'est-ce que Luther avait dû penser en voyant cela ? Jack croyait le savoir. C'était la raison de son retour : régler les comptes.

*

* *

Sous la lumière du réverbère, Tim Collin nota cet incident de la circulation, mais comme les phares des voitures arrivaient en sens contraire, il ne put distinguer aucun détail. Il haussa les épaules et remonta la vitre de la limousine noire. Burton plaqua son gyrophare sur le toit et mit la sirène en marche. Il franchit rapidement la grille de la Maison Blanche et fonça en direction du tribunal à la poursuite de jack.

*

* *

Jack regarda Frank avec un sourire amer. La phrase de Luther juste avant que sa vie n'arrive à son terme. Jack se rappelait enfin où il l'avait entendue : le journal qu'il lui avait jeté à la figure en prison, avec le Président souriant en première page.

Devant le palais de justice, en regardant l'homme droit dans les yeux. Ces mêmes mots avaient jailli, avec toute la fureur, tout le venin que Luther pouvait rassembler.

« Espèce de salaud », dit Jack d'un ton résolu.

*

* *

Debout près de la fenêtre, Alan Richmond se demandait s'il était voué à être entouré de gens incompétents. Gloria Russell était assise comme un zombie dans un fauteuil en face de lui. Il l'avait baisée une demi-douzaine de fois mais maintenant ça suffisait. Le moment venu, il la larguerait. Pour son prochain mandat, il constituerait une équipe plus malléable. Des sous-fifres qui le laisseraient se concentrer sur sa vision personnelle du pays. Il n'avait pas brigué la présidence pour s'emmerder avec les détails.

« Je vois que nous n'avons pas gagné un point dans les sondages. » Il ne la regardait même pas : il connaissait déjà sa réponse.

« Est-ce que cela a une telle importance que vous l'emportiez par soixante ou soixante-dix pour cent ? »

Il se retourna brusquement.

« Oui, siffla-t-il. Oui, bon Dieu, ça compte. »

Elle se mordit la lèvre et battit en retraite.

« Je vais faire un nouvel effort, Alan. Peut-être qu'on peut obtenir un bouclage du collège électoral.

— Ce serait le minimum, Gloria. »

Elle baissa les yeux. Après cette maudite élection, elle allait voyager. Faire le tour du monde. Aller là où elle ne connaissait personne et où personne ne la connaissait. Prendre un nouveau départ. Voilà ce dont elle avait besoin. Ensuite tout irait bien.

« Enfin, du moins notre petit problème est-il réglé. »

Il la regardait, les mains jointes derrière le dos. Grand, mince, élégant et impeccable. On aurait dit l'amiral d'une « Invincible Armada ». Mais l'Histoire avait prouvé à maintes reprises que les « Invincibles Armadas » étaient plus vulnérables qu'on l'imaginait.

« On l'a fait disparaître ?

– Non, Gloria, il est dans mon tiroir. Voudriez-vous le voir ? Peut-être souhaiteriez-vous l'emporter une nouvelle fois ? »

Le ton était si condescendant qu'elle éprouva l'urgent besoin de mettre un terme à leur entretien. Elle se leva.

« Rien d'autre ? »

Il secoua la tête et revint vers la fenêtre. Elle venait à peine de poser la main sur la poignée de la porte que celle-ci tourna et que le battant s'ouvrit tout grand.

« Nous avons un problème. » Bill Burton les regardait à tour de rôle.

*

* *

« Alors, qu'est-ce qu'il veut ? »

Le Président examinait la photographie.

« Le message ne le dit pas, répondit aussitôt Burton. J'imagine que dans sa situation, avec la police au cul, il cherche à se procurer rapidement des fonds. »

Le Président lança à Russell un regard appuyé.

« Ce qui m'étonne, c'est comment Jack Graham a su où envoyer la photo. »

Burton surprit le regard du Président : il n'avait aucune envie de voler au secours de Russell, mais ils n'avaient pas le temps de se perdre en conjectures.

« Il est possible que Whitney le lui ait dit, répondit Burton.

— Il aurait attendu si longtemps avant de nous faire chanter ? ironisa le Président.

— Peut-être que Whitney ne le lui a pas dit directement. Graham a pu deviner tout seul. En rassemblant les pièces du puzzle. »

Le Président jeta la photo sur le bureau. Russell détourna les yeux. La seule vue du coupe-papier l'avait paralysée.

« Burton, en quoi cela pourrait être préjudiciable pour nous ? »

Le Président tenait le regard vrillé sur lui, comme pour lui arracher la solution.

Burton s'assit en se frottant la mâchoire d'un air songeur.

« J'y ai réfléchi. Peut-être que Graham se raccroche à n'importe quoi. Il est dans un sale pétrin. Et sa petite amie doit en ce moment même méditer au trou. À mon avis, il est acculé. Il a une soudaine inspiration. Il échafaude une théorie et risque le tout pour le tout en nous envoyant ça : il espère qu'on ne va pas hésiter à payer le prix demandé, quel qu'il soit. »

Le Président se leva.

« Y a-t-il un moyen de le retrouver ? Vite ?

— Il y a toujours un moyen. Dans quels délais, je n'en sais rien.

— Et si nous ne tenons pas compte de son message ?

— Peut-être qu'il ne fera rien : qu'il se contentera de filer en espérant s'en tirer.

— Mais nous voilà de nouveau confronté à la possibilité que la police le rattrape...

— Et qu'il crache le morceau. » Burton termina la phrase pour le Président. « Oui, c'est une possibilité. À ne pas écarter. »

Le Président reprit la photo.

« Sans rien d'autre pour étayer son histoire. » Il avait l'air incrédule. « Pourquoi nous inquiéter ?

— Ce n'est pas le témoignage à charge que constitue la photo en soi qui me tracasse.

— Ce qui vous tracasse, c'est que ses accusations, venant s'ajouter aux hypothèses ou aux pistes que la police peut trouver à partir de la photo, pourraient soulever des questions très, très embarrassantes.

— En quelque sorte. N'oubliez pas : les insinuations peuvent vous abattre. Vous vous préparez à une réélection. Il considère sans doute cela comme un atout pour lui. Actuellement, une presse hostile peut vous être très dommageable. »

Le Président réfléchit. Rien ni personne n'allait entraver sa réélection.

« L'acheter ne sert à rien, Burton. Vous le savez. Aussi longtemps que Graham est dans les parages, il est dangereux. »

Richmond jeta un coup d'œil à Russell toujours assise, les mains sur les genoux, les yeux baissés. Il la regarda longuement : *si faible.*

Le Président se rassit à son bureau et se mit à feuilleter les papiers. Il dit d'un ton qui mettait fin à l'entretien : « Allez-y, Burton. Vite. »

*
* *

Frank regarda la pendule murale. Il alla fermer sa porte et décrocha son téléphone. Il avait encore mal à la tête, mais les médecins n'étaient pas inquiets.

« Hôtel du Capitole...

— Chambre 233, je vous prie.

— Un instant. »

Les secondes s'écoulèrent. Frank commençait à s'inquiéter. Jack était censé être dans sa chambre.

« Allô ?

— C'est moi.

— Alors, comment va la vie ?

— Mieux que la vôtre, j'imagine.

— Comment va Kate ?

— Libérée sous caution.

— Elle doit être ravie.

— Ce n'est pas le mot. Écoutez, ça va être bientôt le moment de se dégonfler ou de rafler la mise. Qu'est-ce que vous comptez faire ?

— J'y travaille.

— Jack, c'est une simple question de temps avant qu'ils ne vous retrouvent. Je suis mouillé aussi. Suivez mon conseil et filez. Vous perdez un temps précieux.

— Mais Kate...

— Allons, Jack. Ils ont le témoignage d'*un seul* type qui essayait de la coincer pour une exclusivité. C'est sa parole contre la sienne. Personne d'autre ne vous a aperçu. Je parierais ma chemise que cela va se terminer par un non-lieu. Un non-lieu. J'ai parlé à l'adjoint du procureur. Il envisage sérieusement de laisser tomber l'affaire.

— Je ne sais pas encore...

— Bon Dieu, Jack. Kate va se tirer de cette histoire mieux que vous si vous ne vous mettez pas à réfléchir un peu à votre avenir. Il faut décamper. Je ne suis pas le seul à le dire. Elle aussi.

— Kate ?

— Je l'ai vue aujourd'hui. Nous ne sommes pas d'accord sur grand-chose, mais sur ce point, si. »

Jack se détendit puis soupira : « Bon. Alors, où vais-je et comment ?

— Je finis mon service à neuf heures. À dix heures, je serai dans votre chambre. Préparez vos bagages. Je m'occupe du reste. En attendant, ne bougez pas. »

Frank raccrocha et prit une profonde inspiration. Quant aux risques qu'il prenait... mieux valait ne pas y penser.

*

* *

Jack jeta un coup d'œil à sa montre puis à l'unique sac de voyage posé sur le lit. Il ne s'enfuirait pas avec grand-chose. Il hésita devant la télévision : aucun programme ne le tentait. Pris d'une soif soudaine, il chercha des pièces dans sa poche, ouvrit la porte de sa chambre et regarda dehors : le distributeur était tout au fond. Il coiffa sa casquette de base-ball, prit deux verres et se glissa dans le couloir. Il n'entendit pas la porte de la cage d'escalier à l'autre extrémité. Il n'avait pas pensé à fermer sa chambre à clé.

Quand il revint, il fut surpris de trouver la lumière éteinte. Il l'avait pourtant laissée allumée. Au moment où sa main se posait sur le commutateur, on claqua la porte derrière lui et il fut projeté sur le lit. Il y roula rapidement. Ses yeux s'habituèrent à la lumière : il aperçut deux hommes. Cette fois, ils n'étaient pas masqués ; ce qui en disait long sur leurs intentions.

Jack s'apprêtait à plonger en avant, mais deux canons de revolver lui barrèrent le passage. Il se rassit et dévisagea les intrus.

« Quelle coïncidence : j'ai déjà fait la connaissance de chacun de vous séparément. » Il désigna Collin. « Vous avez essayé de me faire sauter la cervelle. » Il pivota vers Burton. « Et vous, vous avez essayé de me raconter des craques. Et vous avez réussi. Burton, c'est bien ça ? Bill Burton. Je n'oublie jamais un nom. » Il regarda Collin. « Mais je n'ai pas compris le vôtre. »

Collin regarda Burton puis de nouveau revint à Jack.

« Tim Collin, agent du Secret Service. Vous avez un bon direct du droit, Jack. Vous avez dû faire pas mal de sport à l'université.

— Oui, mon épaule se souvient encore de vous. »

Burton vint s'asseoir sur le lit près de Jack.

Lui aussi le regarda.

« Je croyais avoir assez brouillé ma piste. Je suis surpris que vous m'ayez retrouvé. »

Burton regarda le plafond.

« Mon petit doigt nous a renseignés, Jack. »

Jack regarda tour à tour Collin, puis Burton.

« Écoutez, je quitte la ville sans intention d'y revenir. Je ne pense pas que vous ayez besoin de m'ajouter à l'hécatombe. »

Burton contempla le sac de voyage sur le lit. Il se leva et remit son revolver dans son étui, empoigna Jack et le plaqua contre la cloison pour procéder à une fouille minutieuse. Puis Burton passa les dix minutes suivantes à examiner chaque centimètre carré de la chambre en quête de dispositif d'écoute ou autres éléments du même acabit. Il termina sa perquisition par le sac de Jack. En tira les photos et les examina.

Satisfait, Burton les rangea soigneusement dans la poche intérieure de sa veste et sourit à Jack.

« Pardonnez-moi, mais, dans ma profession, la paranoïa fait partie de la mentalité. » Il se rassit. « J'aimerais savoir, Jack, pourquoi vous avez envoyé cette photo au Président. »

Jack haussa les épaules.

« Bah, puisque ma vie sur cette terre semble tirer à sa fin, j'ai pensé que votre patron voudrait peut-être apporter sa contribution à mes frais d'enterrement. Vous auriez pu simplement virer les fonds, comme vous l'avez fait pour Luther. »

Collin émit un grognement, secoua la tête avec un grand sourire.

« Ça n'est pas si simple, Jack, désolé. Vous auriez dû trouver une autre solution à votre problème.

— Faire comme vous, par exemple, riposta Jack. Un problème ? Liquidez. »

Le sourire de Collin disparut. Il regarda Jack d'un air mauvais.

Burton se leva et se mit à arpenter la chambre. Il tira une cigarette de sa poche, puis l'écrasa et la jeta dans la corbeille à papier. Il se tourna vers Jack et dit calmement : « Jack, vous auriez dû foutre le camp. Vous vous en seriez tiré.

— Pas avec vous deux aux fesses. »

Burton haussa les épaules.

« On ne sait jamais.

— Comment savez-vous que je n'ai pas donné une de ces photos aux flics ? »

Burton prit les photos et les examina.

« Un appareil Polaroïd. La pellicule se vend en paquets de dix clichés. Whitney en a envoyé deux à Russell. Vous en avez expédié un au Président. Il en reste sept ici. Désolé, Jack : bel effort.

— J'ai très bien pu raconter simplement à Seth Frank ce que je sais. »

Burton secoua la tête.

« Si vous l'aviez fait, je crois que mon petit doigt me l'aurait dit. Mais si vous tenez à insister sur ce point, nous pouvons attendre que le lieutenant vienne se joindre à la fête. »

Jack jaillit du lit et se précipita vers la porte. Au moment où il l'atteignait, un poing d'acier le frappa au creux des reins. Il s'effondra sur le plancher et fut rejeté sur le lit.

La douleur commençait à se calmer. Jack leva les yeux vers Collin.

« Maintenant, Jack, nous sommes quittes. »

Jack poussa un gémissement et s'allongea, luttant contre la nausée. Comme la douleur s'apaisait, il se rassit pour reprendre son souffle.

Il réussit enfin à lever les yeux : son regard se fixa sur le visage de Burton. Il secoua la tête, l'air incrédule.

Burton demanda : « Qu'est-ce qu'il y a ?

— Je croyais que vous étiez les bons, fit doucement Jack, pas les méchants. »

Burton resta silencieux.

Collin baissa les yeux.

Burton répondit enfin, d'une petite voix étouffée :

« Moi aussi, Jack. Moi aussi. »

Il marqua une pause, avala péniblement sa salive et reprit : « En tout cas, je ne l'ai pas cherché. Si seulement Richmond avait plus souvent gardé sa braguette fermée, on serait peinard. Mais c'est arrivé. Et nous avons dû arranger le coup. »

Burton se leva et regarda sa montre.

« Je suis navré, Jack. Vraiment navré. Vous n'en croyez sans doute pas un mot, mais je suis sincère en vous disant ça. »

Il se tourna vers Collin et lui fit un signe de tête. Collin fit allonger Jack sur le lit.

« J'espère que le Président apprécie ce que vous faites pour lui », dit Jack d'un ton amer.

Burton parvint à sourire.

« Disons simplement que c'est ce qu'il attend de nous. »

Jack se laissa lentement glisser en arrière et regarda le canon du revolver s'approcher de son visage. Il en sentit l'odeur métallique. Il imaginait déjà la fumée, la vitesse vertigineuse du projectile.

Soudain, un formidable coup ébranla la porte de la chambre. Collin se retourna d'un bond. Au second coup, le battant s'effondra et une demi-douzaine d'hommes de la police municipale déboulèrent dans la pièce, revolver au poing.

« On ne bouge plus. Personne. Les armes sur le plancher. Tout de suite. »

Collin et Burton s'empressèrent de poser leurs armes sur le sol. Jack, toujours allongé sur le lit, gardait les yeux fermés. Il tâta sa poitrine : son cœur menaçait de sauter à travers sa cage thoracique.

Burton regarda les hommes en bleu. « Nous sommes des agents du Secret Service des États-Unis. Nos cartes sont dans notre poche intérieure droite. Nous avons traqué cet homme jusqu'ici. Il représente une menace pour le Président. Nous allions l'emmener en prison. »

Les policiers prirent les cartes avec méfiance et les inspectèrent. Deux autres policiers remirent Jack sur ses pieds sans ménagement. L'un d'eux commença à lui lire ses droits. On lui passa les menottes.

Les deux agents reprirent leurs cartes.

« Eh bien, agent Burton, vous allez devoir attendre que nous en ayons fini avec Mr. Graham ici présent. Un meurtre a priorité, même sur des menaces à l'adresse du Président. L'attente risque d'être longue. »

Le regard du policier se posa sur Jack puis sur le sac de voyage.

« Vous auriez dû filer quand vous en aviez l'occasion, Graham. Tôt ou tard, on allait vous avoir. »

Il fit signe à ses hommes d'emmener Jack. Son regard revint aux deux agents abasourdis, il eut un grand sourire.

« On a reçu un tuyau disant qu'il était ici. La plupart du temps, ça vaut que dalle. Mais celui-ci... Celui-ci va peut-être me valoir cette promotion dont j'ai besoin. Bonne journée, messieurs. Saluez le Président pour moi. »

La chambre se vida. Burton regarda Collin, puis tira les photos de sa poche. Maintenant, Graham n'avait plus rien. Il pouvait répéter à la police tout ce qu'ils venaient de lui dire : de toute façon, on l'enverrait en taule. Pauvre diable ! Une balle aurait bien mieux valu que l'endroit où il allait moisir... Les deux agents rassemblèrent leurs effets et sortirent.

La pièce resta silencieuse. Dix minutes plus tard, la porte voisine s'ouvrit doucement... une silhouette se glissa dans la chambre de Jack, fit pivoter le téléviseur installé dans l'angle et en démonta l'arrière. Le poste avait l'air extraordinairement vrai et il était complètement faux : les mains plongèrent à l'intérieur. Ôtèrent sans bruit la caméra de surveillance. Le câble fut repoussé à travers le mur jusqu'à sa disparition complète.

La silhouette ouvrit la porte de communication entre les deux chambres et la franchit de nouveau. L'appareil d'enregistrement était posé sur une table près du mur. On enroula le câble qu'on rangea dans un sac. L'inconnu pressa un bouton sur l'appareil qui éjecta la cassette.

Un sac sur le dos, l'homme sortit par la réception de l'hôtel, tourna à gauche et se dirigea vers le parking où l'attendait une voiture, moteur au ralenti. Tarr Crimson passa devant, lança nonchalamment la cassette par la vitre ouverte sur le siège passager. Il regagna alors sa Harley Davidson, une douze cents centimètres cubes, l'orgueil de sa vie, l'enfourcha, mit le moteur en marche et démarra dans un bruit d'enfer. Installer le système vidéo : un jeu d'enfant ! Une caméra déclenchée par la voix. L'enregistrement se faisait quand la caméra fonctionnait. Avec une cassette VHS standard. Il ne savait pas ce qu'il y avait sur la cassette, mais elle devait avoir une sacrée valeur. Jack lui avait promis une année de conseils gratuits, pour faire ça. Sur l'autoroute, Tarr souriait : il se rappelait leur dernière rencontre, quand Jack Graham avait fait la fine bouche devant les nouvelles techniques de surveillance.

Dans le parking, la voiture démarra à son tour : le conducteur avait une main sur le volant, l'autre posée sur la cassette dans un geste protecteur. Seth Frank s'engagea sur la route. Ce n'était pas un cinéphile acharné. Mais cette cassette-là, il mourait d'envie de la visionner.

*

* *

Bill Burton était assis dans la chambre à coucher, petite mais douillette, qu'il avait partagée avec sa femme tandis que leurs quatre enfants chéris grandissaient. Vingt-quatre ans de mariage. Dieu sait combien de fois ils avaient fait l'amour dans cette pièce. Dans le coin, près de la fenêtre, assis dans un vieux rocking-chair usé, Bill Burton avait donné le biberon à ses quatre rejetons avant d'aller à son travail le matin de bonne heure pour permettre à sa femme épuisée de prendre un peu de repos.

Des années heureuses. Il n'avait jamais gagné beaucoup d'argent mais cela n'avait jamais semblé très important. Quand le petit dernier était entré au lycée, sa femme avait repris ses études et avait passé son diplôme d'infirmière. Ce surcroît de revenus avait été le bienvenu, ainsi que le fait de la voir enfin penser à elle.

L'un dans l'autre, c'était chouette ! Une belle maison dans un quartier tranquille, pittoresque, à l'abri des gangs des rues qui ne cessaient d'étendre leur territoire. Il y aurait toujours des méchants. Et toujours des gens comme Bill Burton pour les combattre. Comme le Bill Burton d'autrefois.

Il regarda par la fenêtre mansardée. C'était son jour de repos. Avec son jean, sa chemise de lainage rouge vif et ses gros mocassins, il aurait facilement pu passer pour un robuste bûcheron. Sa femme déchargeait la voiture. C'était le jour des courses, le même depuis vingt ans. Il lui jeta un regard admiratif tandis qu'elle s'affairait à sortir les sacs du coffre. Chris, son fils de quinze ans, et sa fille, Sidney, dix-neuf ans, une vraie beauté, en seconde année de médecine à l'hôpital John Hopkins, aidaient leur mère. Les deux autres n'habitaient plus la maison et se débrouillaient. De temps en temps, ils appelaient pour lui demander son avis ou un conseil à propos de l'achat d'une voiture ou d'une maison. Formidable. Sa femme et lui avaient quatre enfants formidables et équilibrés.

Il s'installa au petit bureau dans le coin, ouvrit un tiroir fermé à clé et en tira le carton. Il souleva le couvercle et entassa les cinq cassettes audio sur le bureau auprès de la lettre écrite ce matin même. Le nom était inscrit sur l'enveloppe, en grands caractères bien lisibles. « Seth Frank. » Allons, il lui devait bien ça !

Des rires montèrent jusqu'à lui. Il revint à la fenêtre. Sidney et Chris s'étaient lancés dans une bataille acharnée de boules de neige, et sa femme, Sherry, était en plein milieu. Tous trois s'esclaffaient et l'affrontement se termina quand ils se retrouvèrent tous le derrière dans la neige.

Il se détourna de la fenêtre et fit une chose que, de mémoire de flic, il ne se rappelait pas avoir jamais faite auparavant. Il avait passé dix ans dans la police : il avait vu des nourrissons expirer dans ses bras, battus à mort par ceux-là même qui étaient censés les aimer et les protéger. Jour après jour, il avait recherché et attrapé ce qu'il y avait de plus moche dans l'espèce humaine. Mais il n'avait jamais pleuré. Ses larmes avaient un goût salé. Il ne les essuya pas. Elles continuaient à ruisseler. Sa famille allait rentrer. Ils devaient dîner dehors ce soir, car, par une ironie du sort, c'était le quarante-cinquième anniversaire de Bill Burton.

Il se pencha sur le bureau et, d'un geste vif, tira le revolver de son étui. Une boule de neige vint frapper le carreau. Ils voulaient que papa vienne les rejoindre.

Je vous demande pardon. Je vous aime. J'aurais voulu pouvoir être là. Je regrette tout ce que j'ai fait. Je vous en prie, pardonnez. Avant de perdre courage, il enfonça aussi loin que possible le canon du 357 Magnum dans sa gorge. C'était lourd et froid. Il s'était écorché une gencive qui se mit à saigner.

Bill Burton avait tout fait pour s'assurer que personne ne connaisse la vérité. Il avait commis des crimes : il avait tué un innocent et il avait été impliqué dans cinq autres homicides. Aujourd'hui, il était apparemment tiré d'affaire, ce cauchemar semblait loin derrière lui ; mais après plusieurs mois de dégoût croissant envers lui-même, après des nuits sans sommeil auprès de la femme qu'il avait aimée durant plus de deux décennies, Bill Burton avait compris qu'il ne pouvait accepter ce qu'il avait fait. Il ne pouvait pas non plus vivre en sachant.

C'était assez simple, en fait. Il avait vu d'un œil froid exécuter des hommes qui avaient commis bien moins d'atrocités que lui. Il s'était toujours demandé quel effet cela faisait d'effectuer ses derniers pas, de sentir les courroies vous fixer à la chaise ou au chariot, en sachant que, cette fois, on n'en reviendrait pas. Que c'était pour de bon. Eh bien, maintenant, il allait le savoir.

Il avait perdu son amour-propre, sa dignité. Sa vie ne valait plus la peine d'être vécue.

L'affection sans faille de sa famille n'arrangeait rien, au contraire, puisque l'objet de cette tendresse, de ce respect, savait qu'il ne méritait rien de tout cela.

Il regarda la pile de cassettes. Sa police d'assurance. Celles-ci allaient constituer son héritage, et son étrange épitaphe. Il en sortirait un peu de bien, Dieu soit loué !

Un imperceptible sourire plissa ses lèvres. Le Secret Service. Eh bien, les secrets allaient s'envoler. Un instant, il pensa à Richmond, une flamme s'alluma dans son regard. *Je te souhaite la perpétuité sans libération anticipée et puisses-tu vivre centenaire, ordure.*

Son doigt se referma sur la détente.

Une nouvelle boule de neige vint frapper la fenêtre. Les voix montèrent jusqu'à lui. Ses larmes se remirent à couler tandis qu'il pensait à ce qu'il laissait derrière lui. « Saloperie. » Ce mot s'échappa de ses lèvres : il était chargé de plus de remords, de plus d'angoisse qu'il n'en pourrait jamais supporter.

Je vous demande pardon. Ne me haïssez pas. Je vous en prie, mon Dieu, ne me haïssez pas.

Au bruit de l'explosion, les jeux s'arrêtèrent : trois paires d'yeux se tournèrent vers la maison. L'instant d'après ils étaient à l'intérieur. On entendit les hurlements. C'en était fini du calme du quartier.

XXIX

On frappa à la porte : c'était inattendu. Le Président tenait une conférence délicate avec les membres de son Cabinet. Ces temps derniers, la presse fustigeait sa politique intérieure et il voulait savoir pourquoi. Non que cette politique par elle-même l'intéressât beaucoup : il était plus préoccupé par la manière dont elle était perçue. Dans son vaste plan, tout ce qui comptait, c'était la façon dont les électeurs portaient des jugements.

« Qui sont ces gens ? dit le Président en jetant à sa secrétaire un œil furieux. De toute façon, ils ne sont pas sur la liste d'aujourd'hui. »

Son regard fit un rapide tour de la table. Tiens, son chef de cabinet ne s'était même pas donné la peine de venir aujourd'hui. Peut-être avait-elle eu l'intelligence d'avaler un flacon de somnifères. À court terme, ce serait gênant, mais il avait déjà mis au point quelques mots pleins d'émotion sur le suicide de Gloria Russell. D'ailleurs, elle avait eu raison sur un point : il avait une telle avance dans les sondages que le geste était sans importance.

La secrétaire se glissa dans la pièce, manifestement stupéfaite.

« Il y a tout un groupe de gens, monsieur le Président. Mr. Bayliss du FBI, plusieurs policiers et un monsieur de Virginie : il n'a pas voulu donner son nom.

— Des policiers ? Dites-leur de s'en aller et de demander une audience. Et dites à Bayliss de m'appeler ce soir. Il serait en train de traîner ses guêtres dans un avant-poste perdu du Bureau si je n'avais pas insisté pour le faire nommer directeur. Je ne tolérerai pas ce manque de respect.

— Monsieur le Président, ils insistent. »

Le Président rougit et se leva brusquement.

« Dites-leur d'aller se faire voir. Vous ne voyez pas que je suis occupé, espèce d'idiote. »

La secrétaire battit en retraite. Mais avant qu'elle ait atteint la porte, celle-ci s'était ouverte. Quatre agents du Secret Service firent irruption, dont Johnson et Varney. Ils étaient suivis d'un contingent de la police de Washington, dirigé par le préfet de police Nathan Brimmer et Bayliss, le directeur du FBI, un petit homme trapu en costume croisé, au visage plus blanc que l'immeuble dans lequel il se trouvait.

Bon dernier, Seth Frank referma sans bruit la porte. Dans son autre main, il tenait un simple porte-documents marron. Richmond les contempla tour à tour : son regard finit par s'arrêter sur l'inspecteur de la Criminelle.

« Inspecteur... Frank, c'est bien ça ? Au cas où vous ne vous en seriez pas rendu compte, vous interrompez une réunion confidentielle du Cabinet. Je vais devoir vous demander de sortir. »

Il se tourna vers les quatre agents puis haussa les sourcils et de la tête désigna la porte. Les hommes soutinrent son regard mais ne bougèrent pas.

Frank s'avança. Il tira sans un mot un papier de sa poche, le déplia et le remit au Président. Richmond l'examina tandis que les membres de son Cabinet observaient la scène, abasourdis. Richmond leva les yeux vers l'inspecteur.

« C'est une plaisanterie ?

— C'est un exemplaire d'un mandat d'arrêt sous l'inculpation de meurtre qualifié commis dans l'État de Virginie. Le commissaire Brimmer ici présent a un mandat d'arrêt similaire sous l'inculpation de complicité de meurtre commis dans le district de Columbia. Après, bien sûr, que l'État de Virginie en aura fini avec vous. »

Le Président se tourna vers Brimmer qui se contenta d'acquiescer d'un air sévère. Le regard glacé du directeur exprimait clairement ses sentiments à l'égard du chef de l'exécutif.

« Je suis le président des États-Unis. Tout ce que vous pouvez m'apporter, c'est votre démission. Maintenant sortez. »

Le Président tourna les talons pour regagner son fauteuil.

« Techniquement, cela peut être vrai. Toutefois, peu importe. Une fois le processus de destitution terminé, vous ne serez plus le président Alan Richmond. Vous ne serez qu'Alan Richmond, citoyen. À ce moment-là, je reviendrai. Comptez là-dessus. »

Le Président se retourna, blême.

« Destitution ? »

Frank s'approcha et se planta devant lui. Normalement, cela aurait déclenché une réaction immédiate des agents du Secret Service. Mais, cette fois, ils restèrent immobiles. Chacun d'eux bouillait de colère en songeant à la mort d'un collègue qu'ils respectaient tant. Johnson et Varney étaient furieux à l'idée qu'on leur avait raconté n'importe quoi sur les événements de cette fameuse nuit dans la propriété des Sullivan. Et le responsable de tout cela était maintenant en train de s'effondrer devant eux.

« Ne soyez pas ridicule, déclara Frank. Tim Collin et Gloria Russell sont en garde à vue. Ils ont tous deux renoncé à leur droit de faire venir un avocat et ont fait chacun une déposition détaillée sur les événements concernant les homicides de Christine Sullivan, Luther Whitney, Walter Sullivan et les deux meurtres commis au cabinet Patton, Shaw. Je crois qu'ils ont déjà conclu des arrangements avec le ministère public qui, de toute façon, ne s'intéresse qu'à vous. Laissez-moi vous dire que, pour un procureur, cette affaire est capitale dans sa carrière. »

Le Président recula d'un pas en trébuchant, puis se reprit.

Frank ouvrit son porte-documents. Il en sortit une cassette vidéo et cinq cassettes audio.

« Je suis certain que cela intéressera votre Conseil de voir ces enregistrements. La vidéo montre les agents Burton et Collin quand ils ont tenté d'assassiner Jack Graham. Les cassettes sont des enregistrements de plusieurs réunions auxquelles vous assistiez et au cours desquelles les divers meurtres ont été préparés. Plus de six heures de témoignages, monsieur le Président. Des copies ont été remises au Capitole, au FBI, à la CIA, au *Post*, au procureur général et à tous ceux que cela pouvait concerner... Pas un blanc sur les enregistrements. Il y a aussi l'enregistrement par Walter Sullivan de votre conversation téléphonique la nuit où il est mort et qui ne coïncide pas exactement avec la version que vous m'en avez donnée. Avec les compliments de Bill Burton. Il l'a joint à la note agrafée à son assurance.

— Et où est Burton ? fit le Président d'une voix frémissante.

— Il a été déclaré mort à son arrivée à l'hôpital Fairfax à dix heures trente ce matin. À la suite d'une blessure volontaire par balle. »

Richmond parvint péniblement à regagner son fauteuil, sans que quiconque se propose de l'aider.

Un à un, les membres du Cabinet se levèrent et sortirent. Le suicide politique pour complicité florissait à Washington. Suivaient les hommes de loi et les agents du Secret Service. Il ne restait que le Président. Il fixait le mur d'un regard vide.

Seth Frank passa la tête dans l'encadrement de la porte.

« À bientôt, n'oubliez pas. »

Puis il referma la porte sans bruit.

Épilogue

Les saisons à Washington suivaient un rythme familier : une semaine printanière avec des températures agréables et un degré d'humidité inférieur à cinquante pour cent céda brusquement la place à une remontée en flèche du baromètre et à une humidité telle qu'on se retrouvait trempé après quelques pas à l'extérieur. En juillet, les Washingtoniens tentaient de s'adapter à une atmosphère irrespirable et se mouvaient avec lenteur pour ne pas transpirer abondamment. Mais, au milieu de toutes ces épreuves, même les brusques orages avec trombes d'eau et multiples éclairs n'empêchaient pas la venue d'une brise fraîche et d'un ciel dégagé. C'était le cas ce soir-là.

Jack était assis au bord de la piscine sur le toit de l'immeuble. Son short kaki révélait des jambes musclées et hâlées par le soleil. Des mois d'exercices physiques avaient fait fondre les vestiges de la graisse amassée dans les bureaux. Les yeux au ciel, il respirait profondément. Trois heures plus tôt, l'endroit avait soudain été envahi par les employés de bureau en quête de réconfort dans l'eau tiède. Maintenant Jack était seul. Rien ne le poussait vers son lit. Aucun réveil ne viendrait troubler son sommeil le lendemain matin.

La porte de la piscine s'ouvrit avec un léger grincement. Jack se retourna : vêtu d'un costume d'été beige et fripé, un homme s'avançait, un sac en papier marron à la main.

« Le concierge m'a dit que vous étiez rentré, fit Seth Frank en souriant. Je ne vous dérange pas ?

— Encore moins si vous avez ce que je pense dans ce sac. »

Frank s'assit dans un fauteuil de rotin et lança à Jack une canette de bière.

Frank promena autour de lui un regard circulaire.

« Alors, c'était comment, là-bas ?

— Pas mal. Cela m'a fait du bien de partir un peu. Mais c'est bon aussi de rentrer.

— Cet endroit me paraît agréable pour méditer.

— Vers sept heures du soir, c'est la foule. Mais la plupart du temps, c'est à peu près vide comme maintenant. »

Frank lança à la piscine un regard nostalgique puis entreprit d'ôter ses chaussures.

« Vous permettez ?

— Je vous en prie. »

Frank remonta son pantalon, retira ses chaussettes et vint s'asseoir auprès de Jack en laissant ses jambes tremper dans l'eau jusqu'aux genoux.

« Bon sang, ça fait du bien. Les inspecteurs de province avec trois filles et des hypothèques par-dessus la tête ont rarement l'occasion d'aller à la piscine.

— C'est ce qu'on m'a dit. »

Frank se frictionna les mollets et regarda son ami.

« Vous savez, ça vous réussit de jouer les clochards. Vous allez peut-être vouloir le rester ?

— J'y songe. L'idée me paraît chaque jour plus séduisante. »

Frank regarda l'enveloppe posée près de Jack.

« Important ? », fit-il, la désignant.

Jack la prit et en relut rapidement le contenu.

« Ransome Baldwin. Vous vous souvenez de lui ? »

Frank acquiesça.

« Qu'est-ce qu'il y a ? Il a décidé de vous attaquer en justice pour avoir laissé tomber sa précieuse petite fille ? »

Jack secoua la tête en souriant. Il termina sa bière, plongea sa main dans le sac pour en tirer une autre, plus fraîche.

« C'est incroyable. Ce type me dit en gros que j'étais trop bien pour Jennifer. Du moins pour l'instant. Qu'elle avait encore beaucoup de chemin à faire pour mûrir. Il l'envoie pendant un an ou deux travailler pour les œuvres humanitaires de la fondation Baldwin. Il dit que, si jamais j'avais besoin de quelque chose, je dois le lui faire savoir. C'est dingue, il a même ajouté qu'il m'admirait et qu'il me respectait.

— Fichtre. On peut difficilement faire mieux.

— Pourtant si. Baldwin a pris Barry Alvis comme avocat-conseil. Vous savez, Alvis, c'était le type que Jenn avait fait virer de chez Patton, Shaw. Alvis s'est empressé d'aller dans le bureau de Dan Kirksen et il a retiré tout le compte Baldwin. Aux dernières nouvelles, Dan se tenait sur la corniche d'un très haut immeuble.

— J'ai lu que le cabinet avait fermé.

— Tous les bons avocats ont tout de suite été engagés ailleurs. Les mauvais vont devoir essayer de trouver autre chose pour gagner leur vie. Les bureaux sont déjà loués. Le cabinet a disparu sans laisser de trace.

— Bah, c'est ce qui est arrivé aux dinosaures. Il faut simplement un peu plus de temps avec vous, les avocats. »

Il donna une bourrade à Jack.

Celui-ci se mit à rire.

« Merci d'être venu me réconforter un peu.

— Oh, je ne voulais pas manquer ça. »

Jack le regarda. Son visage s'assombrit.

« Qu'est-ce qui s'est passé ?

— Vous n'avez pas lu les journaux ?

— Pas depuis des mois. Après tous les journalistes, les animateurs de débats télévisés, les producteurs indépendants, les grands studios et les curieux auxquels j'ai eu affaire, je ne voulais plus rien savoir. J'ai changé une douzaine de fois de numéro de téléphone, ces salauds le trouvaient chaque fois. C'est pour cela que ces deux derniers mois furent si merveilleux : personne ne savait où j'étais. »

Frank prit le temps de rassembler ses idées.

« Eh bien, voyons : Collin a plaidé la complicité dans deux affaires de meurtre sans préméditation, d'entrave à la justice et une demi-douzaine de délits de moindre importance. Ça, c'était pour le district de Columbia. Je crois que le juge a compati : Collin était un Marine, fils de fermier du Kansas, agent du Secret Service de la Maison Blanche. Il ne faisait qu'exécuter les ordres. Il a écopé de la perpétuité avec vingt ans incompressibles. Si vous voulez mon avis, il s'en est bien tiré. Mais il a fait un récit complet au ministère public. Il sera sans doute sorti pour son cinquantième anniversaire. L'État de Virginie a décidé de ne pas le poursuivre en échange de sa coopération.

— Et Russell ? »

Frank faillit s'étrangler avec sa bière.

« Bon sang, on peut dire que cette femme s'est mise à table. La justice a dû se ruiner en frais de sténo. Elle ne cessait de parler. C'est elle qui s'en est le mieux tiré. Pas de prison. Mille heures de travaux d'utilité publique. Dix ans de mise à l'épreuve. Pour complicité de meurtre. Incroyable. De vous à moi, je pense de toute façon qu'elle est au bord de la folie. On a fait venir un expert en psychiatrie. Elle pourrait passer quelques années dans une clinique avant d'être prête à remonter sur scène. Mais c'est vrai que Richmond l'a brutalisée. Affectivement et physiquement. Si la moitié de ce qu'elle a dit est vrai, Seigneur ! Un véritable enfer !

— Et Richmond ?

— Vous étiez vraiment sur Mars, n'est-ce pas ? Le procès du siècle, et vous avez roupillé tout ce temps-là ?

— Je ne pouvais pas faire autrement.

— Richmond s'est battu jusqu'au bout, je dois le reconnaître. Il n'a pas arrangé son affaire en témoignant, ça c'est sûr. Arrogant, et menteur comme un arracheur de dents. En remontant la piste de l'argent viré, on est arrivé droit à la Maison Blanche. Russell avait puisé dans un tas de comptes mais elle a commis l'erreur de regrouper les cinq millions de dollars en un seul montant avant de faire le virement. Elle a sans doute eu peur que Luther aille trouver la police si tout l'argent n'arrivait pas en même temps. Le plan que Luther avait conçu a fonctionné, même s'il n'a pas été là pour le voir. Richmond n'a pas pu répondre à un tas de questions. Le procureur l'a littéralement crucifié. Il a présenté un *Who's Who* de la Grandeur Américaine ; on ne peut pas dire que ça l'ait aidé ; quel fils de pute ! Un dangereux malade, si vous voulez mon avis.

— Et c'est lui qui avait les codes nucléaires. Charmant. Qu'est-ce qu'il a pris ? »

Frank contempla quelques instants les rides sur l'eau avant de répondre.

« Il a été condamné à la peine de mort, Jack. »

Jack le dévisagea.

« C'est pas vrai : comment en sont-ils arrivés là ?

— Sur le plan juridique, c'est délicat. On l'a accusé de meurtre avec préméditation pour avoir engagé un tueur à gages. C'est le seul cas où la règle de la " gâchette " ne s'applique pas.

— Comment se sont-ils arrangés pour faire avaler cette histoire de tueur à gages ?

— Ils ont plaidé que Burton et Collin étaient des subordonnés salariés dont le travail consistait à faire ce que le Président ordonnait. Il leur a dit de tuer. Comme un tueur à gages de la mafia. C'est un peu tiré par les cheveux, mais le juge a accepté. Et le jury a rendu son verdict.

— Bon Dieu !

— Vous savez, ça n'est pas parce que ce type était Président qu'il ne doit pas être traité comme les autres. Je ne vois d'ailleurs pas pourquoi nous devrions être surpris de ce qui s'est passé. Vous savez ce qu'il faut être pour une candidature à la présidence des États-Unis ? Quelqu'un de pas normal. Quand ils débutent, ça va, mais ensuite, quand ils en arrivent là, ils ont vendu tant de fois leur âme au diable et piétiné tellement de gens qu'ils ne sont plus comme vous et moi. » Frank inspecta les profondeurs de la piscine, puis reprit : « Mais on ne l'exécutera jamais.

— Pourquoi donc ?

— Ses avocats vont faire appel. L'Union Américaine pour les Libertés Civiques va intervenir, et tous ceux qui sont opposés à la peine de mort. Vous allez avoir des interventions venues du monde entier. Ce type a fait un sacré plongeon dans les cotes de popularité, mais il a encore des amis. On trouvera bien quelque chose qui cloche dans la procédure. D'ailleurs, à la rigueur, le pays pourrait être d'accord pour condamner cette ordure. Mais je ne suis pas sûr que les États-Unis puissent se permettre d'exécuter un élu du peuple. Sur le plan mondial, ça ferait désordre. Ça me met un peu mal à l'aise aussi, même si ce trou-du-cul le mérite. »

Jack fit couler de l'eau le long de ses bras. Son regard était perdu dans la nuit.

Frank se tourna vers lui.

« Il y a quand même eu des côtés positifs dans tout ça. Tenez, Fairfax veut faire de votre serviteur un chef de division. Une douzaine de villes me proposent d'être chef de la police. Quant au procureur qui a requis dans l'affaire Richmond, il est bien placé pour devenir attorney général aux prochaines élections. »

L'inspecteur but une gorgée de bière.

« Et vous, Jack ? C'est vous qui avez fait tomber ce type. Tendre un piège à Burton et au Président, c'était votre idée. Mon vieux, quand je me suis aperçu que mon téléphone était sur écoute, j'ai cru que ma tête allait exploser. Mais vous aviez raison. Alors qu'est-ce que vous en retirez ? »

Jack regarda son ami et répondit simplement : « Je suis en vie. Je ne suis pas l'avocat des riches chez Patton, Shaw, et je ne vais pas épouser Jennifer Baldwin. Ce n'est déjà pas si mal.

— Vous avez des nouvelles de Kate ? »

Jack but une gorgée avant de répondre.

« Elle est à Atlanta. Du moins, c'est là qu'elle était la dernière fois qu'elle m'a écrit.

— Elle va s'installer ? »

Jack haussa les épaules.

« Elle ne sait pas. Sa lettre n'était pas très claire là-dessus. » Jack marqua une pause. « Luther lui a légué sa maison.

— Ça m'étonnerait qu'elle aille y vivre. Bien mal acquis... et tout le tremblement.

— C'est le père de Luther qui l'avait laissée : il l'avait achetée et payée. Luther connaissait sa fille. Il a gardé la maison. Je crois qu'il voulait qu'elle ait... quelque chose. Une maison, ça n'est pas mal pour commencer.

— Ah oui ? Si vous voulez mon avis, il faut être deux pour avoir une maison. Et puis il faut des couches sales et des biberons pour que ce soit complet. Bon sang, Jack, vous êtes faits l'un pour l'autre. Je vous assure.

— Est-ce vraiment là l'essentiel, Seth ? » Il essuya les gouttes d'eau sur ses bras. « Elle a passé de sales moments. Trop, sans doute. Je les lui rappelle sans cesse. Je ne peux vraiment pas lui en vouloir d'avoir envie de prendre du recul. De repartir de zéro.

— Diable, ça n'était pas vous le problème. D'après ce que j'ai vu, c'était le reste. »

Jack suivit des yeux un hélicoptère qui clignotait au-dessus d'eux.

« J'en ai assez d'être celui qui fait le premier pas, Seth. Vous voyez ?

— Je vois. »

Frank regarda sa montre. Jack surprit son geste.

« Vous avez un rendez-vous ?

— Je me disais simplement que nous aurions besoin de quelque chose d'un peu plus substantiel que la bière. Je connais un petit bistrot à côté de Dulles. Des selles d'agneau longues comme le bras. Des épis de maïs d'un kilo et de la tequila jusqu'à plus soif. Les serveuses sont plutôt mignonnes si vous êtes d'humeur : je suis un homme marié, je me contenterai de vous regarder vous éclater à distance respectueuse. On rentrera en taxi parce qu'on sera tous les deux beurrés, et je vous offre l'hospitalité pour la nuit. Qu'est-ce que vous en dites ? »

Jack eut un grand sourire.

« Je ne crois pas que je puisse, mais ça paraît tentant.

— Vous êtes sûr de ne pas pouvoir ?

— Sûr, Seth, mais merci quand même.

— De rien. »

Frank se leva, rabaissa les jambes de son pantalon et trottina jusqu'à l'endroit où il avait laissé chaussures et chaussettes.

« Ou alors, si vous veniez chez moi samedi ? On fera un barbecue et j'ai des billets pour Camden Yards.

— D'accord, samedi. »

Frank se leva et se dirigea vers la porte. Il se retourna une dernière fois.

« Dites donc, Jack, ne réfléchissez pas trop. D'accord ? Ce n'est pas vraiment sain. »

Jack leva sa canette comme pour porter un toast.

« Merci pour la bière. »

Après le départ de Frank, Jack s'allongea sur le ciment et contempla le ciel. Il somnola et, à chaque réveil, il se rendait compte qu'il avait fait les rêves les plus bizarres. Mais ce dont il avait rêvé, lui, était bel et bien arrivé.

Un trajet d'une heure et demie en avion cap au sud était sans doute la meilleure solution à son problème. Kate Whitney reviendrait, ou pas. La seule chose dont il était certain, c'était qu'il n'allait pas la solliciter une nouvelle fois. C'était à elle de revenir dans sa vie. Et ce n'était pas l'amertume qui lui dictait cette attitude. Il fallait que Kate sache une fois pour toutes ce qu'elle voulait faire. Le choc émotionnel qu'elle avait connu avec son père avait été dépassé par l'écrasant sentiment de culpabilité et la douleur qu'elle avait éprouvés au moment de sa mort. Il fallait qu'elle réfléchisse. Elle avait bien dit qu'il fallait qu'elle s'isole pour cela. Et elle avait raison, bien sûr.

Il ôta sa chemise, se glissa dans l'eau et fit trois longueurs rapides. Puis il se hissa sur le bord, ramassa sa serviette et la drapa autour de ses épaules. L'air de la nuit était frais. Une fois de plus, il leva les yeux vers le ciel. Pas de fresque, Dieu merci ! Mais pas de Kate non plus.

Il se demandait s'il devait regagner son appartement pour dormir, quand il entendit la porte grincer de nouveau. Frank avait dû oublier quelque chose. Il se retourna et resta pétrifié, la serviette autour des épaules, n'osant faire un geste. Rêve ou réalité ? Encore un rêve qui allait disparaître avec les premiers rayons du soleil... Il s'avança lentement vers la porte.

*

* *

Dans la rue, Seth Frank resta quelques instants debout près de sa voiture : il savourait la beauté de la nuit. Il humait l'air qui évoquait plutôt un printemps mouillé qu'un été humide. Il ne rentrerait pas trop tard chez lui. Peut-être sa femme aimerait-elle faire un tour jusqu'à l'Italien du coin ? Juste tous les deux. On lui avait dit le plus grand bien de la pizza royale. Pour couronner la journée. Il monta dans sa voiture et démarra.

Père de trois enfants, Seth Frank savait à quel point la vie pouvait être merveilleuse. En tant qu'inspecteur à la Criminelle, il avait aussi appris avec quelle brutalité on pouvait vous l'arracher. Il leva les yeux vers le toit de l'immeuble et sourit. C'était formidable d'être en vie, se dit-il.

Collection état de choc
dirigée par Henriette Joël

Virus de guerre, Pascal Barollier, 1995
Le pouvoir d'exécuter, David G. Baldacci, 1995
(Rééd. 1997 : *Les pleins pouvoirs*)
Drôles de meurtres en famille, Alice Hoffman, 1996
Pokker, Pascal Barollier, 1996
Assassini, Thomas Gifford, 1996
L'affaire Jonas, Jean-Marie de Morant, 1996
Victime Terminal, Stephen J. Cannel, 1996
Alerte aux fous de Dieu, Camille Malsant, 1997
Memory Game, Nicci French, 1997
Péchés de jeunesse, Jean-Marie de Morant, 1997
L'œil noir, Charles Forman, 1997

Cet ouvrage a été composé
*par l'***Imprimerie BUSSIÈRE**
et imprimé sur presse Cameron
dans les ateliers
de ***Bussière Camedan Imprimeries***
à Saint-Amand-Montrond (Cher)
en avril 1997

N° d'édition : FF748401. N° d'impression : 4/461.
Dépôt légal : juin 1995.

Imprimé en France